KB143117

부커상과 영소설의 자취 50년

현대영미소설학회 총서

05

부커상과 영소설의 자취 50년

박선화 · 우정민 · 이정화 편

도서출판 ┃동인

발간에 부쳐

 부커상은 영국에서 출판된 영어 소설을 대상으로 매년 최고를 가리는 상으로 노벨문학상, 프랑스의 공쿠르상과 더불어 세계 3대 문학상으로 꼽는다. 그동안 한국 독자들에게는 다소 생소했지만 영어권 국가에서는 수상 작가들이 명예와 더불어 국제적으로도 상당한 명성을 얻게 되는 디딤돌이 되어 이미 오래전부터 그 권위를 인정받아 왔다. 국내에서는 몇 해 전 작가 한강이 부커 국제상을 수상한 이후 인지도가 많이 높아졌고 매년 수상작에 대한 관심도 출판계와 일반 독자들 사이에 꾸준히 증가하고 있다.

 부커상이 다른 상들과 다른 독특한 점은 심사위원들과는 별개로 일반 독자들 역시 인터넷 투표를 통해 최종 수상작을 선정하는 데 참여함으로써 대중성을 띤다는 데 있다. 이러한 선정 방식은 언론매체에서 우려했던 소설의 종말을 가져온 것이 아니라 오히려 독자들의 참여를 유도함으로써 소설이 다시 한번 도약하는 계기를 마련했다는 의미를 지닌다. 부커상 수상작들의 또 다른 특징으로는 대중의 관심을 바탕으로 영화나 드라마 등으로 만들어질 가능성이 매우 높다는 점인데, 단순히 영화로 만들어지는 데 의의를 찾는 것이 아니라 상업적으로도 커다란 성공을 거두고 있다.

 이 책은 부커상 수상작들을 소개하는 데 그치지 않는다. 수상작들은 단순한 재미를 넘어 작품이 제기하는 사회 여러 모습들에 대해 비평가들뿐 아니라 독자 모두에게 공감을 얻었기에 최고의 작품으로 선정된 것이다. 이 책에 소개된 작품들을 읽는 것은 좁게는 영국 사회, 넓게는 우리 모두가 인식해야 할 우리 자신의 모습을 다양한 방식으로 이해하는 데 도움을 줄 것이다. 아울러 영국적인 것과 세계적인 것과의 관계 설정에 대한 연구뿐 아니라 국내 학자들이 수행한 연구를 소개함으로써 국내 독자들로 하여금 부커상에 대한 인식을 더욱 높이는 계기를 마련해줄 것이다. 또한 영화화되어 전 세계적으로 커다란 성공을 거둔 작품들에 대한 연구도 소개함으로써 단순한 문학작품에 대한 연구를 넘어 대중문화를 이끄는 선도자로서의 문학에 대한 역할도 가늠하게 하여 국내 영문학계에 새로운 방향을 제시하기를 기대한다.

이 책이 나오기까지 오랜 시간이 걸렸고 여러분들이 노고를 아껴 주시지 않았다. 산고의 시간이 긴 만큼 이 책이 많은 분들에게 도움을 주리라 여긴다. 흔쾌히 옥고를 주신 저자 한 분 한 분에게 지면을 빌어서나마 감사의 말씀을 올린다. 또한 섭외에서부터 구성, 편집, 그리고 마지막 작업까지 오랜 시간 동안 노심초사 마음을 다해 애써 주신 박선화, 우정민, 이정화 세 편집위원님들께도 깊은 감사의 말씀을 올린다.

2019년 3월
한국현대영미소설학회장 이승복

편저자 서문

　2016년 한강의 소설 『채식주의자』(*The Vegetarian*)가 부커 국제상을 수상하며 국내 문학계는 '부커상'이라는 생경한 이름의 저명한 세계문학상의 권위에 한층 들떠 기뻐하였다. 부커상이라는 낯선 문학상의 의의와 가치를 설명하는 기사가 문학전문잡지는 물론이거니와 일반인들을 대상으로 하는 매체로도 다양하게 공급되었고, 온/오프라인의 중대형 서점은 물론 일상용품을 판매하는 마트에까지 부커상 수상작이라는 영예의 띠지를 두른 문고판 소설이 대량 유통되었다.

　이와 같은 부커상 열풍이 불기 여러 해 전부터 영소설을 전공한 연구자들은 부커상 수상작을 읽고 분석하며 국외의 동향을 놓치지 않으려 노력해왔다. 그러나 아쉽게도 현재까지 국내 학술계에서는 학자적 관심 분야에 따라 개별 작가에 초점을 맞추어 작품 중심의 미시적 연구에 머무르는 경향이 대부분이어서 부커상의 유래와 전개 과정, 의의와 한계 등 부커상의 이모저모에 대한 여러 주제를 두고 다양한 의견을 교류할 수 있는 토대를 마련하기에는 역부족이었다. 이에 한국현대영미소설학회는 부커상 50주년을 맞아 수상작에 대한 국내 연구 동향을 살피는 기회를 마련하고자 이 책을 출판하게 되었다.

　문학상이라는 존재는 사실 매우 이율배반적이다. 문학작품의 우수성과 위대함은 만장일치의 동의를 얻을 만한 객관적 척도에 의해 판단할 수 있는 사안이 아닐뿐더러, 순위로 매겨지는 차이에 의해 표출되지 않기 때문이다. 그럼에도 불구하고 이 책은 부커상 수상작에 대한 관심에서 출발한다. 부커상이 절대적으로 신뢰할만한 기준을 제공해서가 아니라, 그것이 오늘날 영어소설의 생산과 유통, 그리고 변용과 창작에 이르기까지 지대한 영향을 끼치고 있기 때문이다. 한국소설의 부커상 무대 진출에 동력을 얻어 부커상과 영소설에 대한 논의를 시작한 지꽤 오랜 시간이 흐른 지금, 부커상의 존재를 상세히 알리고 새로이 전하는 초기 작업 의도의 의미는 조금 희미해졌는지도 모른다. 그새 한강의 2016년 소설『흰』(*The White Book*, 2018)은 다시 한번 부커상 심사위원들의 손에 의해 국제상 후보작에 오르기도 하였다. 그러니 한국의 영소설 연구자들에게 "부커상과 영소설의 자취 50년"을 살펴보아야 할 이유가 더욱 커진 셈이다.

부커상(원명 The Man Booker Prize)은 1969년 창설 이래 매년 영국에서 출판된 영어로 된 소설 중 가장 독창적인 작품을 선정하여 수상해 왔다. 부커상의 역사를 간략히 살펴보면, 초기에는 20세기 초중반에 걸쳐 영국으로부터 독립한 영연방과 아일랜드공화국, 그리고 남아프리카공화국의 작가들이 수상할 수 있도록 규정하였다가 2014년부터 영어로 된 모든 소설로 범위를 확장하였다. 명실공히 대표적인 영어 소설상으로 부상한 것이다. 그리하여 최종 수상작은 물론 1차 명단(long-list)과 2차 명단(short-list)에 오른 것만으로도 소설가들에게는 큰 영예로 받아들여지고 있다.

그런데 이 상의 출생지라 할 수 있는 영국이라는 나라가 결코 생각만큼 단순하지가 않다. 우리가 알고 있는 영국은 잉글랜드라는 단어의 가차(假借)에 불과하며, 공식적으로 "The United Kingdom of Great Britain and Northern Ireland"(이하 UK)라는 긴 이름을 가진 국가이다. 오랫동안 이 국가의 주류를 담당한 앵글로-색슨족의 땅 잉글랜드와 더불어, 앵글로-색슨족이 주도한 정복과 통합의 역사에 의해 현 구도에 편입된 세 지역 웨일즈, 스코틀랜드, 아일랜드의 북부 일부(북아일랜드)로 이루어진 연합 왕국이라는 뜻이다. 초기의 부커상이 과거 혹은 현재의 영연방 작가들에게 수상자격을 주었다는 사실은 이 상의 성격에 대한 몇 가지 중요한 시사점을 전한다. 흔히 부커상과 함께 언급되는 노벨문학상은 한때 유럽문학에 편중되어 있다는 비판에도 불구하고 적어도 공식적으로는 작가의 국적과 작품이 쓰인 언어를 초월하는 국제성을 지향해 왔다. 그러나 영연방 작가의 소설에 국한하여 문학적 우수성을 평가했던 초기 부커상의 지향점은 애초에 세계문학과 거리를 두고 있다. 2005년에 신설된 부커 국제상에서 영어로 번역된 외국소설을 후보로 지정하여 시상함으로써 부커상의 지평을 확장했다고 할 수 있겠으나, 이는 어찌 보면 본상에 해당하는 부커상이 세계문학의 상당 부분을 배제해 왔다는 사실을 방증한다. 게다가 부커상의 또 다른 자격요건, 즉 해당 소설이 UK나 아일랜드에 소재한 출판사에서 출간된 작품이어야 한다는 점을 함께 고려하면 보다 복잡한 함의를 만나게 된다. UK 출판사 중심의 출품 규정은 후보작들이 부커상 위원회의 심사를 거치기 전에 이미 여러 차례 영국 출판사의 선택을 받아야 한다는 점을 시사한다. 대다수의 부커상 수상작들이 UK 어느 지역에서보다 수도이자 잉글랜드의 중심지인 런던의 출판사에서 배출된다는 리처드 토드(Richard Todd)의 진단(81)을 고려하면, 역사적·정치적으로 주도권을 행사한 잉글랜드와 앵글로-색슨 독자층의 문화적 취향을 염두에 둔 상업적 고려가 부커상 선정에 중요한 요인으로 작동하고 있었으리라는 예측이 과히 억측만은 아닐 것으로 보인다.

　　그러나 부커상이 세계문학을 표방하지 않는다고 해서 편협하거나 배타적인 성격을 갖는다고 단정할 수 없다. 실제로, 1969년부터 2018년까지 50년간 53편의 부커상 수상작(1970년, 1974년, 1992년 수상작 각 2편) 중 UK 바깥에서 태어난 작가들의 작품이 절반가량을 차지한다. UK 이외의 영연방 국가 출신 작가가 부커상을 수상하는 경우는 1980년대부터 두드러지기 시작했고, 특히 2000년부터 2018년까지 19편의 수상작 중 영국 작가의 소설은 6편에 그친다(2004년 앨런 홀링허스트[Alan Hollinghurst], 2009년 힐러리 만텔[Hilary Mantel], 2010년 하워드 제이콥슨[Howard Jacobson], 2011년 줄리언 반즈[Julian Barnes], 2012년 만텔, 2018년 애나 번즈[Anna Burns]). 게다가, V. S. 나이폴(V. S. Naipaul)이나 살만 루시디(Salman Rushdie), 혹은 가즈오 이시구로(Kazuo Ishiguro)처럼 영국 국적을 갖고 있지만 인종적, 문화적 시각에서 '영국 작가'라는 명칭이 불충분 내지 불명확하게 들리는 디아스포라 혹은 이주 작가들과 더불어 공식적으로는 UK의 일부이지만 '영국적인 것'과 문제적인 관계에 있는 북아일랜드와 스코틀랜드 작가들을 고려한다면, 부커상 수상작들의 국가적, 민족적, 인종적 배경은 꽤나 다양하다고 할 수 있겠다.

부커상의 이모저모를 살피다 보면 또 한 가지 간과할 수 없는 지점이 부커상과 미국소설의 관계이다. 부커상은 2014년 미국소설을 수상작 범위에 포함시켰고 2016년 처음으로 미국소설을 수상작으로 선정했다. 2016년 수상작 폴 비티(Paul Beatty)의 『배반』(The Sellout)에 이어 2017년 수상작 조지 손더스(George Saunders)의 『바르도의 링컨』(Lincoln in the Bardo)을 통해 부커상은 소원했던 미국소설과의 관계를 급진전시켰다. 그러나 미국소설의 배제는 오랫동안 부커상의 특징으로 여겨졌다. 부커상을 문화산업의 일부로 조명하는 연구에서 토드는 부커상이 미국소설을 오랫동안 배제한 이유를 설명하기 위해 전통적으로 세계 출판시장이 유럽과 미국으로 양분되어 왔다는 점에 주목한다(Todd 77). 영어소설을 크게 영국소설 아니면 미국소설로 인식해 온 대중독자들에게 부커상은 한때 '대영제국'의 주변부였던 영연방 국가들로부터 문학적 활력을 끌어옴으로써 미국소설과는 차별화되는 소설 세계를 소개해 왔다는 것이다(Todd 77-78). 그러나 이 소설 세계가 반드시 '영국적인 것'만은 아니다. 프랑스의 공쿠르상(Le Prix Goncourt)과 미국의 퓰리처상(The Pulitzer Prize)이 각각 프랑스문학과 미국문학과 맺는 관계와는 달리, 부커상과 영국소설의 관계는 기껏해야 부분적인 것이라 할 수 있다.

바로 이런 점은 부커상과 제국주의의 관계를 심문하는 연구들의 출발점이 된다. 단적으로, 루크 스트롱맨(Luke Strongman)은 『부커상과 제국의 유산』(The

Booker Prize and the Legacy of Empire)에서 "부커상을 수상한 모든 소설들은 제국과 암묵적인 관계를 갖는다. 그것이 대항 담론의 형태를 띠는 글이든, 제국주의적 수사에 동의하는 것이든, 제국에 대한 향수이든, 혹은 제국 이후에 나타나는 유동적인 국제주의로 정체성을 표현하는 것이든지 말이다"라고 주장한다(x). 그레이엄 휴건(Graham Huggan)도 『포스트콜로니얼 이국풍: 주변부 판매하기』(*The Post-colonial Exotic: Marketing the Margins*)에서 부커상이 타자성과 이국풍을 문화적으로 소비하는 방식을 비판적으로 검토한다. 부커상을 제국의 몰락이 남긴 "유산"으로 보는 스트롱맨의 시각이나 부커상과 문화 제국주의의 공모 관계에 주목하는 휴건의 연구는 부커상 수상작들의 국가적, 민족적 다양성을 단순히 영국 문학계와 문화산업의 개방성과 다문화적 감수성의 소산으로만 볼 수 없음을 시사한다. 영국 문화산업의 일부이자 영어소설에 대한 런던 중심의 문학적 승인 제도로서 부커상은 민족, 국가, 인종의 문제와 뒤얽힌 관계를 갖고 있다.

부커상과 제국의 복잡한 관계는 현대 영문학사를 이해함에 있어 중요한 단서를 제공하는 동시에 소설이라는 장르의 운명을 점치는 밑그림이 되기도 한다. 1964년 레슬리 피들러(Leslie Fiedler)는 『종말을 기다리며』(*Waiting for the End*)에서 20세기 문학의 위기를 논하면서 소설의 죽음을 선언하고, 다른 형태로 전환하거나 다른 매개체로 변형하기 위해 노력한다면 소설의 죽음은 모면할 수도 있을지 모르겠다고 덧붙였다. 다시 말해, 소설이 시대 흐름에 편승해서 원재료 역할에서 탈피하기를 촉구했던 것으로 보인다. 피들러의 촉구와 상관없이 그리고 영문학자의 우려를 넘어서서, 위기에 직면한 소설은 영화, 드라마, 만화 등과 같이 가공하기 쉽고 흥행에 성공하기 좋은 스토리텔링 산업의 부차적 재료로서의 역할을 기꺼이 수용해 오고 있는 중이다.

한편, 이른바 최고의 소설을 선정해서 수상한다는 부커상의 철학은 소설의 죽음에 대한 우려를 잠재우며 오히려 소설의 부활을 가져왔다고 볼 수 있다. 이러한 부활에는 부커상 운영위원회 이면에서 조직적으로 활동을 전개한 출판사, 대중매체, 서점의 협동 작업이 큰 몫을 했다고 할 수 있다. 독자의 (무)의식적 관심과 의도를 파악한 이러한 시도에 작가들도 합세하여 상업적 본격소설(serious commercial fiction)이 형성되기 시작했으며 현대 영문학사에 새로운 정전을 잉태하게 되었다.

1960년대 후반부터 더욱 도드라진 상업적 본격문학의 탄생 배경으로 부커상 수상작의 각색 작업을 간과할 수 없다. 부커상 수상작은 탄탄한 플롯과 독자의 관심을 끄는 스토리를 보장하기 때문에, 영화와 드라마 감독들은 수상작의 각색을 매력적인 작업으로 받아들이게 된다. 『현대 영국의 문학, 정치 그리고 지적 위기』(*Literature, Politics and Intellectual Crisis in Britain Today*)에서 문화적, 상업적, 정치적 관점으로 영국의 부커상에 접근한 클라이브 블룸(Clive Bloom)은 현시대의 소설은 작품으로 끝나는 것이 아니라 작가가 의식적으로 영화, 드라마 등으로 각색될 것을 바라고 있음을 지적한다(112). 블룸의 지적이 모든 작가에게 적용되는 것은 아니지만 부커상 수상자 중에서 일부가 영화 각색을 수용한 것은 사실이며, 현재까지 부커상 수상작이 영화화된 경우는 총 12편이다.

수상	제목	저자	개봉	감독
1975	*Heat and Dust*	Ruth Prawer Jhabvala	1983	James Ivory
1981	*Midnight's Children*	Salman Rushdie	2012	Deepa Mehta
1982	*Schindler's Ark*	Thomas Keneally	1993	Steven Spielberg
1988	*Oscar and Lucinda*	Peter Carey	1997	Gillian Armstrong
1989	*The Remains of the Day*	Kazuo Ishiguro	1993	James Ivory
1990	*Possession*	A. S. Byatt	2002	Neil LaBute
1992	*The English Patient*	Michael Ondaatje	1996	Anthony Minghella
1996	*Last Orders*	Graham Swift	2001	Fred Schepisi
1999	*Disgrace*	J. M. Coetzee	2008	Steve Jacobs
2002	*Life of Pi*	Yann Martel	2012	Ang Lee
2005	*The Sea*	John Banville	2013	Stephen Brown
2011	*The Sense of an Ending*	Julian Barnes	2017	Ritesh Batra

1970년대부터 2010년대에 이르는 수상작 중에서 1975년 수상작『열기와 먼지』(Heat and Dust; 국내에서 <인도에서 생긴 일>로 개봉)가 1983년 첫 번째 영화로 각색되어 개봉되었다. 제임스 아이보리(James Ivory) 감독에게 있어 식민지 인도에서의 영국 귀족사회를 다룬 이 영화는 고급 취향의 관객을 겨냥한 품격을 갖춘 첫 번째 상업적 흥행작이었다. 두 번째 수상작의 영화 각색은 10년 뒤에서야 가능했다. 1993년 아이보리 감독은 1989년 수상작인 이시구로의『남아 있는 나날』(The Remains of the Day)을 동명 영화로 각색했다. 영국 귀족을 위해 평생을 바친 집사의 개인적 갈등을 다룬 이 영화는 아이보리의 최고의 작품으로 알려져 있다. 같은 해에 스티븐 스필버그(Steven Spielberg) 감독은 1982년 수상작 토마스 케널리(Thomas Keneally)의『쉰들러의 방주』(Schindler's Ark)를 <쉰들러 리스트>(Schindler's List)로 각색했다. <남아 있는 나날>이 문학성을 유지하면서 영국의 헤리티지 산업(Heritage Industry)에 기여한 영화라면, <쉰들러 리스트>는 사실과 허구의 경계를 해체하며 '팩션'(faction)이라는 새로운 장르를 개척한 계기를 가져오기도 했다. 이 영화는 스필버그 감독에게 오스카상을 안겨주었다. 이어서 1992년 수상작 마이클 온다치(Michael Ondaatje)의『영국인 환자』(The English Patient)는 영화로 각색한 앤소니 밍헬라(Anthony Minghella) 감독에게 오스카상을 안겨줌으로써 부커상을 수상한 작품의 문학적, 그리고 "문화적 타당성"(Bloom 91)을 증명해 보였다. 2018년 부커상 운영위원회는 50주년을 기리기 위해 황금 부커상(Golden Man Booker Prize)을 제정하여『영국인 환자』에게 수상하면서 새로운 문학상 시장을 개척하기 시작했다. 부커상 수상작의 영화 각색에서 최대 수혜를 입은 소설은 2002년 수상작『라이프 오브 파이』(Life of Pi)이다. 전 세계 50여 개 언어로 번역 출간되었으며 2012년 이안(Lee Ang) 감독에 의해 각색된 후 아카데미와 골든글러브상을 수상하며 대성공을 거두었다. 소설과 영화 모두 최대 인기를 얻으면서 작가 얀 마텔(Yann Martel)은 세계적 작가로 안착했으며, 국내 출판사는 그의 다른 소설들의 번역에 박차를 가하기도 했다.

부커상 수상작 원작의 영화가 모두 상업적 성공을 이루었다고 볼 수는 없을 것이다. 루시디의 『자정의 아이들』(*Midnight's Children*)이나 J. M. 쿳시(J. M. Coetzee)의 『수치』(*Disgrace*)[1]는 분명 사회적 반향을 일으키며 역사적으로 기억될 만한 소설로 인식되었지만 한정된 독자층을 확보하는 것으로 만족해야 했다. 2005년 수상작 『바다』(*The Sea*)와 2011년 수상작 『종말의 감각』(*The Sense of an Ending*; 국내에서 『예감은 틀리지 않는다』로 번역 출간)은 가정극 서사로 스케일이 축소되어 그만큼 독자층도 줄어들었다. 수상작 중에서 소설과 영화의 수혜에 있어 가장 큰 차이가 발생한 경우는 1990년 수상작 A. S. 바이어트(A. S. Byatt)의 『소유: 로맨스』(*Possession: A Romance*)이다. 이 소설은 "16개국 언어"(Todd 29)로 번역되어 국제적 성공을 거두었지만, 2002년 개봉한 영화 <포제션>은 기대만큼의 대중적 인기를 끌지 못했다. 영화 각색의 시작에서 완결까지 10여 년이 넘게 걸렸지만, 영화가 소설 『소유』의 내용을 제대로 담아내지 못했다는 혹평을 받았다.

영화는 소설과 구별되는 하나의 독자적인 장르로서 작가와 감독의 관점과 시대적 요구에 따라 상이한 새로운 전개방식을 창조한다. 또한 시각 효과에 의존하여 단시간에 집중력과 흥미를 제공해야 하는 영화의 특성상 영화 각색은 원작과는 다른 낯선 장면을 연출해 내기도 한다. 그래서 본격문학과 구분해서 영화는 대중문학으로 폄하되기도 하던 때가 있었던 것이 사실이다. 하지만 각색 영화의 상업화가 가져다주는 이득이 기대 이상으로 확대되면서, 또 최첨단 기술의 발전과 디지털 네이티브(Digital Native) 세대에 들어서면서, 영화는 소설과 견주는 장르로 자리를 굳혀가고 있다. 이러한 시대적 요구에 부응하듯 소설은 영화와 불가분의 관계를 형성하고 있으며 이를 통해 소설은 이제 죽음이 아닌 부활을 꾀하고 있다.

이에 우리는 현재까지 부커상을 수상한 작품들에 대한 국내의 다양한 학술

---

1) *Disgrace*는 연구의 초점에 따라 『수치』 혹은 『치욕』으로 번역되기도 하지만, 주로 『추락』으로 소개되어 왔다. 여기에서는 이 책에 수록된 김수연의 논문과의 통일성을 고려해 『수치』로 옮긴다.

적 논의를 살펴본 바, 크게 세 가지 주제 "부커상과 사회, 역사, 서사", "부커상과 민족, 국가, 인종", "부커상과 영화"를 중심으로 이 책을 엮게 되었다.

이 책의 제1장 <부커상과 사회, 역사, 서사>에서는 20세기 중반 이후 영국 문단이 영국의 문학과 문화를 어떻게 정의하고 정립하여 왔는지 살펴보고 영국성과 세계문학의 고리를 엮어가는 밑그림을 그려볼 것이다.

A. S. 바이어트(A. S. Byatt, 1936-)의 『소유: 로맨스』는 1990년 부커상 수상 이후 2002년 귀네스 팰트로(Gwyneth Paltrow) 주연의 영화로도 제작되었다. 박현경은 이 소설을 역사 소설과 메타픽션을 융합한, 역사편찬적 메타픽션(historiographic metafiction)이라는 포스트모던 장르로 분류하며 이 작품을 소개한다. 이야기는 란돌프 헨리 애쉬(Randolph Henry Ash)와 크리스타벨 라모트(Christabel LaMotte)라는 빅토리아시대의 허구적 시인의 알려지지 않은 사랑 이야기를 현대의 연구자가 발굴하는 줄거리를 담고 있다. 빅토리아시대와 현대라는 두 개의 시간대로 진행되는 이 소설은 일기, 편지, 시 등 다양한 양식으로 구성된다. 장르적 혼용은 작품을 다채롭고 풍성하게 만들고, 텍스트 서술의 권위에 대한 포스트모던적 관심 역시 드러낸다. '소유'(possession)라는 제목은 식욕이나 성욕, 소유욕과 같은 인간의 근원적 욕망뿐 아니라, 연인 사이에서나 역사적, 신화적 인물에 대해서 느끼는 사로잡히는(possessed) 감정을 뜻하기도 한다. 부제인 '로맨스'가 시사하는 바와 같이, 『소유』는 탐색 소설이자 연애 사건을 다루는 소설로, 상당한 길이에도 불구하고 매우 흥미롭게 읽히는 작품이다. 한편 우리는 박현경이 이 작품에서 주목하는 초목신화의 역사의식을 통해 현대소설이 펼치는 오래된 미래로서의 신화의 매력을 경험하게 될 것이다.

김순식은 이언 매큐언(Ian McEwan, 1948-)의 1998년 소설 『암스테르담』(Amsterdam)에 나타난 현대 사회의 부도덕성에 주목하여 개인과 사회의 부패와 모순을 직시한다. 길지 않은 분량과 가벼운 톤으로 풀어내어 소극에 비유되기도 하는 이 소설의 이야기는 유명한 작곡가인 클라이브 린리(Clive Linley)와 저명한 신문사 편집자인 버논 할리데이(Vernon Halliday)가 몰리 레인(Molly Lane)의 화장장에서 만나는 것에서부터 시작된다. 몰리는 이 두 사람이 이렇게 성공하기 이전에 각각의 애인이었으며, 절친한 친구였다. 소설은 죽은 몰리로 인해 조우한 두 친구와 몰리의 남편 사이에서 일어나는 세 남자 간의 긴장과 갈등 관계에 이야기의 초점이 맞추어진다. 죽은 자는 말이 없으나 몰리의 존재는 그들 사이를 이어주는 강력한 접착제와도 같다. 그러나 이들 사이의 갈등에서 드러나는 비틀어진 인간관계는 우정, 사랑, 신의, 도덕, 정의 등에 대해 우리가 그렇다고 믿고 있는 사전적 정의를 해체시킨다. 그들이 사회의 엘리트이고 최고의 지성이며 실력자들이라는 점에서 현대 사회의 실망스럽고 추악한, 그러면서도 어디에나 편재해 있는 낯설지 않은 도덕불감증의 정도를 적나라하게 고발하는 작품이다. 김순식의 글은 작품 속의 세기말적 상황에서 표류하는 인간상들을 구체적으로 그려내며 우리 시대의 소설이 묻고 있는 인간성의 현주소를 재검토함으로써 풍자문학의 기능과 역할을 되돌아보게 한다.

마가렛 앳우드(Margaret Atwood, 1939-)는 앞서 소개한 두 작가와는 달리 캐나다의 대표적 문인으로 시인, 소설가, 에세이 작가, 문학 평론가, 발명가, 환경 운동가이기도 하다. 한혜정은 앳우드의 열 번째 소설이자 21세기의 첫 부커상 수상작인 『눈먼 암살자』(The Blind Assassin, 2000)를 통해 다층적이고 복합적인 소설의 가능성을 탐색한다. "장대하고 극적이며 구조적으로 뛰어난 이 소설은 앳우드의 헤아릴 수 없는 감정의 깊이뿐만 아니라 사소한 일들과 심리적인 진실을 바라보는 시인의 눈을 보여 준다"는 부커상 심사위원장의 평을 통해 짐작할 수 있듯이, 이 소설은 역사소설, 대하소설, 회고록, 로맨스, 펄프 SF, 르포르타주를 교차시키며 여러 겹의 중층적인 의미를 제공한다. 한혜정의 글을 통해 우리는 '눈멂'이라는 상징을 통해 이 소설이 제기하는 남성 중심의 시각중심주의의 폭력성과 한계에 눈뜨고, 전통적 역사 기술의 중추였던 오른손 대신 왼손으로 다시 쓰는 새로운 역사의 가능성을 엿보게 된다.

김성호는 2011년 부커상 수상작이자 영화로도 소개된 줄리언 반즈(Julian Barnes, 1946-)의『종말의 감각』을 비평가의 시점으로 통찰하며 소설이란 무엇이며 어디로 향하는가를 묻는다. 헨리 제임스(Henry James, 1843-1916)가 소설을 "헐렁한 괴물"(loose baggy monsters)에 비유한 이래, 현대 문학에서 소설이라는 장르는 한동안 삶의 모든 요소를 담아낼 수 있는 마법상자와도 같은 역할을 해왔다. 심지어 김성호가 바라본『종말의 감각』은 "에세이적"이라 할 만큼 "사회적 재현의 과제"에 앞서 "작가의 관념이나 감상을 전달하는 데" 더 많은 에너지를 할애한다. 에세이적 서술은 반즈의 뛰어난 작가적 역량을 드러내는 수단인 동시에 우리 시대 소설 장르의 변화를 보여주는 신호이기도 하다. 필자는 "오늘날 많은 소설가들은 장편소설이 추구해온 현실의 미적 전유, 즉 이야기를 통한 현실의 재현"을 지향하는 대신 "주관에 속한 것들, 즉 감상과 명상을 마음껏 펼쳐낸다"고 분석한다. 따라서 "단편적 장편"이라는 소설의 변주에 이르게 되었고, 이는 우리가 마주한 21세기 소설의 판을 형성하고 있다. 이것이 소설의 긍정의 행보일지 퇴보의 전주일지는 독자가 판단할 차례이다. 김성호는 소설을 읽어야 할 이유가 없어질지도 모를 미래를 염려하지만, 역설적으로 우리는 그의 주장에서 소설을 읽어야 할 당위를 찾게 된다.

이 책의 제2장 <부커상과 민족, 국가, 인종>은 민족, 국가, 인종의 문제를 탐문하는 수상작들에 관한 국내 연구들을 소개한다. '대영제국'의 몰락 이후 영연방 출신 작가들은 다양한 방식으로 제국주의의 폐해, 독립국가의 존재 방식과 민족문화의 의미를 탐색해 왔고, 그중 일부는 부커상 수상작 명단에 이름을 올렸다. 1981년 수상작인 살만 루시디(Salman Rushdie, 1947-)의『자정의 아이들』은 그 대표적 예이다. 성정혜는「불완전한 진실, 구성되는 현실로서의 역사 보여주기 - 살만 루시디의『자정의 아이들』」에서 국가사 서술의 주체가 되고자 하는『자정의 아이들』의 주인공 쌀림 시나이(Saleem Sinai)의 욕망과 총체적 역사 서술의 불가능성이 그의 몸을 통해 표현되는 방식을 살핀다. 인도 독립의 순간에 출생한 주인공의 이야기인『자정의 아이들』은 국가사와 개인사를 겹쳐 놓음으로써 포스트콜로니얼 역사 서술 방식에 관한 풍부한 논의를 생산해온 작품이다. 성정혜는 독립국가의 역사를 서술하고자 하는 시나이의 욕망을 스스로의 몸이 배반하는 지점을 분석함으로써, 노골적으로 개인과 국가의 상응 관계를 전제하는『자정의 아이들』이 "국가의 알레고리라기보다 오히려 국가와의 동일시, 단일한 역사를 열망하는 서사에 대한 비판"으로 읽힐 수 있다고 주장한다.

「'스코틀랜드적인 것'의 도전과 성취 — 제임스 켈먼의『얼마나 늦은 것인지, 얼마나』」에서 황정아는 논란 속에서 1994년 수상작으로 선정된 제임스 켈먼(James Kelman, 1946-)의『얼마나 늦은 것인지, 얼마나』(*How Late It Was, How Late*)가 스코틀랜드적인 특성에 천착함으로써 영국소설과 '영국성'(Englishness)에 던지는 도전을 평가한다. 황정아는 켈먼의 소설에서 글래스고우 하위계급(underclass) 주인공의 구어체 내면 독백과 스코틀랜드 방언의 사용이 단순히 이국적인 것으로 동원되지 않고 보편적인 문제에 대한 통찰로 확장된다고 주장한다. 켈먼이 '스코틀랜드적인 것'을 통해 브리튼(Britain) 안의 '예외 상태', 혹은 '중심부' 내부에 위치한 '주변부'를 보여줌으로써 "예외상태가 규칙이 되어버린 오늘날의 '보편적 상황'을 섬뜩하게 일깨우고 있다"는 것이다.

이정화의 「'새로운 오리엔탈리즘'과 아룬다티 로이의『작은 것들의 신』」은 인도 독립 50주년인 1997년 부커상을 수상한 아룬다티 로이(Arundhati Roy, 1961-)의 소설을 분석하기 위해 다문화주의와 글로벌 자본주의가 공모하는 차이의 상품화가 제국주의와 갖는 연속성에 주목한다. 이정화는 1990년대 영국문화의 "인도 열풍"을『작은 것들의 신』의 수용뿐 아니라 집필의 주요 맥락으로 조명하면서,『작은 것들의 신』이 포스트콜로니얼 문화의 상업화에 어떻게 대응하는지 살핀다. 이정화의 논문은『작은 것들의 신』이 "초국가적 자본의 영향력 아래에서 다문화주의가 제국주의의 논리를 재연할 수 있다는 것을 보여준다"는 점에서, "오늘날 세계 각지에서 생산되는 포스트콜로니얼 영어소설의 기회와 위기에 대해 여전히 유효한 시사점을 제공한다"고 평가한다.

「이해할 수 없는 정의와 윤리－J. M. 쿳시의『수치』」에서 김수연은 1999년 수상작인 J. M. 쿳시(J. M. Coetzee, 1940-)의『수치』가 남아프리카 공화국을 배경으로 제기하는 윤리 문제를 탐색한다.『수치』에 대한 연구가 주로 인종 문제에 주목했다면, 윤리비평을 시도하는 김수연의 논문은 남아프리카 공화국의 특수한 인종갈등이 보편적인 윤리 문제와 맞닿아 있음을 시사한다. 보다 구체적으로, 김수연은『수치』가 "침묵 대 반항, 자아 대 타자, 욕망 대 사회정의 같은 이분법을 해체"함으로써 윤리성을 확보한다고 본다. 즉, 독자를 곤혹스럽게 하는 쿳시의 소설이 지닌 모호성 자체가 "정의와 폭력, 저항과 공동체에 관한 독자의 고정관념에 도전하고 새로운 사유의 세계로 독자를 초대"한다는 것이다.

제3장 <부커상과 영화>에서는 부커상 수상 소설과 영화의 관계를 1989년, 1992년, 1996년, 그리고 2002년 수상작 소설과 해당 소설을 각색한 영화와 관련된 논문을 중심으로 살펴본다.

이혜란은 1989년 부커상에 이어 2017년 노벨문학상을 수상한 가즈오 이시구로(Kazuo Ishiguro, 1954-)의 작품을 분석하며 논문「영국 헤리티지 필름의 문화정치학－가즈오 이시구로의『남아 있는 나날』과 머천트 아이보리의 <남아 있는 나날>」에서 1980년대 영국의 헤리티지 산업과 각색 영화의 긴밀성을 다룬다. 영화 각색은 문화유산을 상품화하여 국가 경제를 끌어올리는 것과 연관되어 있을 뿐 아니라 과거의 건축물이나 유적지에서 영국성을 상징하는 대상을 통해 과거 제국주의의 영광을 소환하는 문화정치학 논리가 작동하고 있다고 논한다. 이혜란은 헤리티지 산업의 효과를 부각시키기 위해 감독이 원작을 왜곡하거나 삭제하고 결과적으로 전체 스토리를 훼손하는 예가 발생한다고 보고, 원작과 영화가 드러내는 균열에 주목한다. 보다 구체적으로는 영화 <남아 있는 나날>에 재현된 영국의 1980년대와 90년대의 문화정치학적 지형을 살펴보면서 영화가 특정 시대의 문화적 산물임을 규명하고 있다.

정광숙은 「『영국인 환자』— 소설과 영화 매체의 차이와 공존의 가능성」에서 마이클 온다치(Michael Ondaatje, 1943-) 소설과 영화에 재현된 정치성과 대중성을 분석하고 이 두 장르의 공존 여부를 검토한다. 영화는 관객이 줄거리를 쉽게 이해하게 하기 위해 소설에 나타난 역사적 근거를 충분히 보여주지 못하고 역사적 배경이 허구로 제시되면서 <영국인 환자>에서 낭만적 허구를 부각시키는 오류를 범한다고 지적한다. 영화의 주요 배경인 사막은 오랜 역사를 보여주는 역사의 장소가 아닌 백인의 탐험과 전쟁의 장이자 알마시(Almacy)와 캐서린(Katharine)의 사랑과 죽음의 장소로만 보인다는 것이다. 또 알마시와 캐서린의 관계에 집중한 나머지 영화는 킵(Kip)과 카라바지오(Caravaggio)의 인종과 국적 문제가 중요함에도 불구하고 부각시키고 있지 않는다는 점도 지적한다. 그럼에도 관객의 흥미를 끌기 위해 관객의 눈높이에 맞춘 영화 각색이 오히려 작가에 대한 관심을 높이는 긍정적 효과를 낳을 수 있음을 언급한다. 정광숙은 소설과 영화가 정치성과 대중성을 이끌어내어 상생할 수 있는 방법을 모색하는 것을 제안한다.

배만호는 「저자가 본 소설의 영화화— 그레이엄 스위프트의 『워터랜드』와 『마지막 여정』」에서 역사와 영국적 지역성에 주안점을 둔 소설이 영화로 각색된 경우 소설과 영화의 차이에 대한 그레이엄 스위프트(Graham Swift, 1949-)의 관점에 주목한다. 스위프트는 영화 <워터랜드>(Waterland)의 배경과 배우 선정에서 소설의 역사적 고뇌와 시대적 그리고 지역적 분위기를 살리지 못했다고 보았기 때문에 이에 의해 배만호는 영화가 원작이 담고 있는 작품의 혼을 삭제해 버린 실패작이라고 언급한다. 이에 반해 <마지막 여정>(Last Orders)은 네 명의 남자 여행기에서 영국 런던의 서민 언어를 그대로 담아냄으로써 일상적인 삶을 감동을 담아 설득력 있게 묘사했다고 본다. 평범함에서 감동을 끌어내는 스위프트의 의도가 잘 재현되었다는 것이다. 배만호는 두 영화에 대한 상반된 반응은 저자와 감독의 소통, 감독의 작품 이해도에 기반하고 있음을 지적하면서 소설의 영상화의 난점을 더들리 앤드류(Dudley Andrew)의 소설의 영상화 원리에 비추어 다루고 있다.

　박선화는 「영국의 (맨)부커상과 영화 각색을 통한 소설의 대중화―『라이프 오브 파이』를 중심으로」에서 영국 부커상의 기원과 역사를 개관하고 얀 마텔 (Yann Martel, 1963-)의 작품과 각색영화를 통해 부커상과 맞물린 상업적 본격문학의 형성을 다룬다. 국내에서 부커상에 대한 관심이 고조되고 덩달아 출판사의 수상작 번역 작업이 진행되는 가운데, 박선화는 부커상 제정과 수상이 가져온 소설의 부활과 소설의 상업화는 소설의 영화 각색 작업을 통해 대중화로 이어지고 있음에 주목했다. 박선화는 작가는 무의식적이든 의식적이든 부커상을 겨냥한 소설을 생산하고, 감독 또한 저명한 상을 수상하고자 하는 동일한 목표를 지향하는 영화 각색을 하게 된다는 점을 지적한다.『라이프 오브 파이』(국내에서『파이 이야기』로 출간)는 현대의 포스트모던 주체를 내세워 문학성을 살리고 있으며, 영화 <라이프 오브 파이>는 화려한 색채와 이미지를 살려 대중성과 상업성을 겨냥한 대표적 영화라고 주장한다. 나아가, 부커상이 영어와 영국의 조건을 유지하며 영국의 제국주의 유산을 지속하는 동시에 자본주의 사회에서 거대한 부를 축적하는 상업화된 도구임을 짚어내기도 한다.

　부커상 수상작과 각색 영화를 통해 바라보건대, 이 작품들은 단순히 흥미 위주의 산물이 아니라 당대의 사회와 문화를 반영한 정치성을 수반한다. 부커상은 지난 반세기 동안 가장 좋은 소설을 발굴한다는 사명 하에 문학과 개인과 사회를 긴밀히 연결 지으며 다양한 빛과 그림자를 그려냈다. 영소설의 원산지인 본토와 팔천 킬로미터도 넘는 거리에 있는 한반도의 독자는 이제 그들이 그리려던 그림의 화폭에 당당히 서 있다. 우리는 더 이상 여가시간을 이용해 외국의 책을 읽고 영화를 보는 단순 소비자가 아니라 참여하고 평가하며 생산하는 '내포 독자' 또는 잠재적 이야기꾼이 된 셈이다. 이제 우리는 시대의 이야기를 누리고 펼칠 준비가 되었다.

　이 책을 마무리하며 우리는 다시 부커상의 이름을 되뇌게 된 이유를 물으며 대한민국 도서 시장을 떠들썩하게 달구었던 부커 국제상 수상작 한강의 『채식주의자』로 돌아가 본다. 이 책의 부록 「한강의 『채식주의자』에 대한 영미권의 수용 방식 - 부커상과 오리엔탈리즘」에서 임경규는 『채식주의자』에 대한 영어권 독자들의 수용 방식을 점검하며 부커상과 오리엔탈리즘적 사고의 내포적 연관성을 지적한다. 임경규의 진단에 따르면 한강의 작품은 인간의 고통이라는 고전적이고 보편적인 주제의식을 자신만의 고유한 방식으로 형상화한다. 특히 『채식주의자』는 독자들에게 바로 그러한 친숙하면서도 낯선 경험, 즉 누구에게나 있을 수 있는 트라우마의 상흔을 일상에서 경험하기 어려운 깊이에 이르기까지 파고드는 집요함을 맛보게 하며, 흔한 치유와 화해를 거부하고 타자와의 단절은 물론 주체의 균열에까지 몰고 간다. 이로서 낯익음은 낯섦으로 치환되고 보편이 고유함의 영역에 입장하게 된다. 한편 『채식주의자』에 대한 영어권 독자들의 수용 방식에는 문화적 타자성에 대한 서구인의 호기심과 열망, 즉 낯섦에 대한 오리엔탈리스트적 소비욕이 꿈틀거리고 있음을 감지하지 않을 수 없다. 한국문학의 세계화 또는 세계문학으로서의 영문학의 시대에 우리는 낯선 것에 대한 낯익은 욕망을 재확인하며 아픔과 트라우마로 가득한 『채식주의자』에 비친 한국문학의 얼굴과 그 고통의 얼굴을 바라보는 세계 독자들의 시선은 무엇을 반영하는지 묻지 않을 수 없다.

　이제 전개될 13편의 이야기를 통해 우리의 시선으로 부커상 50년의 역사를 돌아보고 영소설의 지도를 만들어보자.

2019년 5월
박선화 · 우정민 · 이정화

인용 문헌

Bloom, Clive. *Literature, Politics and Intellectual Crisis in Britain Today*. New York: Palgrave, 2001.

Huggan, Graham. *The Post-colonial Exotic: Marketing the Margins*. London: Routledge, 2001.

Strongman, Luke. *The Booker Prize and the Legacy of Empire*. Amsterdam and New York: Rodopi, 2002.

Todd, Richard. *Consuming Fictions: The Booker Prize and Fiction in Britain Today*. London: Bloomsbury, 1996.

수록 원고 출처

이 책에 수록된 글은 아래의 학술지에 게재되었던 것을 수정 보완한 것입니다. 한국현대영미소설학회는 재수록을 허락해 주신 데 대해 진심으로 감사드립니다.

1장　　박현경.『현대영미소설』17권 3호 (2010): 91-107.
　　　　김순식.『현대영미소설』16권 2호 (2009): 49-78.
　　　　한혜정.『새한영어영문학』53권 4호 (2011): 95-114.
　　　　김성호.『영미문학연구』23호 (2012): 5-31.

2장　　성정혜.『영미문학연구』15호 (2008): 5-34.
　　　　황정아.『새한영어영문학』52권 1호 (2010): 145-65.
　　　　이정화.『영미문화』15권 3호 (2015): 271-88.
　　　　김수연.『안과밖』30호 (2011): 93-116.

3장　　이혜란.『문학과 영상』18권 2호 (2017): 317-42.
　　　　정광숙.『문학과 영상』1권 2호 (2000): 137-61.
　　　　배만호.『새한영어영문학』53권 2호 (2011): 73-91.
　　　　박선화.『현대영미소설』23권 2호 (2016): 155-80.

부록　　임경규.『문학들』45호 (2016): 24-40.

차례

제1장 부커상과 사회, 역사, 서사

제2장 부커상과 민족, 국가, 인종

제3장 부커상과 영화

부 록

제1장
부커상과 사회, 역사, 서사

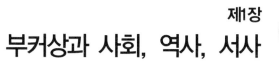

1.

초목신화에 담긴 역사인식
— A. S. 바이어트의 『소유』를 중심으로

박현경

| 작가 소개 |

1936년 8월 24일에 출생했으며 영국의 소설가이자, 시인, 비평가이다. A. S. 바이어트(A. S. Byatt)는 필명으로, 본명은 안토니아 수잔 더피(Antonia Susan Duffy)이다. 기사 작위를 받은 남자의 이름 앞에 경(Sir)을 붙이듯, 여성으로서 이에 상응하는 작위인 데임(Dame)이란 호칭을 받아 데임 안토니아 수잔 더피로 불린다. 결혼 전 성은 드래블(Drabble)이었다. 아버지는 지방법원 판사였고, 가정주부로서 갇힌 삶을 산다고 느꼈던 브라우닝 연구자인 어머니는 "소리를 지르고, 지르고, 또 질렀다"고 한다. 어머니의 불만과 더불어 4남매 중 장녀인 바이어트는 매우 불행한 성장기를 보냈다. 여동생 마가렛 드래블(Margaret Drabble)도 소설가, 전기 작가, 비평가인데, 둘은 경쟁 관계에 있으면서도 자매애를 나누는 사이였다고 한다.

바이어트는 기숙학교인 셰필드 고등학교(Sheffield High School)와 퀘이커 마운트 스쿨(Quaker Mount School)을 다녔는데, 스스로는 반기독교인(anti-Christian)이자 비퀘이커교도라고 밝힌 바 있다. 케임브리지의 뉴넘 칼리지(Newnham College, Cambridge), 미국의 브린 모어 칼리지(Bryn Mawr College), 옥스퍼드의 서머빌 칼리지(Somerville College, Oxford)를 다녔고, 런던 대학교(University of London) 등에서 가르치기도 했다.

1959년, 찰스 레이너 바이어트(Charles Rayner Byatt)와 결혼해서 아들과 딸을 낳았고 1969년에 이혼했다. 같은 해인 1969년 피터 존 더피(Peter John Duffy)와 재혼했는데, 이들 사이에 딸 둘이 태어났다. 1972년, 당시 11세이던 아들이 음주 운전자에 의해 교통사고로 죽었다. 아들의 죽음은 그녀의 삶과 글에 엄청난 영향을 주었으나, 그녀는 글쓰기를 치료(therapy)보다는 쾌락(pleasure)의 관점에서 생각한다고 말했다. 무언가를 만들어내는 것이 인생에서 가장 중요하고, 창작하고 구성하는 것을 사랑하기 때문이라는 이유에서다.

1964년, 지배적인 아버지의 그늘 아래서 자란 어린 소녀의 이야기를 담은 첫 소설 『태양의 그늘』(*The Shadow of the Sun*)을 출판했다. 1990년에 출판된 『소유』는 그녀의 다섯 번째 소설인데, 이 소설로 바이어트는 부커상의 영예를 안았다. 『소유』는 2002년에 귀네스 팰트로(Gwyneth Paltrow)의 주연으로 영화화되었다. 바이어트는 헨리 제임스(Henry James), 조지 엘리엇(George Eliot), 에밀리 디킨슨(Emily Dickinson), T. S. 엘리엇(T. S. Eliot), 로버트 브라우닝(Robert Browning) 등으로부터 영향을 받았다고 알려져 있고, 그녀의 저서에는 동물학, 곤충학, 지질학, 진화론에 대한 관심이 반영되어 있다.

1. 바이어트의 『소유』와 신화비평

영문학자이자 작가인 바이어트(A. S. Byatt)가 쓴 『소유』(*Possession*)는 "로맨스"라는 부제 하에 두 개의 시간 틀로 구성되어 있다. 롤런드 미첼(Roland Mitchell)과 모드 베일리(Maud Bailey)라는 현대의 학자가 빅토리아 시대의 시인 랜돌프 헨리 애쉬(Randolph Henry Ash)와 크리스타벨 라모트(Christabel LaMote)의 숨겨진 일화를 찾아가는 이야기 속에서 현재와 과거를 넘나드는 사건의 전개가 이루어진다. 이처럼 두 개의 시간 틀이 공존하면서, 미첼과 베일리가 애쉬와 라모트의 이야기를 찾아가는 탐색은 과거에 대한 깨달음뿐 아니라 그들 자신에 대한 재발견으로 귀결된다. 과거와 현재라는 시간적 간극과 빅토리아 시대의 시인과 현대의 학자라는 인물됨의 차이에도 불구하고, 이들 존재 사이에는 긴밀한 관련성과 본질적인 유사성이 암시되는 것이다.

이처럼 과거와 현재가 동질적인 인물을 통해 합치되는 것은, 『소유』의 서두에서부터 작품 전체에 걸쳐 제시되는 잠바티스타 비코(Giambattista Vico)의 역사인식을 토대로 한다고 볼 수 있다. 비코는 『신과학』(*The New Science*)에서 반복적으로 순환하는 역사관을 제시한 바 있다. 비코의 역사관은 각 세대가 이전의 세대를 거울과 같이 비추며 회귀적이고 순환적인 양상으로 원시에서부터 진보하여 발전한다는 사관이다. 그는 사회적 소외와 지적 불모성으로 인해 문명이 표면적으로는 시초에 비해 고도로 정교해지지만, 종국에는 자기 파멸에 직면한다고 설명한다. 그는 또한 초기 문명에 관한 신화적 자료가 인간의 실제 사고방식과 동떨어진 단순한 문학적 고안이 아니라, 그 시대의 인간이 지닌 정신 자세에 대한 정확한 표현이라고 주장한다(21, 22). 『소유』에서 신화와 역사, 현실이 상호 반영되며 각 시대의 인물이 동질적인 존재로 표현되는 것은, 비코가 주장하는 순환하는 역사관과 신화에 담긴 역사와 현실의 표현을 보여준다.

미첼과 베일리가 애쉬와 라모트의 성격과 삶을 유사하게 반복하면서 두 개의 시간이 합치됨에 따라, 이들 인물은 하나의 동일한 근간을 지닌 원형적이고 신화적인 존재의 양상을 띤다. 비코가 신화에서 인간의 정신 자세를 발견하려 한 것처럼, 바이어트도 신화적 존재에서 역사적 인물과 현대를 사는 인간의 면모를 찾는다. 『소유』에서 다루어진 신화적 존재 가운데서 특히 두드러지는 인물은 멜루지나(Melusina)라는 여신이다. 멜루지나는 자족적이고도 생산적인 여신으로서, 라모트와 베일리로 이어지는 여성의 가계도에서 근원적이고 핵심적인 인물로 제시된다. 라모트가 멜루지나라는 생산적 여신의 이미지를 반영한 역사적 존재로 제시되었다면, 베일리는 라모트의 후손이자 멜루지나와 라모트의 인물됨을 반복하는 현대의 인물로 표현된다. 그리고 라모트와 베일리에게 있어서 애쉬와 미첼은 각각의 연인이자 탐색의 동반자로 등장하여, 여성의 자족적이고 생산적인 체계에 개입하여 양성의 교류와 화합을 통한 생산을 이끄는 남성 창시자로 묘사된다. 바이어트는 신화의 세계와 19세기, 그리고 현대를 넘나들며, 신화 속 인물들과 애쉬/라모트, 미첼/베일리의 삶을 서술함으로써, 이들이 결국 하나의 근원에서 비롯된 이체물(variation)임을 시사한다. 이들의 삶에서 과거는 현재로 들여와지고 현재는 미래를 담는 것으로 나타나며, 직선적인 시간의 개념 대신 순환하는 존재와 반복되는 삶의 국면이 부각된다. 이러한 역사인식으로 인해 각기 특정한 시대를 배경으로 하는 인물의 등장에도 불구하고, 무시간적인 공간에서 신화적이고 원형적인 인물의 삶이 반복해서 제시되는 양상이 나타난다. 마리아델 보카디(Mariadele Boccardi)가 지적한 바와 같이, 『소유』에서는 인과관계를 토대로 한 선형적이고 역사적인 서사를 대신하여, 한 세대에서 다음 세대로 이어지는 계통적 반복(genealogical repetition)이 제시된다(199). 미첼과 베일리가 과거의 역사적 사실을 탐색하여 그들 자신의 이야기를 발견하는 것에서도 암시되듯, 이러한 계통적 반복은 과거와 현재의 접점을 드러내며 순환하는 역사의 일면을 보여준다.

이처럼 신화가 작품의 중심 테마를 이루고 그 안에서 신적인 존재와 역사 속의 인물, 현대를 사는 인간이 하나의 존재로 통합되는 비전은 신화와 문학에 대한 바이어트의 견해를 보여준다. 그녀는 「생각의 전능함: 프레이저, 프로이드 그리고 포스트모던 소설」에서 원시적이고 미신적인 사고를 토대로 문학과 인간을 해석하는 틀을 마련한다. 특히 그녀는 타부를 향한 인간의 욕망과 미신적이고 마술적인 성향에 천착한다. 인간의 자연적 욕망을 금하는 법의 원리에 대한 프로이드(Sigmund Freud)의 지적과 미신적이고 마술적인 성향과 강박적인 행동의 유사성에 대한 프레이저(James Frazer)의 분석을 들여오면서, 바이어트는 근대의 소설을 분석하고 문학을 읽는 틀을 마련한다(109-13). 「반 고흐, 죽음과 여름」("Van Gogh, Death and Summer")에서도 바이어트는 반 고흐의 그림 중 특히 <해바라기>에 집중하면서 성적 욕망에 대한 프로이드의 논의를 토대로 예술과 문학을 비평한다. 성적 욕망이란 영원불멸을 향한 욕망이라고 해석하는 프로이드의 논의를 인용하면서 바이어트는, 프로이드가 『향연』에서 아리스토파네스의 변론, 즉 사랑의 기원은 분리된 반쪽을 찾아가는 것이라는 주장을 특히 좋아했다고 지적한다. 그녀는 신화, 철학, 문학, 그리고 예술 일반에 편재하는 욕망과 금기, 그리고 강박을 중심으로 신화비평에 접근한다. 금지된 것을 향한 욕망과 미신적이고 마술적이며 강박적이기까지 한 행동의 연관성을 읽어내면서, 열망과 집착이 영원과 신성을 향한 인간의 도전을 표현한다고 평가한 것이다(285). 『소유』에서 바이어트가 지적 욕망을 식욕이나 성욕과 같은 원초적 욕망과 동질적인 것으로 표현하고, 이것을 인간의 삶 저변을 흐르는 근원적인 힘으로 설정한 것에서도 이러한 인식은 반복된다. 바이어트는 인간의 욕망에 내재한 근원적 보편성을 찾고 그것이 원시와 현대, 신과 인간에 대한 통합적 인식을 제공한다고 본다. 『소유』의 부제가 "로맨스"로 명명되듯, 바이어트는 탐색을 주제로 한 로맨스의 패턴을 차용하여, 역사와 신화 그리고 현재의 통합 속에서 인간의 삶을 관통하는 욕망과 그 함의를 파헤친다.

신화와 문학에 대한 이러한 바이어트의 접근은 프레이저나 프로이드의 논의와 닮아 있다. 프레이저의 『황금가지』(*The Illustrated Golden Bough*)는 『종의 기원』이 출간되고 30년가량 지나 출판된 것으로 진화론적 사고를 토대로 신과 신화에 대한 이해를 드러낸 저서이다. 프레이저는 원시신앙에서 기독교의 뿌리를 찾고, 예수의 죽음을 동물이나 인간의 희생 제의가 진화된 형태라고 주장한다. 이것은 신과 인간, 신화와 역사, 원시적 제의와 기독교의 동질성을 찾으려는 시도이다. 프레이저의 논의는 정통 기독교 사상뿐 아니라 인간과 신에 대한 플라톤의 인식과도 구별된다. 플라톤은 영감을 받은 서정 시인을 "신들린"(possessed) 상태에 있는 것으로 보고, 시신, 음송시인, 더 나아가 관객에 이르는 비이성적인 광기의 연쇄 상태를 경계했다. 프레이저가 신과 인간, 마술과 종교가 동일한 근간을 가졌다는 인식하에 그 교류와 통합의 순간을 신적인 계기로 이상화한 것은, 진화론의 영향을 신화와 문학적 차원에서 받아들인 결과로 볼 수 있다.

　　신적인 세계와 인간의 일상을 동질적으로 파악하는 것은 프로이드의 논의에서도 마찬가지로 발견된다. 그는 비극을 문학의 대표로 논하면서, 오이디푸스 신화가 인간이 경험하는 현실 세계의 여러 국면을 드러내고 설명한다고 평가한다. 『토템과 타부』(Totem and Taboo)에서 그는 타부의 반의어가 "늘 범접 가능한"이라는 의미를 지닌 "노아"(noa)라는 점에 주목하여, 타부는 일상적인 것을 넘어서는 신성한 것이면서, 위험하고 부정하며 무시무시한 것을 의미한다고 지적한다 (18-22). 프로이드가 『오이디푸스』에서 종교, 도덕, 사회 그리고 예술이 수렴된 지점을 발견하는 것도 이와 같은 맥락에서 살펴볼 수 있다. 오이디푸스 콤플렉스의 핵심은 애증이라는 양가감정이라고 할 수 있는데, 이는 금지된 것을 향한 인간의 무의식적 욕망을 집약적으로 드러낸다. 프레이저와 마찬가지로 프로이드 역시 신과 인간, 역사와 현실, 문학과 삶의 모든 국면이 동일한 기원을 가진다고 보면서 그 수렴점을 찾는 데 주력한다. 프레이저에게 있어서 그것이 내재하는 신성의 진화로 표현되었다면, 프로이드에게 있어서 그것은 금지된 것을 향한 무의식적 욕망으로 나타난다.

　　프레이저와 프로이드의 논의를 살펴보면, 그들에게 있어 신화란 비록 종교적 체계를 지니고 있을지라도 신이 아닌 인간의 사고와 행동, 그리고 욕망을 반영하고 표현한다는 점에서 그 의의가 있다고 할 수 있다. 바이어트에게 있어서도 신화는 계시의 기록이기보다는 인간의 사고와 행동, 그리고 욕망의 표현이라는 점에서 그 의미를 지닌다. 멜루지나의 신화가 라모트의 삶을 설명하는 원천이 되고, 라모트의 역사가 베일리가 사는 현대의 근원적 의미를 드러내는 것은, 신화가 인간의 삶을 설명하고 영원과 신성을 향한 인간의 욕망을 표현하는 체계임을 시사한다. 요컨대『소유』에 나타난 신화와 문학의 가치는, 인간 안에 내재한 근원적 욕망과 신성을 표현하는 데 있다고 하겠다. 바이어트는 이러한 욕망과 신성의 경지를 '사로잡힌'(possessed) 상태와 '소유'(possession)하려는 열망으로 제시하는데, 이는 인간이 신과 하나가 되어 신성을 드러내는 주요한 계기라고 할 수 있다. '도취' 혹은 '소유'의 순간이 인간의 욕망이 가장 강렬하게 표현되는 시점이자 영원과 신성에 도달하는 상태가 되는 것이다. 이러한 측면에서 볼 때『소유』는 문학이 진리와 닿아 있고 역사와 현실을 통찰하는 것임을 역설하는 작품으로, 바이어트의 신화비평이 소설로 표현된 사례라고 하겠다.

2. 『소유』에 담긴 초목신화: 재귀적 인물들의 삶과 생산

『소유』의 중심 신화로서 인간의 보편적 상태를 드러내고 그 안에 담긴 신성과 영원성을 드러내는 것은 초목신화(vegetation myth)이다. 『황금가지』에서 프레이저가 설명한 바와 같이, 초목신화에서는 신의 죽음과 부활이 계절의 변화나 초목의 생장이라는 자연법칙과 관련된 용어로 설명된다. 프레이저는 그리스 신화 중 페르세포네가 하데스에 의해 지하세계로 내려가는 시기를 일종의 죽음이자 겨울로 보고, 그녀가 다시 데메테르를 만나는 때를 부활이자 봄으로 해석한다. 그리고 그는 신의 죽음과 부활을 추수하는 가을과 만물이 소생하는 봄의 순환과 동질적인 것으로 파악한다. 그는 신을 살해하는 제의적 행위가 초목의 생장처럼 공동체의 재생과 번영을 위한 필연적인 과정이라고 해석한다.

진화론을 바탕으로 한 초목신화의 테마가 『소유』에서는 신화적 등장인물을 통해 표현된다. 멜루지나가 자족적이며 생산적인 여신으로 생명과 성장의 원천인 데메테르와 같이 표현된다면, 라모트와 베일리는 이러한 멜루지나의 후예, 즉 일종의 페르세포네라고 할 수 있다. 그녀들은 금지된 것을 향한 욕망을 추구하며 각각 애쉬와 미첼과 결합함으로써 필연적이고 상징적인 죽음과 그에 따른 생산이라는 순환적 과정을 예시한다. 멜루지나가 보여주는 여성의 다산성, 라모트와 애쉬의 관계에서 이룩되는 생산성, 나아가 미첼과 베일리가 애쉬와 라모트의 숨겨진 이야기를 발굴해가면서 얻어지는 각성은, 금지된 것을 향한 욕망을 표출하여 재생과 생장에 이르는 과정으로 초목신화의 주제와 닮아 있다.

2.1. 멜루지나와 데메테르 - 여성의 생산성과 양성생식

멜루지나의 외양 묘사에서 가장 두드러진 것은 그녀의 허리 아래가 물고기 혹은 뱀의 모양을 하고 있다는 것이다. 커다란 소시지를 연상시키기도 하는 그녀의 하체는 남성 성기의 이미지를 지니고 있는데, 이러한 멜루지나의 모습은 자웅동체를 상징하며 자기충족적인 여성의 상태를 표상한다. 주목할 점은 이러한 멜루지나의 자족적 생산성이 남편 레이몽뎅(Raimondin)에 의해 "뱀"으로 규정되는 순간 훼손된다는 것이다. 이로 인해 그녀는 용으로 변하여 날아가고 죽음을 예언하기 위해서만 돌아오는 존재가 되고 만다. 이 사건에는 다층적인 의미가 담겨 있다. 우선적으로 이것은 멜루지나가 일종의 데임 블랑쉬(Dame Blanche), 즉 자신의 욕망에 봉사하지 않는 존재를 훼방하고 고문하는, 자애롭지 못한 여성 존재가 되었음을 의미한다(38). 또한 멜루지나는 키이츠(John Keats)의 라미아(Lamia)처럼, 남성의 이성적 사고에 의해 뱀으로 규정되는 순간 사라지는 상상력, 혹은 창조성을 상징한다고도 볼 수 있다. 더 나아가 그녀와 관련된 죽음과 추수의 이미지가 모두 낫(scythe)으로 표현됨으로써, 멜루지나는 파멸과 풍요를 동시에 가져오는 존재임이 암시된다(197).

멜루지나가 좋은 어머니와 악한 뱀의 더블이라는 내용을 담은 라모트의 시에서도(43), 신화 속 멜루지나의 대립되는 이미지는 통찰력 있게 반복된다. 멜루지나에게는 라모트와 동거하던 여인 블랑쉬의 이미지 역시 중첩된다. 그녀가 흰옷의 여인(White Lady)으로서 속죄양처럼 죽음을 맞이하는 것은, 애쉬와 라모트의 관계에서 생산성을 창출하는 블랑쉬 글로버의 삶에 대한 복선으로 읽을 수 있다(236, 380). 여성의 자족적이고 풍성한 생산성은 사라지지만, 그것이 곧 양성생식, 즉 남녀 간의 결합에 따른 생산으로 가는 길을 연다는 진화론적 사고가 이 안에서 담겨 있는 것이다. 단성생식이 양성생식으로 진화된다는 19세기의 과학적 신념은 멜루지나의 신화를 통해 드러나고, 애쉬와 라모트의 역사를 통해 재현되고 있는 것이다.

퍼거스가 베일리에게 보낸 편지에서의 멜루지나는 개척자, 대지의 영(earth spirit), 풍작의 여신, 혹은 케레스(Ceres)로 해석된다(153). 멜루지나는 대지나 풍작과 관련되어 초목신화의 데메테르와 같은 존재로 나타나는 것이다. 애쉬는 라모트에게 멜루지나가 인간 남자와 결혼해야 하는 이유를 편지로 쓰며 자신의 사랑을 설득시킨다. 멜루지나는 왕의 딸이었으나 죄로 인해, 그리고 사탄에 의해 유령, 사악한 영혼, 끔찍한 망령, 그리고 무서운 괴물로 바뀌어 버렸다고 기록된다. 이 때문에 그녀는 환영의 몸에서 이성적 영혼이 부재한 채 살아가다가, 인간 남자와 결혼하지 않을 경우 최후의 심판조차 받지 못하는 존재로 전락하고 만다. 이 영혼들의 거처는 사막, 숲, 폐허, 묘지, 텅 빈 지하실, 그리고 바닷가 등인데, 그들은 인간과의 결합을 통해서만 자연적인 죽음과 자연적인 삶을 살 수 있다(189). 여기서 자연적 죽음은 곧 곡물의 여신으로서의 멜루지나가 지하의 세계로 들어가는 것을 의미하는데, 이것은 페르세포네와 하데스의 결혼과 마찬가지로 겨울을 거쳐 싹을 틔우고 열매를 맺는 식물의 생장을 상기시킨다. 멜루지나가 남성과의 결합을 통해서만 자연적 삶과 자연적 죽음을 살 수 있는 존재로 설정되는 것은, 자족적인 생산성이 중단되고 양성적 존재성이 소멸하였음을 상기시킨다.

이시도르가 딸인 라모트에게 해준 설명에서도 데메테르의 이미지를 지닌 멜루지나의 면모가 부각된다. 그녀는 괴물과 솜씨 좋은 여성의 모습을 동시에 갖추고 있는데, 어떤 전설에서는 그녀가 푸아투(Poitou) 지방에 콩을 가져온 인물로 기록되어 있다고 한다. 이시도르는 멜루지나를 악마(Ghoul)이자 풍요의 여신(goddess of Foison)으로 해석한다. 라모트는 이러한 아버지의 설명을 근거로 하되, 자신의 비전으로 멜루지나에 대해 새롭게 글을 쓰겠다고 말한다. 라모트가 그리고자 하는 멜루지나는 힘과 약함을 동시에 가진 불운한 존재로서 공기로 돌아가는 것을 두려워하지만, 끝내는 공기로 무화되는 존재이다. 이에 애쉬는 멜루지나의 신화에는 악마적인(daemonic) 측면뿐 아니라, 현실에 근거를 둔 측면 또한 있음을 강조하며, 멜루지나가 가사와 출산을 한 인물임을 부각시킨다. 라모트가 무화되어버리는 멜루지나, 즉 죽음에 이를지라도 남성과 결합하지 않는 여성의 삶에 대한 비전을 꿈꾼다면, 애쉬는 멜루지나가 남성과의 결합을 통해 가정을 꾸리고 출산을 경험하는 존재임을 주지시켜, 남녀의 교류와 화합을 토대로 한 생산을 이상화한다(191-93). 여기서 라모트와 애쉬가 지닌 삶에 대한 각기 다른 인식이 드러난다. 라모트는 여성만의 공동체와 성교(copulation) 없이 이루어지는 생식(generation)을 희구하고 그 안에서의 자유를 열망하는 반면(267), 애쉬는 이러한 세계에 침투하여 무화되고자 하는 멜루지나와 같은 존재를 찾아내고 그녀와 결합함으로써, 현실과 생산의 장으로 여성을 끌어내려 한다. 멜루지나의 신화는 자족적인 여성의 삶이 남녀의 결합으로 표현되는 양성생식의 단계로 진화되고 있음을 시사하면서, 양성적 여성의 삶이 종결되는 양상을 보인다. 데메테르와 같은 멜루지나의 면모는 페르세포네와 하데스의 결합을 환기시키는 애쉬와 라모트의 삶을 통해 새로운 국면을 맞는다.

2.2. 애쉬와 라모트, 블랑쉬의 역사 – 과학시대로의 진화

애쉬와 라모트의 결합은 남녀의 정신적, 육체적 합일을 통한 생산을 구체화한다. 라모트는 조용한 자신의 삶에 애쉬로 인해 변화가 생기는 것을 두려워하고, 애쉬는 은둔하는 여자 라모트를 끊임없이 세상 밖으로 끌어내고자 한다(8, 9). 애쉬는 크랩 로빈슨의 집에서 라모트를 만난 후 문학과 철학 그리고 신화에 대해 그녀와 토론하고 싶은 강렬한 욕망을 느낀다. 이에 라모트는 스스로를 빛나는 거미줄의 중심에서 만족하며 사는 거미에 비유한다. 그녀는 외부세계로 나아가길 원하지 않고 애쉬의 침입도 바라지 않는다. 애쉬를 향해 라모트는 "나는 나의 펜의 창조물입니다. 애쉬 씨, 나의 펜은 나의 최상의 부분입니다. 나는 당신을 향한 나의 커다란 호의를 진심으로 담아 시로 보냅니다"(I am a creature of my Pen, Mr. Ash, My Pen is the best of me, and I enclose a Poem, in earnest of my great goodwill towards you, 97)라고 말한다. 그녀는 남성의 것으로 간주되어 온 펜을 자신의 소유로 보고, 스스로를 그 펜의 창조물이라고 규정함으로써, 자기 발생적이고 자족적인 창조성을 강조한다. 그녀에게 있어서 양성성은 육체적 자족성과 정신적 창조성을 동시에 언급하고, 그것은 문학적 창작력으로 이어진다. 여기서 라모트의 펜은 시, 특히 서사시를 창작하는 데 쓰이는데, 이는 라모트가 여성의 성 역할에 제한되지 않은 존재임을 더욱 부각시킨다. 남성적 힘과 권위 그리고 지식의 상징으로 인식된 서사시를 창작하려는 라모트의 의지는 성적 제약을 벗어나 자유롭고 독립적인 창조자의 위치에 서고자 하는 그녀의 열망을 드러낸다.

라모트에게서 멜루지나의 신화는 창조적이고 독립적인 삶에 대한 열망의 표현이라고 할 수 있다. 그녀는 애쉬의 눈에 자유자재로 변하고 예언하는 바다의 신 프로테우스(Proteus)로 인지되는데(308), 이는 생명의 근원이자 하반신이 물고기 형태인 멜루지나를 상기시킨다. 따라서 애쉬와의 성관계는 그녀의 자율성을 빼앗는 계기가 된다는 프랑켄(Christien Franken)의 주장은 납득할 만하다(103). 자족적인 그녀의 성이 남성과의 결합으로 인해 훼손될 수 있기 때문이다. 그럼에도 불구하고 라모트가 블랑쉬와의 삶을 감금 상태에 비유하고, 이를 벗어나 애쉬와의 결합을 통해 서로의 사상을 발전시키게 되는 것은, 양성생식으로의 불가피한 진화를 거듭 환기시킨다. 라모트와 애쉬의 결합은 '과학의 시대'에 확산되는 진화론을 자신의 신념으로 수용하는 양상을 예시한다.

진화론이라는 당대의 과학적 사고는 라모트와 애쉬가 함께 자연사 탐험을 떠나는 장면에서도 나타난다(231). 이들의 탐사가 『종의 기원』이 출간된 1859년에 이루어진 일이라는 사실이라는 데서 강하게 암시되듯, 이 탐험은 역사 속 인물이 생명체의 진화를 재현하는 의미를 지닌다고 볼 수 있다. 애쉬가 부인 엘렌에게 쓰는 편지에서 진화론은 더욱 분명하게 드러난다. 그는 완벽하게 사랑스럽고 놀라울 만큼 기능적인 생명체들을 어떤 지성(Intelligence)이 고안한 것이 아니라고 생각할 수는 없지만, 동시에 상상할 수 없는 시간에 걸쳐 모든 존재 안에 기록되어 있는 진화의 엄청난 증거 또한 믿지 않을 수 없다고 말한다(233). 애쉬는 19세기 영국인으로서 창조주 하나님을 부정하지는 않지만, 당대의 과학인 진화론에도 경도될 수밖에 없음을 자신의 삶과 탐사를 통해 보여준다. 애쉬와 라모트의 탐사에서는 19세기 중반에 이루어진 종교와 과학 간의 논쟁이 대립되는 사상의 충돌이 아니라 옛 신앙과 새로운 과학의 공존으로 표현된다. 라모트는 이러한 애쉬의 태도를 단순하고 소박한 자신의 신앙을 위협하는 것으로 보고 경계하지만, 그녀역시 곧 애쉬의 사상에 공감하게 된다. 단성생식으로 상징되는 충만하지만 미발달된 상태로서 라모트의 삶이 애쉬와의 만남으로 인해 '진화'되고, 그녀의 신앙역시 애쉬에 의해 '과학화'되는 것으로 나타난다.

빅토리아 시대의 시인으로 상정된 애쉬와 라모트는 진화론을 필두로 한 과학의 시대를 대변하는 역사적 인물로 제시되면서, 그들 자신의 신화를 형성하기에 이른다. 애쉬의 이름에 해당하는 양물푸레나무(ash)와 라모트에 상응하는 오리나무(alder)는, 아세(Ases)의 신화 속에서 죽지 않고 영원히 사는 나무를 뜻한다

(261). 이것은 이들 두 인물이 아득한 신화의 세계로부터, 19세기라는 역사, 그리고 미첼과 베일리의 삶이라는 현대에까지 지속되며 영원히 존재하고 있음을 암시한다. 영원히 사는 나무의 비유는 탄생과 성장, 죽음의 과정 속에서도 지속적으로 뿌리내리고 있는 인간의 사고와 삶의 방식을 환기한다. 캐슬린 코인 켈리 (Kathleen Coyne Kelly)가 지적한 바에 따르면 북유럽인 선조들은 이 물푸레나무가 세상을 하나로 묶어준다고 믿었다(88). 애쉬와 라모트는 신화, 역사, 그리고 현실을 넘나들며 시공을 하나로 통합하는 초목이 되는 것이다. 애쉬와 라모트가 탐사 기간 동안 서로의 창작을 독려하고 딸 매이(Maia, May)를 갖게 되는 것도 이러한 생명과 생산의 비유라고 할 수 있다. 그들의 탐사는 진화론이라는 당대의 과학이론을 실험하는 여행일 뿐 아니라, 정신적이고 육체적 생산을 실현하여 인류의 보편적 신화를 그들 개인의 신화로 재창조하는 과정이 된다. 초목신화의 생장과 소멸은 애쉬와 라모트의 창작과 잉태를 통해 개인의 삶에서도 거듭 확인되어, 두 인물은 생산의 정점에 선 신화적 존재로 제시되기에 이른다.

2.3. 베일리와 미첼, 밸(Val)의 현실- 위기 시대의 재생

애쉬와 라모트가 역사적 인물로 제시되었다면, 베일리와 미첼은 현실에서 실제의 삶을 사는 인간을 대변한다고 볼 수 있다. 미첼은 자유와 독립, 그리고 생의 활기를 되찾고자 하는 인물로 위기 시대를 살며 재생을 꿈꾸는 존재라고 할 수 있다. 그와 밸은 요리를 좋아하고 정원을 가꾸고 싶어 하지만, 경제적 궁핍과 시간의 부족으로 인해 근사한 요리를 만들 기회를 갖기도, 정원을 꾸밀 여건을 갖기도 어렵다. 맛있는 음식을 만들어 먹지 못하고 정원에 들어가 경작할 수 없는 그들의 현실은 인간의 기본적인 욕구가 충족되지 않는 불모의 상태를 보여준다 (21). 초목의 생장이 불가능한 그들의 정원은 메마르고 활기 없는 이들의 삶을 상징하며 욕망이 좌절된 현실을 여실히 드러낸다. 이러한 상황에서 미첼은 애쉬가 라모트에게 보낸 편지를 발견하는데, 이것은 그가 베일리와 함께 원정(quest)을 떠나 삶의 활기를 되찾고 신화와 역사를 새롭게 구성해내는 동기가 된다.

미첼과 베일리의 만남은, 라모트의 시에서 기술된바, 레이몽뎅이 갈증의 샘에서 "빛나는 여인"(Shining lady, 132)을 만나는 것과 매우 흡사하게 묘사된다. 특히 미첼이 바라보는 베일리는 초록빛과 황금빛으로 빛나는 모습으로 묘사되는데, 이것은 그녀의 머리 주위로 보이는 후광의 이미지로 부각된다. 베일리는 영원하고 생명력 있는 신화적 존재로 신비화되어, 현실의 존재임에도 불구하고 초록빛과 금빛이 두드러진 색채 이미지로 묘사된다. 초목신화에 나타나는 전형적인 빛깔인 초록색과 곡식이나 황금가지를 의미하는 황금빛은 그녀의 다산성을 상징한다. 또한 인간관계에 있어 유보적인 베일리의 태도는 고립된 삶을 추구하는 라모트를 연상시키기도 한다. 베일리는 초록 구두를 신고 초록 눈을 가진 라모트와 마찬가지로 생명과 창조의 자족적인 근원임이 암시된다(396). 베일리와 라모트의 연관성은 베일리가 라모트의 시를 생각하다가 얼음 위에서 자신의 얼굴을 발견하는 대목에서도 드러난다. 그들이 동일한 존재의 근원을 가진 인물임이 역사의 거울을 보듯 자신의 모습을 발견하는 베일리를 통해 암시되는 것이다(157). 멜루지나의 목욕장면을 레이몽뎅이 보는 것처럼 미첼이 베일리의 목욕탕을 엿보는 대목 역시 베일리가 멜루지나를 근원으로 한 라모트의 이형(異形)임을 환기시키는 사건으로 읽을 수 있다(162).

애쉬와 라모트 사이의 숨겨진 이야기를 찾아 떠나는 베일리와 미첼의 원정은 애쉬와 라모트의 탐사 여행과 평행을 이룬다. 이 여행을 통해 베일리와 미첼은 자신과 흡사한 인물들의 신화를 발굴하고 그들의 역사를 복원하여 삶을 재생할 동력을 찾는다. 신화와 역사 속 인물의 숨은 이야기를 찾는 그들의 행위가 궁극적으로는 그들의 삶을 지속할 근원적인 힘을 찾는 계기가 되는 것이다. 미첼은 과거의 존재와 자신의 일치성을 발견하면서, 육체적 활기와 사회적 활력 그리고 정신적 생산성이 충만해지는 경지를 체험한다. 그는 활기를 되찾고 여러 대학에서 강의뢰를 의뢰받으며(507-08), 고양이에게 아낌없이 먹이를 주고 정원으로 나가고, 거기서 시가 흘러넘치는 경험을 한다(514-16). 린 웰즈(Lynn Wells)가 지적한 바와 같이, 『소유』에 나타난 현재를 사는 주인공들은 실제로 과거로 되돌아갈 수는 없을지라도, 과거를 숙고하여 과거와 현재의 연관성을 깨달음으로써 재생의 계기를 얻는다. 웰즈는 이를 쇠퇴하는 포스트모던 시대의 인물이 과거의 존재와 상상적 연관성을 가질 때 구원의 가능성을 갖는 것으로 보고 있다(674-75).

밸은 미첼과의 관계가 소원해짐에 따라 변호사 유언(Euan)과 가까워지는데, 이때 그녀와 유언의 모습은 페르세포네와 플루토에 비유된다(139). 유언은 밸을 지하세계로 이끌었다가 다시 지상으로 인도함으로써 그녀에게 생산의 가능성을 제공하는 존재로 표현된다. 밸 역시 소모적이고 무의미한 삶에서 벗어나 새로운 활력을 찾으며 작품 후반에 이르러서는 유언과의 결혼을 결심한다(469). 미첼과 함께 있을 때 밸의 삶이 비생산적이고 억압적인 상태를 대변했다면, 결별 후의 그녀는 원한과 음울함을 떨쳐버린 활기찬 존재로 변신한다. 미첼과 베일리가 자신들의 역사와 신화를 복원하는 동안, 밸 스스로도 생산적인 신화를 창조함으로써 또 하나의 페르세포네가 되는 것이다. 바이어트는 생의 활기를 잃어버린 현실의 인물들을 신화나 역사적 인물과 조응시키며, 그들의 삶에 재생의 에너지가 부여되고 긍정적 변화가 이루어지는 양상을 표현한다.

3. 바이어트의 순환적 역사인식

『소유』의 초목신화는 탄생과 성장, 그리고 죽음이라는 순환을 통해 영원한 삶의 이미지를 드러내며, 신화, 역사, 그리고 현실 속 인물의 교차를 부각시킨다. 계절의 변화에 따라 다양한 삶의 국면을 맞이하면서도 그 생명이 유지되는 식물과 마찬가지로, 소설 속의 재귀적 인물들은 시간의 흐름에도 불구하고 본원의 삶을 유지하는 인간의 역사를 상징적으로 보여준다. 멜루지나와 라모트, 그리고 베일리는 모두 동일한 신화적 근원을 가진 인물로 신과 역사, 그리고 현실이 통합된 세계를 예시한다. 바이어트는 이러한 세계에서 중심축을 이루는 것을 동일하고도 근원적인 욕망으로 제시한다. 그녀는 원초적인 욕구와 지적인 욕구 사이의 유사성을 암시하고 무언가에 사로잡히는 것과 지적인 대상을 소유하고자 하는 욕망이 같은 원류에서 비롯된 것임을 보여준다. 켈리가 지적한 바와 같이 이 소설의 전반에 걸쳐서 성적이고 육체적 소유에서부터 학문적 몰입에 이르기까지 감정에 있어서의 분명한 연속성이 드러난다(93). 등장인물의 지적 소유욕이 배고픔으로 표현되거나 그와 유사한 느낌으로 나타나듯, 통합적인 세계 내에서 인물의 욕망은 동질적인 것으로 표현된다(415, 517). 요컨대 바이어트는 신과 인간, 역사와 신화가 합일되는 경지를, 인간의 삶을 관통하는 원초적이면서도 영속적인 욕망을 토대로 제시한다고 볼 수 있다.

동질적인 욕망을 지닌 유사한 인물들이 서로 다른 시간의 틀에서 제시되면서, 초목신화와 더불어 재귀적 시간의 개념은 더욱 부각된다. 애쉬가 장원에서 승마를 하다가 흰옷의 여인을 본 듯한 경험을 하며 과거, 현재, 미래를 하나로 체험하는 것이나(199), 라모트에게 자신들의 만남이 이루어진 순간을 하나의 시간과 장소에 하나의 대상으로 전 존재가 집중되는 경험이라고 쓴 대목은 그 예이다. 애쉬는 이 순간을 "순간의 복된 영원성"(a blessed eternity of momentariness, 210)이라고 규정하는데, 이는 하나의 씨앗과 같은 그들의 만남이 신화의 세계에서부터 과거와 현재, 그리고 미래를 아우르는 영원하고 무한한 시공의 총체임을 시사한다.

『소유』에서 나타난 재귀적 시간 개념은 문학의 가치에 대한 재평가를 유도한다. 시인의 창작을 신적인 창조와 동일시하는 애쉬의 낭만주의적 주장이 그 한 예이다. 그는 자신의 시대를 "과학적 역사의 시대"(age of scientific history, 185)라고 규정하면서 자신이 신뢰할 수 있는 유일한 삶은 상상력의 삶이라고 진술한다. 이것은 시인의 상상적이고 창조적인 작업이 역사를 구성하는 과학적 작업이자 신적인 창조와 동일한 가치를 지님을 의미한다. 라모트의 『멜루지나』가 그녀의 아버지가 품었던 희망, 즉 민담과 전설로 인류의 선사(pre-history)를 설명하고자 했던 뜻에서 비롯된 것처럼(190), 애쉬의 시 역시 신화와 역사 그리고 현실이 동일한 원리를 따른다는 인식하에 신과 인간, 역사와 현실의 총체를 진리로 구현하려 한다. 이는 신화와 전설의 시적 메타포 안에 역사적 사실이 있고, 이러한 연구가 신과학이라는 비코의 주장을 상기시킨다(5). 바이어트가 『소유』를 통해 드러내는 인식 역시 이와 닮아 있다. 등장인물이 신화적 존재로 부상되며 재귀적 시간의 개념이 표현되는 것은, 비코의 "신과학"과 같이 과학과 허구의 경계를 허물고, 문학 안에 신화와 역사 그리고 현실이 중첩되는 국면을 표현하려는 의도라고 볼 수 있다.

이처럼 문학 속에 신화와 역사, 그리고 현실이 합일된 경지가 구현될 수 있다는 바이어트의 인식은 니체(Friedrich Nietzsche)의 사상과도 흡사하다. 바이어트는 "신화적 인물은 수많은 생을 살고, 수많은 죽음을 겪는데, 이 점에서 그들은 하나의 몸짓 이상으로 가지 못하는 소설들 속의 인물들과 다르다"는 칼라소(Calasso)의 말을 인용하며, 이것이 니체의 사상과도 유사하다고 지적한 바 있다(*On Histories and Stories* 127). 『소유』의 등장인물은 하나의 원류에서 비롯되어 탄생하고 죽음에 이르는 신화적 인물로 그려지면서, 강렬한 신적 합일의 순간을 이상적인 경지로 상정한 니체의 주장을 반복한다. 니체와 바이어트는 공통적으로 문학의 힘이란 역사와 신화 그리고 현실의 인간이 합일되는 초월적 경지에서 생성되고 표현된다는 신념을 보여준다. 바이어트는 상상력으로 신화와 역사를 재구성할 수 있음을 역설하는 한편, 문학이 단순한 허구의 세계가 아니라 디오니소스적 합일의 경지이자 무의식의 해방적 표현임을 보여준다. 이러한 측면에서 볼 때, 『소유』는 문학을 통해 인간과 신의 접점을 찾고 신화를 토대로 역사와 현실을 이해하려는 시도가 소설로 실천된 사례로서, 현대문학에서 신화의 역할과 역사의 의미를 재고하게 하는 작품이라고 할 수 있다. 문학이 인간의 본질을 꿰뚫고 신적인 것에 도달하는 매개이자 진리의 구현이 될 수 있다는 바이어트의 신념은, 문학의 가치와 효용을 역설하는 현대판 "시의 옹호"라고 할 수 있다.

인용 문헌

Boccardi, Mariadele. "History as Gynealogy: A. S. Byatt, Tracy Chevalier and Ahdaf Soueif." *Women: A Cultural Review* 15.2 (2004): 192-203.

Byatt, A. S. *Possession*. New York: Vintage Books, 1990.

_____. *On Histories and Stories*. Cambridge: Harvard UP, 2000.

_____. "The Omnipotence of Thought: Frazer, Freud and Post-Modernist Fiction." *Passions of the Mind: Selected Writings*. New York: Vintage, 1993. 109-46.

_____. "Van Gogh, Death and Summer." *Passions of the Mind: Selected Writings*. New York: Vintage, 1993. 265-302.

Franken, Christien. *A. S. Byatt: Art, Authorship, Creativity*. Houndsmill: Palgrave, 2001.

Frazer, James. *The Illustrated Golden Bough*. Ed. Mary Douglas. New York: Doubleday & Company, 1978.

Freud, Sigmund. *Totem and Taboo*. Tr. James Strachey. New York: Norton, 1950.

Frye, Northrop. *Anatomy of Criticism*. Princeton: Princeton UP, 1973.

Kelly, Kathleen Coyne. *A. S. Byatt*. New York: Twayne, 1996.

Nietzsche, Friedrich. *The Birth of Tragedy*. Tr. Douglas Smith. Oxford: Oxford UP, 2000.

Plato. "The Republic, Book X." *The Critical Tradition*. Ed. David Richter. New York: Bedford, 1998.

Vico, Giambattista. *The New Science of Giambattista Vico*. 1744. Tr. Thomas Goddard Bergin and Max Harold Fisch. Itha: Cornell UP, 1984.

Wells, Lynn. "Corso, Ricorso: Historical Repetition and Cultural Reflection in A. S. Byatt's *Possession: A Romance*." *Modern Fiction Studies* 48.3 (2002): 668-92.

■ 원고 출처

박현경. 「초목신화에 담긴 역사인식―A. S. 바이어트의 『소유』를 중심으로」. 『현대영미소설』 17권 3호 (2010): 91-107.

2.

이언 매큐언의 『암스테르담』에 나타난
시대상과 사회풍자

김순식

이언 매큐언(Ian McEwan)은 마틴 에이미스(Martin Amis), 살만 루시디(Salman Rushdie), 줄리언 반즈(Julian Barnes), 가즈오 이시구로(Kazuo Ishiguro) 등과 더불어 현대 영국을 대표하는 작가이다. 1981년 『낯선 이의 위로』(*The Comfort of Strangers*)로 부커상 후보에 오른 이후, 7년 만인 1998년 『암스테르담』(*Amsterdam*)으로 마침내 부커상을 수상하게 된다.

매큐언은 1948년 영국의 앨더숏(Aldershot, Hampshire)에서 출생했으며, 군 장교였던 아버지의 근무지를 따라 극동, 독일, 북아프리카 등지에서 어린 시절을 보냈다. 서섹스 대학교에서 영문학을 전공하였으며, 말콤 브래드베리(Malcolm Bradbury)와 앵거스 윌슨(Angus Wilson)의 지도하에 이스트 앵글리아 대학교에서 창작과정 석사학위를 받았다. 1970년대에 그가 문단에 등장했을 때, 그의 작품은 기존 작가들과는 다른 새로운 경향을 대표하는 것으로 주목받았다. 에이미스와 더불어 "무서운 아이들"이라고 불리며, 전후 영국의 새로운 문학 흐름을 대변하는 (중·하류 계층의 지방 출신으로 기존 사회에 비판적인) 작가군의 대표적 인물로 신선하게 여겨졌다. 하지만 미국화된 대중문화의 감각에 익숙한 새로운 세대들에게는 고루한 역사적 관심에 몰두하고 있는 과거지향적 작가로 치부될 정도로 이제는 영국 주류 문학을 대표하는 작가로 알려져 있다.

1975년 단편소설 모음집 『첫 사랑, 마지막 의식』(*First Love, Last Rites*)이 출간되고, 그 이듬해 서머셋 모옴상을 받으며 주목을 받았다. 비도덕적 성견과 아동학대, 폭력적 인간관계 등의 소재가 파격적이었다. 1978년에는 두 번째 단편소설집 『시트 사이에서』(*In Between the Sheets*)와 첫 번째 장편소설인 『시멘트 정원』(*The Cement Garden*)이 출간되었다. 『시트 사이에서』는 어린 날의 폐쇄 공포와 관련된 이야기로, 이상성에 삐걱거리는 가족에 대한 이야기를 형식적 실험과 통제된 내러티브로 잘 묘사했다는 평을 듣는 작품이다. 『시멘트 정원』은 네 명의 고아가 부모가 죽은 뒤에도 가능한 한 정상적으로 삶을 영위하려고 애쓰는 내용이다. 법의 보호를 피하기 위해 어머니를 지하 시멘트 바닥에 묻는 행위와 부모 역할을 수행하는 나이 많은 두 명의 아이 사이에 발생하는 근친상간적 관계 같은 파격적 모티프를 다루고 있다. 부커상 후보에 오른 두 번째 소설 『낯선 이의 위로』는 폭력과 집착의 문제를 다룬다. 이후, 매큐언은 『차일드 인 타임』(The Child in Time, 1987), 『이노센트』(The Innocent, 1990), 『검은 개들』(The Black Dogs, 1992), 그리고 『이런 사랑』(Enduring Love, 1997)으로 이어지는 작품을 꾸준히 출간한다. 전쟁, 나치 죽음의 캠프 등 현대사의 굵직한 사건과 납치, 스토킹, 집착 등의 정신적 황폐함이 가져오는 문제 등 무거운 주제의식을 다루는 그의 작품 세계는 전반적으로 어둡다.

매큐언의 이런 작품 톤에 변화를 가져온 작품이 부커상을 안겨준 『암스테르담』인데, 작가 자신은 이 작품을 "일종의 현대적 우화"(a contemporary fable)라고 하였다. 이후 부커상과 휘트브래드(Whitbread) 소설상 후보에 올랐으며 WH 스미스 문학상(WH Smith Literary Award)을 받은 2001년 작 『속죄』(Atonement)는 1935년 작가가 되길 원하는 브라이오니(Briony)의 시점으로 이야기가 시작된다. 어린 소녀의 시각으로 언니와 로비(Robbie)의 관계를 오해하면서 빚어지는 이야기로 전쟁에 휘말린 세대와 덩케르크 퇴각(Dunkirk Evacuation)의 결과에 대한 비극적 이야기를 다룬다. 이어지는 최근작으로 『토요일』(Saturday, 2005), 『체실 비치에서』(On Chesil Beach, 2007)가 있다. 『체실 비치에서』는 또다시 그해 부커상 후보에 올랐다.

매큐언은 1976년부터 TV와 영화에서도 각각 드라마 대본과 영화 시나리오를 쓰며 활동하기도 했다. 『농부의 점심』(The Ploughman's Lunch, 1985)과 티모시 모(Timothy Mo)의 소설 『달콤 쌉싸름한』(Sour Sweet, 1988)을 각색했으며, 자신의 작품 『이노센트』도 각색했다. 마이클 버클리(Michael Berkeley)의 『셸 위 다이?』(Or Shall We Die?)의 리브레토(libretto)를 썼고, 어린이를 위한 책으로 『피터의 기묘한 몽상』(The Daydreamer, 1994)을 출간했다. 영화화된 작품으로는 『첫 사랑, 마지막 의식』, 『시멘트 정원』, 『낯선 이의 위로』, 『속죄』, 그리고 『체실 비치에서』 등이 있다.

매큐언은 부커상 수상작인 『암스테르담』에 대해, "이블린 워의 초기 작품에 영향을 받은 일종의 사회 풍자 소설의 시작"이며, "지난 10년간 발표한 소설과는 사뭇 구별되는 소설"이라고 하였다. 이전의 작품들은 등장인물들의 강렬한 위기와 변화, 통과의례 등에 관한 내용을 주로 다룬 어둡고 진지한 소설이라면, 『암스테르담』은 등장인물의 내면 묘사나 사회에 대한 풍자를 이전의 소설에 비해 보다 가벼운 톤으로 풀어낸다. 매큐언은 처음부터 『암스테르담』을 다른 작품보다 짧은 분량으로 하여 대략 서너 시간 동안 읽을 수 있는 소설로 의도했으며, 독자들이 소설의 구성에 참여하고 인지할 수 있는 즐거움을 누리도록 이야기를 구성했다고 밝힌바 있다.

1. 서론

『암스테르담』(*Amsterdam*)은 이언 매큐언(Ian McEwan)에게 1998년 부커상을 안겨준 작품이다. 1981년『낯선 이의 위로』(*The Comfort of Strangers*)로 부커상 후보에 오른 뒤 17년 만에 영국의 최정상 작가로서 인정받게 된 것이다. 매큐언은 1992년『검은 개들』(*Black Dogs*)로도 부커상 후보에 올랐으나 마이클 온다치(Michael Ondaatje)의『영국인 환자』(*The English Patient*)와 배리 언스워드(Barry Unsworth)의『성스러운 허기』(*Sacred Hunger*)에 자리를 내주었다.

부커상 최종 후보에 오른 작품이긴 하지만 일부 비평가들에게『암스테르담』의 수상은 의외로 받아들여졌다. 이전 작품보다 수준이 낮다는 평도 있지만, 무엇보다도『암스테르담』이 기존 작품들과는 그 경향이 많이 달랐다는 점에서 매큐언의 작품답지 않다는 인상이 강했기 때문이다. 아담 마스-존스(Adam Mars-Jones)는 과도하게 꼬인 결말은 등장인물들이 꼭두각시에 불과하다는 것을 보여줄 뿐이라고 했으며, 애니타 부루크너(Anita Brookner)는 매큐언이 악몽 속을 헤집고 가는 데 숙달되어 있다고 해도『암스테르담』은 기껏해야 짧은 흉몽 정도라고 평했다. 제임스 디드리크(James Diedrick)는『사랑의 신드롬』(*Enduring Love*)[1]이 더 인상적인 작품이었으나 부커상 후보에조차 오르지 못했다고 아쉬워하며,『암스테르담』에는『낯선 이의 위로』(*The Comfort of Strangers*)와『시트 사이에서』(*In Between the Sheets*)에서 보이는 폭발력조차 없다고 보았다. 그럼에도 불구하고 작품성이 뛰어난 장편보다는 상대적으로 짧고 읽기 쉬운 소설을 기다리던 대중 출판 시장의 요구가 부커를 움직이는 동력이 되었을 가능성을 결코 무시할 수 없다.

---

[1] 우리말 제목은 1999년 승영조 번역으로 출간된『사랑의 신드롬』을 그대로 옮겼다. 작품 속에서 다루고 있는 드 클레랑보 신드롬을 강조한 제목이라고 생각된다. 2008년 황정아 번역은 책 제목을『이런 사랑』으로 하였다.

부커상 수상 후 온라인 잡지 『볼드타입』(*Boldtype*)과 가진 인터뷰에서 작가가 밝힌 바와 같이 『암스테르담』은 "이블린 워(Evelyn Waugh)의 초기 작품에 영향을 받은 일종의 사회 풍자 소설의 시작"이며, "지난 10년간 발표한 소설과는 사뭇 구별되는 소설"이다. 이전 작품들이 등장인물의 강렬한 위기와 변화, 통과의례 등에 관한 내용을 다룬 어둡고 진지한 소설이라면, 『암스테르담』은 등장인물의 내면 묘사나 사회에 대한 풍자를 이전의 소설에서보다 가벼운 톤으로 풀어낸다. 매큐언은 『암스테르담』을 대략 서너 시간 동안 읽을 수 있는 짧은 분량의 소설로 의도했으며, 독자들이 소설의 구성에 참여하고 인지할 수 있는 즐거움을 누리도록 이야기를 구성했다고 밝힌다. 그에 따른 희극적 요소 때문에 "가벼운 소극"으로 보는 비평이 존재하는 것이 사실이다(qtd. in Ingersoll 137). 어떤 비평가들은 이 작품을 "서스펜스 소설을 가장한 현대의 도덕우화"(Diedrick)로 혹은 심리 스릴러물로 보기도 한다(Childs 118). 소설의 무게가 어떠하든 이 작품에 깃들여져 있는 희극적 요소는 『암스테르담』이 매큐언의 블랙 코메디임을 각인시킨다. 이 소설의 구조는 5막극과 같은 리듬감이 있으며 이야기의 구성 방식은 마치 영화 스크립트를 보는 것 같은 분위기를 풍긴다.

　　『암스테르담』에서는 죽음, 우정, 남녀관계, 도덕적 의무, 안락사 등의 무거운 주제를 다루면서 그것이 특정 인물에게 일어나는 특별한 일로 부각되기보다는 동시대를 사는 우리의 삶 속에 가까이 있는 문제로 다가온다. 하지만 『암스테르담』의 상류 지식층과 그들이 처한 문제들을 이전의 작품에 비해 상대적으로 가볍고 단순한 문체로 다루고 있어서, 무거운 주제가 희석되어 보이는 인상을 주는 것도 사실이다. 상류 지도층의 경제적 풍요로움과 문화적 여유가 의·식·주의 절박함과는 거리가 멀고, 또한 폭력에 대한 직·간접 묘사가 최소화되어 이전 매큐언 작품에서의 특유한 암울함과 폭력성에서 비켜난 듯 보인다. 마치 영화에서 카메라 시선이 훑고 지나가듯 각 인물들의 묘사에 깃든 피상적 가벼움이 독자로 하여금 인물과 동화하기 어렵게 만든다. 그럼에도 불구하고, 이 작품은 여전히 매큐언의 색이 있다.

　본 글에서는 매큐언의 『암스테르담』을 통해 작가가 제시하는 것이 무엇인가를 파헤쳐 보고자 한다. 이야기를 끌고 가는 사건의 발단은 갑자기 닥쳐온 죽음에 대해 각 개인이 반응하는 방식이다. 작가는 한 사람의 죽음으로 인해 야기되는 일련의 사건으로 도덕적 선택의 문제를 등장인물에게, 그리고 독자에게 던지고 있다. 폭력이나 죽음과 같은 상황에서 우리들이 어떻게 반응하는지, 심리적인 영향은 무엇인지를 다루면서도 그걸 풀어내는 방식은 비극적 서사가 아니다. 오히려 가벼운 어조로 엮어내는 반어적 사회풍자가 책을 덮고 난 뒤에 긴 여운을 남긴다는 점이 역설적이라고 할 수 있다.

　작품에 등장하는 사회 각 분야의 성공한 전문직 종사자들의 정신세계와 도덕적 실체에 대한 작가의 시각을 각 인물들의 상황과 연계해서 분석함으로써, 현대사회에 대한 매큐언의 메시지를 가늠해 볼 수 있을 것이다. 이는 작가가 피력한 바와 같은 "사회 풍자소설"의 면모가 어떻게 드러나는지 살펴보는 것이기도 하다. 이 소설에서 다루는 주제는 도덕성, 우정, 남녀관계, 죽음과 안락사의 문제 등이다. 이런 무거운 주제가 우리의 평범한 일상 속에서 어떻게 받아들여지고, 그에 대한 파장은 무엇인지에 대해 작가는 집요하게 추적한다. 이에 대한 분석으로 본고에서는, 먼저 남자들의 우정, 질투, 경쟁 그리고 "과오"(mistake)의 문제를 다룬다. 이어서, 여성 인물인 몰리와 로즈를 중심으로 남녀관계와 여성상에 대해 분석하고, 마지막으로 대처주의(Thatcherism)로 대변되는 보수당 집권 시대에 대한 매큐언의 평가는 어떠한지 살펴본다. 그리하여, 각 인물의 행동과 선택을 통해 그들이 사는 시대를 관통하는 가치관과 도덕관에 대해 보다 분명하게 규명해 볼 수 있을 것이다. 그것이 바로 『암스테르담』에 담긴 통렬한 사회풍자의 의미와 교훈이 될 것이다.

2. 두 친구: 각자의 "과오"

W. H. 오든(W. H. Auden)의 시, "교차로"(The Crossroads)에서 따온 "여기서 만나 서로 얼싸안았던 친구들은 떠나갔다,/ 각자 자신의 과오를 향해서;"라는 구절을 매큐언은『암스테르담』의 제사로 사용한다. 이 제사를 읽으면, 여기서의 "친구들"이 누구인지, 그들 각자의 "과오" 또는 "실수"가 무엇인지에 대한 호기심과 궁금증으로 여운이 남는다. 로버트 E. 콘(Robert E. Kohn)은 오든의 "교차로"를『암스테르담』의 제사로 쓴 것과 관련하여, 이 소설의 플롯은 오든의 난해한 시를 서사로 풀어낸 것이라고 보았다(92). 오든 시에서의 상징을 매큐언이 소설이란 환유로 전환했다고 보는 것이다. 등장인물 클라이브(Clive Linley)가 작곡가인 점도 오든과 연관이 된다. 왜냐하면 오든과 작곡가 브리튼(Britten)은 가까운 친구 사이이고, 소설 속 클라이브도 자신을 브리튼에 견주는 장면이 여러 번 나오기 때문이다(Kohn 93).

소설은 "몰리 레인(Molly Lane)의 연인이었던 두 남자가 2월의 매서운 추위를 등 뒤로 하고 화장장 교회 밖에 서서 기다리고 있다"(3)로 시작된다. 여기서의 "두 남자"는 바로 오든의 "친구들"이 조금 더 구체화된 것이다. 이름이 언급된 몰리 레인은 두 남자를 이어주는 구심점이다. "두 남자"는 곧 클라이브 린리와 버넌 핼리데이(Vernon Halliday)로 밝혀지는데, 3인칭 제한적 관점의 내러티브라서 제1장은 클라이브의 시선에 맞추어져 있다. 화자에 의하면 몰리는 "레스토랑 평론가, 멋진 재담가, 사진작가, 대단한 정원사, 외무장관의 연인, 46세의 나이에도 완벽하게 옆으로 공중돌기를 할 수 있는 여성"(4)이다.『암스테르담』은 삶에 대한 열정과 에너지로 충만한 이 아름다운 여성의 죽음이 과거 연인이었던 "두 남자", 현재의 연인인 외무장관 줄리안 가머니(Julian Garmony), 그리고 몰리의 남편 조지(George Lane)까지 네 남자에게 가져다준 여파를 그리게 될 것임을 예고한다.

남편 조지가 화장장 교회 밖으로 나오자마자, "두 남자"들이 자리를 멀리 옮겨가는 것에서 그들 간에 존재하는 적대감 내지 긴장감이 처음부터 암시된다. 몰리 때문에 오랜 친구 사이가 된 클라이브와 버넌은 조지가 그녀의 죽음 앞에서 "품위 있게"(10) 행동하는 것이 못마땅하다. 죽기 전까지 몰리가 외무장관의 공공연한 정부였는데도, 조지는 "몰리의 외도에 대해 속수무책"(6)이었기 때문이다. 조지는 "음울하고, 소유욕이 강한 남편"(4)이어서, 병든 몰리는 남편 조지가 지키고 있는 "병실의 수인"(3) 신세였다 하니[2] 독자들은 처음 시작부터 몰리와 남편의 관계에 대해 호의적이거나 긍정적인 인상을 쉽게 가질 수가 없다. 시작부터 드러난 몰리 레인의 복잡한 남자관계는 그녀의 사후에도 남자들 간에 존재하는 미묘한 경쟁심의 근원이며, 앞으로 전개될 갈등 양상에 영향을 미친다. 남편과 연적들 간의 미묘한 갈등은 동물 세계에서 암컷을 두고 다투는 수컷끼리의 본능적 경쟁심과 맞닿아있다.

작은 에피소드를 들여다보면, 조문객 중 하트 풀먼(Hart Pullman)이라는 비트제너레이션 시인[3]이 몰리와 "65년 이스트빌리지 시절" 만난 사이라고 말하자 (21), 클라이브는 그가 거짓말을 하고 있다고 생각한다. 자신과의 관계보다 3년 전이라면 몰리가 16세 때인데, 그것은 "미성년자에 대한 강간"(statutory rape, 11)이나 마찬가지이기 때문이다. 클라이브는 풀먼에게 다가가서, "당신은 몰리랑 잔 적이 없잖아, 이 비열한 거짓말쟁이야. 몰리가 당신 같은 작자랑 그 짓을 하려고나 했을까"(12)라며 비꼰다. 이 장면에서 클라이브가 한 발언은 사회 저명인사들의 대화라기에는 유치하고 노골적이다. 몰리를 추억하는 하트 풀먼의 태도도 시인으

---

2) 다나 체트리네스쿠(Dana Chetrinescu)는 응시와 공간의 개념으로 몰리의 쇠락을 해석한다. 몰리가 조지의 남성적 시선(응시)에서 벗어나 살았던 자신만의 자율적 공간을 잃고, 친구들과의 친밀한 교류나 의사소통이 불가능해지면서 회복 불능이 됐다고 본다. 죽은 뒤에도 몰리의 공간은 여전히 여성적인 곳으로 남아있다.

3) 로버트 E. 콘은 하트 풀먼이 비트제너레이션의 대표 시인 알렌 긴스버그(Allen Ginsberg, 1926-97)를 염두에 둔 가상 인물이라고 보았다. 그가 1956년 발표한 「울부짖음」("Howl")에 대한 암시로 『암스테르담』 12쪽에서는 「분노」("Rage")를 언급하고 있다(96).

로서의 감성과 지성보다는 속물스럽고 저속하기 짝이 없다. 그는 몰리의 사회적 업적보다는 자신의 남성적 환상을 충족시켜주는 여자로서의 의미를 기억해낸다. 몰리를 두고 벌이는 남자들 간의 경쟁심은 외무장관과의 대화에서도 그대로 반복된다. 이번에는 클라이브가 당한다. 외무장관 가머니는 클라이브의 양복 깃을 잡고 남들에게 들리지 않게 말하길, "지난번 마지막으로 몰리를 봤을 때 그러더군. 자넨 발기불능인데 전부터 늘 그랬다고"(18). 이들의 대화는 남자끼리의 성적 경쟁심을 통한 힘겨루기를 그대로 드러낸다. 최정상의 시인, 작곡가, 그리고 정치인 사이에 오가는 사적 언사는 그들의 공적 언사와 커다란 괴리가 있음을 보여줌으로써, 작가는 그들의 가식과 위선을 폭로한다. 소위 성공한 전문 직업인의 정신적 황폐함과 부도덕성을 그들의 소소한 일상에 투영시켜 담담하게 보여준다.

상류층 저명인사들이 사회적 체면과 지위를 벗어버리고 남성성에 대한 갈등과 경쟁심을 내보이는 모습에서 이들의 갈등의 본질이 무엇인지가 소설 초반부터 표면에 떠오른다. 각 남성들의 삶에 중요한 역할을 했던 몰리가 죽음으로써 그녀를 구심점으로 하여 지탱되던 힘의 균형이 깨지게 된다. 우선 클라이브와 버넌은 몰리의 죽음 이후에 "죽음"이라는 문제를 실감하게 되고, 그에 대한 공포로 정신적·육체적 변화를 겪게 된다. 클라이브는 자신이 작곡해야 할 밀레니움 교향곡에 대한 중압감에 시달리고 있으나, 몰리의 죽음 이후 그 압박감이 죽음에 대한 공포와 겹치면서 불안이 증폭된다. 밀레니움 교향곡에 대한 압박은 육체적 증상으로 표출되기까지 한다. 작곡에 대한 강박관념은 "밤이면 찾아드는 가벼운 공포감으로 바뀌고"(27), 왼손에 느껴지는 "차갑고 뻣뻣하고 욱신거리는"(27) 느낌이 죽음을 부르는 듯하다. 클라이브는 이런 감각이 몰리가 느꼈던 바로 "그것"인가 의심하며, 죽음에 대한 두려움으로 연결한다.

버넌 핼리데이의 경우 평소에도 어렴풋이 느끼던 자신의 비존재감에 대한 주제에 더욱 몰입하게 된다. 몰리 죽음 이전에는 "모난 데 없고 장단점이 없는 사람, 그래서 있어도 없는 듯 없어도 있는 듯한 사람"(32)으로 평가받았고, 자신을 거의 드러내지 않는 이런 존재 방식 때문에 동료들 사이에서 존경을 받았다. 운이 좋아 편집국장이 되고 그는 "비존재성과 더불어 사는 방법을 터득해왔음을 깨닫는다"(33). 그는 "혼자가 되는 즉시 아무것도 아니고"(31), 홀로 사고할 때면 "사고의 주체가 존재하지 않"(31)으며, 자신이 "건물 전체에 고루 미세하게 퍼져 있다"(31)고 느낀다. "하루에 잠깐씩 혼자 있을 때면 자신의 내부 어디선가 불이 꺼지는"(32) 듯한 비존재감을 직시한다. 편집부장으로서의 역할을 40명의 직원들 앞에서 수행하면서도, 몰리가 죽은 뒤에는 이러한 증세가 심화되어, 어느 날 밤에는 자다 깨서 "자신의 몸이 그대로 남아 있는지 확인하려고 얼굴을 만져봐야"(32) 할 정도였다. 이 비존재감은 "두개골과 뇌를 포함해 우뇌 전체를 덮고 있는"(34) 신체적 증상으로 표출된다. 그는 이런 마비된 듯한 느낌을 대신할 단어는 "죽음"이며, 곧 이어 자신의 "오른쪽 뇌가 죽어있다"고 생각한다(34).

클라이브와 버넌에게 일어난 변화는 몰리의 죽음이 그들에게 정신적 혹은 영혼의 "죽음"으로 다가온 것이라 볼 수 있다. 몰리의 죽음에서 비롯된 죽음에 대한 공포를 극복하는 방법으로 두 사람은 각자의 맡은 일에 몰두한다. 작가는 두 인물이 일에 집중하는 순간을 심리적인 동요와 함께 구체적으로 잘 보여주는데, 독자는 이를 통해 전혀 다른 두 전문직의 세계를 들여다보는 기회를 경험한다. 화자는 클라이브가 창작할 때의 모습, 음악에 대해 고뇌하는 순간, 그리고 버넌이 편집국장으로서 회의하는 장면, 그의 판단력, 정치적 술수와 파워게임 등을 공들여서 포착한다.4) 클라이브는 밀레니움 교향곡을 완성해야 한다는 중압감이 자신

---

4) 매큐언은 다양한 직업군의 사람들이 등장하는 키플링(Rudyard Kipling)의 단편소설이나 특정 직업의 작업 과정을 잘 그려낸 존 업다이크(John Updike)에 대해 존경심을 표했던 만큼(*Boldtype*), 의도적으로 『암스테르담』의 버넌 핼리데이와 클라이브 린리를 통해 각각 언론인과 작곡가의 직업 세계를 보여주고자 했을 것이다. 그는 『암스테르담』의 가벼운 톤에 걸맞게 이 소설을 쓸 때의 기분도 일종의 "기분 좋은 상태"였으며, 특히 서로 다른 직업의 세계에 대해 쓰는 것이 즐거웠음을 밝힌다(*Boldtype*). 하지만 인물화 과정의 신빙성에 대해 이견을 제시하는 비평가도 있다. 마허니(Kevin Patric Mahoney)는 서평에서, 버넌이라는 인물은 신빙성이 부족하다고 평했다. 편집자로서의 버넌의 모습은 신뢰감이 갈 만큼 현실적으로 그려지지 않았다며, 작가가 좀 더 세심하게

을 살려낼 것이라고 기대하며, 작곡의 영감을 얻고자 호수 지방으로 산행을 떠난다. 반대로 버넌은 자신의 부재감이 곧 죽음과 동일시되므로, 사람들과 함께 일함으로써 생동감을 유지하고자 한다. 그런 욕구를 신문 판매 부수를 늘리는 데 집중한다. 한 달 새 신문 구독자가 칠천 명씩이나 감소한 상황이라 편집국장으로서의 책임감이 막중하기 때문이다. 또한 그가 느끼는 존재감/비존재감은 여럿이 함께 일을 할 때와 혼자 있을 때 극명한 차이가 있으므로, 일의 주도권을 쥐면서 존재감을 느끼고자 한다. 편집국장으로서의 임무 수행을 통해 신문사라는 공적인 영역에서 자신의 실체를 확인하고 싶은 것이다.

버넌이 기사화하는 사건들은 구체적으로 사회의 관심과 이슈를 반영한다. 신문에 실릴 기사의 취사선택 과정은 신문사 내부의 권력 투쟁과 권력 구도가 어떻게 돌아가는지를 보여주는 바로미터 역할을 한다. 여러 부서의 기자들을 통제하고 그들이 쓴 기사를 취사선택함으로써, 버넌은 편집국장으로서의 권력을 재확인한다. 미디어에서 다루는 사회 제반 문제에 대해 신문의 각 조직과 구성원들이 어떻게 판단하고, 어떤 과정을 거쳐 기사화하는가를 독자가 살펴볼 수 있다. 편집 회의에서의 버넌은 자기 의견만을 고집하는 독선적인 모습이다. 다른 사람들이 낸 의견은 무시하고, 흠을 잡으며, 가치를 폄하한다. 버넌의 편집 회의가 중요한 또 다른 이유는 취재 기사를 통해 사회 이슈를 알 수 있을 뿐만 아니라, 그 기사들(안락사 문제, 샴쌍둥이, 호수 지방에서의 연쇄강간범, 환경 문제, 외무장관 가머니의 정치적 영향력 등)이 직접·간접으로 주요 인물들의 삶과 연관된다는 점이다.

언급되는 기사 중 하나인 샴쌍둥이의 이미지는 클라이브와 버넌과의 관계를 상징한다. 이 샴쌍둥이는 엉덩이가 붙은 채 태어났으나 한쪽 심장이 약해서 분리수술이 불가능한 상태다. 기자의 인터뷰 요청을 한쪽 머리는 승낙했으나 다른 머

그 직업에 대한 조사를 하고 했었어야 했다는 아쉬움을 토로했다(*Authortrek*).

리가 반대해서 기사 작성이 불가능하다고 담당 기자가 보고하자, 버넌은 샴쌍둥이가 인터뷰 때문에 싸운 것을 기사화하고 "어떻게 두 사람이 갈등을 해결하는지"(41)를 쓰라고 한다. 그들이 의견충돌을 어떻게 해결하는지 독자들이 궁금해한다는 것이 버넌의 논리다. 마찬가지의 경우가 "두 친구"에게도 해당된다. 샴쌍둥이가 서로 다른 방향을 보고 붙어있는 모습은 마치 클라이브와 버넌이 몰리를 중심으로 붙어있는 것을 연상시킨다. 그리고 그 두 사람이 서로 상이한 의견에 상처받고, 증오와 갈등을 해결하는 방식이 어떤 것인지에 대해 독자는 차차 알아가게 된다. 그 두 사람이 바로 소설 독자들의 "샴쌍둥이"이며, 결국 이들이 마지막으로 택한 갈등 해결 방식은 안락사를 가장한 상호살인이다. 두 존재를 이어주던 "몰리"라는 정신적 존재가 없어서 상호 존중이나 도덕적 판단도 부재한 상황에서 나온 이기적인 결론이다. 기사 속의 샴쌍둥이처럼 분리 수술이 불가능해서 따로 떨어져서는 살 수 없는 운명처럼 보인다. 매큐언의 "두 남자"는 마치 정해진 행동이나 경로를 그대로 따라가는 꼭두각시처럼 움직인다. 독자들이 공감하기에는 이들의 감정선과 그 발전양상이 특정 타입을 보여주는 알레고리 속 인물처럼 너무도 정형화되어 있다.

　　편집 회의에서 사회적 관심을 끄는 또 다른 사건의 하나로 호수 지방에서의 연쇄강간범에 대한 기사가 있다. 이 사회적 사건은 작곡가 클라이브가 자기 관심 밖의 세계에 대해 어떻게 반응하는지를 시험하는 계기가 된다. 이런 사소한 듯 보이는 기사의 배치는 매큐언의 플롯 구성이 치밀함을 보여준다. 클라이브가 작곡의 영감을 얻기 위해 도시를 벗어나 여행하는 장소가 마침 호수 지방이고, 거기서 그는 강간범이 한 여성에게 다가가 위협하는 것을 본다. 하지만 도움을 주기보다는 "정신적 동요"로 인해 악상이 사라질 것을 염려하며 그곳을 피하게 된다. 그는 여자의 비명소리를 들으면서도, 베토벤의 "환희의 송가"처럼 한 세기를 받쳐줄 밀레니엄 교향곡을 위한 머릿속 선율만을 생각한다. 하지만 곧 "자신의 망설임이 위선이었다는 것"(95)을 깨닫는다. 도덕적 결단이 필요한 순간에 그의 선택은 적극적 참여와 관심이 아니라 도덕적 회피였던 것이다. 그의 이기적인 판단으로는 작곡에 대한 열정과 영감을 살리는 것이 강간의 위험에 처한 여성을 살리는 것보다 중요했다. 그는 자신의 도덕적 회피를 반성하기보다는 오히려 안절부절못하는 자신의 모습은 "창조적 흥분 때문"이라고 스스로를 속이며, "도시의 익명성과 작업실 속에 갇혀있기"(97)를 원한다. 그리고 "그에게 이런 느낌들을 갖게 한 것은 확실히 흥분이지, 부끄러움이 아니었다"(97)고 스스로에게 다시 한번 단언한다. 그러나 이 일화는 예술가가 직면한 예술과 사회와의 관계에 대한 도덕적 질문을 작중인물들이 아닌 독자들에게 던진다. 도덕성을 잃고, 양심을 저버렸을 때의 "부끄러움"과 창작의 "흥분"을 독자들이 구별할 수 있을 만큼 화자의 시선은 인물과 거리를 두고 있기 때문이다.

강간 현장에 있었으면서도, 악상이 사라질까 염려하여 위험에 처한 여성을 구하지 않은 클라이브의 선택에 대해 버넌은 첨예한 비난을 퍼붓는다. 버넌이 클라이브에게 경찰에 신고하고 용의자에 대한 증언을 하라고 종용하며, "세상엔 교향곡보다 더 중요한 것이 있어. 바로 사람이야"(131)라고 하자, 클라이브는 "그래, 사람이 신문 부수만큼 중요한 거지, 버넌?"(131) 하며 비꼰다. 이 대화는 두 사람이 도덕적 판단을 함에 있어서, 얼마나 자아 성찰이 부족한지를 잘 보여준다. 두 사람 다 이기적이고 오만(hubris)하다. 아울러 타자에 대한 배려와 관용이 결여된 채 상대방을 향한 비난의 날만 세우고 있다. 자기 합리화를 하면서, 도덕적 의무는 저버리고 개인의 이익과 영달만을 생각한다. 클라이브와 버넌은 사안마다 자기 이익에 따라 입장을 달리하여서 대립하지만, 두 사람 모두 출세를 위해 도덕적 의무를 저버린다. 서로에 대한 미움과 복수심에서 나온 살의마저도 상대방을 위한 이타심이라고 합리화시키며 마침내 안락사를 가장한 살인을 서로에게 감행한다.

클라이브는 작곡의 세계에서 자신의 존재를 말할 때 스스로의 천재성을 강조한다. 하지만, 그가 작곡한 밀레니엄 교향곡은 결국 베토벤을 그대로 베낀 것으로 판명되며 창의력의 부재가 드러난다. 기대를 모았던 교향곡은 실패이며, 그의 창작력이라는 것이 결국 인위적으로 만들어진 허영의 산물이었음을 알 수 있다. 예술가로서 클라이브의 한계는 결국 동시대가 지닌 창조력의 부재를 대변한다. 한편 버넌은 로즈 가머니가 전국 TV 방송에 대고 비난한 것처럼 "공갈 협박꾼의 정신 상태와 벼룩만 한 윤리 수준"(136)을 지닌 사람으로 전락해버린다. 그런 상태에서 두 사람의 죽음은 그들이 쌓아온 모든 명성을 무(無)로 만드는 사회적 죽음이기도 하며, 그것은 상호 신뢰와 존중이 무너진 도덕의 부재가 가져온 결과이기도 하다. 어떤 의미에서 두 사람 모두 속이 텅 빈 공허한 인간(hollow man)이었던 것이다. 다시 말하면 이들 각자의 "과오"는 도덕성의 부재, 자기 합리화 그리고 무엇보다 출세를 향한 극도의 이기심이라 할 수 있다. 그런 사람들이 사는 세상에서 도덕의 상실은 곧 인간성의 상실이다.

3. 몰리와 로즈: 현대의 "페넬로피" 패러디

『암스테르담』의 몰리는 현대적 "페넬로피"의 원형으로 자리 잡은 제임스 조이스(James Joyce)의 『율리시즈』(*Ulysses*)의 몰리를 떠올리게 한다. 『암스테르담』의 몰리는 독자적으로 존재하기보다는, 남자들과의 관계 속에서 의미를 갖는다는 점에서 제한적이다. 더구나 소설의 시작부터 그녀는 저 세상 사람이며 타인의 의식 속에만 존재한다. 따라서, 그녀는 특정 유형을 나타내는 알레고리적 인물처럼 현실감이 결여되어 있다는 인상을 준다. 몰리라는 이름과 연관 지어 현대의 "페넬로피" 모티프를 중심으로 몰리 레인을 살펴보며, 특히 몰리의 망령과 대적하여 남편을 지키는 로즈 가머니를 비교/대조해보고자 한다.

원형으로서의 몰리는 『율리시즈』의 주인공 레오폴드 블룸의 아내이다. 조이스는 몰리를 『율리시즈』의 마지막 장, 「페넬로피」에 놓음으로써, 그녀를 현대의 "새로운" 페넬로피로 재현한다. 그리스 고전 『오딧세이』(*Odyssey*)에서 20년 동안 순결을 지키며 모든 구혼자들을 거부하고 남편 오딧세우스만을 기다리는 정숙한 아내와는 극적으로 다르지만, 『율리시즈』의 몰리는 성적 욕망과는 별개로 결혼이라는 틀을 깨지 않는다. 보이란과의 외도가 있는 부정한 아내이지만, 블룸과의 결혼을 지켜낸다는 점에서 제임스 조이스의 몰리는 블룸의 "페넬로피"이다.

『암스테르담』의 몰리는 조이스의 몰리와 다르고도 닮아있다는 점에서 새로운 현대판 "페넬로피"를 제시한다. 조지의 "페넬로피"는 남편의 묵인 하에 대놓고 외도를 즐긴다. 과거의 연인들도 절친한 친구로서 여전히 그녀 곁에 남아있다. 돈 많은 출판업자인 남편은 그런 그녀를 오히려 "맹목적으로 사랑했으며"(5), "몰리는 항상 조지를 구박하면서도 그를 떠나지 않아 남들이 다 놀랄 지경이었다"(5). 외도는 하되 결혼의 틀은 유지하며 산다는 점에서 1922년의 몰리와 1998년의 몰리는 우스꽝스럽게 닮아있다. 이들 현대적 페넬로피들은 다르고도 닮은 방식으로 여성의 순결에 기초한 전통 가부장적 가치관과 미적 감각, 도덕관 등을 뒤집어 놓는다. 매큐언의 『암스테르담』은 여기서 한 걸음 더 나아가 몰리의 죽음 이후의 삶을 다룬다. 즉, 갑작스러운 몰리의 죽음이 그녀 주변의 남자들에게 미치는 영향과 삶의 궤적을 보여줌으로써, 이 여성은 죽었음에도 작품 중심에 존재한다.

『암스테르담』의 몰리는 죽음을 통해 부활하는 인물이라는 점에서 역설적이다. 그녀의 성격, 행적, 사랑, 삶의 모습 등은 인물들의 추억이나 환영 속에서 구체화되어 등장인물과 플롯을 연결하는 중요한 구심점이 된다. 남성 인물들의 관계 속에 몰리가 끼어든 것이 아니라, 오히려 몰리를 중심으로 남자들이 서로 얽히며, 그녀의 이런 역할은 등장인물들의 인간관계에 그치지 않고 이 소설의 구조적 관점에서도 마찬가지로 중심 역할을 한다. 첫 장 그녀의 죽음에서 시작하여 과거의 두 연인인 클라이브와 버넌의 죽어가는 순간까지 그녀는 철저히 주변 남성들의 의식을 지배하며 이야기의 핵심을 구성한다.

클라이브와 버넌이 생의 마지막 순간에 떠올리는 몰리의 모습은 각자 몰리와의 관계가 어떠했는지를 잘 보여준다. 클라이브의 의식 속에서의 몰리는 외모가 세련된 여성이다. 그가 "얼마나 멋진 여자인가!"(182)라고 감탄할 만큼 여성적 매력이 있고, "당신은 천재야, 교향곡은 마법 그 자체지"(182)라고 상대를 치켜세워주는 여자이다. 클라이브에게 몰리는 성적 매력이 있는 여자일 뿐만 아니라 남자의 자존심, 능력, 재능 등을 발휘하게 하는 힘을 주는 뮤즈이다. 그러나 화자는 그녀의 그런 칭찬의 힘이 "클라이브가 살아오면서 칭찬을 받아들이는 법을 배우게"(184) 만들었으며, 그의 명성은 사실 천재가 되고픈 허영에서 나온 실체 없는 허구라고 말한다. 한편 호수 지방(The Lake District)에서 위기에 처했던 여성이 바로 자신이었노라고 말하는 가짜 몰리를 등장시켜 위기에 몰린 여성을 외면했던 클라이브 내면의 죄의식을 극대화한다.

클라이브와 버넌에게 몰리는 여성적 매력을 지녔으며, 동시에 모성성을 가진 여성이다. 그녀의 요리는 마치 어린 시절 어머니가 해준 것과 같은 맛을 지녔다. 그녀가 가르쳐준 버섯 요리법처럼, 그녀의 존재는 어머니와 같은 정신적 자양분과 존재의 힘을 주었다. 몰리의 자취가 그대로 느껴지는 방에서 버넌이 그녀의 부재를 실감하던 순간, 몰리에 대한 그리움은 바로 "자기연민"과 겹친다(58). "몰리에 대한 향수"(58)는 바로 어머니의 품을 그리는 감정과 같고, 그녀의 부재는 곧 고향을 잃어버린 자신에 대한 안쓰러움으로 이어져 목이 메었던 것이다.

몰리는 가머니에게도 마찬가지 역할을 수행한다. 클라이브는 가머니의 여장 사진을 보자마자 몰리와 가머니의 관계가 어떤 성격이었는지를 간파한다. 그리하여 버넌이 그 사진을 자기 출세를 위해 이용하려는 것에 반대한다. 가머니의 여장 사진을 보며 클라이브는 몰리와 가머니의 관계의 핵심이 무엇인지를 이해했기 때문이다. 그것은 "비밀스러운 사생활, 그의 상처받기 쉬운 치부, 그 두 사람을 강하게 결속시켰음에 틀림없는 이런 신뢰감"(75)이었던 것이다. "창의적이고 끼가 넘치던 몰리는 끊임없이 가머니를 종용해서, 하원에서 채울 수 없던 꿈의 세계"(75-76)로 그를 이끌었을 거라고 클라이브는 짐작한다. 남편 조지 레인도 몰리와 결혼이라는 법적인 관계에서 이들과 같은 안정감을 누렸고, 그녀가 병이 들자 아내의 남자친구들이 접근하지 못하도록 차단하고 그녀를 온전히 차지한다. 이는 아내의 전 남자친구들에 대한 그 나름의 복수이다. 몰리는 이 모든 남자들에게 애인이자 어머니였기에, 그녀의 부재는 그들의 삶에 생명의 온기가 빠져나간 것과 같은 상실의 여파를 가져온다.

4. 시대상에 대한 도덕적 풍자

매큐언은 사회정치적 이슈가 개인의 삶에 어떤 영향을 미치는지를 여러 작품 속에 하나의 커다란 주제로 다루고 있다.[5] 저자가 밝힌 대로, 『암스테르담』은 사회풍자 소설이며, 그것이 1998년 출판되었다는 사실은 영국의 정치 현실과 연관 지어 의미를 부여할 수 있다. 1979년 5월의 총선에서 보수당의 대처가 승리하면서 1990년까지의 대처 총리의 재임 기간과 1997년까지의 존 메이저 총리 재임 기간은 신자유주의 정책을 채택하여 노동당의 정책과는 다른 방향으로 선회하였다.[6]

매큐언은 『볼드타입』과의 인터뷰에서 『암스테르담』에서 묘사한 클라이브와 버넌의 세대에 대해 분명한 의도를 가지고 접근했음을 암시한다.

---

5) 데이비드 말콤(David Malcolm)에 의하면, 8살 때인 1956년 리비아에 살 때 처음으로 정치와 역사의 힘이 개인의 삶에 어떤 영향을 미치는지 알게 되었다고 한다. 매큐언의 『시간 속의 아이』(*The Child in Time*, 1987)는 1980년대의 보수당 정권하에서의 문제를 다루고 있고, 『이노센트』(*The Innocent*, 1990), 『검은 개』(*Black Dogs*, 1992) 등도 모두 개인 심리와 사회 상황이 밀접하게 관련되어 있다(1-19). 최근 국내 연구에서 우정민이 분석한 『체실 비치에서』(*On Chesil Beach*, 2007)도 개인의 삶이 사회 문제와 깊이 연관되어 있음을 지적한다. 『체실 비치에서』는 한순간 뜻밖의 선택으로 두 남녀의 사랑과 삶이 엇갈리게 된 이야기이지만, 그 이면에는 그 시대의 가치관과 두 사람의 삶이 무관하지 않음을 매큐언은 역설적으로 보여준다.

6) 대처는 영국 역사상 자기 이름을 딴 "주의"(ism)를 남긴 유일한 정치인으로서, 그 이전 정부가 내세우던 완전고용, 혼합경제, 복지국가, 노동조합과의 타협 등을 내던지고, 자유시장경제, 통화주의정책, 공공지출 및 복지 축소, 기업의 사유화, 권위주의적 정부를 지향했다(박지향 455).

18년간의 대처-메이저 시대에 대해 소설가로서 어떤 식으로 반응하기에는 시간이 충분치 않다고 본다.[7] 정부의 행동이 아래까지 느껴지는 데는 시간이 필요하고, 한 시대의 정신이 떠오르는 데도 시간이 있어야 보다 분명해진다. 내가 느끼는 압도적인 느낌은 한 시대가 이제 막 종말을 고했다는 것이다. 『암스테르담』은 그 시대에 대한 나의 작별인사이다. 나는 그 시대에 대해 작별을 고하게 되어 진심으로 기쁘다.

20여 년의 보수당 정권이 막을 내리게 되자, 그 시대에 대한 작가의 관점이 『암스테르담』에 투영되었다고 볼 수 있다. 대처리즘은 일종의 범세계적인 정치 현상으로서 급진적이며 분리주의적 정치 책략을 썼기에 많은 소설가들이 전통적 집단가치를 거스르는 그 정책에 반발했다. 마가렛 대처 총리 시대의 소설은 그 시대를 체계적으로 비방하는 양상을 띠었다. 그러나, 도미니크 헤드(Dominic Head)에 의하면 그것이 결과적으로 영국소설의 새로운 르네상스를 이끌었다는 점에서 역설적이다(Head 45). 대처리즘을 가장 신랄하게 비판한 사람들이 결과적으로는 가장 많은 혜택을 보고 자리를 잡게 되었다는 점이 사회 전반에 나타난 결과라고 할 수 있다. 매큐언은 그 점에 대해 예리하게 간파하고 비판과 풍자의 시선을 보낸다. 몰리의 장례식에 모인 대부분의 성공한 사회 주류인사들은 "17여 년간 그네들이 그토록 멸시하던 정부하에서 큰 부와 영향력을 축적해 온 세대"(13)였던 것이다. 보수 정권을 적대시하면서 진보 지식인들이 거둔 성과의 내용에 대해 작가는 의문을 던지고 있는 것이다.

클라이브의 시선을 따라가면서도 방관자적이고 유리된 어조로 빈정대듯 클라이브와 버넌의 세대를 "젊음의 활력에 운까지 따라준 행운의 세대"(13)라고 규정한다. 그들은 "전[2차세계대전]후 나라가 주는 젖과 꿀을 먹고 성장해서 부모 세대가 쌓은 일시적이고 소박한 풍요로움으로 유지를 한 다음"(13)[8]에 그들이 마

---

7) 1998년 인터뷰이다. 메이저 총리는 1997년 1월 의회 과반수 의석을 차지하는 데 실패해서 실각하게 된다.

침내 자신의 삶을 살아가는 세상은 "완전고용, 새로운 대학 교육, 밝은 장정의 페이퍼백 책들, 로큰롤의 전성기, 여유롭게 생각해볼 수 있는 여러 가지 사상"(13)으로 가득 찬 곳이었다. 대처 정권이 자리를 잡고, 상황이 변하기 시작했으나 중년에 이르러 사회적으로 성공한 이들에게 미치는 그 여파는 미미했다. 그들은 취미나 가치관을 형성하고 재산을 불리며 서로 규합해서 안정된 자리를 잡은 상태였다.[9] 가머니는 같은 세대라도 좌파 성향의 클라이브나 버넌과는 다르다. 그는 외국인에 대해 폐쇄적이며, 교수형 같은 과도한 형벌을 지지하는 극우 보수주의자로서, 보수당에서 유력한 총리 후보로 자신을 만들어 가고 있다(24). 이념적으로 그와 대척점에 있는 클라이브나 버넌은 그가 "공공의 적"(24)이라고 생각한다. 앞서 살펴본 바와 같은 클라이브와 버넌의 도덕적 결함과 마찬가지로, 가머니의 여성복장도착증은 가장 남성적이고 공격적인 정치인 속에 감추어진 상처이자 위선을 상징한다.

가머니의 복장도착 외에도 비정상적인 성관계는 거의 모든 인물의 삶에 편재해있다. 작가는 그 점을 현대인의 정신병이나 위선을 보여주기 위한 장치로 사용하며, 더 나아가 도덕성의 부재를 대변한다. 몰리의 복잡한 남자관계 외에도 몰리와 하트 풀먼과의 관계에서 연상되는 롤리타 컴플렉스 같은 유아성애(pedophilia)는 작품 속 음악평론가 폴 래닉(Paul Lanark)에게도 등장한다. 암스테르담에서 그를 만난 버넌은 "최근에 저명인사들에 관한 어떤 명단에서 선생님 이름을 봤어요. 판사, 검찰청장, 최고 경영자, 정부 각료 등이랑"(179)이라며 인사를 하는데, 그 명단은 바로 웨일즈 고아원과 관련된 고위층의 미성년자 성매매에 관련된 사람들이었던 것이다. 명단의 존재는 이상성애가 풀먼이나 폴 래닉과 같은

---

8) 1940년대 이후 영국은 중앙정부가 재정 지출 규모를 확대하고, 국민의 경제생활의 세세한 면에 관여하는 사회를 유지해왔다. 그와 같은 사회주의적 제도를 "토리 퍼터널리즘"(Tori paternalism)이라는 별칭으로 불렀다(나종일 외 836).

9) 대처 집권 동안 상층 10% 인구의 소득이 최하층 10% 인구의 소득보다 6배나 더 빨리 증가했다. 그리고 조세 정책도 부자 위주여서 부자의 세금이 가장 많이 경감되었다(나종일 외 848-49).

소수의 사람에게 국한된 것이 아니라, 최고위층들에게도 만연해있는 현상임을 간접적으로 암시한다. "유럽의 거장"이라는 지휘자 줄리오 보(Giulio Bo)조차 아름답고 젊은 여성 단원과의 부적절한 만남을 공공연히 시사하는데, 이 장면은 부족한 연주 실력이 성적 매력으로 상쇄되는 도덕적 부패의 한 예이다.

상류층의 도덕적 부패 또는 부재가 성적 양상으로 보인다면, 하류 서민층의 삶은 경찰서 장면으로 압축되어 있다. 상류 지식층의 삶이 위선과 부도덕으로 부패했다면, 서민층의 삶은 가난과 폭력에서 파생된 제반 문제로 병들어 있다. 실제 영국의 빈곤 문제는 여러 복지제도에도 불구하고 오랫동안 영국병의 하나였다. 많은 사람들이 생활 향상으로 빈곤문제에 대해 무관심하거나 외면해왔다. 정부도 빈곤층의 투표수가 많지 않아 문제 해결에 신경 쓰지 않은 측면도 있다.[10] 사회의 이런 병폐를 가까이서 느끼지 못한 클라이브에게 경찰서 출두는 가난의 실상을 목격하는 기회가 된다. 호수 지방 강간범에 대한 증인으로 경찰서에 간 클라이브에게 그곳에 온 모든 사람은 "본질적으로 해결이 불가능한 문제를 안고 있는 불행한 대가족"(166)과 같았다. 그곳에 잠깐 동안 있으면서 클라이브가 목격한 것은 가난과 폭력에 찌든 사람들의 일상이었다. 심지어 경찰에게 폭력을 쓰고 드잡이를 해도 그것이 일상인 양 아무도 놀라지 않는데 클라이브만 가슴을 진정시켜야 될 정도로 놀란다. 경찰들은 가난에서 파생된 온갖 종류의 험한 일을 대단한 "인내심으로 몸을 사리지 않고 처리해서"(166) 클라이브를 감동시킨다. 형광등 불빛 아래의 사람들은 모두 아파 보이고, 고함소리와 입에 밴 욕설이 난무하며, 주먹을 쥐고 협박을 해도 아무도 대수롭지 않게 여긴다. 경찰은 클라이브에게 정중한 예우와 존경심을 가지고 대한다. 상류층인 클라이브와 가난과 폭력에 찌든 하류 서민층의 모습은 경찰서라는 공간에서 강렬한 대비를 이룬다. 매큐언은 그런 경찰

---

10) 정부 공식 통계에 의하면, 1970년대 말경에 인구의 10% 정도가 빈곤층이었다. 대처정권하의 1980년대 중반에는 실업 증가로 그 비율이 13%로 증가했다(나종일 외 824). 대처 집권 동안 절대빈곤선 이하 인구는 33% 증가했다(나종일 외 849).

서의 모습을 온갖 문제를 안고 있는 "가족의 거실"에 비유함으로써, 대처주의하에 서의 영국 사회 축소판으로 상징화시키고 있다.

증인으로서의 클라이브는 제 역할을 못 한다. 첫 번째 용의자 인식에서는 옳게 했으나, 두 번째는 실패한다. 나중에 보니, 용의자 속에 있는 경찰을 지목한 것이다. 그 경찰이 클라이브를 공항까지 바래다줄 때에야 클라이브는 자신의 실수를 인식한다. 하지만, 경찰이나 클라이브나 그 사실에 대해서는 암묵적으로 덮어둔다. 수사를 제대로 하는 것인가에 대한 의구심이 들지만, 어느 누구도 이에 대해 비판적 목소리를 내지 않는다. 공권력이 제대로 돌아가지 않고 있다는 심증은 있지만, 아무도 비판의 날을 날카롭게 세우지 않는 사회의 도덕적 해이에 대한 풍자의 교훈이 독자의 몫이다.

클라이브가 교향곡 리허설을 위해 암스테르담으로 향하는 비행기 안에서 창밖 너머의 다른 비행기들을 바라보면서 느끼는 감회는 동시대의 속성을 그 이미지에 투사한 것이라 할 수 있다.

> 그[클라이브]가 빈 열의 창 쪽 좌석에 앉으니, 안개 틈 사이로 다른 비행기들이 보였다. 들쑥날쑥 열을 지어 경쟁이라도 하듯 기다리고 있는 모습이 뭔가 꿍꿍이속이 있고 버릇없게 보였다. 작은 뇌 아래 붙어있는 째진 눈, 뭉툭하고 부자연스러운 양팔, 위로 치켜든 새까만 항문을 가진 이런 종자들은 서로서로를 전혀 배려할 수 없을 것이다. (162-63)

비행기는 효율적 기능을 수행하기 위해 만들어진 발명품으로써 인간미나 자연스러움과는 거리가 멀다. 비행기의 외관에서 풍기는 느낌은 성공한 사람들에 대한 비유로 읽힌다. 다른 사람들보다 뛰어나게 성공한, 혹은 "날아가는" 사람들의 비인간적인 면을 비행기의 모습과 겹쳐서 보여준다. 그 안에 타고 있는 클라이브와 버넌의 모습도 비행기가 상징하는 것과 크게 다르지 않다.

두 친구가 향하는 암스테르담은 공교롭게도 클라이브의 밀레니움 교향곡이 처음 리허설되는 장소이자, 기념 리셉션이 열리는 곳이다. 소설의 초반부터 안락사가 허용되는 장소로 언급되며, 그에 따른 의료스캔들 기사로 독자들에게 익숙한 곳이다. 클라이브와 버넌에게는 합리성을 상징하는 장소이기도 하다. 런던이 자유의지로 병든 인생으로부터 벗어날 수 없는 공간이었다면, 암스테르담은 자유의지로 생을 마감할 수 있는 곳이다. 곧, 암스테르담은 '런던이 아닌 곳'을 대변하는 하나의 기표라고 할 수 있다.

　　클라이브는 암스테르담의 거리를 걸으며 "세상에 이보다 합리적으로 정돈된 곳은 없다"(168)고 느낀다. 모든 사람이 이성적이고 세련되어 보이는 도시, 또한 신문에 난 것처럼, 나이 들고 귀찮은 부모를 제거하는 데 서명한 서류 두 통 하고 몇 천 불만 있으면 "합법적인" 서비스를 제공해주는 너무도 "합리적인" 도시이기도 하다. 아이러니에 찬 합리성에 대한 언급은 조셉 콘래드(Joseph Conrad)의『어둠의 심장』(*Heart of Darkness*)에 묘사된 벨지움의 브뤼셀을 연상케 한다. 마치 콘래드가 브뤼셀의 깨끗한 거리를 잘 정돈된 묘지에 비유하며 내재된 식민제국주의의 도덕적 타락을 암시한 것과 같이, 정돈되고 깨끗하며 합리적인 암스테르담의 이미지 뒤에는 안락사를 위장한 살인이 가능한 부패와 죽음의 도시이기도 하다.

　　매큐언의『암스테르담』은 합리성이라는 미명 뒤에 숨어있는 인간성의 부재를 극적으로 보여준다. 클라이브와 버넌이 네덜란드의 합리성을 상징하는 안락사를 이용해서 친구 살인을 감행하는 것이다. 이들이 시도한 안락사는 경제적 이득이 지배하는 상업성 논리에 잠식당한 냉혹한 비인간성을 상징한다. 신문에서는 두 사람의 죽음이 실패와 좌절에 따른 자살이라 보도했지만, 가머니와 레인은 상호 독살이었음을 알게 된다. 결국 암스테르담도 클라이브와 버넌이 사는 런던과 마찬가지로 도덕적 타락과 인간성 부재를 상징하는 공간인 것이다. 이 두 도시는 기능적이고 비인간적인 현대 대도시의 양태를 보여주는 전형이라고 할 수 있다.

5. 결론

이 소설에서 도시 암스테르담은 런던, 뉴욕, 파리, 동경, 북경, 서울이라 불러도 좋을 현대 사회의 도시에 다름 아니다. 즉 비도덕적이고 위선과 허위가 난무하는 사회를 표시하는 하나의 기표로서 존재한다. 깨끗하게 잘 정돈된 거리의 길모퉁이에 위치한 작은 카페에서는 마약을 팔고(192), 안락사는 합법적으로 행해진다. 최고의 합리성을 지닌 곳이라는 평판을 가진 암스테르담의 실상은 도덕성의 부재와 합리성을 가장한 비인간성이 공존하는 공간인 것이다.

『암스테르담』이 현대 사회에 대한 이언 매큐언의 신랄한 풍자라고 보면, 여기서 시사하는 바는 여전히 작품 내용만큼이나 우울하다. 이야기를 마무리하는 조지는 최후의 승자처럼 보인다. 그가 편집자 버넌에게 가머니의 여장 사진을 넘길 때에는, 미디어에 실린 사생활 폭로로 가머니가 수치심에 자살이라도 할 정도로 망가지길 바랐다(190). 후에 가머니에게는 자기가 사진의 출처가 아니라고 거짓말을 한다. 현대적으로 진보한 가머니의 "페넬로피" 아내 로즈가 등장하여 자신이 계획한 시나리오대로 가머니는 몰락으로부터 구원되고, 그의 거짓말과 비도덕성은 여전히 현재진행형이다. 매큐언이 가벼운 톤으로 보여준 인물들의 관계에 대한 이 "소극" 또는 "도덕우화"에서 도덕적 승자도 도덕적 정의도 없다. 조지를 비롯해 살아남은 사람들은 여전히 사회의 성공한 주류이지만, 도덕적으로는 가망이 없다. 이렇듯 매큐언의『암스테르담』이 주는 도덕적 메시지는 비관적이고 암울하다. 이 소설은 도덕적 타락이 만연한 현대사회에 대한 매큐언의 경고이자 오늘날 소설이 재현할 수 있는 하나의 전형이다.

인용 문헌

나종일 외.『영국의 역사』. 파주: 한울 아카데미, 2005.

박지향.『영국사: 보수와 개혁의 드라마』. 서울: 까치, 2007.

우정민.「전후 영국의 전환과 문학: 이언 매큐언의『체실 비치에서』의 개인과 사회」.『현대영미소설』16.1 (2009): 115-44.

Abrams, M. H. *A Glossary of Literary Terms*. 1941. Harcourt Brace College Publishers, 1993.

Chetrinescu, Dana. "Rethinking Spatiality: The Degraded Body in Ian McEwan's *Amsterdam*." 2001. IanMcEwan.com. Jun. 27, 2009. <http://www.ianmcewan.com/bib/articles/chetrinescu.html>.

Childs, Peter. *The Fiction of Ian McEwan* (Readers' Guides to Essential Criticism). Palgrave Macmillan, 2005.

"A Chronology: Key Moments In The Clinton-Lewinsky Saga" *All Politics CNN* Aug. 2, 2009 <http://www.cnn.com/ALLPOLITICS/1998/resources/lewinsky/timeline/>

Diedrick, James. "Bookered, Innit?" A Review of *Amsterdam* from Authors Review of Books. Jan. 1999. 1 Jul. 2009 <http://www.martinamisweb.com/pre_2006/bookered.htm>

Head, Dominic. *The Cambridge Introduction to Modern British Fiction, 1950-2000*. Cambridge UP, 2002.

Ingersoll, Earl G. "City of Endings: Ian McEwan's *Amsterdam*." *Midwest Quarterly* 46.2 (2005): 123-38.

Kohn, Robert E. "The Fivesquare *Amsterdam* of Ian McEwan." *Critical Survey* 16.1 (2004): 89-106.

Lezard, Nicholas. "Morality Bites." *Guardian Unlimited*. Apr. 24, 1999.

Mahoney, Kevin Patric. "*Amsterdam* Review." *Authortrek*. Jul. 15. 2009 <http://www.authortrek.com/amsterdam.html>

Malcolm, David. *Understanding Ian McEwan*. Columbia: U of South Carolina P, 2002.

Matthews, Sean. "Critical Perspective." British Council Online, 2002, 30 Oct. 2007 <http://www.contemporarywriters.com/authors/?p=auth70>

McEwan, Ian. *Amsterdam*. Anchor Books. 1999.

_____. An Interview with Ian McEwan. *Bold Type* 1998 <http://www.randomhouse.

com/boldtype/1298/mcewan/interview.html>

St. Clair, Pamela. "Fickle Friendship in Ian McEwan's Amsterdam." 1 Jan. 2003
    Suite101.com. 30 Jul. 2009. <http://www.suite101.com/article.cfm/british_literature/
    97405>

■ 원고 출처

김순식. 「이언 매큐언의 『암스테르담』에 나타난 시대상과 사회풍자」. 『현대영미소설』 16권 2호 (2009): 49-78.

3.

눈을 감고 (왼)손으로 쓰다
— 마가렛 앳우드의 『눈먼 암살자』

한혜정

| 작가 소개 |

    마가렛 앳우드(Margaret Atwood, 1939–)는 캐나다의 대표적인 시인, 소설가, 에세이 작가, 문학 평론가, 발명가, 환경 운동가이다. 1939년 11월 18일 캐나다의 오타와에서 태어난 앳우드는 토론토 대학(University of Toronto)을 졸업하고 하버드의 래드클리프 칼리지(Radcliffe College)에서 석사학위를 받았다. 많은 수상 경력을 보유한 앳우드는 대학에서 강의를 하거나 해외입주작가(Writer-In-Residence)로 지내기도 하였고 현재 국제펜클럽(PEN International)의 부회장이다. 다양한 실험적인 장르와 주제로 세계적인 작가의 반열에 오른 앳우드의 작품들은 많은 언어로 번역되었을 뿐만 아니라 여러 작품들이 영화, 오페라, TV 시리즈로 각색되기도 하였다. 대표작으로는 캐나다 총독상(Governor General's Award)을 받은 시집 『서클 게임』(*The Circle Game*, 1964), 본격적으로 이름을 알린 『떠오름』(*Surfacing*, 1972), 여성적 디스토피아를 그려 많은 찬사를 받은 『시녀 이야기』(*The Handmaid's Tale*, 1985), 길러(Giller)상을 수상한 『그레이스』(*Alias Grace*, 1996), 부커상과 해밋(Hammett)상을 수상한 『눈먼 암살자』(*The Blind Assassin*, 2000), 사변소설(speculative fiction) '매드아담 삼부작'(MaddAddam trilogy—2003, 2009, 2013) 등이 있다. 이 가운데 『시녀 이야기』는 해롤드 핀터(Harold Pinter)가 대본을 쓴 영화(1990), 발레 공연(2013), 훌루(Hulu) 시리즈(2017)로 만들어졌다. 또한 『그레이스』는 2017년 넷플릭스(Netflix) 시리즈로 선보였고, '매드아담 삼부작'은 2018년 파라마운트 TV(Paramount TV) 시리즈로 제작 중이다. 현재 앳우드는 조니 크리스마스(Johnnie Christmas)와 그래픽 노블 『앤젤 캣버드』(*Angel Catbird*, 2016 vol. 1 & 2017 vol. 2)를 출간하였으며 토론토에서 작가 그래미 깁슨(Graeme Gibson)과 살고 있다. "언어가 제 역할을 하지 못할 때 발생하는 것이 전쟁이다" 혹은 "스토리텔링은 우리에게 진화상의 이점을 제공하는 매우 오래된 인간의 기술이다"라는 앳우드의 말은 그녀의 작품세계를 집약하여 보여준다.

1. '눈먼 암살자'는 누구인가

한 단어나 어구에 사전적이고 일반적인 용법을 넘어서는 새로운 의미들을 부여하는 것이 다층적 텍스트의 특징이라면, 마가렛 앳우드(Margaret Atwood)의 2000년도 부커상(The Booker Prize) 수상작[1] 『눈먼 암살자』(The Blind Assassin)는 그 좋은 예라 할 수 있을 것이다. 옥스퍼드 영어사전에 따르면 '눈먼'(blind)이라는 형용사는 크게 두 가지 의미로 나뉜다. 우선 문자 그대로, '눈먼'은 "타고난 결함이나 상실에 의해 시각이 결핍된" 것을 뜻한다. 또한 비유적으로, '눈먼'은 "정신적 지각, 인식력, 혹은 통찰력이 부족한; 지적, 도덕적, 혹은 영적 관점이 결핍된"이란 뜻으로 풀이된다. 한편, 십자군 시대 기독교 지도자를 살해하기 위해 보내진 이슬람 광신도에게서 파생한 '암살자'(assassin)라는 단어는 "몰래 폭력을 써서 다른 사람을 죽이는 일을 맡은 사람"을 뜻한다. 그렇다면 두 단어가 결합된 '눈먼 암살자'라는 존재는 어떨까? 암살자에게 가장 중요한 능력 가운데 하나는 뚜렷한 명분을 위해 적을 포착하고, 포획하는 시각이 아니던가? 표면적으로 부자연스러워 보이는 이 조합은 『눈먼 암살자』의 제목이자 주제어로 새로운 의미를 획득한다. 한 여성의 회고록과 과학 소설, 신문 기사가 교차하는 다층적 구조 속에 '눈먼 암살자'들이 중층적으로 등장하는 이 텍스트는 그들의 정체를 추적하고 의미를 규명하며 궁극적으로 스스로가 가부장적 시각 중심의 문학과 세계에 일격을 가하는 '눈먼 암살자'가 된다.

『눈먼 암살자』는 82세의 주인공 아이리스 체이스 그리픈(Iris Chase Griffen)이 자신의 집안과 나아가 캐나다의 역사를 회고하는 여러 겹의 액자소설[2]

---

1) 앳우드의 열 번째 소설인 『눈먼 암살자』는 부커상을 비롯하여 2001년에는 해밋상(Hammett Award)을 수상했고, 오렌지상(Orange Prize for Fiction), 캐나다 총독상(Governor General's Award), 인터내셔널 임팩 더블린 문학상(International IMPAC Dublin Literary Award) 후보에 오르기도 했다. 타임지는 이 작품을 2000년도 최고의 소설로 꼽았으며 1923년 이래 최고의 영문 소설 100선에 포함시켰다. http://en.wikipedia.org/wiki/The_Blind_Assassin

이다. 전체 이야기의 주인공이자 회고록의 집필자, (결말의 놀라운 반전에서야 드러나긴 하지만) 소설 속 소설의 작가이기도 한 아이리스의 이름은 텍스트의 제목처럼 상징적이고 역설적이다. 꽃과 무지개로서, 아이리스는 관찰당하고 감상된다. 시각적 기관으로서, 아이리스는 바라보고 기록한다. 그러나 아이리스는 여성적 수동성에 안주하지 않으며, 남성적 시선으로 글을 쓰지 않는다. 아이리스를 포함한 텍스트의 여성들은 가부장적 응시와 지배 아래 침묵당하고 유린당하고 때로 그 지배에 동조하는 인물들로 그려진다. 그러나 필로멜라(Philomela) 신화[3]를 새로 쓰는 이들은 때로는 암호로, 때로는 글쓰기로 그 억압을 뛰어넘는다. 이성중심적 시각으로 파악할 수 없는 암호를 남기고 전통적으로 '옳은' 쪽으로 여겨지는 '오른'손이 아니라 '왼'손으로 글을 쓰는 여성들의 행위는 시각이 아니라 촉각에, 대상화가 아니라 상호성에 기반을 두고 있다. 궁극적으로, 아이리스에게는 타자를 지배하는 '눈이 없다'(eyeless).

눈멂, 즉 시각의 부재—나아가 지배적 시각의 암살에 대해 이야기한다는 점에서 『눈먼 암살자』는 시각중심주의의 한계를 지적하고 다른 감각의 의미를 일깨우려 한 탈근대 철학자들의 노력과 맥을 같이 한다. '눈'(Eye)은 곧 '나'(I)인 서구 사회에서 '나는 본다'(I see = I understand)는 행위는 자신의 이성적 관점(point of view) 아래(under) 세계를 세우려는(stand) 전제적 시도였다.[4] 그리고 이성중

---

2) 『눈먼 암살자』의 "'격자구조'(*mise en abyme*) 기법에 의존하는 중국 상자 구조"(Staels 149)는 사실과 허구에 관한 경계를 흐리고 하나의 사건에 대한 다층적인 시각을 제공하여 텍스트의 의미와 '눈먼 암살자'의 정체를 유동적으로 만든다. 단순히 조각들의 교직으로 이루어진 모자이크가 아니라 "만화경"(kaleidoscope), 혹은 안팎이 서로 연결된 "뫼비우스 띠"(Parkin-Gounelas 685)와도 같은 이러한 구조는 과거와 현재, 사실과 허구, 실재와 재현 사이의 이원적 대립에 강력한 의문을 제기한다.

3) 오비드(Ovid)의 신화에 의하면 필로멜라는 언니 프로크네(Procne)의 남편 테레우스(Tereus) 왕에게 강간을 당하고 이를 알리지 못하도록 혀를 잘린다. 그러나 필로멜라는 수를 놓아 언니에게 이 사실을 알리고, 프로크네는 복수를 위해 아들을 죽여 테레우스에게 먹인다. 이후 테레우스가 이들을 죽이려 하자 필로멜라는 나이팅게일로, 프로크네는 제비로 변해 날아갔다고 한다.

4) 이것은 '보는 것'(*voir*)이란 '권력'(*pouvoir*)과 '지식'(*savoir*)이 얽힌 구조임을 암시하는 프랑스어

심주의의 기반을 이루는 시각은 일정한 거리에 놓인 대상을 바라보는 통일된 주체의 지각이라는 점에서 여성을 대상화하고 억압하는 남성의 논리와 결부되어 있다. 마틴 제이(Martin Jay)는 플라톤 이래로 서구 지성사를 지배해온 시각중심주의(ocularcentrism)와 남근로고스중심주의(phallocentrism)의 결탁에 주목하여, "남근로고스시각중심주의"(phallogocularcentrism, 494)를 문제 삼는다. 자크 데리다(Jacques Derrida)의 해체주의와 급진적 페미니즘이 결합된 이러한 입장은 시각중심주의를 해체하고 다른 감각들을 재고찰할 것을 요구한다. 일례로 루스 이리가라이(Luce Irigaray)는 육체의 물질성을 소외시키는 시각의 특권화를 비판한다.

> 여성에게서 시각에 대한 투자는 남성과 달리 특권화되어 있지 않다. 눈은 다른 감각들보다도 더 많이 대상화하고 지배한다. 눈은 거리를 설정하고 그 거리를 유지한다. 우리 문화에서 시각을 후각과, 미각과, 촉각과, 청각보다 우위에 두는 것은 육체적 관계의 빈곤을 초래했다. . . . 시각이 지배하는 순간, 육체는 물질성을 잃는다. (Owens 70 재인용)

데리다 역시 『눈먼 이의 회고록』(*Memoirs of the Blind: The Self-Portrait and Other Ruins*)에서 청각은 "손보다 멀리 닿으며, 손은 눈보다 멀리 닿는다"(16)고 말한다.5) 그리고 헬렌 식수(Hélène Cixous)는 자신이 언제나 눈보다 귀에 특권을 부여했기에, "눈을 감고 글을 쓰려고 노력한다"(Jay 493 재인용)고 전한다. 『눈먼 암살자』의 경우, 여러 층위에서 '눈이 먼' 등장인물들은 '손'에서 새로운 성찰을

에서도 잘 드러난다(Jay 2). 서구 철학에서의 시각중심주의와 그 한계에 관해서는 마틴 제이의 『내려뜬 눈들－20세기 프랑스 사유에서의 시각의 퇴위』(*Downcast Eyes: The Denigration of Vision in Twentieth-century French Thought*)를 참조할 것.

5) 바라봄을 중지시키는 눈멂이 글쓰기와 그림의 생성 조건이라 주장하는 데리다는 이 책에서 '보는 눈' 대신 '우는 눈'을 제안한다. 데리다에게 눈물을 흘리는 것은 일인칭 의식의 눈을 멀게 하는 행위로(126), 이는 타자와의 거리가 아니라 접촉을 상정하는 것이라 간주할 수 있다.

얻는다. 상대를 쓰다듬는 손, 암호를 남기는 손, 글을 쓰는 손. 그리하여 그들은 남근로고스시각중심주의의 눈을 감고 세계를 사유하며 무한한 차이들을 어루만 진다.

『눈먼 암살자』에서 단일한 시각으로 수렴되지 않는 텍스트의 의미는 겹겹 이 포개지고 층층이 쌓인다. 비평가들은 이러한 텍스트에 다양한 평가를[6] 내려왔 지만, 『눈먼 암살자』가 전통적 소설의 재현 양식에서 탈피하여 다층적 구조와 의 미를 선보인다는 점에는 모두 동의하고 있다. 텍스트는 표면적으로 다음과 같은 세 층위로 구성된다. 먼저 액자의 틀을 이루는 것은 주인공 아이리스가 회고하는 자신과 가족의 이야기로, 이는 2차 대전이 끝나고 열흘 뒤 운전하다 다리 아래 절벽으로 떨어진 동생 로라(Laura)에 대한 묘사로 시작된다. 회고록 형식을 취한 아이리스의 이야기를 이루는 각 장 사이사이에는 로라의 이름으로 사후에 출간된 『눈먼 암살자』라는 소설이 전개되며, 이름이 밝혀지지 않은 '남자'(He)와 '여 자'(She)가 등장하는 이 소설 속에는 다시 이들이 함께 써나가는 소설들이 삽입되 어 있다. 대공황 시기에 아이리스와 로라가 숨겨주었던 사회주의자 알렉스 토마 스(Alex Thomas)와 로라를 모델로 한 듯한 이 '남자'와 '여자'는 사람들의 눈을 피해 몰래 사랑을 나누며, 자이크론(Zycron)이란 "우주의 다른 차원"(11)[7]을 무 대로 어린이 노예 출신인 눈먼 암살자와 혀가 잘린 채 희생 제물로 바쳐지는 소녀 등이 등장하는 역사/과학 소설을 함께 지어낸다. 마지막으로 텍스트의 곳곳에는 아이리스의 가족에 대한 신문, 잡지의 기사들과 화장실 벽의 낙서 등이 삽입되어

---

6) 힐데 스텔스(Hilde Staels)의 분석에 따르면 알렉스 클라크(Alex Clark)는 이 작품에 "고딕 공포 이야기의 모든 드라마와 강렬도(intensity)가 부여되어 있다"고 칭찬하며 일레인 쇼왈터(Elaine Showalter)는 이 텍스트를 "여성적 희생에 관한 여성의 소설"로 읽고, 몰리 하이트(Molly Hite)는 이것이 철저한 조사로 보강된 "역사적 소설"이라 주장한다(147). 스텔스 본인은 이를 "역사기술적 메타픽션"(148)으로 간주한다.

7) 인용은 앵커 판에서 가져와 괄호 속에 면수만 표기하기로 한다. 번역은 민음사 판(차은정 역)을 참고하여 수정하였다.

'객관적인' 정보를 전달하기도 한다.[8] 그러나 결말 즈음에 이르러 「눈먼 암살자」를 쓴 사람이 실은 아이리스였다는 놀라운 반전이 드러나면서, 텍스트의 전체 의미는 급격히 다른 양상을 띠게 된다. 액자들의 내부와 외부는 단절된 것이 아니라 복합적으로 연결되어 있었으며, 나아가 열린 결말은 서로 교차하는 이야기들이 단일한 의미로 수렴되는 것을 영원히 방해하기 때문이다. 마찬가지로 소설의 전체 의미를 함축하고 있는 제목이자 소설 속의 여러 죽음을 불러오는 장본인인 '눈먼 암살자'의 정체 또한 다양한 해석을 향해 열려 있다. 따라서 이 '눈먼 암살자'의 정체를 추적하고 그 의미를 탐구하는 작업은 관습의 눈을 감고, 텍스트의 결을 따라 어루만지며 이루어져야 할 것이다.

2. 눈멂

전통적으로 눈먼 이들의 이미지는 양가적이었다. 한편으로 그들은 인간의 가장 소중한 재능을 박탈당한 불행한 존재였지만, 또 한편으로 그들은 신성과 직접 접촉할 수 있는 능력을 부여받은 이였다(Barasch 3). 눈이 멀었으되 예언의 능력을 지닌 테레시아스(Teiresias)와 위반의 대가로 거세와도 같은 실명을 자행한 뒤 구원받는 오이디푸스(Oedipus)의 신화는 이 이미지들을 한층 강화한다. 그러나 '육체의 눈' 대신 '영혼의 눈'을 강조하는 이와 같은 논리들은 여전히 시각적 기능의 우월성에 대한 믿음을 담지하고 있는 것이다. 한층 더 나아가, 물질적인 육체의 눈보다 정신적인 영혼의 눈을 우위에 두는 이러한 사고는 이성중심주의의 또 다른 판본에 지나지 않는다. 실제 해부학적으로도 많은 한계[9]를 지닌 시각이

---

8) 앳우드 스스로는 한 인터뷰에서 전체 내러티브를 아이리스의 이야기, 신문 기사, 남자와 여자의 이야기, 과학소설 그리고 화장실 벽의 낙서 모두 다섯 가지로 구분한다(Heilmann and Taylor 132). 혼란을 막기 위해 앞으로 앳우드의 텍스트는 『눈먼 암살자』, 로라/아이리스의 소설은 「눈먼 암살자」로 표기하기로 한다.

진리의 빛을 받아들이고 또 반영하는 기관으로 여겨지게 된 것은 타자를 일정한 거리에 두고 대상화하는 동일자적 주체의 작동 논리와 밀접한 관련이 있다. 그러나 주인공 아이리스를 비롯하여 여러 눈먼 인물들을 묘사하는 『눈먼 암살자』는 다층적 맥락에서 '눈멂'을 고찰하여 궁극적으로 '남근로고스시각중심주의'의 허구성을 파헤치게 된다.

거의 20세기 전체에 걸친 캐나다의 사회와 문화를 배경으로 한, 나아가 고대 메소포타미아와 상상적 자이크론 행성까지 넘나드는 아이리스의 이야기에는 그녀 자신을 포함하여 각각 다른 의미로 눈먼 사람들이 등장한다. 그들은 실제로 눈이 보이지 않거나(전쟁에서 한 눈을 잃은 아이리스의 아버지와 소년 암살자[10]), 편향된 물질적, 사회적 가치에 눈이 멀었거나(아이리스의 남편 리처드[Richard]와 리처드의 여동생 위니프리드[Winifred], 알렉스) 자신들을 침묵하게 하는 가부장적 문화에 순응하여 현실을 보지 못한다(아이리스의 어머니와 아이리스). 소설 속의 소설 속의 소설들을 넘나들며 사건들이 겹치고 이야기들이 섞이는 가운데 '눈멂'은 축어적이고 은유적인 방식으로 제시되며 눈먼 이들은 가해자이자 피해자가 된다. 그러나 한 가지 공통된 사실이 있다면, 이들은 시각이 아니라 눈멂에 의해 진실을 추구할 수 있으리라는 점이다. 진리를 '보지' 않고, 진실을 '더듬어' 감으로써.

---

9) 눈은 전체 스펙트럼의 단지 일부에 불과한 광파만을 볼 수 있으며, 시신경이 망막과 연결된 곳에는 맹점이 존재하고, 우리는 눈에서 일정 거리 떨어진 물체에만 초점을 맞출 수 있으며 종종 착시 현상을 겪기도 한다(Jay 8).

10) 「눈먼 암살자」에 등장하는 눈먼 소년 암살자는 사키엘-논(Sakiel-Norn)이라는 가상의 세계에 살고 있지만 이곳은 실제로는 고대 메소포타미아 문화에 토대를 두고 있다. 엄격한 계급사회인 이 도시는 노예 어린이들의 섬세한 손끝만이 직조할 수 있는 카펫에 의존하여 번성해 왔다. 그러나 극도로 가혹하고 정밀한 노동 탓에 아이들은 여덟, 아홉 살 정도가 되면 시력을 잃고, 포주에게 팔리거나 청부 암살자가 되었다. 정치와 자본의 논리에 희생당한 이들은 물리적인 의미에서 눈이 멀었을 뿐만 아니라 사회적으로도 거세당한 타자라 할 수 있다.

2.1. 부재하는 눈: 아버지와 어머니

『눈먼 암살자』의 지배적인 이미지는 (부재하는) 눈이다. 아이리스의 아버지는 세계대전에 참전하여 한 눈이 멀었고, 관습에 순종적이었던 어머니의 눈은 생명 없는 안경알 같다. 1차 대전에서 "온전한 한쪽 눈과 온전한 한쪽 다리"(79)만 지니고 돌아온 아버지는 상처 입은 몸과 마음을 지닌 채 가업인 단추 공장을 이끌어 나간다. 그러나 종종 "혼잣말을 하고 벽에 쾅쾅 부딪히고 무감각해질 때까지 술을 퍼마시는" "비틀거리는 외눈박이 괴물"(81)이 되어버린 아버지는 한편으로 사회적 희생양이면서 다른 한편으로는 아내와 딸들을 희생시키는 모순을 드러낸다. 신실하고 가난한 사람들에게 헌신적이던 어머니는 말없이 그런 아버지를 감내했고, 셋째를 임신하기에 이른다. 어머니는 "머리 뒤쪽에 눈이 달려 있기 때문에 우리가 잘못을 저지르면 알 수 있다"고 말했고, 아이리스는 "그 눈들이 안경알처럼 납작하고 빛나고 색깔이 없을 것"(91)이라고 상상한다. 아이리스와 로라가 셋째를 유산한 어머니를 만났을 때 어머니의 "눈은 감겨 있었다." 그리고 작은 탁자 위에 놓인 안경의 "동그란 눈알은 빛나고 공허해 보였다"(95). 임종의 자리에서 "하늘색의 푸른 시선"(97)으로 힘겹게 아이리스를 바라보던 어머니는 로라를 돌보라는 거역할 수 없는 부탁을 남긴다. 그리고 아버지는 희생의 상징인 훈장을 아이리스에게 남기고, 어려움에 처한 공장을 살리려면 동업자 리처드와 결혼하라는 선택 아닌 선택을 제시한다.

한편 아버지와 어머니, 그리고 부재하는 그들을 각각 대신한 가정교사 어스카인 씨(Mr. Erskine)와 가정부 겸 보모 리니(Reenie)의 교육은 전통적 여성상에 기반을 두고 있다. 그리고 이 교육은 로라와 아이리스의 자아를 소멸시키려 한다. 아버지는 아이리스와 로라가 섹슈얼리티가 배제된 여성이 되기를 바랐고, 그의 대변인과도 같은 어스카인 씨는 자매에게 "순종적인 성적 대상과 희생된 여성으로서의 문화적 역할"(Bouson 256)을 강요한다. 리니는 자매에게 헌신적이지만 역시 그들이 '집안의 천사'가 되도록 가르친다. 마치 체이스가 묘지의 두 천사상처럼, 소녀들은 "순수하고 정숙하고 무기력하고 생기 없는"(Stein 140) 여성이 되도록 기대된다. 아버지의 훈장과 어머니의 희생을 물려받은 아이리스는 교환가치에 입각한 결혼을 받아들이지만, 이제 그녀를 응시하는 것은 편재하는 남성적 시선이다.

2.2. 탐조등 같은 눈: 리처드, 위니프리드, 알렉스

결혼을 통해 가부장적 사회에 본격적으로 진입한 아이리스는 자신을 성적으로 대상화하는 남성적 시선들에 둘러싸인다. 명문 혈통과 어린 여성에 대한 욕망을 동시에 충족시켜 줄 수 있는 아이리스와 정략적으로 결혼한 리처드 그리픈(Richard Griffen)은 "기회주의적 술책, 사업에서 부당이득 취하기, 가정에서의 폭력 행위"(Bouson 266)로 간단히 설명된다. 리처드에게 청혼받은 날 아이리스는 침대에 누워 "사악한 존재"가 자신을 응시하는 듯한, "무표정하고 빈정대는 듯한 탐조등 같은 눈"(233)이 자신을 관찰하는 느낌에 사로잡힌다. 결혼한 후로도 아이리스는 판옵티콘과도 같은 리처드의 집에서 끊임없이 통제받으며 살아가게 된다. (로라로 가장된) 아이리스는 남몰래 알렉스와 사랑을 나누지만, 바로 그 순간에도 "작은 초록색 사과들이 마치 눈인 양 그녀를 바라본다"(15).

리처드의 여동생 위니프리드 역시 아이리스를 성적인 대상물로만 취급하고 그에 맞게 길들이려 한다. 약혼한 아이리스와의 첫 만남에서 온통 녹색으로 치장하고 "전조등처럼 하얗게 번쩍이던"(236) 위니프리드는 리처드의 물신주의를 누구보다도 잘 이해하고 동조하며, 아이리스를 언제든 대치할 수 있는 소유물로 취급한다. "다리를 벌리고 입을 다무는 것"(342)이 할 일의 전부인 아이리스는 그런 일상 속으로 침잠한다. 그녀는 알렉스와의 만남에서 도피처를 찾지만, 알렉스의 시선 또한 아이리스의 육체에 머무를 따름이다.

리처드가 "탁상공론이나 일삼는 빨갱이"(193)라 일컫는 알렉스는 "노동자 착취 업장의 거물"(182)인 리처드와 양극단에 위치하는 듯하지만 여성에 대한 태도에서는 공통점을 드러낸다. 고아이고 사회주의자인 그의 태생은 자유롭고 사상은 혁명적이나, 그 역시 냉담한 성차별적 언행을 일삼는 것이다. 로라와 아이리스가 비밀리에 동시에 사랑한 그는 「쿠블라 칸」("Kubla Khan")에 나오는 "번득이는 눈을 지닌 악마 같은 연인"(Staels 156)이다. 그러나 또한 전형적인 1930, 40년대 '터프가이'로서, 그는 아이리스와의 관계에서나 도피 중에 생계를 위해 쓰는 펄프 픽션 속 여성의 재현에서나 공공연한 성차별주의를 드러낸다(Bouson 262).[11] 아이리스는 리처드의 물리적 폭력에도 침묵했던 것처럼, 알렉스의 언어적 폭력에도 별다른 저항을 하지 않고 묵묵히 그 시선을 견딘다.

2.3. 양가적인 눈(없음): 아이리스

부모님의 부재하는 눈이 지운 의무에 짓눌리고 리처드/알렉스의 편재하는 남성적 시선에 종속된 아이리스는 전통적 여성의 모습과 크게 다를 바가 없다. 스탤스에 따르면 1930년대와 40년대에 걸친 그녀의 결혼 생활은 "발언권이 없는 '타자'로서의 여성의 전형적인 역할"(155)을 대변한다. J. 브룩스 보우손(J. Brooks Bouson)은 한 걸음 더 나아가, 『눈먼 암살자』는 가부장적 체제에서 여성에게 가해진 역사적 억압뿐만 아니라 자신을 포함한 여성들의 희생됨에 문화적으로 눈멀고 결과적으로 그 억압에 공모했던 여성들을 묘사한다고 주장한다(251). 아이리스도 예외는 아니다. 무기력한 자신에 대한 로라의 비판에 그녀는 "난 두

---

11) 알렉스는 아이리스가 걱정을 너무 많이 하면 말라서 "젖꼭지와 엉덩이"가 볼품없이 되어버려 "누구에게게도 쓸모가 없을" 거라고 한다(112). 또 다른 경우 그는 하이힐을 신은 아이리스를 "죽마를 탄 깔치"(Cunt on stilts, 282)라고 일컫는다. 알렉스가 지어내는 펄프 픽션 가운데 B라는 여성에 대한 이야기는 전형화된 젠더상을 그대로 드러낸다. 그에 따르면 B는 신뢰 불가(Beyond Belief), 새대가리(Bird Brain), 왕가슴(Big Boobs), 혹은 멋진 금발(Beautiful Blonde)의 약자이다(283).

눈을 뜨고 있어"라고 말하지만, 로라는 "몽유병자처럼 말이지"(242)라고 응수한다. 나아가 아이리스는 스스로가 상대를 위압하고 자신을 과시하는 눈의 필요성을 느끼게 된다. 학교에서 문제를 일으킨 로라의 일을 처리하기 위해 교장을 방문하면서, 아이리스는 "리처드의 지위와 영향력"(385)을 상기시켜 줄 만한 옷차림을 하기 위해 "구슬같이 작고 붉은 유리 눈"을 단 꿩으로 장식한 모자를 쓰고 간다. "단지 두 개가 아닌 네 개의 눈"(386)이 자신을 응시하고 있다고 상대방이 느끼게 되기를 바라면서. 그리고 리처드가 처제인 로라에게도 야욕을 보였음을 까맣게 모르고 있던 아이리스는 행방을 감춘 로라의 소식을 듣기 위해 "유리 눈"(459)을 달고 있는 여우 목도리를 하고 리니를 만나러 간다. 그러나 이렇게 여러 개의 눈으로 치장하였지만 아이리스는 로라의 진정한 곤경과 고뇌를, 자신이 처한 현실을 제대로 '보지' 못한다.

'눈이 없는'이란 뜻의 이름을 체현하듯 아이리스는 여러 번 눈이 먼 것으로 묘사된다. 신혼여행 때 처음으로 체이스가 밖의 다채로운 세상을 접하고 의기소침해진 아이리스는 스스로가 "전체상을 보는 재능이 부족"(311)하다고 생각한다. 로라가 알렉스의 목숨을 담보로 하여 리처드에게 성적으로 유린당했으며, 자신이 알렉스와 연인 관계였고 그는 이미 죽었다는 사실을 폭로한 직후 동생이 다리 너머로 자동차를 몰았다는 것을 너무 늦게 깨달은 아이리스는 절규한다. "그건 모두 바로 내 두 눈앞에서 일어났다. 어떻게 나는 그렇게 눈이 멀었을 수 있을까?"(517). 많은 비평가들은 이러한 아이리스를 자신의 주체성과 로라를 죽음으로 몰고 간 '눈먼 암살자'로 지목하지만(Bouson 266; Ingersoll 550; Wilson 271; Staels 155), 이는 단지 표면적인 의미에서만 사실이다. 리처드의 만행을 알고 즉시 딸 에이미(Aimee)를 데리고 집을 나온 아이리스는 예술품을 거래하며 간소하고 독립적인 삶을 꾸려나간다. "조용하고 가정적인 객체에서 예술 세계의 능동적인 참여자"(Stein 151)로 변모한 아이리스는 「눈먼 암살자」를 집필하여 로라의 이름으로 출간하고, 승승장구하는 사업을 바탕으로 정계에 진출하려던 리처드를

스캔들과 죽음으로 몰아넣는다. 가부장적 현실에 눈멀었던 아이리스는 죽은 로라가 남긴 암호를 통해 진실을 깨닫게 되지만, 다시 그들의 눈과 권력을 추구하기보다는 스스로 그 시선을 극복하는 '눈먼 암살자'가 된 것이다. 따라서 아이리스의 '눈 없음', 혹은 '눈멂'은 역설적으로 모든 것을 가부장적 논리 아래 가두려는 억압적 눈에서 벗어나려는 긍정적 시도로도 읽을 수 있으며, 『눈먼 암살자』에서 이는 폭력적 지배자에 대한 암살과 결부된다.

3. 암살

　로라의 죽음으로 시작되는 『눈먼 암살자』는 불행한 죽음들로 가득 차 있다. '눈멂'이 축어적이고 은유적으로 제시된 것처럼, 이 죽음들 역시 현실적이기도 하고 상징적이기도 하다. 개인적인 층위에서, 리처드의 배신으로 결국 파산한 아버지는 돌보는 이 없이 죽은 채 발견되고, 리처드는 로라를 처음 강간한 요트에서 「눈먼 암살자」를 안은 채 생을 마감하며, 그 후 위니프리드가 빼앗아간 에이미는 알콜중독자가 되어 계단에서 실족사한다. 이들의 죽음이 배신과 타락을 배후에 두고 자살과 사고사의 모호한 경계를 오간다면, 좀 더 사회역사적인 맥락의 죽음들은 명백히 암살과 타살로 제시된다. 아버지의 형제들은 1차 대전에서 목숨을 잃었고, 대공황 시기 체이스가의 단추 공장에는 살인과 방화가 자행되며, 도피 중인 알렉스는 결국 사망통지서로 돌아온다. 허구적인 것 같지만 실은 고대 역사에 바탕을 두고 있는 사키엘-논의 경우, 눈먼 소년 암살자는 왕에 대한 모반을 꾀하는 무리로부터 암살 지령을 받고 도시 전체는 '소멸의 종족'(the People of Desolation)의 습격을 받는다. 그리고 소설 서두에 실린 리샤드 카푸친스키(Ryszard Kapuściński)의 제사가 예언하듯이 "어른들의 목이 잘리고 아이들의 눈은 도려내져" 멸망한 도시는 그저 돌무더기로 남는다. 과연 누가 이들을 죽였는가? 무수한 죽음들을 획책하고, 자행하고, 또 다른 죽음을 불러오게 하는 것은 누구인가?

텍스트 안팎의 죽음들의 원인을 추적하는 것은 누가 로라의 '눈먼 암살자'인지 밝혀내는 것과 밀접한 관련을 맺고 있다. 아이리스가 에이미의 딸, 그러니까 자신의 손녀인 사브리나(Sabrina)를 향해 구술하는 형식을 가장 바깥 액자로 채택한 『눈먼 암살자』는 회고담, 소설 속 소설 「눈먼 암살자」, 그리고 여러 기사들이 엇갈리고 교차하는 가운데 그 추적과정을 기술해 나간다. 이 중층적인 텍스트를 이해하는 과정은 로라가 언니를 위해 남겨 놓은 수수께끼 같은 암호를 풀어가는 과정과 일치하며, 로라의 죽음의 비밀이 풀리는 순간 독자들은 눈먼 암살자의 정체 또한 파악한다. 필로멜라처럼, 「눈먼 암살자」에서 희생 제물로 바쳐지는 소녀들처럼 혀가 잘린 바와 다름없는 로라는 침묵을 강요받았다. 그러나 금지된 지배자의 언어를 대신하여 필로멜라는 수를 놓았고, 사키엘-논의 노예들은 돌에 긁은 암호를 남겼으며,[12] 로라 역시 채색하고 절단한 사진으로 자신의 뜻을 전한다. 가부장적 시선이 파악할 수 없고 억압적인 권력이 해독할 수 없는 이들의 암호는 결국 그 시선의 한계를, 그 권력의 허구성을 역설한다. 그리고 마침내 로라의 암호를 헤아린 아이리스는 손수 「눈먼 암살자」를 써서 그들에 도전한다.

지배자의 일방적이고 폭력적인 시선과 그 결과 파생된 억압과 소멸의 역사에 비판적인 『눈먼 암살자』는 그 시선 아래 갇혀 있던 차이들을 껴안는다. 그리하여 자연스레, 『눈먼 암살자』에는 여러 손들이 등장하여 새로운 의미를 직조한다. 고정된 정체성을 암시하는 이름 대신 X라 불리는 소년 암살자의 양손은 혀가 잘린 소녀의 얼굴을 어루만지고, 로라가 잘라놓은 사진에 남겨진 손(left hand)은 로라의 왼손이되 동시에 아이리스의 왼손(left hand)과도 같아서, 아이리스는 「눈

---

12) 사키엘-논의 노예들은 법에 의해 읽기가 금지되어 있었지만 먼지 위에 돌로 긁어 쓴 비밀스러운 암호를 사용했다(18). 전통적으로 타자들은 말하기와 글쓰기를 금지당했다고 여겨지지만, 그들이 금지당한 것은 결국 지배자의 언어일 뿐이다. 그들은 여전히 자신들의 언어, 혹은 지배자가 알 수 없는 '암호'로 소통한다.

먼 암살자」가 로라와 함께 쓴 '왼손잡이 책'이라고 명명한다. 이들의 (왼)손에 대한 성찰은 전통적으로 유일하게 '옳은' 것으로 여겨졌으나 많은 불행한 죽음들의 원인이 되었던 가부장적 시각의 권력을 전복하는 잠재적 실천으로 나아간다.

3.1. (양)손으로 읽기: 눈먼 소년 암살자 X

「눈먼 암살자」에 나오는 소년 암살자의 이름은 X이다. 소년의 이야기를 지어내는 역시 익명의 '남자'는 "이름들은 그저 속박할 뿐"(122)이라며 그를 X라 부른다. 이름에 속박되지 않는 그는 눈이 멀었기에, 역설적으로 시각의 권력/한계에서도 자유롭다. 어린이 노예 출신으로 눈이 먼 뒤 포주에게 넘겨졌다가 유능한 암살자가 된 그는 보이지 않는 눈 대신 "촉각과 후각"(273)으로 사원과 도시를 느낀다. 모반자들로부터 희생 제물로 바쳐질 소녀를 미리 암살하라는 지령을 받았을 때도 소년은 눈 대신 손으로 그녀를 만난다.

> 눈먼 암살자는 아주 천천히 그녀를 만지기 시작해. 한 손으로만, 오른손— 능숙한 (dexterous) 손, 칼을 쓰는 손이지. 그는 그녀의 얼굴을 지나 목으로 내려가며 쓰다듬고 있어. 그런 다음 그는 왼손, 서투른(sinister) 손을 들어 양손으로 부드럽게 어루만지지. 마치 극도로 가냘픈 타래, 비단 타래를 집어 들듯이. 그건 물로 애무를 받는 것 같아. . . . 촉각은 시각보다, 말보다 앞에 오는 거야. 그것은 첫 언어이자 마지막 언어며, 언제나 진실을 말해 주지. (262)

그리고 그들은 사랑에 빠진다. 일방적인 시선이나 말과 달리 두 신체가 접촉하는 촉각은 상호적이다. 서로를 어루만지는 손길은 서로의 물질성을 확인하며 상호교감을 나눈다. '남자'의 묘사는 이리가라이가 『성들과 계보학』(*Sexes and Genealogies*)에서 주장한 것을 상기시킨다.

우리는 다른 여타의 감각들을 떠받치고 있는 감각, 다른 감각들 안에 존재하고 있
는 감각, 우리의 첫 번째 감각, 우리가 사는 공간과 환경을 구성하고 있는 감각으로
되돌아가야만 한다. 그 감각은 바로 촉각이다. . . . 모든 것은 매개적인 감각인 촉각
이라는 방식으로 우리에게 주어진다. . . . 시각의 장에 나타나는 모든 것, 모든 이미
지들은 당분간은 역사에 남는다. 그러나 이러한 시각의 탄생은 우리의 타고난 잠재
성들을 만족시켜주지 못한다. (김지혜 53 재인용)

시각이나 청각 같은 다른 지각과 달리 촉각에는 주체와 대상 사이의 거리가 존재
하지 않고, 오히려 둘 사이의 접촉을 전제로 한다. 시각에 대한 특권화가 일방적인
대상화나 폭력적인 타자화로 이어졌다면, 촉각에 대한 고찰은 그 시각중심주의의
한계와 극복 가능성을 탐구한다.[13] 시각 경제에서 '보이지' 않던 촉각은 분리와
지배가 아닌 스밈(immersion)과 참여를 조건으로 하는 감각적 만남을 환기하고
완결된 주체의 범주를 교란시킨다(김지혜 57).

이미 살펴본 대로 폭력적 이항대립을 전제로 차별을 자행하는 주체의 범주
화는 비시각/시각뿐만 아니라 여성/남성에도 작동하고 있었으며, 나아가 왼쪽/오
른쪽[14]의 비유에도 적용해볼 수 있다. 삐에르 미셸 베르뜨랑(Pierre-Michel
Bertrand)에 따르면 전통적으로 오른손의 우월성은 단순한 예법 이상이었다. 이것
은 "사람들 사이에 계층을 정하는 역할을 하고, 각자의 권리와 의무에 따라 행동
을 배치시키는 일종의 규제 원칙"(48)이었다. 그러나 '눈멂'을 주제로 한 「눈먼
암살자」는 이러한 규제와 범주들의 해체를, 암살을 시도한다. X는 오른손뿐만 아

---

13) 이리가라이가 촉각을 강조하는 것은 단순히 시각을 대체하는 중심지각으로 삼기 위해서가 아니
    다. 이것은 촉각이 시각에 환원되어 버리는 시스템에 도전하는 것으로, 기원적인 감각 혹은 주인
    감각으로 우위를 점한 시각이 다른 감각을 조작하게 된 과정을 비판하여 시각의 지위를 분열시
    키고 교란하려는 의도이다(김지혜 86). 마찬가지로 본 논문에서 일관되게 비판하고자 하는 것은
    합리적 가부장제의 근간 중 하나인 시각중심주의이지 시각 그 자체가 아님을 밝혀 둔다.
14) "사회와 우주 전체는 성스럽고 고귀하며 소중한 측면과 세속적이고 진부한 면을 가지고 있다.
    또 남성적이고 강하며 능동적인 면과 여성적이고 허약하며 수동적인 면이 있다. 간단히 말해,
    오른쪽과 왼쪽이 있다"(베르뜨랑 20 재인용).

니라 왼손까지 더하여 양손으로 소녀의 얼굴을 어루만지고, 로라와 아이리스 역시 (왼)손에 대한 새로운 성찰을 제공한다.

3.2. 남겨진 손 혹은 왼손(left hand): 로라

로라는 리처드의 폭력 앞에 침묵하지만, 그것은 사랑하는 알렉스와 언니를 지키기 위해 스스로 선택한 길이기도 하다. 대신 로라는 암호와도 같은 유품을 남기고, 결국 그 암호를 해독한 아이리스의 손을 빌어 진실을 전한다. 아이리스는 어렸을 때부터 사진의 인물들을 잘라내거나 신체 일부에 색을 입혀 "그들 영혼의 색깔"(200)을 드러냈던 로라가 자신의 결혼식 사진에도 색을 칠해 놓은 것을 발견한다. 아이리스는 리처드와 위니프리드의 짙은 초록색이 탐욕을, 자신의 물빛 푸른색이 잠들어 있음을, 로라의 빛나는 노란색이 광휘를 나타냄을 이해한다(464). 신부와 신랑을 찍은 다른 사진에서 빨갛게 물든 리처드의 손은 두말할 필요도 없이 그의 만행을 드러내는 것으로, 아이리스는 이 사진과 로라가 유품 속 공책에 남긴 수수께끼 같은 숫자가 모두 이 만행과 관계되어 있음을 비로소 깨닫는다.

손으로 그 사람을 나타내는 것은 로라에게 처음이 아니다. 「눈먼 암살자」의 서문에는 '남자'와 '여자'를 찍은 한 장의 사진에 대한 묘사가 실려 있다. 사진은 가장자리가 잘려 있고, 그 부분에는 손 하나만 남아 있다.

> 한쪽 구석에는 – 처음에는 알아보지 못할 것이다 – 손 하나가 놓여 있다. 사진 가장자리에서 절단된, 손목 부근이 가위로 잘려나간, 마치 버려진 것처럼 풀밭 위에 놓여 있는 손. 제멋대로 혼자 남겨진(left) 손. (7)

나중에야 밝혀지지만 이것은 로라와 아이리스와 알렉스가 단추 공장 피크닉에서 한 기자에게 찍힌 사진이다. 사진 속의 여자는 알렉스의 왼쪽에 있던 아이리스이고, 따라서 이 손은 오른쪽에 있던 로라의 것이다. 한편 로라가 죽고 난 뒤 공책에서 나온 사진에는 반대로 로라와 알렉스, 그리고 아이리스의 손이 나와 있다.

> 단추 공장 피크닉에서 그녀와 알렉스 토마스가 찍은 사진. 이제 그 두 사람은 연한 노란색으로 채색되어 있었고, 나의 분리된 푸른 손이 잔디밭을 가로질러 그들을 향해 기어가고 있었다. (516)

사진에서 로라나 아이리스의 부재는 남아 있는 손(left hand)으로 대체된다. 그리고 로라의 경우, 잘린 채 남아 있는 손은 왼손(left hand)이기도 하다. 다시 결혼식 사진으로 돌아가 보면, 로라의 시선이 앞을 바라보는 것이 아니라 옆을 향한다는 사실은 의미심장하다. '눈멂'의 변주라 할 수 있는 어긋난 시선의 로라는 위선적이고 가부장적인 결혼식의 질서 또한 이탈하고 있으며, '왼손'으로 남은 로라는 탐욕적 만행을 기록한다. 따라서 로라에 대한 아이리스의 글쓰기 역시 전통적이고 관습적인 글쓰기의 규약들을 이탈하는 방향으로 이루어지게 된다.

3.3. 오른손으로 쓰고 왼손으로 지우기: 아이리스

아이리스는 회고록을 쓰는 이유가 "라디오가 꺼져 가듯이 우리 목소리가 안 들리게 되는 것을 견딜 수가 없[기]"(98) 때문이라고 말한다. 그러나 사키엘-논의 소녀들처럼 "혀도 없고 필기도구도 없는"(120) 여성들은, 필연적으로 남성들과 다른 방식으로 글을 쓴다. "페미니즘적 장르"(Bouson 252)인 회고록의 형식으로 쓰인 아이리스의 글은 텍스트 자체와 마찬가지로 비선형적이고, 중층적이며, 단일한 시각으로 수렴되지 않는다. 이리가라이는 『하나이지 않은 성』(*This Sex Which Is Not One*)에서 여성의 문체, 혹은 글쓰기가 시각을 특권화하지 않으며 각각의 형상을 그 기원으로, 촉각적인 기원으로 되돌려 놓는다고 주장한 바 있다(79). 아이리스에게도, 글쓰기란 "[단어들이] 팔을 타고 흘러내리게 하는 것, 손가락 사이를 통해 [단어들을] 쥐어짜는 것"(69), 즉 그 자신이 "글쓰기 기계가 되는 것"(Ingersoll 547)이다.

글을 쓰면서, 아이리스는 자신의 생애가 곧 체이스 집안의 역사이며 캐나다의 일부임을 깨닫는다. 그리고 자신과 로라의 이야기는 사키엘-논의 소녀들과 아이리스와 디도(Dido)의 신화이자 지금 화장실 벽의 낙서에서도 살아 숨 쉬고 있는 것임을 알게 된다.15) 따라서 "주먹은 손가락을 다 모은 것 이상"(530)이라고 말하는 아이리스는 자신이 로라의 이름으로 책을 출판한 것은 사실에 대한 은폐가 아니며, 로라는 이 책의 공저자라고 주장한다.

> 로라는 나의 왼손이었고, 나는 그녀의 왼손이었다. 우리는 이 책을 함께 썼다. 이것은 왼손잡이 책이다. 그렇기 때문에 어떤 식으로 보든 우리 둘 가운데 한 사람은 언제나 시야에서 벗어나 있는 것이다. (530)

사진에서, 혹은 텍스트에서 부재로 존재하는 아이리스와 로라는 "오른손 집게손가락으로 쓰고 '왼손'으로 지우는"(291) 암호를 남긴다. "복종하지 않는, 순결하지 않은, 도덕적으로 의심스러운, 무정부주의적인, 그러나 창조적인 손"(Wilson 273)인 왼손으로 쓰인/지워진 아이리스의 글에서 기원은 언제나 '어떤 방식으로 보든지' '시야에서 벗어나' 있게 마련이다. 아이리스는 로라를 우상화하려는 독자나 '로라의' 텍스트를 비평이라는 명목 아래 대상화하려는 학자들에게 냉소적이

---

15) 로라가 남긴 유품 중 '라틴어' 공책에는 베르길리우스(Virgil)의 『아이네이스』(Aeneid) 4권의 한 대목을 번역한 것만 남아 있다. 이 대목에서 디도(Dido)는 사라진 연인 아이네이스(Aeneas)를 그리며 자살하고자 하지만 뜻을 이루지 못하고, 유노는 이를 가엾게 여겨 '아이리스'를 보내 디도의 목숨을 거두어 준다(514-15). 한편 노년의 아이리스가 들르는 도넛 가게의 화장실에는 「눈먼 암살자」로 컬트적 숭배를 받게 된 로라를 기리는 낙서들이 종종 등장한다. 로라는 신화적 인물에서 출발하여 현대의 신화가 된 것이다.

고 신랄한 답장을 써 보낸다(294-95). 「눈먼 암살자」는 자신만의 단일한 시각으로 바라볼 수 있는 대상이 아니라, 오히려 시야에서 벗어나야 읽을 수 있는 텍스트이기 때문이다.

「눈먼 암살자」의 한 미국판에는 로라가 '천사처럼 글을 쓴다'는 문구가 실려 있다. 아이리스는 천사들이 "몸 없는 손"(514)으로 나타나 경고를 휘날려 쓴다는 점에는 동의한다. 아이리스는 로라의 손이 남긴 경고의 메시지를 알아차렸고, 그 메시지를 「눈먼 암살자」에 담아 결과적으로 리처드를 죽음에 이르게 하였다. 리처드를 비롯하여 탐조등 같은 시선을 지닌 지배자들은 그 시선의 권력을 자행하지만, 그 시야에서 벗어난 혹은 '눈먼' 아이리스는 그들의 권력에 저항한다. 아이리스는 이 단일한 시선과 권력과 지배의 허구성을 폭로하기 위해 회고록을 쓰고, 이를 손녀인 사브리나의 "손"(538)에 맡기려 한다. 아이리스는 사브리나에게 「눈먼 암살자」를 지면에 옮긴 것이 자신이라 전하며 또 하나의 진실을 밝힌다.

> "네 진짜 할아버지는 알렉스 토마스란다. 그리고 누가 그의 아버지인지에 대해서는, 글쎄, 하늘만이 답을 알겠지. 부유한 사람, 가난한 사람, 거지, 성자, 스무 개의 출신지, 소인이 찍힌 한 다스의 지도, 백 개의 파괴된 마을― 마음대로 고르렴. 네가 그에게서 물려받은 유산은 무한히 뻗어 나갈 수 있는 추론이란다. 너는 네 자신을 마음대로 재창조할 자유가 있어." (530)

에이미는 아이리스가 리처드가 아니라 알렉스와의 사이에서 낳은 딸이다. 그리고 방종한 생활을 하던 에이미가 누구와 사브리나를 가졌는지는 알 수 없다. 고아였던 알렉스는 부모가 누구인지 모르며, 사브리나는 아버지가 누구인지 모른다. 그리하여 사브리나에게는 단일한 기원이 존재하지 않으며, 오직 무한한 유산만을 물려받았을 뿐이다. 가부장적 시선의 권력이 승계하는 장자상속의 유산이 아니라, 스스로 재창조해나갈 자유로운 추론을. 이제 '암살'의 지령은 사브리나에게, 독자에게 남겨진다.

4. "눈먼 자만이 자유롭다"

사키엘-논에서, 제물로 바쳐진 소녀들은 언제나 "내리뜬 눈"(downcast eyes)으로 걷고, "부재와 침묵", "무언"(wordlessness), "노래 부르는 것의 불가능함"(31)에 대한 노래들을 부르도록 강요받는다. 그러나 이들의 '내리뜬 눈', 나아가 '눈멂'은 단지 지배와 억압에 대한 복종만은 아니다. 여성을 대상화하고 타자화하는 가부장적 문화의 구조적 억압은 편재하는 지배적 시선에 바탕을 두고 있다. 따라서 앳우드의 『눈먼 암살자』는 이 시선의 권력에 도전하는 여성(들)의 글쓰기를 통해 삭제되고 절단되고 침묵된 역사를 복원함과 동시에 그 허구적 권력에 일격을 가한다. 허구적 정체성을 부여받지 않은 X처럼, 어긋난 시선으로 암호를 생성하고 해독하는 로라와 아이리스처럼, 『눈먼 암살자』는 "눈먼 자만이 자유롭다"(24)는 진실을 내리꽂으며 스스로 '눈먼 암살자'가 된다.

장 프랑소와 리오타르(Jean-François Lyotard)는 "왜 눈멂인가? 묘사(description)에서 처방(prescription)을 끌어내는 것은 불가능하기 때문이다"(Jay 543 재인용)라고 단언한다. 일방적 시각의 묘사를 거부하고 다층적 진실의 어루만짐을 설파하는 『눈먼 암살자』는 '옳지 않은' 손이라 여겨져 온 왼손이 빚어내는 글쓰기이다. 지금까지 세계를 묘사해온 남근적 시선과 합리적 동일성은 이 세계의 흐름 속에 숨겨진 암호들에 대한 해답을 결코 제시할 수 없다. 따라서 『눈먼 암살자』의 '눈멂'과 '암살'은 남근로고스시각중심주의의 폭력적 이분법을 삭제하고 새로운 방식으로 세계를 읽고 쓰는 실천이며, 독자에게 내려진 처방이라 할 수 있다.

인용 문헌

김지혜. 『루스 이리가라이의 촉각성에 근거한 시각의 재개념화』. 이화여자대학교 박사학위논
문, 2007.

베르뜨랑, 삐에르 미셸. 『왼손잡이의 역사』. 박수현 옮김. 서울: 푸른미디어, 2002.

"Assassin." Oxford English Dictionary. Web. 14 Sept. 2011.

Atwood, Margaret. *The Blind Assassin*. New York: Anchor, 2000.

Barasch, Moshe. *Blindness: The History of a Mental Image in Western Thought*. New York: Routledge, 2001.

"Blind." Oxford English Dictionary. Web. 14 Sept. 2011.

Bouson, J. Brooks. ""A Commemoration of Wounds Endured and Resented": Margaret Atwood's *The Blind Assassin* as Feminist Memoir." *Critique* 44.3 (2003): 251-69.

Derrida, Jacques. *Memoirs of the Blind: The Self-Portrait and Other Ruins*. Chicago: U of Chicago P, 1993.

Heilmann, Ann, and Debbie Taylor. "Interview with Margaret Atwood, Hay-on-Wye, 27 May 2001." *European Journal of American Culture* 20.3 (2001): 132-47.

Ingersoll, Earl. "Waiting for the End: Closure in Margaret Atwood's *The Blind Assassin*." *Studies in the Novel* 35.4 (2003): 543-58.

Irigaray, Luce. *This Sex Which is Not One*. Trans. Catherine Porter and Carolyn Burke. Ithaca: Cornell UP, 1985.

Jay, Martin. *Downcast Eyes: The Denigration of Vision in Twentieth-century French Thought*. Berkeley: U of California P, 1993.

Owens, Craig. "The Discourse of Others: Feminists and Postmodernism." *The Anti-Aesthetic: Essays on Postmodern Culture*. Ed. Hal Foster. Seattle: Bay, 1983. 57-82.

Parkin-Gounelas, Ruth. ""What Isn't There" in Margaret Atwood's *The Blind Assassin*: The Psychoanalysis of Duplicity." *Modern Fiction Studies* 50.3 (2004): 681-700.

Staels, Hilde. "Atwood's Specular Narrative: *The Blind Assassin*." *English Studies* 85.2 (2004): 147-60.

Stein, Karen F. "A Left-Handed Story: *The Blind Assassin*." *Margaret Atwood's Textual Assassinations: Recent Poetry and Fiction*. Ed. Sharon Rose Wilson. Columbus: The

Ohio State UP, 2003. 135-71.

Wilson, Sharon R. "Margaret Atwood and Popular Culture: *The Blind Assassin* and Other Novels." *Journal of American and Comparative Cultures* 25.3/4 (2002): 270-75.

■ 원고 출처

한혜정. 「눈을 감고 (왼)손으로 쓰다─ 마가렛 앳우드의 『눈먼 암살자』」. 『새한영어영문학』 53권 4호 (2011): 95-114.

4.

줄리언 반즈와 소설의 미래
—『종말의 감각』이 제기하는 문제들

김성호

| 작가 소개 |

『플로베르의 앵무새』(*Flaubert's Parrot*)로 유명한 영국 작가 줄리언 패트릭 반즈(Julian Patrick Barnes, 1946–)는 잉글랜드 레스터에서 태어나 런던에서 자랐고 이 도시에서 생애 대부분을 보냈다. 500년 이상의 역사를 지닌 템즈 강변의 사립학교 씨티 오브 런던 학교를 나와 옥스퍼드 대학에서 현대어문학을 전공했다. 1968년 대학을 졸업한 후에는 3년간 옥스퍼드 영어사전 부록 편찬에 참여했으며, 정치·문학 평론지 『뉴스테이츠먼』의 문학 담당 편집위원으로 일하는가 하면 일요신문 『옵저버』와 미국의 시사주간지 『뉴요커』 등에 문학, TV 프로그램, 요리와 레스토랑 관련 평론을 쓰면서 필력을 과시했다.

1980년에 나온 첫 장편 『메트로랜드』(*Metroland*)는 저자 자신처럼 런던 교외에서 성장해 파리 유학을 거쳐 결혼에 이르는 청년의 삶을 일인칭 시점에서 펼쳐낸 이야기로, 출간 당시부터 평론가들의 호평을 받았고 1997년에는 영화로도 만들어졌다. 이후 반즈는 『플로베르의 앵무새』(1984)를 비롯해 『10과 $\frac{1}{2}$장으로 써낸 세계사』(*A History of the World in 10$\frac{1}{2}$ Chapters*, 1989), 『잉글랜드, 잉글랜드』(*England, England*, 1998), 『아서와 조지』(*Arthur & George*, 2005), 『종말의 감각』(*The Sense of an Ending*, 2011) 등 여러 문제작을 펴내면서 살만 루시디(Salman Rushdie), 마틴 에이미스(Martin Amis), 이언 매큐언(Ian McEwan), 가즈오 이시구로(Kazuo Ishiguro) 등과 어깨를 나란히 하는 대표적 영국 작가로 인정받게 되었다. 반즈는 2017년 현재까지 총 열두 편의 장편을 출간했는데, 이 가운데 그의 이름을 가장 널리 알린 것은 단연 『플로베르의 앵무새』다. 이 작품은 이후의 『잉글랜드, 잉글랜드』, 『아서와 조지』와 마찬가지로 부커상 후보에 올랐고, 1985년 제프리파버 기념상, 1986년 프랑스의 메디시스상 수상작으로 선정되었다. 어떤 나이든 영국인이 작가 플로베르의 책상 위에 놓여있었다고 믿어지는 박제 앵무새의 행방을 찾아 나가는 이 이야기는 반즈의 여러 작품에서 다시 만나게 되는 포스트모더니즘적 주제, 즉 허구(이야기)와 진실의 뗄 수 없음이라는 주제를 다루면서 그에 걸맞은 비선형적·단편적 구성을 선보인다. 『종말의 감각』은 작가에게 마침내 부커상을 안겨준 작품이다. 수상 후에 이뤄진 한 인터뷰에서 그는 이 소설에 대해 이렇게 말한 바 있다. "시간과 기억에 관해 쓰고 싶었지요. 시간이 기억에 어떤 영향을 미치는지, 어떻게 기억을 변화시키는지, 그리고 기억이 시간에 어떤 영향을 미치는지에 관해서 말이에요. 이 책은 내내 믿어온 어떤 핵심적인 내용이 실은 잘못 안 것이었다는 사실을 삶의 어느 시점에 발견하게 되는 이야기이기도 해요."

반즈는 프랑스와 프랑스문화에 대한 애착으로 유명하다. 이런 감수성의 형성에는 프랑스어 교사였던 부모와 그가 대학에서 공부한 프랑스문학이 일정한 역할을 했으리라 짐작해볼 수 있다. 더 분명한 사실은 프랑스 정부와 국민이 그의 애정에 적극적으로 화답했다는 것이다. 이미 언급된 문학상 외에 눈에 띄는 화답의 표지는 2017년 1월, "프랑스에 대한 애정과 프랑스문화를 해외에 널리 알린 공로"의 대가로 그에게 수여된 레지옹 도뇌르 훈장이다. 반즈는 영국에서 못지않게 프랑스에서 널리 읽히는 작가 중 하나인데, 물론 이는 그가 자신의 작품 여기저기에서 '프랑스적 소재'를 썼다는 사실에만 기인하지는 않을 것이다. 그의 작품을 특징짓는 정갈하면서 유머러스한 문체, 소설쓰기에 활용되는 다양한 산문 형식, 에세이와 허구적 이야기의 교직 구조 등은 진실에 대한 포스트모던한 접근과 더불어 지나치게 진지한 것을 기피하는 현대 독자의 미적 취향에 잘 부합한다. 프랑스뿐 아니라 한국을 포함한 세계 여러 지역의 소설 독자들이 계속해서 반즈를 찾는 이유이리라.

1. 작품 읽기의 두 가지 맥락

1980년에 첫 장편『메트로랜드』(*Metroland*)로 등단한 줄리언 반즈(Julian Barnes, 1946-)는 2012년 현재까지 열한 권의 장편1)과 세 권의 단편집, 그에 더해 회상록과 에세이집까지 출간하면서 현대 영국문학을 대표하는 작가로 자리를 굳혔다. 최근작인『종말의 감각』(*The Sense of an Ending*, 2011)의 우리말 번역본 재킷에 실린 "영국 문학의 제왕"이라는 호칭은 다소 뻔뻔스러운 과장이라 해도, 반즈의 책에 대한 대중적 수요와 영국, 프랑스, 독일 등지에서 그가 수상한 문학상 목록은 이 작가가 서구 문학계에서 꽤나 높은 지위를 누리고 있음을 짐작케 한다. 더욱이 "중량감 있는 동시대 영국작가들 가운데 나이가 들면서 점점 더 잘 쓰는 이는 반즈 씨가 유일한 듯싶다"(Kirby)2)는 논평을 접하고 보면, 오늘날 반즈를 제쳐두고 영국문학을 논하기는 어렵겠다는 생각마저 든다.

반즈의 이런 위상에 비해 그에 대한 우리 사회의 반응은 느린 편이었다. 번역문학 시장에서는 1990년대 중반이 되어서야 그에게 주목했고, 한국 영문학계의 반즈 연구는 극히 예외적인 경우(그나마 1990년대 말의 한 논문)를 제외하면 2000년대 중반부터 서서히 펼쳐지는 양상이다. 우연한 기회에 그의 소설을 접하고 이제야 글 한 편을 상재하는 필자에 비할 때 선행 연구자들은 그래도 부지런한 편에 속하며, 그들의 시도가 이후의 연구에 초석이 됨은 두말할 필요가 없다. 그럼에도 불구하고 아쉽게 느껴지는 것은 연구대상이 되는 작품이 아직 한정적일뿐더러 접근 방식도 대동소이하다는 사실이다. 열 편 남짓한 논문 중에『플로베르의

---

1) 1980년대에 댄 캐버노(Dan Kavanagh)라는 필명으로 발표한 네 권의 범죄 소설까지 포함하면 반즈가 지금까지 쓴 장편은 총 열다섯 권에 이른다.

2) 이런 찬사는『종말의 감각』에 대한 서평의 맥락에서 나온 것이다. 커비가 여기서 비교 대상으로 삼는 작가는 반즈의 오랜 친구였다가 돌연 사이가 틀어진 마틴 에이미스(Martin Amis), 그리고 이언 매큐언(Ian McEwan)이다. 한편『종말의 감각』과 관련해서는 국내외를 막론하고 아직 본격적 연구를 찾아보기 어려우며, 본 논문에서는 이에 관해 부득이 영어권의 신문·잡지에 실린 서평들을 참조했음을 미리 밝힌다.

앵무새』(*Flaubert's Parrot*)를 다룬 것이 다섯 편이며, 이들을 포함해 많은 글이 반즈 소설에 나타난 이른바 '포스트모던 역사의식'이라든가 (린더 허천[Linda Hutcheon]이 개념화한) '역사기술학적 메타픽션'의 면모를 드러내는 데 주력하고 있는 것이다.[3] 물론 나름대로 그럴 만한 이유는 있다. 1984년에 출간되어 그해 부커상(The Man Booker Prize) 후보에 오른『플로베르의 앵무새』는 반즈의 명성을 크게 드높인 작품이자 아직까지도 많은 독자들 사이에서 '반즈' 하면 가장 먼저 떠오르는 작품이다. 심지어 "그 성공은 애초에 거기서 내놓은 비판, 즉 글 자체가 아니라 작가에 관심을 두는 — 유명인에 집착하는 — 우리의 현시대에 대한 비판을 무색하게" 했고 이런 의미에서 이 소설은 "일종의 장애물이 되었다"(Groes and Childs 2)는 평가가 있을 정도다. 한편 과거 재현의 진실성이라는 문제가 반즈에게 집요한 관심사이고 특히『플로베르의 앵무새』에서는 '포스트모더니즘적'이라고 부를 만한 요소가 두드러진다는 점도 부인하기 어렵다(본 논문에서 다룰『종말의 감각』역시 어느 정도 이런 특징을 공유한다). 그러나 반즈의 작품을 계기로 포스트모더니즘적 역사 기술이나 서사의 특징을 서술하는 작업은 지금 시점에 새삼스러운 감이 있는 데다, 반즈의 문학적 성취와 한계, 그리고 가능성을 이해하는 데에 '포스트모더니즘'이라는 미학적 틀 자체가 제약이 되는 면도 없지 않은 듯싶다. "포스트모더니스트로서의 반즈에 대한 개략적 진술은 이 작가의 성취" — 그리고 한계 — "가 지닌 미묘한 점들과 복잡성을 잘못 전달한다"(Groes and Childs 3). 더욱이 과거의 재현과 관련한 반즈의 생각이 2005년에 발표된『아서와 조지』(*Arthur & George*)를 기점으로 사뭇 달라졌으며, 전작(前作)들에 비해 이 작품에서는 허구와 사실성 간의 경계가 더 뚜렷하게 나타난다는 버버리치(Christine Berberich)의 평가[4]에 동의한다면, 반즈에 대한 연구가 그 대상과 접근 방식 양자

---

3) 대표적으로 김종석(2010)을 참조하라. 전수용(2007)의 경우는 '바이오픽션'(전기소설)의 개념을 전면에 내세우고 반즈의 포스트모더니즘적 경향을 논하면서도, 그가 역사적 사실을 확인하는 일의 중요성을 잊지 않았음을 균형감 있게 지적한다.

에서 지금보다 확대되고 개방될 필요가 있다는 점도 쉽게 수긍할 수 있을 것이다.

2011년에 출간된 『종말의 감각』은 출간 연도만이 아니라 작가의 관점과 서사의 특징을 따져 '『아서와 조지』 이후의' 소설로 불러도 좋은 작품이다. 반즈가 세 번에 걸쳐 부커상 후보작5)을 낸 끝에 수상에 성공한 작품이기도 하다. 여기서 보여주는 정확하고 유려한 문장, 기억할 만한 경구들, 추리소설적 흡인력, 게다가 과거 재현의 진실성이라는 주제는 반즈의 독자에게 낯설지 않다. 주제의 측면에서 새로운 점은 '나이 듦'(ageing)과 '죽음'의 문제가 서사 전체를 압도한다는 것인데, 이 점에서 『종말의 감각』은 앞서 2008년에 나온 회상록 『두려워할 것은 없다』(Nothing To Be Frightened Of)와 공명하는 바가 많다. 반즈의 소설에서 죽음이 처음 다뤄진 것은 물론 아니다. 그러나 65세의 작가에게서 탄생한 『종말의 감각』에서 이 주제는 확실히 새로운 절박성을 띠고 등장한다. 제목의 '종말'(ending)이라는 말이 다른 무엇보다 이와 연관됨은 물론이다.6) 또 하나 주목할 만한 점은 이 작품에서 객관적 역사 서술에 대한 회의는 여전하면서도 결국 과거의 사건에 대한 확실한 단서 또는 증언이 (적어도 이야기 말미에) 주어지며, 나아가 사회적 연쇄반응에 따른 '책임'의 문제가 제기된다는 것이다.

이 글의 일차적 목적은 『종말의 감각』이 그 주제와 형식에서 나타내는 특징들을 규명하고 이를 통해 반즈의 최근 창작 경향을 확인하는 것이다. 하지만 글의 궁극적 관심사는 작가의 차원을 넘어서서 소설 장르 자체로 향한다. 여기서 제기하는 질문은 독서의 내용이나 방법보다 이유에 관한 것이다― 우리는 왜 이 소설

---

4) Berberich 118-20 참조.

5) *Flaubert's Parrot* (1984), *England, England* (1998), *Arthur & George* (2005).

6) 그러나 소설 전체를 두고 볼 때 'ending'은 다의적이다. 그것은 개인적 삶의 종말일 수도 있고, 세상의 종말(아포칼립스)일 수도 있으며(특히 소설의 제목이 프랭크 커모드[Frank Kermode]의 동명 비평서에서 왔다고 본다면 그렇다), 사랑의 종말(파국), 소설의 종말(결말)로 이해할 여지도 있다. 여기서 '감각'으로 옮긴 'sense' 역시 '의미' 또는 '예감'으로 이해할 수도 있다. (그래도 "예감은 틀리지 않는다"라는 우리말 번역본의 제목이 작가의 의도를 잘 살렸다고 보기는 어렵다.)

을 읽어야 하는가? 그것은 과연 '읽을 만한' 소설인가? 소설의 미래, 다시 말해 장편소설의 변화, 생존, 또는 죽음이라는 맥락에서 이 소설은, 그리고 반즈 소설 전반의 문학적 실험은 어떤 새로움을 보여주는가? 이런 질문을 제기하는 까닭은 우선 소설의 미래가 불투명하기 때문이며,[7] 적어도 '훌륭한(읽을 만한) 소설'의 기준이 갈수록 모호해지기 때문이고, 그럼에도 불구하고 베스트셀러 작가의 신작 소설 『종말의 감각』이 권위 있는 문학상을 받았기 때문이다. 아울러 그것은 이 소설이 앞서 거론한 특징들로 수렴되지 않는 더 '미묘하고 복잡한' 측면을 지니고 있기 때문이다. 이 소설은 대중문학과 순문학, 장편과 단편, 소설과 에세이의 경계 에 있으며, 시대(1960년대와 2000년대)의 재현이 사실적이기도, 아니기도 하고, 모든 사건을 서술하는 가운데 자기분석적이기까지 한 일인칭 화자는 믿을 만한 면과 믿지 못할 면을 동시에 지니고 있다. 화자의 말은 이야기로서나 개별 문장으 로서나 상당히 매력적이지만 문학적으로 뭔가 아쉬운 느낌을 주기도 한다. 이 글 에서는 소설의 굵은 특징들과 함께 이런 복잡·미묘한 측면을 살피면서 그것이 소설 장르의 미래에 어떤 암시를 주는지 생각해보려 한다.

---

7) 여기서 이에 관한 본격적인 논의를 펼칠 수는 없지만 대체적인 맥락은 밝힐 필요가 있겠다. 서구 에서 '부르주아 시대의 서사시'로서의 장편소설은 루카치(György Lukács)가 바로 그 소설론을 처 음 구상한 시기, 즉 1910년대에 이미 위기를 맞았고 루카치 자신도 이를 직시하고 있었다. 이로부 터 수십 년 후에 '소설의 죽음'이니 '작가의 죽음'이니 하는 비평 담론이 활개를 쳤고 근자에는 '근대문학의 종언'(이는 사실상 근대 장편소설, 특히 리얼리즘 서사의 종언을 의미한다)에 관한 담론이 확산되어 특히 국내 비평계에 적잖은 영향을 주었음은 주지의 사실이다. 그렇다면 현재의 소설은 일종의 '사후효과'(死後效果)인가? 따지고 보면 루카치의 모더니즘 비판과 여러 '죽음'론, '종언'론이 당대의 문학에 대해 모두 동일한 진단을 내리는 것은 아니며, '당대의 문학'이라는 것 자체도 실은 하나로 묶기 어려운 이질적 경향들의 집합이라고 보아야 할 것이다. 그러나 지난 백 여 년간 변신을 거듭해온 장편소설이 전반적으로 삶의 총체적 조망이라는 근대소설의 미적 이념 에서 멀어져 왔고 현재에는 더욱 멀어지고 있음은 분명하다. 이는 장편소설의 존재 이유에 대해 질문을 던지게 만든다. 그런데 사태는 더 심각하다. 오늘날의 장편들은 종종 문학 자체의 존재 이 유에 대해 질문을 던지게 만드는 것이다. 오래전 울프(Virginia Woolf)가 탄식한 대로 '삶'(life), 또는 '삶'이라는 의미의 '리얼리티'가 부재하는, 그러면서도 온갖 장치로 흥미를 유발하는 소설이 무수히 생산되고 있지만, 현재의 개체 수가 반드시 종의 미래를 보장하는 것은 아니다.

2. 역사적 현실의 재현 — 60년대와 그 너머

자신의 서사가 현실의 객관적 재현이 아니며 그런 재현은 가능하지도 않다는 생각은 현대 작가에게 공통된 자의식일 것이다. 반즈는 그런 자의식을 바로 그 서사의 대상으로 삼고 하나의 주제로까지 격상시킨 작가 중의 하나다. 그러나 엄밀하게 객관적인 재현은 있을 수 없다는 생각과 여하한 재현도 진실할 수 없다는 생각은 똑같지 않다. 작가가 후자의 입장에 서서 재현의 시도를 아예 포기하지 않는 이상, 그의 서사가 이룬 현실 재현의 성과를 평가하는 작업은 비평의 생략할 수 없는 일부분이 아닐까 싶다. 『종말의 감각』도 이런 경우라 하겠는데, 먼저 서사의 내용을 간추려 보자.

총 160여 쪽에 걸친 이 소설은 두 개의 장으로 구성되어 있다. 제1장에서는 화자인 앤써니(토니) 웹스터(Anthony Webster)가 1960년대 영국을 배경으로 자신의 연애와 에이드리언 핀(Adrian Finn)의 자살에 관한 이야기를 펼친다. 런던의 한 학교에서 대학 진학 준비반에 있던 토니의 패거리에 에이드리언이 합류하고, 에이드리언은 종종 논리적·분석적인 언변으로 교사와 친구들을 놀라게 한다. 대학 진학 후 토니는 상류층 티를 내는(posh) 아버지를 둔 베로니카 포드(Veronica Ford)와 사귀면서 그녀의 바람대로 섹스 대신 이른바 '인프라 섹스'(infra-sex), 즉 짙은 애무를 즐긴다. 이 시기에 잠시 그녀의 부모 집에 머물면서 그 어머니 쌔러(Sarah)를 포함한 가족들을 만났던 일이 토니의 기억에 깊숙이 자리 잡는다. 베로니카와 진짜 섹스를 하게 된 날 토니는 이별을 통보한다. 얼마 후 그는 그녀와 사귀고 있다는 에이드리언의 편지를 받고 그에게 답장을 보내는데, 그것이 둘의 관계를 지독하게 저주하는 내용이었음은 제2장에 가서야 제대로 드러난다. 어느 날 에이드리언의 자살 소식이 들리고, 토니는 그가 거저 받은 생명을 거부하는 위대한 능동적 선택을 했다고 생각한다. 제2장은 60대가 된 토니의 이야기인데, 그에 앞서 제1장 말미에 불과 서너 쪽에 걸쳐 그사이 40여 년간의 삶(결혼, 이혼,

딸의 결혼, 전 부인의 재혼과 결별 등)이 요약된다. 이어지는 서사의 주요 동기는 작고한 쌔러 포드가 토니에게 물려준 뜻밖의 유산이다. 그것은 500파운드와 에이드리언의 일기장인데, 일기장을 보유하고 있는 베로니카는 그것을 토니에게 넘기기를 거부한다. 법적 절차가 진행되고 사적 이메일이 오간 끝에 토니는 베로니카와 재회하고 그녀에 대한 새로운 감정이 생겨나지만 그녀의 태도는 차갑다. 그녀를 따라간 그는 정신적 장애가 있는 일군의 사람들을 목격하는데, 그중 한 명이에이드리언과 베로니카의 아들이라고 확신하고 자신의 편지를 상기하며 회한에 사로잡힌다. 그러나 문제의 장애인은 에이드리언과 쌔러의 사이에서 태어난 아이로 밝혀지고, 토니는 에이드리언의 이미지를 고쳐 가짐과 동시에 그와 쌔러가 관계를 맺은 데에 자신도 책임이 있음을 통감한다.

이 소설은 제1장이 화자의 부정확한 기억에 따라 서술되고 제2장 끝에 가서야 진실이 밝혀지는 구조를 지니지만, 그렇다고 작가가 화자의 서술 대부분을 믿을 만하지 않은 것으로 의도했다는 뜻은 아니다. 작가가 화자를 이용하는 방식에 대해서는 뒤에 따로 살피기로 하고, 여기서는 화자의 말을 통해 드러나는 역사적 현실의 모습에 집중해보자.

반즈는 스물두 살에 68혁명을 경험했고 『종말의 감각』에서 주요 인물들이 예민한 청소년기를 보내는 시기를 60년대로 설정했다. 그러나 그가 이 소설에서 60년대 영국 사회를 충실하고 세밀하게 재현하는 데 큰 관심을 둔 것 같지는 않다. 작품에서 시대의 표지가 되는 어떤 사회적 사건이 묘사되지 않음은 물론, 토니가 소장한 레코드 목록이나 그와 베로니카가 각기 가지고 있는 책의 목록을 제외하면 인물들의 일상에서 드러나는 문화적 표지 역시 딱히 '60년대적'이라고 할 만한 특징을 확연하게 나타내지는 않는다. 그럼에도 불구하고 반즈에게 60년대의 실상을 전하고자 하는 욕구가 없다고 할 수는 없다. 무엇보다 그는 60년대에 대한 오늘날의 통념을 의문시한다. '인프라 섹스'에서 더 나아가고 싶어 하는 토니는 "그건 옳지 않은 것 같아"(It doesn't feel right, 25)[8]라는 베로니카의 말에 더 이상 어쩌지를 못하는데, 이는 토니의 성격을 보여주기도 하지만 당대의 일반적 정서를 환기하고자 하는 작가의 의도를 반영하기도 한다.

> 따라서 "그건 옳지 않은 것 같아"란 말은 교리나 어머니의 조언을 들먹이는 것보다 훨씬 더 설득력이 있었고 반박이 불가능했다. 하지만 60년대가 아니었느냐, 하고 당신은 따질지 모르겠다. 맞는 말이지만, 그건 이 나라의 일부 지역, 일부 사람들에게만 해당되는 이야기였다. (25)

'해방의 60년대'라든가 '60년대의 성적 자유'라는 이미지는 사실상 사후적 구성물이며, 이 구성의 과정에서 그 시대 안의 이질적 경향들이 부당하게 동질화되었다는 것이 반즈의 전언이다. 조금 뒤에 그는 화자의 입을 빌려 독자를 상대로 "짤막한 역사 강의"를 시도한다.

> 사람들 대부분은 70년대가 될 때까지 "60년대"를 경험하지 않았다. 이는 논리적으로 다음을 의미했다. 60년대 사람들 대부분은 아직까지 50년대를 경험하고 있었다 - 또는, 내 경우에는, 50년대와 60년대를 나란히, 각기 조금씩 경험하고 있었다. 그러니 현실은 꽤나 혼란스러웠다. (43)

일찍이 블로흐(Ernst Bloch)가 1930년대 독일을 두고 말했듯이 하나의 시대는 자기모순적으로 다른 시대의 흔적이나 예표를 담고 있기 마련이며,9) 엄밀히 말해 이질적 시대들이 공존하지 않는 시대란 없을 것이다. 역사가 정체된 듯이 보이는 경우라도 그럴 텐데, 하물며 60년대는 어떻겠는가. 60년대 영국에 관해 이 점을 지적한 것은 반즈의 미덕이며, 과거에 대한 고정관념, 다시 말해 역사의 상투

---

8) 이 논문에서 사용한 텍스트는 2011년 Vintage International에서 펴낸 것이며, 모든 번역은 필자의 것이다.

9) 블로흐의 '비동시대성'(Ungleichzeitigkeit) 또는 '비동시대적인 것들의 동시대성' 개념에 관해서는 그의 "Nonsynchronism and the Obligation to Its Dialectics"(1977; 원문 1932) 참조.

적 재현에 도전해온 작가로서 일관된 시도라고 하겠다. 그런데 문제는 소설의 서사가 이런 훌륭한 "역사 강의"에 스스로 내내 충실하지 않고 지극히 초역사적인 차원의 세대차 담론으로 흐르곤 한다는 사실이다. 시대보다 나이에 따라 규정되는 의식, 역사의 밀도가 희박한 '시간'의 담론이 역사적 현실의 재현을 종종 대체한다. "그 시절 우리는 모종의 울타리 안에 갇혀서, 우리 자신의 인생을 향해 풀려나기를 기다리고 있다고 상상했다. (중략) 우리 인생이 어쨌거나 이미 시작됐다는 것을 우리가 어떻게 알았겠는가?"(10). 혹은, "젊을 때는 나이 서른 넘은 사람이 누구나 중년으로 보이고 쉰이 넘으면 고물로 보인다. 그리고 흘러가는 시간은 우리 생각이 그다지 틀리지 않았다는 것을 확증한다. (중략) 우리 모두는 결국 '젊지 않음'이라는 동일한 범주에 속하게 된다"(66). 이런 진술이 거짓되거나 쓸데없다는 것이 아니다. 거기에는 나름의 진실과 페이소스가 있다. 그러나 그것이 통속소설에서 마주치는 진실 이상의 가치를 지니려면 소설적 서사 안에 긴밀히 편입되어 인물이나 상황의 극화에 기여해야 하지 않을까. 적어도 이것이 재현의 이념을 내장한 근대 장편소설 장르의 요구다. 그리고 반즈는 빈번히 이 요구를 충족시키는 데 실패하거나, 아니면 그것을 무시한다.

그러나 소설이 다루는 현실을 '60년대 영국'보다 좀 더 넓게 상정한다면 어떨까? (앞 대목에 9/11이 언급되는) 제2장의 시간인 현재는 물론, 그 사이까지 포괄하는 '현대' 또는 후기 자본주의사회로 논의 지평을 넓히면 어떨까 하는 것이다. 이럴 경우 작중인물, 특히 토니의 의식과 감성에 대해 전형성을 인정해줄 여지는 더 커진다. 사실 멋진 경구들, 60년대 사회나 나이든 '60년대 세대'의 재현, 정교한 반전의 서사 등보다 이 소설에서 더 주목해야 할 성취는 현대 서구의 소시민으로 토니 형상을 빚어낸 데 있다. 이야기가 일인칭 서사이기 때문에 토니의 모든 말은— 그가 말이 많다는, 특히 자기에 관한 말이 많다는 사실 자체를 포함해서— 그 직접적 내용과는 별개로 그를 형상화하는 자료로 쓰일 가능성이 있다.

토니는 어떤 인물인가? 많은 특징을 열거할 수 있을 것이다. 감상적인 구석이 있지만[10] 학자연하는 면도 있다.[11] 유머 감각도 없지 않다. 깔끔하게 정리하는 것을 좋아한다. 매사에 이리저리 따지는 것은 소심함의 표현이랄 수도 있지만, 보험회사와 장기전을 벌이는 모습이라든가, 마거릿(Margaret)을 처음 만나 자기이야기를 하면서 연애의 실패작으로 여긴 베로니카와의 경험을 슬쩍 빼버렸다가결혼 후에 이야기하는 것, 또는 (비록 처음에 오판을 하기는 하지만) 차분히 정신적 장애인의 정체를 밝혀가는 과정 등에서 보이듯이 기본적으로 용의주도함이 두드러진다. 앞서 말했듯이 그는 자기에 관한 이야기를 늘어놓기를 좋아하는데, 그것은 이야기가 자기 삶을 스스로 기억/기록하는 방식이자 자기 위무의 방식이기때문이다. 그러나 이야기는 언제나 선택이므로 무언가를 배제하며, 그런 이야기가반복되었을 때 이야기와 화자는 폐쇄회로에 갇힌다. 제2장에서 토니의 인생 이야기("나 자신에게 들려주는 버전", 127)를 듣다 벌떡 일어나 가버리는 베로니카는아마도 그의 나르시시즘을 꿰뚫고 있었을 것이다. 작중인물로서의 이런 면모는그의 화자로서의 신뢰성에도 의문을 제기하게 만든다.

　토니의 이런 특징들에 우리는 두 가지, 더 중요한 특징을 덧붙일 수 있을 텐데, 하나는 인간관계와 어긋나는 섹스의 추구, 다른 하나는 스스로 "원만하다"(peaceable, 38)고 부르는 성향이다. 이 두 가지 특징에 모두 관련되어 있는 것이앞서 언급한 '인프라 섹스'다. 제1장에서 토니는 '인프라 섹스'와 '풀 섹스'(full sex)를 선명하게 구별하지만, 제2장에 와서는 '인프라 섹스' 안에 '풀 섹스'의 모

---

10) 리오 랍선(Leo Robson)이 반즈를 두고 하는 말은 토니에게도 적용할 수 있다. 반즈에게는 "감상주의의 흐름, 즉 섹스와 사라져가는 활력과 죽음의 문제에서 구슬프고 감상적인 것을 선호하는취향"이 있다(Robson, 서평).

11) 보험회사에 편지를 보내면서 토니는 자신이 "학자연하는, 따분하나 무시해버릴 수 없는 인간"(a pedantic, unignorable bore, 93)으로 보이도록 애쓰는데, 독자에게 들려주는 그의 분석적인 서사는 그에게 실제로 그런 면이 있다는 느낌을 준다. 작가도 이 점을 의식하고 있었을 것이다. 사실반즈는 '학자연하는'이라는 표현 자체에 무심할 수 없다. 2003년에 그는 요리와 요리법에 관한단상을 담은 자신의 신문 칼럼들을 모아 책으로 출판했는데 그 제목이 『부엌의 현학자』(*The Pedant in the Kitchen*)였다.

든 요소("욕정, 부드러움, 솔직함, 신뢰")가 다 들어있었다고 말한다(24; 128). 토니의 생각 속에서 두 가지는 같으면서도 다르다. 더 정확히 말하면 두 가지는 근본적으로 같고 부차적으로 다르다. 그런데 우리는 이 같고 다름의 내용을 토니 자신과는 좀 다른 관점에서 파악할 필요가 있다.

여기서 요구되는 것은 섹스에 대한 역사적 접근이다. 지젝(Slavoj Žižek)은 사랑, 섹스, 그리고 둘의 관계를 역사적 변화의 과정 속에서 파악한다. 그에 따르면 오늘날 서구의 주체에게 '사랑의 승화'는 좀처럼 가능하지 않다. 탈육체적인 영원한 사랑의 감정을 보존하기 위해 상대방의 육체적 현존을 포기하는 행위, 사랑하는 사람을 단념하고 사랑의 기억을 선택하는 행위는 사랑의 현대적 양식이 아닌 것이다. 이 '승화의 실패'를 잘 보여주는 것이 프랑스 작가 우엘벡(Michel Houellebecq)의 소설들이다.

> 우엘벡은 [1960년대] 성혁명 이후의 아침을, 즉 즐기라는 초자아의 명령에 지배되는 우주의 불모성을 묘사한다. 그의 모든 작품은 사랑과 성애의 이율배반에 초점을 맞춘다. 섹스는 절대적인 필요이고, 그것을 단념하는 것은 곧 시들어 죽는 것이며, 따라서 사랑은 섹스 없이 자라날 수 없다. 하지만 동시에 사랑은 바로 그 섹스 때문에 불가능하다. (중략) 데리다 식으로 표현하자면, 섹스는 그처럼 사랑의 가능성의 조건인 동시에 불가능성의 조건이다. (Žižek 170)

이런 진단에 따를 때 60년대 이후의 서구사회에서 섹스는 관계의 궁극적 지표인 동시에 진지한 관계로부터 도피하는 방식이다. 그리고 이것이야말로 토니의 '인프라 섹스'와 당대 다른 주체들의 (실은 토니도 '인프라 섹스' 전후로 경험하는) '풀 섹스'가 공유하는 본질적 요소라고 할 수 있다.

물론 지젝의 진단은 극단적이다. 승화된 사랑, 또는 섹스와 이상적으로 결합된 사랑이 어딘가에 여전히 존재할 수도 있지 않은가. 그러나 적어도 오늘날의 서구사회에서 그런 사랑이 감정의 지배적인 양식은 아니며, 그런 사랑의 예술적 묘사가 키치적 성격을 띠기 십상이라는 점에서 지젝의 주장은 설득력을 지닌다. 토니는 베로니카를 만나기 전에 경험한 몇 차례의 진짜 섹스에 대해 이렇게 말한다. "그 흥분은 사건이 남긴 자국(mark)보다 더 컸다. (중략) 한 여자아이를 좋아하면 할수록, 또 그 아이와 잘 맞으면 맞을수록, 섹스의 기회는 줄어드는 듯했다"(25). 이 말은 지젝이 표현한 바대로 섹스의 "절대적인 필요"를, 그리고 "사랑과 성애의 이율배반"을 증언한다. 토니의 삶에서 섹스의 흥분은 진지한 관계의 정립으로 이어지지 않고 사랑의 감정은 섹스로 이어지지 않는다.

그렇다면 '풀 섹스'와 '인프라 섹스'의 차이는 무엇인가? 이제 그것은 단지 섹스에 대한 더 개방적인 태도와 덜 개방적인 태도의 차이라기보다, 사랑, 또는 깊은 인간관계와 본질적으로 어긋나는 섹스의 두 양태 사이에, 그 관계 실패의 정도에 따라 발생하는 차이로 이해된다. 요컨대 '인프라 섹스'는 관계의 실패를 더 확실히 표현한다는 점에서 '풀 섹스'와 구별되는 것이다. 토니의 자위(wanking)를 촉발하곤 하는 '인프라 섹스'는 그가 마지못해 수용한 어떤 것이라기보다 책임 있는 관계를 회피하는 수단으로서 기꺼이 채택한 접촉의 방식이다. 적어도 그의 입장에서 그것은 관계 문제를 제쳐두자는 암묵적 "거래"(trade-off, 28)를 의미한다.

> 내 편에서 보자면, 우리는 섹스를 안 하고 있었기 때문에, 서로와의 관계가 어디를 향해 가고 있는지 남자에게 묻지 않기로 계약한 여자와의 긴밀한 공모 관계 말고는 내가 관계에 대해 생각해봐야 할 까닭이 없었다. (28)

그러나 "거래"에 아랑곳하지 않고 베로니카는 "난데없이"(out of the blue, 37) 그들 관계의 방향을 따져 묻는다. 물론 토니는 즉답을 피하고, 베로니카는 그를 "비겁하다"(cowardly, 38)고 비난한다. 그로 하여금 관계를 정리하게 만든 원인 역시 진지한 관계에 대한 그의 공포였다. 이 비겁한 회피의 자세가 이후 에이드리언과 베로니카에게 보내는 편지의 독설을 능가하는 그의 "원죄"(original sin)[12]

였다. 육십 대가 된 토니는 이때의 '인프라 섹스'에 내재해있던 두려움을 시인한다. "다른 사람들보다 덜 누리는 삶을 이렇게 받아들인 것 역시, 물론 두려움 때문이었다— 임신에 대한 두려움, 잘못된 말이나 행동에 대한 두려움, 감당이 안 되는 과도한 친밀함에 대한 두려움"(128). 그런데 '풀 섹스'는 과연 이 두려움, 또는 비겁함과 무관할까? 토니 자신은 인정하지 않을지 모르지만, 그가 베로니카 이전에 경험한 섹스, 그리고 심지어는 결혼 이후의 섹스에도 "감당이 안 되는 과도한 친밀함에 대한 두려움"은 있지 않았을까 싶다— '사랑'이라 불리는 그 '친밀함'이 상대방의 육체에 대한 앎이나 상대방과의 제도적 결합이라기보다 자신의 모든 것을 거는 어떤 관계를 의미하는 한 말이다.

토니가 수차례 자기를 가리켜 사용하는 "원만하다"는 용어는 "비겁하다"는 베로니카의 표현을 부드럽게 바꾼 데 불과하다. 이 용어가 의미하는 바는 전면적 관계의 모험에 수반되는 위험을 미리 차단하는 것, 일탈을 피하고 이미 가진 것을 지키는 것이다.[13] 지나온 삶에 대한 "총체적 회한"을 전달하는 토니의 다음 진술은 "원만한" 삶의 의미를 분명히 해준다. "나는 삶이 나를 너무 성가시게 하지 않기를 바랐고, 그 점에 있어 성공했다. 그런데 이 얼마나 비루한가. 평균치— 학교를 떠난 이후 줄곧 나는 평균치였다"(109). "나는 살아남았다"(I survived, 61)는 말은 그래서 승리자의 선언이 아닌 패배자의 고백이다. 그러나 이 패배자는 그 어떤 영웅적 시도도 해본 적이 없는 패배자이며, 따라서 비극적 패배를 할 수 없는 패배자, 진정한 패배에도 실패하는 패배자다.[14] 살아남은 자들의 "대부분이 승리

---

12) 서평자 더레저위츠(William Deresiewicz)의 표현이다(Deresiewicz, 마지막 문단).

13) 삶에 대한 보수적 태도를 암시하는 '원만하다'는 단어가 작가의 아이러니를 담고 있음은 분명하다. 그럼에도 불구하고 토니의 '원만한' 면모가 작가 반즈에서 평자들이 발견하는 "쁘띠부르주아적 경직성"(petty-bourgeois uptightness)을 연상시키는 바 있다는 점은 흥미롭다("쁘띠부르주아적 경직성"이라는 표현은 요씨포비치[Gabriel Josipovici]의 것으로, 랍선의 서평에서 재인용함).

14) 따라서 이 소설이 단순한 심리 스릴러가 아니라 비극이라는 브루크너(Anita Brookner)의 평가는 소설을 토니의 이야기로 읽지 않을 때에만 그럴 듯하다. 그러나 토니가 희생자로서뿐 아니라 가해자로서도 비극의 깊이에 못 미친다면, 토니로 인해 고통당하는 베로니카 같은 인물의 이야기

하지도, 패배하지도 않았다'(61)는 것은 그런 의미다. 그리고 토니의 형상은 이렇듯 비루하게 살아남은 자들, 위대한 싸움의 기억이 부재한 후기 자본주의사회 소시민의 한 전형임이 분명하다.

그러나 소설적 **상황**에 대해서도 같은 평가를 할 수 있을까? 토니가 서술하는 과거와 현재의 삶 각각에서 어떤 전형적 요소를 발견하는 것이 불가능하지는 않을 것이다. 그러나 과거와 현재 사이에 설정된 인과의 고리들— 이를 둘러싸고 기억과 역사의 담론이 펼쳐지며 추리소설적 요소가 활용된다—은 진정한 시간의 경험, 맑스주의적 표현을 쓰자면 '우연과 필연의 변증법적 통일'의 경험을 창조하기에는 부족함이 있으며, 교묘한 플롯과 서술 장치가 그 결여를 슬쩍 가리고 있지 않은가 싶다. 작중인물 토니에서 화자 토니로 초점을 옮겨 이 문제를 다뤄보자.

3. 기억의 주제와 소설 형식

'원만한' 토니는 실존적 이유에서 자살을 선택하는 (듯한) 에이드리언의 비범함을 동경하는 소극적 인물이다. 이렇게 상대적으로 소극적인 인물이 화자가 되는 예는 드물지 않다. 가령 『위대한 개츠비』(*The Great Gatsby*)는 그 고전적 사례다. 그런데 후자의 경우와 달리 『감각의 종말』에서 화자가 주로 이야기하는 내용은 자기 자신의 삶이다. 에이드리언은 주인공이 되기에 너무 일찍 죽고, 관련 정보도 빈약하다. 베로니카와 그 외 인물들의 행위는 토니의 삶에 관계되는 한에서만 서술된다. 그 핵심을 놓고 볼 때 이 소설은 결국 소극적 삶을 살아온 화자가 전하는 소극적 삶의 이야기다. 그의 삶이 지닌 본질을 극명하게 표현하는 대목이 중년 40여 년을 요약·정리하는 1장의 마지막 서너 쪽인데, 여기서 화자가 의도적으로 디테일을 최소화하고 시간 위에 점을 찍어 나가듯이 삶의 몇몇 순간들을

가 비극이 될 수 있을지 의문이다(Brookner, 서평 참조).

밋밋한 어조로 제시한 덕분에 그의 삶은 "그게 인생"(that's a life, 60)이라는 말에 함축된 통속적 차원의 보편성을 획득한다. 그러나 정말로 그게 인생이라면, 또는 인생의 전부라면, 소설은 인생이 아닌 다른 무엇을 묘사하든가, 아니면 사라지는 편이 나을지도 모른다. 토니의 이야기가 소설이 되려면 "그게 인생"이라고 말하는 차원을 넘어서는 어떤 것, 어떤 뜻밖의 요소가 추가적으로 필요하다. 반즈는 물론 이를 알고 있으며, 극히 비소설적인 서너 쪽의 서술을 통해 역설적으로 이 점을 독자에게 환기시키고 있기도 하다.

소극적인 화자의 자기 이야기를 소설적 서사로 격상시키기 위해 반즈가 도입하는 요소는 세 가지다. 첫째는 기억의 주제로, 프로이트적 의미의 '억압'에 의한 망각과 부정확한 기억의 문제는 독자의 관심을 이야기의 내용에서 화자의 신뢰성, 나아가 역사적 재현 일반의 신뢰성 문제로 이동시킨다. 둘째는 숨겨진 인과성이다. 작가는 토니의 행위를 그와 본질적으로 다른 삶을 사는 자들의 운명에 인과적 관계로 묶어놓고 그로 하여금 40여 년 후에 그 인과성을 발견하게 함으로써, '원만한' 인간의 삶에서 기대하기 힘든 놀라움을 독자에게 선사하고 역사적 책임의 문제까지 더불어 제기한다. 셋째는 이 두 가지와 연관된 형식적 장치로서, 비선형적(nonlinear) 관계에 있는 두 개 장(章)의 설정, 그리고 사건의 서술과 에세이적 논평이 교차하는 서사 진행 방식이다. 이 세 요소들의 미적 효과는 어떤지 살펴보자.

화자의 부정확한 기억에 따른 사실의 왜곡, 누락, 수정의 가능성 문제는 소설 초두에서부터 전면에 부각된다. "특별한 순서 없이 기억이 떠오른다"(3)로 말문을 연 화자 토니는 조금 뒤에 "시간이 확실성으로 변형시켜놓은 어떤 대략적인 기억들"(4)을 펼쳐 보이겠다는 의도를 표명한다. 베로니카와의 교제를 이해해달라는 에이드리언의 편지를 소개하고 그에 대한 자신의 소감을 서술하고 나서 토니는 깐깐하게도 이렇게 덧붙인다. "다시 한번 강조하지만, 이것이 그때 일어났던 일에 대한 지금의 내 해석이다. 더 정확히 말하자면, 그때 일어났던 일에 대한 당시의 내 해석에 대한 지금의 내 기억이다"(45). "그때 일어났던 일"은 "당시의 내 해석"과 "지금의 내 기억"이라는 이중의 막을 사이에 두고 독자에게 전달되므로 확실성은 보장할 수 없다는 말인데, 이렇게 포석을 깔아놓은 화자는 실제로 뒤에 가서 "당시의 내 해석에 대한 지금의 내 기억"을 뒤집어서 믿지 못할 화자가 되기를 자청한다. 그 전복에 앞서 그는 기억이 현실을 구성하는 반복 기제를 날카롭게 지적한다. "하지만 갈수록 내 기억은 일견 사실로 보이는 데이터를 거의 변주하지 않고 계속 반복하는 기계장치가 되었다"(70). 우리가 이 기계장치에 붙들려 있는 한 "우리의 인생은 (중략) 우리가 자신의 인생에 대해 읊어온 이야기일 뿐"(104)이다. 소설은 물론 하나의 이야기, 또는 이야기의 이야기이며, 따라서 소설적 서사가 재현의 객관성을 내세운다는 것은 어불성설이다. 역사적 서사도 마찬가지다. 1장에서 토니가 자신의 자아 이상(Ichideal)을 투사하는 에이드리언은 "역사란 무엇인가?"를 묻는 역사 선생에게 (작가가 만든 가공의 인물) 라그랑쥬(Lagrange)를 인용하여 다음과 같은 정의를 제시한다. "역사는 기억의 결함이 기록의 미비함과 만나는 지점에서 생겨나는 확실성입니다"(18).

이렇게 기억의 주제는 서사적 재현의 진리치에 대한 작가의 의구심을 충실히 반영한다. 그럼에도 불구하고 『감각의 종말』이 포스트모던 서사로 간단히 치부될 수 없는 것은 화자가 말하는 '해석'이나 '기억' 또는 '이야기'의 가변성이 분명한 진실을 전제로 한 것이며, 결국 서사는 편지나 제3자의 증언 같은 '확실한' 장치를 통해 그간 화자에게 숨겨졌던 진실이 드러나는 방향을 취하기 때문이다.[15] 토니가 왜곡된 기억에 의존하는 믿지 못할 화자였음이 밝혀지는 바로 그 순간은 동시에 그가 믿을 만한 이야기를 하는 순간, 진실을 전하는 순간이기도 하다.

---

15) 이런 점에서, 소설에서 "확실한 것들이 차례로 붕괴"되고 마침내 우리는 "심리적으로나 도덕적으로 어떤 생각을 해야 할지 모르는" 지경이 된다는 더레저위츠의 주장은 과장으로 들린다 (Deresiewicz, 서평 21번째 단락 참조).

이 소설이 진실의 존재를 긍정한다는 점은 분명하다. 논점은 다른 데 있다. 한 가지 논점은 소설이 내세우는 그 진실이 과연 독자에게 설득력이 있는가, 더 중요하게는 그 진실이 과연 독자의 시간과 주의를 요구할 만한 가치가 있는가 하는 것이다. 실로 화자는 독자를 이리저리 끌고 다니며 그릇된 상상을 부추기다가 마지막에야 사태의 전말을 드러내 보여준다. 그 과정에도 작가가 말하고 싶은 진실이 있겠지만(나이 듦의 의미, 기억이나 바람에 의한 현실의 구성, 감정에 따른 이해력의 변화 등등), 소설 말미에 결정적 반전을 통해 드러나는 진실이야말로 작품의 의미와 서사 구조를 형성하는 중핵이라고 할 수 있다. 그 진실은 에이드리언의 일기에 나타나는 "정수 b, a^1, a^2, s, v를 포함하는 축적(accumulation)"(94, 162)이라는 표현의 현실적 의미로서, 결국 그것은 베로니카(v)-쌔러(s)-토니(앤써니, a^2)-에이드리언(a^1)-아이(b)에 이르는 인과의 계열이자 "책임의 사슬"(the chain of responsibility, 162)로 밝혀진다. 이 "축적"의 논리, 즉 행위자들을 한 줄로 잇고 과거와 현재를 연결하는 인과적 필연과 책임의 논리는 일견 그럴듯하지만, 조금만 자세히 들여다보면 별로 심오할 것도 없을뿐더러 적잖은 문제점이 발견된다. 베로니카가 아닌 쌔러가 에이드리언의 아이를, 그것도 장애아를 임신했다는 데 대해 (그에게 베로니카의 일로 쌔러를 찾아가보라고 말한, 아울러 격한 심정으로 쓴 편지에서 그와 베로니카의 미래를 저주한) 토니가 책임이 있다는 말은 독자를 설득시킬 수 있는가? 우연을 곧장 기계적 필연의 사슬로 전환하는 이런 발상은 과거와 현재의 복잡한 상호작용을 설명하기에 충분한가? 그런 사슬 속에서 한 행위자가 지는 역사적 책임이란 예측할 수 없는 결과에 대한 책임, 무한히 이어지는 사슬들에 대한 책임, 일체의 결단이 무용한 그런 종류의 책임이 아닌가? 그렇다면 소설이 제시하는 궁극의 '진실'은 대가에게서 기대할 만한 역사적 통찰 ─ 리얼리즘 미학의 문법으로 말하면, 자유와 필연, 개인의 삶과 사회적 관계망, 과거와 현재의 생생한 상호침투에 대한 통찰─ 을 대신하는 작위적이고 피상적인 인과론에 불과하다고 말해도 과언이 아닐 것이다. 소설의 서사가 이런 논리 위에 구축되었다면 거기서 상황의 전형성을 기대하는 것도 무리다.

또 하나의 논점은 기억과 불확실성의 주제를 명료하게 표현할 뿐 아니라 자신의 성격과 문제점까지 스스로 분석해서 제시하는 '작가급' 화자를 소설 미학의 측면에서 어떻게 봐야 하는가 하는 것이다. 화자가 일인칭인 경우 그의 말은 작중 행위와는 별개로 극화의 대상이 되기 마련이다. 토니의 발언 역시 이따금씩 극화의 의도에 종속되는데, 이는 대개 구조적 아이러니의 형태를 띤다. 가령 에이드리언의 자살에 실존적 동기를 부여하면서 "논리적 사유의 결론에 따라 행동"(57)한 그를 칭송한다든지, 나이 들어 베로니카와의 재회가 불러일으킨 감정을 반추하면서 자신을 향해 "그래, 20년 전 이혼한 전처에게 죄책감을 느끼고, 40년간 보지 못했던 옛 여자친구에게 흥분을 느낀단 말이지"(129) 하고 말하는 대목에서 화자는 솔직하게 자기 생각을 전하고 있지만, 후에 드러날 사태의 실상에 비추어보면 그 말의 부적절함은 명확하다. 토니가 '믿지 못할 화자'가 되는 이유는 솔직하지 않아서가 아니라 그 자신이 진실에 접근하지 못하기 때문인 것이다. 이런 점에서 그 '믿지 못할' 면모는 어떤 전형성마저 지닌다.16)

문제는 이 화자가 너무 영민한 나머지 자신이 '믿지 못할 화자'라는 점을 포함해 자신에 관한 모든 것을 관찰과 발화의 대상으로 삼는다는 점이다. 말하자면 그는 극화의 대상이면서도 스스로 극화를 주도하는 서사의 최종 책임자라는 인상을 준다. 물론 일인칭 소설에서 화자 자신의 자아 담론, 즉 자신의 성격이나 느낌에 대한 분석적 서술은 어느 정도 용인될 수 있고, 그가 행위자이기도 하기 때문에 그런 서술이 불가피한 면도 있다. 그러나 화자의 자의식과 작가의 의식이 거의 구별되지 않는 지경에 이른다면 문제는 달라진다. 둘 사이의 밀착은 오히려 화자

---

16) 다이어(Geoff Dyer)는 토니가 "믿을 만하지 않다고 믿어도 좋은 화자(a reliably unreliable narrator), 전 민족적 평균의 대표"라고 말하며(Dyer, 서평), 더레저위츠 역시 "그가 믿을 만하지 않은 것은 우리 모두가 그렇기 때문이다"라고 말한다(Deresiewicz, 서평). 이 평자들과 섹스턴(David Sexton, 서평)은 반즈가 믿지 못할 화자를 설정한 데에 포드 매덕스 포드(Ford Madox Ford)의 소설 『훌륭한 병사』(*The Good Soldier*, 1915)가 영향을 미쳤다고 주장한다.

의 독립성을 훼손하고, 소설은 바흐친(M. M. Bakhtin)이 말하는 바의 '독백적' (monologic) 서사가 되기 십상인 것이다. 독자가 이 소설을 읽고 나서 그 어떤 작중인물보다 작가의 존재를 뚜렷이 느끼는 이유, 심지어 작가의 손에 놀아난 듯한 꺼림칙함을 느끼는 이유가 그것이다. 섹스턴은 이 작품이 감동이나 충족감을 주지 않는 이유 중 하나로 그것이 "지독하게 목적의식적"(relentlessly purposeful)이라는 사실을 꼽는다.[17] 랍선의 지적은 더 구체적이고 날카롭다.

> [토니]가 자신의 이야기에 내포된 의미를 그토록 면밀하게 상술하고 자기 성격을 그토록 노골적으로 제시하니("자신의 집요함을 낙으로 삼는 사람") 독자는 할 일이 없다. (중략) 토니의 생각이 우스꽝스럽게 들리도록 만들려는 의도가 반즈에게 있다 하더라도 - 그런데 꼭 그런지는 모르겠다 - 반즈는 그 생각을 이용해서 자신의 관심사를 역설한다.[18]

결국 이 소설은 그 의도에서 너무 꽉 짜인 작품이 아닌가, 작가는 독자의 통찰력을 믿지 못하고 독자 스스로 작중인물 및 상황과 교호작용을 할 여지를 박탈하지 않는가 하는 의구심이 일 수밖에 없다. 1·2장의 비선형적 구성도 같은 맥락에서 이해된다. 1장에서 모든 이야기를 종결짓고 나서 2장에서 마치 닫힌 문을 다시 열듯이 과거(1장의 현실)를 불러내 그 내용을 다시 쓰는 형식은 신선한 면이 있다. 그러나 1장과 2장이 의미상 서로 대립하면서 현실을 복합적으로 조명한다기보다, 1장이 2장에 의해 해체되고 작가가 애초에 설정해놓은 단 하나의 현실만 남게 되는 식이어서 독자는 그 현실을 받아들이는 것밖에 '할 일이 없다.'

---

17) 아울러 섹스턴은 소설의 어정쩡한 길이와 거기서 장애아가 다루어지는 방식에 문제를 제기한다 (Sexton, 서평 참조).

18) Robson, 서평. 여기서 랍선은 반즈가 가즈오 이시구로(Kazuo Ishiguro)를 비난만 할 것이 아니라 그의 소설이 보여주는 화자 운용 방식(화자가 자신에 관해 많은 것을 드러내면서도 그것을 멋지게 표현하거나 분석하려 들지 않는 것)을 배워야 한다고 말하면서, "언제나 한발 앞서가기를 고집하는 소설가는 자신을 뒤따르는 독자가 없음을 발견하게 될지도 모른다"고 비꼰다.

작가가 화자나 다른 인물들을 제치고 나서서 자기 목소리를 내는 경향은 소설 상당 부분을 차지하고 있는 에세이 투의 서술에서 가장 잘 나타난다. 가령 다음과 같은 대목이다.

> 젊은 사람과 나이 든 사람의 한 가지 차이는, 젊을 때는 자기 자신의 여러 가지 미래를 꾸며내고, 나이가 들면 다른 사람의 여러 가지 과거를 꾸며내는 것이라는 생각이 든다. (88)

이는 주된 서사와 매우 느슨하게 연결된 숱한 사변들의 한 예로, 소설 전체에서 가장 짧은 절(節)의 전문이기도 하다(소설은 앞뒤로 한 줄씩 띄어 형식상 독립시킨 수많은 절들로 이루어져 있다). 이런 사변의 주제는 시간, 역사, 기억, 죽음, 나이 든다는 것의 의미, 관계, 소설과 실제 인생 따위로 제법 다양하지만 전혀 예상치 못한 방향으로 흐르지는 않고 일정한 테두리 안에서 변주되는 양상이다. 또 그 사변은 에이드리언의 입을 빌리는 극소수의 경우를 제외하면 모두 일인칭 화자의 몫이다. 소설에 등장하는 이런 사변적 혹은 에세이적 담론[19]을 어떻게 볼 것인가? 백낙청은 한국소설에 관한 한 평론에서 다음과 같이 주장한 바 있다.

> 사변적인 담론의 존재 또한 전통적인 장편소설에서 오히려 흔한 현상이다. 현대소설로 올수록 저자의 논설적 개입을 차단하려는 경향이 강해지지만, 작중의 대화나 1인칭 화자의 서술은 경우가 다르다. 사변적인 언설 자체가 (1인칭 화자를 포함한) 해당 인물의 형상화 수단일 수 있으며, 이런 언설을 작품의 일부로 삼는 포용성이야말로 장편소설이 지닌 큰 매력이다. 다만 그런 대목들이 무언가 저자의 생경한 개입으로 느껴져서 독자의 공감을 사지 못할 때 그것을 나쁜 의미로, 즉 소설임을 표방하면서 제대로 소설이 되지 못했다는 의미로, '에쎄이적'이라 부를 수 있을 것이다. (백낙청 30)

---

19) 반즈의 소설들에 나오는 사변은 "칸트가 아니라 몽테뉴"(Deresiewicz, 서평), 즉 철학적이라기보다 에세이적이다.

여기서 백낙청이 논평의 대상으로 삼는 작품은 배수아의 장편『에세이스트의 책상』인데, 이 소설에 비해『종말의 감각』은 허구로서의 성격이 훨씬 더 명확하고, 그런 만큼 그 안에서 사변적 담론이 행하는 역할은 더 문제적일 수 있다. 여기서 반즈의 화자가 펼치는 사변이 "저자의 생경한 개입"으로 느껴지지는 않는 것 같다. '개입'이라고 보기에는 너무 흔하게 발견되기 때문인지도 모르겠으나, 아마도 더 근본적인 이유는 처음부터 화자의 목소리가 작가의 목소리와 밀착되어 좀처럼 떨어지지 않는 데 있을 것이다. 그러니 그 사변적 담론은 허구적 세계 속으로의 "생경한 개입"은 아니되, 저자 자신의 특색이 그대로 묻어나는 언설이 **아닌** 것도 아닌 것이다.[20] 이 말은 그런 담론이 화자를 한 특징적 인물로 형상화하는 데 크게 기여하지는 못한다는 의미다. (이런 기능이 전혀 없지는 않다. 그러나 이로써 형성되는 화자의 이미지란 '말이 많다'거나─ 저자를 닮아─ '사변을 즐긴다'는 정도가 아닐까 싶다.) 어떻게 보면 그것은 오히려 화자의 형상화에 방해가 되기도 하는데, 사태 파악을 못 하고 감상에 휘둘리곤 하는 작중인물 토니와 삶에 대한 차분하면서도 날카로운 통찰을 보여주는 화자 토니, 또는 '믿지 못할 화자' 토니와 '믿을 만한 화자' 토니 사이에 다소의 부정합이 느껴지기도 하는 것이다. 이런 맥락에서 이 화자의 사변적 담론은, 그 내용적 가치가 어떻든지 간에, 백낙청이 환기시키는 '장편소설의 포용성'을 예시한다기보다 장편소설 장르에 파괴적인 쪽에 가깝지 않을까 한다. 특히 사변이 이런저런 문제를 건드리면서 네댓 쪽에 걸쳐 이어져서 서사의 흐름을 끊어놓는 대목(113-17)에서는 그런 의구심이 강해진다.

소설적 서사에 자연스럽게 편입되지 않고 상당한 독립성을 누리는 사변적 혹은 에세이적 담론은 앞서 논한 기계적·작위적 인과론, 그리고 화자의 자의식적·자기분석적 서술 경향과 근본적으로 통한다. 이 모든 요소의 존재는 화자와

---

20) 독자들이 반즈의 소설을 읽고 화자나 작중인물의 말이 아니라 '반즈의 문장'에 감탄하곤 하는 이유가 여기에 있다. 가령 클레먼츠(Toby Clements)의 눈에 "하나하나가 단순명료한 그[반즈]의 문장은 열대어처럼 무지갯빛을 띤다"(Clements, 서평).

그 외의 인물들이 함께 몰입할 만한 전형적이고 역동적인 상황을 중심으로 서사가 진행되지 않는다는 사실과 깊은 상관관계에 있는 것이다. 그러나 우리가 작가 반즈에게 '나쁜 의미'의 에세이적 요소를 제거하라든가 전형적 상황을 창조해내라고 요구하는 것이 과연 타당할까? 여기서 주저함은 서로 꼬리를 무는 두 가지 질문에서 비롯된다. 첫째, 우리 시대의 현실은 리얼리즘 소설론에서 추구해온 총체성 이념에 따라 미적으로 전유될 수 있는 현실인가? 둘째, 자기 자신의 담론을 감추지 않고 오히려 앞세우는 작가 반즈의 창작 방법은 기존의 장르 모델을 파괴하면서 궁극적으로는 소설의 생존을 돕는 선택인가, 아니면 소설의 몰락을 부추기는 요인일 뿐인가? 이 질문들에 대해 즉답을 내놓기보다 그와 연관된 몇 가지 단상을 제시하는 것으로 이 글을 마무리할까 한다.

4. 반즈 소설의 장르적 함의 ― 결론적 단상

『종말의 감각』이 근대 장편소설이 스스로에게 부과한 사회적 재현의 과제를 전혀 도외시하지는 않으면서도 작가의 관념이나 감상을 전달하는 데 더 치중한다는 점은 앞선 논의에서 분명해졌다. 에세이적 서술은 반즈가 자신의 감상과 명상을 전달하는 최적의 형식이자, 그가 설정한 소설적 상황의 빈약함을 가리는 뛰어난 수단이다. 아마 작가 자신도 그 빈약함을 알고 있을 것이며, 그것이 선명하게 드러난다 해도 개의치 않을지 모른다. 그의 승부수는 탄탄한 플롯이나 역사적 재현의 깊이가 아니라 일상의 삶에 대한 잔잔한 감상과 명상, 그리고 이를 실어 나르는 세련된 문체이기 때문이다. 반즈의 이 강점이자 특징은 개인적 재능 이상의 문제가 아닐까 싶다. 랍선은 마틴 에이미스와 반즈에게서 "아이러니할 뿐 아니라 거의 탈소설적인(post-novelistic) 감수성", 즉 "고안과 이야기에 대한 일종의 회의"(a form of scepticism about artifice and stories)를 읽어낸다(Robson의 서평). 이런 회의는 포스트모더니즘보다 근본적인 층위에서 소설의 장르적 특성을 변화시킨다. 그리고 이는 에이미스나 반즈 개인의 특징을 넘어서는 문제다.

오늘날 많은 소설가들은 장편소설이 추구해온 현실의 미적 전유, 즉 이야기를 통한 현실의 재현을 더 이상 믿지 않는다. 그들은 과거의 소설가들보다 겸손하다. 주관이 객관적인 것을 파악하고 재현(대리)한다는 발상에 그들은 시큰둥하다. '스토리텔링'이 지니는 인식론적 지위는 예전보다 형편없이 낮고, 이 낮은 지위에 대한 소설가들의 자의식은 어느 때보다 강하다. 『종말의 감각』에서 화자는 여러 차례 소설과 삶을 대비시킨다. "내 정신이 모험의 이미지로 취하곤 하던" 청년기에 "나는 소설에 나오는 사람들이 사는 것처럼, 그리고 살았던 것처럼 살리라"고 생각했다(102). 인성(character)은 "소설에서는 물론 변한다. 그렇지 않으면 스토리라고 할 만한 게 별로 없을 것이다. 하지만 삶에서는? 간혹 궁금해진다"(113). 또 실제의 삶에서 '황홀함'(ecstasy)과 '절망'(despair)은 "언젠가 소설에서 읽었던 말"일 뿐이다(155). 삶과 소설의 이런 차이는 소설가를 겸손하게도 만들지만 교만하게도 만든다. 이제 글쓰기는 불가능한 재현의 과제를 포기하는 대신 주관에 속한 것들, 즉 감상과 명상을 마음껏 펼쳐낸다. 물론 이를 위해서는 '판'이 마련되어야 하므로 최소한의 현실적 플롯과 에피소드는 보존된다.

이것이 오늘날 존재하는 소설 경향의 전부라고 할 수는 없지만 하나의 주요한 흐름임은 분명하다. '단편적 장편'이라고 할 만한 것, 길이는 장편이되 다루어지는 내용은 중단편에 더 적합한[21] 작품을 찾아보기는 어렵지 않다. 그러면 이것이 소설의 미래이거나, 미래여야 하는가? 이는 '소설'(the novel)로 무엇을 의미하느냐에 달렸다. 특정 시기와 장소(18세기 프랑스, 19세기 유럽 등)의 서사 모델이 소설 장르 자체와 동일시되어서는 안 되겠지만, 소설 장르가 무한한 변신이 가능

---

21) 루카치는 "노벨레"(중단편)를 "삶의 기이하고도 수상쩍은 한 단면을 그리는 형식"으로 정의한다(루카치 55). 이 형식에서 작가의 시야는 한 시대의 보편적 문제에 이르지 못하고 '한 단면'에 머문다.

한 불멸의 존재로 간주되어서도 곤란할 것이다. 소설은 물론 태생적으로 잡스럽고, 그런 만큼 포용성이 있으며 유연하다. 그러나 장편소설의 역사적 존재 이유나 문학의 존재 이유에 관한 물음을 생략해버리지 않는 한, 소설은 '일정 분량 이상의 이야기(허구)'와 동의어로 간주될 수 없으며, 서사 형식상의 모든 변화가 '변신'의 이름으로 긍정될 수도 없다. 이는 이른바 '내포적 총체성'을 내세워 소설의 잡스러움을 제한해야 한다는 뜻이 아니다. 다만 그 잡스러움마저도 삶에 관한 본질적 질문에 연관된 잡스러움, 다시 말해 한 시대에 속한 삶에 대하여 그 가능성과 불가능성은 무엇인가, 그것이 무엇을 향해 열려 있고 무엇에 닫혀 있는가를 묻는 잡스러움임을 기억해야 한다는 것이다. 소설은 그저 '황홀함'이나 '절망'의 기록이 아니다. 진정으로 소설적인 감동은 사람을 황홀하게도, 절망스럽게도, 또 다른 어떤 상태로도 만드는 동시대적 삶의 윤곽, 혹은 변화하는 경계들을 드러내 보이는 데서 나올 것이다. 이런 맥락에서 『종말의 감각』이 "감동을 주지 않는다" (doesn't move)는, 앞서 언급한 섹스턴의 말은 섹스턴 자신이 의도한 것보다도 더욱 심각하게 받아들여야 한다. 문제는 작가가 지나친 목적의식을 가지고 서술을 주도한다는 데에만 있는 것이 아니다. 그 핵심은 '어떻게 쓰는가'보다 '왜 쓰는가', 그리고 '왜 읽는가'에 관련되어 있다. 반즈는 아마도 계속 쓸 것이며, 그의 글쓰기 방식은 현재는 물론 미래에도 하나의 주요한 흐름이 될 가능성이 크다. 그러나 애석하게도 이는 시대의 진실을 알기 위해서는 소설을 읽어야 한다고 주장하기가 점점 더 어려워짐을 의미할 것이다.

인용 문헌

김종석. 「"우리는 과거를 어떻게 포착하는가?": 줄리언 반즈의『플로베르의 앵무새』」.『현대 영미소설』17.3 (2010): 61-89.

루카치, 게오르크『소설의 이론』. 김경식 옮김. 서울: 문예출판사, 2007.

백낙청.「소설가의 책상, 에쎄이스트의 책상- 배수아 장편소설『에세이스트의 책상』읽기」.『창작과비평』124 (2004 여름): 28-47.

전수용.「포스트모던 바이오픽션의 역사성 읽기: 줄리안 바안즈(Julian Barnes)의『플로베르의 앵무새』(Flaubert's Parrot, 1990)」.『현대영미소설』14.3 (2007): 157-85.

Barnes, Julian. *The Sense of an Ending*. New York: Vintage, 2011.

Berberich, Christine. "'All Letters Quoted Are Authentic': The Past After Postmodern Fabulation in Julian Barnes's *Arthur & George*." *Julian Barnes: Contemporary Critical Perspectives*. Ed. Sebastian Groes and Peter Childs. London: Continuum, 2001. 117-28.

Bloch, Ernst. "Nonsynchronism and the Obligation to Its Dialectics." Trans. Mark Ritter. *New German Critique* 11 (1977): 22-38.

Brookner, Anita. "*The Sense of an Ending*." *Telegraph* 25 Jul 2011.

Clements, Toby. "*The Sense of an Ending*." *Telegraph* 01 Aug 2011.

Deresiewicz, William. "That is So! That is So!" *The New Republic* 22 Feb 2012.

Dyer, Geoff. "Julian Barnes and the Diminishing of the English Novel." *New York Times* 16 Dec 2011.

Groes, Sebastian, and Peter Childs. "Introduction: Julian Barnes and the Wisdom of Uncertainty." *Julian Barnes: Contemporary Critical Perspectives*. 1-10.

Kirby, A. J. "*The Sense of an Ending*." *New York Journal of Books* 11 Oct 2011.

Robson, Leo. "*The Sense of an Ending*." *New Statesman* 8 Aug 2011.

Sexton, David. "*The Sense of an Ending*." *Spectator* 23 Jul 2011.

Žižek, Slavoj. "Afterword: Wagner, Anti-Semitism and 'German Ideology'." *Five Lessons on Wagner* by Alain Badiou. London: Verso, 2010.

■ 원고 출처

김성호.「줄리언 반즈와 소설의 미래-『종말의 감각』이 제기하는 문제들」.『영미문학연구』23호 (2012): 5-31.

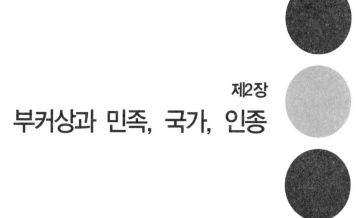

제2장
부커상과 민족, 국가, 인종

5.

불완전한 진실, 구성되는 현실로서의 역사 보여주기
– 살만 루시디의 『자정의 아이들』

성정혜

| 작가 소개 |

    살만 루시디(Salman Rushdie)는 1947년 인도에서 태어난 수필가, 소설가이다. 14세에 영국으로 유학을 떠난 후에 케임브리지의 킹스 칼리지에서 역사를 전공하였다. 첫 작품인 『그리머스』(*Grimus*)는 1975년 발표했으나 비평가와 독자들의 좋은 평가를 받지 못하였다. 이후 『자정의 아이들』(*Midnight's Children*), 『악마의 시』(*The Satanic Verses*)가 잇따라 성공하면서 문학적 명예를 얻게 되었다.

"Born in the hour of India's freedom. Handcuffed to history."

    『자정의 아이들』은 1981년 출판된 루시디의 장편 소설로 그해 부커상을 수상하였다. 부커상은 1969년 제정된 영연방 최고 권위의 문학상으로 25주년이 된 1993년, 그동안 부커상을 받은 수상작 가운데 최고를 뽑아 '부커 오브 부커스'(The Booker of Bookers)를 수여하였다. 40주년이 된 2008년에는 독자들이 뽑은 '베스트 부커'(The Best of Booker)를 수상하였다. 『자정의 아이들』은 이 세 개의 부커상을 모두 수상한 역작이다. 500페이지에 달하는 상당한 길이로 인도가 영국으로부터 독립하기 전부터 인디라 간디의 철권 통치가 이루어지는 1977년까지의 60여 년을 인도, 파키스탄, 방글라데시를 넘나들면서 다룬다. 인도의 신화, 역사, 종교, 문화에서부터 수많은 등장인물들의 개인적인 역사와 인도와 영국의 공식적인 역사가 현실과 환상의 불분명한 경계 속에서 복잡하게 얽혀있다.

    부커상을 세 번이나 수상한 대작이라는 이유만으로 책을 펼친 독자들은 작가가 펼치는 서사 기법의 현란함과 다루는 이야기의 방대함과 세밀함에 놀라 단숨에 빠져들지 못할 수도 있다. 그러나 작가가 마술 같은 입담으로 출생의 비밀을 가진 두 아이의 뒤바뀐 운명을 알려주고, 인도 독립을 기점으로 태어난 1,001명의 아이들의 놀라운 능력들을 풀어내기 시작할 때에는 이 작품이 가진 매력을 고스란히 알게 된다. 『자정의 아이들』이 그 엄청난 분량과 난해함에도 불구하고 수십 개국의 언어로 번역되어

130   부커상과 영소설의 자취 50년

읽히며, 세 번의 부커상을 수상하는 이유 가운데 하나를 꼽으라면 무엇보다도 기적 같은 쌀림 시나이(Saleem Sinai)의 서사에 있다고 할 수 있다.

　밤이 새도록 자신의 생애를 들려주는 주인공 쌀림은 목숨을 걸고 하루하루를 이야기로 엮어내는 천일야화의 세에라자드(Scheherazade)이지만 사실과 허구의 경계를 진지하면서도 유희적으로 허물고, 중심과 주변을 논리적이지만 전략적으로 뒤바꾸고, 불변과 진리에 대한 믿음을 대담하지만 세심하게 뒤흔든다. 유학을 갓 마치고 돌아온 의사인 아담 아지즈(Aadam Aziz) 집안의 삼 대에 걸친 가족사와 식민의 역사를 거치고 독립한 국가들이 겪는 현대사를 다룬다. 이런 이유로 이 작품은 현대의 핵심이론인 탈식민주의, 포스트모더니즘, 포스트페미니즘의 주요 주제들을 새롭고 다층적으로 들여다보면서 서구 중심, 기득권 중심의 세계관과 역사관을 반추해보게 한다.

1. 들어가며

역사를 바라볼 때 더 이상 완전하고 전체적인 단일한 역사를 그릴 수 있으리라는 믿음은 불가능한 것 같다. 포스트모더니즘에서 논의되는 역사 담론의 틀을 염두에 두지 않더라도 하나의 거대한 줄기로 기억 혹은 경험을 엮어 모든 것을 설명하는 역사가 가지는 의미에 대해 의문이 제기되기 때문이다. 개개인들의 수없이 많은 관점들과 다양한 해석들을 인정하게 되면서 "역사에 접근하는 방식은 믿을 수 없는 기억과 부분적인 요소들로 불완전"할 수밖에 없다는 입장이 오히려 설득력을 가지게 된다(Hassumani 32). 그러나, 역사에 접근하는 방식이 불완전하다는 입장을 받아들인다 하더라도 기술된 역사의 어느 부분이 불완전하게 접근된 것인지를 읽을 수 있어야 한다. 왜냐하면 접근 방식이 "불완전"하다는 것을 인정한다고 해서 역사를 기술한 시각의 입장에 대해 비판할 수 없다는 의미는 아니기 때문이다.

『자정의 아이들』(*Midnight's Children*)은 살만 루시디(Salman Rushdie)가 1981년에 발표한 소설로 인도가 영국으로부터 독립한 해인 1947년을 전후하여 독립 전의 32년과 독립 후의 31년을 주인공의 회상을 통해 그리고 있다. 주인공인 쌜림 시나이(Saleem Sinai)는 직장 동료이자 자신을 사랑하는 여성인 파드마(Padma)에게 3권으로 나누어진 30장에 걸쳐서 지나온 자신의 삶을 이야기한다. 자서전의 성격을 지닌 『자정의 아이들』에서 자신이 태어나기 30여 년 전으로 거슬러 올라가서 하이델베르그에서 의사가 되어 돌아온 할아버지, 오랫동안 씻기를 거부하는 뱃사공 타이(Tai)뿐만 아니라 자신의 출생을 예언한 리파파 다스(Lifafa Das), 뱀의 독을 약으로 사용하여 자신의 목숨을 구해 준 샵스텍 박사(Doctor Schaapsteker), 함께 전쟁에 나가 생사를 같이 한 젊은 군인들에 이르기까지 수많은 주변 인물들의 이야기들로 가득 채운다. 이와 같이 인과 관계가 불분명한 주변 인물들의 등장이나 갑작스러운 시·공간의 이동, 그리고 다양한 은유 및 상징으

로 인해『자정의 아이들』은 매우 복잡하고 이해하기 힘든 작품으로 여겨진다. 볼
(John Clement Ball)은 이 작품이 "우화, 빌둥스로망, 자서전, 서사시, 피카레스크,
마술적 사실주의, 환상문학, 풍자" 등의 다양한 장르로 읽힐 수 있다고 밝히는데,
이는『자정의 아이들』의 복잡함과 무한한 해석의 가능성을 동시에 보여주는 설
명이라고 볼 수 있겠다(213).

　　『자정의 아이들』은 쌀림이 자신의 경험과 국가의 역사를 논평하면서 모든
것을 담을 수 있는 거대서사를 추구하는 듯하나 끊임없이 현실과 허구의 경계를
흐리고 객관적인 사실에 대한 의문을 제기하고 있다는 점에서 진지하게 살펴볼
가치가 있는 작품이다. 일례로 쌀림이 기록하는 역사에서 서사의 시간적 순서와
방향은 일정치 않으며 여러 사건들을 동시다발적으로 섞어 기술함으로써 모든 것
을 획일적으로 규정하고 통제하는 방식을 지양한다. 이는 핫산(Ihab Hassan)이
「포스트모던적 관점에서의 다원주의」에서 분류한 11개의 포스트모더니즘 특성
중 특히 불확실성, 단편화, 재현불가능성, 혼종성, 그리고 구성성의 지적에 부합한
다(168-73). 한편, 주라가(Dubravka Juraga)는 루시디의 작품에서 보이는 쌀림의
아이러니와 패러디는 분명히 포스트모던한 경향이기는 하지만 쌀림이 개인의 정
체성(그리고 인도의 국가 정체성)의 분열과 불안정성을 강조하고 있다는 점에서
모더니스트들의 빌둥스로망(Bildungsroman)과 유사한 점도 많음을 지적하고 있
다(175). 이는 핫산이 「포스트모더니즘의 개념을 향하여」에서 "포스트모더니즘
은 모더니즘을 넘어서고자 하는 바람과 억압하고자 하는 바람을 불러일으킨다"라
고 말하면서 모더니즘과 포스트모더니즘과의 경계가 불분명하고 두 담론이 서로
얽혀있다는 지적과 닿아 있다(87). 이와 같은 애매모호함으로 인해 평자들은『자
정의 아이들』을 모더니즘과 포스트모더니즘이라는 담론의 양 진영을 오고가며
다층적으로 분석하면서도 본 작품이 역사적 진실과 객관성을 추구하는 듯 보이면
서 동시에 파편화되고 산발적이라는 점으로 인해 하나의 글쓰기 양태로 규정하기
힘들다고 평한다.

주지할 사항은 쌀림의 출생이 인도의 독립시점과 맞물려 있기 때문에 개인의 삶이 인도의 독립을 전후한 격변기의 역사와 놀라울 정도로 연결되어 있고, 이로 인해 쌀림의 경험은 인도라는 국가의 경험과 병치된다는 것이다. 이 점에서 『자정의 아이들』은 개인과 국가의 역사쓰기를 보여주는 작품으로 읽힌다.[1] 또한, 많은 평자들은 시간과 공간의 환상성과 이해할 수 없는 기이한 일들을 마술적 사실주의(Magical Realism)적 기법으로 기술한 포스트모던 작품[2]으로, 민족과 종교의 혼종 및 독립 후 인도의 국가 정체성 형성과 관련한 탈식민주의적 관점[3]으로 논하고 있다.

『자정의 아이들』은 풍부한 이야깃거리와 사회 여러 계층의 인물들을 다룬다는 점, 그리고 서사 기법의 다양성으로 인해 논의의 범위가 상당히 넓으며 작품 내의 분석대상을 다변화할 여지도 충분히 가능하다. 외국 학자들의 연구에서는 역사와 탈식민주의적 서술에 많은 관심을 집중하지만 이 외에도 역사 기술방식의 패러디, 인도 정치와 종교에 대한 은유, 마술적 사실주의의 서사기법, 신화, 서사시, 자서전의 장르적 접근도 다수 발견된다. 국내 학자들은 탈식민주의적 관점에서 접근하여 분석한 경우가 대부분으로 최근까지 발표된 논문의 주제가 역사쓰기

---

1) 주라가는 19세기 부르주아 빌둥스로망과 구소련 빌둥스로망과의 차이를 분석하면서 『자정의 아이들』을 탈식민주 혹은 포스트모던 빌둥스로망으로 읽는다. 황정아는 쌀림 시나이라는 개인의 역사에서 반영하고 재현하는 인도의 역사는 "거울"의 마술, 즉 거울에 맺히는 상이 좌우가 뒤바뀌긴 하지만 완벽하게 재현되는 것처럼 이루어질 수 없다고 분석한다. 따라서 쌀림이 구사하는 "마술" 형식의 한계를 지적하며 역사의 구성성을 설명하는 텍스트로 읽는다.

2) 상가(Jaina C. Sanga)는 루시디의 작품을 탈식민주의 은유로 읽으면서 쌀림이 역사적 사건들을 직면하는 과정에서 쌀림의 삶이 환상적 변역으로 나타나고 있으며 이와 같은 현상이 마술적 리얼리즘으로 표현되었다고 본다.

3) 이석구는 「루쉬디의 『자정의 아이들』에 나타난 문화적 혼종성과 민족주의 문제」에서 통일인도의 형성과정과 기성의 민족주의에 대한 루시디의 비판적 입장을 조명한다. 임경규는 『자정의 아이들』이 서양의 헤게모니 담론과 인도의 민족주의자들이 보이는 이분법적 사고를 흉내 내면서 식민주의적 시각을 전복시키는 작품으로 읽는다. 홍덕선은 「탈식민주의 담론과 문화적 융합주의: 살만 루시디의 『자정의 아이들』」에서 루시디가 제국주의 문화를 수용하면서 문화적 공동체 의식을 재구성하려는 탈식민주의적 시도를 하고 있다고 분석한다.

와 탈식민주의적 관점을 토대로 하고 있다.

이렇듯 학자들이 루시디의『자정의 아이들』을 다각도에서 접근하고 쌀림의 몸과 국가 역사의 연결에 대해 다수의 학자들이 언급하고 있지만 몸과 비사실적인 상황을 논문 전체에서 다루고 있는 분석은 볼 정도에 불과하다. 연구자들이 이 주제에 관심을 적게 두는 이유는 루시디가 (혹은 쌀림이) 몸이라는 장소를 지나치게 노골적으로 역사와 연결시켜 놓았기 때문이라고 볼 수도 있다. 또한, 서술자인 쌀림은 인도의 역사가 자신의 몸과 직접적으로 연결되어 있다는 설명이 환상적이고 비현실적이어서 다수의 평자들은 쌀림이 그가 경험한 사건을 과장하거나 패러디하고 있다고 분석한다. 그러나『자정의 아이들』에 나타난 개인의 몸과 국가 역사의 노골적 연결, 환상적 묘사의 서술방식은 역사의 진실성에 대한 의문을 이 작품의 독특한 방식으로 제기한다고 볼 수도 있다.

본 논문은 위와 같은 견해를 염두에 두면서『자정의 아이들』에 나타난 쌀림의 서사에서 역사의 진실과 단일성이 구성되는 양상을 분석하고자 한다. 주인공의 회고적 작업은 자신의 삶에 붙은 불필요한 가지를 잘라내면서 웅장하고 곧은 수려한 모습을 만드는 과정이다. 이 과정에서 주인공이 가정하는 웅장하고 곧은 모습은 순수하고 운명적인 역사를 가정하면서 사건이나 기억을 왜곡하고 틀 짓는 과정과 다르지 않음을 읽어보려 한다. 이를 위해 쌀림은 가족 간의 신체적 닮음이라는 믿음을 이용하며, 환상적이며 초현실적인 사건을 들어 우연적 사건을 필연적 사건으로 확립한다. 그러나 '진실'을 구축하려는 그의 욕망이 좌절되는 양상을 살펴봄으로써 국가와 개인의 역사를 연결시키려는 그의 노력이 의지에 따른 노력이며, 이는 국가의 역사형성과정을 패러디하고 있음을 밝히고자 한다.

2. 중심을 향한 쌀림의 욕망-역사의 장소로 전치된 몸

광범위하게 펼쳐져 있는 각 이야기들에서 두드러진 특징은 뱃사공 타이의 몸에서 나는 냄새, 동생의 소름 끼칠 정도로 아름다운 목소리, 사촌의 통제불가능한 이뇨와 같이 몸의 특정 부위에 대한 언급이다. 다른 인물에게서 발견되는 몸의 인유는 쌀림의 이야기에서 더욱 부각되며, 쌀림은 그의 몸이 반복적으로 역사 사건과 맞물려 있다고 밝힌다. 쌀림은 국가의 역사를 개인의 몸과 연결시켜 자신의 몸을 "국가의 축소판"(macrocosm)으로 보여줌으로써 인도의 역사에 미친 자신의 영향력과 관련성이 직접적이며 사실이라고 주장한다.

볼은 「『자정의 아이들』에 나타난 풍자와 메니피언 그로테스크」라는 논문에서 『자정의 아이들』은 풍자의 장르 중에서도 바흐친(Mikhail Bakhtin)이 이론화한 메니피언 풍자(Menipean satire)로 적절하게 분류될 수 있다고 보면서 작품에 나타난 그로테스크한 몸은 비관적인 동시에 낙관적인 양상을 동시에 효과적으로 보여준다고 분석한다(213). 볼의 논문에서 주목할 점은 "몸이 소설의 긴장이 야기되는 주요 장소"라고 지적하면서 몸에 대한 구체적인 분석을 시도하고 있다는 것이다. 그는 몸은 "의미의 장소이면서 그 자체로 기표이자 서사 플롯과 의미의 주요 동인"이라고 한 브룩스(Peter Brooks)의 말을 인용하면서, 쌀림이 자신의 삶에서 의미를 찾는 장소로 몸을 활용하고 있음에 집중한다(216). 쌀림은 "뭔가 **의미**(meaning) 있는 것을 만들어내고자 한다면 나는 빨리, 세에라자드보다 빨리 작업하지 않으면 안 된다"(9, 필자 강조)라고 스스로를 재촉하고 있으며 독자는 작품이 전개될수록 쌀림이 "의미"를 몸에서 찾고 있음을 알게 된다. 그 의미는 자신의 뿌리를 찾는 것이고, 국가 역사와 밀접한 관계를 형성하는 것이다.

쌀림은 가족의 유전적 요소를 찾아 그 공통된 가계의 특징을 자신과 가족의 끊을 수 없는 연결 고리로 삼는다. 그는 "나는 반복이 시작되고 있음을 볼 수 있다"라고 하면서 증조할아버지가 새의 소리를 내었던 것, 동생이 새와 대화를 하였던 능력, 할아버지와 아버지의 외양이나 기질 중에서 자신의 모습과 닮은 점을 찾 아낸다(12).

> 할아버지의 코: 벌렁이고, 무희들처럼 곡선이 진 콧구멍. 그 사이로 의기양양한 아 치가 처음에는 위로 밖으로 솟았다 다음에는 아래로 안쪽으로 부푼다. [. . .] 나는 이 위대한 기관에 감사를 표하고 싶다. 만일 그것이 없었다면 *내가 우리 엄마의 아 들, 할아버지의 손자라고 누가 믿어나 줬을 것인가?* 이 거대한 기관이 내 출생의 증표이기도 하다. (13, 필자 강조)

위와 같이 사람을 보았을 때 가장 눈에 띄는 얼굴, 그중에서도 코를 예로 들어 닮음을 주장한다. 쌀림은 코 외에도 할아버지의 몸에서 나타난 분열 현상을 자신 이 물려받았음을 주장한다. 할아버지인 아담 아지즈(Adam Aziz)는 신(God)을 보 았다고 믿기 시작한 후부터 온몸이 메마르고 갈라지면서 각 부분들이 떨어져 죽 게 된다. 쌀림은 할아버지의 몸에 생긴 균열을 처음 발견한 이가 "자신"(I saw before anyone else noticed)이었다는 점을 강조하고 있으며, 뼛속까지 부서져 내 리는 아담의 병이 "아담 아지즈에게서 나에게로 조금씩 스며들었고"(275) 이로 인해 본인 역시 몸의 균열을 겪게 된다고 생각한다.

가족의 혈통에 나타난 특징을 보여주면서 자신이 그 일원임을 확인시키려는 쌀림은 한편으로는 역사적 경험을 통해 인도 국가와의 고리를 연결한다. 예를 들 어, "옛날 옛날에" 태어났다고 모호하게 말하다가 어느새 "시간이 중요하다"며 "정확히 자정"(On the stroke of midnight)에 "인도가 독립하는 바로 정확히 그 시점"(9)에 태어났다고 수정하는 방식이다. 쌀림에게 자신이 태어난 정확한 시간 은 자신과 국가의 긴밀함을 보여주는 척도이며 자신의 삶이 어느 정도로 공적이 었는지를 증명해주는 자료이다. 그는 자신의 역사가 인도 역사의 "거울"일 뿐만 아니라 분리될 수 없음을 강조한다.

나는 신비스럽게도 역사에 수갑 채워졌고, 나의 운명은 국가의 운명과 분해될 수 없게 연결되어졌다. 그 이후 30년 동안 탈출구는 없었다. 예언자들은 나를 예언했었고, 신문들은 나의 출생을 축하했으며, 정치인들은 나의 진정성을 승인했었다. (9)

쌀림은 개인의 역사가 국가의 역사와 연결되면서 자신의 개인적인 영역과 공적인 영역의 구분 역시 사라졌음을 강조한다. 이 지점은 쌀림의 어머니인 아미나 시나이(Amina Sinai)가 이슬람인들에게 쫓기고 있는 힌두인 장사꾼 리파파 다스(Lifafa Das)의 생명을 구해주기 위해 대중에게 임신 사실을 공표하는 순간으로 그려진다. 이 과정에서 쌀림의 출생은 집회에 모인 대중에게 알려졌으며, "[쌀림의] 수정된 순간부터 공적인 자산"(77)이 된다. 그러나 역설적이게도 이 순간 아미나의 뱃속에 있던 아기는 쌀림이 아니라 시바(Shiva)였다는 사실을 상기해보면 쌀림이 자신의 위치를 자리매김하고자 얼마나 끊임없이 가족의 역사와 국가의 역사를 연결시키는지 분명해지고, 그 가운데 '몸'과 관련된 연결고리에 집착하는지 확인할 수 있다. 쌀림에게 몸은 자신의 정체성을 보여주는 장소를 넘어서서 인도라는 역사와 시나이 가족 역사의 흐름 속에 자리 잡을 수 있는 매개체이며 증거인 셈이다. 그러므로 그가 몸으로 증명하는 현상들은 무엇보다도 진실이라고 쉽게 받아들여질 수 있지만, 그것이 사실이 아님을 가장 잘 알고 자신이 하고 있는 작업의 의미를 가장 잘 이해하는 이는 아마도 쌀림 자신일 것이다.

쌀림은 독자가 품을 의문을 사전에 차단하고 자신의 서사에 확고함을 더하기 위해 제3자의 반론을 서사에 추가한다. 파드마(Padma)는 쌀림을 옆에서 지켜보고 이야기를 들어주는 작중 청자로 쌀림이 자신의 병을 아담의 병과 동일시하자 즉각적으로 의문을 제시한다. 쌀림이 아담의 병에 대해 설명하자마자 파드마는 "뭐라구요? 당신도 역시... 정체를 알 수 없는 것이 사람의 **피**를 갉아먹는다고... 당신도 같은 병에 걸렸다는 말이에요?"(275, 필자 강조)라고 질문한다. 파드마가 말하는 '같은 병'이라는 단어는 도무지 있을 것 같지 않은 기괴한 질병이 대를 이어 나타나는 것이냐는 의미를 암시하면서 동시에 독자가 은연중에 할아버지와 쌀림이 겪는 병이 가족력 때문이라고 믿게 하는 객관성을 확보한다. 그러나 쌀림이 "실제로 일어난 일보다도 작자가 독자를 납득시키는 것이 중요하다"(271)라고 덧붙이는 것으로 보아 그가 파드마라는 제3자의 도움으로 독자들의 신뢰성을 얻고 있음을 소급적으로 추측해낼 수 있다.

"공적 자산"이며 국가의 "거울"이 되고자 하는 쌀림의 욕망은 더 큰 역사의 중심에 자신을 위치시킨다. 공적 자산이 된 쌀림은 국가의 운명과 궤를 같이하며 역사적 큰 사건마다 촉매제의 역할을 하게 된다. 쌀림이 9살이 되던 해에 인도는 언어의 사용에 따라 "14개의 주와 6개의 중앙 관리 영역"(189)으로 분리된다. 식민지 통치를 용이하게 하기 위해 영국은 6개의 지역을 임의적으로 하나의 나라(인도)로 만들었다. 그러나 영국으로부터 인도가 독립을 하자 서로 다른 언어를 쓰는 6개 지역의 사람들은 자치지역을 요구하며 하나의 인도에서 분리되기를 원하였다. 이때, 마라티어(Marathi)와 구자라티어(Gujarati)를 사용하는 자치구를 형성해달라며 사람들이 행진을 벌였고, 쌀림은 행진하는 사람들의 강압에 못 이겨 구자라티어 문장을 말하게 된다. 지극히 우연적이게도 이 말이 분리 독립을 외치는 구호로 쓰이게 되면서 결국 이 행진은 유혈 사태로 이어지고야 만다. 그 결과에 대해 쌀림은 "나는 직접적으로 봄베이주의 분리를 가져온 폭력 사태를 유발하였다. 결과적으로 봄베이는 마하라슈타의 수도가 되었다"(192)고 말하면서 지극히 개인적인 자신의 행동이 역사에 기록될 정도로 영향을 미친 순간으로 표현한다. 쌀림은 그의 말이 구호로 쓰이게 된 우연적 상황들과 맥락의 다양성을 인정하기보다 자신의 역할이 역사적 사건의 촉매제가 되었음을 강조한다.

쌀림은 이처럼 할아버지와 자신에게서 동일하게 발견되는 외모적 특성으로 가족과의 고리를 엮고 역사적 사건의 촉매가 되거나 국가적 사건과 비슷한 신체적 경험을 연결한다. 그는 역사적 사건에서 자신이 "주인공"(protagonist)이었으며, "모든 것의 중심"(center of things, 238)임을 주장한다. 쌀림의 이러한 주장들은 자신의 혈통에 대한 확고부동한 믿음과 물리적 경험을 통한 역사 인식이 고정 불변의 진실이라는 함의를 내포한다. 그의 전 생애를 통해 중심을 구축하려는 노력은 구체적이고 사실적인 현상에서뿐만 아니라 추상적이고 의식적, 심지어 비현실적인 차원에서 더 다양하게 서술된다. 다음 절에서는 이러한 차원에서 구축하는 진실에 대해 살펴보려 한다.

3. 예언적 말하기와 마술적 사실주의

쌀림은 몸으로 체험한 것들의 구체성이 객관적 진실과 단일화된 질서, 혹은 쌀림의 말을 빌자면 "중심"과 부합함을 증명하려 한다. 이에 더하여 그의 몸에 발생하는 비현실적인 사건들에 대해서는 예언적 말하기와 마술적 사실주의 기법에 기대어 객관적 진실과 단일화된 질서를 구축하려는 양상을 보인다. 쌀림은 몸을 역사와 병치시켜 개인의 몸과 가족, 혹은 국가와의 직접적인 연결을 구축하고 이를 일직선상의 역사 속에 위치시키는 데 집중하는 한편, 비현실적이고 환상적인 일들을 통하여서도 동일한 추구를 한다. 『자정의 아이들』에서 그려지는 환상적인 일들은 마술적 사실주의 표현기법이면서 "우화주의"(fabulism)라 말할 정도로 풍부한 은유와 환상, 끝없이 펼쳐지는 새롭고 기이한 사건들과 함께 예언적 요소들이 곳곳에 포진되어 있다.

쌀림은 산만하고 난해하기는 하지만 예언적 말하기라는 독특한 방식을 통해 더욱 분명하게 자신이 역사의 중심이었음을 표현하려 한다. 주라가는 쌀림이 이전의 사건을 "되돌아가서 설명"(flash-back)할 뿐만 아니라 앞으로 있을 사건을 "미리 보여주기도"(flash-forwards) 한다면서 이와 같은 미리 보여주기 방법은 "예언의 모티프"(motif of prophecy)를 상기시킨다고 말한다(172). 일견 앞선 방식과 다른 것처럼 보이지만 이러한 말하기는 그가 구축하려는 진실을 동일하게 강조하려는 의도에서 나온다고 볼 수 있다. 쌀림은 예언자의 말이 실현되는 것으로 자신의 삶을 서술함으로써 그의 삶이 운명처럼 이미 정해져 있었음을 강조한다. 예언은 추상적이고 난해하지만 예언의 성취가 갖는 힘은 그 무엇보다도 강력하다. 예를 들어, 쌀림은 자신이 태어나기도 이전에 자신과 인도의 출생이 동일선상에서 규정되고 그와 조국의 운명은 하나였다는 예언을 들려준다. 쌀림의 어머니는 이슬람교들에게 목숨을 잃을 뻔한 리파파 다스를 구해 준 대가로 람람 세스(Ramram Seth)의 예언을 듣게 된다. 도무지 이해할 수 없는 이 예언은 시간이 흐르면서 서서히 사실이 드러난다. 역설적이게도 이 예언은 쌀림이 구축하려는 자신과 역사의 강력한 고리를 설명하는 동시에 쌀림의 서사가 가리고 있는 진실도 폭로한다.

> '아들입니다. 조국보다 결코 나이가 많지도 — 그렇다고 어리지도 않은 아들입니다.'
> [. . .] 머리가 두 개이군요 — 그렇지만 당신은 하나만 보겠네요 — 무릎과 코가 있습니다. [. . .] 신문에서 그를 칭찬하는군요 두 어머니가 그를 키웁니다. 자전거 타는 사람들이 그를 사랑하지만 — 군중들이 그를 밀치는군요! (87)

많은 예언이 그러하듯이 일상적이거나 사실적으로 표현되지 않는 경우가 대부분이어서 그 예언의 의미를 회고적으로 알게 된다. 위의 인용문에서 리파파 다스는 "조국보다 결코 나이가 많지도 — 그렇다고 어리지도 않은 아들"이 태어날 것이라고 예언한다. 이 말은 쌀림의 출생 시점이 인도의 독립 시점이므로 조국과 나이가 같을 것이라는 의미가 된다. "머리가 두 개"라는 예언은 아마나 시나이가 아들(시바)을 낳지만, 그 아들이 다른 아들과 바꿔 치기 당하면서 자신이 낳지 않은 아들(쌀림)을 키우게 된다는 "사실"을 가리킨다. 이처럼 예언적 말하기는 사건의 핵심을 맥락과 상관없이 보여주는 듯하지만 궁극적으로 쌀림의 삶과 말에 초월적 권위를 부여하는 역할을 한다. 마이클 레더(Michael Reder)는 쌀림이 "예언적 말하기를 하는 것이 역사와 연결성을 확보하려는 쌀림의 강박증에서 발생"하고 "개인적 경험을 역사에 맞게 구성하는 현상으로 나타난다"(238)고 해석한다.

쌀림의 강박은 주변 인물의 예언적 말하기를 통해서도 이루어진다. 쌀림은 할아버지로의 계보를 찾는 과정에서 뱃사공 타이를 언급하는데 외양의 묘사부터 범상치 않은 타이는 "씻기를 포기"하고 지난 3년간 한 번도 씻지 않아서 배를 타고 지나갈 때 그의 "몸에서 나는 끔찍한 냄새" 때문에 "꽃들이 죽고 새들이 날아"(27) 갈 정도이다. 과거의 전통을 고스란히 지니고 있음직하며 천 년은 살았을 것 같은 모습의 타이는 과거의 황제들과 호수에 얽힌 세밀한 사항들을 누구보다도 잘 알고 있는 인물이다. 게다가 그는 "끊이지 않는 장황한 이야기"와 "돈처럼 쏟아져 나오는 마술 같은 이야기"(15)를 하는 천부적인 이야기꾼으로 죽음과 현실과의 경계를 넘어선 것처럼 묘사되면서 쌀림의 현재 모습에 과거를 연계시켜주는 중요한 역할을 한다. 타이는 쌀림의 아버지인 아담의 코가 특별한 능력을 지녔다고 알려주면서 아담의 코에는 "한 왕조가 세워지길 기다리고" 있다고 알려준다. 아담의 코는 "바깥의 세계가 네 안에 있는 세계와 만나는 장소"로 "문제가 생기면 코 안에서 그걸 느낄 수 있는"(17) 재능을 타고났다는 말도 덧붙인다. 그러므로 타이의 말대로라면 아담의 후손은 한 왕조를 이루게 되고, 그 후손이 쌀림인 셈이다. 앞 절에서 쌀림이 찾은 아담 아지즈와의 고리가 몸을 통한 직접적 고리였다면 타이의 예언적 말을 통해서는 간접적 고리를 형성하면서 자신이 아담의 아들임을 구축한다.

왕조의 시작으로 자신을 위치 지우려는 모습은 예언적 말하기만이 아니라 마술적 사실주의 기법을 통해서도 드러난다. 쌀림은 왕조의 시작이며, 인도의 중심으로 핵심적인 역할을 하였음을 보여준다. 타이의 말에 따라 쌀림의 아버지의 코는 한 왕조가 세워지길 기다리고 있었으며, 새 인도가 탄생하는 순간 태어난 쌀림은 자신이 그 왕조의 시작이라고 믿는다. 이러한 쌀림의 욕망은 인도의 새로운 역사 형성을 위해 앞장서고 통합을 이루는 구도를 잡는 방향으로 이어진다. 이러한 움직임은 다소 비현실적으로 묘사된다. 쌀림이 태어난 시각과 비슷한 시기, 즉 인도 독립의 순간을 전후하여 태어난 아이들은 쌀림과 같은 초현실적인 능력을 가졌다. 독립의 시점에 가까울수록 각자의 초능력은 강력하고 우월하다. 독립의 순간에 태어난 쌀림과 시바는 그들 가운데 가장 독특하고 뛰어난 능력을 소유한 인물로 묘사된다. 특히, 쌀림은 초능력을 갖고 태어난 자정의 아이들을 머릿속으로 불러 모아 회의를 할 수 있어서, 머릿속에서 "자정의 아이들 회의"(the Midnight's Children's Conference: MCC)를 열고 인도의 통합을 위해 그들이 할 수 있는 일들을 논의하려고 한다. 고라(Michael Gorra)가 지적하듯 MCC는 "쌀림이 원하는 인도의 국가 비전을 그리고, 전체로서의 인도아대륙의 통합된 형상을 상상하며, 인도 독립의 순간을 새로운 기점으로 만들고자"(189) 하는 회의이다. 비록 그가 소집하는 회의의 방식이나 구성원들에 대한 묘사는 비현실적이라고 할 수 있지만 쌀림이 이 회의의 소집을 통해 목표한 바는 새로운 국가의 기반을 세우고 자신이 그럴 만한 충분한 능력과 자격을 소유하고 있음을 보여주는 일이었다.

4. 중심찾기의 역설

쌀림은 가족의 혈통을 몸의 특징에서 찾고 예언과 마술적 경험이 국가적 사건과 연결되는 사항들을 보여주면서 자신이 역사의 "주인공"이었고 "중심"이었음을 보여주었다. 그러나 그는 독자들을 끊임없이 설득시키려는 모습도 동시에 보여준다. 이는 마치 스스로 자신의 이야기에 대한 자신이 없었던 것으로 여겨지기도 한다. 쌀림은 크게 두 가지 방식을 통해 자신의 말이 사실이라고 주장한다. 첫 번째는 자신의 말이 믿기 힘들 수 있지만 진실로 받아들여 달라는 방식이다. "어떻게 단일한 개인이 국가의 운명에 영향을 미칠 수 있단 말인가?"(238)라고 스스로에게 묻는 질문을 통해 자신의 주장에 의문을 제기하는 듯하지만, 오히려 문자 그대로의 상황뿐 아니라 은유적인 상황, 다른 말로 하자면 비현실적인 상황에서도 자신이 역사에 연결되어 있었음을 주장하는 방식이다. "중심"의 위치를 더욱 확실하게 차지하려는 설명과 다름없다.

> 나는 부사와 하이픈으로 대답을 할 수밖에 없다. 나는 역사에 문자 그대로이면서 은유적으로, 능동적이면서 수동적으로 연결되었다. 우리의 (놀라울 정도로 현대적인) 과학자들은 이를 반대 상황을 나타내는 부사 두 쌍이 '이중적으로-결합된 배열'의 '연결 방식'이라고 부를지도 모른다. 이 때문에 하이픈이 있어야 한다. 즉, 능동적-문자 그대로, 수동적-은유적, 능동적-은유적 그리고 수동적-문자 그대로, 나는 나의 세계에 빠져나갈 수 없게 엉켜있었다. (238)

쌀림은 어떤 식으로든 자신의 운명은 세계와 연결될 수밖에 없는 운명이라는 것을 재차 강조한다. 하이픈으로 연결되는 두 상반된 상황들은 어떤 역사적 사건이라 하더라도 쌀림이 그 속에 있었다면 연결될 수밖에 없다. 실제로 위에서 설명한 4가지 분류에 따르면 역사에 "수갑 채워진"(9) 운명이라는 점이나, 쌀림의 신체와 국가의 지형적 특징이 연결된 내용들을 받아들이기가 수월해진다. 예를 들어, 쌀림의 코의 모양이 데칸반도의 모습을 그대로 닮은 것은 수동적-문자 그대로에 해당하며, 손가락이 잘려나가는 사건이 파키스탄의 분리를 의미하는 것은 적극적-은유적 방식으로 분류될 수 있는 식이다.

두 번째로 쌀림은 파드마라는 제3의 인물이 의문을 제기하도록 함으로써 독자들의 의문에 답변하는 방식을 택한다. 쌀림은 믿기 힘든 에피소드들을 작품 전반에 걸쳐 이야기하면서 자신의 이야기가 황당무계할 수 있지만 사실과 다르지 않다는 주장을 한결같이 펼친다. 쌀림이 자정에 태어난 아이들의 놀라운 마술의 능력에 대해 설명할 때 독자의 역할을 충실히 수행하는 파드마는 쌀림의 지나치게 은유적인 묘사를 제지한다. "저기요! 어디 아픈 거 아니에요. 그게 무슨 말에요?"(200)라고 묻는 질문에 대한 쌀림의 답은 지나치리만큼 냉정하고 단호하다.

> 나는 병이라는 도피처를 택할 생각이 없다. 내가 밝힌 것을 단순히 환각 상태로 만들어버리는 실수를 하지 말도록 하자. 아니면 단순히 외롭고 못생긴 아이가 만들어낸 어마어마하게 과장된 환상이라고 하지도 말자. 나는 은유적으로 말하고 있는 것이 아니라고 말했었다. 내가 지금 적고 있는 것은 우리 어머니 머리에 있는 머리카락이 보여주는 사실만큼 문자 그대로이다. (200)

이처럼 파드마가 쌀림의 말을 이해하지 못하는 장면은 종종 나타나며 그때마다 쌀림은 때로는 차근차근, 때로는 강하게 파드마를 설득시킨다. 쌀림이 어떤 톤으로 말을 하든지 그의 주장은 자신이 설명하는 비현실적인 사건들을 비현실적으로 남겨두지 않고 일상에서 볼 수 있는 일이라고 생각해 달라는 것이다. 이와 유사한 설명은 쌀림의 할머니인 나씸 아지즈(Naseem Aziz)의 에피소드에서도 찾아볼 수 있다. 나씸은 딸들의 경험을 꿈에서 보고 딸들에게 무슨 일이 일어났는지를 알게 된다. 역시 선지자나 예언자들이나 겪을 법한 일들로 현실 세계에서 보통의 사람들이 상상하기 힘든 일이지만, 이 일에 대해서도 쌀림은 "이상한 일들이 우리가 사는 이 나라에서 일어난다고 알려져 있다. 아무 신문이나 잡아서 읽어보라. 그러면 마을에서 일어나는 기적을 설명하는 일상의 토막뉴스들을 볼 수 있다"(55)고 말함으로써 현실과 환상의 경계를 흐린다. "현실은 은유적인 요소들을 포함한다. 그렇다고 덜 현실적이 되는 것은 아니다"(200)라고 주장하면서 쌀림은 현실에 산재한 알 수 없는 일들을 현실로 받아들일 것을 종용하고 자신의 이야기 역시 이러한 현실의 일부임을 주장하고 있다. 그의 주장을 수용한다면 쌀림은 예언적 말하기를 통해 본인의 글에 권위를 부여하는 동시에 마술적 사실주의 기법을 통해 신비한 현상들이 오히려 현실을 구체적으로 보여주는 계기로 활용한다. 상상과 무의식을 통해서만 표출될 수 있는 "덜 현실적이지 않은" 사건들이 아니라 생생한 현실이라고 주장하는 것이다.

이런 맥락에서 쌀림은 예언적 말하기와 마술적 사실주의 기법으로 현실과 비현실의 경계를 무너뜨리고 "중심"과 "의미"를 찾으려 하였다. 이 과정에서 독자들이 은연중에 자신의 말을 믿게 하는 과정이 반복적으로 일어났음을 알 수 있다. 쌀림이 『자정의 아이들』이라는 자서전에 담으려던 의미는 개인적인 혈통과 국가적 역사에서의 중심이었다. 그러나 쌀림의 중심 찾기에서 드러나는 역설은 그의 중심 찾기가 자신의 욕망인 동시에, 이를 구성하고 있었으며, 그렇기에 더욱 집요하게 청자 혹은 독자에게 자신이 "모든 사건의 중심"임을 인정받기를 원했다고 해석할 수 있다. 그러한 근거는 작품의 중반에서야 쌀림이 밝히는 출생의 비밀, 그가 실은 아담 아지즈의 손자가 아니며 바꿔치기한 아들이라는 사실에서 찾아볼 수 있다. 그렇게 자세하게 자신을 아담 아지즈 가문의 출생으로 자서전을 쓰던 쌀림은 본인 스스로 "폭로"(revelation)라고 부르는 사실을 알릴 때까지, 작품의 반 이상을 할애하면서 자신이 믿고 싶었던, 혹은 자신도 믿었던 삶을 독자들에게 말하고 있었던 것이다. 이 중에서도 할아버지와의 신체적 유사성에 유난히 집착하였는데, 이는 신체의 닮음이 혈연을 암묵적으로 담보해주기 때문이다. 그는 할아버지와의 유전적 고리가 불가능하다는 것을 이미 알고 있었음에도 불구하고 『자정의 아이들』의 전반부에서 시나이 가족의 중심에 자신을 위치시키고 유전적 형질을 찾아낸다. 쌀림은 서두에서 생의 의미를 찾고자 말하기를 시작한다고 이유를 밝히고 있으나 그가 왜 처음부터 자신의 출생과 관련된 사실을 밝히지 않는지 찾기는 쉽지 않다. 나아가 의미를 찾고자 하는 쌀림의 욕망은 범위가 확장되어 개인의 몸의 경험과 국가의 역사를 연결한다. 그러나 어느 시도도 쌀림에게 중심의 자리를 확보해 주지 못할 뿐 아니라 견고한 연결고리를 마련해주지도 못한다.

그가 자신의 출생을 밝히는 순간 독자들은 쌀림이 계보를 구성적으로 형성하고 역사적 의미를 부가하는 노력을 하였음을 알게 된다. 왜냐하면 쌀림은 자신이 인도인의 순수한 혈통을 지녔음을 주장하면서 그 계보를 할아버지로부터 물려

받은 유전적 형질, 즉 할아버지를 닮은 코와 할아버지에게서 발병된 균열에서 찾지만 이는 모두 그의 허상이었다. 쌀림의 큰 코는 할아버지의 큰 코를 닮은 것이 아니라, 쌀림의 친부인 영국인의 큰 코를 물려받았기 때문이다. 또한, 쌀림이 균열이 일어나는 몸의 현상을 몸이 부서지는 아담의 병을 물려받은 것으로 묘사하였으나, 실제 할아버지의 병은 종교적 갈등 때문에 발생한 것이었음이 드러난다. 아담은 신을 철저히 버리고자 마음먹었으나 버릴 수 없었고 그와 같은 종교에 대한 두려움과 갈등의 심각성이 신체적으로 표면화되어 나타났던 것이다. 이 역시 인도인으로서의 정체성에 혼란을 느끼는 갈등에서 발생하는 균열에 대한 알레고리라는 해석이 더 적절하다. 따라서 균열의 병이 아담과 쌀림에게서 동일하게 반복되는 현상은 할아버지와 손자의 혈연으로 인한 동질성이나 유전적 특징과 관계가 없다. 쌀림은 아담의 가문 자체가 정통 인도인이라고 주장하지만 이 또한 그렇지 않음이 밝혀진다. 쌀림이 정통적 인도인의 후손으로 보는 할아버지는 이미 젊은 시절 외국에 나가 유학을 하고 서양 문물을 받아들인 사람이다. 그는 "하이델베르그"가 찍힌 돼지가죽 가방을 들고 다니며 할머니에게 "착한 카쉬미르 소녀가 되는 것을 잊고 현대적인 인도 여성"(34)이 될 것을 생각해보라고 말한다. 심지어 푸르다(purdah)를 벗어버리기를 종용하는 인물이다. 이처럼 정체성과 역사를 단일하고 순수한 어떤 것으로 상정하고 그 틀 내에 함몰되어 있는 쌀림의 세계는 스스로 사건과 내용을 왜곡, 변형시키고 있다고 볼 수 있다. 쌀림은 모든 사건의 첫 고리가 되거나 사건에서 중요한 역할을 했다고 주장하고 있지만 쌀림의 역사는 쌀림이 스스로 구성한 의미를 가질 뿐 실제 역사의 기록에서 그의 역할은 기록되지도 않는다.

쌀림의 중심찾기의 역설은 인도 독립에 있어서 필요한 것만을 취하고, 그렇지 않은 것을 지워버리면서 새롭게 통합하고 구성하는 국가의 역사 구성에 대한 비판으로 읽을 수 있다. 쌀림의 개인적인 역사와 국가의 역사가 직접적으로 연결되어 있다는 점에 대해 제임슨(Fredric Jameson)은 "제3세계에는 사적인 영역과 공적인 영역 간의 차이가 없다"(69)고 주장하였으나 이에 대해서 많은 평자들은 오히려 제임슨의 분석에 문제제기를 하였다. 단순히 일대일로 개인과 국가의 역사를 상응시킬 수 없으며, 제3세계의 글쓰기를 도식화한 식민주의적 발상이라는 것이다.4) 한발 나아가 쌀림의 글이 띠고 있는 자서전적 성격과 중심을 추구하는 태도를 거리를 두고 보고, 국가와의 직접적 연결성을 염두에 둔다면, 이 작품은 국가의 알레고리라기보다 오히려 국가와의 동일시, 단일한 역사를 열망하는 서사에 대한 비판이라고 볼 수 있다.

단일한 역사를 열망하는 쌀림은 자신의 시각으로 재해석된 인도의 역사를 보여준다. 60여 년에 걸친 인도의 역사와 다양한 사람들의 삶 역시 그가 바라본 역사인데, 이때 비판적으로 바라보아야 하는 지점은 그의 역사가 구성적이라는 지점이다. 스매일(David Smale)은 "쌀림의 나레이션은 회상의 행동이다; 그의 역사는 기억에서부터 나온다"(71)고 하였다. 루시디는 『상상의 고향』(*Imaginary Homelands: Essays and Criticism 1981-1991*)에서 "시간이 흐르지 않은 것처럼 쓰고 싶었으나 오히려 기억을 도구로 사용하여 과거를 현재의 목적에 맞게 다시 만드는 일"(24)이었다고 고백하고 있다. 쌀림은 끊임없이 과거의 기억을 현재에 맞게 손질하고 양념을 첨가하여 자신의 이야기를 구축하는 작업을 시도하고 있는 것이다.

> 기억은 사실이다. 왜냐하면 기억은 나름의 특별한 종류가 있기 때문이다. 기억은 선택하고, 제거하고, 변경하고, 과장하고, 축소하고, 고귀하게 하며 비방하기도 한다. 그렇지만 결국 기억은 그 자체의 현실을 만들어낸다. 이질적이지만 대체적으로 시종일관 한 버전으로 그리고 정신이 제대로 박힌 사람은 다른 사람의 것을 자신의 것 이상으로 믿을 수는 없다. (211)

---

4) 주라기(177-78), 황정아(197) 참조.

인용문을 염두에 둔다면 쌀림의 서사는 모든 것을 상기하면서 사실을 정확히 기록하고자 하였지만 결국 역사를 서술한다는 것 자체가 기억 혹은 상상을 기반으로 하고 있음을 인정할 수밖에 없다. 쌀림은 모든 것을 포함하겠다는 욕심에 자신이 겪지 않고 다른 이에게서 들었던 일까지 이야기한다. 쌀림이 진실이라며 전해주는 이야기에는 그가 들은 이야기도 상당한데 이러한 이야기들 역시 이미 왜곡되거나 뒤틀린 진실일 가능성이 크다. 그러므로 쌀림의 진실과 전체그림 찾기는 불가능하다는 귀결점으로 나아가게 되며, 인도 역사에서 찾고자 하는 진실 역시 허상이며 신화일 뿐임을 역설적으로 보여주고 있는 것이다.

　　부커(M. Keith Booker)는 한 공간을 점유하고 있는 서로 상반되는 두 가지 현실을 다루는 것이 루시디가 선호하는 주제라는 점을 강력히 주장하면서(990), "루시디의 소설들이 현대의 대안적인 신화를 발전시키는 데 기여하고 있다"(992)고 분석한다. 그의 분석을 『자정의 아이들』에 확장시켜 보면 역사학자들이나 식민주의자들이 신화를 구성하여 국가의 권위와 통제권을 획득하고자 하는 것에 대한 대응으로 쌀림을 전면에 내세운 새로운 신화형성을 시도하는 것이라고 볼 수 있는 것이다. 이는 『수치』(Shame)에서 서술자가 종교 근본주의자들의 신화에 대응할 방법은 새로운 신화를 만드는 것이라고 기술한다는 점을 들고 있는 부커의 분석으로 뒷받침된다(994). 쌀림 또한 "때로 신화가 현실을 만들고 사실보다 훨씬 더 유용할 수 있다"(47)는 언급을 함으로써 부커의 분석이 타당하다는 근거를 제공한다. 브레넌(Timothy Brennan) 역시 『자정의 아이들』에서 쌀림의 이야기는 실망스럽다고 비판하면서, 쌀림의 이야기에서 역설적인 것은 인도의 독립은 인도가 행하고 있는 것들이 영국이 저지른 행위만큼 혐오스러울 수 있음을 증명함으로써 결국 인도의 정신을 훼손시킴을 보여줄 뿐이라고 주장한다(27). 고라는 "쌀림이 그러해야 한다고 구축하는 모습으로 인도에 관한 진실을 만들고 싶어 한다"(200)고 논평하고 있으며 이 점에서 쌀림의 "의미" 찾기 과정이 민족주의자들의 단일한 역사 구축의 과정과 유사하며, 이는 다시 영국 식민주의자들이 지배의 편의성을 위해 여러 개의 지역을 "하나"의 인도로 통합시켰던 과정과 다를 바 없음을 돌이켜 생각해보게 하는 대목이다.

5. 나가며

총체적인 하나의 역사를 그려내고자 한 쌀림의 바람은 처음부터 실현될 수 없었던 것인지도 모른다. 그와 같은 사실을 앎에도 불구하고 그 목적을 이루어보겠다는 욕망으로 인해 쌀림은 말하기를 시작한 것이라고 볼 수 있다. 욕망을 현실로 만들고자 하는 목적을 이루기 위해 쌀림은 '몸'의 경험과 '예언적 말하기' 및 '마술적 사실주의'의 표현에 기대고 있다. 사실성 혹은 구체성을 획득하고자 때로는 '몸'에, 때로는 '마술적 사실주의'에 의지하여 자신의 삶을 그리고 있으나 쌀림의 노력에도 불구하고 『자정의 아이들』은 쌀림의 주장이 진정으로 "진실"한 것인가 하는 의문을 떠올리게 한다. 그의 "진실"은 기억으로부터 구성된 것이고, 다른 사람들의 이야기를 들은 것이며, 때로는 강조되고 때로는 지워진 것이기 때문이다. 게다가 '몸'의 고리를 통해 집요하게 형성한 가족 내에서의 위치는 완전히 잘못된 위치임이 드러나고, 믿기 힘든 코의 냄새 맡기 능력은 국가의 역사에서 기록조차 되지 않는 장면에서 독자들은 쌀림이 지금까지 설득시킨 사실들이 쌀림의 주장과 다름에 실망할 수밖에 없다.

서론에서 제기한 문제, 즉 쌀림의 말하기에 드러난 욕망을 쌀림이 인식하고 있는 것인가에 대한 답은 쌀림이 자신의 욕망을 분명하게 인식하고 있으며 그 때문에 '몸'과 연결짓거나 '마술적 사실주의' 기법을 구사한다고 볼 수 있을 것이다. 이에 더하여 쌀림은 청자인 파드마에게 그가 진실이라고 주장하는 사건들에 대한 동의를 구하는 동시에 독자들도 동의하도록 설득한다고 분석하였다. 이를 받아들인다면 쌀림은 그가 원하는 방향으로 자신의 청자를 이끌고 가면서 역사를 재구성한다는 해석을 도출할 수 있고, 이와 같은 쌀림의 욕망은 인도의 역사에 비추어 볼 때, 인도 독립 이후에 인디라 간디(Indira Gandi)가 국가정체성을 형성하고 역사를 구성하는 욕망과 유사하다는 지점까지 다다를 수 있다. 신체적인 경험을 통해 사실성을 부여하고 예언적 말하기로 신화적 분위기의 권위를 얻고자 했던 쌀림의 바람은 그가 원하는 대로 이루어지지 않는다. 쌀림은 나디르 칸(Nadir Khan)의 룸메이트인 화가의 말을 인용하여 "나는 세밀하게 그리고 싶었는데 코끼리만 해졌어"(48)라고 하며, "인생이란 자신이 원하는 대로 그려지지 않는다"고 쓸쓸하게 자신의 말하기에 대한 변을 한다. 쌀림은 자신의 역사 기술에 대한 코멘트에서 "현실 전체를 요약하고자 하는 강한 충동"을 "인도인들의 질병"으로 분류하면서 "나도 전염된 것인가?"(75)라고 의심하기도 한다.

  루시디는『상상의 고향』에서 "우리는 우리의 그림들, 우리의 생각들에 거한다"(378)고 지적한다. 일반적으로 현실은 실재하는 것이며 소설이나 환상과 같은 것은 허구라고 믿는 관념에 대한 일침이다. 그의 생각을 반영하듯『자정의 아이들』은 믿지 못할 현실로 가득하지만 쌀림은 이를 구체적인 현실이라고 믿으라고 한다. 그러나 결국 믿으라고 종용한 현실은 구성된 기록이었음을 보여준다. 스매일은 "현실은 인지와 지식뿐만 아니라 우리의 편견과, 오해와 무지에서 이루어진다"고 말함으로써 루시디의 견해를 지지하며 "쌀림의 믿지 못할 나레이션을 우리 모두가, 매일, 세상을 '읽는' 방법에 대한 유용한 유추"(75)로 받아들인다. 상가(Jaina C. Sanga)도 같은 맥락에서 "진실이라는 것은 '두 번씩 왜곡'된 것에 지나지 않으며, 과거는 왜곡될 뿐만 아니라 상상으로 만들어지는 것"(25)이라고 보고 있다. 자신을 쓰는 것으로 "의미" 찾기를 추구한 쌀림은 개인의 역사뿐만 아니라 국가의 역사 중심에 자신을 위치시키고 모든 것을 포섭하려는 야망을 가졌었다. 그러나 그가 자신의 회상을 통해서, 그리고 다른 이들에게서 들은 이야기를 통해서 역사를 서술할 때, 쌀림은 아담 아지즈가 구멍들을 통해 바라본 나씸 아지즈의 몸을 하나의 완벽한 신체로 볼 수 없었던 것처럼 자신의 이야기도 하나의 통합적

이고 완벽한 이야기가 될 수 없음을 보여준다. 뿐만 아니라 그 과정에서의 구성성
까지 분명하게 드러난다.

인용 문헌

이석구. 「루쉬디의 『자정의 아이들』에 나타난 문화적 혼종성과 민족주의 문제」. 『영어영문학』
52.3 (2006): 483-503.

홍덕선. 「탈식민주의 담론과 문화적 융합주의: 살만 루시디의 『자정의 아이들』」. 『인문과학』
37 (2006): 177-202.

황정아. 「거울의 "마술"과 역사 다시쓰기: 쌀만 루쉬디의 『자정의 아이들』」. 『SESK』 9.2
(2005): 195-217.

Ball, John Clement. "Satire and the Menippean Grotesque in *Midnight's Children*." *Salman
Rushdie*. Ed. Harold Bloom. Philadelphia: Chelsea House Publishers, 2003.

Booker, Keith M. "Beauty and the Beast: Dualism as Despotism in the Fiction fo Salman
Rushdie." *ELH* 57 (1990): 977-97.

Brennan, Timothy. *Salman Rushdie and the Third World: Myths of the Nation.* New York:
St. Martin P, 1989.

Gorra, Michael. ""This Angrezi in Which I am Forced to Write": On the Language of
Midnight's Children." *Critical Essays on Salman Rushdie*. Ed. M. Keith Booker. New
York: G. K. Hall & Co., 1999.

Hassan, Ihab. *The Postmodern Turn: Essays in Postmodern Theory and Culture.* Columbus:
Ohio State UP, 1987.

Hassumani, Sabrina. *Salman Rushdie: A Postmodern Reading of His Major Works.* Madison:
Fairleigh Dickinson UP, 2002.

Im, Kyeong-Kyu. "Mimicking and Disrupting Binary Opposition: Salman Rushdie's
Midnight's Children." *British and American Language and Literature Association of
Korea* 82 (2007): 17-39.

Jameson, Fredric. "Third-World Literature in the Era of Multinational Capitalism." *Social Text*
15 (1986): 65-88.

Juraga, Dubravka. ""The Mirror of Us All": *Midnight's Children* and the Twentieth-Century
Bildungsroman." *Critical Essays on Salman Rushdie*. Ed. M. Keith Booker. New
York: G. K. Hall & Co., 1999.

Reder, Michael. "Rewriting History and Identity: The Reinvention of Myth, Epic, and

Allegory in Salman Rushdie's *Midnight's Children.*" *Critical Essays on Salman Rushdie.* Ed. M. Keith Booker. New York: G. K. Hall & Co., 1999.

Rushdie, Salman. *Imaginary Homelands: Essays and Criticism 1981-1991.* New York: Penguin, 1991.

_____. *Midnight's Children.* London: Vintage, 1995.

Sanga, Jaina C. *Salman Rushdie's Postcolonial Metaphors: Migration, Translation, Hybridity, Blasphemy and Globalization.* Westport: Greenwood P, 2001.

Smale, David. *Salman Rushdie: Midnight's Children-The Satanic Verses.* Cambridge: Icon, 2001.

■ 원고 출처

성정혜. 「불완전한 진실, 구성되는 현실로서의 역사 보여주기 - 살만 루시디의 『자정의 아이들』」. 『영미문학연구』 15 호 (2008): 5-34.

6.

'스코틀랜드적인 것'의 도전과 성취
– 제임스 켈먼의 『얼마나 늦은 것인지, 얼마나』

황정아

| 작가 소개 |

1946년 스코틀랜드 글래스고우에서 태어난 제임스 켈먼(James Kelman)은 1980년대와 90년대의 '스코틀랜드 르네상스'(Scottish Renaissance)를 대표하는 작가로 알려져 있다. 열다섯 살에 일찌감치 학교를 그만두고 조판공과 버스 운전사 등을 거친 그는 1973년에 첫 소설집을 발표했다. 켈먼이 영국 문단에 알려지기 시작한 것은 1987년 그의 소설집 『아침식사용 그레이하운드』(*Greyhound for Breakfast*)가 첼트넘상(Cheltenham Prize)을, 그리고 1989년 소설 『불만』(*A Disaffection*)이 제임스 테이트 블랙 기념상(James Tait Black Memorial Prize)을 받고부터였고, 1994년 『얼마나 늦은 것인지, 얼마나』(*How Late It Was, How Late*)가 부커상을 수상하면서 그는 당대의 주요 작가로서 본격적으로 주목받게 되었다. 그의 작품은 2009년과 2011년 부커 국제상 후보로도 올랐다.

켈먼을 소개할 때 따라붙기 마련인 '스코틀랜드 작가'라는 묘사는 그에 대한 이해를 사전에 규정하고 제약할 위험이 있지만 이는 어느 정도 수용할 수밖에 없다. 그의 글쓰기의 주된 특징 가운데 하나이자 그를 '스코틀랜드' 작가로 각인시킨 요소가 스코틀랜드 노동계급 혹은 하위계급의 거친 언어를 직접적이고 광범위하게 사용한 점이기 때문이다. 그의 부커상 수상을 둘러싸고 벌어진 논란 역시 무엇보다 이 문제와 관련되어 있었는데 방언과 속어로 일관하는 등장인물들이 '문화 이전' 단계에 있다는 비난도 제기되었다. 이에 맞서 켈먼은 부커상 수락 연설에서 영문학 내부까지 침윤한 계급적이고 문화적인 위계와 엘리트주의를 지적하며 문학적인 언어와 그렇지 않은 (열등한) 언어를 구분하는 태도가 '인종주의'에 다름 아니라고 비판했다. 주류계층과 주류문단의 표준적인 언어를 받아들인다면 어떻게 자신이 속한 배경에 충실한 글쓰기가 가능할 것인가 하는 것이 그에게는 핵심적인 질문이었다. 이는 단순히 언어의 문제가 아니라 경험의 가시성과 관련되어 있는, 문학적이고도 정치적인 문제일 것이다. 켈먼은 이런 질문에 함축된 난관을 매우 생산적으로 돌파한 작가라고 할 수 있다.

그의 작품을 두고 여러 상반된 견해들이 제출되었다는 사실이 바로 그 증거일지 모른다. 켈먼의 작품은 리얼리즘으로도, 모더니즘 혹은 포스트모더니즘으로도 분석되어 왔으며, 그를 특징적으로 스코틀랜드적인 작가라 보는가 하면 프란츠 카프카(Franz Kafka)와 제임스 조이스(James Joyce)를 잇는 범유럽적 작가라는 평가도 있어왔다. 그가 주류 문화와 중심부의 가치를 비판한 방식이 편협하고 '지역주의적'이었다면 이와 같은 다양한 해석은 가능하지 않았을 것이다. 그만큼 그의 소설들은 스코틀랜드의 피폐한 도시 경험을 실감 나게 묘사하면서도 동시에 오늘날 영국을 비롯하여 전 세계를 휩쓴 신자유주의적 변화를 날카롭게 환기하고 있다. 스코틀랜드라는 배경이 그저 '어떤 특별한 장소'로 그려지는 것이 아니라 신자유주의적 세계화가 낳은 모순이 '특별히 응축되어 있는 장소'로서 다루어지기에 가능한 성취일 것이다. 다시 말해 켈먼의 소설이 보여준 '지역적' 특징들이야말로 '보편적인' 주목을 끌어낸 것이며, 그에게 있어 '스코틀랜드적인 것'은 보편적인 문제가 예외적으로 집중되어 있는 지점으로서 그 중요성을 갖는다.

켈먼은 또한 사회적이고 정치적인 이슈들에 적극적으로 발언하고 개입하는 활동가였고, 주류 영국문단뿐 아니라 그 자신이 일부이기도 한 스코틀랜드문학에 대해서도 거침없이 비판하여 논란을 불러일으키기도 했다. 테리 이글턴은 기성의 체제를 거부한 반대자(dissent) 리스트에 켈먼을 포함시키면서, "켈먼은 안 좋은 상황에 빠진 사람이라면 누구라도 자기편이기를 바라게 되는 사람이며, 열정적인 지역적 참여를 풍부한 국제적인 관점과 결합한 작가"(Eagleton 265)라고 말한 바 있다. 이는 켈먼의 사회적 활동뿐 아니라 그의 문학에 관해서도 적용될 수 있는 묘사라고 하겠다.

1

제임스 켈먼(James Kelman)은 아직까지 한국에 그다지 소개되지 않은 스코틀랜드(Scotland) 출신의 영국작가로서, 이전 전통을 부인하는 인상을 준다는 이유로 그 자신은 탐탁히 여기지 않은 용어인 소위 '스코틀랜드 르네상스'(Scottish Renaissance), 즉 1980년대와 90년대에 집중된 스코틀랜드 문학의 약진을 대표하는 소설가이다. 또 다른 스코틀랜드 작가 알레스데어 그레이(Alasdair Gray)와 더불어 그는 영화로도 널리 알려진 『트레인스포팅』(Trainspotting)의 작가 어빈 웰쉬(Irvine Welsh)를 포함한 다음 세대 스코틀랜드 작가들이 영국문단에서 제도적인 인정을 받도록 토대를 구축한 인물로도 평가된다(Toremans 565). 그런데 이런 대략적인 소개에도 나타나듯 켈먼을 설명할 때 늘 거론되기 마련인 스코틀랜드라는 지명은 그의 출신이나 그의 작품의 배경 이상의 무게를 갖는다. 가령 그를 현대 '영국'작가로 지칭하는 일은 단순히 특정 세부 정보의 누락에 그치는 것이 아니라 그의 작품과 관련된 어떤 핵심을 놓치는 셈이 된다.

물론 켈먼을 최근 영국문학의 익숙한 문맥으로 기입하기는 그리 어렵지 않고 아마 그러기에 가장 용이한 방식은 1994년에 출판된 『얼마나 늦은 것인지, 얼마나』(How Late It Was, How Late)가 그 해에 부커상(Booker Prize)을 수상했다는 사실을 지적하면 될 것이다. 부커상이 현대 영국문단을 대표할 만큼 널리 알려진 하나의 상징물이 된 만큼 수상 사실을 언급함으로써 켈먼의 위치를 어느 정도 드러낼 수 있기 때문이다. 그러나 이런 용이한 방식이 켈먼의 사례에서는 잘못된 인상을 심어줄 소지가 다분하다. 실상 이 소설의 부커상 수상은 영국문단에서 상당한 논란을 불러일으켰고 당시 심사위원 중 한 사람이 이 소설을 두고 "천편일률적으로 상스러운 말을 사용"했고 "읽을 수 없을 정도로 불쾌한" 작품이라고 공개적으로 혹평하는(Pitchford 701에서 재인용) 사건도 있었다. 표면적으로는 약 4천 번가량 사용된 것으로 알려진 특정 단어(f-word)를 포함하여 빈번하게 등장하는 욕설이 빌미를 제공했을 법하다. 하지만 욕설의 사용 여부만으로 발생한 논란은 아니었고, 사실 이 소설에서 욕설 자체가 아무런 맥락 없이 등장하는 것도 아니다. 논란의 더 근본적인 출처를 따지면 켈먼이 다른 몇몇 작품에서와 마찬가지로 이 소설에서 주된 서사언어로 스코틀랜드 글래스고우(Glasgow)의 방언, 그것도 글래스고우의 노동계급 혹은 '하위계급'(underclass)이 사용하는 방언을 채택한 사실이 중요해진다. 이런 점들을 감안하면 그의 부커상 수상은 영국문단으로 받은 공식 인정을 지시하는 동시에 영국문학과 문화의 '영국성'(Englishness)에 대한 도전을 가리키는 사건이기도 했던 것이다.

　수상 논란과 관련된 켈먼 자신의 언급들을 보면 이런 도전이 상당히 의식적으로 수행되었음을 짐작할 수 있다. 한 인터뷰에서 그는 부커상 수상에 따른 기자 회견에서 자신이 받은 첫 번째 질문이 "당신은 왜 잉글랜드인들(the English)을 싫어합니까?"라는 것이었다고 소개하고는 이어 그 질문은 자유를 원하는 노예에게 잘 대해주었는데 왜 그러느냐는 주인의 질문과 다를 바 없다고 설명한다(Toremans 581). 그는 또한 스코틀랜드 방언의 사용은 "표준적인 영국문학의 형식"(the Standard English literary form)에서 스코틀랜드 언어가 차지하는 주변적 위치에 대한 문제 제기였음을 암시하면서 이 문제는 비단 스코틀랜드문학뿐 아니라 이를테면 나이지리아문학이 "제국의 언어"를 사용하는 사람들의 표준적 문학 형식을 전복하는 행위에 비견될 수 있다고 주장한다(Toremans 571). 자신의 작업을 나이지리아 작가들이 토착적인 언어가 가진 리듬과 구조를 부여하여 "그들 자신의 영어"를 만드는 일과 연결한 것이다(Toremans 572). 이와 같은 발언들은 서사언어를 둘러싼 그의 실험이 교육받은 계층의 표준영어라는 개념과 관습에 관련된 정치적이고 문화적인 위계와 억압에 대한 의식적인 대응이었음을 일러주며 그의 작품에서 '스코틀랜드적인 것'(Scottishness)이 차지하는 중요성을 짐작할 수 있게 해준다.

　이렇듯 스코틀랜드적 특성이 중요한 비중을 차지하는 점은 켈먼에만 한정된 개인적인 사안이 아니다. 여러 평자들이 지적하다시피 '스코틀랜드적인 것'은 대다수 스코틀랜드 작가들이 읽히고 평가되는 일종의 원리 혹은 분석틀로 작용하고 있다. 다시 말해 그들의 작품은 다른 여하한 문학적이고 미학적인 차원에 앞서 무엇보다 스코틀랜드적인 특징이라는 견지에서 논의되는 것이 일반적인 비평적 관례로 정착되어 있는 것이다. 여기에는 당연히 영국(Britain) 내부에서 스코틀랜드라는 지역적 경계가 그곳에서 살아가는 사람들에게 역사적으로나 문화적으로 상당한 규정력을 발휘했고 따라서 그들의 정체성을 형성하는 주된 요소였다는 사실이 개입되어 있다. 앞서 언급한 '스코틀랜드 르네상스'만 하더라도 2차 대전 이후 전개된 스코틀랜드의 역사적 · 정치적 과정과 긴밀히 연동되어 발생한 문화적 현상이었다.

19세기 중반 이후 더블린(Dublin)과 에딘버러(Edinburgh)에 독자적인 의회를 설치하는 문제는 영국 정치에서 거듭 반복되는 이슈였다. 스코틀랜드의 경우 이와 같은 '자치' 문제는 2차 대전까지는 경제 침체 등의 다른 사안들에 가려 그다지 영향력을 발휘하지 못했지만 전쟁 이후 영국 내부에서의 불평등한 위치에서 오는 스코틀랜드인들의 불만이 심화되면서 1949년에는 자치를 지지하는 대중청원이 조직화되었다. 그와 함께 스코틀랜드 민족당(Scottish National Party)에 대한 지지도 점차 높아져서 그 압력으로 마침내 1979년에 노동당은 스코틀랜드에서 독자 의회 설립안을 투표에 붙이게 되었다. 이 안은 다수표를 획득하지만 영국의회가 요구한 수치에 미치지 못하면서 그 여파로 스코틀랜드 민족주의자들은 노동당 정부에 대한 지지를 철회했고 이는 다시 보수당과 새처주의(Thatcherism)의 득세를 가져왔다. 크레이그(Cairns Craig)에 따르면 정치에 있어서의 이러한 "자치권 이양"(devolution)의 실패는 오히려 스코틀랜드 작가들로 하여금 예술적 자치권 이양을 위한 노력을 의식적으로 추구하도록 이끌었고(128) 그런 노력이 스코틀랜드 르네상스를 낳았던 것이다.

하지만 이렇듯 스코틀랜드라는 지역 단위의 역사적 · 정치적 측면이 스코틀랜드 문학에 깊은 영향을 미쳤고 따라서 문학작품의 이해에서 '스코틀랜드적인 것'이라는 범주가 중요하게 작용하는 것이 당연하기는 하지만 그 범주가 일종의 역설을 지닌다는 점에 관해서도 여러 평자들이 지적해왔다. 가령 토어먼즈(Tom Toremans)는 스코틀랜드 르네상스에서 스코틀랜드적(Scottish)이라는 용어가 스코틀랜드의 작품들을 장려하고 촉진하려는 의도와는 달리 오히려 개별 작품의 문화적이고 양식적인 특정성을 지우고 일반화할 위험을 갖는다고 본다(568). 크레이그 역시 정치적 행동이 불가능해 보일 때 강하게 부각되던 독자적 문화 및 언어 전통에 대한 모색과 주장들이 1999년 이후 일정한 독립성을 부여받은 스코틀랜드 의회가 성립되면서 쇠퇴하는 양상을 보였음을 하나의 역설로 제시한다(138). 이와 유사하게 스코틀랜드 르네상스의 가장 두드러진 경향이 스코틀랜드적인 것을 잉글랜드 중심의 영국적인 것과의 관계를 통해 제시하는 것이었고 따라서 역설적으로 영국(Britain)이라는 존재가 없었더라면 스코틀랜드 소설들이 그토록 정서적 에너지를 많이 갖지는 못했을 것이라는 진단도 나온다(Bradford 176).

이런 역설들은 크게 보아 '스코틀랜드적인 것'이 어떻게 스코틀랜드라는 단위에 한정되지 않을 수 있는가 하는, 어찌 보면 또 다른 역설적 물음으로 귀결된다. 이런 물음은 흔히 주변성과 보편성의 관계라는 좀 더 일반적이고 추상적인 구도와 무관하지 않을 것이다. 그러나 이렇게 문제를 정리하더라도 켈먼을 포함한 스코틀랜드 작가들이 거듭 비판한 '보편적 영국문학'이나 '표준영어'라는 기존의 문제적인 잣대를 다시 복귀시켜야 하는 건 아니다. 말하자면 스코틀랜드적인 것이 어떻게 편협한 지방주의 혹은 민족주의라는 비판을 벗어날 수 있으며 그것의 '주변성'이 어떻게 기존의 '중심'과는 다른 방식으로 보편성에 접근할 수 있는가 하는 식의 질문을 던질 수 있는 것이다. 이 글에서 '스코틀랜드적인 것'을 매개로 켈먼의 『얼마나 늦은 것인지, 얼마나』를 살펴보려는 의도는 바로 이와 같은 질문을 구체적으로 검토하려는 것이다. 따라서 여기서는 '스코틀랜드적인 것'이라는 관습적 범주와 관점을 주된 틀로 삼기는 하되 그것이 갖는 역설을 동시에 인식하면서 이 소설이 구현한 도전과 성취를 가늠해보고자 한다.

2

소설은 자잘한 범죄를 저지르고 전과까지 있는 38세의 무직자 쌔미 쌔뮤얼즈(Sammy Samuels)가 이틀 동안 '필름이 끊기도록' 술을 마신 후 글래스고우 길거리 어느 구석에서 엄청난 숙취에 시달리며 눈을 뜨는 데서 시작된다. 이렇듯 중심인물이 갑작스레 의식을 차렸으나 어떻게 현재의 상태까지 오게 되었는지 정확한 기억은 수습되지 않은 상황으로 시작하는 것은 스코틀랜드 르네상스 시기 소설들의 전형적인 특징이었다. 그런 점에서 이를 두고 자치의 실패라는 스코틀랜드의 정치적 좌절이 개인적 차원에서 과거와 미래의 연결고리 상실로 재연되었다는 해석(Craig 126-27)도 그럴듯해 보인다. 아무튼 쌔미는 술이 채 깨지 않은 이런 혼란 상태에서 하필 사복 근무 중인 경찰(sodjer)에게 시비를 걸어 엄청난 구타를 당하고 구치소에서 다시 정신을 차렸으나 그때는 또 시력을 잃은 상태가 된다. 그러나 어이없게도 경찰은 별달리 난감해하는 기색도 없이 아무런 조처를 취하지 않은 채 그를 내보낸다. 대책 없이 풀려난 쌔미는 실명 상태에서 집에 돌아가기 위해 엄청나게 시련을 겪을 수밖에 없고 그렇듯 거리를 헤매는 과정이 거의 50페이지가량 이어진다.

　　욕설과 스코틀랜드 방언으로 가득한 쌔미의 내면 독백(interior monologue)이 압도적인 분량을 차지하기 때문에 얼결에 실명하여 미처 적응도 되지 않은 상태로, 더욱이 엉망이 된 행색 탓에 변변히 도와주는 사람도 없이 고통스럽게 길을 더듬어야 하는 쌔미의 물리적이고 신체적인 사정은 고스란히 서사에 반영된다. 따라서 그가 한 걸음 한 걸음 발을 딛는 속도가 곧 서사의 속도가 되게 맞추고 그것을 다시 소설을 읽어나가는 독자의 속도로 만들어 놓은 켈먼의 전략은 독자로 하여금 쌔미가 겪는 좌절과 고통에 참여하고 공감하게 하는 효과를 빚어낸다. 또한 거리를 배회한다거나 잃어버린 여자친구 헬렌(Helen)을 찾는다는 이 지점의 설정은 "일종의 미시적 오딧세이"(a kind of micro-Odyssey)를 암시하기도 한다 (Nicoll 60). 특히 내면 독백의 지배와 특정 도시공간의 배회라는 점에서는 제임스 조이스의 『율리씨즈』(Ulysses)를 연상시키기에 충분하며 이와 같은 일종의 반 (反)모험적 여행이 작품의 끝까지 이어질 수도 있을 듯한 느낌을 준다.

하지만 그렇게 끝없이 계속될 듯한 귀갓길은 어느 순간 완결되어 마침내 쌔미는 집에 도착하지만 그의 불안한 예감처럼 동거하던 여자친구 헬렌(Helen)은 집을 나간 다음이다. 겨우 실명 상황에 적응하려던 차에 다시 경찰이 들이닥쳐서 쌔미가 술에 취한 주말에 마주쳤고 정치적 테러 활동에 연루된 것으로 보이는 친구 찰리(Charlie)의 소재를 추궁하기 위해 다시 그를 체포했다가 풀어준다. 이후 쌔미는 복지수당과 일자리를 위해 장애인 등록을 하러 사회복지과를 방문하고 장애를 확인받기 위해 의사와 면담을 하지만 결국 거절을 당하고 그 과정에서 보상금 소송을 부추기는 변호사 앨리(Ally)가 달라붙는다. 이런 일들을 거치며 쌔미는 어떻게든 이 갑갑한 상황에서 도망칠 궁리를 해보나 여의치 않다가 마침 앨리가 구타 증거확보를 위해 사진을 찍으라고 보낸 쌔미의 아들 피터(Peter)가 방문한다. 구체적인 계획도 없으면서 잉글랜드로 가겠다는 쌔미의 말을 듣고 피터는 모아놓은 돈을 주겠다고 제의한다. 이렇게 같이 살지도 않는 아들의 애처로운 돈을 건네받아 쌔미가 잉글랜드행 기차를 타러 역으로 향하는 데서 소설은 끝이 난다.

이렇게 정리를 해보면 이 소설이 대체로 "최소한의 플롯 혹은 대폭 축소된 플롯"(Nicoll 60)으로 구성되는 켈먼의 다른 작품들과 특징을 공유한다는 사실을 알 수 있다. 서두의 '실명'을 제외하고 이렇다 할 사건이 없기도 하지만 일어나는 자잘한 일들조차 그 성격을 감안할 때 전체적으로 사건보다는 사건의 '좌절'을 더 강조하고 있으며 그로 인해 쌔미 자신의 즐겨 쓰는 표현대로 "막히고"(closed) "둘러싸인"(surrounded) 분위기를 자아낸다. 이 점은 잉글랜드로 떠나는 결말에도 마찬가지로 해당된다. 떠나겠다는 쌔미의 선언부터가 대화 도중에 불쑥 튀어나온 얘기였던 데다 구체적으로 어디서 무엇을 하겠다는 계획 자체가 없고 그가 역에 도착해서 무사히 기차를 타게 될 것인지 여부도 미지수인 것이다.

여기서 먼저 '스코틀랜드적인 것'이 이 소설에서 가장 표면적으로 드러나는 양상인 언어와 서사 시점의 문제를 짚어볼 필요가 있다. 이미 지적했다시피 작품 전반을 지배하는 쌔미의 내면 독백이 그의 출신과 배경을 그대로 반영하는 스코틀랜드 구어체로 이루어져 있어서 스코틀랜드어 사전을 참조하지 않고는 제대로 이해하기 힘들 정도이다. 그런 점에서 이 소설은 14세기 독립전쟁기에 형성된 비(非)게일어 스코틀랜드 문학의 역사에서 토착어가 병합에 저항하고 독립을 주장하는 매개 역할을 해온 전통(Craig 135)의 연장선상에 있다고 할 수 있다. 그런데 이런 일반적인 측면을 제외한다면, 그리고 하필 구어체 내면 독백을 지배적 테크닉으로 선택한 사실부터 켈먼의 의도라는 점을 잠시 차치한다면, 스코틀랜드 출신의 등장인물이 그 방언을 사용하는 것 자체는 유난히 주목할 만한 일이 아닐지도 모른다. 하지만 이 소설이 스코틀랜드 언어에 부여한 중요성은 그것에 그치지 않는다. 쌔미가 경찰서에서 처음으로 시력을 잃었다는 사실을 발견한 대목을 예로 들어보자.

어디 빛이 들어오는 틈새가 있는지, 교도관이 들여다볼 것 같은 틈으로 혹시 눈의 번득임이라도 보이는지 주변을 살폈지만 아무것도 없었다. 손을 뻗어 침상 위를 쓸어보았고 바닥을 더듬다가 무언가를, 신발 한 짝을 찾았다. 그것을 얼굴 가까이 들어 올렸다. 우라지게 냄새를 맡았더니 우라지게 고약한 악취가 났지만 볼 수는 없었다. 누구의 우라질 신발인지는 몰라도 우라질 그의 것은 아니었고 그건 확실했다. 눈이 먼 게 분명했다, 그렇지만. 우라질 이상했다. 황당했다. 악몽 같이 느껴지지 않았고 그게 웃기는 거였다. 심리적으로도 말이다. 사실 아무렇지 않게 느껴졌고 처음엔 약간 당황스러웠지만 공황상태라고 할 만한 건 아니었다. 그저 하나의 새로운 난관인 것 같았다. 맙소사 심지어 미소를 띠게 만들기조차 했다. 사람들한테 이

얘기를 해주는 상상을 하면서 또 그 발상에 고개를 저으면서 말이다. 헬렌도 웃을 것이었다. 우라지게 짜증을 내겠지만 그래도 결국은 웃긴다고 생각할 거였다. 일단 화해를 하고 난 다음에, 그 바보 같은 우라질 싸움이라니, 그건 완전 오해 때문이지만 이제 다 지나갔고 괜찮을 것이다, 일단 그녀가 이 꼴을 보고 나면 말이다. (10-11)

이 대목의 번역은 쉴 새 없이 등장하는 특정 욕설을 상당히 순화한 것이며 특히 원문에는 꽤 자주 사용되는 그(he)라는 주어를 대부분 생략했는데 그것은 이 소설이 쌔미의 내면 독백을 전달하면서 일체의 인용부호를 생략하는 소위 '자유간접화법'(free indirect discourse)을 사용한 취지를 살리기 위해서이다. 다시 말해 여기서는 쌔미가 1인칭 서사로 내면 독백을 하는 대목들과 화자가 3인칭 서사로 전달하는 대목들이 전혀 구분되지 않고 뒤섞여 배열되고 있는 것이다. 내용으로 보아 쌔미의 독백이 분명한 대목들에서는 거침없이 스코틀랜드 구어체가 사용되고 있으며 이 점은 구문 형식, 그리고 욕설뿐 아니라 번역으로는 드러나지 않지만 'could not'이라고 하지 않고 'couldnay'라고 한다든지, 'were not'이 아니라 'werenay', 'little' 대신 'wee'라는 단어 선택을 통해서도 분명히 나타난다. 여기서 사용되는 쌔미의 구어체는 스코틀랜드 언어를 연구하는 학자들로부터도 실제로 사용되는 살아있는 스코틀랜드어라고 인정받고 있다(Pitchford 702).

그런데 중요한 사실은 3인칭 화자의 서술로 보이는 대목조차 쌔미의 독백과 거의 유사한 어투와 표현이 사용된다는 점이다. 가령 위의 인용문에서 '손을 뻗어 침상을 쓸어보았다'거나 '미소를 띠게 만들었다'는 부분은 쌔미의 행동을 묘사하고 있고 있으므로 그의 내면 독백이 아닌 3인칭 화자의 서술로 보는 것이 타당한데 여기서도 'over'를 'ower'라고 한다든지 '맙소사'(Christ)라고 하는 등 쌔미의 어휘나 어투가 거의 그대로 이어지고 있다. 그러니까 여기서 켈먼은 1인칭과 3인칭의 서사 시점들을 뒤섞고 조정하면서 결국 쌔미의 스코틀랜드 구어체 유형을 강조하고 있으며 더 나아가 이를 작품의 유일한 서사언어로 만들고 있는 것이다. 이 점이야말로 언어적 측면에서 이 작품이 구현하는 '스코틀랜드적인 것'의 핵심적 내용이며 켈먼이 수행하는 언어 실험의 주된 양상이다.

스코틀랜드의 독자적 문화와 전통을 강하게 의식하는 소설가들조차 스코틀랜드 방언은 등장인물들의 대화에서 등장하는 데 그치며 소위 '표준영어'를 서사의 중립적인 매체로 채택하는 것이 대부분이었고 그 점은 스코틀랜드 작가들에게 하나의 지속적인 딜레마였다(Pitchford 702-03). 왜냐하면 그것은 여전히 '표준영어'와 '스코틀랜드 방언' 사이의 문화적인 위계를 암묵적으로 재생산하는 효과를 낳기 때문이다. 그렇게 볼 때 이 소설에서 켈먼이 쌔미식의 구어체를 지배적인 서사언어로 채택한 점은 이와 같은 스코틀랜드 방언이란 기껏해야 등장인물의 말 혹은 생각을 그대로 전달할 때만 쓰일 수 있을 뿐 작품을 이끌고 가는 화자의 주요 언어일 수는 없다는 전제에 정면으로 도전한 시도라고 할 만하다.

그런데 이 소설에서는 표준영어가 단순히 서사언어로서의 특권적 위치를 내어주는 데 그치지 않고 더 나아가 그 자체가 하나의 주변적 언어로 등장함으로써 언어적 위계의 '역전'이 일어난다. 이를테면 쌔미가 복지서비스를 신청하기 위해 장애를 확인받으러 의사와 면담하는 다음과 같은 장면이 그런 역전을 확인해준다. 조금 길지만 비교를 위해 원문을 병기하도록 하겠다.

> 서류들이 바스락거리는 소리가 났다. 이제 의사는 뭔가를 쓰고 있었다.
> 저, 좀 알고 싶은데요, 그, 어, 앞으로 어떻게 될지, 어, 또 내 눈이...
> 이렇게 가정하고 진행하는 게 좋을 거라고 이미 말씀드렸죠, 그 기능장애라고 주장하시는 문제가 발견된다면
> 아니 말씀 중에 죄송하지만 의사 선생님, '주장하다'니요?
> 네?
> 선생님은 제가 눈이 멀었다고 생각 안 하신다는 건가요?
> 무슨 말씀이죠?

댁이 지금 내가 눈이 안 멀었다고 생각하시냐구요?

물론 그런 건 아니에요.

뭐 그럼 무슨 말이쇼?

좀 전에 말씀드렸잖아요.

다시 한번 말씀해주시겠소?

제시된 시각적 자극에 대해서는 반응하지 못하는 것 같다는 거죠.

그러니까 내가 눈이 멀었다고 얘기하는 건 아닌 거죠?

그건 제가 얘기할 문제가 아닙니다.

아니 그렇지만 댁은 의사잖소.

그렇죠.

그러니까 소견을 줄 수 있잖소?

소견이야 누구나 줄 수 있죠.

아니 그렇지만 의학적인 문제잖소.

쌔뮤얼 씨, 제가 봐야 할 사람들이 밖에서 기다리고 있어요.

이런 제기랄!

말씀이 지나치시군요.

그러쇼? 아 뭐 그럼 엿 먹으쇼 엿이나 먹으라구! 쌔미는 처방전을 구겨 의사에게 던졌다. 댁의 우라질 궁둥짝에나 붙여 놔.

The papers getting rustled. The doctor was writing now.

See I was just wondering there eh about eh the future and that, my eyes...

I've stated that it would be wise to proceed on the assumption that should the alleged dysfunction be found

Aye sorry for interrupting doctor but see when you say 'alleged'?

Yes?

Are ye saying that you dont really think I'm blind?

Pardon?

Ye saying ye dont think I'm blind?

Of course not.

Well what are ye saying?

I told you a minute ago.

Could ye repeat it please?

In respect of the visual stimuli presented you appeared unable to respond.

So ye're no saying I'm blind?

It isnt for me to say.

Aye but you're a doctor.

Yes.

So ye can give an opinion?

Anyone can give an opinion.

Aye but to do with medical things.

Mister Samuels, I have people waiting to see me.

Christ sake!

I find your language offensive.

Do ye. Ah well fuck ye then. Fuck ye! Sammy crumpled the prescription and flung it at him: Stick that up yer fucking arse! (225)

여기서도 쌔미는 예의 스코틀랜드 구어체와 욕설이 뒤섞인 언어를 쓰고 있는 반면 보건복지과가 임명한 의사는 표면적으로 흠 잡힐 것 없는 표준영어를 구사한다. 그러나 두 사람의 대화에서 드러나는 바는 의사의 표준영어나 일견 세련되고 예의 바른 말투가 쌔미의 절박한 사정을 외면하고 묵살하면서 동시에 그런다는 사실을 은폐하는 기능을 수행한다는 점이다. 겉으로는 대화의 형식을 띠고있으나 실상은 소통을 회피하는, 다시 말해 언어의 가장 기본적인 역할을 방기하고 있는 것이다. 그에 비하면 쌔미의 말이 지닌 거친 속성은 그것 자체가 의사의 태도에서 촉발되었을 뿐 아니라 표준영어가 가동시키는 허위를 폭로하여 곧장 핵심을 직시하게 만들고, 그런 한에서 주도적 서사언어라는 지위에 합당한 권위를 획득한다.

다른 한편, 내면 독백이라는 기법은 물론 특별히 '스코틀랜드적'이라고 부를 만한 것이 아니며 주지하다시피 모더니즘의 전형적 기법 중의 하나이다. 이와 관련하여 앞서 제임스 조이스의 소설을 잠시 언급하기도 했는데 켈먼의 경우에도 내면 독백은 세계의 파편화라든지 관계의 단절, 인과율의 굴절 같은 모더니즘 소설의 몇몇 특징과 일정한 관련을 갖고 있으며 그런 점에서 모더니즘적인 서사가 강하다는 평가(Tew 117)도 설득력을 지닌다. 하지만 이 소설의 내면 독백은 내면 세계가 외부 현실보다 더 풍부하고 복잡하며 따라서 더 중요해졌다든지 아니면 유난히 사변적이고 내성적인 인물이 등장한다든지 하는, 흔히 모더니즘 소설들에 등장하는 내면 독백의 문맥과는 사뭇 다른 성격을 띤다. 실명한 채 집을 찾아가는 고행길이 잘 보여주듯이 무엇보다 쌔미의 내면 독백에서 비롯되는 "이 소설의 압도적인 내면성은 쌔미가 겪는 억압을 모방"(Head 68)한 것이다. 그리고 시련을 겪는 주인공이 주로 '독백'을 통해 자신을 표현할 수밖에 없는 이유는 다름 아니라 문자 그대로 그가 고통을 나누고 소통할 사람이 주변에 없다는 사실에서 기인한다. 도무지 견뎌내기 힘든 문제를 오롯이 혼자 감당해야 하는 사람이 흔히 그렇게 하듯이 당장에 무너지지 않기 위해 스스로를 추스르고 달래는 방편으로 쌔미는 계속해서 스스로를 향해 말을 하는 것이다. 다음 대목을 보자.

쌔미는 멈춰 섰다. 아파트 담장 쪽으로 몸을 돌려 이마를 기댔고 벽돌의 거친 질감을 느끼며 거기 대고 1, 2인치쯤 비비면서 따끔거릴 때까지 머리를 긁었다. 문제는 도대체, 도대체가 조금도 앞으로 나아가지 못했다는 거였다. 그러니 머릿속을 좀 정리하고, 생각을 할 필요가 있었다. 생각, 그놈의 우라질 생각을 할 필요가 있었다. 이건 그냥 하나의 새로운 문제일 뿐이었다. 거기 대처해야 했고, 그뿐이었고, 그게 다였다. 하루하루가 우라질 문젯거리였다. 그리고 이건 하나가 새로 보태진 것이었다. 그러니 생각을 해내서 대처해야 한다. 문제라는 게 그런 것이다, 생각을 하고 그런 다음에 대처하고 그리고 밀고 나가야 하는 것이다. (37)

이처럼 시력을 잃고 거리에 나선 쌔미에게 기댈 곳이라곤 담벼락밖에 없다. 좀체 출구가 보이지 않는 상황에서 심리적인 공황상태에 접어들어 사태를 더욱 악화시키지 않으려는 방편으로 쌔미는 스스로에게 계속 말을 걸면서 궁리를 해야 했던 것이다. 그러니 그의 내면 독백은 외부 현실의 '문제'가 강요하는 심리적 증상이며 홀로 내버려진 개인이 스스로를 보존하기 위해 취한 생존전략에 다름 아니다. 바로 그런 의미에서 모더니즘 작품들에서처럼 내면과 외부세계 사이의 '거리'를 보여주는 것이 아니라 오히려 현실의 문제들이 더욱 직접적으로 개인에게 엄습하는 양상을 강조해준다.

당연한 사실이겠지만 이 작품에서 내면 독백이 지니는 독특한 성격은 그런 독백을 추동하는 현실의 성격과 무관하지 않다. 이 소설에서 그려지는 외부세계는 흔히 소외와 단절, 파편화와 같은 추상적 단어로 요약되곤 하는 모더니즘적 세계관이나 비전으로 축조된 세계가 아니다. 튜(Tew)가 지적하듯이 그것은 폭력과 실업과 장애와 가난 같은 "다수의 현실적인 문제들로 이루어진 세계"(116)이다. 쌔미의 경우 특히 그와 같은 '현실적인 문제들'이 국가권력과 상당히 직접적으로 연관되어 있다는 점이 두드러진다. 경찰, 복지담당 공무원과 의사, 변호사 등 쌔미가 상대하는 인물의 면면만 보아도 이 사실은 분명히 확인되는데 "푸코적인 관점에서 볼 때 쌔미의 존재는 이런 국가권력 담론들에 의해 훈육된다"(Haywood 154)는 지적도 여기서 비롯된다. 그렇다면 이 소설이 제시하는 사회비판 혹은 국가 권력 비판과 관련된 주제적 측면에서 '스코틀랜드적인 것'이 어떻게 작용하는지를 살펴볼 차례이다.

3

소설에서 벌어지는 주요 사건이라는 것이 경찰에게 얻어맞고 복지과에선 냉

대받으며 정부 고용 의사로부터 진단을 거부당하고 변호사에게 휘말리는 일인 것을 감안할 때 이 소설에서 "카프카적인 권력과의 대면"(Haywood 154)을 연상한다 해도 놀랄 일이 아니다. 또 이런 일련의 과정을 거치면서도 쌔미가 계속 '이건 그저 또 하나의 문제일 뿐이야'라고 되뇌는 것을 보면 쌔미의 삶에서는 이미 그와 같은 경험들이 일상이 되어버렸음을 알 수 있다. 그런데 이 소설에 '카프카적'이라는 수식어를 사용하는 데 동의하더라도 그것의 의미는 해석하기에 따라 여러 방향을 취할 수 있다. 비교적 단순하게 생각하자면 쌔미 자신이 되뇌듯이 도처에서 이런 권력의 압력에 '둘러싸여' 있어서 도무지 빠져나갈 도리가 없다는 점을 강조하는 의미로 사용할 수 있을 것이다. 하지만 그와 같은 카프카적 억압의 일상성이라는 것을 무엇보다 '스코틀랜드적 현실'과 연결시키는 읽기가 있는가 하면 이를 인간의 '실존적 상황'으로 이해하는 방향을 취할 수도 있다.

가령 니콜(Laurence Nicoll) 같은 평자는 켈먼의 작품을 다룬 비평들이 실존주의적 전통을 간과해왔다고 지적하면서 그의 소설에 실존주의의 특징들이 현저하다고 주장한다. 니콜은 실존주의의 핵심을 인물의 정체성이 주어진 사회적·역사적 환경에 의해 결정되는 것이 아니라고 보는 '자유' 개념이나 거대 사건보다는 일상성을, 그리고 필연성보다는 상황의 우연성을 중시하는 '세계 내 존재' 같은 개념으로 본다. 일례로 그는 켈먼이 "구체적 현실"을 강조했다고 평가하면서도 이를 "모든 존재가 어디선가에서 발생할 수밖에 없지만 그것이 어디냐는 것 자체는 전적으로, 대단히 우연적"(61)이라는 실존주의적 '지금'과 '여기'라는 사유에 연결시킨다. 이런 관점은 켈먼의 소설을 지나치게 '스코틀랜드적인 것'에 한정하여 읽는 경향을 일차적으로 겨냥한다고 보이지만 반면 켈먼의 소설이 "글래스고우를 배경으로 활용하고는 있지만 그렇다고 해서 켈먼이 본질적으로 글래스고우적인 경험을 묘사하고 분석하고자 것은 아니며 스코틀랜드적인 경험을 대상으로 삼은 것은 더더욱 아니다"(같은 면)라고 결론을 내리는 것은 또 다른 극단으로 치우친 인상이다. 이런 판단을 뒷받침하기 위해 그는 여기서 글래스고우는 영국의 어느 다른 도시가 될 수도 있다고 한 켈먼 자신의 발언을 인용하는데 이 역시 일종의 '보편성'을 강조한 발언을 너무 문자 그대로 받아들였을 가능성이 있다.

그러나 이 두 가지 해석 사이에서 하나를 선택하기에 앞서 과연 이 둘이 상호대립적인 성격인가 하는 질문부터 먼저 던져 볼 필요가 있다. 요컨대 이 소설이 비판적으로 그려내는 쌔미의 현실을 스코틀랜드적인 '특정한' 상황으로 본다고 해서 반드시 실존주의적 분석에 버금가는 '보편적' 통찰의 가능성을 외면하게 되는가 하는 것이다. 이는 단순히 관점만의 문제가 아니라 실제로 이 소설이 무엇을 성취했는가를 묻는 일에 다름 아니다. 다시 카프카의 예로 돌아가자면, 그의 작품들이 널리 평가받게 된 데는 사회적 억압을 다루면서도 여기에 실존적 무게를 부여한 점, 혹은 실존적 상황을 다루는 것 같으면서도 매우 구체적인 사회 비판을 담은 점이 주요하게 작용했다. 그러므로 양자를 구분하기보다는 두 가지가 어떤 방식과 수준으로 결합하는지를 보는 것이 더욱 적절한 접근이 될 것이고 그래야만 '스코틀랜드적인 것'을 출발점으로 삼아 작품의 성취를 규명하려는 이 글의 의도와도 부합한다.

이를 위해 먼저 니콜이 실존주의적 특징으로 꼽은 환경의 비결정성 문제부터 짚어보는 것이 용이할 듯하다. 쌔미의 내면 독백의 성격에서 드러나듯이 환경의 결정력과 개인의 자유라는 대립구도로 본다면 쌔미의 경우 환경의 영향이 압도적이다. 무엇 하나 그가 주도적으로 제어할 수 없는 일련의 사건들에 이리저리 떠밀리는 것이 그의 삶이라 해도 무방할 지경이다. 그런데 흥미로운 점은 쌔미가 사태를 인식하고 해석하는 방식이다. 그는 흔히 난관에 부딪힐 때 다음과 같이 말하면서 스스로를 진정시키고자 한다.

> 쌔미는 코를 훌쩍였다. 눈을 비볐다. 가려웠다. 성질을 부리지는 않을 것이었다. 우라지게 늘 그렇듯이 자기 잘못이니까 어쨌거나 성질을 부리지는 않을 것이었다. 만일 화를 낸다면 그건 스스로 우라질 천치라는 얘기니까 자기 자신을 우라지게 패줘

야 한다, 다른 누가 아니라 우라질 자신을 말이다. (107)

그의 이런 태도는 실명을 야기한 경찰에게 보상을 요구하지 않는 데서도 잘
드러나며 더 나아가 "경찰을 비난할 문제가 아니었고 그건 어리석은 짓이고 그게
우라질 핵심이 아니었다. 시스템의 문제였다. 경찰들은 그냥 명령을 받았을 뿐이
니까"(63) 하는 일견 '관대한' 태도와도 일맥상통한다. 하지만 이를 두고 주어진
상황에 결정 당하지 않는 모습이라거나 그의 '실존적 자유'를 암시한다고 볼 수
있을까? 오히려 누구도 비난하지 않고 스스로 책임을 떠맡으려는 이런 자세야말
로 '시스템'이 가장 권장하는 행동 양식이라고 할 수 있으며 자기 잘못이라는 쌔
미의 독백에는 분명한 아이러니가 담겨있다. 이때 '결국 모든 것이 내 잘못'이라
는 그의 말은 '이 상황을 타개하기 위해 내가 할 수 있는 것은 아무것도 없다'는
뜻에 다름 아닌 것이다. 적극적으로 보상 소송을 권하는 변호사 앨리를 두고 그는
이렇게 판단한다.

> 앨리 같은 친구들, 그네들을 보면 웃음이 나왔다, 정말 그랬다. 쌔미는 그런 사람들
> 을 여러 해 동안 만나 보았다, 여기저기서. 맞붙어서 끝내 버려, 그게 모토였다, 기
> 회가 있을 때 네 몫을 챙겨. 필라델피아 변호사들. 우라질 천치들이지, 뭐 말이 그
> 렇다는 거다, 농담은 농담일 뿐. 오케이, 쌔미는 자기가 더 많이 안다고 말하진 않
> 을 것이었다, 그저 다른 경험에서 배웠을 뿐이다. 이런 낙관적인 인간들. . . . 바로
> 그렇게 해서 숨 막히게 만드는 거였다. 그네들의 온갖 절차니 순서니 하는 것들,
> 죄다 숨을 못 쉬게 하려는 것이고 갈아 문질러 끝내려는 거다, 움직일 수도 숨 쉴
> 수도 없고 입을 열 수도 없고, 그냥 줄 서서 꼼짝도 못 하는 거고, 움직이라고 할
> 때까지 그냥 우라지게 줄창 서 있는 거다. (320-21)

그러므로 아이러니는 쌔미가 "불평할 일이 아니고 그저 실용적이고 현실적
이어야 하는 문제다, 그냥 현실적이 되어야 하고 실제적인 태도로 사태에 접근해

야 해'(112)라고 말할 때, 그리고 "중요한 건 하루하루의 일, 일 분 일 분의 과제에 노력을 기울이는 것이지. 실질적인 생활. 그게 우라지게 사람 잡는 일이지, 실질적인 생활이라는 게!"(248)라고 말할 때도 마찬가지로 작용한다. 책임 소재를 추궁하고 시비를 가리고 정당한 보상과 대가를 요구하는 일이 매우 '실용적'이지 않은, 나아가 '반(反)생존'적인 행위라고 쌔미는 판단하는 것이다. 순간순간만 생각해야 정신을 놓지 않고 버틸 수 있으며 순간조차 견디기 괴로울 때는 음악으로든 무엇으로든 할 수 있는 만큼 도피하는 것, 그것이 쌔미의 전략이다.

따라서 이 작품에서 '실존주의'를 논의할 수 있다면 그것은 상황에 의해 결정되지 않는다는 점이 아니라 반대로 외부 현실이 너무 압도적인 나머지 그 자체로 불변하는 인간의 조건 곧 실존의 조건인 듯 느껴진다는 데 근거가 있다고 할 만하다. 그리고 그런 점에서 켈먼 자신이 영국소설보다 더 영향을 받았다고 말한(Haywood 152) 카프카를 다시금 떠올리게 되는데 카프카의 소설들에 비해 그려지는 세계가 훨씬 구체적이고 현실적이기는 하지만 이 세계에서 쌔미를 옥죄는 시스템의 작동방식이 갖는 '부조리함'은 그에 못지않다. 지배 계급의 이해를 반영하는 도구라는 등의 비판이 늘 있어 오기는 했지만 그래도 하나의 전체로서 구성원을 통합하기 위해 최소한의 공적 기능은 수행하리라고 생각 혹은 기대되어 온 국가기관들이 이 소설에서는 도무지 납득할 수 없을 만큼 철저히 부조리하게 폭력적이고 무책임하다. 그에 따라 쌔미 같은 인물에게는 일말의 사회적 안전장치도 주어지지 않고 매 순간 생존을 염려해야 하는 어이없는 상황이 초래되는 것이다.

그렇다면 이렇듯 '실존적' 무게와 심각성을 지닌 억압이라는 특징은 스코틀랜드라는 구체적 배경과는 어떤 연관이 있는 것일까. 니콜의 해석대로 스코틀랜드가 아닌 영국 혹은 다른 어떤 나라의 다른 어떤 도시라고 해도 무방할 것일까. 그렇기도 하고 아니기도 하다는 대답이 아마 가장 적절할 듯하다. 먼저 스코틀랜드라는 특정한 장소가 중요한 이유부터 꼽아보자. 서두에서 언급한 '부커상' 논란에서 문제가 되었던 스코틀랜드 방언과 욕설이 갖는 또 다른 측면은 그것이 밑바닥층의 삶을 다루었다는 점이다. 이 소설의 수상을 개탄하는 어떤 평자는 켈먼을 두고 편협한 지방주의라고 비난하는 한편 "밑바닥 삶'이라는 주제와 환경"(gutter themes and milieus)에 집착하는 것이 "문화적 타락의 징후"이며 그런 삶은 문화라고 볼 수도 없다고 비판했다(Pitchford 710에서 재인용). 그런데 이 평자가 일반화하여 지칭한 이 '밑바닥 삶'은 분명한 사회역사적 맥락을 지닌다.

쌔미가 속한 이 계층의 특징을 파악하는 하나의 방식은 전통적인 노동계급과 비교하는 것이다. 영국소설의 전통 가운데 하나인 노동계급소설에서 잘 그려져 있다시피 전통적인 노동계급의 특징은 무엇보다 일종의 공동체를 구성한다는 것인데 여기서 켈먼이 형상화하고 있는 것은 "노동계급 공동체의 전통적인 표지들의 흔적이 전무하고 고통이 존재의 주어진 상태인"(Head 68-69) 삶이다. 그런 점에서 쌔미의 사회적 위치는 비교적 최근의 용어인 '하위계급'(underclass)의 범주에 속한다고 할 수 있다. '하위계급'은 경제침체, 탈산업화, 복지삭감 등으로 빈곤층이 증가한 1980년대와 90년대에 영미권에서 널리 사용된 용어로(Day 187), "경제적으로 비생산적이고 사회 속에 온전히 참여할 능력을 결핍했다는 점을 특징"(Haywood 141)으로 한다. 여기서 '비생산성'이나 '능력의 결핍'이 사실상 강요된 결과라는 점은 부연할 필요도 없을 것이다. 요컨대 '하위계급'은 노동계급에 비해 실업과 빈곤에 훨씬 더 노출되어 있는 반면 공동체나 국가의 공식·비공식적인 지원과 구제로부터는 훨씬 더 소외되어 있는 상태를 가리키기 위한 조어라고 할 수 있다.

1980년대부터 사용되기 시작했다고 한다면 영국에서 이는 시기적으로 1979년에 집권한 새처(Thatcher) 정부가 야기한 변화들과 관련되어 있음을 짐작할 수 있다. 주지하다시피 새처주의는 복지국가 원칙을 주된 내용으로 한 2차 대전 이래의 사회적 '합의'(Consensus)들을 공격적으로 무너뜨렸고, 특히 복지 시스템으로 인한 '의존문화'(dependency culture)를 일소한다는 명분으로 일자리와 주거, 의료, 교육에 관한 정부의 지원을 제도적으로 폐지하거나 축소시켰다(Marwick 298-99). 새처 자신이 실업의 증가를 "거의 무관심에 가까운 차분한 태도로 바라보았고" "일자리를 잃은 사람들은 불평을 그만두고 자전거를 타고 나가 일자리를 구해야 한다"는 식의 생각을 가졌다고 전해진다(Cannadine 182). 그 결과 많은 사람들이 "영국사회의 구조가 다시금 낱낱이 갈라지고 있다"고 여기게 되었으며 "'두 개의 국가'라는 말이 정식으로 공적 논의의 의제로 돌아오는" 사태가 빚어졌다(Cannadine 184).

앞서 스코틀랜드의 역사를 잠깐 언급했지만 79년 노동당 자치안의 실패와 그에 따른 노동당과 스코틀랜드 민족당의 적대를 기회로 별다른 장애 없이 스코틀랜드로 밀고 들어온 새처주의는 "스코틀랜드 탄광업을 최종적으로 멸종시켰고 단 3년 만에 스코틀랜드 전통 산업의 다수를 파괴"(Craig 127)하는 결과를 낳았다. 또 이 시기에 스코틀랜드의 인구는 나날이 줄어든 반면 70년대에도 전국 평균치를 상회하던 실업률은 계속 증가했다(Marwick 154, 244). 이런 배경 아래에서 한때 영국의 제2도시로 불리던 글래스고우는 이 시기에 "영국에 정말로 무슨 일이 일어나고 있는지를 둘러싸고 진행되는 논쟁에 훌륭한 초점을 제공"(Marwick 244)해주는 장소가 되었다. 전통적인 철강업과 조선업이 사실상 끝난 반면 "박탈과 폭력의 중심지라는 이미지"를 바꾸기 위해 대규모 도시 재정비가 이루어져 "방문하기에 훨씬 좋은 곳"이 되었지만 그것이 "낙관과 새로운 번영을 뜻하는지 아니면 그저 빈곤과 비참을 가리는 화장술에 불과한지"(Marwick 244-45)가 첨예한 논쟁거리였기 때문이다. 사실 이런 논쟁의 결론은 글래스고우에 거주하는 사람의 관점을 취하더라도 어느 계층인가에 따라 극명하게 달라질 수밖에 없고 바로 그 점이 양극화가 야기하는 중요한 결과이기도 하다.

켈먼의 소설에서 쌔미가 살아가는 현실은 바로 이와 같은 변화들이 90년대 초반의 경기 침체로 더욱 심화된 상황을 구체적인 맥락으로 삼고 있고 이런 맥락을 연상시키기 때문에 더 한층 실감 나게 다가온다. 쌔미를 향한 국가권력의 폭력과 방기가 지닌 '부조리함'은 사회적 약자에 대한 철저한 무관심을 특징으로 한 실제적인 정책의 변화와 관련이 있으며 쌔미의 실업과 빈곤의 성격 역시 새로이 양산된 하위계급의 특징을 고스란히 반영한다. 더욱이 스코틀랜드, 그중에서도 글래스고우는 영국 내에서도 이런 사회경제적 문제들이 한층 첨예한 양상으로 드러나는 장소임을 감안할 때 이 소설의 배경은 '어느 도시'라고 해도 좋을 사안이 아닌 것이다. 그런 점에서 소설이 전달하는 사회적 억압은 스코틀랜드를 배경으로 하여 더욱 생생한 실감을 획득하며 스코틀랜드라는 장소 또한 쌔미라는 하위계급의 처지와 시선을 통해 자체에 내재한 핵심적인 문제를 표현할 계기를 얻는다.

4

마지막으로 이렇듯 특정 장소의 구체성과 긴밀히 결합한 작품에 담긴 사회 비판이 어떤 종류의 '보편적' 차원으로 나아갈 수 있는가 하는 점을 살펴볼 차례이다. 이 문제는 이 소설에 담긴 '스코틀랜드적인 것'이 어떻게 주변성을 극복할 수 있는가 하는 질문과 이어진다. 그런데 실상 대답은 내용의 측면에서 '스코틀랜드적인 것'을 규명하는 과정에서 이미 주어진다고 할 수 있다.

여기서 '스코틀랜드적인 것'은 이질적이거나 심지어 이국적이라는 의미가 아니다. 그것은 영국의 여느 다른 곳에서도 진행되고 있을 사회적인 문제와 그로 인한 약자들의 고통이 더욱 심화되고 집중되었다는 의미에서, 따라서 그런 사태에 대한 재현과 비판이 더욱 신랄하고 예리하다는 의미에서의 독특성이다. 그렇기 때문에 여기서의 '주변성'은 마치 지진의 진앙(震央)처럼 역설적으로 보편적인 문제의 진도(震度)가 한층 크게 나타나는 지점이다. 다시 말해 보편성에서 벗어나는 특수한 내용을 담지하기보다는 '예외적 집중'이라는 형식으로 보편성을 체현하고 그럼으로써 그것이 가진 문제점을 여하한 회피의 여지도 용납하지 않고 드러내는 것이다.

또한 이 소설에서 쎄미가 보여주는 삶의 모습이 비단 80년대 이후 영국사회의 보편적 상황만도 아니라는 사실은 말할 나위 없을 것이다. 양극화의 심화와 하위계급의 양산, 사회적 안전의 부재 같은 문제들은 이미 세계적인 현상이 되고 있다. 이렇듯 전 지구적 사태가 되었다는 사실만으로도 보편성을 운위할 여지가 더 많아지겠지만 그와는 좀 다른 각도에서 이 문제에 접근할 가능성도 있을 듯하다.

최근에 주목받는 이론가 중 한 사람인 조르조 아감벤(Giorgio Agamben)은 널리 알려진 그의 '주권권력'(sovereign power) 분석에서 주권이 역설적으로 '예외상태'(state of exception)의 창출에 근거를 두고 있다고 지적한다. 이는 주권이 법질서의 효력을 정지시키는 예외를 만들어냄으로써 비로소 법질서가 효력을 갖는 공간을 만들어낸다는 의미이다(Agamben 17-19). 아감벤이 중점적으로 해명하는 이 '예외상태'는 주권자가 그야말로 아무런 법적 권리도 갖지 못하는 '벌거벗은 생명'(bare life)을 만들어내는 과정이기도 하다. 주권자는 추방령을 통해 법질서에서 배제하는 방식으로 이와 같은 '벌거벗은 생명'을 구성하지만 더욱 중요한 사실은 바로 그런 배제를 통해 이를 여전히 권력의 대상으로 포섭한다는 점이다.

아감벤은 '배제를 통한 포섭'이라는 역설적 논리에 기초를 둔 이와 같은 '예외상태'가 우리 시대에는 더 이상 숨겨진 구조로 남아 있는 게 아니라 "점점 더 근본적인 정치구조로서 전면에 나서고 있으며 궁극적으로는 규칙이 되기 시작"했다고 주장하고(20) 그와 같은 사태가 '수용소'의 형태를 통해 단적으로 드러난다고 보았다. 그러나 여기서 수용소는 하나의 상징적 사례일 뿐 아감벤의 시대진단의 핵심은 우리 모두가 잠재적으로 '벌거벗은 생명'이며 그런 의미에서 법적 권리는 박탈당하고도 법의 폭력에는 여전히 노출될 위험에 처해 있다는 것이다.

그런데 여기서 아감벤이 분석하는 '예외상태', 즉 권력에 의해 법질서에서 배제됨으로써 역설적으로 포섭되는 상황은 바로 쎄미가 국가권력과 맺는 관계에 대한 더할 수 없이 적절한 묘사가 아닐까 싶다. 쎄미는 경찰과 복지기관과 의료기관 모두에서 '배제'되는, 다시 말해 그들과의 관계에서 어떤 권리도 갖지 못하는 존재이지만 그렇다고 해서 그와 같은 권력에서 '자유로운' 것도 결코 아니다. 결말의 모호함에서도 잘 드러나듯 쌔미는 벗어나기를 소망하지만 스스로도 이미 '둘러싸여' 있다는 것을 알고 있고 바깥을 향한 어떤 실질적인 구상을 세울 근거나 수단을 갖고 있지 않다. 바로 이렇듯 어떤 권리나 법적 보호도 받지 못하면서 바로 그 폭력적인 배제라는 방식으로 계속해서 묶여있는 상태가 바로 쌔미와 같은 하위계급의 '실질적인 생활'인 것이다.

쌔미를 둘러싼 스코틀랜드적 상황은 흔히 '중심부'로 지칭되는 서구의 한복판에서도 아감벤의 '예외상태'가 현실화될 수 있음을 보여줌으로써 강렬한 파장을 남긴다. 그리고 쌔미에게 닥친 일련의 사건들이 그 스스로 좌우할 수 없고 심지어 초래했다고 말하기 어렵다는 점, 따라서 쌔미의 현실이 삶의 우연한 변화에 따라 언제든 누구에게나 닥칠 수 있는 것으로 그려진다는 점에서 이 소설은 또한 예외상태가 규칙이 되어버린 오늘날의 '보편적 상황'을 섬뜩하게 일깨우고 있다.

인용 문헌

Agamben, Giorgio. *Homo Sacer: Sovereign Power and Bare Life*. Trans. Daniel Heller-Roazen. Stanford: Stanford UP, 1998.

Eagleton, Terry. *Figures of Dissent: Critical Essays on Fish, Spivak, Zizek and Others*. Verso: New York, 2003.

Bradford, Richard. *The Novel Now: Contemporary British Fiction*. Malden: Blackwell, 2007.

Cannadine, David. *The Rise and Fall of Class in Britain*. New York: Columbia UP, 1999.

Craig, Cairns. "Devolving the Scottish Novel." *A Concise Companion to Contemporary British Fiction*. Ed. James F. English. Malden: Blackwell, 2006. 121-40.

Day, Gary. *Class*. London: Routledge, 2001.

Haywood, Ian. *Working-Class Fiction from Chartism to* Trainspotting. Plymouth: Northcote, 1997.

Head, Dominic. *The Cambridge Introduction to Modern British Fiction, 1950-2000*. Cambridge: Cambridge UP, 2002.

Kelman, James. *How Late It Was, How Late*. New York: Norton, 2005.

Marwick, Arthur. *British Society since 1945*. London: Penguin, 2003.

Nicoll, Laurence. "Facticity, or Something Like That: The Novels of James Kelman." *The Contemporary British Novel Since 1980*. Ed. James Acheson and Sarah C. E. Ross. New York: Palgrave MacMillan, 2005. 59-69.

Pitchford, Nicola. "How Late It Was for England: James Kelman's Scottish Booker Prize." *Contemporary Literature* 41.4 (2000): 693-725.

Tew, Philip. *The Contemporary British Novel*. London: Continuum, 2007.

Toremans, Tom. "An Interview with Alasdair Gray and James Kelman." *Contemporary Literature* 44.4 (2003): 565-86.

■ 원고 출처

황정아. 「'스코틀랜드적인 것'의 도전과 성취 - 제임스 켈먼의 『얼마나 늦은 것인지, 얼마나』」. 『새한영어영문학』 52권 1호 (2010): 145-65.

7.

'새로운 오리엔탈리즘'과
아룬다티 로이의 『작은 것들의 신』

이정화

　　아룬다티 로이(Arundhati Roy, 1961-)에게 부커상을 안겨 준 『작은 것들의 신』 (*The God of Small Things*, 1997)은 몇 가지 두드러진 자전적 요소를 포함하고 있다.[1] 로이의 삶과 『작은 것들의 신』의 유사성 중 가장 눈에 띄는 것은 소설의 공간적 배경이다. 소설은 인도 남부 케랄라(Kerala)주의 아예메넴(Ayemenem)의 보수적인 문화와 우거진 자연을 배경으로 펼쳐지는데, 실제로 로이는 외가가 있는 아예메넴에서 어린 시절을 보냈다. 로이는 인도 북동부의 아쌈(Assam)에서 시리아계 기독교도 어머니와 벵골계 힌두교도 아버지 사이에서 태어났다. 그녀는 『작은 것들의 신』의 주인공인 라헬(Rahel)과 마찬가지로 부모의 이혼 후 어머니의 고향인 아예메넴에서 성장했으며, 이후 델리에서 건축을 전공했다. 로이가 건축을 공부했다는 사실은 건축학이 『작은 것들의 신』의 비직선적인 구조를 설계하는 바탕이 되었다는 점에서 주목할 만하다. 그녀의 작품을 이해하는 데 참고가 될 만한 또 다른 전기적 사실은 어머니가 여성의 권리 신장을 위해 법정 다툼도 불사한 사회운동가이자 교육자였다는 사실이다. 관습에 맞서는 어머니의 교육과 저항 정신은 권위에 도전하는 비판적 지식인으로서의 로이의 행보뿐 아니라 금기에 도전하는 그녀의 여성 인물 묘사에도 영향을 끼친 것으로 여겨진다.

　　영화 및 TV 대본을 집필하고 신문에 영화평을 기고하는 정도의 글쓰기 경력을 가진 로이는 첫 장편소설인 『작은 것들의 신』으로 부커상을 수상하고 단숨에 국제적 지명도를 얻게 되었다. 이후 그녀는 다국적 자본과 미국 제국주의의 폐해를 지적하고 환경문제에 대한 즉각적 개입을 촉구하는 산문들을 발표하면서 시민운동에 적극적으로 참여해 왔다. 특히, 로이는 나르마다강 댐 건설 반대 운동 등을 주도한 환경운동 단체 NBA(Narmada Bachao Andolan)에 부커상 상금을 기부하고 환경운동에 적극적으로 동참한 환경운동가이기도 하다. 앞서 부커상을 수상한 인도계 작가인 살만 루시디(Salman Rushdie)가 영국으로 이주한 디아스포라인 것과 달리 로이는 인도에서

---

1) 이어지는 로이의 전기적 사실에 대한 설명은 Tickell 12-18을 참조해 정리한 것임을 밝힌다.

생활과 작품 활동을 이어가고 있으며, 문학과 정치, 소설과 현실, 작품 활동과 시민운동의 경계를 허물며 약탈적 자본주의와 환경파괴를 적극적으로 비판해 왔다. 『작은 것들의 신』이 나온 지 20년이 지난 2017년, 그녀는 독자들이 오랫동안 기다려온 두 번째 소설 『지극히 행복한 거처』(*The Ministry of Utmost Happiness*)를 발표했다. 『지극히 행복한 거처』는 부커상 1차 후보명단에 이름을 올렸다.

　　로이의 부커상 수상은 '이국적인 것'에 대한 영국인들의 문화적 취향을 충족시키기 위해 자주 소환되어 왔던 인도에 대한 영국 문화계의 관심을 극적인 방식으로 보여준다. 이어지는 논문은 『작은 것들의 신』의 수용 과정에서 다시 한번 확인된 '이국적인 것'에 대한 영국문화의 매료를 소설이 집필되고 출판된 1990년대의 주요 맥락으로 제시하면서, 다문화시대를 배경으로 전개되는 차이의 상품화와 제국주의의 연속성에 대해 『작은 것들의 신』이 보여주는 비판적 통찰을 조명한다.

1. "로이 현상"

아룬다티 로이(Arundhati Roy)의 『작은 것들의 신』(*The God of Small Things*, 1997)은 그것이 거둔 여하간의 예술적 성취를 떠나 출판과 수용과정으로 인해 하나의 "현상"이 되었다는 점에서 이례적인 작품이다. 첫 장편소설인 『작은 것들의 신』으로 로이가 거둔 비평적 · 상업적 성공은 가히 "포스트콜로니얼 문학의 성공담"(Ponzanesi 108) 혹은 "동화 같은" 이야기(Squires 138)로 불릴 만하다. 한 작가의 데뷔소설로는 매우 이례적으로 『작은 것들의 신』이 막대한 선금을 거둬들였다거나 9개의 영국 출판사가 이 소설의 판권을 위해 경합을 벌였다(Squires 138-39 재인용)는 이야기는 이 성공담의 시작에 불과하다.[2] 『작은 것들의 신』으로 로이는 부커상(The Booker Prize)을 수상한 최초의 인도 여성이 되었을 뿐 아니라, 1981년 『자정의 아이들』(*Midnight's Children*)로 부커상을 받은 후 국제적 명성을 확고히 해 온 인도계 작가 살만 루시디(Salman Rushdie)의 뒤를 잇는 소설가로 부상했다.

『작은 것들의 신』의 출판과 수용은 그것이 가진 극적 요소를 넘어 20세기 후반 영어권 소설의 성공작이 어떻게 탄생하는지를 함축적으로 보여준다는 점에서 주목할 만하다. 영국 출판계가 인도에서 '발굴'한 아름다운 여성 작가 로이는 1997년 4월 『작은 것들의 신』이 처음 인도에서 출판되기도 전에 서양 언론의 주목을 먼저 받았다(Roy, "Interview" 89). 스콰이어즈(Claire Squires)는 『작은 것들의 신』에 대해 영국 언론이 보인 최초의 관심 중 하나로 「동양의 매력」("The Many Lures of the Orient")이라는 『선데이 타임스』(*Sunday Times*) 기사를 언급하고 있다(138-39). 이 기사는 『작은 것들의 신』이 영국에서 출간되기 1년여 전

---

2) 『작은 것들의 신』의 영국 출판이 성사된 과정은 다음과 같다. 장차 로이의 출판 에이전트로 이 소설의 성공에 지대한 공헌을 하게 될 데이비드 고드윈(David Godwin)은 런던에서 지인을 통해 전달받은 『작은 것들의 신』의 원고를 읽은 후 인도 델리에 있는 로이를 찾아가 계약을 맺었다고 한다(Squires 138).

인 1996년 6월 30일에 발표된 것으로, 이 소설에 대한 서양 언론의 관심이 책이 출판되기도 전에 이미 고조되고 있었음을 말해준다. 그래서 1997년 10월에 이루어진 부커상 선정은『작은 것들의 신』에 대한 관심을 촉발했다기보다는 증폭시켰다고 볼 수 있고, 이러한 점은 부커상을 수상할 무렵 이 소설이 이미 18개 언어로 번역되어 500,000부가량이나 판매되었다는 사실에서도 여실히 드러난다. 데뷔작으로 이렇게나 짧은 시간 안에 국제적 명성과 상업적 성공, 그리고 비평적 관심을 두루 얻은 작가가 흔치는 않을 것이고, 이런 점에서 로이는 매우 축복받은 작가라 할 수 있겠다.

특기할 만한 것은『작은 것들의 신』의 경우 진지한 비평적 접근이 이루어지기 전에 열띤 홍보가 먼저 이루어졌으며(Ponzanesi 107), 아름다운 인도 여성 로이의 매력이 작품 홍보에 적극 활용되었다는 점이다. "로이 현상을 다루지 않고 『작은 것들의 신』을 논할 수 있을까?"(Wiemann 259)라는 한 평자의 수사적 질문이 시사하듯, 작가 로이는『작은 것들의 신』을 둘러싼 열광을 견인한 주요 요인이었을 뿐 아니라 이 소설에 대한 비평적 관심의 중심에 있어 왔다. "로이 현상"은 한 아름다운 작가에 대한 단순한 흥미를 넘어서는 문화 현상, 보다 구체적으로는 1990년대 후반 영미문화의 "인도 열풍"(indo-chic)의 단적인 표현이기 때문이다. 사실 이러한 점은『작은 것들의 신』이 출판된 직후부터 지적되어 왔다.「새로운 인도 열풍」("The New Indo Chic")이라는 제목의 1997년 8월 30일 자『뉴욕타임스』(New York Times) 기사가 바로 그 대표적 예이다. 이 기사는 "최근 인도와 그곳 사람들이 논란의 여지없이 열풍"이라고 하면서, 이어 미국 잡지들이 앞다투어 "꿈꾸듯 응시하며 독자에게 그녀의 데뷔 소설인『작은 것들의 신』을 펼쳐보라고 유혹하는 아룬다티 로이의 사진"을 싣고 있다고 쓰고 있다(Sengupta). 토르(Saadia Toor)는『작은 것들의 신』과 로이를 "인도 열풍의 기표"(signifiers of Indo-chic, 21)로 보는 것에서 한발 더 나아가, 전 지구적 문화산업의 생산, 유통, 소비망 속에서 인도가 이국적인 문화상품으로 소비되고 있음을 지적하고 로이의 소설이 인도의 상품화에 편승하고 있다고 비판한다. 이와 유사하게, 『포스트콜로니얼 이국풍: 주변부 판매하기』(*The Post-colonial Exotic: Marketing the Margins*)에서 휴건(Graham Huggan)은 문화의 탈맥락화, 상품 숭배, 차이의 신비화, 이국적인 것과 에로틱한 것의 중첩 등을 특징으로 하는 포스트콜로니얼 문학의 상품화를 본격적으로 분석하면서, 『작은 것들의 신』이 거둔 성공이 "**전략적 이국풍**"(*strategic* exoticism, 77)에 힘입은 바 크다고 주장한다. 그에 따르면, 루시디나 로이 같은 작가들이 "코스모폴리탄 타자 산업"(cosmopolitan alterity industry, 12)이 어떻게 작동하는지 잘 알고 이를 전략적으로 활용한다는 것이다.

휴건의 일차적인 관심이 특정 작품에 대한 세밀한 분석보다는 이국성을 문화 상품으로 생산하고 소비하는 "타자 산업"의 작동방식을 이론화하는 데 있다면, 티켈(Alex Tickell)은 『작은 것들의 신』에 초점을 맞추어 로이가 "타자 산업"과 맺는 양가적인 관계를 분석한다. 티켈은 휴건과 마찬가지로 로이가 "타자 산업"에 연루되어 있다는 점을 부정하지 않지만, 그녀가 인도 작가로서 "시장성 있는 위치"(Tickell 162)에 있다는 자기 인식과 포스트콜로니얼 작가의 위치에 대한 자의식적 성찰을 보여준다고 평가한다. 이러한 평가를 뒷받침하기 위해 티켈은 『작은 것들의 신』이 인도 대서사시 『마하바라타』(*Mahabharata*)와 『라마야나』(*Ramayana*)의 이야기를 토대로 한 카타칼리(kathakali) 공연을 묘사하는 방식을 집중적으로 분석한다.

본 논문은 『작은 것들의 신』이 이국성의 상업화에 대한 민감한 자의식을 보이며 포스트콜로니얼 작가의 위치와 곤경에 대해 성찰하고 있다는 티켈의 논의와 큰 궤를 같이한다. 그러나 이 글은 로이와 "타자 산업"의 양가적 관계를 재조명하는 대신, 『작은 것들의 신』이 제국주의와 문화적 차이의 상품화 사이에 존재하는 연속성에 대한 정교한 분석을 담고 있으며 이러한 분석이 로컬(local)과 글로벌(global)의 관계에 대한 로이의 회의적 시선에 근거를 제공해주고 있음을 밝힘으로써 티켈의 논의를 확장하고자 한다. 『작은 것들의 신』에 관한 국내 연구들은 대체로 비판적 지식인이자 포스트콜로니얼 작가로서 로이가 독립 이후의 인도 사회를 날카롭게 해부하고 있다는 점을 높이 평가해 왔다. 예를 들어, 박혜영은 『작은 것들의 신』이 식민주의 시대와 후기식민주의 시대를 관통하는 "식민지배의 연속성"(9)에 천착하고 있다는 주장을 매우 설득력 있게 펼친다. 한편, 이승은은 "현대 인도사회를 바라보는 로이의 시각은 식민주의 유산의 망령에서 자유롭지 못한 상황을 드러내고 바로잡는 작업에 한정되지 않고"(219), "로이가 시도하는 것은 모든 층위의 억압 관계에 존재하는 복합적인 연쇄를 가려내는 일"(219-20)이라고 주장하면서, 『작은 것들의 신』이 비판적으로 재현하는 식민주의, 카스트, 젠더, 지구화의 다층적인 억압 양상을 세심하게 분석한다. 필자는 『작은 것들의 신』이 억압과 지배의 구조를 드러내고 비판한다는 이들의 주장에 전적으로 동의하면서도 이국성의 상품화에 관한 휴건의 문제 제기로 돌아가고자 한다. 왜냐하면 "로이 현상"은 로이 개인의 작가적 선택이나 정치성, 혹은 글쓰기 전략을 넘어서는 보다 광범위하고 체계적인 문화 현상의 한 표현이고, 이런 의미에서 『작은 것들의 신』의 성취를 평가절하하기 위해서가 아니라 사회에 대한 역사적이고 민감한 정치의식을 견지해 온 작가의 소설 집필의 주요 맥락으로 진지하게 검토될 필요가 있기 때문이다. 이를 위해서는 우선 '새로운 오리엔탈리즘'(New Orientalism)을 둘러싼 이론적 논의들을 살펴볼 필요가 있겠다.[3]

---

3) 1990년대부터 논의되기 시작한 New Orientalism의 유사 용어로는 Re-Orientalism과 Neo-Orientalism 등이 있다. 사이드(Edward Said)가 설명한 오리엔탈리즘과의 연속성을 강조하는 이 용어들 사이에 실질적인 의미 차이가 없으므로 이 논문에서는 이들을 모두 '새로운 오리엔탈리즘'으로 번역한다. 1990년대 초반에 이미 스피박(Gayatri Chakravorty Spivak)은 '다른 문화'에 대한 지식 생산에 참여하는 다문화주의가 또 다른 오리엔탈리즘으로 변질될 가능성을 경고하며 이를 '새로운 오리엔탈리즘'으로 부른 바 있다(10). 비슷하게, 「새로운 오리엔탈리즘의 문제들」("Questions of Neo-Orientalism")에서 베이머(Elleke Boehmer)는 포스트콜로니얼리즘이 뜻하지 않게 신식민주의적 담론에 참여하거나 포섭되지 않도록 경계할 필요성을 강하게 환기시키고 있다.

2. '새로운 오리엔탈리즘'과 차이의 상품성

'새로운 오리엔탈리즘'에 관한 논의는 사이드(Edward Said)가 이론화한 이래 많은 포스트콜로니얼 연구에서 분석되어 온 오리엔탈리즘(Orientalism)이 전 지구적 자본주의하에서 변화된 국면으로 접어들었다는 인식에서 출발한다. 모든 것이 상품화되고 맹렬히 소비되는 사회에서 문화적 차이는 다양성에 기반을 둔 풍성한 문화의 동력으로 작동하기도 전에 재빨리 자본주의에 편입되어 매력적인 문화상품으로 포장된다. 다문화 사회에서 '다른 문화'는 위협적이지 않은 안전한 차이로 가공되고 다국적 자본에 의해 상업화되어 유통된다. '새로운 오리엔탈리즘'은 동양을 타자화한다는 점에서 오리엔탈리즘의 연장선 위에 있고, 타자화된 동양을 상품화한다는 점에서 자본주의와 공모관계에 있다. 또한, 오리엔탈리즘이 서양에 의한 동양의 타자화라면, '새로운 오리엔탈리즘'은 "동양인에 의한 오리엔탈리즘"(Lau 572)이라고 정의할 수 있다. 라우(Lisa Lau)와 멘디스(Ana Cristina Mendes)가 '새로운 오리엔탈리즘'에 관한 소개 글에서 설명하고 있는 것처럼, '새로운 오리엔탈리즘'은 동양인에 의한 "자기 타자화"(self-othering, 4)와 자기 상품화를 수반한다. 그래서 오리엔탈리즘의 변형이라 할 수 있는 '새로운 오리엔탈리즘'에서는 오리엔탈리즘의 주체와 대상이 구분되지 않는다. 이런 의미에서 '새로운'이라는 수식어는 오리엔탈리즘과의 단절을 나타내는 것이 아니라, 오리엔탈리즘이 어떻게 변화된 양상으로 재연되는지를 강조하는 것으로 이해되어야 한다.

인도 작가의 영어소설은 '새로운 오리엔탈리즘'에 관한 논의의 중심에 있다. 이는 부분적으로, 인도계 디아스포라 작가뿐 아니라 로이처럼 인도에서 거주하면서 영어로 작품 활동을 하는 작가들도 영미 출판사를 통해 작품을 발표하는 경우가 많다는 점과 관련이 있어 보인다. 영미 출판사를 통해 작품을 발표하기 위해 이들 작가들이 영미 출판업계와 문화산업 종사자들의 취향을 어느 정도 의식하지 않을 수 없을 것이기 때문이다. 『작은 것들의 신』의 경우에서처럼, 많은 인도 작가들의 영어소설은 영국이나 미국에 본사를 두고 다국적 배급망을 가진 대형 출판사에 의해 발굴되고 홍보되며 인도를 포함한 전 세계 독자들에게 읽히게 된다.[4] 그리고 독자들에게 인도 작가들의 소설은 인도계 디아스포라 작가들의 작품보다도 훨씬 더 인도를 사실적으로 재현/대표하는(represent) 진정성 있는 묘사로, 혹은 직접적인 "목격자"에 의한 믿을만한 기록으로 받아들여지는 경향이 있다(Lau and Mendes 5). 달리 말해, 인도 작가에 의해 인도에서 생산된 영어소설이 영미 문화산업 종사자들에 의해 선별되고 가공되어 인도문화에 대한 권위 있는 목격담으로 수용된다는 것이다.

한 인터뷰에서 로이는 『작은 것들의 신』을 특별히 인도문화에 대한 책이 아니라 "인간 본성에 관한 책"으로 소개한 바 있다("Interview" 91). 그러나 로이의 의도와는 무관하게, 『작은 것들의 신』이 무엇보다도 '인도 이야기'로 받아들여졌다는 점을 부인하기는 힘들다. 단적으로, 인도 독립 50주년이 되는 1997년에 출판된 『작은 것들의 신』은 그해 부커상을 수상하고 각종 영국 매체의 인도 독립 50주년 기념 특집호의 집중적인 조명을 받으면서 "인도 독립의 상징"(Mongia 109)이 되었다. 이러한 상징성이 로이가 루시디 같은 디아스포라 작가가 아니라 인도에서 출생하고 성장한 작가라는 사실에 의해 더욱 강화되었음은 두말할 나위가 없다. 『작은 것들의 신』의 부커상 수상에 대한 인도 언론의 반응 또한 이 소설의 성공이 국가주의의 틀 안에서 이해되었음을 보여준다. 인도 언론은 로이의 부커상 수상을 인도가 크리켓 시합에서 영국을 이긴 것에 비견될 만한 사건으로 묘사하면서 "로이의 성공"을 "인도의 승리"와 동일시했기 때문이다(Toor 21). 『작은 것들의 신』이 인도 안팎에서 "인도 독립의 상징"으로 인식되었기 때문에 이 소설이 인도를 재현하는 방식이 과연 '새로운 오리엔탈리즘'의 혐의를 뒷받침하는지 살펴볼 필요가 있다.

---

4) 2002년에서 2006년까지 남아시아 여성 작가들의 소설과 출판사를 정리한 라우(Lisa Lau)의 목록을 참조할 것(576-78).

『작은 것들의 신』에서 '새로운 오리엔탈리즘'의 흔적을 발견하는 비평은 주로 우거진 열대의 무성함을 연상시키는 언어적 과잉, 예컨대 불규칙적인 대문자의 사용이라든지 과도하게 장식적인 문장과 같은 문체적 특징을 언급한다 (Mongia 105). 덧붙여, 『작은 것들의 신』이 카스트(caste) 간의 사랑과 이란성 쌍둥이 주인공 라헬(Rahel)과 에스타(Estha)의 근친상간과 같은 금지된 섹슈얼리티를 전면에 내세움으로써 동양을 이국적 에로스의 공간으로 상상하는 오리엔탈리즘을 답습한다는 비판도 있다(Toor 18-19). 실제로, 『작은 것들의 신』의 도입부에서부터 로이는 이 소설의 배경인 인도 남부 케랄라(Kerala) 지방의 아예메넴 (Ayemenem)을 소개하면서 "지나친 녹음"(3), "야생적인 웃자란 정원"(4), 후텁지근한 무더위, 습기, 작열하는 태양, 건물을 뒤덮은 이끼와 같은 열대의 이미지를 풍성하게 동원하고 있다. 게다가, 이 소설의 핵심적 사건 중 하나인 쌍둥이의 사촌 소피 몰(Sophie Mol)의 익사 사건에서 알 수 있듯이, 케랄라는 생명을 집어삼키는 강과 같은 예측불허의 무질서와 통제할 수 없는 원시적 충동이 꿈틀대는 공간으로 나타난다.

그러나 '새로운 오리엔탈리즘'의 혐의와 관련해 주목해야 할 것은 『작은 것들의 신』의 배경 묘사가 환기시키는 원시의 이미지보다도 로컬과 글로벌의 결합에 대한 로이의 냉소적 시선이다. 『작은 것들의 신』은 한편으로는 보수적인 케랄라 지방의 강한 지역색을 강조하지만 다른 한편으로 국경을 넘나드는 등장인물들의 삶의 이력을 상세히 알려주고 지역문화가 글로벌한 맥락에서 어떻게 왜곡되는지 조명한다. 소설은 케랄라 지방의 시리아계 기독교 집안의 쌍둥이인 라헬과 에스타가 20여 년 만에 재회한 현재 시점과 그들의 어머니인 아무(Ammu)와의 금지된 사랑의 대가로 불가촉천민 벨루타(Velutha)가 잔인하게 희생된 과거를 반복적으로 오가며 서술된다. 에스타는 소피 몰이 익사하고 벨루타가 희생된 직후 아버지에게 보내졌으나 23년 후 아버지가 오스트레일리아로 이주하게 되면서 아예메넴으로 돌아온다. 그동안 델리에서 유학 중이던 미국 남자와 결혼해 미국에서 살았던 라헬도 때마침 귀향한다. 이들의 외삼촌인 차코(Chacko)는 과거 옥스퍼드에서 공부하고 영국 여자인 마가렛(Margaret)과 결혼했으며 라헬과 에스타가 재회한 현재 시점에는 캐나다에서 살고 있다. 또한 라헬과 에스타의 외할아버지인 파파치(Pappachi)는 비엔나에서 곤충학을 공부하고 제국의 곤충학자로 살았던 영국 숭배자로 소개된다. 그런가 하면, 파파치의 여동생인 아기 코차마(Baby Kochamma)는 아일랜드인 수도승을 향한 좌절된 사랑의 상처를 안고 마드라스를 거쳐 미국으로 건너가 조경학 학위를 받았으며 이후 아예메넴으로 돌아와 위성 TV로 중계되는 미국문화에 열광하는 인물로 묘사된다. 이렇듯, 보수적인 케랄라 지방의 "영국 숭배자 집안"(51)의 구성원들은 이런저런 사정으로 국경을 넘나들며 글로벌한 생활 반경을 갖고 있는 것으로 나타난다.『작은 것들의 신』은 초국가적인 삶의 역사를 가진 인물들을 지역색이 강한 아예메넴에 모으고 이들이 지역색을 어떻게 이해하는지 보여줌으로써 로컬과 글로벌의 관계를 탐색한다.

건축을 전공한 로이는 도입부에서 시작해 결말로 나아가는 직선적인 글쓰기 방식을 따르지 않고 머릿속에 있는 하나의 이미지를 중심으로 이 소설의 서사를 구축해 나갔다고 밝힌 적이 있다("Salon Interview").『작은 것들의 신』의 주춧돌 역할을 한 이 이미지는 바로 쌍둥이가 하늘색 플리머스(Plymouth) 자동차를 타고 마르크스주의자들의 시위 행렬이 지나가기를 기다리고 있는 장면이다("Salon Interview").『작은 것들의 신』의 2장(chapter)을 여는 이 핵심적인 장면은 로컬과 글로벌의 관계에 대한 로이의 시각을 함축적으로 전달해 주고 있다. 쌍둥이와 가족들이 타고 있는 하늘색 플리머스 자동차는 파파치가 영국인에게서 산 중고 자동차이다. 이 자동차의 지붕에는 광고판이 달려 있는데, 여기에는 쌍둥이의 가족이 운영하는 '파라다이스 피클·통조림'(Paradise Pickles & Preserves)이라는 공장의 이름과 함께 인도 전통 카타칼리 무희가 "맛의 왕국의 황제들"(Emperors of the Realm of Taste)이라는 우스꽝스러운 홍보 문구와 함께 그려져 있다(45-46). 이 차 안에서 시위 행렬이 지나가기를 기다리며 멈춰 서 있는 동안, 아무는 카타칼리 무희가 '파라다이스 피클·통조림' 공장의 상품과는 아무런 관련이 없으며 사람들의 시선을 현혹시키는 미끼에 불과하다며 광고판을 비꼰다. 그러나 차코는 카타칼리 무용수 그림이 "상품에 지역적 풍미를 더해주고 해외시장에 진출할 때 도움이 될 것"이라며 그 유용성을 주장한다(46). 옥스퍼드 출신인 차코는 해외시장을 겨냥한 홍보의 핵심이 상품 자체가 아니라 상품과 연결된 지방색이라는 점을 잘 알고 있다.

통조림 공장은 차코가 영국에서 돌아올 때까지만 해도 이름이 없었고, 마마치(Mammachi)가 만든 통조림은 그녀의 이름을 따라 '소샤의 바나나 잼' 등으로 불렸다. 이처럼 생산자와 제품 자체를 정직하게 묘사하는 소박한 이름으로 불렸던 통조림의 영업 전략에 변화가 생긴 것은 차코가 영국에서 돌아와 공장 운영을 물려받으면서부터이다. 처음에 차코는 공장의 이름으로 제우스(Zeus)를 고려했지만 "제우스가 너무 모호하고 지역적 관련성이 없다고 모두 말했기 때문에 그 안은 채택되지 않았다"(56). 다른 한편, 필라이 동지(Comrade Pillai)가 제안한 '파라슈람 피클'(Parashuram Pickles)이라는 이름은 "정반대의 이유, 즉 지역적 관련성이 '너무' 강하다는 이유로" 거부되었다고 한다(56). 차코는 급진적이지 않은 편안한 지방색에 대한 문화적 수요가 있다는 것을 영리하게 간파하고 있다. 결국 '파라다이스 피클·통조림'이라는 명칭은 적당한 보편성을 가지면서도 원시적 낙원의 이국적 이미지를 동시에 환기시키는 이름으로 채택된 것임을 짐작할 수 있다.

한 때 영국인의 소유였던 플리머스 자동차 안에서 '파라다이스 피클·통조림'의 해외시장 진출과 카타칼리 무용수의 관계에 대해 이야기하는 장면이 보여주는 것은 바로 영국 제국주의의 유산을 청산하지 못한 채로 지방색을 영리하게 사용하는 것만이 전 지구적 자본주의 체제 속에서 생존하는 유일한 방법이 된 "영국 숭배자 집안"의 모습이다. 비록 로이는 이 소설을 인도문화에 관한 이야기로 의도하지 않았다고 밝혔지만, 『작은 것들의 신』은 이들 가족의 모습이 바로 독립 50주년을 맞이한 인도의 문화가 처한 현재 상황이라고 말하고 있는 듯하다. 이런 점에서, 『작은 것들의 신』은 인도문화의 현주소와 '새로운 오리엔탈리즘'에 관한 비판으로 읽힐 수 있다. 결국 소설이 비판적으로 전경화하는 것은 낙원과는 거리가 먼 아예메넴의 '파라다이스 피클·통조림'의 정체성이 해외시장을 겨냥한 영업 전략으로 인해 탈맥락화되고 왜곡되는 과정이다.

　나아가, 『작은 것들의 신』은 이 소설의 주요 사건들의 배경이 되는 '역사의 집'(History House)을 통해 지역 문화가 어떻게 전 지구적 자본주의 체제 하에서 위협받는지를 통시적으로 조망한다. 차코는 쌍둥이에게 "영국 숭배자"의 의미를 "방향을 잘못 잡아 스스로의 역사 바깥에 갇혔고 발자국이 지워져 온 길을 되짚어 갈 수 없게 된" 사람이라고 설명한다(51). 역사란 "조상들이 안에서 소근 대는" (51) 집과 같은데, 자신들은 "우리의 정복자를 숭배하고 우리 자신을 경멸하게 만든 전쟁"(52)의 결과로 이 집으로 들어가 조상들의 이야기를 듣고 이해할 수 없게 된 "영국 숭배자 집안"이라는 것이다. 7살인 에스타와 라헬은 차코의 비유적 설명을 이해하지 못한다. 그래서 그들은 차코가 말하는 '역사의 집'이 한때 카리 사이푸(Kari Saipu)가 살다 자살한 강 반대편 집을 가리키는 것이라고 굳게 믿는다.

　어린이다운 상상력이 만들어 낸 이 믿음은 엉뚱하지만 놀랄 만큼 정확한데, 왜냐하면 이 집이야말로 인도의 역사박물관과 같은, 말 그대로 '역사의 집'이기 때문이다. 이 집의 주인이었던 카리 사이푸는 원주민화된 영국인으로, 아예메넴을 "그의 개인적 어둠의 심장부"로 삼고 "아예메넴의 커츠"(51)라 불렸던 사람이다. 벨루타의 아버지인 벨랴 파펜(Vellya Paapen)은 '역사의 집'에서 카리 사이푸의 유령을 보고 낫을 던져 나무에 매달아 놓았다는 모험담을 얘기하고 다닌다. 영국인의 유령이 나무에 박혀있는 이곳은 벨루타가 아무와 금기시된 사랑을 나눈 곳이고 그 결과로 그가 무고한 죽음을 맞이한 곳이기도 하다. 벨루타가 '역사의 집'에서 경찰에게 억울하게 맞아 죽은 후, 어린 쌍둥이는 엄마를 구하기 위해서는 경찰에 협조해야 한다는 협박에 저항하지 못하고 경찰과 집안 어른들이 벨루타에게 누명을 씌우는 데 소극적으로 동참하게 된다. 경찰이 카스트라는 인간들 사이의 위계를 무너뜨린 벨루타를 응징하러 '역사의 집'을 급습한 날은 "대문자 역사 (History)가 찾아온 날"(181)로 표현된다. 결국, '역사의 집'은 영국 제국주의의 광기가 붙들려 있는 곳이면서 억압적이고 폭력적인 큰 역사가 "작은 것들의 신" 벨루타를 무참히 살해한 곳이고, 또 자신들과 어머니를 사랑한 벨루타를 배신했다는 쌍둥이의 죄책감이 봉인된 곳이기도 하다.

'역사의 집'에서 이 모든 일이 일어나고 쌍둥이의 삶이 송두리째 바뀐 날로부터 20여 년이 지난 후 이들이 재회했을 때, '역사의 집'은 화려한 외관을 자랑하는 오성급 호텔로 변모해 있다. 어린 시절 쌍둥이가 '역사의 집'에 가기 위해 건넜던 강을 통해서는 더 이상 이 호텔로 들어갈 수 없고, 대신 페리(ferry)가 코친 (Cochin)에서 호텔로 관광객들을 실어 나른다. "어둠의 심장부"를 사들인 호텔 체인은 '역사의 집'을 중심으로 아예메넴의 전통 나무집들을 옮겨와 전시해 놓았다.

> 요셉의 꿈에 나오는 볏단처럼, 영국 행정관에게 탄원하는 간절한 원주민들처럼, 옛집들은 공손한 태도로 역사의 집 주위에 늘어 서 있었다. 그 호텔은 "헤리티지"라고 불렸다.
> [. . .]
> 거기에는 상업에 동원된 역사와 문학이 있었다. 보트에서 내리는 부자 손님을 맞이하기 위해 손바닥을 맞대고 있는 커츠와 칼 마르크스. (120)

'역사의 집'은 거대 호텔 체인의 관광산업에 편입되고 지역의 옛집들은 전통으로 전시된다. 과거 영국이 지배했던 "어둠의 심장부"를 이제는 호텔 체인이 지배하고, '역사'는 "유산"(Heritage)이 되었으며, 이 "유산"은 관광객들의 편의를 위해 존재한다. 아예메넴을 관광객을 위한 거대한 전시장으로 바꾸어 놓은 관광자본의 위력 아래 역사와 문학은 관광자원으로 전락한 지 오래이다. 아예메넴의 전통 가옥들이 전시된 모양을 영국 식민 지배자들에게 머리를 조아리는 원주민들에 비유함으로써, 로이는 과거 식민지배에 의해 파괴되었던 지역문화가 이제는 관광자본에 의해 왜곡되고 있음을 시사한다.

『작은 것들의 신』에서 카타칼리 공연은 이와 같은 지역문화의 훼손을 가장 극명하게 보여주는 예로 등장한다. 헤리티지 호텔에서는 밤이면 수영장 가에서 칵테일 파티를 즐기는 관광객들을 위해 "지역적 풍미를 위한" 약식 카타칼리 공연을 제공하고 있다(121). 6시간짜리 카타칼리 공연은 관광객들의 짧은 집중력을 고려해 20분으로 축약되고 이에 따라 고대의 이야기들은 왜곡되고 훼손된다. 이후 『작은 것들의 신』의 12장에서 로이는 사원에서 밤새도록 이어지는 정식 카타칼리 공연을 묘사하고 있다. 카타칼리 무희들은 호텔에서 약식 공연을 한 후 사원에 들러 "어둠의 심장부에서 당한 모욕을 떨쳐버리기 위해" 혹은 "그들의 정체성을 현금으로 바꾼 것"과 "그들의 삶을 잘못 이용한 것"에 대해 신들에게 사죄하기 위해 밤새 공연을 펼친다는 것이다(218). 『마하바라타』와 『라마야나』의 "위대한 이야기들"(Great Stories)을 전하는 카타칼리 무희들은 더 이상 살아남기 힘든 존재가 되었고 그렇다고 다른 일을 할 수도 없어 궁여지책으로 관광산업의 일부로 "시장으로 진입"하고 "지역적 풍미가 된다"(219).

아예메넴 사원에서 위대한 전사 카르나(Karna)의 이야기를 몸으로 표현하는 카타칼리 무희는 낡은 의상을 입고 대마초에 취해 춤을 춘다. 그의 행색은 전사 카르나의 위대함을 전달하기에는 턱없이 남루하다. 그러나 로이는 곧이어 다음과 같은 질문을 던진다.

> 그러나 그가 무대 옆에서 기다리고 있는 한 무리의 분장사와 에이전트를 두고 계약과 수익 분배를 생각해야 했다면 그는 무엇이 되어있을 것인가? 사기꾼. 주어진 역할을 연기하는 배우. 그가 카르나일 수 있을까? 아니면 부의 콩깍지 속에서 너무 안전한 삶을 살게 되었을까? 그의 돈이 그와 이야기 사이에서 껍질처럼 자랐을까? 그가 지금 할 수 있는 것처럼 이야기의 핵심과 숨겨진 비밀들을 건드릴 수 있었을까? 아마도 그렇지 못했을 것이다. (220)

사원에서의 공연은 관광객들을 위한 상업적 공연과는 달리 카타칼리 무희에게 "이야기의 핵심과 숨겨진 비밀들"에 접근할 수 있게 해준다. 그리고 로이는 지역 문화의 상업화에 전적으로 투항하지 않고 최소한의 진정성을 지키려는 남루한 행색의 카타칼리 무용수에게서 일말의 영웅적인 면모를 발견하는 것처럼 보인다.

티켈은 로이가 포스트콜로니얼 작가로서 "소설 속 카타칼리 무용수와 불편한 친근 관계"를 드러낸다고 분석한다(162). 즉, 『작은 것들의 신』에서 카타칼리 무희가 처해있는 곤경이 포스트콜로니얼 작가로서 자신이 처한 상황과 크게 다르지 않다는 로이의 인식을 엿볼 수 있다는 것이다. 휴건을 비롯한 다수의 비평가들이 이미 지적한 것처럼, 영어로 글을 쓰는 인도 작가로서 로이는 "타자 산업"의 내부에 이미 들어와 있다. 12장을 카타칼리 공연에 대한 상세한 묘사에 할애하고 사원에 있는 코끼리 이름인 "코추 톰반"(Kochu Thomban)을 12장의 제목으로 사용함으로써, 로이는 상품성 있는 인도 문화를 영어권 독자들에게 소개한다. 인도인들에게 카타칼리 공연은 식민지배의 잔재로부터 자유로운 '식민지 이전' 문화라는 긍정적 가치를 가질 수 있겠지만, 서양 독자들에게 카타칼리의 "위대한 이야기들"은 전근대적 원시성을 연상시킬 수도 있다(Tickell 158). 로이는 지역 문화가 어떻게 인기 상품이 되는지, 또 전 지구적 자본주의 체제에서 문화적 차이를 재현하는 것이 어떤 위험성을 지니는지에 대해 아무런 환상도 없이 냉정한 시선을 던진다.

티켈은 "코추 톰반" 장에서 로이가 사원을 배경으로 펼쳐지는 카타칼리 공연을 통해 『마하바라타』와 『라마야나』의 "위대한 이야기들"을 정교한 방식으로 소환하고 있다는 점을 중요하게 평가한다. 그의 분석이 시사하는 것처럼, 사원의 카타칼리 공연과 그것이 다루는 "위대한 이야기들"은 인도 문화에 익숙하지 않은 독자들에게는 『작은 것들의 신』이 보여주는 세계가 실은 호텔에서 펼쳐지는 관광객을 위한 약식 공연과도 같은 것이며 여전히 그들이 이해하지 못하는 인도의 "위대한 이야기들"이 남아있다는 것을 상기시킬 수 있다. 그러나 다른 한편으로,

티켈이 설명하는 것과 같은 "위대한 이야기들"에 대한 지식을 갖고 있지 못한 대부분의 독자들에게 사원에서 펼쳐지는 카타칼리 공연은 다른 문화에 대한 무지와 이해의 한계를 상기시키기보다는 단순히 불가해한 이국풍으로 각인될 가능성도 농후하다. 이런 점에서, "코추 톰반" 장의 카타칼리 공연 묘사가 그것 자체로 가지는 의미는 제한적인 것이라고 볼 수 있다.

『작은 것들의 신』이 제공하는 중요한 통찰은 사원의 카타칼리 공연을 호텔의 약식 공연과의 관계 속에서 이해하고 이것을 다시 관광객용 공연이 벌어지는 호텔의 변천사 속에 위치시킬 때 비로소 온전히 드러난다. 로이의 소설이 의미심장하게 보여주는 것은 다문화 사회에서 인기 있는 문화상품이 된 인도의 현재가 백인 제국주의자의 망령이 출몰하던 과거로부터 그리 멀리 온 것이 아니라는 점, 즉 자본주의와 결탁한 다문화주의가 제국주의와 연속성을 갖는다는 점이기 때문이다.

3. 나오며

잘 알려져 있듯이, 1835년 「인도교육에 관한 제언」("Minute on Indian Education")에서 매콜리(Thomas Babington Macaulay)는 "훌륭한 유럽 도서관의 책장 한 칸이 인도 문학 전체의 가치가 있다"는 악명 높은 주장을 한 바 있다. 그로부터 150여 년이 지난 1993년에 이르러 아이어(Pico Iyer)는 「제국 되받아 쓰다」("The Empire Writes Back")라는 『타임』(Time)지 기사에서 루시디 이후 부커상을 수상한 과거 영국 식민지 출신 작가들의 이름을 열거하면서 "영국의 이전 식민지들이 영국 문학의 중심부를 점령하기 시작했다"(48)고 썼다. 아이어의 관찰은 1980년대 이후 두드러진 포스트콜로니얼 문학의 약진과 영국 소설의 지형 변화를 적절히 요약해주는 것이라 할 수 있다. 그리고 『작은 것들의 신』이 거둔 성공은 아이어의 진단을 확증해주는 강력한 예라 할 만하다.

그런데, 로이는 『작은 것들의 신』을 통해 "영국의 이전 식민지들이 영국 문학의 중심부를 점령하"는 때에도, 매콜리가 양성하고자 한 "혈통과 피부색은 인도인이지만 취향과 의견이 영국인"인 식민지 지식인이 코스모폴리탄의 모습을 하고 잔존하고 있음을 보여준다. 매콜리의 시대와 다문화 사회는 150여 년의 시간을 건너뛰어 공존한다. 라헬과 에스타에게 어른들은 키플링(Kipling)의 『정글북』(*Jungle Book*)이나 축약된 『템페스트』(*Tempest*)를 읽어주고, 라헬은 디킨스(Charles Dickens)의 『두 도시 이야기』(*A Tale of Two Cities*)의 대사를 흉내 내며, 아기 코차마는 영국에서 방문한 마가렛과 소피 몰 앞에서 영국 문학을 인용함으로써 자신의 신분을 과시하고자 한다. 또한 외국에서 돌아오는 성공한 인도인들은 장거리 버스 여행을 마다하지 않고 공항으로 마중 나온 가족들에게 "사랑과 일말의 부끄러움"을 느끼고 '역사의 집' 바깥에 갇힌다(134). 이와 같은 태도는 "식민지배에 따른 서구 문명에 대한 선망 의식을 내면화"(박혜영 17)한 결과이다. 그러나 『작은 것들의 신』에서 로이는 인도인의 의식 속에 내면화된 식민주의의 잔재를 드러내는 데에서 그치지 않고 이러한 선망 의식이 자본에 포섭되고 다문화 시대의 상품으로 가공되는 과정과 그 폐해를 보여준다.

'새로운 오리엔탈리즘'은 "서양인의 눈으로" 자신을 보고 스스로를 이국적인 대상으로 상품화하는 과정을 수반한다. 이것은 문화적 차이가 상품성을 갖는 전 지구적 자본주의 시대를 배경으로 재연되는 식민지 지식인의 자기소외 과정이다. 그래서 '새로운 오리엔탈리즘'에서는 피해자와 가해자의 구분이 없다. 로이는 『작은 것들의 신』을 통해 문화적 차이의 상품성에 대해 민감한 자의식을 드러내는 것에서 한발 더 나아가, 로컬과 글로벌의 행복한 결합에 회의적인 시선을 보낸다. 결국 "로이 현상"과 『작은 것들의 신』이 시사하는 것은 포스트콜로니얼 글쓰기가 다문화의 가능성뿐 아니라 차이의 상품화라는 위기와 대면하고 있다는 것이며 포스트콜로니얼 비평이 제국주의와 차이의 상품화 사이에 존재하는 내적 연속성을 보다 면밀히 분석할 필요가 있다는 것이다.

휴건이 지적한 것처럼, 로이의 소설은 제국주의와 다문화주의, 자본주의의 중첩된 맥락 속에 위치해 있다. 런던 중심의 부커상 선정위원회가 인도 독립 50주년에『작은 것들의 신』을 수상작으로 호명함으로써 1990년대 영국문화의 "인도 열풍"에 응답한 것일 수도 있다. 설령 그렇다고 하더라도,『작은 것들의 신』이 던지는 비판적인 의미는 그것대로 평가될 필요가 있다. 로이와『작은 것들의 신』이 서양 독자들에게 다문화 시대의 매력적인 문화상품으로 소개되었다고 하더라도, 이와 같은 작품의 수용과정으로 인해 자본주의와 결탁한 다문화주의에 대해 소설이 주는 통찰이 평가절하 되어서는 안 될 것이다. 부커상의 호명과는 무관하게,『작은 것들의 신』은 초국가적 자본의 영향력 아래에서 다문화주의가 제국주의의 논리를 재연할 수 있다는 것을 보여준다. 그리고 이러한 통찰은 오늘날 세계 각지에서 생산되는 포스트콜로니얼 영어소설의 기회와 위기에 대해 여전히 유효한 시사점을 제공한다.

인용 문헌

박혜영. 「『작은 것들의 신』에 나타난 식민지배의 연속성과 로이의 탈식민주의적 상상력」. 『영미문학연구』 22 (2012): 5-33.

이승은. 「식민주의, 카스트, 젠더, 지구화와 아래로부터의 서사: 아룬다티 로이의 『작은 것들의 신』」. 『현대영미소설』 19.2 (2012): 217-45.

Boehmer, Elleke. "Questions of Neo-orientalism." *Interventions: International Journal of Postcolonial Studies* 1.1 (1998): 18-21.

Huggan, Graham. *The Post-colonial Exotic: Marketing the Margins.* London: Routledge, 2001.

Iyer, Pico. "The Empire Writes Back." *Time* 8 Feb. 1993: 48-53.

Lau, Lisa. "Re-Orientalism: The Perpetration and Development of Orientalism by Orientals." *Modern Asia Studies* 43.2 (2009): 571-90.

_____ and Ana Cristina Mendes. "Introducing Re-Orientalism: A New Manifestation of Orientalism." *Re-Orientalism and South Asian Identity Politics: The Oriental Other within.* Ed. Lisa Lau and Ana Cristina Mendes. London: Routledge, 2011. 1-14.

Macaulay, Thomas. "Minute on Indian Education." 1835. Web. 30 Oct. 2015.

Mongia, Padmini. "The Making and Marketing of Arundhati Roy." *Arundhati Roy's The God of Small Things.* Ed. Alex Tickell. London: Routledge, 2007. 103-09.

Ponzanesi, Sandra. "Boutique Postcolonialism: Literary Awards, Cultural Value and the Canon." *Fiction and Literary Prizes in Great Britain.* Ed. Holger Klein and Wolfgang Görtschacher. Vienna: Praesens Verlag, 2006. 107-34.

Roy, Arundhati. *The God of Small Things.* New York: Random House, 1997.

_____. Interview by Taisha Abraham. "An Interview with Arundhati Roy." *ARIEL* 29.1 (1998): 89-92.

_____. Interview by Reena Jana. "The Salon Interview: Arundhati Roy." *The Salon Interview* 30 (1997): n. pag. Web. 19 Mar. 2015.

Sengupta, Somini. "The New Indo Chic." *New York Times* 30 Aug. 1997. Web. 25 Nov. 2015.

Spivak, Gayatri Chakravorty. "Gayatri Chakravorty Spivak: Neocolonialism and the Secret

Agent of Knowledge, an Interview with Robert J. C. Young (1991)." 1 Aug. 2007. Web. 19 Mar. 2015.

Squires, Claire. *Marketing Literature: The Making of Contemporary Writing in Britain*. New York: Palgrave Macmillan, 2009.

Tickell, Alex, ed. *Arundhati Roy's* The God of Small Things. London: Routledge, 2007.

Toor, Saadia. "Indo-chic: The Cultural Politics of Consumption of Post-Liberalization in India." *SOAS Literary Review* 2 (2000): 1-33.

Veena, M. S., and P. V. Ramanathan. "New Orientalism in Literature: A Critical Overview." *The Criterion: An International Journal in English* 4.2 (2013): 1-7.

Wiemann, Dirk. "Desire and Domestic Friction: Arundhati Roy's *The God of Small Things*." *Genres of Modernity: Contemporary Indian Novels in English*. Amsterdam: Rodopi, 2008. 259-89.

■ 원고 출처

이정화. 「'새로운 오리엔탈리즘'과 아룬다티 로이의 『작은 것들의 신』」. 『영미문화』 15권 3호 (2015): 271-88.

8.

이해할 수 없는 정의와 윤리
─ J. M. 쿳시의 『수치』

김수연

J. M. 쿳시(John Maxwell Coetzee, 1940-)는 남아프리카공화국 출신의 작가, 영문학자, 번역가로, 부커상을 두 번 수상하고 2003년에는 노벨문학상을 받은 현대문학계의 거장이다. 케이프타운에서 출생한 쿳시는 케이프타운 대학(University of Cape Town)에서 영문학과 수학을 전공하였으며, 1962년부터 3년간은 영국에서 영문학 공부를 계속하는 한편 컴퓨터 프로그래머로 일하기도 하였다. 이어 미국으로 건너가 1968년 오스틴 소재 텍사스주립대학(University of Texas, Austin)에서 새뮤얼 베켓(Samuel Beckett)에 관한 논문으로 박사학위를 받았다. 버팔로 소재 뉴욕주립대(SUNY Buffalo)에서 조교수로 있었으나 미국영주권 획득에 실패하고 고국으로 돌아가 1972년부터 2000년까지 케이프타운 대학 영문과에 재직하였다. 1980년대부터 이십여 년간 미국 여러 대학을 방문하며 강의하였다.

쿳시의 첫 소설은 1974년 남아프리카공화국에서 출간된 『더스크랜즈』(Dusklands)이며, 이어 출판된 『나라의 심장부에서』(In the Heart of the Country, 1977)로 CNA상을 수상하며 영미권에 이름을 알리게 되었다. 다음으로 출판된 『야만인을 기다리며』(Waiting for the Barbarians, 1980)로 국제적 명성을 얻은 후, 『마이클 K의 삶과 시대』(Life and Times of Michael K, 1983)로 첫 번째 부커상을, 『수치』로 두 번째 부커상을 수상하였다. 열세 권의 장편소설 외에도 다수의 회고록과 에세이집을 출판하였다. 『동물들의 일생』(The Lives of Animals, 1999)은 쿳시의 동물보호론자로서의 목소리를 담은 가상의 강연록으로, 소설 『엘리자베스 코스텔로』(Elizabeth Costello, 2003)의 바탕이 되기도 하였다.

1963년 필리파 저버(Philippa Jubber)와 결혼하여 두 자녀를 두었으나 1980년 이혼하고, 파트너인 도로씨 드라이버(Dorothy Driver)와 호주 애덜레이드에서 살고 있는 것으로 알려져 있다. 은둔형 작가인 쿳시는 두 번의 부커상 모두 찾아가지 않은 것으로도 유명하다. 2002년 호주로 이주한 후 2006년 호주 시민이 되었다.

쿳시의 대표작 중 하나인 『수치』는 남아프리카공화국을 배경으로, 백인 남자 교수의 흑인 여학생 유혹, 흑인에 의한 백인 여성 윤간이라는 민감한 소재를 다루고 있다. 당시로서는 전례가 없던 같은 작가의 두 번째 부커상 수상이라는 영예 덕에 학계에서는 물론, 정계, 대중문화계에서까지 회자되는 "새천년의 문학적 사건"으로 불리기도 하였다. 국내에는 『추락』이라는 제목으로 번역되어 있으나, 본고에서는 소설의 주인공 데이빗 루리(David Lurie)가 겪어내는 수치의 윤리학에 주목하고자 '수치'라고 번역했음을 양해 바란다.

1999년 쿳시에게 두 번째의 맨 부커상을 안겨주고 2003년 쿳시가 노벨문학상을 타는 데 큰 역할을 한 『수치』(*Disgrace*)는 충격적인 흑백 간의 성폭력을 소재로 하면서도 무엇 하나 명쾌히 해결해주지 않는 줄거리를 가지고 있다. 두 번의 이혼 경력을 가졌고 창녀와의 메마른 관계에 만족하며 사는 52세의 케이프타운 기술대학 교수 데이빗 루리는 자신의 수업을 듣는 유색인 학생 멜라니와 강간으로 볼 수도 있고 아니라고 주장할 수도 있을 두 번의 성관계를 갖는다. 멜라니의 남자친구와 아버지의 고발로 루리는 "험담제작소"(Coetzee 42)[1]인 언론의 표적이 되고, 교내 청문회에서 참회를 종용당하나 이는 법을 넘어선 요구라며 유죄 인정 이상은 하지 않겠다고 고집부린다. 결국 멜라니에 대해 '심각한 인권유린'의 판정을 받은 루리는 학교를 그만두고 동케이프타운 시골에 자리 잡은 딸 루시를 방문한다. 과거 코뮌의 일원이었으나 지금은 꽃을 키워 팔고 개나 돌보아주며 "펑퍼짐한"(59) 시골여자가 된 딸을 못마땅해하며, 루리는 도시 지성인으로서의 냉소를 잃지 않은 채 바이런과 그의 연인 테레사에 관한 리브레토를 구상하고 읍내 동물병원에서 병든 개를 안락사시키는 "두드러지게 매력 없는"(82) 베브를 마지못해 도우며 수치의 나날을 보낸다. 그러던 중 루시의 농장에 흑인 강도 세 명이 침입해 루리를 화장실에 가둬놓고 불을 지르고 루시를 윤간하는 끔찍한 사건이 발생하는데, 충격에 휩싸여 법의 단죄를 촉구하는 아버지와 달리, 딸은 윤간에 대해 고발하지 않을뿐더러 농장을 떠나지도 않을 것임을 분명히 한다. 이 사건이 있은 후 루리는 멜라니의 집에 가서 갖은 뜸을 들이다 무릎을 꿇고 용서를 비는데, 감동적이어야 할 이 장면은 루리가 멜라니의 동생 데지레를 보고 느끼는 "욕망의 전류"(173) 때문에 별로 진지하게 느껴지지 않는다. 루시의 농장으로 돌아온 루리는 루시가 임신했다는 것을 알고 비탄에 빠지는데, 설상가상으로 루시는 아이를 낳을 뿐 아니라 전 고용인인 이웃 페트러스에게 농장의 소유권을 지참금으로 넘

---

1) 이후 쿳시 소설에서의 인용은 면수만 표기.

기고 그의 후처가 되어 보호를 받으며 살아나가겠다고, 짐승처럼 바닥에서부터 출발하겠다고 선언한다. 현실을 받아들이려 애쓰는 루리가 읍내에 방을 얻어 테레사의 말년에 대한 오페레타 작곡을 재개하는 한편, 개들의 안락사를 돕고 쓰레기장에서 죽은 개를 걷어다 불태우는 "멍청한"(146) 일을 계속하는 것으로 소설은 끝이 난다.

　이렇듯 다소 미적지근한 결말에도 불구하고, 이 소설은 백인 남자 교수의 흑인 여학생 유혹, 흑인에 의한 백인 여성 윤간이라는 민감한 소재와 당시로써 전례 없던 두 번의 부커상 수상이라는 영예 덕에 학계에서뿐만 아니라 정계, 대중문화계에서까지 회자되는 "새천년의 문학 사건"(McDoanld 322)으로 평가되었다. 그러나 책의 유명도와 책의 내용에 관한 세간의 이해도는 반비례하는 법인지, 이 소설의 유명세는 맥도날드(Peter McDonald)가 "『수치』 효과"라고 부르는 터무니없는 반응을 유도하기도 하였다. 예를 들어 2000년 4월 남아프리카 인권위원회에 제출된 구두 보고에서 남아프리카공화국 의회는 쿳시의 소설을 아직도 남아공 백인들 사이에 지속되고 있는 인종차별의 역사적 증언이라 부르며, 이 소설이 백인들의 흑인에 대한 편견을 '보고'하고 있다고 주장하였다. 마치 소설의 목적이 보고이며, 이 소설의 유일한 의의가 백인 작가의 인종차별 묘사에 있는 것처럼 말이다. 더욱 안타까운 예로, 사실주의 전통과 문학의 정치적 행동력 촉구를 무엇보다 중요시 여기는 남아프리카 문학계에서 쿳시의 전작은 대개 혹평의 대상이었는데, 『수치』의 경우 역시 백인 여성이 아파르트헤이트 이후 사회에서 살아남으려면 대가를 치러야 한다는 "루시 신드롬"(Attwell 340)이란 오독을 낳기도 하였다.2)

---

2) 쿳시 작품의 정치성 결여에 대한 비난은 쿳시의 초기작부터 그를 따라다녔다. 많은 비평가들이 쿳시의 소설을 정치적으로 무책임한 포스트모던 작품이라고 불러왔는데, 고디머(Nadine Gordimer) 역시 쿳시의 글을 우화적이라고 부르며 그녀가 '필연적인 몸짓'(essential gesture)이라고 부르는, 남아프리카 작가라면 으레 따라야 할 어두운 현실의 묘사를 외면하고 있다고 지적한다. 가장 흥미로운 악평으로 채프먼(Michael Chapman)은 "유럽이나 미국 학계에서는 아닐지라도, 위기에 싸인 남아프리카에서는 차별성을 '닫아버리고' 독단적으로라도 어떤 역사의 거대서사를 주장하는 것이 필요할지 모른다"라며 쿳시 작품이 작가 개인의 욕망만을 채우는 "수음작"

영국의 주간 연예지인『헬로우!』는 쿳시를 명품구두디자이너 츄(Jimmy Choo)와 나란히 1999년 11월 9일 자의 유명 갑부란에 소개하기도 하였다. 이는 문학계의 '셀럽'이라는 직함이 작가의 작품 세계와 별 상관없이 주어지는 것임을 시사하는 동시에『수치』에 대한 오해의 극치를 보여주는 예라 하겠다.

　위와 같은 피상적인 텍스트 읽기, 혹은 텍스트 안 읽기가『수치』효과의 부정적 측면을 드러낸다면, 학계에서 쏟아진 이 소설에 대한 통찰력 있는 연구들은 쿳시 작품의 힘과 깊이를 증명해준다. 학술자료 검색 엔진에서 쿳시를 검색하면 매우 다양한 주제와 형태로 천오백여 개의 항목이 뜨는데,『수치』의 경우 역시 220면밖에 안 되는 소설임에도 불구하고 백여 편에 가까운 다각도의 해석을 낳았다. 작품이 쓰일 당시 세계 언론의 이목을 집중시켰던 남아프리카공화국의 '진실과 화해 위원회' 청문회를 연상시키는 루리의 청문회에 초점을 맞춘 연구에서부터, 작품의 배경인 아파르트헤이트 직후의 사회와 별로 상관이 없어 보임에도 종종 끼어드는 바이런과 테레사의 이야기에 주목한 상호텍스트성 연구, 온전히 현재형으로만 서술되는 점을 제국주의 언어인 영어에 대한 비평으로 풀이한 연구, 알레고리와 사실주의, 강간과 관련된 여성주의 해석 등이 기존『수치』비평의 주요 갈래들이다. 흥미로운 것은, 이 소설만을 중점적으로 다룬 30여 편의 주요 논문들 대부분이 작품의 윤리성을 본격적으로 논하고 있거나 주요 논지의 하나로 제시하고 있다는 것이다. 연구의 내용과 우수성이 다 다른 논문들의 요지를 일반화시킬 수는 없겠지만, 드코븐(Marianne Dekoven)의 약간 도식적인 주장을 빌리자면『수치』는 "개인의 구원이라는 논리 정연한 내러티브"(847)를 갖고 있다. 루리가 개들과 교감을 쌓아나가는 과정, 베브를 처음에는 무시하다가 나중에 잠자

(masturbatory) 글이라고 매도한다. 쿳시에 대한 비난과 남아프리카 저항문학에 대한 논의로는 James Meefan and Kim Worthington, "Ethics before Politics: J. M. Coetzee's *Disgrace.*" *Mapping the Ethical Turn* (2001), Michael Chapman, "The Writing of Politics and the Politics of Writing on Reading Dovey on Reading Lacan on Reading Coetzee on Reading." *Journal of Literary Studies* 4.3 (1988): 327-41 참조.

리까지 함께하게 되는 부분을 예로 들며 루리가 개인의 욕망을 앞세우는 이기주의자에서 여성-동물연합으로 대표되는 타자를 통해 희망과 구원을 얻는 도덕적 인간으로 변모한다는 것이다. 이러한 의미에서 드코븐은 이 소설이 쿳시의 작품 중 가장 "윤리적으로 결단력 있는"(847) 작품이라고 본다. 김현아는 이 소설이 "남아공의 미래에 대한 희망을 재현하고 있다"고 주장하며, "『추락』이 보여주는 포스트식민적 비전은 이제 남아공이 루리와 루시를 통해 성취되는 윤리적 통합을 이끌어 냄으로써 얻는 긍정적인 변화를 향한 것"(114)이라고 결론짓는다. 이외에도 적지 않은 논문들이 『수치』가 루리의 깨달음을 통해 윤리적 앞날을 밝히고 있다는 식의 논리를 펴는데, 이렇게 이 소설의 의미를 미래지향적이고 교훈적인 것으로 보는 해석은 쿳시 작품의 가장 큰 미덕(혹자에게는 악덕)인 모호함을 무시하는 과오를 범할 수 있다는 것이 필자의 주장이다. 본 논문은 『수치』가 윤리적인 작품이라는 비평에는 동의하되, 이 소설이 루리가 수치스러운 상황을 이겨내고 겸허한 인물이 되어가는 과정을 그리고 있기 때문에 윤리적인 게 아니라, 폭력에서 평화로, 이기적 개인주의에서 타자와의 공감으로, 범죄에서 정의와 용서로 귀결되는 규범적인 도덕적 내러티브에 대해 강한 의문을 제기하고 있기 때문에 윤리성을 함의한 텍스트라 주장하려 한다. 이 작품은 침묵 대 반항, 자아 대 타자, 욕망 대 사회정의 같은 이분법을 해체하며, 이렇게 상식적으로 반대 개념으로 보이는 것들이 사실 정치적 필요에 의해 인위적으로 분리된 이데올로기들로서 정의와 욕망의 회색지대를 설명하기에 역부족이란 것을 보여준다. 즉 『수치』는 꼭 한 개념이 부정적인 것이며 다른 개념이 지향해야 할 바라는 로고스중심주의 편견을 반성적으로 사유하게 해줌으로써 보다 진정한 윤리성을 실천하고 있는 것이다.[3]

규범적인 도덕적 내러티브와 진짜 윤리성을 실천하는 소설의 차이는 헤겔의

---

3) 윤리와 도덕의 구분에 대해서는 다양한 논의가 있을 수 있겠으나, 본 논문에서 도덕은 구체적인 행동의 선악을 구별하는 지침을 주는 것, 예를 들어 '도둑질은 비도덕적 행위'라는 판단임에 반해 윤리는 선악의 개념과 기준에 대한 형이상학적인 논의를 수반하는 것이라고 정의해보겠다.

이론에서 추론되는 서사구조와 레비나스의 반서사 구조를 대비해보면 보다 분명해진다. 서구문학의 가장 고전적인 서사구조를 『오디세이』로부터 시작된 출발·발견·귀환이라고 할 수 있을 터인데, 서술(narrative)이라는 단어가 지식(knowledge)과 같은 어원을 가졌다는 점에서 내러티브란 여행을 떠난 영웅이 맞닥뜨리는 다양한 사건과 발견들을 앞뒤가 맞게 엮어 이해하기 쉽도록, 다시 말해 지식의 대상으로 바꿔놓은 것이라 할 수 있다. 거대한 서사시로도 볼 수 있는 『정신의 현상학』에서 헤겔의 영웅은 제일 마지막 장의 제목이기도 한 '절대적 앎'을 목표로 끊임없는 변증법적 움직임을 통해 자아에 맞서는 타자, 동질성에 반하는 차이를 변증법적으로 지양시키며 그 과정에서 새 지식을 얻고 줄기차게 앞으로 나아간다. 이렇게 얻어진 지식은 인식론의 영역으로 흡수되어 규범적 지식이 되며, 내러티브 역시 재해석의 여지가 없는, 레비나스의 용어를 빌리자면 이미 '말해진 것'(the Said)에 갇혀버린다.4) 이에 반해 레비나스의 반영웅은 타자를 찾아 길을 떠나나 타자의 절대적인 다름(alterity)으로 인해 타자에게 다가가지도 못하고, 타자를 이해하지도 못하며, 그렇다고 타자를 만나기 이전의 자아로 돌아오지도 못한 채 낯선 공간을 헤매게 된다. 맥도널드(Michael MacDonald)의 설명에 따르면, 레비나스의 서술불가능한 이야기에서 길을 잃고 헤매는 주인공의 모습이야말로 내러티브의 총체성을 거부하고 타자의 이해할 수 없는 이야기를 '말하고 있는 것'(the Saying)으로 열어놓는 윤리성을 구현하고 있다. 18세기 (영국)소설의 탄생 배경이나 성장교양소설, 헤겔의 지대한 영향을 받은 루카치의 소설론이나 현대 대중소설의 판에 박힌 해피엔딩에 익숙한 독자들은, 쿳시의 반영웅 루리가 고난 끝에 깨우침을 얻고 모범시민으로 사회에 재편입되지 않는 결말을 성에 차지 않아 할 수도 있다.5) 그렇다고 작품의 끝에 루시의 임신을 힘들게 받아들이려 하는 루리의

---

4) 헤겔의 변증법에 대해서는 『정신의 현상학』 중 "Lordship and Bondage" 부분, 레비나스의 용어에 관해서는 Emmanuel Levinas, 『존재와 다름』(Otherwise Than Being 1974, 1998)에서 "The Said and the Saying" 참조.

모습을 "상투적 가족윤리"(황정아 195)로 단정 짓는다든지, 루시 스스로 굴욕적이라고 부르는 계약결혼을 "페트루스를 수용하는 관대함"(김현아 113)까지 보여주는 것이라고 평가하는 것은, 반서사 구조로 이해했을 때 훨씬 풍성해질 소설의 의미를 도덕적 내러티브의 틀 안에 남겨두는 것처럼 보인다.[6]

1980년대 화려하게 부활한 영미문학계의 윤리비평은, 신비평과 포스트모더니즘의 탈가치적 문학연구의 한계를 지적하고 문학 본연의 도덕성 함양 기능을 되찾는다는 취지 아래 후기식민주의나 페미니즘 연구와 맞물려 지난 30년간 다양한 성과를 거두며 영미문학계를 지배해왔다.[7] 그러나 윤리비평의 핵심이라고 할 규범적이고, 절대적이고, 공동체적인 선의 추구는, 점점 다변화되어가는 세계문화나 인종 내의 차이, 개인의 고유성을 무시하고 일반적인 선과 미덕을 강요함으로써 오히려 억압적 전체주의 혹은 도덕적 다수주의(moral majoritarianism)로 흐를 수 있다는 비난을 최근 들어 받고 있다. 쿳시의 작품들이 윤리비평의 단골 텍스트

---

5) 이와 반대로 주로 반영웅을 주인공으로 하고 열린 결말 또는 여러 개의 결말, 직선적이지 않은 이야기 전개나 형이상학적 상황을 특징으로 하는 현대문학의 장르 중 하나가 포스트모던 소설일 터인데, 많은 평론가들이 쿳시의 소설을 포스트모던 소설, 심지어 과학소설로 보고 있지만 대개 현실과의 유리를 비난하는 문맥으로 이 용어를 사용하고 있다.

6) 이렇게 소설의 결말에 거창한 의의를 부여하는 것에 대해 이석구는, 루리가 "과거를 반성함으로써 정신적 구원을 얻었다고 보는 것은 서사에서 유종의 미를, 종결의 미를 발견하고 싶은 독자의 욕망 때문에 소설을 좀 앞서 나간 것이 아닌가 싶다"(247)라고 설득력 있게 주장하고 있다.

7) 1960년대까지 영미문학계를 지배하던 탈가치적이고 객관적인 문학연구를 벗어나 문학작품의 도덕적 가치평가란 비평의 오랜 역할을 되살려야 한다는 1980년대의 입장에 관해서는 부쓰(Wayne Booth)의 The Company We Keep: An Ethics of Fiction(1988)을 참조. 윤리비평은 굳이 '윤리비평'이란 용어를 사용하지 않더라도 문학의 존재이유를 모방의 예술을 통한 행복과 미덕의 증진이라고 선언한 아리스토텔레스 시대부터 존재했다고 할 수 있다. 그러나 문학비평이 신학이나 정치와 분리되어 독립적인 담론으로 탄생한 것을 19세기라고 보면, 윤리비평의 황금기는 아놀드(Matthew Arnold)에서 엘리엇(T. S. Eliot), 리비스(F. R. Leavis)로 이어지는 모더니즘 인문주의 사상가들의 활동기와 일치한다. 그러나 이들의 정전중심주의, 엘리트문학론은 제국주의와 이해관계를 함께하며 2차 대전 이후 다변화된 문학비평계에서 자취를 감추게 된다. 1980년대 들어 신인문주의자들에 의해 부활된 영미문학계의 윤리비평에 관해서는 부쓰, 너스봄(Martha Nussbaum), 로티(Richard Rorty), 매킨타이어(Alasdair McIntyre)의 글들을 참조.

로 사랑받아 왔지만, 그 비평이 대부분 백인 남성 작가가 여성·동물·흑인이라는 타자를 통해 도덕적 성장을 한다는 논제를 벗어나지 못해왔음이 기존 윤리비평의 전체주의적 면모를 엿보게 한다. 반대로 「어려움의 가치」란 글에서, 버틀러(Judith Butler)는 루시만큼이나 이해하기 어렵고 답답한 『워싱턴 스퀘어』의 주인공인 캐서린을 예로 들며, 독자가 소설을 통해 "타자에 대해 완전히 알 수도, 이해될 수도 없는 것"(208)이 있다는 것을 인정하게 될 때 새로운 개념의 윤리가 탄생한다고 한다. 버틀러가 주장하는 이 색다른 소설의 윤리는 독자가 알 수 없는 것에 대한 판단을 유보할 때 비로소 가능하며, 무엇을 알게 되었다는 포만감과는 거리가 먼 "근심거리"(208)에 가깝다. 이와 비슷하게, 모든 비규범적인 것들을 '퀴어'라고 부르는 핼버스탬(Judith Halberstam)은 "멍청함"(6)을 업신여기는 규범적 인식론을 비난한다. 고급/저급, 이성/동성, 저항/침묵 등의 이분법, 사실은 위계질서를 만들어놓고 전자만을 정상으로 여기는 사고방식은 스피백(Gayatri Chakravorty Spivak)의 표현대로 "인식론이 행하는 폭력"(1988; 288)인 것이다. 교착상태에 빠진 영미윤리문학비평의 뒤를 이어 후기도덕주의 비평(post-moral criticism)이라고 불릴만한 이러한 독법은, 소설이 어떻게 선행에 보상하고 악행을 단죄함으로써 정의를 실현시키는지 즉, 소설이 어떠한 교훈을 주는지에 큰 관심이 없다. 대신 선, 정의, 미덕 같은 칭송받는 개념들에 의문을 품음으로써 이러한 규범들이 사실은 신자유주의사회나 이성애중심사회의 이해관계에 따라 북돋아지는 "오염된"(Cheah 13) 덕목들임을 밝혀내는 데 보다 큰 관심을 기울인다.8) 이러한 작품읽기는 소설의 완결성이나 인과응보의 내러티브에서 얻을 수 있는 만족감에 초점을 두기보다 선악의 이분법 자체에 대한 재고를 통해 "더 나은 것"(Edelman 5)을 독자로 하여금 엿보게 한다는 점에서 진정한 윤리의 정신을 밝혀낼 수 있다.9) 자아보다는 타자, 동질성에 기반을 둔 공동체보다는 타자의 다름에

---

8) 체아(Pheng Cheah)는 "인권의 규범성은 인권이 전지구적 자본주의의 운용에 지속적으로 엮여 들어감으로써 필연적으로 오염될 수밖에 없다"(13)고 주장한다.

대한 무한한 책임감을 강조한 레비나스는, 철학이 사고를 조직화하려는 시도라면 "철학의 가장 좋은 점은 실패한다는 것"(MacDonald 재인용, 190)이라고 했다. 사유나 존재는 인식론이나 존재론이라는 이름하에 조직화될 수도 그럴 필요도 없다는 뜻인데, 레비나스는 인식론과 존재론의 영역에 귀속될 수 없는 타자에 대한 절대적 의무를 '첫 번째 철학', 즉 윤리학이라고 부른다. 본 논문은, 죽은 개나 불태우는 루리의 "멍청함"이나 루시의 이해할 수 없는 침묵을 통해 정의와 폭력, 저항과 공동체에 관한 독자의 고정관념에 도전하고 새로운 사유의 세계로 독자를 초대하는 『수치』를 레비나스의 반서사를 구현하는 윤리적 텍스트라 주장하려 한다.

1. 인권: 정의 혹은 욕망

『수치』가 특유의 모호함으로 이분법을 반성적으로 고찰하게 해준다면, 소설 전반부에서 그려지는 루리의 수치는 인권 대 "욕망이란 권리"(89), 공적 정의 대 사적 정의를 대비시키며 오늘날 국제적으로 가장 각광받고 있는 가치 중 하나인 정의에 대해 불편한 의문을 제기한다. 먼저 루리와 멜라니의 관계를 살펴보면, 무분별할 뿐 아니라 별로 능란하지도 못한 유혹자 루리에 대해 대부분의 평론가들이 언급을 꺼리거나 다소 처량하게, 스피백의 표현에 따르자면 "대도시 성노동의 감상적 소비자"(2002; 20) 정도로 평가하고 있다. 다시 말해 루리에 대한 평론가들의 관심은 작품의 중반 이후 그려지는 그의 동물 사랑에 초점이 맞추어져 있고, 전반부 루리의 모습을 옹호하는 입장은 드물다는 것이다.[10] 강제적으로 멜라

---

9) "더 나은 것"은 퀴어이론가 에델만(Lee Edelman)의 용어로서, 퀴어이론이 윤리적인 이유는 퀴어라는 개념이 우리가 관습적으로 중시하는 행복이나 미덕추구와 거리가 멀지만 정신분석학에서 말하는 '실재계'에 다가가게 함으로써 선보다 '더 좋은 무언가'를 가능하게 해주기 때문이라고 한다.
10) 홀랜드(Michael Holland)는 루리의 미인 밝히기를 "미학적 명령에의 헌신"(395)이라고 변명 비슷하게 주장하며, 이석구 역시 조심스레 여성들과의 관계에 있어 루리가 자기성찰이 없지 않은

니와 성관계를 맺은 루리의 행동이 도덕적으로 올바르다고 주장하는 것은 결코 아니다. 다만 그러한 행동의 동기와 두 사람 사이의 관계, 그리고 그러한 과정에서 루리가 보여주는 자기성찰이, 청문회가 루리에게 내리는 "피고 인권의 심각한 유린"(57)이라는 법적 판결보다 훨씬 복잡다단하다는 것이다. "수입의 범위" 내에서 살 듯 "감정의 범위"(2) 내에서 메마르게 살아온 루리가 멜라니를 만나기 전 여러 창녀 중 소로야를 택한 것도 '오후만 가능'하다는 그녀의 조건이 그의 시간표와 맞았기 때문이었던 루리에게, 셰익스피어의 소네트를 되뇌게 하는 멜라니를 만나 욕망을 불태운 것은 자랑스러운 일은 아닐지라도 엄청난 단죄의 대상도 아닐 수 있다. 오히려 "거세된"(4) 배움터인 대학에서 거대한 합리화 작업의 일환으로 영문학 교수직을 잃고 커뮤니케이션과에 편입되어 남성성을 위협받고 있던 루리에게, 자신의 무력한 삶에 불을 붙인 욕망을 따른 행위는 콘윌(Gareth Cornwall)의 해석에 따르면 실용지상주의 대학에 맞선 "약간의 환호"(315)를 받을만한 일이기도 하다. 이러한 의미에서 루리의 갈등, 즉 "[어린아이를 데리고] 내가 무얼 하고 있는 거지?"(20)라는 당연한 반성과 "그러나 그의 심장이 욕망으로 요동친다"(20)라는 비이성적이지만 무시할 수 없는 강렬한 욕구 사이의 충돌은 인간 행위의 동기나 정당성이라는 것이 이성이나 법률만으로 설명될 수 없는 것임을 보여준다. 루리와 멜라니 관계의 변화 역시 인간관계라는 것이 원고-피고, 가해자-피해자, 백인 남자 교수-흑인 여학생이라는 도식적 권력관계로만 규정될 수 없음을 드러낸다. 멜라니를 덮치는 자신을 토끼의 목을 조이는 여우에 비유하면서도, 멜라니가 둘의 관계를 빌미 삼아 그를 착취하는 법을 배워나가고 있다고 루리가 착잡해하는 것이 그 예이다. 또한 청문회에서 확연한 가해자로 낙인찍혔던 루리가 청문회장을 나서자마자 "낯선 야수를 구석에 몰아넣고 어떻게 끝장을 낼지 몰라 맴도는 사냥꾼"(56) 같은 기자들에게 둘러싸여 조롱당하는 장면 역시 정의실현의 주

인물임을 언급하고 있다(244).

체와 객체가 각 집단의 이해관계에 따라 임의적으로 변하는 것임을 증명해준다.

루리의 청문회에서 표방되는 이분법적인 공적 정의가 루리-멜라니 관계의 미묘한 회색지대를 간과하고 있는 편파적인 정의일 뿐 아니라, 진실이나 인권 같은 '정의로운' 가치를 대중들 앞의 구경거리로 만들어 그 권위를 인정받으려는 거짓된 정의라는 점은 청문회가 띠는 종교적 색채를 통해서도 드러난다. 『수치』가 참회를 강요하는 조사위원회 측과 그것을 거부하는 루리의 대립을 통해 소설이 쓰일 당시 큰 관심을 모았던 '진실과 화해위원회'의 선정적 보도와 종교적 언어 사용을 문제시하고 있다는 점은 이미 많은 평자들이 지적한 바이다. 즉, 그 위원회의 의장이 성공회 주교인 투투(Desmond Tutu)이고 부의장이 감리교 목사인 보레인(Alex Boraine)이었던 만큼 이들이 진실과 화해를 성립시키는 방법은 '피고'가 텔레비전 카메라 앞에서 얼마나 '진실 되게' 뉘우치는 모습을 보이는가에 있었는데, 손더스(Rebecca Saunders)는 루리의 청문회가 바로 이 같은 고해의 광경을 통해 "제도적으로 생산되는 진실"(105)에 반기를 들고 있다고 주장한다. 앤커(Elizabeth Anker) 역시 진실과 화해위원회가 인권침해를 "심히 부당한 대우"(244)로 확대해석하고 참회나 속죄 같은 종교적 면죄부를 남발함으로써 "권리의 인플레이션"(244)을 낳았을 뿐만 아니라 정의는 정의대로 성취하지 못하였음을 지적한다. 이러한 의미에서 루리의 오만해 보이기까지 하는 참회 거부는 자신의 책임에 대한 부정이라기보다 순간적으로 에로스의 노예가 되어 저질렀던 자신의 실수가 법의 틀로도, 굴욕적 공개사과를 통해서도 단죄될 수 없는 지극히 사적인 수치임을 역설하는 것이다. 루리의 말을 빌면, 청문회가 자신의 욕망이 부적절하다고 해서 그것을 "치료"(43)해줄 수는 없는 것이다. 그러나 청문회 위원 중 하나인 유색인 여성 패로디아는 "정의감에 떨리는 목소리"(53)로 루리의 행위는 개인적 차원을 넘어선 오랜 착취 역사의 일부로서 대중들 앞에 폭로되어야 한다고 분노한다. 법적 정의와 종교적 도덕주의를 구별하지 못하며 대중 앞에 죄를 고백하고 마음에서 우러나오는 참회를 통해 이 사건을 정의롭게 '종결' 짓자는 패로디아의 요구에, 루리는 참회는 청문회의 영역을 벗어난 문제라며 유죄 인정 이상은 하지 않겠다고 한다. 이렇듯 문제의 '해결'을 끝까지 거부하는 고집스러운 루리의 모습은 이기적으로 보이기도 하지만 오히려 어떤 새로운 윤리성의 발현일 수도 있지 않을까 하는 것이 필자의 조심스러운 주장이다. 수치스러운 과거를 공식적 반성이라는 '쑈'를 통해 매듭짓고 잊어버리자는 청문회의 정의실현 방식을 거부하고 멜라니와의 관계에서 얻은 '풍요로운 수치' 속에서 살아나가기를 택한 루리의 모습은 수치스러운 기억을 짊어지고 반성을 멈추지 않겠다는 책임감을 암시하기 때문이다.

오늘날 정의가 인류에게 가장 중요한 가치 중 하나이며 그 정의의 구체적 실현방식 중 하나가 인권보장이라면, 최근 여러 이론가들이 인권운동의 숨겨진 정치성과 인권이란 미명하에 세계 곳곳에서 벌어지는 폭력에 대해 우려를 표하고 있다.[11] 본 논문에서 인권 담론의 유래와 발달, 내용을 자세히 살펴볼 수는 없지만, 인권제도가 인간 개개인의 자율성과 존엄성을 전제로 이에 따른 보편적 법적 권리, 즉 재산권이나 선택의 자유권 등을 보장하려는 제도임에는 의심의 여지가 없다.[12] 그러나 인권이 법적 제도에만 치중된 나머지 인간의 행위에 중요한 동기를 부여하는 불가해한 사적 욕망을 무시한다면, 또 인권이 개인의 자율성을 최우선시하는 과정에서 사람들 사이의 복잡한 상호의존관계를 부차적인 것으로 여긴다면, 과연 인권 담론에서 추구하는 협소한 법적 인권을 통해 온전한 인간의 권리

---

11) 반정치적 도덕담론으로 가장한 인권을 경계해야 한다는 주장에 관해서는 Wendy Brown, "'The Most We Can Hope for...': Human Rights and the Politics of Fatalism." *The South Atlantic Quarterly* 103.2/3 (2004): 451-64 참조. 인권의 보편성은 허구적 이데올로기에 불과하며 서구자유주의국가들의 제3세계 간섭을 정당화시키는 수단에 불과할 뿐이라는 주장은 Slavoj Zizek, "Against Human Rights." *New Left Review* 34 (2005): 115-33 참조. 인권을 보장하기 위한 "정의로운 전쟁"이란 이름하에 행해지고 있는 국제전과 갈등에 대해서는 Michael Hardt and Antonio Negri, *The Empire* (2000) 참조.

12) Austin Sarat and Thomas Kearns. Ed. *Human Rights: Concepts, Contests, Contingencies* (2002) 참조.

가 보장될 수 있을까? 이 어렵고도 중요한 질문에 쿳시의 소설은 개인의 자율성에 기반을 둔 인권이 아닌, 종종 '수치스럽게' 얽히고설켜 있는 타인과의 관계에 바탕을 둔 새로운 사회정의의 가능성을 하나의 답으로 제시하고 있는 듯하다. 동질성에 기반을 둔 공동체보다 타자의 다름에 대한 무한한 책임감을 강조한 레비나스처럼, 『수치』가 암시하는 새로운 정의 역시 주체적이고 당당한 개인들의 모임, 그들이 대화와 소통을 통해 이루어내는 '정의로운' 사회통합과는 거리가 멀다. 그러나 루리가 죽어가는 동물들, 매력적이지 못한 베브, 멀어져만 가는 루시, 왠지모르게 수상쩍은 페트러스와 맺어가는 관계 아닌 관계는, 그들 사이의 이해와 소통과 공감의 부족에도 불구하고 가해자-피해자의 이분법을 넘어서는 비관습적 공동체의 가능성을 엿보게 한다. 인종적, 문화적, 계급적 동질성에 기반을 두지 않은 이 이방인들의 공동체가 정의롭고 나아가 윤리적인 가능성까지 내비치는 까닭은 그들이 서로 간의 차이와 이해할 수 없음을 인정하기 때문이며, 서로에 대한 몰이해에도 불구하고 그들 사이의 얽히고설킨 운명이 서로를 단죄하기보다 참아내도록 이끌고 있기 때문이다. 이렇게 공감의 부재에도 불구하고 형성된 공동체는, 인간관계를 억압과 희생의 구도로 양분해 사람 사이에 금을 긋는 법적 정의보다 훨씬 윤리적인 정의처럼 보인다. 즉, 쿳시의 소설은 이질성과 반목에도 불구하고 동시대를 함께 살아갈 수밖에 없는 루리와 그 주변 인물들, 나아가 동물들을 통해 본고의 제목처럼 '이해할 수 없는' 정의와 윤리의 가치를 역설하고 있다.

의사소통의 어려움이나 공감의 한계는 『수치』에서 가장 많이 반복되는 주제 중 하나이다. 무엇보다 루리가 "커뮤니케이션의 기술"이란 과목을 가르치는 교수임에도 불구하고 낭만주의문학 수업 시간에 드러나는 그와 학생들 사이의 괴리는 처량할 정도이다. 바이런의 악마 루시퍼에 대해 설명하며 루리는 루시퍼 같은 타자에 대해 우리는 공감의 한계를 느낄 수밖에 없다는 의미심장한 말을 던지지만, 학생들은 뭐가 뭔지도 모르고 고개를 숙인 채 그의 말을 대강 휘갈겨 받아 적기 바쁘다. 루리의 타인에 대한 이해 부족은 그가 다양한 여성들과 맺는 피상적인 관계에서도 드러난다. 루리의 여성비하적인 태도는 이 소설이 여러모로 독자를 불편하게 하는 데 한몫을 해왔다. 루리는 루시를 오랜만에 보고 레즈비언끼리의 사랑은 살찐 것에 대한 변명에 지나지 않는다고 딱해하며, 베브를 처음 본 순간에는 그녀를 "까만 주근깨투성이에 짧게 친 억센 머리, 목도 없는 땅딸막하고 부산한 여자"(72)라고 한바탕 속으로 독설을 퍼붓는다. 그리고 자신은 "매력적으로 보이려는 노력을 하지 않는 여자를 좋아하지 않는다"(72)라고 철없이 변명한다. 작품의 후반부에 베브와 성관계를 맺는 것이나, 애초의 계획을 바꿔 그가 작곡할 리브레토의 주인공을 바이런의 젊은 연인 테레사에서 나이 들고 몸도 불은 과부 테레사로 결정한 것이 루리의 발전적 면모를 보여준다고 할 수도 있겠으나, 베브와의 잠자리를 열정도 불쾌감도 없는 밋밋한 행위로 치부하는 것이나 테레사에 관한 리브레토를 결국 완성하지 못한 점은 여성들에 대한 루리 인식의 한계를 암시하는 듯하다. 그러나 그동안 관계를 맺은 여성들을 "뱀의 독"(185) 같다며 저주하다가도 자신의 삶을 어떤 식으로든 풍요롭고 성숙하게 해준 것에 대해 감사의 마음을 갖기도 하는 루리의 모습은, 타인들과 만들어나가야 할 사회정의나 공동체 윤리라는 것이 타자에 대한 이해나 애정에서 생겨나는 것이 아님을 시사한다. 오히려 라이트(Laura Wright)의 지적대로, 쿳시의 소설은 "그가 여자가 될 수 있는가?"(160)라는 루리의 유명한 질문에 대해 "절대 타자가 될 수는 없다"(84)라는 깨달음을 보여주는 소설이다. 그러나 『수치』에서 이러한 불가능성은 가능성의 반대말이 아닌, 역설적으로 새로운 가능성을 고찰하게 해주는 원동력이 된다. 베이커(Geoffrey Baker)의 말을 빌리면, "쿳시의 공감의 윤리를 향한 충동은 한계를 만나지만, 바로 이 한계가 쿳시가 만들어내는 문학적·정치적 참여 가능성의 경계를 표시해주는 것"(29)이기 때문이다.

2. 윤간: 보이지 않고 들리지 않는 폭력

작품의 전반부에 그려지는 루리의 수치가 인권에 바탕을 둔 정의의 한계를 드러내며 '피해자'의 권리보장에서 나아가 '가해자'인 루리까지 고려하는 윤리적 정의의 필요성을 암시한다면, 후반부에 벌어지는 루시의 윤간과 임신, 결혼 결심은 폭력/평화, 아군/적군의 구별을 넘어서는 획기적인 윤리의식의 전환을 요구한다. 다시 말하면, 『수치』를 답답한 소설로 만드는 대화와 해결과 연민의 부재는 루시의 윤간에 이르러 절정에 달한다. 그러나 바로 이 같은 답답함, 루시가 "개같다"(205)고 부르는 자신의 상황이나 죽은 개나 불태우며 점점 멍청해져 간다고 스스로를 평가하는 루리의 모습이 이해할 수 있는 것만을 지식으로 인정하는 인식론의 '폭력'에 맞서 새로운 윤리적 사고의 필요성을 보여주고 있는 것이다. 루시의 윤간 장면이 작품 속에서 묘사되지 않는, 보이지도 않고 들리지도 않는 폭력인 만큼 평론가들의 해석도 다양하다. 이글튼(Mary Eagleton)처럼 루시의 수동적 태도를 부정적으로 보는 입장도 있고, 스피백처럼 루시의 침묵이 "번식을 목적으로 하는 이성애중심사회의 가치 체계를 버림으로써 강간당하기를 거부"(2002; 21)하는 것이라고 주장하는 평가도 있다. 루시는 아버지 못지않은 고집으로 "나에게 일어난 일은 사적인 것이며, 나의 유일한 권리는 [고발 안 하겠다는 내 결정을] 남들에게 정당화시킬 필요 없는 것뿐"(133)이라며 윤간에 관해 함구한다. 경찰에의 고발을 촉구하며 너에겐 네 자신, 미래, 자존감에 대한 의무가 있다고 닦달하는 루리에게 루시는 "난 죽은 사람이고 어떻게 다시 살아날지 모르겠어요. 내가 아는 건 떠날 수 없다는 것뿐이에요"(161)라고 답한다. 법적 인권이 개인의 존엄성을 전제로 한다면 최소한의 법적 정의마저 거부하는 루시의 모습은 인간으로서의 존엄성을 포기한 것으로 보일 수도 있다. 인권 담론의 관점에서 볼 때 법 제도의 밖에 있는 사람은 인권을 보장받기 포기한 '비인간'이기 때문이다. 한편, 범죄의 피해자가 된 것이 부끄러운 것은 아니며 침묵은 곧 강간범들에게 승리를 안겨주는 것이라는 루리의 말도 일리가 있다. 아버지의 충고대로 도시로 돌아가거나 유럽에 있는 엄마에게 갈 수도 있을 터인데 왜 루시는 자신의 전 재산인 농장을 페트루스에게 넘기면서까지 그곳에 남아 폭력으로 잉태된 아기를 낳으려 할까. 아직은 뱃속의 아기를 사랑할 수 없지만 "사랑은 자라날 거예요"(216)라고 담담히 말하는 루시의 모습은 영웅적이라고 하기에는 힘겨워 보이고 무력한 희생자라고 하기에는 너무 의연하다.

이렇듯 루시의 보이지 않는 윤간을 둘러싼 다양한 견해에 관해 '맞는' 해석을 고르는 것이 『수치』 비평의 최우선 과제가 될 필요는 없을 것 같다. 쿳시 소설의 큰 매력인 모호함에 적확한 해석의 틀을 만들어 씌우려는 것은 이 소설에 관한 규범적인 지식을 만들어버리는 것이고, 앞서 언급한 레비나스의 우려대로 자신에게 낯설고 애매한 것을 인식론의 범주 안에 가두어 버리는 실수를 범하는 것이기 때문이다. 이러한 의미에서 루시의 보이지 않는 윤간 장면은, 재현할 수 없는 타자를 보이지 않고 들리지 않게 놔둠으로써 역설적으로 재현해내는 레비나스의 반서사 방법을 연상시킨다. 백인 남성 작가의 불완전한 시선으로 폭력을 묘사하기보다 그 사건에 관한 다양한 해석과 반응을 유도함으로써『수치』는 이해나 지식 없이도 타자에 대해 (제한된) 연민을 불러일으키는 반서사의 윤리를 실천하고 있다. 쿳시가 윤간의 순간을 상상의 몫으로 남겨놓은 것에 대해 그래엄(Lucy Graham)은 독자가 "가해자나 관음증자"의 관점을 버리고 내러티브에 접근했을 때에만 이 작품에 대한 "윤리적 감응"(266)을 얻을 수 있다고 주장한다. 즉, 루시의 이야기를 생략함으로써 쿳시의 소설은 한층 더 독자의 윤리적 상상력과 책임감을 강조하고 있다는 것이다.[13)]

『수치』가 독자들에게 요구하는 아포리아적 상상력, 이렇게 어려운 상상력을 통해서만 엿볼 수 있는 수치와 멍청함과 몰이해의 역설적인 윤리학은 루시의

---

13) "바로 멜라니와 루시의 이야기가『수치』에서 생략되어있기에 아포리아적 상상력을 발휘할 책임이 그 고달픈 몫과 더불어 독자에게 남겨지는 것이다"(266)라고 그래엄은 주장한다.

무(nothing)로부터 출발하겠다는 결심에서도 뚜렷이 드러난다. 소설 속 통찰력 넘치는 명문장들 중에서도 특히 빈번히 인용되는 루시와 루리의 다음 대사는, 이 소설의 가장 큰 성취라 할 사고의 전환, 즉 개인의 권리와 지식을 추구하는 '정의로운' 인식론에서 불가해한 타자와의 관계를 절감하는 윤리학으로의 움직임을 집약적으로 보여준다. 페트러스와의 계약결혼 조건을 듣고 "참 치욕적이구나"라고 말하는 루리에게 루시는, "네 맞아요, 굴욕적이죠. 하지만 아마도 그게 다시 출발하기 좋은 지점일 거예요"라고 답한다(205). "이것만 빼고 아무것도가 아니라 정말 아무것도 없어요. 카드도, 무기도, 재산도, 권리도, 존엄성도 없어요"라는 딸의 다음 말에 루리가 "개처럼 말이구나"라고 말하자 루시 역시 그렇다고 한다(205). 스피백의 분석에 따르면 루시의 '무'는『리어왕』의 코델리아가 말한 '무'와 비슷한 의미를 가진 것으로, "모든 것의 부재"(2002; 21)로서의 무가 아닌 모든 대상을 이해와 지배의 대상으로 전락시켜버리는 인식론적 가치관에 대한 전면적 부정을 뜻한다. 이러한 의미에서 루시의 무는 모든 것을 박탈당한 절망의 끝을 뜻하는 것이 아닌, 오히려 새로운 가능성을 상징하는 근원적인 '무', 스피백의 표현대로 "겁나는 출발"(21)에 가깝다. 나아가 스피백은 문학이 입증할 수 없는 허구임에도 불구하고 윤리적 기능을 갖는 것은 기존의 인식론에 제동을 걸고 타자가 지식으로 흡수되는 과정을 유예시키기 때문이라고 한다. 이렇게 소설을 읽는 행위가 기존의 인식론으로 파악될 수 없는 "불가능한 것의 경험"(23)임에도 불구하고 계속되어야 하는 까닭은, 이렇게 불편하고 어려운 상상력을 발휘해야 하는 노력이 "모든 정의사회의 불안정한 초석"(29)을 이루기 때문이다. 즉 루시의 보이지 않는 윤간과 무로부터의 출발은 독자에게 이해불가능에서 오는 좌절감을 안겨주지만, 이 소설을 이해하려고 노력하는 과정에서 독자와 등장인물들, 비평가와 텍스트 사이에 형성되는 제한적인 공감대가 바로 타자의 차이를 인정하는 윤리적 공동체의 시발점이 되는 것이다.

　　『수치』같이 난해한 소설을 읽으며 인식론을 뛰어넘는 불가능한 사고에 맞닥뜨리는 독서 행위가 정의로운 사회의 토대가 될 수 있다는 스피백의 주장과 반대로, 적지 않은 비평가들이 쿳시 소설의 개인주의적 성향을 지적해왔다. 황정아는 이 소설의 결말이 "철저히 개인으로 움츠러들어 . . . 결국 무력함을 떨칠 수 없다"(195)고 하였고, 이석구는 "루리의 정신을 지배하는 개인주의적 지평보다는 한층 넓은 지평, 소수자에 대한 배려나 책무 같은 공동체적인 인식을 작가에게서 기대"(248)하였으나 결국 찾지 못했음을 아쉬워한다. 그러나 『수치』를 통해 독자와 인물 사이, 독자와 작가 사이, 그리고 소설 속 인물들 사이에서 형성되는 공동체는 동질성에 기반을 둔 사람들의 조화로운 모임이 아닌, 전혀 다르고 잘 통하지도 않지만 같은 지역에서 살아가며 운명을 같이해야 할 타자들의 불완전한 공동체이다. 서로를 이해 못 하는 루리와 여성들, 루리와 죽어가는 동물들, 독자를 답답하게 만드는 루시, 독자에게 만족스러운 결말을 주지 않는 작가로 이루어진 이 허술한 공동체는, 타자의 이해라는 불가능한 상황을 전제로 하고 있기에 머레 (Michael Marais)의 말처럼 언제나 미완성의 상태에 머무르는 공동체이다(180). 그러나 쿳시가 빚어내는 공동체의 미래적 성격이 그 공동체의 존재가능성을 부정하는 것은 아니며, 오히려 타자의 불가해함을 인정하고 있다는 점에서 레비나스 윤리학의 정신을 구현하고 있는 공동체라 볼 수도 있는 것이다.

　　루시의 무로부터의 출발과 비슷하게, 소설의 끝은 루리가 한 병든 개를 안락사 되도록 '포기'하면서 그 개가 죽음이라는 수치의 길을 조금이라도 편히 가도록 무나 다름없는 작은 위로를 해주겠다는 다짐으로 끝난다. 그러나 루리가 "충분히 작은, 그것보다 더 적은 무"(220)라고 부르는 동물에 대한 그의 배려는 윤리적 관점에서 보았을 때는 머레의 말처럼 "무한과 같은"(180) 숭고한 헌신이요 책임감의 발로이다. 『수치』의 불확실함, 루리와 루시의 냉정한 성격을 맘에 들어 하지 않았던 독자라면, 작품 전반에 걸쳐 가장 뚜렷이 전개되는 루리의 동물 사랑에 큰 감동과 만족감을 느낄 것이다. 시골에 와서도 도시 지성인으로서의 냉소를 잃지 않던 루리가, 작품의 중반에 다다르면 페트러스가 잔치 때 잡아먹기 위해 기르는 두 마리의 이름 없는 염소와 유대감을 형성하고, 얼마 후에는 베브를 도와 개들의 안락사를 지켜보며 눈물을 흘린다. 자신이 감상주의자가 아니길 바란다면서도, 루리는 자신 말고 그 일을 할 만큼 바보 같은 사람이 없기에 죽은 개들의 명예를 구하는 일을 계속하기로 한다. 작품의 말미에 도달해서는 그가 죽이는 동물들을 사랑이란 "온당한 이름"(219)으로 부르는 것이 더 이상 어렵지 않다고까지 말한다.[14]

　　등장인물들의 도덕적 깨달음이나 성장이 눈에 띄게 그려지고 있지 않은 이 소설에서, 위와 같이 뚜렷한 루리의 동물에 대한 심경 변화는 이 작품을 윤리적 텍스트로 보는 주요 근거로 사용되어왔다. 너무나 많아 죽음을 당해야만 하는 비참한 동물들의 현실과 그 미물의 저승길에 지극히 하찮은 배려나마 보태려는 루리의 모습이 적지 않은 감동을 주는 것은 사실이다. 그렇다고 루리의 동물 사랑을 애트리지(Derek Attridge)가 경고하듯 헌신의 차원이 아닌 "구원의 성취나 윤리적 행동 양식의 처방전"(318)으로 해석해서는 안 될 것 같다. 대신 필자는 이 소설의 가장 마지막 문장인 "네, [그 개를] 포기합니다"(220)에 드러나는 포기와 단념의 윤리학에 주목해야 한다고 믿는다. 『수치』가 루리와 루시가 맺는 '정의롭지 못한' 관계들을 통해 규범적 인식론에서 무시당해온 침묵이나 모호함, 몰이해, 어리석음, 수치, 충동적 욕망의 윤리적 함의를 밝히고 있다면, 루리의 마지막 단념 역시 기존의 부정적 의미를 벗어난 역설적 희망을 보여준다는 점에서 윤리적이기 때문이다. 즉 루시의 무가 절망이나 패배가 아닌 타자와 함께하는 낯선 공동체의 힘겨운 출발인 것처럼, 루리가 어차피 죽을 개를 포기하는 행위는 동물들과의 사이에 존재할 수밖에 없는 연민의 한계를 보여줌으로써 그 경계를 다시금 생각하게 하고 확장하게 하는 윤리적 사고를 이끌어낸다. 이러한 의미에서 루리의 마지막 포

---

14) 이와 관련해 뵈머(Elleke Boehmer)는, 쿳시의 소설이 "아낌없이 주는, 자신을 비우는 '위대한 사랑'을 통해서만 타인의 고통을 인식"(343)할 수 있음을 보여준다고 쿳시 소설에서의 사랑의 역할에 대해 설명한다.

기는 그러한 행위가 아무 긍정적 결과로 이어지지 않음에도 불구하고 묘한 여운을 준다. 루시의 개와 같은 출발이 역설적인 설렘을 주는 것도 비슷한 이유에서이다. 인권의 기본인 재산권마저 넘겨버리고 법적으로 보호받아야 할 인간의 존엄성마저 던져버린 채 출발하겠다는 루시에게 독자가 희망 아닌 희망을 느끼는 까닭은, 루시의 앞날이 밝고 행복할 것이라고 '알기' 때문이 아니라 독자가 듣지도 보지도 못했고 결코 이해할 수도 없을 폭력과 고통 끝에 일어나려는 루시에게 격려를 보내고 싶기 때문일 것이다. 루시는 개 같이 가진 것이 없는 치욕적 출발이라고 하지만, 개들이 이 소설에서 차지하는 엄청난 윤리적 무게를 고려한다면 루시의 출발은 절대 아무것도 아닌 무가 아니라 온갖 기대와 두려움으로 가득 차 있는 무이다. 나아가 이해할 수 없는 타자와 함께 살아나갈 수밖에 없는 우리의 운명을 받아들이며 느끼는 두려움과 설렘, 이것이 바로 『수치』가 내포하는 '이해할 수 없는 정의와 윤리'의 선물이다.

인용 문헌

김현아. 「J. M. 쿳시의『추락』: 인종주의 공간에서 서술되는 윤리적 딜레마의 수사학」.『영어 영문학 연구』51.2 (2009): 97-118.

이석구. 「죄의 알레고리인가, 알레고리의 죄인가? - 쿳시의『치욕』과 재현의 정치학」.『현대 영미소설』16.3 (2009): 229-53.

황정아. 「너무 '적은' 정치와 너무 '많은' 윤리: J. M. 쿳시의『치욕』(Disgrace)」.『현대영미소 설』14.2 (2007): 179-98.

Anker, Elizabeth. "Human Rights, Social Justice, and J. M. Coetzee's Disgrace." Modern Fiction Studies 54.2 (2008): 233-67.

Attridge, Derek. "J. M. Coetzee's Disgrace: Introduction." Interventions 4.3 (2002): 315-404.

Attwell, David. "Race in Disgrace." Interventions 4.3 (2002): 331-41.

Baker, Geoffrey. "The Limits of Sympathy: J. M. Coetzee's Evolving Ethics of Engagement." ARIEL 36.1/2 (2005): 27-49.

Boehmer, Elleke. "Not Saying Sorry, Not Speaking Pain: Gender Implications in Disgrace." Interventions 4.3 (2002): 343-51.

Butler, Judith. "Values of Difficulty." Just Being Difficult?: Academic Writing in the Public Arena. Ed. Jonathan Culler and Kevin Lamb. Stanford: Stanford UP, 2003. 199-215.

Cheah Pheng. Inhuman Conditions: On Cosmopolitanism and Human Rights. Cambridge: Harvard UP, 2006.

Coetzee, J. M. Disgrace. NY: Viking, 1999.

Cornwell, Gareth. "Realism, Rape, and J. M. Coetzee's Disgrace." Critique 43.4 (2002): 306-22.

Dekoven, Marianne. "Going to the Dogs in Disgrace." ELH 76 (2009): 847-75.

Edelman, Lee. No Future: Queer Theory and the Death Drive. Durham: Duke UP, 2004.

Eagleton, Mary. "Ethical Reading: The Problem of Alice Walker's 'Advancing Luna - and Ida B. Wells' and J. M. Coetzee's Disgrace." Feminist Theory 2.2 (2001): 189-204.

Graham, Lucy. "Reading the Unspeakable: Rape in J. M. Coetzee's Disgrace." Body, Sexuality, and Gender: Versions and Subversions in African Literatures 1. Ed. Flora Veit-Wild and Dirk Naguschewski Amsterdam: Rodopi, 2005. 255-68.

Halberstam, Judith. *A Queer Time and Place: Transgender Bodies, Subcultural Lives*. NY: NYU P, 2005.

Holland, Michael. "'Plink-Plunk': Unforgetting the Present in Coetzee's *Disgrace*." *Interventions* 4.3 (2002): 395-404.

MacDonald, Michael. "Losing Spirit: Hegel, Levinas, and the Limits of Narrative." *Narrative* 13.2 (2005): 183-94.

Marais, Michael. "'Little Enough, Less Than Little: Nothing': Ethics, Engagement, and Change in the Fiction of J. M. Coetzee." *Modern Fiction Studies* 46.1 (2000): 159-82.

McDonald, Peter. "*Disgrace* Effects." *Interventions* 4.3 (2002): 321-30.

Saunders, Rebecca. "*Disgrace* in the Time of a Truth Commission." *Parallax* 11.3 (2005): 99-106.

Spivak, Gayatri Chakravorty. "Can the Subaltern Speak?" *Marxism and the Interpretation of Culture*. Ed. Cary Nelson and Lawrence Grossberg. Urbana: U of Illinois P, 1988. 271-316.

_____. "Ethics and Politics in Tagore, Coetzee, and Certain Scenes of Teaching." *Diacritics* 32.3/4 (2002): 17-31.

Wright, Laura. "'Does He Have It in Him to be the Woman?': The Performance of Displacement in J. M. Coetzee's *Disgrace*." *ARIEL* 37.4 (2006): 83-102.

■ 원고 출처

김수연. 「이해할 수 없는 정의와 윤리－J. M. 쿳시의 『수치』」. 『안과밖』 30호 (2011): 93-116.

제3장
부커상과 영화
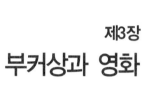

9.

영국 헤리티지 필름의 문화정치학
─ 가즈오 이시구로의 『남아 있는 나날』과 머천트-아이보리의 <남아 있는 나날>

이혜란

가즈오 이시구로(Kazuo Ishiguro)는 1954년 일본 나가사키에서 태어나 유년 시절 가족과 함께 영국으로 이주하여 현재까지 영국에 거주하고 있다. 해양학자인 아버지가 1년 여정으로 계획했던 영국행은 정착으로 이어져 영국사회와 일본인 가정이라는 두 개의 세계를 오가는 성장기를 보냈다. 켄트(Kent) 대학에서 문학과 철학을 공부했고 이스트 앵글리아(East Anglia) 대학에서 창작 과정을 이수했으며, 단편소설과 영화 시나리오 등으로 글쓰기를 시작했다.

1982년에 발표한 첫 장편『창백한 언덕풍경』(*A Pale View of Hills*)으로 위니프레드 홀트비 기념상(Winifred Holtby Memorial Prize)을, 1986년에 발표한『부유하는 세상의 화가』(*An Artist of the Floating World*)로 휘트브레드상(Whitbread Award)을 수상하게 되면서 영국 문단의 주목을 받기 시작했다. 1989년에 발표한『남아 있는 나날』(*The Remains of the Day*)로 부커상을 수상하면서 영어권의 중심 작가로 부상했다. 이 작품은 제임스 아이보리 감독의 동명 영화로 제작되어 세계적인 흥행을 거두었다. 현재까지『위로받지 못한 사람들』(*The Unconsoled*),『우리가 고아였을 때』(*When We Were Orphans*),『나를 보내지 마』(*Never Let Me Go*),『파묻힌 거인』(*The Buried Giant*) 등 총 일곱 권의 장편소설과 소설집『녹턴: 음악과 황혼에 대한 다섯 가지 이야기』(*Nocturnes: Five Stories of Music and Nightfall*)를 발표했고, 2017년에 노벨문학상을 수상했다.

가장 최근작인『파묻힌 거인』을 제외한 이시구로의 모든 작품은 과거를 회상하는 중심인물의 1인칭 서사로 이루어진다. 이시구로의 인물들은 자신의 기억을 선택적으로 소환하고 재구성하는 과정을 통해 "감정의 싸움터"(emotional arena)와도 같은 인간 내부의 심연을 펼쳐 보인다. 특히, 이시구로 소설의 1인칭 서사는 '나'의 이야기에 사용된 언어가 어떻게 자기 회피와 자기 기만의 언어가 될 수 있는지를 탐색한다는 점에서 행간을 읽어내는 독자의 적극적 읽기를 요구한다.

이시구로의『남아 있는 나날』역시 영국의 대저택 달링턴 홀(Darlington Hall)의 집사 스티븐스(Mr. Stevens)가 자신의 여행이야기를 1인칭 서술로 독백하는 방식을 취한다. 스티븐스의 이야기는 과거에 함께 일했던 하녀장 켄튼(Miss Kenton)과의 재회를 위한 여정을 기록하는 형식을 취하지만, 진짜 이야기는 스티븐스의 저택에 대한 기억, 더 정확히 말해 집사로서 저택에서 보냈던 기억들과 자신의 억압된 내면으로의 여정을 다룬다고 할 수 있다. 전형적인 영국 대저택 집사의 점잖은 어투로 진행되는 스티븐스의 이야기는 자신이 위대한 집사가 되기 위해 얼마나 최선을 다하는 삶을 살아왔는가에 치중되지만, "소설의 표면적 절제 아래로 느린 만큼이나 거대한 동요가 발생"한다는 살만 루시디(Salman Rushdie)의 지적처럼, 독자는 스티븐스의 이야기를 읽어 갈수록 그의 억압된 내면의 실체와 마주하게 된다.

반면, 제임스 아이보리 감독의 영화 〈남아 있는 나날〉은 스티븐스의 1인칭 서사를 객관적 카메라 시점으로 변환하여 그의 내면 서사를 생략 내지 간소화하고 대신 영국 대저택의 안팎을 화려한 미장센으로 담아내어 관객의 시선을 사로잡는 데 좀 더 치중한다.

1. 이시구로의 『남아 있는 나날』과 헤리티지 필름

1980년대 영국은 전후 영국사회의 흐름을 이해하기 위해 매우 중요한 시기이다. 대영제국의 해체와 지속적인 경제적 쇠락이 고조시킨 영국사회의 위기의식을 발판으로 1979년 집권한 마가렛 대처(Margaret Thatcher) 수상은 소위 '영국병' 치유를 호소하며 효율과 경쟁을 내세우는 자본주의적 시장원리를 강화했고, 대외적으로 포클랜드 전쟁을 치르며 과거 제국의 위상 회복을 시도한다. 정치, 경제적 측면에서의 이와 같은 보수적 흐름의 또 다른 한 축으로 대처는 '빅토리아적 가치'(Victorian values) 회복을 주장했는데, 주지하다시피 영국의 사회, 문화적 맥락에서 빅토리아적 가치는 대영제국의 중심이데올로기인 가족주의, 애국주의를 근간으로 근면, 절제, 검소, 자립 등의 가치들을 그 핵심으로 한다. 보수당과 대처의 정치적 의도는 '민족적 과거'(national past)나 '영국적 전통'을 호명함으로써 "제국에 대한 잔존하는 향수를 이용"하여 현재의 위기상황을 돌파하고 영국의 국가정체성을 재정비하는 것이었다(Marsden 2).

이런 맥락에서 1980년대 들어 영국사회에 불어 닥친 소위 '헤리티지 열풍'(Heritage fever)은 정부 주도의 정책적 뒷받침에 힘입은 바 크다고 할 수 있다. 예컨대, 1980년대에 들어서면서 문화유산 보존운동이 전국적으로 확산되고 각지에 박물관과 헤리티지 센터 등이 건립되었으며 유적지 방문 등 소위 '옛 영국'(old England)에 대한 영국인들의 관심이 크게 증가했다. 주목할 점은 유적지나 대저택 등 '헤리티지'로 명명된 대상들이 다양한 문화상품으로 개발되어 대중의 일상적 소비와 결합됨으로써 새로운 산업분야, 이른바 '헤리티지 산업'(Heritage Industry)이 형성되었다는 점이다.[1] 하지만, 1980년대 영국의 헤리티지 산업은 단

---

[1] 영국 헤리티지 산업에 관한 내용은 다음의 문헌들을 참조함: Patrick Wright, *On Living in an Old Country* (New York: Oxford UP, 1985); Robert Hewison, *The Heritage Industry: Britain in a Climate of Decline* (London: A Methune Paperback, 1987); Mike Storry and Peter Childs, *British Cultural Identities* (New York: Routledge, 1997); David Cannadine, *The Pleasure of the*

순히 문화유산을 상품화하여 국가경제를 부양하는 것을 목표로 한 것이 아니었다. 헤리티지를 앞세운 마케팅에는 영국인들로 하여금 오래된 건축물이나 유적지에서 소위 '영국성'(Englishness)을 상징하는 대상들을 찾는 의식을 통해 잊힌 '과거의 영광'을 호명하는, 정치적으로 매우 보수적인 문화정치학의 논리가 작동하고 있었다.

이와 같은 헤리티지 산업의 핵심 동력이 되었던 분야가 소위 '헤리티지 필름'(heritage film)이다. 1980-90년대에 미국인 감독 제임스 아이보리(James Ivory)와 인도계 영화제작자 이스마엘 머천트(Ismail Merchant)는 『전망 좋은 방』(A Room with a View), 『모리스』(Maurice), 『하워즈 엔드』(Howards End), 『남아 있는 나날』(The Remains of the Day) 등 특정 시대를 배경으로 삼는 일련의 영국소설들을 영화로 각색하고 시골의 대저택이나 전원 풍경, 고풍스러운 가구나 장신구, 의상 등을 매우 사실적이고 정교한 영상으로 재현하여 커다란 흥행을 거두었다. '머천트-아이보리 프로덕션'의 이와 같은 제작 방식은 이후 영국의 코스튬 드라마(Costume Drama)나 시대극(Period Film)의 스타일을 주도했고, '헤리티지 필름'은 이를 통칭하는 용어가 되었다.

'헤리티지 필름'이라는 용어는 특정한 장르를 가리키는 개념이라기보다 머천트-아이보리 프로덕션의 연출방식과 이를 관습적으로 따르는 일련의 영화들을 비판하기 위해 등장한 "비평적 고안물"이라 할 수 있다(Higson, 2003 11). '헤리티지 필름'을 규정하고 이에 대한 비판을 주도한 영화사가 힉슨(Andrew Higson)은 이상화된 전원 풍경과 시골저택의 우아한 거실, 레이스가 달린 화려한 의상을 입은 여배우들로 대중들의 입맛을 맞추는 일련의 영화들의 관습성을 지적하며 이들 영화들이 '옛 영국'이라는 낭만적이고 이상화된 영국의 특정 이미지를 반복 생산하는 문화상품에 지나지 않는다는 점을 비판했다(2003 49). 무엇보다 힉슨은

Past (New York and London: Norton, 1991).

이들 헤리티지 필름에서 영국의 "민족적 과거와 국가 정체성이 상류층 및 중상류 계층과 매우 긴밀히 연관된 것으로 그려지고, 국가 그 자체는 도시화와 산업화라는 근대성에 거의 오염되지 않은 영국 남부의 목가적인 경관으로 축소"된다는 점을 지적한다(2003 27). 국가문화유산이 상층계급만의 경험이나 애국주의로 한정될 수 없음에도 헤리티지 필름이 재현하는 영국적 전통과 국가 이미지는 매우 복합적이고 이질적인 요소들로 이루어진 과거를 선별적으로 취함으로써 특정한 계층, 인종, 성에 국한된 배타적 이미지를 제시한다는 것이다.

한편, 이들 헤리티지 필름들은 고전 문학작품을 원작으로 삼는 경우가 대다수여서, 실제로는 상업적 성격이 강하면서도 '예술성'을 겸비한 영상물의 지위를 얻어 각종 영화제의 수상 후보작에 자주 오르고, 관광 상품 등 연관 시장이 넓어 한마디로 "높은 생산적 가치"를 지니는 문화적 소비상품이 될 수 있었다(Voigts-Virchow 128). 그러나 이처럼 각색 헤리티지 필름이 지니는 높은 생산적 가치는 영화들이 과도하게 원작을 변형, 왜곡시키도록 부추기는 요인으로 작용한다. 즉, 헤리티지 필름의 영상 중심적이고 스타일에 초점을 맞추는 카메라 기법들은 자주 원작이 지닌 서사의 결을 화려한 이미지로 압도해버리거나 흩뜨려 놓는 경우가 많다. 힉슨의 분석에 따르면, 헤리티지 필름은 종종 서사 자체보다 촬영지로 사용되는 건축물이나 배경의 자연 경관을 중시하기 때문에 카메라의 초점이 인물들의 갈등 구조를 포착하거나 심리적 변화를 따라가기보다 크레인 샷이나 하이앵글 샷을 통해 배경에 머무르고, 빠른 장면 전환보다는 롱 테이크나 딥 포커스를 선호하며, 인물의 심리묘사에 중요한 클로즈업보다는 롱 샷이나 미디엄 샷을 빈번하게 사용한다(2006 99). 이 때문에 헤리티지 필름에는 '서사 공간'(narrative space)보다는 '헤리티지 공간'(heritage space)이 창출되는데, 원작의 서사적 결이 영화적 기법을 통해 효과적으로 이미지화되기보다 헤리티지적 요소를 부각시키는 미장센에 초점을 맞춤으로써 영상이 서사를 압도하는 상황이 발생한다는 것이다(Higson, 2003 39).

이러한 문제는 단지 산문 서사를 이미지 서사로 옮기는 과정에서 발생하는 '번역'상의 오류의 차원이나 영상이미지의 미학적 완성도가 서사보다 우선시 되는 것 이상의 문제를 초래한다. 헤리티지 요소를 부각시키기 위해 원작 서사의 핵심이 왜곡되거나 삭제되고 결과적으로 전체 서사구조를 심각하게 훼손하는 경우가 발생하기 때문이다. 머천트-아이보리 팀의 대표적인 헤리티지 필름으로 꼽히는 <남아 있는 나날>(1993)의 경우가 바로 여기에 해당된다. 가즈오 이시구로(Kazuo Ishiguro)의 동명 소설을 각색한 영화 <남아 있는 나날>은 실제 대저택의 현지 로케이션으로 화려한 볼거리를 과시했고, 중심인물 스티븐스(Mr. Stevens)와 켄튼(Miss Kenton) 역에 앤서니 홉킨스, 엠마 톰슨 등 스타 배우들을 캐스팅하여 흥행 성공은 물론, 1994년 아카데미상 8개 부문의 후보에 오르는 등 영국과 미국을 중심으로 "머천트 아이보리 신드롬"(Merchant-Ivory Syndrome)을 불러일으켰다(O'Brien 787). 그러나 앞서 지적한 것처럼, 영화 <남아 있는 나날>은 헤리티지 요소를 부각하기 위해 원작 서사의 시점을 변경하고 주요 플롯을 삭제하거나 첨가하는가 하면, 여러 장면을 변형된 이미지로 연출함으로써 원작 서사가 지니는 핵심적인 문제의식과 배치되거나 심지어 상반되는 서사로 끌고 간다.

이시구로는 자신의 소설 『남아 있는 나날』이 '영국적 전통'을 상징하는 대저택을 소설의 주요 공간으로 삼고 그 전통의 수호자 격인 대저택의 집사(butler)를 중심인물로 설정한 것에 대해 이와 같은 "너무도 영국스러운"(too English) 영국을 의식적으로 구성했다는 점을 밝힌다(Gallix 143). 다시 말해, 『남아 있는 나날』이 재현하는 영국이야말로 영국 독자들이 경험적으로 알아볼 수 있는 실제의 영국이 아닌, 오히려 영국에 와본 적이 없는 사람들이 가지고 있는 "세계적인 상품으로서의 영국", "국제적 신화"로서의 영국이라는 점을 지적하며, 이 작품을 통해 "영국 헤리티지 산업에 의해 팔리고 있는 일종의 신화적 영국(mythical England)과 놀이를 하려"했다는 점을 밝힌다(Gallix 143). 이시구로의 이와 같은 문제의식은 1980-90년대 영국사회의 문화정치학적인 지형과 보다 직접적으로 관련된다. 이시구로는 한 인터뷰에서 신화적인 '옛 영국'이야말로 당대의 거대한 규모의 향수 산업이 잡지, 텔레비전, 관광 상품들을 통해 상기시키려는 것들로서, 그것 자체로는 크게 해로울 것 없는 향수의 정조라 할지라도, 다른 측면에서 그것이 정치적인 도구로 이용될 수 있음을 지적한다(Vorda and Herzinger 74). 왜냐하면, 그것은 영국이라는 '에덴동산'을 파괴한 누군가를 겨냥하는 용도로 사용될 수 있으며, 특히 "정치적 우파에게는 노동조합운동이 생겨나기 전이나 이민자들이 몰려오기 전, 혹은 60년대의 사회적 변화 때문에 모든 것이 파괴되어 버리기 전의 평화롭고 아름다운 영국"을 주장하는 근거로 사용될 수 있기 때문이다(Vorda and Herzinger 74). 이시구로의 이와 같은 발언들은 『남아 있는 나날』이 어떤 의도를 바탕에 두고 있는지를 우회적으로 지적하는 대목으로 작품이 제기하는 문제의식을 파악할 수 있는 좋은 길잡이가 된다.

1980-90년대 영국의 국가주도 문화산업에 대한 이시구로의 이와 같은 관점을 염두에 둘 때, 영화 <전망 좋은 방>(1985)과 <하워즈 엔드>(1992) 등으로 "노스탤지어용 상품(ersatz nostalgia)을 보급하고 영국의 이상적 이미지를 조장한 것으로 명성을 얻은"(Sim 157) 머천트-아이보리 팀이 이시구로의 『남아 있는 나날』을 선택했다는 사실은 매우 역설적이라 할 수 있다. 영화의 대중적 흥행에도 불구하고 비평가들은 머천트-아이보리의 <남아 있는 나날>이 "아이러니컬하게도 이시구로의 소설이 우리에게 경계할 것을 요구했던 바로 그 노스탤지어에 역행하여 과거의 이상화된 영국에 대한 특정한 향수에 호소"하고 있다는 점을 지적했다(Parkers 78). 다시 말해, 영화 <남아 있는 나날>이 영상으로 재현하고 있는 "이상화된 문화적 신화는 정확히 이시구로가 질문하고 탐색하고자 했던 것"이라 할 수 있다(Sim 157). 국내의 한 연구는 영화 <남아 있는 나날>을 문화 번역의 관점에서 문학작품의 성공적인 영화적 변용으로 평가하며, 영화 스스로 원작과의 위계적 질서를 넘어 "그 의미를 확장하고 강화하여 스스로의 '후삶'을 개척하고 있다"고 평가한다(박선주 166). 그러나 이러한 관점은 영화 <남아 있는 나날>이 영국사

회의 헤리티지 열풍과 향수 산업의 맥락에서 생산되었다는 사회·정치적 측면을 간과하고 있으며, 영화가 취하는 이미지 전략이 어떤 문화정치학적 함의를 드러내는지를 고려하지 못하는 한계를 노정하고 있다.

문학작품 각색 영화에 대한 그간의 비평작업이 주로 영화적 재현에 대한 문학의 우월함과 특권을 재확인하는 쪽에 치우쳐 왔던 것이 사실이다. 그러나 최근에는 각색 영화를 "진짜의 창백한 복사본(a pale copy)"이나 문학의 비위를 맞추는 "문학의 파생물"로 보는 "문학 엘리트주의"적 관점을 벗어나 영화의 독립성과 자율성을 존중하는 비평적 관점이 동의를 얻고 있다(Cartmell 2-3). 즉, 여러 평자들은 원작과 각색물의 관계를 "충실성"(fidelity)이라는 개념을 기준으로 평가하기보다 "상호텍스트성"의 관점에서 접근하는 것이 더욱 생산적이라는 점을 제기하고 있으며(Cartmell 3), 나아가 각색 자체로 "하나의 새로운 원본"(Seger 9)이라는 주장도 제기되고 있다. 이 글 역시 원작과 각색 영화를 '충실성'이라는 잣대로 단순히 비교분석하는 것을 목표로 하지 않으며, 양자의 관계를 위계적 관계로 접근하는 방식을 지향하지 않는다. 그보다는 원작과 영화라는 두 가지 방식의 텍스트가 지니는 긴장 관계를 문화정치학의 맥락 속에서 규명해야 할 필요성에서 출발한다. 다시 말해, 원작과 영화의 관계가 드러내는 균열에 주목하여 영화가 원작서사를 변용하는 방식과 그 이미지 전략을 살펴보고, 문학 작품의 각색 영화를 특정 시대의 문화적 생산물로 바라보는 관점을 견지하는 가운데, 영화 <남아 있는 나날>이 1980-90년대 영국사회의 문화정치학적 지형을 어떻게 드러내고 있는지를 규명해보고자 한다.

2. 영화의 주인공 '대저택'−헤리티지 공간의 구축

이시구로의 『남아 있는 나날』은 영국 남부지역에 위치한 대저택 달링턴 홀

(Darlington Hall)의 집사 스티븐스의 엿새 동안의 여행을 1인칭 서술로 독백하는 방식을 취한다. 소설은 외적으로 평범한 여행기의 형식을 취하고 있지만, 스티븐스의 서술은 대부분 여행이 진행되는 1956년 현재보다는 과거 1920년대와 1930년대 달링턴 홀에서 있었던 일들에 대한 회고에 집중된다. 달링턴 홀의 집사로 평생을 보낸 스티븐스가 수십 년 만에 저택 바깥으로 나서게 된 계기는 과거 달링턴 홀의 하녀장이었던 켄튼이 보낸 편지 때문이었지만, 이 여정은 곧 자신의 과거 기억들 속으로의 여행과 겹쳐지는 형식을 취한다. 즉, 소설의 표면적 플롯은 켄튼과 재회하기 위한 달링턴 저택 밖으로의 여행이지만, 중심 서사는 저택에서 있었던 일들에 대한 그의 기억과 내면으로의 여행을 다룬다고 할 수 있다. 『남아 있는 나날』에서 정작 핵심은 "무슨 일이 일어났는가가 아니라, 서술자가 무엇을 말하고 왜 그것을 말하는가"이며, "말 그대로의 여행은 그[스티븐스]의 의식의 차원에서 이루어지는 좀 더 중요한 여행을 극화하기 위한 서술 장치"에 지나지 않는 것으로서, 진짜 이야기는 스티븐스의 "마음의 여정"(a journey of the mind)이라 할 수 있다(Parkers 29-31).

이 '마음의 여정'에서 화자인 스티븐스의 서술은 얼핏 보아 매우 평온하고 절제되어 보인다. 자신이 얼마나 최고의 집사였는지, '명예로움'(dignity)이라는 가치를 위해 자신이 어떤 어려움과 고난을 이겨냈는지를 담담하게 이야기하는 스티븐스의 어조에는 적어도 표면적으로는 빛나는 젊은 시절을 돌아보는 노년의 자부심이 배어있다. 그러나 스티븐스의 이야기가 진행될수록 스티븐스가 '여러분'(you)으로 호명하는 독자들은 그의 이야기가 어떤 곤혹스러움과 불편함을 불러일으킨다는 사실을 문득 깨닫는다. 예컨대, 스티븐스는 1923년 달링턴 경(Lord Darlington)이 주최했던 국제회의에서 집사 역할에 충실하느라 저택의 하인 방에서 마지막 숨을 몰아쉬는 아버지의 임종을 지키지 못했다는 이야기를 한다. 독자가 스티븐스의 직업적 철저함에 감탄할 것인지 혹은 그의 냉혹함에 실망을 느낄지를 쉽사리 판단하지 못하는 혼란스러운 순간 스티븐스는 서둘러 그때가 집사로서 자신의 직업적 성취의 "결정적 순간"이자 "커다란 승리감"을 느낀 계기였다는 서술로 장면을 마무리한다(110)[2]. 나아가, 집사로서 "자신의 위치를 지켜내는 명예로움"(227)을 위해 결국 켄튼에 대한 연정을 억제한 것을 어떤 "깊은 승리감"(227)으로 설명하는 대목 역시 독자는 과연 그를 어떤 인물로 평가해야 할지 의문을 느끼게 된다. 게다가, 켄튼의 편지를 반복해서 곱씹거나 그녀와 관련된 에피소드를 계속 늘어놓으면서도, 켄튼과의 재회를 "직업상의 일"(5) 때문이라고 애써 강조하는 스티븐스의 태도에서 독자는 이미 스티븐스의 표면적 서술과 진짜 속마음 간의 어떤 괴리를 간파하게 된다.

스티븐스의 서술 방식과 태도의 독특함에 주목한 비평가들은 스티븐스를 "성적으로, 정치적으로 억압된" 인물이자 "자기 검열적, 자기 기만적인 심리 지향성"을 지닌 인물로 분석한다(Shaffer 70-71). 또한 스티븐스가 일부러 고상한 어투를 사용하여 독자들과 거리를 두거나 대단히 자기방어적인 어법을 구사하고, 동일한 장면에 대해 독자가 읽은 방식과 그의 해석 사이에 괴리감이 발생한다는 점을 지적하며 화자로서 스티븐스를 "신뢰할 수 없"다는 점이 제기되기도 했다(Wall 22-25). 하지만, 스티븐스의 1인칭 서술이 자신의 속마음을 좀처럼 드러내지 않으며 매우 차분하고 점잖은 어투로 진행되는 듯하지만, 루시디의 지적처럼, "소설의 표면적 절제 아래로 느린 만큼이나 거대한 동요가 발생"하고 있다는 점에 주목할 필요가 있다(244). 이시구로는 한 인터뷰에서 『남아 있는 나날』이 "삶에서 가장 두려운 전투장인 감정의 싸움터(emotional arena)"에서 도피하려는 인물을 탐색하고 있다는 점을 밝히는데, 이는 소설의 진짜 주제가 스티븐스라는 인물이 교묘한 방식으로 회피하려는 그의 내적 감정의 영역이라는 점을 시사한다(Vorda and Herzinger 77). 그러므로 독자가 주의를 기울여야 할 부분은 좀처럼 속내를 드러내지 않는 스티븐스의 말하기 방식 자체이며, 그것이 진짜 말하고 있

---

2) Kazuo Ishiguro, *The Remains of the Day* (New York: Vintage, 1988). 이하 작품에 대한 인용은 괄호 안에 쪽수만 표기함.

는 것이 무엇인가 하는 점이다.

이시구로의 『남아 있는 나날』의 중심인물이 스티븐스이며, 더 정확히 말하자면, 교묘한 서술방식을 통해 드러나는 그의 심리와 내적 감정이라는 점은 분명하다. 이런 측면에서 소설이 취하는 1인칭 시점은 단순한 서술 기법이라기보다는 소설의 주제와 불가분의 관계를 맺는 핵심적 요소라 할 수 있다. 그러나 머천트-아이보리의 영화는 이러한 1인칭 시점을 객관적 카메라(objective camera) 시점으로 바꿈으로써 원작과는 매우 다른 서사를 끌어낸다(Sim 158). 즉, 스티븐스의 복잡한 내면 심리의 안팎을 염두에 두어야 할 대목들이 아무런 의심이 필요 없는 자명한 사실로 매끄럽게 이미지화되고, 스티븐스의 내면의식이 차지해야 할 서사의 중심부에는 달링턴 홀이라는 대저택의 압도적인 이미지가 들어선다. 이러한 각색 방향은 영화의 첫머리부터 드러나는데, 달링턴 홀로 짐작되는 대저택의 전면 도상이 등장하고 카메라가 달링턴 홀의 드넓은 영지를 양옆으로 지나치며 저택으로 근접해 들어가는 오프닝 장면은 관객에게 영화의 주인공이 바로 대저택이 될 것임을 암시한다. 또한, 원작에서는 오로지 스티븐스의 반복적 읽기와 해석의 대상으로만 존재하는 켄튼의 편지가 그녀의 목소리로 직접 낭송되어 이 장면에 보이스오버 되는데, 켄튼의 편지는 달링턴 경의 죽음 이후 저택이 팔려나간다는 소식에 대한 안타까움과 이곳에서 일했던 시절에 대한 애착을 강하게 드러낸다. 이어지는 장면 역시, 켄튼의 안타까움을 뒷받침하듯 달링턴 홀의 오래된 그림이나 집기들이 경매에서 팔리고 있는 장면으로 주인을 잃고 매각 상태에 놓인 대저택의 처지를 부각시키는 상황이 연출된다.

원작에는 전혀 존재하지 않는 이 오프닝 장면과 켄튼의 목소리는 1980-90년대 '헤리티지'로 불리는 대상들에 대한 영국인들의 정서를 대변하는데, 달링턴 홀이 돌보는 사람 없이 팔릴 위기에 처해있다는 사실에 대해 분개해 마지않는 켄튼의 어조에서 알 수 있는 것처럼, '헤리티지'라는 개념에는 "위협에 처한(under threat) 어떤 것"에 대한 염려가 전제되어 있다(Hewison 137). 이는 전후 영국사회에 심화된 쇠락에 대한 두려움, 급격한 사회적 변동에 따른 불안감과 연관 지을 수 있는데, 이와 같은 사회적 분위기가 바로 달링턴 홀과 같은 오래된 대저택(stately home)들을 "지속성과 안전함의 상징"이자 지켜내야 할 '영국성'의 상징으로 특별한 숭배의 대상으로 부상하게 했다(Hewison 71). 영화 <남아 있는 나날>은 이 첫 시퀀스를 통해 영화의 주인공이 스티븐스가 아닌 달링턴 홀이라는 대저택이 될 것임을 암시한다. 표면적으로 분명 영화의 주인공은 스티븐스이지만, 스티븐스는 더 이상 서사를 이끌어가는 주체가 아니며 대저택 달링턴 홀에 가장 잘 어울리는 전형적인 집사의 역할을 수행할 뿐이다. 나아가, 달링턴 홀을 돋보이도록 하기 위해 스티븐스에게 주어진 또 하나의 역할은 바로 로맨스의 주인공이 되는 것이다. "근대 영국에서 어떤 것도 시골저택만큼 매력적이고 낭만적이며 분명한 숭배의 대상이 되었던 적이 없다"는 역사학자 캐너다인(David Cannadine)의 지적처럼(99), 영화 <남아 있는 나날>은 관객들의 대저택에 대한 향수와 판타지를 충족시켜주기 위해 스크린 위로 달링턴 홀의 안팎을 매력적으로 시각화하고 여기에 집사 스티븐스와 하녀장 켄튼의 은밀하고 애절한 로맨스를 위치시킨다.

물론, 스티븐스와 켄튼의 로맨스는 원작 서사에서도 빼놓을 수 없는 부분이다. 그러나 이들의 로맨스에서 이시구로의 초점은 대저택과 달링턴 경으로 대표되는 영국사회의 위계적 신분 구조에서 스티븐스가 개인적 존재로서 자신의 감정을 억누르는 방식이며, '위대함'이나 '명예로움' 같은 추상적 가치들 뒤로 숨어 자신의 욕망과 대면하기를 회피한 채 스스로를 기만하는 상황이다. 영화 <남아 있는 나날> 역시 스티븐스와 켄튼의 로맨스를 중심 플롯에 위치시키는 듯하지만, 엄밀히 말해 이마저도 부차적 요소로 취급된다고 할 수 있다. 관객은 두 인물의 감정의 흐름, 특히 주저와 망설임으로 요동치는 스티븐스의 복잡한 심리를 연기하는 앤서니 홉킨스의 미묘한 표정 연기에 집중하는 대신 스크린에 가득 들어찬 달링턴 홀의 고풍스러운 가구와 그림, 서재를 가득 채운 양장본의 책들, 화려한 장신구나 그릇 따위에 시선을 빼앗기기 십상이다. 잘 차려입은 수십 명의 신사, 숙녀들이 달링턴 홀의 고풍스러운 가구들과 화려한 샹들리에 아래에서 연회를 하는 장면을 예로 들자면, 분명 대저택에서 열리는 상류계급의 파티 장면을 엿볼 수 있는 흔치 않은 기회를 얻은 관객들에게 아버지의 임종 순간에조차 쟁반을 받쳐 들고 집사 의 자리를 지키기 위해 안간힘 쓰는 스티븐스의 곤혹스러운 내면이 눈에 들어올 리가 없는 것이다. 나아가, 영화는 이처럼 대저택에 대한 관객들의 시각적 욕망에 부응하기 위해 원작에 없는 장면을 삽입하거나, 촬영 장소를 변경하는 등의 방식 을 취한다. 예를 들면, 달링턴 경이 손님들을 초대하여 영지에서 사냥을 하는 모 습, 사랑에 빠진 하녀와 하인이 정원에서 로맨스를 즐기는 장면, 켄튼이 잘 가꾸어 진 정원을 거닐며 꽃을 꺾는 장면 등은 달링턴 홀의 외부 전경을 보여주기 위해 의도적으로 삽입된 장면이며, 스티븐스가 젊은 카디널과 대화를 나누는 장면은 볼거리를 위해 실내 장면을 실외 촬영으로 변경한 경우에 해당된다.

헤리티지 필름이 가장 공을 들이는 부분이 바로 서사보다는 스펙터클에 치 중함으로써 정교한 미장센이나 카메라 기법을 통해 관객들에게 어떤 응시의 대상 을 제공하는 것이라고 할 수 있다. 하지만, 정작 관객들이 시선을 빼앗기는 대상들 은 어떤 시대에 대한 관객의 관습적 이해를 충족시키기 위해 수집된 것들로서 그 사물이 가지고 있는 역사적 맥락을 상실한 잡다한 물건들의 집적일 뿐이다. 이런 사실은 영화 <남아 있는 나날>이 여러 장소들의 조합으로 달링턴 홀이라는 이상 적인 대저택의 이미지를 구축해낸 것으로도 알 수 있다. 예컨대, 달링턴 홀의 진입 로와 외관은 더럼 파크(Dyrham Park), 계단과 홀, 연회 공간, 침실 등은 파우더럼 캐슬(Powderham Castle), 서재와 식당 장면은 코스엄 코트(Corsham Court), 그리 고 하인들의 숙소와 온실 등의 장면은 배드민턴 하우스(Badminton House)에서 각각 촬영하였고, 결과적으로 이 서로 다른 장소들이 달링턴 홀이라는 이상적인 대저택의 이미지를 구성하고 있는 것이다(Wikipedia).

헤리티지 필름이 빈번하게 취하는 이런 방식들은 프레드릭 제임슨(Fredric Jameson)이 포스트모더니즘 문화 현상으로 지적한 페스티쉬(pastiche)라는 개념으로 설명할 수 있는데, 헤리티지 필름에서 과거는 평면적이고 깊이를 상실해버린 잡다한 이미지들, 제임슨의 표현대로 "거대한 이미지의 집합물"로 대체된다(160). 제임슨에 의하면, 잃어버린 과거를 찾으려는 절망적 기도가 유발하는 '향수 풍조'가 과거와 현재를 무감각하게 병합하고, 미학적 효과를 내기 위해 여러 이질적 이미지들을 인위적으로 결합시킴으로써 혼성 모방품을 탄생시키는 것이다(160-63). 그 결과, 헤리티지 필름에서 과거는 피상적으로 이해되며 역사적 실재에 대한 비판적 거리두기는 잡다한 소품이 들어찬 미장센과 그 표면에 대한 매혹으로 대체된다. 예컨대, 헤리티지 필름의 단골 무대가 되는 시골의 대저택은 토지를 소유한 지주들이 소작농을 착취했던 역사와 불가분의 관계를 지닌 공간이며, 대영제국이 해외 식민지 경영으로 취득한 물질적 부로 쌓아 올린 구조물이라 할 수 있다. 하지만 헤리티지 필름에서 대저택이 지닌 이러한 역사성은 철저히 제거된다. 지주나 상류계층의 사적 소유물에 불과한 이들 저택들은 자연스럽게 국가 문화유산의 지위를 획득하고 '영국적인 것'을 대표하는 이상화된 공간으로 그 이미지가 소비될 뿐이다.

또 한 가지 짚어야 할 점은, 헤리티지 필름이 사실주의적 미장센을 통해 자신이 제시하는 이미지가 '진짜'임을 보증받으려 하지만 그것이 진정성을 보증받기 위해 의존하는 원본은 정작 소설이라는 허구적 창작물에 다름 아니라는 것이다. 헤리티지 필름이 이미지의 사실성과 내용의 원본성을 통해 진정성을 강조하면 할수록 그것은 자신의 허구적 속성을 은폐하기 위한 작업이 될 수밖에 없다. 헤리티지 필름의 특정 장소, 인물, 의복, 장신구 등은 픽션의 허구를 다시 허구적으로 재현한 것에 불과할 뿐이다. 이는 곧 장 보드리야르(Jean Baudrillard)가 포스트모던 사회에서 생성되는 이미지의 특징으로 언급했던 '파생 실제'(hyperréel)에 다름 아닌 것으로서, 헤리티지 필름에서 미장센을 가득 채운 이미지들은 "대기도 없는 파생 공간 속에서 조합적인 모델들로부터 발산되어 나온 합성물인 파생 실제"에 다름 아니다(12-16). 다시 말해, 영화 <남아 있는 나날>의 달링턴 홀은 허구적 장소이지만 헤리티지 산업의 마케팅을 통해 실제보다 더 실제적인 공간으로 탈바꿈되고, 가장 '영국적인 것'을 대표함으로써 관광객들의 열광적인 소비의 대상이 된다. 물론 이때 소비되는 영국은 지금, 여기에 존재하는 실제의 영국이 아닌, 관람객들이 영화나 TV드라마의 이러저러한 이미지를 통해 축적한 재료로 구축되는 '상상적' 영국일 뿐이다. 결국, 헤리티지 필름과 헤리티지 산업의 합작으로 이루어지는 이와 같은 메커니즘에서 관객들이 소비하는 것은 '영국성'이라는 판타지에 다름 아닐 것이다.

3. 아이러니의 실종, 거리두기의 삭제

1.5세대 일본계 영국인 이시구로는 자신처럼 일본식 이름과 일본인의 얼굴을 가진 작가가 『남아 있는 나날』처럼 "극도로 영국적인 소설"(a super-English novel), "영국보다 더 영국적인"(more English than English) 소설을 쓴 것은 일종의 "습격 행위"라는 점을 밝힌다(Vorda and Herzinger 73). 이시구로가 『남아 있는 나날』을 대하는 자의식적인 측면을 고려할 때, 가장 영국적 공간으로 그려지는 대저택 달링턴 홀과 영국적 전통의 수호자인 "진짜 옛날식 영국인 집사"(124) 스티븐스에 대한 묘사는 "신화적 영국을 만들어내기 위한 일종의 모방 작업"이며, 소위 '영국적'인 것에 대한 저자의 "아이러니컬한 거리두기"(ironic distance)로 볼 필요가 있다(Vorda and Herzinger 73). 이를테면, 스티븐스가 여행 첫날 영국의 전원 풍경을 바라보며 여기에 기꺼이 '위대함'이라는 수식어를 붙여 감회를 드러내는 것은 이 대목을 묘사하는 작가가 '우리'라는 범주에 포함되지 않을 수도 있는 일본식 이름을 가진 외부적 존재라는 점을 의식하는 순간 기묘한 거리감을 발생시킨다.

[. . .] 그럼에도 불구하고 나는 얼마간 자신 있게 용기를 내어 말해보겠다. 내가 오늘 아침 보았던 것처럼 영국의 최고의 경치는 다른 나라의 경치가 겉보기에 아무리 인상적이라 할지라도 불가피하게 가지지 못하고 있는 어떤 특징을 지니고 있다. 내 생각에는 그것이야말로 영국의 경치를 구별 짓는 특징이다. [. . .] 이 특징은 아마도 '위대함'이라는 용어로 가장 잘 요약될 듯싶다. 이것은 사실인데, 오늘 아침 그 바위턱에 서 있을 때 [. . .] 나는 분명히 드물지만, 결코 틀림없는 그 감정, 그러니까 위대함을 바로 앞에 두고 있다는 감정을 느꼈기 때문이다. 우리는 이 땅을 **그레이트** 브리튼으로 부르는데, 이를 다소 겸손하지 못한 것으로 생각하는 사람들이 있을지도 모르겠다. 그러나 나는 우리나라의 경치만이 이런 고결한 수식어를 정당하게 사용할 수 있다고 과감히 말하겠다. (28, 원문 강조)

다시 말해, 1980-90년대 헤리티지 산업이 확산되어 가고 시골저택이나 전원 풍경 등 '옛 영국'에 대한 향수가 영국사회의 일반적 정조로 호응을 얻어가고 있는 상황에서, 관습적이고 진부한 어구들을 노골적으로 서술하는 행위 자체가 독자들에게 이러한 관습적 표현에 대한 어떤 거리감을 유발시킨다. 또한, 이 대목을 1978년에 치러진 총선에서 보수당이 '브리튼에 다시 위대함을 돌려주기'(putting the Great back into Britain)라는 구호로 '애국'의 주제를 전면에 부각시켰던 점과 연관 지어 볼 때, 이시구로는 '위대함'이라는 표현을 의도적으로 사용하여 그 관습성을 환기시키고 있다고 볼 수 있다.

사실, 스티븐스가 '위대함'에 대한 이야기를 끄집어낸 것은 이 영국적 경관이 지닌 위대함의 근거로 '차분함'(calmness)이나 '절제'(restraint) 등의 특징을 들고, 이를 자신이 '위대한 집사'의 요건으로 꼽는 '명예로움'의 특징과 연결시키기 위함이다. 스티븐스는 위대한 집사의 구체적 본보기로 꼽는 자신의 아버지에 관한 세 가지 일화를 소개하며 이 '명예로움'이 무엇인지에 대해 설명하는데, 이를테면, 자신의 아버지가 가장 귀감으로 삼았던 이야기 중 하나는 주인을 따라 인도에 간 어느 집사의 일화로서, 주인의 저녁 식사가 예정대로 진행될 수 있도록 집안에 침입한 호랑이를 단호하게 총으로 쏘아 죽이고 흔적을 말끔히 지워버렸다는 이야기이다. 또 스티븐스의 아버지가 자신의 면전에서 주인에 대해 험담을 하는 손님들에게 무언의 시위를 함으로써 이들을 굴복시켰다는 이야기, 그리고 남아프리카 보어전쟁에 참전했던 스티븐스의 형 레오나르드(Leonard)를 헛되이 죽게 한 무책임한 지휘관의 시중을 들어야 하는 상황에서 아버지가 자신의 사적 감정을 억누르고 집사의 역할을 완벽하게 해냈다는 이야기가 그것이다. 이 세 가지 에피소드를 통해 스티븐스가 얘기하고 싶은 집사의 '명예로움'은 사실, 주인에 대한 철저한 복종과 헌신, 자제심 등으로서 이는 앞서 영국적 경관의 위대함을 설명하기 위해 언급했던 '차분함', '절제', '두드러짐의 결여' 등과 일맥상통한다.

하지만 스티븐스가 자랑스럽게 이야기하는 이 세 에피소드는 현대 독자들의 입장에서 볼 때, 경탄보다는 곤혹스러운 감정을 불러일으키는 것이 사실이다. 이 에피소드들이 인도나 남아프리카에서의 영국의 식민 지배를 상기시킨다는 점은 차치하더라도, 서구식 민주주의나 휴머니즘의 관점에서 볼 때 스티븐스가 이 에피소드들을 통해 이야기하려는 복종이나 헌신, 자신의 감정을 철저히 숨기는 자제 등의 가치들은 매우 자학적이고 그로테스크한 측면을 드러내기 때문이다. 그러므로 스티븐스의 이야기가 진행되면 될수록 독자는 사실상 스티븐스가 역설하는 '명예로움'에 대해 어떤 의문이나 회의를 품게 되고, 이것은 곧 스티븐스가 강조하는 가치들에 대한 거리감은 물론, 서술자로서 스티븐스라는 인물에 대해서도 일정한 거리감을 형성하도록 한다. 겉으로 드러나는 것과 그것의 실제 의미가 아이러니컬한 거리를 유지하게 되는 셈이다(Parkers 34).

어떤 측면에서 이시구로는 스티븐스를 통해 '영국적인 것', 곧 '영국성'에 대한 이야기를 한다고 볼 수 있다. 평범한 시골경치에 어떤 특별한 가치를 부여하고 이것을 특정 민족이나 국가의 속성으로 확장시키는 스티븐스의 논리, 이것을 자신이 신봉하는 가치로까지 격상시키는 방식 등을 통해 이시구로는 '영국성'의 실체에 대한 비평적 행위로 독자들을 이끌고 있는 것이다. 소설의 결말에서 스티븐스가 나치의 협력자로 드러난 달링턴 경에 대한 자신의 맹목적 복종과 헌신이 지닌 무가치함을 고통스럽게 받아들이고 자신의 삶이 노예에 불과한 것이었다는 것을 깨닫는 과정은 이 소설이 결국 1980-90년대의 영국사회를 특징짓는 '영국성' 담론에 대한 이시구로의 비평 행위라는 결론에 도달하게 한다. 이 작품을 영국성과 그것의 서사적 구현에 대한 불손한 흉내 내기로 읽는 관점(Parkers 66), 정치적 · 성적으로 억압된 집사 스티븐스의 자기기만과 맹목성에 초점을 두는 관점 (Shaffer), 그리고 "자신의 삶의 근간으로 삼았던 바로 그 이념에 의해 자신의 삶을 파괴당한 사람의 이야기"(Rushdie 245)로 읽는 관점 등은 모두 이러한 맥락을 공유한다. 또한 국내 연구 가운데, 『남아 있는 나날』을 영국의 귀족 엘리트주의의 몰락과 '대영제국의 죽음'에 대한 형상화로 바라보는 관점(박종성)과 시대착오적이고 과거지향적인 영국성에 대한 비판으로 바라보는 관점(김영주) 역시 이시구로의 문제의식이 당대 영국의 향수 산업이 재구성하려 하는 '영국성'을 비판하려는 데 있었다는 시각을 공유한다.

한편, 머천트-아이보리의 영화는 스티븐스가 꽤 장황한 어조로 심혈을 기울여 서술하는 '위대함'이나 '명예로움'에 관한 부분을 아예 삭제함으로써 스티븐스의 표면적인 여행이 지니는 보다 본질적인 측면, 즉 자신의 과거와 내면으로의 여정이라는 자의식적 서사를 제거한다. 여기서, 인물의 내면 서사를 영화적 기법으로 이미지화하기 쉽지 않다는 점은 영화 <남아 있는 나날>이 추구하는 진짜 목표를 염두에 둘 때, 본질적인 문제라고 보기 어렵다. 왜냐하면, 이시구로의 원작이 1980-90년대 영국사회에 만연했던 '영국성' 담론에 비판적 개입을 시도하는 반면, 머천트-아이보리의 <남아 있는 나날>은 사실상 이러한 '영국성'에 대해 대중적으로 유포된 판타지를 적극적으로 활용하는 측면이 매우 크기 때문이다. 즉, 소설이 화자 스티븐스와의 아이러니컬한 거리두기를 통해 '영국성'을 심문하고 있다면, 영화는 이러한 거리를 삭제하고 '영국성'을 상징하는 관습적 이미지를 아무런 망설임이나 갈등, 불화의 여지를 남겨놓지 않고 스크린 위에 매끄러운 이미지로 제시하기 때문이다. 원작에서 스티븐스의 여행이 그가 '세계의 중심'으로 여겼던 대저택 달링턴 홀이 표방하는 가치를 부인하게 되는 정신적인 이탈에 그 진정한 의미가 주어진다면, 영화는 달링턴 홀이 상징하는 세계와 부합하는 영국적 경관을 이미지화함으로써 결국 스티븐스를 달링턴 홀의 질서 안에 여전히 가두어 놓는 결과를 초래한다.

4. 대저택 신화의 해체 비껴나기 – 정치적 이슈의 회피와 삭제

영화가 원작이 비중 있게 다루는 '위대함'이나 '명예로움'에 관한 주제를 삭제하고, '영국성' 담론에 대한 아이러니컬한 거리두기를 드러내지 못한 점은 결국 원작이 제기하는 보다 중요한 정치적 이슈를 봉쇄하는 결과를 초래한다. 정작 이시구로가 '영국성' 담론과 관련해 건드리는 보다 깊숙한 주제는 '대저택'으로 상징되는 영국의 구질서와 그것이 대변하는 가치 체계의 붕괴와 해체라는 점에서 이 문제는 원작과 영화 양 텍스트 간의 결정적 차이를 유발한다. 다시 말해, 영화는 원작이 궁극적으로 겨냥하고 있는 대저택 신화의 붕괴라는 목적지를 완전히 비껴간다. 이와 같은 영화의 각색 방향은 필연적으로 원작의 가장 극적인 장면 가운데 하나로 꼽히는 해리 스미스(Harry Smith)를 비롯한 마을사람들과 스티븐스의 만남을 둘러싼 에피소드와 스티븐스가 가장 격한 감정을 표출하는 결말 부분을 모두 삭제하는 것으로 귀결될 수밖에 없다.

우선, 이시구로는 대저택과 그 주인에 대한 집사 스티븐스의 신뢰와 숭배가 거의 절대적이라는 점을 보여주는데, 이 역시 영국사회에 뿌리 깊은 대저택 신화를 의도적으로 겨냥한 것이라 할 수 있다. 스티븐스는 달링턴 경의 죽음 후 저택의 새 주인이 된 미국인 페러데이(Mr. Farraday)가 저택 밖 세상 구경을 권유하자 자신은 달링턴 홀의 "담 안에서 최고의 영국을 보는 특권"(4)을 지녀왔다고 자신만만하게 대답한다. 즉, 스티븐스는 세계의 중심은 영국이고, 영국의 중심은 달링턴 홀과 같은 대저택이며, 세계는 "대저택을 중심축으로 회전하는 바퀴"(115)이니 자신은 줄곧 그 세계의 중심에 있었던 셈이라는 자부심을 지니고 있다. 대저택에 대한 스티븐스의 절대적 신봉은 영국사회에서 대저택이 차지했던 과거의 위상과 연관된다. 달링턴 경이 영국 수상을 비롯하여 거물급 정치인들이나 저명인사들을 저택으로 불러들여 유럽에 정치적 영향력을 행사하려는 것에서 영국사회의 전통적 엘리트들의 근거지로서 대저택이 담당해왔던 정치적 역할을 짐작할 수 있다. 스티븐스는 이들 대저택의 '위대한' 신사들에게 복종하고 헌신하는 것이 곧 "인류에 봉사"하는 것이고 집사로서 자신의 직업적 야망을 실현하는 것이라 생각한다(117). 그러므로 달링턴 홀에서 개최된 비공식적 국제회합은 스티븐스에게 "이 집의 지붕 밑에서 역사가 이루어"지는 일이며 아버지의 임종이나 켄튼에 대한 연정을 기꺼이 희생할 수 있는 명분이 될 수 있는 것이다(77).

하지만, 달링턴 경과 스티븐스의 관계는 양차 세계대전을 전후하여 급변하는 세계질서와 대저택 시대의 쇠락을 인지하지 못하는 그들의 시대착오성을 드러내 주는 대목이다. 대저택의 귀족 엘리트 중심의 질서가 더 이상 영향력을 발휘하지 못하는 구시대의 유물이 되었다는 것은 달링턴 홀의 회합에 참여했던 미국인 상원의원 루이스(Mr. Lewis)가 달링턴 경의 방식을 "아마추어"(102)로 규정하는 것에서 잘 드러난다. 레이먼드 윌리엄스(Raymond Williams)는 그의 저서『시골과 도시』(The Country and The City)에서 이에 대한 통찰력을 보여주는데, 20세기 들어 영국의 대저택은 더 이상 "토지에 기반한 시골저택이 아닌 자본의 시골저택"이 되었고, "야심과 음모를 감싸는 외피 역할을 하며 서로 흥정하고 착취하고 이용"하는 장소가 되었다고 한다(248-49). 즉, 대저택은 제인 오스틴적인 이상 질서를 구현하는 공간에서 "고립된 권력, 뇌물수수, 음모의 본거지"로의 변모를 겪게 되었다(Williams 249).『남아 있는 나날』 역시 저택에서의 비공식적 회합을 통해 비밀리에 유럽 정치에 영향력을 행사하려는 달링턴 경의 의도가 결국 나치에게 이용당하고 그가 나치의 부역자로 비극적인 최후를 맞이하게 되는 과정을 보여준다는 점에서 시대의 변화를 따라잡지 못하는 대저택의 몰락을 극명하게 재현한다고 볼 수 있다.

　대저택을 중심으로 한 달링턴 경과 스티븐스의 관계는 "영국의 전통적 계급 질서를 재현"(Parkers 55)하고 있으며, 이런 측면에서 달링턴 홀은 그 자체로 영국 사회의 축소판이라 할 수 있다. 스티븐스가 "이상주의적 동기"(116)를 중시하고 위대한 집사의 야망을 품고 있다 할지라도 아버지의 삶과 죽음은 '명예로움'이라는 명분으로 포장된 스티븐스의 삶의 실체를 가감 없이 보여준다. 스티븐스의 아버지는 54년 동안 주인의 테이블 시중을 들었지만 마지막에는 청소도구를 손에 쥔 채 고꾸라져 "작고 황량해서 감방에 들어가는 것만 같은" 하인의 거처에서 죽음을 맞이한다(64). 하녀 리지는 남자 하인과 사랑에 빠졌다는 이유로 저택에서 몰래 도망가야 하고, 유태인 하녀들은 나치즘에 경도된 달링턴 경에게 가차 없이 해고당한다. 이런 측면에서 볼 때, 영국사회가 대표적 헤리티지로 내세우는 대저택의 안전함과 지속성, 낭만적 정조를 부각시키는 것은 이 공간에서 수백 년 동안 이루어져 온 지배와 피지배의 위계 구조, 착취의 메커니즘을 은폐하는 것이다. '헤리티지'라는 이름으로 소환되는 과거의 '옛 영국'은 역사성을 제거해버린 살균된 공간에 다름 아니다. 미국인 페러데이가 달링턴 홀이 "진짜 옛날 영국 대저택"이고 스티븐스가 "진짜 옛날식 영국 집사"이기 때문에 마치 "진품"(the real thing) 골동품을 쇼핑하듯이 이들을 묶어서 "일괄 구매"로 사들였다는 사실에서 알 수 있는 것처럼(124), 『남아 있는 나날』은 대저택 또한 박물관의 유물로 취급받는 처지가 되었으며, 영국사회가 헤리티지 문화산업의 맥락에서 역사성이 삭제된 하나의 문화 상품으로 대저택을 소비하고 있다는 점을 지적하고 있다고 볼 수 있다.

　반면, 머천트-아이보리의 영화는 관객들에게 정확히 달링턴 홀의 새 주인 패러데이나 그의 친구 웨이크필드 부부(The Wakefields)의 방식으로 달링턴 홀의 이미지를 탐닉할 것을 권장한다. 영화는 원작이 따로 묘사하지 않는 달링턴 홀의 일상들, 즉 수십 명의 하인들이 달링턴 홀 곳곳에서 질서정연하고 일사불란하게 자기 역할에 충실한 장면을 통해 대저택을 가장 조화롭고 안정적인 공간으로 이미지화함으로써 영국적 질서가 충실히 보존된다는 무언의 메시지를 전하는 데 기여한다. 스티븐스의 여정을 따라 스크린에 비치는 전원 풍경 또한 모두 원경에서 잡은 장면들로서 산업화의 어지러운 흔적이나 농촌의 구체적 삶의 현장은 매끈하게 제거된다. 요컨대, 헤리티지 필름 스타일의 영상 이미지는 원작의 서사가 독자에게 요구하는 인물과 공간에 대한 거리감을 매끄러운 표면으로 덮고 관객을 그 이면의 균열에 대한 관심에서 멀리 떨어뜨려 놓는다.

이런 연유로, 앞서 지적했듯이 머천트-아이보리의 <남아 있는 나날>은 원작의 가장 극적인 장면에 해당한다고 할 수 있는 두 장면을 대폭 축소하거나 삭제, 변경한다. 스티븐스는 자동차의 연료 부족으로 테일러 부부(The Taylors)의 농가에서 하루를 묵게 되는데, 그는 테일러 부부의 집에서 마을사람들, 특히 해리라는 인물과의 대화를 통해 자신이 고수해왔던 '명예로움'의 개념과는 전혀 다른 의미의 '명예로움'에 관한 정의를 듣는다. 스티븐스는 마을사람들에게 진정한 신사의 덕목으로 '명예로움'을 제시하지만, 촌부 해리는 '명예로움'은 결코 "신사들만의 것이 아니"며, "이 나라 모든 사람들이 얻으려 노력할 수 있고 또 얻을 수 있는 것"이라고 주장한다.

> 그게[명예로움]이 우리가 히틀러와 싸운 이유입니다. 히틀러가 성공했다면, 우리는 지금 노예가 되었겠지요. 전 세계에 몇몇 주인과 수백만의 노예들만 있게 되었을 겁니다. 여기 있는 사람들에게 새삼 말할 필요도 없겠지만, 노예로 살면 어떤 명예로움도 없는 거지요. 그게 바로 우리가 싸운 이유고, 그게 우리가 쟁취한 거지요. 우린 자유로운 시민들이 될 권리를 쟁취한 겁니다. 그리고 영국에서 태어난 특권으로 우리가 누구이든, 부자이든지 가난하든지, 자유로운 존재로 태어나서 자기 의견을 자유롭게 표현하고 국회의원을 선출하기도 하고 몰아내기도 하는 겁니다. 감히 말씀드리자면, 그게 진정 명예로운 것이지요. (186)

해리는 평범한 영국인을 대표하는 "존 불(John Bull)과 같은 인물"(Sim 48)로서 위대한 신사에 대한 복종과 헌신을 자신의 '명예로움'이라 생각해 온 스티븐스에게 전혀 다른 관점을 제시하여 그의 신념에 결정적 균열을 가한다. 이 대목은 사실상 작품의 "핵심적 순간"(Sim 48)으로서 해리 같은 평범한 시민의 자유, 평등, 민주주의에 대한 가치가 대저택 질서에 대한 헌신과 복종이라는 스티븐스의 가치와 분명히 대비되어 제시된다. 해리는 시민적 권리를 영국인의 특권에 속하는 것으로 보기 때문에 결국 이는 엘리트 계층만이 아닌, "보다 넓은 계급적 스펙트럼을 수용하는 영국성 개념"을 주장하는 것에 그치고 있다는 지적에도 불구하고(Sue 570), 해리의 목소리는 스티븐스에게 그가 추구하는 '명예로움'이란 결국 계급 질서에 복종함으로써 스스로 말하는 것을 회피하는 "자기상실"(self-effacement)이자 "노예가 되는 것"에 불과하다는 깨달음과 대면하게 한다 (O'Brien 794).

결국, 집사의 말투와 태도를 끝까지 유지함으로써 독자와의 거리를 좀처럼 좁히지 않던 스티븐스는 회한으로 가득 찬 켄튼과의 재회 후, 그동안 억눌러왔던 진짜 속마음을 독자에게 털어놓는다.

> '달링턴 경은 나쁜 사람은 아니었어요. 절대 나쁜 사람이라고 할 수는 없지요. 적어도 그는 자기 삶의 마지막에 자기 자신이 실수했다고 말할 수 있는 특권은 있는 셈이지요. 어르신은 용기 있는 사람이었던 거지요. 그는 인생에서 어떤 경로를 선택했고, 그게 잘못된 것으로 드러났을 뿐이에요. 하지만, 그는 그것을 선택했다고, 적어도 그렇게 말할 수 있어요. 나로 말할 것 같으면, 나는 그런 주장조차도 할 수가 없습니다. 나는 **믿었어요** 나는 그분의 지혜를 믿었습니다. 그에게 봉사했던 그 모든 시간 동안, 나는 그럴 가치가 있는 그 무엇인가를 하고 있다고 믿었던 겁니다. 나는 나 자신이 실수했노라고 말할 수조차 없어요. 스스로에게 묻지 않을 수 없어요. 정말로 거기에 무슨 '명예로움'이 있을까요? (243 원문 강조)

소설의 마지막 부분인 이 대목에서 스티븐스는 처음으로 집사의 옷을 벗어 버리고 자신의 진짜 이야기를 하는 셈이다. 소설 전체에 걸쳐 스티븐스의 어조는 차분하고 일관되어 보이지만, 그것은 사실 자기방어를 위한 안간힘이었다는 것을 선창가 벤치에 앉아 눈물을 흘리고 있는 스티븐스의 모습에서 짐작할 수 있다. "왜인가요, 스티븐스 씨, 도대체 당신은 왜, 왜, 늘 위장한 채로 시치미를 떼고 살아야 하는 거지요?"(154)라는 켄튼의 지적처럼 늘 집사라는 가면 뒤에서 살아야 했던 스티븐스가 자신의 삶을 무가치한 것으로 부정하는 대목에서 독자는 달링턴 홀과 달링턴 경에 대한 지금까지의 스티븐스의 이야기를 전혀 다른 관점에서 읽어야 한다는 것을 문득 깨닫게 된다. 즉, 대저택으로 상징되는 낡은 질서가 한 개인의 삶을 어떻게 절대적 복종과 헌신이라는 규범과 '명예로움'이라는 이데올로기로 질식시켜 버렸는가에 대한 이야기로 말이다.

머천트-아이보리의 각색은 대저택에 대한 관객의 판타지를 결코 탈신비화할 의도가 없기 때문에 당연히 원작의 핵심적 순간에 해당하는 해리와의 토론 장면이나 선창가에서 마침내 폭발하는 스티븐스의 절망스러운 모습 등을 감당할 수 없다. 대신 영화의 마지막 장면은 다시 달링턴 홀로 돌아와 집사로서의 일상을 이어가는 스티븐스의 모습을 보여준다. 사실, 원작은 스티븐스가 다시 달링턴 홀로 돌아갔는지를 분명히 밝히지 않는다. 그는 어쩌면 달링턴 홀의 질서 속으로 되돌아가 박물관의 전시품처럼 미국인 페러데이가 자랑스러워하는 '진짜 옛날식 영국 집사'의 역할을 연기하며 살아갈 수도 있을 것이다. 하지만, 독자는 그가 설령 달링턴 홀로 돌아갔다고 하더라도 그는 더 이상 예전의 스티븐스가 아니므로 대저택의 질서와 조화로운 관계를 다시 회복하기 어려우리라는 짐작을 하게 된다.

이시구로의 소설은 1980년대 이후 영국사회의 헤리티지 열풍에서 드러나는 과거에 대한 망각 또는 부인 행위와 현실 회피적 경향을 겨냥한다. 달링턴 경은 대저택이 누렸던 과거의 영광이 이미 스러졌다는 것을 부인하며 여전히 영국사회의 중심을 자처하려 하고, 스티븐스 역시 지나가 버린 시간을 부인하며 켄튼을 달링턴 홀로 되돌려 놓으려 한다. 이런 점에서, 이시구로의『남아 있는 나날』은 이미 낡아버린 빅토리아 시대의 가치와 '옛 영국'을 소환하여 국가이데올로기로 이용하려는 대처주의와 이러한 호명에 기꺼이 응답하는 영국사회의 과거에 대한 망각과 부인, 현실 회피를 지적하는 알레고리로 읽을 수 있는 측면이 다분하다. 하지만 머천트-아이보리의 <남아 있는 나날>은 이 망각과 부인, 현실 회피에 대한 이시구로의 점잖은, 그러나 가혹하기 짝이 없는 비판에 대해 다만 화려한 영상으로 위장한 채 시치미를 떼고 이를 애써 회피한다. 영화 <남아 있는 나날>의 가장 큰 미덕으로 꼽을 수 있는 배우들의 완숙한 연기에도 불구하고 애초에 영화가 지향하는 이미지 소비의 방식과 이를 염두에 둔 치밀한 이미지 전략은 원작과 영화 간의 이와 같은 결정적 간극을 쉽사리 좁히기 어렵게 만든다.

인용 문헌

김영주. 「"영국보다 더 영국적인" – 카주오 이시구로의 『지난날의 잔재』」. 『영어영문학』 50.2 (2004): 447-68.

박선주. 「문학언어에서 영상언어로: '번역'의 관점에서 바라본 문학작품의 영화적 변용」. 『문학과 영상』 8.2 (2007): 155-74.

박종성. 「『남아 있는 나날』에서 '대영제국의 죽음' 형상화」. 『현대영미소설』 13.2 (2006): 39-61.

장 보드리야르. 『시뮬라시옹: 포스트모던 사회문화론』. 하태완 역. 서울: 민음사, 1992.

프레드릭 제임슨. 「포스트모더니즘-후기자본주의 문화논리」. 『포스트모더니즘론』. 정정희 · 강내희 편. 서울: 도서출판 터, 1989.

Cannadine, David. *The Pleasure of the Past*. New York: Norton, 1991.

Cartmell, Deborah and Imelda Whelehan. *The Cambridge Companion to Literature on Screen*. London: Cambridge UP, 2007.

Gallix, François. "Kazuo Ishiguro: The Sorbonne Lecture" Brian W. Shaffer and Cynthia F. Wong. 135-55.

Hewison, Robert. *The Heritage Industry: Britain in a Climate of Decline*. London: A Methuen Paperback, 1987.

Higson, Andrew. *English Heritage, English Cinema: Costume Drama since 1980*. New York: Oxford UP, 2003.

_____. "Re-presenting the National Past: Nostalgia and Pastiche in the Heritage Film." *Fires Were Started: British Cinema and Thatcherism*. Ed. Lester Friedman. London: Wallflower Press, 2006.

Ishiguro, Kazuo. *The Remains of the Day*. New York: Vintage, 1988.

Marsden, Gordon. "Introduction." *Victorian Values: Personalities and Perspectives in Nineteenth-century Society*. Ed. Gordon Marsden. Harlow: Longman, 1990.

O'Brien, Susie. "Serving a New World Order: Postcolonial Politics in Kazuo Ishiguro's *The Remains of the Day*." *Modern Fiction Studies* 42.4 (1996): 787-806.

Parkers, Adam. *Kazuo Ishiguro's The Remains of the Day*. New York & London: Continuum, 2001.

Rushdie, Salman. *Imaginary Homelands: Essays and criticism 1981-1991*. London: Vintage, 2010(1991).

Seger, Linda. *The Art of Adaptation: Turning Fact and Fiction into Film*. New York: Owl Books Henry Holt and Company, 1992.

Shaffer, Brian W. *Understanding Kazuo Ishiguro*. Columbia: U of South Carolina, 1998.

Shaffer, Brian W. and Cynthia F., eds. *Conversation with Kazuo Ishiguro*. Jackson: UP of Mississippi, 2008.

Sim, Wai-chew. *Kazuo Ishiguro*. New York: Routledge, 2010.

Storry, Mike and Peter Childs. *British Cultural Identities*. New York: Routledge, 1997.

Su, John J. "Refiguring National Character: The Remains of the British Estate Novel." *Modern Fiction Studies* 48.3 (2002): 552-80.

The Remains of the Day. James Ivory. Sony Pictures, 2001. Film.

Voigts-Virchow, Eckart. "Heritage and Literature on Screen: Heimat and Heritage." Eds. Deborah Cartmell and Imelda Whelehan. 123-37.

Vorda, Allan and Kim Herzinger. "An Interview with Kazuo Ishiguro." Brian W. Shaffer and Cynthia F. Wong. 66-88.

Wall, Kathleen. "The Remains of the Day and Its Challenges to Theories of Unreliable Narration." *Journal of Narrative Technique* 24 (1994): 18-42.

Williams, Raymond. *The Country and The City*. New York: Oxford UP, 1973.

Wikipedia <https://en.wikipedia.org/wiki/The_Remains_of_the_Day_ (film)#Settings> (2017년 6월 20일 검색) Web.

■ 원고 출처

이혜란. 「영국 헤리티지 필름의 문화정치학— 가즈오 이시구로의 『남아 있는 날』과 머천트-아이보리의 〈남아 있는 날〉」. 『문학과 영상』 18권 2호 (2017): 317-42.

10.

『영국인 환자』
- 소설과 영화 매체의 차이와 공존의 가능성

정광숙

| 작가 소개 |

네덜란드 이주민과 스리랑카의 신할리족과 타밀족의 혼혈로 1943년 스리랑카의 콜롬보에서 태어난 마이클 온다치(Michael Ondaatje)는 1954년 영국으로 이주해서 고등학교를 다녔고 1962년에는 캐나다의 퀘벡으로 이민을 가서 정착했다. 토론토 대학을 1965년에 졸업하고 퀸즈 대학에서 1967년에 문학 석사학위를 받았다. 1971년부터는 요크 대학에서 영문학을 가르쳤으며 캐나다의 대표적인 시인이며 소설가이다.

온다치는 1967년에 시집 『예쁜 괴물들』(The Dainty Monsters)을 내면서 시인으로 등단하였고, 1970년에 출판된 『소년 빌리 모음집』(The Collected Works of Billy the Kid)은 시와 산문, 사진과 서술, 인터뷰와 연극, 역사와 전설의 형태를 실험적으로 섞은 작품으로 캐나다의 권위 있는 문학상인 총독상(Governor General's Award)을 수상하였다. 온다치는 시에서 정교하고 서정적인 어휘와 리듬을 사용하였다. 시인으로 명성을 얻은 그는 자신의 소설에도 시적인 언어를 효과적으로 사용하였다. 그의 첫 장편소설은 미국 재즈의 선구자인 버디 볼든(Buddy Bolden)과 사진작가 벨록(E. J. Bellocq)의 삶을 소재로 해서 산문시의 형태로 쓴 『호되게 겪다』(Coming Through Slaughter, 1976)이다. 이 소설에서 그는 사실과 허구, 삶과 예술, 실체와 표상의 경계를 허물면서 오직 노래와 소문, 무수한 이야기가 난무한 예술가들의 삶을 분절된 재즈 형식으로 엮어낸다. 스리랑카를 배경으로 한 소설 『가족력』(Running in the Family, 1983)에서 온다치는 자신의 삶과 가족의 역사를 고찰한다. 이 소설에도 시와 산문, 이야기와 사진들이 혼재하지만 첫 소설에 있었던 자서전과 허구의 경계선조차 없어진다. 『사자의 가죽 안에서』(In the Skin of a Lion, 1987)에서는 1900년대 초기에 토론토시 건설에 참여했지만 공적인 역사에는 포함되지 않은 이민자들의 삶을 그린다. 이 소설에서 온다치는 캐나다 건국에 참여했지만 외국인으로 간주되었던 이주민들의 노동과 에너지를 아름답고 예리한 필체로 표현한다.

제2차 세계대전 말 이탈리아의 플로렌스 북쪽에 있는, 전쟁으로 폐허가 된 한 저택에 머물게 된 헝가리인, 인도인, 캐나다인들의 상황과 의식의 내면을 그린 소설인

『영국인 환자』(*The English Patient*, 1992)는 전쟁의 우여곡절을 주변인의 시각으로 관찰한다. 온다치는 전통적이고 일관된 의미의 역사/국적/출신/정체성 대신 분절, 즉 역사의 분절, 국가의 분절, 몸의 분절, 기억의 분절, 삶의 분절을 경험하는 사람들을 특유의 몽환적이고 처연한 문체로 기술한다. 무엇보다 그는 어떤 형태의 소유나 소속을 부정하려는 이들의 탈영토, 탈식민 하려는 말과 몸짓을 고스란히 그만의 포스트모던 '소수'문학으로 창조해낸다. 이 소설은 1992년에 부커상과 총독상을 받았고 영화로 만들어진 1996년에는 아카데미 작품상과 감독상 등을 받았으며, 2018년 7월에는 황금 부커상을 받았다.

　　『영국인 환자』 이후에 출판된 소설로는 『아닐의 유령』(*Anil's Ghost*, 2000), 『디비사데로』(*Divisadero*, 2007), 『고양이 탁자』(*The Cat's Table*, 2011), 그리고 『워라이트』(*Warlight*, 2018)가 있다. 『아닐의 유령』은 저자의 고향인 스리랑카가 배경이다. 스리랑카의 내전의 참혹함과 식민지에서 자행된 폭력에 대한 트라우마를 다룬 이 작품에서 온다치는 스리랑카의 역사와 지형을 짚으며 자신의 뿌리, 더 나아가서 인종과 이주의 정치학에 대한 관심을 보인다. 샌프란시스코의 거리 이름에서 따온 『디비사데로』는 스페인어로 '분열'(division) 혹은 '멀리서 응시하다'(divisar)의 의미를 갖는 제목이 암시하듯이 서로 다른 내용의 서술들이 서로를 반영한다. 즉, 반은 캘리포니아에 있는 농장을 다루고 다른 반은 1차 세계대전이 일어나기 전 남부 프랑스를 다루며 한 가족의 분열의 과정을 기술한다. 이 소설의 문체는 훌륭하다는 평을 받았지만, 분리된 양쪽을 연결시키는 과정이 작위적이라는 지적을 받기도 했다. 서술자가 주인공 소년의 이름을 마이나(Mynah)에서 마이클(Michael)로 바꿔 부르고 영국에서 온다치가 다녔던 덜위치 고등학교(the Dulwich College)가 언급되는 등 마치 온다치 자신의 회고록처럼 보이는 『고양이 탁자』는 1950년대 초반에 스리랑카의 콜롬보를 떠나 스웨즈 운하와 지중해를 걸쳐서 영국으로 가는 동안 여객선 오론세이(Oronsay)에서 있었던 소년들의 모험을 다룬다. 과거의 항해를 기억하는 나이든 서술자의 이야기에는 이별, 불안, 추방, 상실의 아픔이 절절히 묻어난다. 『워라이트』도 『아닐의 유령』과 『고양이 탁자』처럼 성인이 된 후에 과거를 기억하는 형식을 취하고 있다. 제2차 세계대전이 끝나가던 1940년대 런던에서 시작해서 10여 년이 지난 시점에 끝나는 『워라이트』는 과거와 현재가 서로 반영한다는 주제를 다룬다. 전쟁 중에 있었던 일들이 결코 과거의 일들로 끝난 것이 아니라 현재에 사는 사람들의 삶에 영향을 끼치는 면면을 조명한다.

온다치의 시집으로는 『렛 젤리』(*Rat Jelly*, 1973), 『댄스 예선전』(*Elimination Dance/La danse eliminatoire*, 1978), 『내가 배우고 있는 칼 속임수』(*There's a Trick with a Knife I'm Learning to Do: Poems*, 1963–1978, 1979), 『세속적 사랑』(*Secular Love*, 1984), 『마지노 호숫가를 따라서: 두 편의 시』(*All along the Mazinaw: Two Poems*, 1986), 『계피 껍질 벗기는 칼: 시선집』(*The Cinnamon Peeler: Selected Poems*, 1989), 『손글씨』(*Handwriting*, 1998), 『이야기』(*The Story*, 2006)가 있다. 시와 소설 외에, 온다치는 캐나다의 시인이며 가수인 레너드 코헨(Leonard Cohen, 1970)에 관한 비평서도 썼고, 시인 비피니콜(bpNichol)에 관한 영화 〈시 대위의 아들들〉(*Sons of Captain Poetry*, 1970), 〈죄와 벌을 지속하라〉(*Carry on Crime and Punishment*, 1972), 그리고 〈클린튼 특집〉(*The Clinton Special*, 1974)을 제작했고, 영화제작자 월터 머크(Walter Murch)와의 인터뷰를 모아서 『대화』(*The Conversations*, 2002)로 출간했다. 온다치는 소설가인 부인 린다 스펄딩(Linda Spalding)과 토론토에 거주하고 있다.

1. 들어가는 말

> Peggy: We can't be doing what you want, Mr. Mehta. We're aware of
> it, ours is bound to be a love story. A commercial picture with . . .
> some exotic locations. Sex and death are really the standout features,
> rather than the arguments in the book, some of which we are filming
> . . . all of which, I guess, we think will be cut.
>
> — 헤어의 『세계의 지도』 중에서

영국의 현대 극작가 데이비드 헤어(David Hare)의 『세계의 지도』(*A Map of
the World*)에는 소설을 영화로 만드는 과정이 보이는데, 주로 액션 영화를 제작했
던 감독 안젤리스(Angelis)가 빅터 메타(Victor Mehta)의 소설을 영화로 만드는
것이다. 이 과정에서 안젤리스는 메타의 문학적이고 정치적인 사변을 대부분 생
략하고 메타와 페기(Peggy)와의 사랑에 초점을 맞춘다. 이 사실에 실망하는 작가
메타를 위로하면서도 배우 페기는 그의 소설과는 달리 이 영화에는 "남녀의 사랑
에 관한 이야기"에 중점을 두고 "이국적인 장소"를 배경으로 "성과 죽음"에 초점
을 맞춘다는 사실을 상기시킨다. 물론 지극히 전형적인 삼류 영화를 묘사하는 부
분이지만, 이 지적은 문학작품과 대중영화 사이에 있는 엄연한 차이를 현실적으
로 요약하기도 한다. 또 오래전 한 일간지에서 소설가 이문열은 박상연의 소설
『DMZ』와 이 작품에 기초해서 박찬욱 감독이 만든 영화 <공동경비구역 JSA>를
비교하면서 "영화와 소설 사이에 가로놓인 거리"뿐 아니라 "영상매체와 문학의
위상 정립이란 미묘한 문제"가 얽혀 있다고 논평한다. 비록 이문열은 영화와 문학
간의 "위상 정립"에 대해서 규명하지는 않지만, 소설이 영화로 만들어지면서 주제
가 변질되었다는 것과 영화가 영상미와 오락성은 갖고 있지만 소설에 나오는 인
물들의 의식 혹은 내면 묘사가 생략되었다면서 "영화와 소설 사이의 거리"에 대
한 검토를 한다. 이상의 두 경우는 대부분의 영화가 두 시간에서 두 시간 반에

이르는 상영 시간이라는 제한과 대중매체로서 흥행성과 상업성을 고려한다는 특성 때문에 많은 문학작품이 포함하는 복합적이고 다층적인 서술구조를 담아내기에 가장 적합한 매체는 아니라는 사실을 보여준다.[1] 그럼에도 불구하고 영화는 원작의 예술성과 정치성을 어느 정도 포함하면서 보편적으로 더 많은 관객에게 문학작품을 시각적 효과와 기법으로 구체화시키고 재현해내면서 흥미를 유발시키기 때문에 강력한 문화 기호로 작용한다.

구태여 문학작품이 영화로 만들어진 역사를 거슬러 올라가지는 않더라도, 19세기 말 영국 소설가들 중에서 말하는 것보다 보여주는 것을 강조하는 작가들이 많았다는 사실은 오늘날 문학 작품의 영화화와 맞물려서 새로운 의미를 지닌다. 조셉 콘래드(Joseph Conrad)는 "문자의 힘으로 내가 성취하려는 일은 독자로 하여금 듣고, 느끼고, 결국에는 보게 하는 것이다"(5)라고 소설을 쓰는 의미를 밝히면서 그의 궁극적인 목적이 언어의 형상화를 실현하는 것임을 시사한다. 물론 여기에서 콘래드가 의미했던 바가 구체적으로 자신의 소설을 영화로 만들기를 원하였다기보다는, 언어가 불러일으킬 수 있는 상상력을 최대한으로 발현하고자 하는 작가의 노력과 야심이라고 보는 것이 타당할 것이다. 하지만 이미 사진이 발명되었고 소위 "활동사진"이라고 불리는 무성 단편영화가 제작되기 시작하고 있었기 때문에 이처럼 언어를 통한 서술을 영상화하고자 했던 욕망은 그 당시에도 터무니없는 공상만은 아니었고,[2] 심지어는 20세기에 현실화되었고 성행하게 된 필

---

1) 물론 이러한 언급은 문학작품을 기초로 해서 만들어진 몇 영화에 제한한다. 문학작품에 기초하지만 다양한 영화 기법과 서술구조를 이용하여 창작영화라고 여겨질 만한 영화와 영화 자체만으로도 복잡하고 다층적인 서술구조를 가진 영화도 많기 때문이다. <프로스페로의 책>(*Prospero's Book*)과 <블레이드 러너>(*Blade Runner*)는 각각 전자와 후자의 한 예가 되겠다.

2) 환등, 장난감 상자 등불과 같이 영화를 만드는 방법과 기술이 이미 준비되어 있었다는 논란의 여지는 있지만, 영화는 1895년에 프랑스의 루이 루미에르(Louis Lumiére)가 처음으로 1장씩 찍었던 것을 연속해서 찍을 수 있는 카메라를 고안한 것을 계기로 비로소 시작되었다고 볼 수 있다. 본격적인 장편 영화는 1915년 그리피스(D. W. Griffith)의 <국가의 탄생>(*Birth of a Nation*)을 필두로 만들어지기 시작하였다.

연적인 문화 현상에 대한 선구자적인 예언이라고도 볼 수 있다.

대중문화에 대한 관심과 연구가 정립되고 대중문화 혹은 하급문화와 전통적으로 예술이라고 간주되어왔던 고급문화와의 경계선이 이미 무너진 상황에서 서술을 매개로 하는 두 매체인 문학과 영화와의 관계는 더욱 밀접하다. 인문학 분야에서 활발하게 이루어지는 두 가지 작업, 즉 대중문화의 대표적인 형태인 영화를 문화 연구의 패러다임을 적용하여 하나의 텍스트로 고찰하는 것과 문학 작품이 영화로 만들어지면서 나타나는 차이를 비교하고 연구하는 것은 지금은 구태의연하다. 영화는 그것이 만들어진 이래로 대중문화의 중요한 부분을 형성하고 주도해왔기 때문에 영화에서 보이는 대중문화의 기호와 담론을 읽고 연구하는 것은 당연하다. 하지만 후자의 경우에서처럼, 문학작품이 영화로 만들어지면서 그 영화는 새로운 텍스트로서 독립된 기호와 의미를 창출하는 동시에 원작에 근거한다는 부담을 안고 있다. 이 과정에서는 흔히 세 가지 현상이 나타난다. 제프리 와그너 (Geoffrey Wagner), 더들리 앤드류(Dudley Andrew), 그리고 마이클 클라인 (Michael Klein)과 길리안 파커(Gillian Parker)는 모두 첫째, 원작에 아주 충실한 영화, 둘째는 원작에 나타난 작가의 의도가 희석되거나 재해석된 경우, 셋째는 원작이 새로운 작품을 만들기 위한 자료나 틀만 제공하거나 거의 해체된 경우를 지적한다(222; 10; 9-10). 브라이언 맥팔런(Brian McFarlane)은 원작에 충실하다는 것, 특히 영화가 원작에 충실한지 그렇지 않은지를 분석하는 비평에 대해서 일침을 가하면서 오히려 "성공적으로" 원작을 차용했으며 원작에 나타난 "정신" 혹은 "핵심"에 접근했는가를 파악할 것을 강조한다(8-10). 그것을 파악하기 위해서 맥팔런은 영화의 상호텍스트로 "원작의 이해와 기억"이 크게 작용함에도 불구하고 소설이 영화로 만들어지는 과정에서 "영화 제작자가 원작에서 취한 것과 버린 것을 구분"하면서 그렇게 생긴 변화를 "객관적이고 조직적인 평가 방법"으로 분석한다(23).

맥팔런의 입장과 방법은 한 문학작품과 그 문학작품에 근저를 두어 만들어진 영화를 비교하고 분석하는 데 중요한 지침을 제공한다. 근본적으로 맥팔런의 입장에 동의하고 그가 "주관적인 인상"을 갖고 평하는 것을 피하기 위하여 이용하는 "객관적이고 조직적인 평가" 방법의 정당성과 완벽함도 인정하지만, 원작과 영화의 차이에 대한 객관적인 고찰이라는 것과 차이가 많은 경우에 객관적으로 특정 요소 혹은 장면을 비교하는 것은 무의미하므로, 주관적인 의견을 개진하면서 필요한 부분에 객관적인 비교를 하는 것이 적합할 것이다. 결국에는 그가 하듯이 칼럼을 나누어서 비교를 하는 방법이나 화살표로 진전 상황을 비교하는 방법은 모두 비평가가 어떤 입장을 취하느냐를 증명하는 자료의 역할을 할 뿐이다. 그리고 방법론에는 상관없이 원작과 영화를 비교하는 위치에서 평자의 주관적인 입장과 의견은 여전히 가장 중요한 것이다. 본 논문은 온다치의 소설『영국인 환자』와 이 작품에 근거해서 앤소니 밍헬라(Anthony Minghella)가 만든 같은 제목의 영화를 비교하면서 문학작품과 영화에 나타난 정치성과 예술성 그리고 대중성을 분석하고 이 두 작품의 공존 여부를 검토한다.

2. 소설과 영화『영국인 환자』의 차이

캐나다의 시인이며 소설가인 온다치는 네덜란드계 후손으로 스리랑카에서 출생하여 영국과 캐나다에서 교육을 받고 캐나다에 이민하여 작품 활동을 하는 중견작가이다. 그는 지리적인 국경을 넘나들며 살아온 자신의 삶을 반영하듯이 장르의 경계를 넘나드는 시와 소설을 써서 문단과 학계의 관심을 끌었으며, 캐나다 포스트모더니즘의 대표적인 비평가 린다 허천(Linda Hutcheon)은 그를 시와 소설, 그 외의 장르를 허문 포스트모던 작가로 꼽았다. 온다치는 영화에 대한 관심도 많아서 70년대 초반에는 실제로 <시 대위의 아들들>, <죄와 벌을 지속하라>, <클린튼 특잡> 등 세 편의 단편영화를 제작했고, 토론토에 있는 캐나다 영화센터

(Canadian Film Center)에서 재직작가로 있으면서 1990년에는 <사랑 치료원>(*Love Clinic*)을 위한 각본을 썼다. 샘 솔레키(Sam Solecki)와의 인터뷰에서 "언어가 이제는 정말 아무 뜻도 없고 . . . 다른 영역, 완전히 시각적인 것을 해야만 했다"(14)고 토로한 온다치는 사물을 언어로만 표현해야 하는 한계를 극복하고자 영화에 대한 관심을 보였다. 데렉 핑클(Derek Finkle)은 그의 영화들이 "각 영화보다는 영화가 만들어진 당시의 [시나 소설 같은] 작품과 더 긴밀한 관계가 있다"고 주장하였으나(168), 바트 테스타(Bart Testa)가 "영화에 대한 온다치의 취향은 저속하다"(155)라고 비판하듯이 그가 제작한 영화들은 그의 문학작품에 비교하면 별로 주목을 받지 못했다. 그러나 1992년에 출판되면서 영국의 권위 있는 부커상을 수상하고 국제적인 베스트셀러 리스트에 오르는 등 세계적으로 주목을 받았던 그의 소설『영국인 환자』는 4년만인 1996년에 밍헬라의 감독하에 영화로 만들어져서 아카데미상 12개 부문에 후보로 오르고 최우수영화상을 비롯한 9개 부문에 수상을 하는 영광을 누렸다. 소설로서 그리고 영화로서 모두 성공한 드문 경우라고 보겠다.

그럼에도 불구하고 소설과 영화『영국인 환자』는 소설이 영화로 만들어진 많은 다른 경우에서와 마찬가지로 서로가 매우 다르다는 것을 보여준다. 우선 소설과 영화의 서술 구조가 다르다. 비록 소설『영국인 환자』는 온다치가 그전에 쓴 작품에서 보이는 실험성이 덜하고 상업적이라는 비판을 받기도 하지만3) 이 소설에도 그의 포스트모던적인 서술이 다분히 보인다. 어느 정도는 역사적, 지리적, 정치적 사실에 근거한 이 소설에서 온다치는 라즐로 에데 알마시(László Ede

---

3) 온다치는『소년 빌리 모음집』에서 시, 소설, 사진, 인터뷰 등의 장르를 섞으면서도 유기체적인 작품을 완성한다. 이바-마리 크롤러(Eva-Marie Kroller)는 「1983-1966년의 소설들」("Novels 1983-1966")에서『영국인 환자』가 상업적이라고 비판되었지만 그래도 이 소설이 온다치가 문학계의 주류로 부상하는 데 기여를 해서 유진 벤슨(Eugene Benson)과 윌리엄 토이(William Toye)가 편집한 1997년 판『캐나다 문학: 옥스퍼드 평전』(*Oxford Companion to Canadian Literature*)에 그의 작품이 비중있게 소개되었다고 주장한다.

Almásy)와 로버트 클레이튼 경 부부(Sir and Lady Robert Clayton East Clayton) 같이 실존했던 인물을 모델로 레디슬러스 드 알마시(Ladislaus de Almásy)와 제 프리와 캐서린 클리프튼(Geoffrey and Katharine Clifton)을 그려내고, 헤로도토 스(Herodotus)의 『역사』(The Histories)를 인용하고, 사하라 사막 원정, 제2차 세 계대전 동안 사하라 사막과 이탈리아에서의 연합군과 독일군의 움직임, 당시 만 들어진 지뢰에 대한 정보, 히로시마와 나가사키의 원자폭탄 투하 등 실제로 있었 던 사실과 모종의 가능한, 허구성을 섞으면서 허천이 포스트모던의 독특한 서술 형태로 명명한 "역사기록적 메타픽션"(historiographic metafiction)을 쓴다. 즉, 온 다치는 자신의 소설에 구체적인 장소, 인물, 시간을 설정하고 역사적인 기록과 사 건을 인용하여 사실과 허구의 경계를 흐린다. 소위 말하는 공식적인 역사도 서술 과 기록의 과정에서 자아 반영적인 요소가 포함된다는 사실을 상기시키면서 이러 한 역사에 개인의 이야기와 기억을 삽입하고 동시에 이에 저항하는 "역사기록적 메타픽션"의 서술 전략을 그는 소설에 다양한 형태로 차용하고 있다(허천, *Canadian* 86-104). 그리하여, 어제이 헤이블(Ajay Heble)은 "과거 역사에서 주변 적인 인물을 비역사적인 장르에 포함시키려는 작업을 한다"(97)면서 온다치의 소 설에 나타난 역사적 사실을 문제시하고, 스티븐 토토시 드 제프트넥(Steven Tötösy de Zepetnek)은 "영국인 환자"로 추정되는 헝가리의 귀족 알마시의 인물 묘사가 실존했던 동명의 인물이라면 그의 일생 또한 소설의 알마시에 못지않게 신비에 싸여있다는 사실을 고증한다(143-45). 이들은 모두 온다치의 소설이 역사 적인 사실에 근거해서 새로운 허구인 문학적인 창작물을 생산한 것에 강하게 반 응하는 비평이다.

더 나아가 온다치는 그의 문학적이고 정치적인 시각을 효과적으로 표출하기 위하여 이 소설에서 다양하고 구체적인 서술전략을 구사한다. 에피소드로 구성된 소설의 서술은 네 명의 주인공의 현재와 과거를 유기적으로 교차하면서 다층적인 구조를 형성한다. "영국인 환자", 한나(Hana)와 카라바지오(Caravaggio), 그리고 킵(Kip)의 과거는 현재와 같이 전경화되어 이들의 정체와 관계, 현재 상황과 행동의 맥락을 드러낸다. 인도인인 킵과 그의 과거에 대한 부분은 다분히 백인과 유럽 중심적으로 다루어질 수 있는 전쟁과 국적, 인종의 문제에 대해 제3세계의 시각을 부여하고 다른 세 인물도 사실은 모두 정치적으로 주변 국가에 속한다는 것을 상기시키는 데 결정적인 역할을 한다. 그런가 하면, 독자는 "영국인 환자"가 과거를 회상하는 서술에서 알마시와 캐서린의 관계에 대해서 알게 되고 그 서술의 화자가 3인칭과 1인칭 주어를 혼란스럽게 사용하는 것을 들으며 비로소 "영국인 환자"의 정체를 추측하게 된다. 얼굴도 알아볼 수 없게 극심한 화상을 당해서 정체를 알 수 없기에 "영국인 환자"라고만 불리는 그의 실체는 끝까지 확증을 유보하지만 심증을 굳히게 하는 서술로 풀어지고, 이 장치로 인하여 소설에는 수수께끼를 푸는 작은 서스펜스마저 조성되어 있다. 알마시의 과거 활동 배경의 일부로 기술되는 사하라 사막에 대한 묘사는 그 사막에서 있었던 역사적인 사건들, 거기에서 활동했던 탐험가들, 거기에 살고 있는 사람들, 심지어는 거기에 부는 바람, 지형과 생태학적인 정보 등이 에피소드로 엮어지면서 사실과 허구의 경계가 흐려지는 또 다른 예가 된다. 이러한 복합적이고 다층적인 서술구조와 전략은 온다치의 작가로서의 정치적 목소리와 글쓰기에 포함된 실험 정신을 나타낸다.

소설 『영국인 환자』에 보이는 구조와 서술전략은 영화로 만들어지면서 영화에 옮겨질 수 없는 것과 가능하게 보여줄 수 있다고 해도 영화에서 정해진 시간에 다루어야 하는 주제에 적합하지 않은 것, 관객이 영화를 감상하는 데에는 불필요하거나 방해가 되거나 심지어는 동의하지 않는 것, 그리고 감독(혹은 제작자)의 예술적, 정치적인 시각과 기술적인 선택에 의하여 편집된 서술구조를 형성하게 된다. 그래서 영화에는 현재와 과거의 플롯이 각각 직선적으로 시제를 따르고 백인 남녀의 사랑이 플롯의 중심을 이룬다. 현재 시제의 플롯은 제2차 세계대전이 종식되어 가는 이탈리아 전선에서 한나와 "영국인 환자"가 따로 남게 되고, 카라바지오는 "영국인 환자"의 정체를 알고 그에게 복수를 하러 찾아와서는 "영국인 환자'가 전쟁 중에 한 활약을 추적하는 과정으로 나타난다. 과거의 회상으로 이루어지는 과거 시제의 플롯에는 알마시와 캐서린의 관계가 부각되고 이것이 다분히 영화의 중심축을 이룬다. 회상은 전쟁이 발발하기 전에 알마시가 속한 사하라 사막 원정팀에 캐서린이 등장하면서부터 시작해서 그들이 카이로에서 만나고 헤어지는 장면들로 이어지고, 부상당한 캐서린을 구하려고 알마시가 독일군에게 협조한 후에 이미 죽은 캐서린에게 다시 찾아가는 내용으로 구성된다. 다시 현재 시제로 돌아와서, 한나와 킵이 연인이 되고, 알마시는 카라바지오에게 진실을 말한 후에 숨을 거두며, 전쟁이 끝나자 한나와 킵, 카라바지오는 각기 흩어진다. 비록 현재와 플래쉬백 기법으로 보인 과거가 섞여서 보이지만 이 두 시제의 서술 전개 방법은 지극히 단편적이고 연대기적이다.

비교적 평이한 서술구조와 더불어, 밍헬라는 소설의 내용을 변화시키고 영화감독으로서의 감각으로 일반 관객의 경향에 타협하여 인물과 상황을 그려내면서 할리우드의 정치성을 포함시킨다. 부연하자면, 영화에서 재현되는 과거시제는 주로 알마시와 캐서린의 관계를 보여주기 위한 구조적인 장치일 뿐이며 소설에서처럼 각 인물의 과거를 통해서 현재의 모습과 관계를 이해할 수 있는 연계성을 갖지 않기 때문에 부득이 영화에서 인물들은 소설에서와는 다른 관계를 형성한다. 소설에서는 카라바지오가 병원에서 한나의 이야기를 듣고는 그녀의 아버지의 친구였고 어려서부터 그녀를 잘 알았기 때문에 한나를 찾아서 오지만, 영화에는 그가 "영국인 환자"를 찾아서 복수를 하러 와서는 한나에게 메리(Mary)라는 친구의 안부를 전한다는 빈약한 이유로 같이 머무는 상황을 설정한다. 하지만 이러한 설정은 오로지 알마시의 과거 행적 그리고 캐서린과의 관계를 끌어내기 위한 장치에 불과하며 그 전후 맥락이 불분명하고 작위적이어서 설득력이 없다. 또, 영화에서 카라바지오는 전쟁 중에 연합군의 스파이를 하다가 알마시의 변절로 인하여 독일군에게 붙잡혀 엄지손가락을 잘렸다고 생각하기 때문에 알마시에게 복수를 하려 한다. 이 과거 서술 장면에 손가락을 자를 간호원이 회교도라는 사실을 독일군 장교가 말하는 장면이 포함되어 있다. 조셉 페쉬(Josef Pesch)는 이 대사가 소설에는 없는 부분이고 온다치의 의도가 아니며 밍헬라가 미국 관객의 구미에 맞도록 "회교도의 종교적, 인종적 정형"을 사주한 것이라고 주장한다(232-34). 한편, 인도인 킵의 역할은 너무 축약되어서 현실적인 인물로 보이지 않는다. 구체적인 연도와 장소를 밝히면서 영화는 소설의 역사적인 근거에도 충실하려고 하지만, 알마시와 캐서린의 관계에 전체 줄거리의 절반의 비중이 실리고 다른 인물들의 구체적인 과거 배경과 맥락이 생략되어서 이들이 이차원적이고 허구적으로 보이면서 알마시와 캐서린의 관계까지도 역사적인 맥락을 갖기보다는 순수한 허구라는 인상을 남기게 한다. 서술의 전개가 연대기적이고 산문적이기 때문에 밍헬라가 시도한 몇몇 내용의 변화와 함께 영화는 관객으로 하여금 쉽게 줄거리를 따라갈 수 있게 하는 장점을 갖지만 소설을 읽을 때 경험하는 역사성과 허구와의 긴장감, 즉 포스트모던적이고 비평적인 감각은 감소하게 된다. 결과적으로 영화는 역사성이 축약되고 낭만적인 허구가 부각된 새로운 창작물이다.4)

소설과 영화에서 사하라 사막은 가장 인상적인 장면 중의 하나이다. 소설에서는 온다치 특유의 시적이고 마술적인 문체가 사막의 실체를 드러내는 동시에 신비함을 더한다. 그는 사막과 오아시스, 사막에 부는 바람의 종류, 지금은 사라진 전설적인 오아시스 등을 기술하고, 황막하고 불모지로만 보이는 이 지역에 사는 베두인(Bedouin) 족속을 묘사한다. 그들은 사막을 탐험하고 사막의 지도를 그리려고 이곳에 온 사람들과는 다르고 이들이 알지 못하는 그곳만의 태곳적 비밀과 신비를 알고 있는 사람들이다. "영국인 환자"는 이미 베두인 족속과 친숙하게 알고 지냈지만 그가 비행기 사고로 전신에 화상을 입고 그들에게 구조되어 치료를

---

4) 영화와 소설 『영국인 환자』의 서술 방법의 차이는 또한 소설과 영화 매체가 흔히 표방하는 글쓰기와 영상 이미지를 통해 전달한다는 차이를 역설적으로 극복한다. 온다치의 소설은 종종 콘래드가 글쓰기의 목적으로 했던 것처럼 다분히 영상적 이미지를 그려내고 있으며, 오히려 밍헬라의 영화는 사건을 전개하는 데에 초점을 맞추어서 화면의 이미지는 상황을 서술하는 역할을 하기 때문이다.

받는 동안에 그들의 삶의 일부를 실제로 경험한다. 온다치의 "영국인 환자"는 베두인 족속만의 독특한 치유법과 여흥 등을 묘사하는 동시에 그들이 무기를 축적하고 또 거래한다는 사실을 객관적으로 서술하면서 그들을 낭만적으로 타자화시키는 가능성을 배제한다. 비록 사막에 묻혀서 살지만 그들은 박물관에 전시된 원시인처럼 미개한 족속도 아니고 신비롭게 선한 신선도 아니다. 그들만의 비밀스러운 문화가 있지만 그들도 매일의 삶을 살고 현실적으로 이득을 취하기 위해서 서로를 이용하고 배반하면서 전쟁과 현대화라는 시대적인 상황을 경험하는 다른 지역에 사는 사람들과 똑같은 사람들이라는 사실을 상기시키는 것이다. 베두인 족속을 묘사하는 것처럼, 온다치는 소설에서 각 인물과 상황의 현실적인 맥락을 짚어내는 작업에 천착하며 낭만화하기를 거부하는 입장을 굳힌다.

영화에서 끝없이 펼쳐지는 사막은 주로 롱 샷으로 처리되어 영상 이미지의 극치를 이룬다. 영화의 시작 장면에는 경비행기 한 대가 평화롭게 사막 위를 날고 그 비행기를 (독일 말을 하는) "적군"의 포대가 사격을 하여 떨어뜨리는 광경이 펼쳐진다. 시간이 흐른 것을 시사하듯이, 화면은 한나가 연합군의 의무반에서 간호원으로 활약하는 모습을 중심으로 해서 이탈리아에서 벌어지는 지상전을 보여주고는 다시 사하라 사막으로 옮겨서 베두인 사람들이 "영국인 환자"를 구조하고 치료하는 장면을 보여준다. 페쉬는 "비행기가 적군의 사격에 의해서 떨어진다면... 왜 베두인 족속이 화상을 입은 사람[조종사]을 구해낼까?"라고 질문하면서 "영화적인 효과를 얻기 위해서 이 장면의 논리가 희생되었다"(231)고 주장한다. 즉, 영화는 기존의 전쟁 영화처럼 아군과 적군이 사막에서 대결하는 액션이 있는 장면을 재현하여 경직된 이분법적 흑백 논리를 다지고, 베두인 족속이 "영국인 환자"를 구조하는 내용을 단편적이고 신비화시킨 삶의 모습으로 그리면서 이국적이고 동양적인 요소로 처리한다. 소설에서처럼 그들의 구조 행위가 그를 무기의 종류를 밝히는 데에 이용하고 그 일이 끝나자 영국군에 넘기는 현실적이고 일관성 있는 맥락은 나타나지 않기 때문에 그들은 마치 인류애를 발휘해서 무조건 그의 생명을 구해내는 호의적이기만 한 족속들로 여겨질 수 있다.

영화가 시작되기 전에 제작진과 배우를 소개하는 배경으로 수영하는 사람을 그리는 붓이 클로즈업되어 보이고 베두인 족속의 민속음악인 듯한 노래가 들리면서 막연하게 이국적인, 특별히 동양적인 분위기를 조성한다. 이 장면은 영화 전체를 연결시키는 중요한 모티브로 작용한다. 즉, 붓놀림을 따라가며 결국 그것이 수영하는 사람이라는 것을 알게 되기까지의 긴장감, 탐험대가 사막에서 "수영하는 사람들이 그려진 동굴"을 발견할 때의 흥분과 놀라움, 캐서린이 벽에 그려진 수영하는 사람을 스케치하여 알마시에게 줄 때에 두 사람 간의 감정의 줄다리기, 알마시가 부상당한 캐서린을 이 동굴로 옮겨놓고는 수송차를 구하러 떠날 때의 안타까움, 그리고 거의 마지막 부분에서 다시 돌아온 알마시가 이미 죽은 캐서린을 이 동굴에서 안고 나갈 때의 슬픔으로 이어지는 모든 감정의 연결고리를 이 장면이 주도하는 것이다. 하지만 더 중요한 사실은 이 모든 감정의 고리가 캐서린과 알마시의 에피소드에 국한된다는 사실이다. 즉, 이들의 감정의 기복을 면밀하게 따라가면서 영화는 캐서린과 알마시에게 초점을 맞추고 있는 것이다. 같은 장면에서 "수영하는 사람들이 그려진 동굴" 외에 붓이나 베두인의 민속음악으로 연상되는 동양적인 분위기는 분명히 베두인 족속, 카이로시의 재래시장, 그리고 인도인 킵으로 연결시킬 수도 있다. 그러나 이러한 제3세계적인 요소들은 모두 백인과 백인 사회의 주변에 위치한 모습으로 나타난다. 백인과 백인 사회가 중심으로 놓이고 동양과 동양인은 현저하게 주변으로 밀려나는 구도를 그리면서, 영화는 할리우드 관객의 기존 의식구조에 맞추고 비평적인 도전이 없으며 오리엔탈리즘에 충실한 텍스트로 되는 데 일조를 한다.

그렇게 영화의 화면에 시각적인 효과를 높이면서 펼쳐지는 광활한 사막과 이국적인 도시 카이로는 열강이 정치적 야망을 펼치는 전쟁의 장이며 연인이 열정을 불태우는 배경으로 설정되어 있다. 할리우드는 기꺼이 이 이미지를 알마시와 캐서린의 관계에 차용한다. 특히 알마시는 캐서린이 "유럽 여인" 혹은 "백인 여성"으로 카이로에서 혼자 다니는 것은 위험하다고 경고하면서 마치 백인 남성으로서 자기가 카이로의 야만인들로부터 이 백인 여성을 보호하여야 하는 의무가 있는 것처럼 행동한다. 밍헬라가 꼭 이렇게 의도하지는 않았을지 몰라도 소설에는 암시조차 되어있지 않는 대사로 할리우드의 관객에게 자기향응적인 만족감을 주면서 타자에 대한 비하와 경계의 벽을 높인다. 피터 이징우드(Peter Easingwood)는 영화가 알마시와 캐서린의 사랑과 캐서린의 죽음에 초점을 맞추기 때문에 "소설이 조심스럽게 제공하는 다중의 시각을 희생시킨다"고 보면서 할리우드의 영화산업의 흥행성이 "소설의 로맨스를 로맨틱 넌센스로 희석시켰다"고 주장한다(85). 즉, 영화에서의 사막은 백인의 탐험과 전쟁의 장이고 알마시와 캐서린과의 사랑의 배경으로만 보일 뿐이다. 심지어 이 사막이 오래전에는 물이 있는 지역이었다는 사실을 증명하는 수영하는 사람들이 벽에 그려진 동굴도 이곳에 살았던 사람들의 삶과 환경의 변천을 보여주는 역사의 장으로가 아니라 알마시의 탐험과 캐서린의 죽음의 장소로 부각되어 있다. 그래서 사막, 동굴, 동양, 동양인은 정복자 백인의 시선에서 보이는 타자이며 객관물에 불과하다. 소설과 영화『영국인 환자』의 차이는 이러한 각기 다른 예술성, 정치성, 대중성을 포함하는 구조와 서술 전략에서 두드러진다.

3. 소설과 영화『영국인 환자』에 나타난 국적과 인종의 문제

　『영국인 환자』의 시대적인 배경은 제2차 세계대전을 중심으로 전쟁의 전후가 되고 있으며 지리적인 배경은 사하라 사막과 북부 이탈리아이다. 소설과 영화는 모두 전쟁 그 자체보다는 전쟁이 개인의 삶에 미치는 영향에 초점을 두면서 국가와 국적 그리고 전쟁으로 인한 혼란과 무의미한 희생을 그리고 있다. 소설에서 "영국인 환자"는 사막과 거기에 사는 베두인 족속들과 그곳에 와서 작업하는 모험가와 지도 제작자들이 여러 나라의 사람들이며 이들은 각 나라의 국적을 초월한 사람들이며 자연의 일부이며 자연현상이라고 주장한다. 소설이 진행되면서 밝혀지지만, 유독 "영국인 환자"는 국적이 이름을 대신하여 불리고 그에게 붙여진 국적 그 자체가 허구일 가능성이 높아지면서 아이러니를 더한다. 열강의 제국들이 벌이는 전쟁과 원자폭탄이라는 무력의 위세 앞에서 개인의 삶과 인간관계는 모두 의미를 잃게 되는 상황이 일어난다. 전쟁에서의 무의미한 대립과 제3세계, 특히 대영제국의 오랜 식민지였던 인도와 인도인을 통한 식민지 민족의 주체성에 대한 시각은 제국주의와 열강들에 대한 불신감을 통렬하게 드러낸다. "우리는 독일인, 영국인, 헝가리인, 아프리카인으로 구성되었다. 우리 모두는 그들[베두인족]에게 별 의미가 없었다. 우리는 점차 국적을 잃어갔다. 나는 국가가 싫어졌다. 우리는 국가 때문에 병신이 된다. 매독스(Madox)는 국가 때문에 죽었다"(138)[5]라고 "영국인 환자"가 말하듯이 그가 사하라 사막에서 생활하면서 배운 것은 국가와 국적의 무의미함과 차이가 없어진 인간의 모습이다. "나는 나의 이름이 그렇게 아름다운 [사막의] 이름에 붙여지는 것을 원치 않았다. 성을 지워라! 국가를 지워라! 나는 그런 것을 사막에서 배웠다"(139)면서 그는 철저하게 국가와 이름을 부인한다. 이러한 사막에 집요하게 자신의 이름을 남기기를 원하는 페넬론-바네스(Fenelon-Barnes) 같은 유럽인과는 대조적으로 "영국인 환자"는 "오히려 나의 이름과 내가 온 곳을 지우고 싶었다. 사막에서 10년을 지낸 후 전쟁이 일어날 즈음엔 나는 누구에게도 어느 나라에도 속하지 않고 쉽게 국경을 넘나들었다"(139)라고 토로하면서 국가와 이름으로부터 완전히 자유로워졌음을 밝힌다. 아이러니하게도 그 자신은 이름도 없이, 그리고 너무 늦게 "영국인 환자"라는 국적을 부여받지만 이미 그런 인위적이고 정치적인 경계에 대한 의미를 잃은 그는 상관하지 않

---

[5] Michael Ondaatje, *The English Patient* (Toronto: Vintage, 1993). 작품의 원문 인용은 이 판에 의거하며, 앞으로는 원문 인용 옆에 쪽수만 기입함. 리트 술(Reet Sool)은 이 인용구에서 유럽인의 국적은 독일인, 영국인, 헝가리인으로 구분했지만 아프리카인은 그렇지 않고 단순히 "아프리카인"으로 통칭해서 부르고 있는 사실을 지적한다(171).

는다.

비록 영화에서도 국적의 문제는 비중 있게 다루어지고 있지만, 소설에서는 나중에서야 극적인 아이러니로 암시되는 "영국인 환자"의 정체가 영화의 초반에서부터 밝혀지면서 소설에 있는 미스터리와 긴장은 와해되고 국가와 국적의 의미는 소설에서와는 약간 다른 맥락에서 이해되어야 한다. 영화에서 국적의 문제가 가장 극명하게 다루어지는 부분은 카라바지오가 독일군에게 사막의 지도를 팔아넘기고 그들이 사막을 왕래하는 것을 도와주었다고 알마시를 추궁하는 부분이다. 카라바지오는 매독스가 알마시의 변절로 인해 자살을 했다는 사실도 밝힌다. (소설에서는 매독스가 전혀 다른 이유로 자살을 하지만 그 상황을 포함하는 서술 구조를 포기하고 영화에서는 카라바지오의 복수의 한 방편으로 이용한다.) 이 사실을 처음 듣는 알마시는 물론 자신이 독일군에게 협조를 한 것은 사실이지만, 영국군에게서 캐서린을 구하기 위한 도움을 얻지 못하자 궁여지책으로 그렇게 했어야만 한 상황을 회상으로 설명한다. 궁지에 몰리고 희생자를 동반하는 내용의 서술은 전시의 아군과 적군의 대립, 국적의 무의미함을 첨예하게 드러낸다. 소설에서와 마찬가지로 "영국인 환자"/알마시는 병원에서 심문을 받을 때에 조롱조로 대답하면서 국적을 밝히기를 회피한다. 영화의 관객은 소설의 독자와 마찬가지로 그가 이미 전쟁 전에 사막에서 베두인 그리고 국적이 다양한 사람들과 함께 생활하면서 국적의 이데올로기나 의미를 상실했고 전쟁 중에도 아군과 적군으로 나뉘어서 싸우는 입장을 초월했다는 것을 알고 있다. 그러나 영화에는 알마시가 이제 얼마나 더 산다고 국적을 묻는가 반문하는 부분이 덧붙여진다. 이 반문은 캐서린이 죽고 자신도 심한 화상으로 살아날 가능성이 없기 때문에 덧붙이는 구차한 부연설명으로 들리고, 영화 전체의 맥락에서 국적의 문제가 좀 더 산문적이고 멜로드라마틱하게 변질되는 데 일조한다.

그리하여 "영국인 환자"는 구체적인 국적으로 지칭되면서도 그것을 초월하면서 실재하는 이름의 부재의 메타포가 된다. 이름의 부재는 소설에 산재해 있다.

킵은 그의 본명이 아니다. 그의 인도 이름 커팔 싱(Kirpal Singh)은 영국식으로 줄여져서 루드야드 키플링(Rudyard Kipling)의 이름과 그의 작품『킴』(Kim)을 연상시키는 킵이 되는 아이러니를 보인다.6) 한나의 이름은 카라바지오가 등장할 때까지 밝혀지지 않는다. 카라바지오는 로마 병원에 있는 동안 자신의 이름도 말하지 않는 유별난 "전쟁 영웅"으로 간주된다. 캐서린은 알마시에게 "키스를 하고 내 이름으로 불러주세요."(173)라고 요구하면서 클리프튼을 부인한다. 거의 모든 인물들의 이름에서 이름의 존재론적인 의미와 사회적 기능에 대한 근본적인 회의와 질문이 묻어나는 것이다.『로미오와 줄리엣』에서 줄리엣이 로미오가 원수 집안의 아들이라는 사실을 알고 나서 "이름이 무엇인가?"라는 질문을 하듯이, 인간은 사회적으로 존재하고 언어로 생각하면서 사람과 사물에게 이름을 주기 때문에 이름이 사람이나 사물의 부분은 아니지만 사람과 사물을 존재하게 한다.7) 결국 카라바지오는 몰핀의 힘을 빌려서 "영국인 환자"의 정체와 이름을 알아내려는 시도를 하고, 마치 목격한 것을 증언해야 하는 저주를 받은 사무엘 콜리지(Samuel Coleridge)의 노선원(ancient mariner)처럼, 삼인칭과 일인칭 주어를 오가며 환각 상태의 "영국인 환자"는 알마시의 행적을 말하는 것이다. 이러한 주제와 극적 구성으로 소설은 긴장의 끈을 놓지 않는다. 초반에 "영국인 환자"의 정체가 알마시로 밝혀지고 과거의 회상으로 이어지는 영화의 서술에는 이러한 신비와 긴장감이 없다.

소설에는 관계나 분량에서 "영국인 환자", 한나, 카라바지오, 킵의 이야기가 비교적 균형 있게 다루어지고 있지만, 영화에는 한나, 킵, 카라바지오 그리고 그들의 관계가 변형되거나 과감히 생략되어서 헝가리의 귀족이며 탐험가, 지도 제작

---

6) 마크 심슨(D. Mark Simpson)의 "Minefield Readings: The Postcolonial English Patient" 참조.
7) 이름에 대한 이 부분은 리트 술의 글에도 논의가 되어있음을 밝힌다. 그는 온다치의 다른 소설『사자의 가죽 안에서』도 인용하면서 이름과 호명에 대한 하이데거의 사변에 근거해서 철학적 고찰을 한다(173-75).

자인 알마시와 영국 귀족 클리프톤의 부인인 캐서린이 전쟁 전에 사하라 사막과 카이로에서 나누는 사랑의 이야기에 초점을 맞춘다. 리트 술은 "소설에 나오는 교묘한 '간첩 이야기'는 . . . 할리우드 영화에는 . . . 사랑을 망치지 않고 관객이 감정의 혼란을 겪지 않도록 하기 위해서 거의 없다"(171)라고 기술하는데, 여기에서의 '간첩 이야기'는 카라바지오 에피소드를 지칭한다. 특히 소설에서 카라바지오가 전라의 몸으로 삼엄한 경계를 피하여 정사 중인 독일군 장교의 방에 들어가 사진기를 훔쳐내는 에피소드는 생생한 이미지와 구도를 그려내어 제임스 본드 영화에서 느낄 법한 긴장감이 넘친다. 하지만 영화에는 카라바지오와 관련하여 이런 절묘한 장면보다는 그가 제임스 본드처럼 여비서에게 인기가 있다는 힌트를 주거나, 소설에는 없는 내용이지만 그가 제프리와 캐서린의 결혼 1주년 기념 선물이 종이라는 것을 알려주어서 제프리가 선물을 갖고 캐서린을 놀라게 하려는 의도로 거짓 전화를 한 후에 호텔로 도착하면서 캐서린이 알마시를 만나러 나가는 모습과 다음 날 아침에 돌아오는 그녀를 목격하는 맥락을 설정한다. 이 변환도 영화의 초점을 캐서린과 알마시에 맞추기 위한 예라고 볼 수 있다.

한나와 카라바지오의 토론토에서의 생활과 그들의 관계에 대한 내용이 영화에는 생략되어서 이들이 영화에서 매우 단편적으로 나타나는 것도 사실이지만, 소설과 영화에서 가장 큰 차이를 보이는 인물은 인도인인 킵이다. 소설은 그의 가족 환경, 그가 영국에서 지뢰를 탐지하고 해체하는 훈련을 받는 과정, 그리고 전쟁 중의 그의 활약상에 대해서 심도 있게 기술하고 마지막 에피소드가 그의 이야기로 끝이 날 정도로 킵은 큰 비중을 차지하고 있다. 하지만 영화에는 이 모든 것이 생략되었다. 특히 킵과 한나와의 관계는 부수적으로 다루어져서 그들의 관계를 심각하게 여길 수 없다. 물론 그가 달팽이 껍질 속에 호롱불을 켜서 밤의 정원을 수놓으며 한나를 초대하는 장면과 중세 성당에서 한나를 밧줄에 태워서 벽화를 보여주는 장면은 영화의 시각적인 효과를 연출해낸다. 그러나 무엇보다도 킵과 한나의 관계를 민감하게 만드는 요인은 이들의 인종적인 차이를 들 수 있다. 이들이 처음 만나는 장면을 보면, 킵은 지뢰를 찾는 일에만 열중하고 있으며 그의 부하인 하디(Hardy)가 지뢰밭으로 걸어가는 한나를 안전하게 데리고 나온다. 그래서 황인종 남자가 백인 여성을 구하는 부자연스러운 상황도 피하고 소위 "모범적인 소수민족"이라는 황인종 남자는 인간의 목숨보다는 일에 치중하고 백인 남성은 자신의 목숨도 걸고 선뜻 여성을 구해내는 인간미를 보이는 구도를 그린다. 한나가 치는 피아노 소리를 듣고 지뢰를 탐지하러 달려온 킵이 백인 여성 앞에서 예의를 지키느라고 유리가 깨진 문을 열고 들어오려다가 열쇠가 없다는 말에 처음에 들어오려고 했던 허물어진 벽으로 다시 돌아서 들어오는 광경은 관객으로 하여금 실소하게 한다. 소설의 마지막 에피소드에는 킵이 인도에서 의사로 생활하는 모습이 나오기 때문에 킵과 한나의 연인 관계를 기대하던 독자의 기대는 평범한 인도인 가정의 일상적인 모습으로 지워진다. 소설에서처럼 이렇게 대중의 전형적인 기대와 어긋나고 비낭만적인 관계를 보여주기보다는, 할리우드 영화는 여운을 남기고 헤어지는 연인의 관계를 보여주는 것이 일상적인 삶을 사는 관객에게 호소력이 있다는 사실을 이용한다. 페쉬는 결국 헤어지는 이들의 관계가 "다른 인종 간의 관계에 대해 보이는 비공식적인 할리우드의 정책"에 맞는 결말이고 이미 회교도인 간호원의 경우에서 확인했던 인종의 정형을 반복하며 재확인한다고 주장한다. 그러면서 이들이 헤어지면서도 전에 함께 방문했던 성당에서 언젠가 만날 것을 기원하는 장면으로 희망적인 결말을 내는 것은 "포스트-로맨틱 소설을 영화로 만들면서 로맨틱하게 만드는 정책을 확인하는 것"(235)이라고 기술한다. 이러한 변화는 모두 한 가지 사실을 지목한다. 즉, 영화에서 이들의 위치는 주변적이라는 것이다. 알마시와 캐서린의 관계가 중심적으로 다루어지면서 나머지 인물들의 배경은 생략되어야 하고 단편적이며 산발적으로 다루어질 수밖에 없게 된 것이다. 밍헬라는 페쉬가 "안전지대"(safe territory, 240)라고 부르는, 헝가리 귀족과 영국인 기혼녀의 열정적인 사랑을 향수에 젖어 기억한다는 낭만적인 소재를 영화의 중심으로 다룬다. 그리하여 리트 술은 이 영화가 "멋있는 사막 장

면들과 가슴 아픈 사랑으로 . . . 결점이 없고 결국에는 싸구려가 된 것이 결점이
다. . . . 무엇보다도 캐서린과 알마시의 전형적인 할리우드식 상류층 사랑 이야기
로 변했다"(171)고 요약한다.

로맨스를 강조하고 대중성과 흥행성을 의식한 할리우드의 영화에서는 인종
의 문제가 단순히 개인적인 차원으로 부각된다면, 소설에는 개인과 국가를 아우
르는 문제로 표출된다. 온다치는 킵과 한나의 관계에서 낭만적인 감정보다는 전
쟁의 극한 상황에서 만난 사이라는 사실과 이들이 실천하는 일종의 절차와 절제
의 모습을 부각시킨다. 그래서 소설에서는 하디가 죽은 날 절망에 가까운 슬픔을
느끼는 킵이 한나를 자기의 텐트로 초대하고 그들의 관계가 시작된다. 반면, 영화
에서는 하디가 죽은 후에 킵은 한나를 떠나기로 결정한다. 킵은 하디의 죽음에 슬
퍼하기도 하지만 하디에게 약혼녀가 있었다는 사실을 알고는 충격을 받는다. 한
백인 병사가 킵에게 하디의 약혼녀의 정체를 밝힐 때에 킵은 자기와 목숨을 거는
위험한 일을 같이하는 가장 친하다고 여겼던 동료가 약혼녀에 대한 사실을 자기
한테는 알리지 않았고 같은 백인 병사에게는 말한 사실에 일종의 배반감과 근본
적인 인종적 괴리감을 느끼고 한나와의 관계도 청산하고 떠날 것을 결정하는 것
이다. 영화에서 킵이 한나를 비롯한 모든 백인과 백인들의 전쟁을 떠나기로 결정
을 하는 요인은 전쟁의 종식도 있지만 바로 이러한 개인적인 감정이 비중을 차지
한다는 것을 보여준다. 이와는 대조적으로 소설에서 킵은 보다 치명적이고 국제
적인 사실, 즉 연합군(미군)이 히로시마와 나가사키에 원자폭탄을 투하한 사실에
분노하며 불현듯 떠난다. 소설에서 킵의 행동은 한나와의 관계에 대해서는 언급
이 없을 정도로 원폭으로 인해 그가 받은 정신적 충격이 크다는 것을 가늠할 수
있게 한다. 이 부분에서 소설은 그의 행동이 너무 갑작스럽고 감정 묘사를 생략하
여 억지스러운 결론에 이르는 것이 아닌가 하는 의구심을 낳게 하지만, 철저하게
비인간적이며 인종차별적인 원폭의 의미를 고려할 때에 충분한 타당성을 부여한
다.[8] 영화에는 원폭에 대한 언급이 전혀 나타나지 않으며, 소설에 보이는 킵의

역할과 원자폭탄 투하에 반응하는 그의 태도는 온다치의 탈식민주의적 정치성을 표출하고 영화와 소설과의 괴리를 더욱 넓힌다.

킵과 한나의 결별의 원인이 영화에는 하디의 죽음으로 설정되어 있는 사실에 주목하면서, 페쉬는 킵이 분노하고 카라바지오가 하는 말 때문에 밍헬라가 영화에서 원폭투하를 생략했을 것이라고 추정한다. 킵은 "아시아의 도로가 화염에 휩싸이고 . . . 그것[불길]은 시가지를 마치 폭발하는 지도처럼 구르고, 사람들의 몸은 열 폭풍을 만나자마자 사그러들고, 사람들의 그림자가 갑자기 공중에 뜨는"(284) 끔찍한 장면을 연상하면서 서둘러 그동안 함께 지냈던 백인들과 부대를 떠난다. 이제 그에게는 국적에 상관없이 모든 백인은 제국주의와 연합군의 주도자인 영국인이고, 영국군을 위해서 그리고 백인의 전쟁터에서 지뢰를 탐지하고 해체해야 할 이유가 없어진 것이다. 이러한 킵의 반응에 카라바지오도 "백인의 나라엔 절대로 그런 폭탄을 떨어뜨리지는 않았을 것이다"(288)라며 원폭의 부당함을 평한다. 원폭에 대해서 인도인이 탈식민주의적인 분노를 표현하고 캐나다인은 인종적인 동기가 있다고 보는 온다치의 소설이 분명히 미국인의 신경을 건드릴 것이라는 것은 의심할 여지가 없다. 이런 내용을 포함시켰다면 과연 영화 <영국인 환자>가 아카데미상을 아홉 부문에서 수상할 수 있었겠는가? 페쉬는 크렉 셀리그만(Craig Seligman)과 힐러리 만텔(Hilary Mantel) 같은 미국 비평가들이 이 소설을 비판한 내용을 인용하면서 이들이 소설의 문학성을 무시하고 "포스트모던하기보다는 빅토리아적으로 저자가 그의 인물들의 정치적인 말에 책임을 져야 한다"고 주장하는 태도를 공박한다(236-38). 계속해서 페쉬는 "원폭 장면을 영화에서 뺀 것은 정치적이고 문화적인 발언이다. 책[소설]은 그 문제를 대면하고 있지만, 영화는 외면하면서 [영화]산업에서 자아검열이 얼마나 효과적인가를 보여준다"(239)며 영화와 소설의 차이를 긋는다. 그동안 미국에서 원폭 문제는 공공연히 다

---

8) 이 부분에 대한 더 자세한 비평은 스티븐 스코비(Stephen Scobie)의 논문 "The Reading Lesson: Michael Ondaatje and the Patients of Desire"를 참조.

루어지기 어려운 문제였다. 특히 스미소니언 박물관(Smithsonian Institution)이 히로시마와 나가사키의 원폭 50주년을 기념하기 위해서 미국국립우주박물관 (National Air and Space Museum)에서 원자폭탄의 개발뿐 아니라 인명 피해 상황도 전시하려고 했지만 미 공군 협회(Air Force Association)와 공화당 의원들의 강한 반발에 부딪혀서 폭탄과 이놀라 게이(Enola Gay)의 전시에 그쳤다는 사실을 열거하면서, 페쉬는 원폭에 관한 내용이 할리우드에서 만들어지는 영화에 포함되기 어려운 이유로 꼽는다(238-39).

4. 맺는 말: 매체의 차이를 이용한 전복과 공존의 가능성

하지만 페쉬의 가장 설득력 있는 주장은 그의 논문의 결론 부분에 해당한다. 그는 밍헬라가 온다치의 소설을 차용해서 "새로운 창조물"로 만들었다고 주장하면서 왜 온다치가 이러한 차이들을 알면서도 밍헬라의 영화 제작을 그대로 묵인했는가를 검토한다. 페쉬는 특히 온다치가 밍헬라의 영화 대본에 쓴 서론이 "매우 철학적이고 외교적"이라는 점에 주목한다. 온다치는 영화 대본, 영화 촬영, 그리고 소설을 영화로 만드는 작업의 제한과 한계점을 잘 알고 있기 때문에 소설 『영국인 환자』와 영화 <영국인 환자>가 각각의 "유기적인 구조"를 가진 "두 편의 이야기"라고 인정하면서도 밍헬라가 생략한 부분들, 즉 한나와 카라바지오의 오랜 친분 관계와 심리 상태, 킵이 영국에서 받은 훈련, 원폭에 대한 그의 반응 등이 자신의 소설에 중요한 부분이라고 솔직하게 털어놓는다며 페쉬는 온다치의 입장과 반응을 추적한다(243-44). 결국 온다치는 일종의 타협을 한 것처럼 보인다. 어차피 굴지의 미국 영화제작 회사에서 캐나다 작가의 소설을 영화로 만드는 일은 자주 있는 일이 아니다.9) 페쉬는 아마도 온다치가 "'트로이의 목마'(Trojan

---

9) 브라이언 존슨(Brian D. Johnson)은 캐나다의 영화와 <영국인 환자>를 비롯한 할리우드의 영화들

Horse) 효과"를 보려고 했는지 모르겠다는 추론을 끌어낸다. 즉 영화가 성공하면 그만큼 많은 사람들이 원작에 대한 호기심을 갖게 되어서 소설을 읽게 될 것이다. 그렇게 되면 이런 방법이 아니고는 온다치의 작품을 접하지 않을 사람들을 독자층으로 끌어들이는 효과를 보게 될 것이라는 결론이다(244). 페쉬가『영국인 환자』의 소설과 영화의 경우에서 끌어낸 추론은 문학작품을 영화로 만드는 많은 경우로 일반화시켜 볼 수 있다. 결국 문학의 정치성이나 영화의 대중성이라는 서로 다른 가치 기준을 놓고 대립시킬 것이 아니라, 바로 영화의 대중적인 특성이 문학작품에 나타난 정치성을 접하게 하는 방법도 될 수 있으며 이것이 바로 대중문화와 접목하면서 얻게 된 문학의 새로운 전복적인 기능이라고 할 수 있는 것이다.

　근본적으로 온다치의 입장, 즉 소설과 영화『영국인 환자』는 각각의 매체의 속성에 충실한 독립된 작품이라는 것을 인정하고 나면 서술의 구조와 소재의 배합과 표현 방법이 작품의 정치성과 대중성을 결정짓는다고 볼 수 있다. 온다치의 포스트모던적이고 다층적인 글쓰기 전략과 정치적인 목소리는 상업적이고 흥행에 성공해야 하는 대중매체인 영화에 그대로 혹은 효과적으로 옮겨지기 어려운 요소들이다. 영화에서 중심적으로 다루어지는 것은 영국인 기혼녀와 헝가리 귀족 모험가의 사랑이다. 이들의 열렬하고 비극적인 사랑의 주변에서 한나, 킵, 카라바지오, 그리고 그들의 관계는 상대적으로 경시되거나 왜곡되면서 영화는 소설에서 보여주는 균형 잡힌 인물 묘사와 관계보다는 낭만적이고 비극적인 면을 강조한다. 이러한 설정과 변환은 영화가 원작에 충실하다거나 그렇지 않은 경우를 떠나서 그리고 소설과 영화라는 매체의 차이를 떠나서 온다치와 밍헬라의 선택이 다르다는 사실을 입증한다. 작가 온다치는 감독 밍헬라가 아카데미상을 수상하는 영화를 만들 수 있도록 철저하게 그의 선택을 존중하면서 자신의 소설을 광고하는 데 성공한 것이다.

─────────────

의 특징을 전반적으로 비교하면서 그 상업성과 흥행성에서의 차이를 고찰한다.

헤어의 극은 메타가 안젤리스의 영화 관객에게 자신의 소설을 읽게끔 유도하거나 그의 소설이 영화 때문에 더 읽힐 것이라는 언질은 주지 않고 있다. 개봉한 지 한 달 만에 350만 명의 관객을 동원한 영화 <공동경비구역 JSA> 덕분에 이 영화의 원작소설인 박상연의 『DMZ』가 앞으로 더 읽힐 가능성이 높아졌다고 단정할 수도 없다. 하지만 대중문화의 팽배와 순수 예술과 문학작품의 매장이 꼭 비례한다고 볼 수는 없다. 문학작품이 대중문화의 홍수 속에서 살아남는 방법은 여러 가지가 있을 것이다. 공존을 위한 타협과 서로의 영역이나 속성을 섞는 것도 하나의 방법이다. 하지만 때로는 서로 다른 매체의 특성을 이해하고 각 속성에 충실한 작품을 생산할 때에 의외로 이들이 모두 성공적으로 공존할 수 있는 확률도 높아진다. 특히 문학과 영화의 경우에는 소설가 이문열이 말하는 "영상매체와 문학의 위상 정립"의 문제보다는 각기 다른 이 두 매체의 특성에 충실한 동시에 이들의 차이 혹은 "거리"를 이용한 전복의 가능성을 고려하는 것이 문학과 영화가 공존하면서 발전할 수 있는 방법일 것이다.

이문열. 「영상마-오락성 잘 조화, 내면묘사 생략은 아쉬움: 영화와 소설의 거리 – '공동 경비구역 JSA'를 보고」. 동아일보. 2000년 9월 5일, C8.

Andrew, Dudley. "The Well-Worn Muse: Adaptation in Film History and Theory." *Narrative Strategies*. Eds. Syndy Conger and Janice R. Welsch. Macomb, Ill: West Illinois UP, 1980.

Conrad, Joseph. *Preface to The Nigger of the Narcisus*. London: J. M. Dent and Sons, 1945.

Easingwood, Peter. "Sensuality in the Writing of Michael Ondaatje." *Re-Constructing the Fragments of Michael Ondaatje's Works*. Ed. Jean-Michel Lacroix. Paris: Presses de la Sorbonne Nouvelle, 1999. 79-96.

Finkle, Derek. "From Page to Screen: Michael Ondaatje as Filmmaker." *ECW* 53 (Summer 1994): 167-85.

Hare, David. "A Map of the World." *The Asian Plays*. London: Fiber and Faber, 1986.

Heble, Ajay. "'Rumours of Topography': The Cultural Politics of Michael Ondaatje's *Running in the Family*." *ECW* 53 (Summer 1994): 186-203.

Hutcheon, Linda. *The Canadian Postmodern: A Study of Contemporary English-Canadian Fiction*. Toronto: Oxford UP, 1988.

_____. *A Poetics of Postmodernism: History, Theory, Fiction*. New York: Routledge, 1988.

Johnson, Brian D. "The Canadian Patient." *MacLean's* 24 (March 1997): 42-47.

Klein, Michael and Gillian Parker, eds. *The English Novel and the Movies*. New York: Frederick Ungar Publishing, 1981.

Kroller, Eva-Marie. "Editorial: Canadian Literature?" *Canadian Literature*, 157. http://www.cdn-lit.ubc.ca/editoirals/edit_157.html

McFarlane, Brian. *Novel to Film: An Introduction to the Theory of Adaptation*. Oxford: Clarendon P, 1996.

Ondaatje, Michael. *The Collected Works of Billy the Kid*. Concord, Ontario: Anansi, 1970.

_____. *The English Patient*. Toronto: Vintage, 1993.

Pesch, Josef. "Dropping the Bomb? On Critical and Cinematic Reactions to Michael Ondaatje's *The English Patient*." *Re-Constructing the Fragments of Michael*

Ondaatje's Works. Ed. Jean-Michel Lacroix. Paris: Presses de la Sorbonne Nouvelle, 1999. 229-46.

Scobie, Stephen. "The Reading Lesson: Michael Ondaatje and the Patients of Desire." *ECW* 53 (Summer 1994): 92-106.

Simpson, D. Mark. "Minefield Readings: The Postcolonial English Patient." *ECW* 53 (Summer 1994): 216-37.

Solecki, Sam. "An Interview with Michael Ondaatje. (1975)" *Spider Blues: Essays on Michael Ondaatje*. Ed. Sam Solecki. Montreal: Véhicule, 1985. 13-27.

Sool, Reet. "K for Katharine: The Notion of Nationality in Ondaatje's 'The English Patient.'" *Re-Constructing the Fragments of Michael Ondaatje's Works*. Ed. Jean-Michel Lacroix. Paris: Presses de la Sorbonne Nouvelle, 1999. 169-79.

Testa, Bart. "He Did Not Work Here for Long: Michael Ondaatje in the Cinema." *ECW* 53 (Summer 1994): 154-66.

Wagner, Geoffrey. *The Novel and the Cinema*. Rutherford, NJ: Fairleigh Dickinson UP, 1975.

Zepetnek, Steven Tötösy de. "*The English Patient*: 'Truth Is Stranger Than Fiction.'" *ECW* 53 (Summer 1994): 141-53.

■ 원고 출처

정광숙. 「『영국인 환자』 – 소설과 영화 매체의 차이와 공존의 가능성」. 『문학과 영상』 1권 2호 (2000): 137-61.

11.

저자가 본 소설의 영화화 – 그레이엄 스위프트의 『워터랜드』와 『마지막 여정』

배만호

| 작가 소개 |

그레이엄 스위프트(Graham Swift)는 1949년 5월 4일 런던 남부 캣포드 (Catford)에서 출생하여 영국 런던의 덜위치 칼리지(Dulwich College)를 졸업하고 케임브리지 대학의 퀸스 칼리지(Queens' College)와 요크 대학에서 영문학 석사학위를 받았다. 대학에서 본격적인 글쓰기 수업을 받고 소설을 발표하기 시작한 이후 제프리 페이버 기념상(Geoffrey Faber Memorial Prize)을 필두로 제임스 테이트 블랙 기념상(James Tait Black Memorial Prize), 가디언 소설상(Guardian Fiction Prize), 부커상에 이르기까지 국내외의 유수한 상들을 수상하면서 일찍이 영국의 최고 작가 반열에 올라섰다. 젊은 시절 런던 고등학교에서 영어를 가르치며 잠시 거쳤던 교사 생활이나 정신병원 경비 등과 같은 직업들은 그의 문학적 토대를 살찌우는 자양분이 되었고 세 번째 소설 『워터랜드』(*Waterland*, 1983)가 부커상 최종 후보에 올라 가디언 소설상을 수상하고 대성공을 거두자 그는 영어교사를 그만두고 창작에만 몰두했다.

윌리 채프먼(Willy Chapman)의 하루 여정을 통해 과거를 드러냈던 처녀작 『사탕가게 주인』(*The Sweet Shop Owner*, 1980)에서 시작된 과거/역사 탐구는 근작에 이르기까지 시종일관 스위프트 소설의 기반이 되고 있다. 나(개인)로부터 시작되는 세상, 세월 속에서의 '개인'에 대해 생각하게 하면서 지극히 평범한 사람들의 과거와 그들의 기억을 통해 보편 서사, 나아가 역사가 모자이크되는 과정을 주시하는 것이다. 두 번째 소설 『셔틀콕』(*Shuttlecock*, 1981)은 아버지의 2차 대전 참전 비화를 추적하는 아들의 이야기로서, 영화로 제작되기는 했지만 여러 가지 여건으로 정식 공개되지는 못했다. 부커상 최종 후보에 올랐던 세 번째 소설 『워터랜드』는 비록 수상은 못 했어도 많은 평자들이 그의 대표작으로 꼽을 만큼 관심과 논란을 불러일으켰다. 고등학교 역사 교사인 톰 크릭(Tom Crick)의 유년 시절 기억과 그 이전과 이후의 가족사를 통해 작가의 입장에서 역사를 사색하고 역사의 허구성과 문학적 역사의 진정성에 관한 논란을 이끌면서 1980년대의 대표적인 작품 가운데 하나로 자리매김했다. 이 소설에 대한 비평은 주로 작가의 역사관에 대한 관심을 중심으로 이루어져 왔다. 『워터랜드』는 소설 속 현재 시점인 1980년에 이르기까지 40여 년에 걸친 개인사와 5대를 거슬러 올라가는 가족사, 그리고 이러한 사적인 역사를 아우르는 지역사와 국가사까지 역사에 대한 천착을 읽어볼 수 있는 작품이다. 80년대 일군의 젊은 작가들이 그랬던 것처럼 스위프트는『워터랜드』에서 서구 문명 중심의 역사관에서 벗어나 주변부의 역사, 거대 역사가 아닌 미시사, 생활사의 영역을 새로운 소재로 파고들었다.

이외에도 참전 사진작가와 소외된 딸의 이야기를 통해 2차 대전의 추억을 갈무리했던『이 세상 밖에서』(Out of This World, 1988), 빅토리아 시대와 현대가 평행하면서 오버랩 되는『그 후로도 오랫동안』(Ever After, 1992), 전직 경찰관이자 사립탐정인 주인공이 추적하는 살인과 사랑의 이야기인『하루의 빛』(The Light of Day, 2003), 여주인공 폴라(Paula)의 의식을 통해 모정과 부부 간의 복잡한 감정을 탐구하는『내일』(Tomorrow, 2007)로부터 최근작인『내가 너였었더라면』(Wish You Were Here, 2011)과『귀성의 일요일』(Mothering Sunday, 2016)에 이르기까지 지속적으로 개인/가족사가 지역과 더 큰 사회사로 확장되는 양자 간의 긴밀한 연대를 보여준다. 그의 소설에서 역사적 사건은 변함없이 이야기의 배경으로서 허구 행위의 전경에 배치되어 사적인 삶과 공적인 삶을 연결한다. 이처럼 스위프트의 언어는 여러 지류로 나뉘었다가 다시 합쳐지는 강줄기처럼, '그때의 이야기' 속에서 '그의 이야기'를 꺼내고, 그 이야기들을 다시 거대한 '시간의 이야기'로 만든다. 작가로서 스위프트 자신의 세계관과 글쓰기에 대한 이야기는 자전적 수필인『코끼리 만들기』(Making an Elephant: Writing from Within, 2009)에 잘 드러나 있다.

1996년 부커상 수상작인『마지막 여정』(Last Orders)은 스위프트의 여섯 번째 소설이다. 이 작품은 마게이트(Margate) 바닷가에 유골을 뿌려달라는 죽은 친구 잭(Jack)의 유언을 실행하기 위해 런던 이스트 엔드(East End)의 한 선술집을 출발하는 네 사람의 서로 다른 관점에서 그려지는 동일한 과거 이야기이다. 이 작품은 프레드 쉐피시 감독이 메가폰을 잡고 마이클 케인(Michael Caine)과 밥 호스킨스(Bob Hoskins), 헬렌 미렌(Helen Mirren) 등의 초호화 캐스팅으로 2001년에 영화화되었다. 이 소설은 죽은 친구 잭의 유해를 들고 바다로 떠나는 네 친구들에 대한 이야기이다.

2차대전 직후 황량한 런던의 한 주점에서 잭을 만나 평생의 친구가 된 레이(Ray)와 빅(Vic), 레니(Lenny)는 잭의 양아들 빈스(Vince)와 함께 벤츠 자동차를 빌려 타고 4월 어느 날 런던에서 켄트로 떠난다. 이 여정을 통해 죽은 친구를 회상하게 되고 이야기를 나누는 도중 처음으로 자신들의 삶을 뒤돌아보게 될 기회를 갖게 된다. 이 여정에 참여하는 이들은 구멍가게 주인, 말단 보험회사 사원, 중고 자동차업자로 누구 하나 성공하고 싶은 욕망을 이룬 사람은 없다. 가정도 행복과는 거리가 멀고 인생을 다시 시작하기에는 이미 늦어버린 네 명의 노인들의 이야기로, 이들은 자신들의 삶에 대한 고해성사를 통해 마게이트 해변가에 도착했을 때 비로소 인생의 참뜻에 대한 깨달음과 함께 영혼의 자유를 얻게 된다. 이 작품은 간결한 문체와 절제된 표현 등 스위프트의 문학적 재능이 압축된 작품이란 평을 듣고 있다. 인도 출신의 작가로 세 번의 부커상을 수상하고 1993년에는 지난 25년간 '부커상' 수상작 중 최고의 작품을 뽑는 '부커 오브 부커스'(Booker of Bookers)에 선정되기도 했던 살만 루시디(Salman Rushdie)는 『마지막 여정』을 가리켜 '부커상 제정 28년 만의 수확'이라고 격찬한 바 있다. 스위프트는 현재 런던 남부에 거주하면서 영국문학인 협회의 일원으로서 꾸준히 창작활동을 하고 있다.

1. 들어가는 말

대중문화가 주변자의 영역을 벗어나면서 대중이라는 용어가 주는 통속성도 '저급'이라는 표현의 구속을 벗어났다. 비록 '대중'이라는 수식어가 때에 따라선 여전히 주변성을 강제당하고 있을지라도, 저변을 포괄적으로 아우르는 '대중'이라는 용어의 영향력은 '누군가가' 좋아하든 싫어하든, 또는 원하든 원하지 않든, '압도적인 다수'를 포괄하는 것으로서의 중심이 되고 있다. 더욱이 20세기를 지나오면서 문화이론의 막강한 지지를 받은 대중문화는 이제 숫자적 다수가 그저 보고 듣고 함께 어울리고 즐기는 수준을 넘어 학문적으로도 충분히 연구할 가치가 있는 주류적인 문화로 자리매김했다. 심지어 한 세기 전에 중심이자 고급으로 치부되던 기존의 문화적 주류들이 주변으로 내몰리는 현상까지 어색하지 않게 보인다.

영화가 새로운 문화 아이콘으로 등장하기 시작했던 20세기 초에는 영화라는 장르를 "어리석은 사람들의 주의를 끌기 위해" 만들어진 것으로서, "열악한 예술성"을 지닌 "최하위 오락 형태"(Curle 113 재인용)라는 독설도 가능했다. 요컨대 조셉 콘래드(Joseph Conrad)와 같은 문필 예술가에게 있어서 영화는 상상력을 제한하고 지적 능력을 저해하는 것으로 치부되었다. 사실 수없이 많은 문학작품이 영화로 각색되어 재창조되지만, 문학작품을 영화로 만들었을 때 원작보다 나은 작품이 되는 경우는 거의 없다. 소설의 독자들은 어쩌면 '전혀 없다'라는 수사를 사용하고 싶을 때가 많을 것이다. 영국의 BBC 채널 4에서 가능한 한 원작에 근접시킨 소설의 드라마를 꾸준히 – 때로는 매번 갱생시켜 – 여러 부작으로 재현하기도 하지만, 그러한 극화도 원작의 가치를 온전히 보존했다고 보기 힘들 때가 많다. 소설을 극화하는 일은 소설이 지닌 언어적 예술성과는 다른 장르적 예술성을 살려야 하는 별개의 행위이며, 하물며 소설을 영화라는 '단편'(斷編)의 극에 담아내야 하는 작업은 그것이 살려내야 하는 '다른 장르적 예술성'을 함축적으로 집약시켜야만 하는 행위이기도 하다.

어떤 소설이 이 세상에 태어나고 어느 정도 세월이 흐른 뒤에 그것을 영상화 시키는 작업은 원 창조자의 손에서 또 다른 창조자/신의 손으로 작품의 운명을 맡기는 것과도 같다. 많은 경우 영화를 다루는 제작자들은 이기적이며, 종종 서툰 손놀림이나 음험하고 자의적인 해석으로써 마치 올림포스의 신들이 그랬듯 제멋대로 작품을 변질시키기도 한다. 간혹 많은 이들이 어떤 문학의 영화화를 성공적으로 보는 경우라도, 실제 저자를 아연하게 만들거나 원작의 애독자를 서운하게 할 수 있을 민감한 부분이 대개는 있다. 소설이 아무리 대중을 지향하더라도, 영화라는 예술은 언제나 그 이상으로 대중의 친밀감을 자극하면서 대중적인 정서에 호소하기 때문이다. 영화가 행사하는 '상상력 제한'의 횡포에 대해서 부인할 수 없는 사실은 우리 시대의 문학이 영화의 영향력을 결코 무시할 수 없다는 것이며, 종종 그 권력에 의존하기도 한다는 점이다. 그런 탓에 오늘날에는 책이 나오게 되면 "그 작품의 창조자인 저자는 영화 사업에 대해 상당한 열등감을 느끼면서 자신의 작품이 영화화되기를 바라게 된다"(*Making* 187)고 작가 스위프트는 고백한다.

소설 저자가 책이 아닌 영화로 작가적 명성을 먼저 누리게 되는 경우는 그렇게 많지 않다. 영화에 매료된 사람들이 뒤늦게 폭발적으로 원작을 찾게 되는 경우가 그런 예인데, 아마도 마이클 온다치(Michael Ondaatje)가 그런 혜택을 누린 드문 작가 중의 하나일 것이다. 앤소니 밍헬라(Anthony Minghella) 감독의 『영국인 환자』(*The English Patient*)는 수많은 독자들을 작가 온다치에게로 인도한 탄탄한 다리가 되었다. 밍헬라가 그토록 공들인 멋진 영화로 인해 소설 『영국인 환자』는 세계적으로 공전의 히트를 치면서 스테디셀러가 되었으며 작가를 정상의 반석에 올려놓았다. 영화와 소설의 성공이 불가분의 관계이고 영화가 소설의 성공에 시너지 효과를 가져왔다고는 할지라도, 온다치 소설의 원래 독자들은 영화보다 소설이 실제로 훨씬 더 훌륭한 작품이라고 생각할 것이다.

저명한 영화이론가 더들리 앤드류(Dudley Andrew)는 문학작품의 영상화 방법을 세 가지로 분류한다. 첫째는 원작과 똑같지는 않다고 하더라도 궁극적으로 '텍스트의 내용과 의미를 고수'하는 "교차"(intersecting), 둘째는 타이틀이 누리는 명성이나 주제가 지닌 의미를 그대로 빌려오면서 '원작을 충실하게 따라가는' "차용"(borrowing), 그리고 시청각적인 효과를 위해 원작의 내용이나 예술적 의미를 상당 부분 바꿈으로써 '스토리 재현을 포기하고 정신만을 살리는' "변형"(transforming)이 그것이다(461-81). 본고는 앤드류의 구분에 의거하여 비중 있는 현대 영국작가인 스위프트의 대표작이라고 할 수 있는 두 작품―『워터랜드』와 『마지막 여정』1) ― 의 영화화를 살펴본다. 특히 스위프트가 근간에 출간한 자전적 에세이를 중심으로 작품의 영상화 과정을 바라보는 작가의 내면을 통해 문학작품의 영상화가 독자나 작가 자신에게 갖는 의미는 무엇이며, 문학작품을 어떤 방식으로 영상화시키는 것이 소설의 독자가 추구하는 언어적 예술성을 구현시키는 일이 될지를 살펴보고자 한다.

2. 그레이엄 스위프트 소설의 영화화: "혼령의 방문"

영국작가로서 스위프트의 미덕임과 동시에 아집일 수도 있을 특성은 영국적인 지역성이다. 그는 '남부 런던'(South London)이라는 지역적인 출신 성분을 소설 속에 두드러지게 드러낸다. 영국작가 가운데는 세계적인 접근성이나 명성을 위해, 혹은 광대한 미국의 독서 시장 공략을 위해 작품에 사용하는 언어나 문체상의 타협을 하기도 한다. 예컨대 안젤라 카터(Angela Carter)나 이언 매큐언(Ian

---

1) *Last Orders*를 『마지막 여정』이라고 옮긴 것은 이 작품의 내용적인 측면을 고려해서이다. 이 소설은 망자를 보내기 위한 산 자들의 여정이자, 죽은 잭 도즈(Jack Dodds)로선 유골함에 담긴 채 친구들의 손에 의해 마게이트(Margate)로 떠나는 이 땅에서의 마지막 여정이며, 또한 산 자들에게는 과거와 현재가 갈등 속에서 융해되어 새로운 삶의 비전을 가슴에 품게 만드는 전환점이 되는 여정으로서, 한 시대를 돌아서는 여정이기도 하기 때문이다.

McEwan) 같은 작가들은 작품 속에서 적잖이 의도적인 미국식 영어를 사용하고 있기도 하다. 그러나 스위프트가 즐겨 쓰는 영국영어[2], 특히 등장인물들의 런던의 언어 구사는 어쩌면 현재까지 스위프트 작품이 한국어로 번역되지 못한 원인가운데 하나일 수도 있다. 그럼에도 불구하고 미국과 유럽은 물론 그가 세계적으로 누리는 인지도가 앞서 언급한 두 작가에 비해 뒤떨어지지 않는 것을 보면 지역(영국)적인 고집이 작가로서의 명성을 저해하는 것 같지는 않다. 종종 우리가 '가장 한국적인 것이 가장 세계적'이라는 말을 하듯, 스위프트의 지극한 영국성 역시 문학적으로 위축되는 것이 아니라 세계문학의 일원으로서 영문학을 더욱 확대시키고 있다고 본다. 때로 스위프트의 오롯한 영국성은 오히려 세계의 영문학 독자나 연구자들을 그에게로 끌어당기는 흡인력이 되기도 한다.

스위프트의 서술은 '역사'와 '영국성'(Englishness)에 관한 모티브를 항상 대동한다. 줄리언 반즈(Julian Barnes)가 이야기하는 역사나 가즈오 이시구로(Kazuo Ishiguro)가 주목하는 전통과도 일맥상통한 스위프트의 '역사'는 "전통과 재협상하는 혼종적인 표현양식으로서 영국의 포스트모더니즘을 이해하게"(Head 229) 하면서, 역사라는 단어를 언급하지 않고도 역사성 한가운데에 서사를 던져놓곤 하는 영국 포스트모던 소설의 선구자 존 파울즈(John Fowles)에게까지 소급된다. 스위프트는 자신의 작품을 통해 역사적인 토대 위에서 유난히 '평범한 것'들을 다룬다. 그는 배경과 언어와 인물 설정을 의식적으로 빈약하고 단조롭게 만들면서 평범하되 평범하지 않은 것을 끌어내고자 한다. 스위프트의 주인공들은 대부분 보통사람들로서 특별히 잘나지도 않고, 출세한 사람들도 아니며, 부자나 기인도

---

2) 2009년 6월에 출간된 스위프트의 에세이집 『코끼리 만들기』(Making an Elephant)는 엄밀히 말해 자서전이라고 할 수는 없다. 하지만 그 안에는 스위프트가 소설가로서의 행보를 걷기까지에 있어서 주목할 만한 '삶과 생각'의 여정, 절친한 친구인 가즈오 이시구로와 낚시 친구였던 시인 테드 휴즈(Ted Huges)를 비롯한 여러 동료 문인들과의 관계 속에서 벌어진 에피소드, 그리고 글쓰기에 대한 사색을 포함하여 그의 대표작의 영화화와 관련한 이야기들이 작가 자신의 온유하고 담담한 생각 속에 담겨있다. 본고는 많은 부분에서 이 자전적 에세이의 내용을 참조하고 있으며, 이후 인용에서는 저자명을 생략하고 ME와 쪽수로만 표기하기로 한다.

아니다. 그들은 우리가 주변 어디서나 쉽게 마주칠 수 있을 그저 그런 소박한 사람들이며, 남달리 두드러지지 않는 목소리를 통해 스위프트는 다양한 형태의 인간관계에서 이루어지는 일상적인 갈등은 물론, 나아가 '삶과 죽음'에 관련된 보다 큰 주제를 숙고한다.

이시구로나 온다치와도 유사하게 구식적인 방식의 문체로써 작품을 드러내는 스위프트의 서사 이면에는 대영제국의 쇠퇴 이후 영국의 역사적 사명감이 희미해진 시대에 영국적인 전통을 재정립하고자 하는 일련의 시도가 엿보인다. 스위프트 소설 속에 등장하는 영국인들은 전진하고자 하는 열망을 지님과 동시에 화려한 과거의 기억으로 회귀하고 싶은 향수 사이에서 배회하고 있는 듯 보인다. 스위프트는 그들로 하여금 조국의 과거를 회상하고 재검토함으로써 기억을 통한 자기반성을 유도하고, 영국의 내외국인을 막론한 모든 독자로 하여금 미래가 어떤 문제를 감당하게 될지에 대해 고민하게 만든다.

스위프트의 작품 가운데 지금까지 영화로 제작된 것은 세 편뿐이다.[3] 그중 두 번째 소설이었던 『셔틀콕』은 영화로 제작은 되었으나, 작가의 표현에 따르면 "자신을 위해서도 세상을 위해서도 다행스럽게도"(*ME* 188) 배급되지 않았다고 한다.[4] 스위프트의 소설 가운데 극장 개봉이 된 작품은 『워터랜드』(1992년 개봉)와 『마지막 여정』(2001년 개봉) 두 작품인데, 작가는 영상화된 자신의 작품 모두에서 각기 몇 초간 얼굴을 내미는 즐거움을 누렸다. 『워터랜드』에서는 주정뱅이

---

3) 스위프트는 과작(寡作)의 작가이다. 문학 영역에 속하는 저술로는 현재까지 여덟 편의 소설과 한 편의 단편집, 그리고 자전적 에세이가 출간됐을 뿐이다. 그런 만큼 그의 모든 작품은 대단한 작가적 자부심으로 발표되었고, 모두가 대표작이라고 불러도 무리 없을 정도이다. 본고에서 스위프트 작품의 인용은 모두 저자명 없는 약자로 표기하기로 한다(e.g. *Waterland* → *WL*, *Last Orders* → *LO*).

4) 극장에 배급되지 않은 채 TV 방영으로만 끝난 영화 『셔틀콕』은 "신중하고 성실한 작업으로 시작된 [소설의] 영화제작 과정이 험난한 행로를 밟으면서 얼마나 현실과 타협해야 하며, 예술적 무지몽매함이 얼마나 정략적으로 개입할 수 있는지를 알 수 있게 하는"(*ME* 188-89) 불운한 작품이었다고 저자는 표현한다.

로 아주 잠깐, 그리고 『마지막 여정』에서는 초반부 술집 장면에서, 마치 스치는 배경인양 거의 식별하기 힘든 엑스트라로 출연한다.

2.1. 『워터랜드』: 왜곡된 교차와 차용 사이

1983년에 발표된 『워터랜드』는 스위프트의 작가적 지위를 확고하게 만든 작품이다. 이 작품은 그해 부커상 최종 후보에 올랐지만 정작 상은 J. M. 쿳시(J. M. Coetzee)에게 돌아갔다. 그러나 이 소설은 가디언 소설상(Guardian Fiction Prize)과 제프리 페이버 기념상(Geoffrey Faber Memorial Prize)을 수상하면서 저자를 『그란타』(Granta)지가 선정한 '영국 최고의 소장 작가'(Best of Young British Novelists) 대열에 합류시켰다. 스위프트는 지적이며 작가 특유의 유려하고 진지한 필치를 발휘하여 주인공인 화자 톰 크릭(Tom Crick)의 이야기를 산업혁명 이후의 '영국사'와 '노포크(Norfolk) 소택지의 기록'이자 동시에 '허구적인 자서전'으로 풀어내고 있다.

이 작품은 역사 과목에 대한 제도권의 회의(懷疑)와 무시, 그리고 아내인 메리(Mary)의 아기 유괴사건으로 말미암아 실직할 위기에 처한 역사교사 톰은 이제까지 진행해온 역사 수업을 포기하고, 자신이 태어나고 자란 소택지의 자연환경 위에 자신과 조상의 삶을 버무린 극적 독백을 시작한다. 화자의 의식의 흐름 속에서 되살아 나온 개인적이고 지역적인 이야기들은 산업혁명부터 현재까지의 역사적 사건들과 그 안의 인물들에 대한 설명에 배어들어 '서술 안의 서술'(narrative within narrative)로 자리한다. 서술의 격자 속으로 더 깊이 들어감에 따라 소설의 현재 시제에서 과거는 현존이 되고, 톰의 역사관을 통해서 과거와 현재의 관계가 투영된다.

역사교사로서 톰은 강박적으로 역사의 의미와 가치를 밝히고자 하지만 결코 여의치 않다. 역사는 "불완전한 지식으로써 불완전한 지식에 의해 행해진 행위 자체를 설명하고자 하는 불가능한 작업"이다(*WL* 108). 톰은 '과거의 잘못을 앎으로써 현재를 개선'한다는 온고지신(溫故知新)의 순진한 역사관을 거부하고, 진보의 개념을 부정하는 냉소적인 역사관을 드러낸다. 진보는 언제나 후퇴와 함께 진행되며 상실(loss) 없이 얻어지는 성취란 없기 때문에, 전후(前後)의 두 방향으로 동시에 진행되는 역사는 고리를 만들면서 우회한다는 것이 톰의 생각이다. 이를테면, 활자의 발명이 지식의 확산을 가져왔지만 작위적인 정보와 선전의 세뇌에도 한몫을 해왔던 것처럼, 인간사회는 혜택을 받은 만큼의 양보를 해야만 하는 것이다.

스위프트의 모든 작품에 반영된 주제라고 할 만한, "인간 운명의 비극적인 부조리를 탐구하고자 애태우는"(Bernard 121) 그의 지속적인 조바심은 『워터랜드』에서도 여전하다. 톰의 이야기 속에는 '가족과 인간관계' 내부의 믿음과 불신이 야기하는 갈등과 모순, 특히 톰의 외할아버지 어니스트(Ernest)와 어머니 헬렌(Helen)에게서 충격적으로 재현된 근친상간, 형이자 삼촌이기도 한 딕(Dick)의 살인, 부자 관계와 동기/부부관계의 가시적이거나 암시적인 불협화음, 그리고 낙태나 유괴와 같은 모티브들이 제시된다. 지극히 인간적인 약점을 드러내는 것이자 역사적으로도 해묵은 이러한 모티브들은 영화를 만들 때 자극적인 흥밋거리로 사용되기가 쉽지만, 스위프트의 서사에서는 프랑스 혁명과 나폴레옹 전쟁, 산업혁명, 19세기의 사회적·정치적 변화와 20세기의 양차 대전이라는 역사를 경유하면서 영국 소택지/늪지의 삶으로 흡수된다.

늪지에서 산다는 것은 현실이라는 이름의 위대하고 겸허하고 단조로운 거대 공간에 모종의 강력한 첨가물을 받아들이는 것과도 같다(*WL* 17). 『워터랜드』의 영상화는 이러한 시공적인 분위기를 배경에 깔고, 소설이 독자에게 촉각적으로 느끼게 하는 잉글랜드 소택지의 질척함을 살려야 했다. 스위프트가 소설에서 그려냈던 소택지의 질척거림은 단지 지리적이고 생태학적인 것만이 아니라, 앞서 이야기했듯이 그 안에 영국 역사와 소택지 서민의 삶이 흠뻑 젖은 물기를 말리지 못한 채 질척하게 배어 나온 것과도 같다. 소설의 백미라고 할 수 있을, 질퍽한 땅에서 살아가는 민중의 삶 위에 보다 광대하고 거시적인 역사와 그 안에 깃든 생각들마저 영화에 담아내기란 쉬운 일이 아니다. 더욱이 만약, 소설 전반을 두루 지탱하고 있는 '영국적인 무엇'이 빠진다면 작품은 완전히 다른 것이 되어버릴 터였다. 『워터랜드』의 영화화 작업은 그처럼 어려웠던 만큼 시작부터 허점을 드러냈다.

해롤드 핀터(Harold Pinter)가 멋지게 각색했던 존 파울즈 소설의 동명 영화 『프랑스 중위의 여자』(The French Lieutenant's Woman)에서 타이틀 롤을 훌륭히 소화해냈던 제레미 아이언스(Jeremy Irons)는 그로부터 약 10년이 지난 후, 자신이 좋아했던 소설의 주인공 톰 크릭이 되기로 결정한다. 실제 아내인 시네이드 쿠삭(Sinéad Cusack)과 함께 톰과 메리 부부를 연기하면서 아이언스는 나름대로의 호연을 했지만, 감독인 스티븐 질렌할(Stephen Gyllenhaal)이 '너무나 영국적인' 소설을 반쯤은 미국의 배경 위에 펼쳐놓음으로 인해 영화 『워터랜드』는 "불운하게 미국화"되어 버리고 말았다.

영화 『워터랜드』는 영국인인 피터 프린스(Peter Prince)가 각색을 했음에도 불구하고 국적이 불분명해진 각본은 영국의 늪지와 연계된 원작을 사랑하는 사람들에게 유감스러울 수밖에 없었다. 대부분의 촬영이 런던의 그리니치(Greenwich)에서 이루어졌지만 영화상의 장소는 펜실베이니아주(州)의 피츠버그로 바뀌었고, 주요 학생 역의 배우들은 미국에서 공수되었다. 톰 크릭과 더불어 가장 중요한 인물인 학생 반항아 프라이스(Price)를 연기한 에단 호크(Ethan Hawke)는 역사와 역사 수업에 대한 1980년대 [영국]학생의 미묘하게 복잡한 내면과 지적 도전을 살리는 데 실패하고, 시종일관 뿌루퉁한 표정으로 프라이스의 정련(精練)된 반격이 아닌 단순한 사춘기적인 반항을 보여주는 듯하다. 노포크의 소택지에서 자란 톰이 중년이 되어 미국에서 중학교 역사교사로 살아가게 된 이야기도 개연성 없이 처리되었다. 어려울 수밖에 없었던 작업은 결국 시작부터 끝까지 밋밋하게 되어버렸다. 비록 저자는 "대단한 영화가 되었다거나, 반대로 아예 영화화되지 않았더라면 하지 못했을 경험을 할 수 있었으므로 큰 유감은 없다"(ME 188)라고 하면서 자신의 감정을 자제하고 유보하고 있지만, 『워터랜드』의 영상화는 작가에게도 그리고 소설의 독자들에게도 공허할 수밖에 없었다.

스위프트는 저자로서 영화가 만들어지는 과정을 지켜보았으나 제작에는 거의 관여하지 않았다. '관여하지 않았다'는 것은 각색과 관련하여 원저자이기에 가능할 수 있었을 입김을 전혀 행사하지 않았다는 뜻이다. 당시 영화작업에 완전히 문외한이었던 작가는 크랭크인 직전까지 무슨 일이 벌어지고 있는지조차 몰랐으며 오직 감독과 배우의 지적인 양식(良識)을 믿었을 뿐이었다. 톰 역의 제레미 아이언스는 안소니 홉킨즈(Anthony Hopkins)라든지 랄프 파인즈(Ralph Finnes), 콜린 퍼스(Colin Firth) 등의 배우들이 그렇듯, 많은 예술영화에서 "성마른 듯 보이면서도 차분하고, 냉담하면서도 유혹적이며, 은근히 위압적이면서도 정중하여"(Cooper 72) 어딘가 불가사의하게 보이는 전통적인 영국 남성성을 멋지게 되살려 놓곤 하는 지적인 영국배우이다. 그런 아이언스가 자신이 좋아한다는, 그것도 지역성이 유난히 두드러진 소설의 지역적 왜곡을 그대로 수용했다는 사실은 못내 아쉽다.

소설과 영화라는 전혀 다른 예술 장르의 차이와 독립성을 지나치게 인지하고 있었던 만큼 무조건 제작진을 신뢰했던 젊은 작가는 "각본을 면밀히 살펴보았어야 했음에도 불구하고 그러지 못한 채 우둔하기 짝이 없이 소설의 영화제작에 임했음"(ME 190)을 후일에야 토로한다. 영화 제작과 집필 작업이 완전히 다른 일이라고는 하지만, 소설을 영화로 만드는 경우에는 반드시 취해야 할 것과 적당히 치워버려도 무방한 것이 있기 마련이다. 『워터랜드』를 영화화함에 있어서, 작가는 물론이고 제작진들까지도 천진난만할 만큼 그런 점에 무심했다. 스위프트는 소설의 기본 요소들을 왜곡하지 않고 좀 더 나은 영화가 만들어지기를 바랐으면서도 제작 과정 중에 화를 내거나 개입하지 않았다. 설령 화를 냈던들 이미 진행되고 있는 일들을 어쩌지 못한다는 것을 알고 있었고, 해석상의 일탈에도 불구하고 영화가 그렇게까지 비양심적으로 만들어지는 것은 아니라고 생각했기에, 그는 자신이 보고 있는 모든 과정을 인내심으로 감내했다.

습지의 배경을 정도껏 살리면서 자연사와 더불어 전개되는 과거사를 집어넣고자 했음에도 불구하고, 소설의 중심이었던 '역사적 고뇌'의 재현과 그와 관련한 사제 갈등의 시대적·지역적 무드를 환기시키지 못함으로써 원작의 배경이 담고 있었던 실제 내용물을 되살리지 못한 영화는 작품의 혼을 빼버린, 비슷하지만 다른 가면을 쓴 탈춤 추기에 불과했다. 앤드류가 분류한, "교차"와 "차용"과 "변형"이라는 문학작품 영상화 방법으로 말한다면, 『워터랜드』는 표면상으로는 원작의 타이틀과 스토리 라인을 그런대로 살렸으니 교차에 가까운 차용이라고 할 수도 있겠다. 하지만 엄밀한 의미에서, 소설의 스토리를 재현했으되 스토리가 제기하는 주제와 무드를 살리지 못함으로써 워터랜드의 영화화는 앤드류의 세 가지 분류 가운데 어느 것으로도 설명할 수 없는 것이 되어버렸다.

2.2. 『마지막 여정』: 성공한 차용

1996년 스위프트의 여섯 번째 소설 『마지막 여정』이 부커상을 수상하게 되자 비평계는 찬반양론의 극단적인 논란에 휘말렸다. "섬세하고 어렵지 않은 문체와 영악한 기지로 깊숙이 인간적인 긴장을 풀어낸"(John Banville), "완벽한 정당성을 지닌 작품"(Jay Perini)이라는 찬사와, "인물만 다른 사람으로 대체한 낡은 이야기"(V. S. Naipaul)라는 비판을 동시에 받으면서 이 소설은 스위프트 최고의 흥행작이 되었다.5) 이 작품에 대한 비판은 주로 윌리엄 포크너(William Faulkner)의 소설 『내가 죽어 누워있을 때』(*As I Lay Dying*)와 기법과 플롯상의 유사성에

---

6) 나이폴의 태도는 상당히 과격하여 "부커는 소설의 살해범"(Cooper 59)이라고까지 비난하였다(비평적인 반향은 파멜라 쿠퍼(Pamela Cooper)의 『마지막 여정: 독자 안내서』(*Last Orders: A Reader's Guide*) 57-67 참조).

기인하지만 포크너의 영향은 작가 자신이 이미 밝혔던 바 있으며, 어떻게 유사하든 두 작품의 분위기는 그의 동료 작가들이 지적하듯 서로 다른 작품으로서의 독서를 가능하게 한다.

부커상과 더불어 제임스 테이트 블랙 기념상(James Tait Black Memorial Prize)도 수상했던 이 소설은 스위프트의 작품들이 대개 그렇듯 연대기적으로 나열되는 직선적인 서술 관점을 거부하면서 플래시백(flashback)이라는 방식을 통해 스토리 라인을 점진적으로 드러낸다. 수십 년을 아우르는 현란한 런던 방언(Cockney)의 요동(搖動) 속에서 스위프트의 예술은 더욱 편안하고 통속적인 위치에 놓이고, 슬그머니 뒷모습을 보이고 있는 세대가 조금씩 들추어내는 추억을 통해 세월 속의 개인은 역사를 모자이크한다.

소설 속에서 가장 두드러진 화자는 레이(Ray)이지만, 모든 인물들이 회고 형식을 통해 '다르면서도 때로는 공통된' 인간 경험을 다양한 목소리로 들려주는 가운데 대사의 교차적인 독백이 실험적으로 이루어지는 복합적인 서술전략이 구사된다. "사건을 설명하는 '서술적 독백'과 의식의 흐름을 보여주는 '내적 독백', 그리고 사건들의 연관성을 암시하거나 삶에 대해 일반화를 하게 만드는 회상으로서의 '서술되지 않은 독백'"(Malcolm 162)이라는 세 가지 형태의 독백이 적절히 활용되면서, 여러 사건들로 뒤얽힌 인간관계가 다층적인 시각으로 드러나고 그 갈등을 무마하고 포용하는 과정을 보면서 삶과 죽음, 그리고 그 양자를 오가는 인간의 분투를 고찰하게 된다.

『마지막 여정』의 플롯은 비교적 간단하다. 플롯의 중심에는 정육업자인 잭의 죽음과 그의 유언이 있고, 친구들인 레이 존슨(Ray Johnson), 레니 테이트(Lenny Tate), 빅 터커(Vic Tucker), 양자인 빈스(Vince), 이렇게 네 명의 남자들이 잉글랜드 동남부 해변인 '마게이트(Margate) 해안에 자신의 유해를 뿌려 달라'는 잭의 유언을 수행하기 위해 모인다. 마게이트로 가는 여정 속에서, 추억과 각 인물들 간의 관계들이 뒤얽힌 그들 모두의 인생이 시간을 넘나드는 각자의 1인칭 서술로 소개된다. 스위프트는 현실 상황과 맞물려 반발과 분노를 일으키는 인물들의 기억 속에 모종의 불편한 감각을 만들어내면서, 삶 속의 인간관계와 죽음, 그리고 절차적 행위로서의 장례 과정을 어두운 유머로 채색한다. 2차 세계대전의 경험을 통해 빛바랜 조국의 영광을 기억하는 구세대들과 전후 세대인 빈스가 함께 어울리는 가운데 세대 간의 미묘한 내적 불협화음도 엿보인다.

레이와 레니에게 동경을 품게 만든 잭의 아내 에이미(Amy), 레이와 에이미의 불륜, 목격자로서 빅의 침묵, 레니의 딸 셀리와 잭의 아들 빈스 관계에서의 임신과 낙태, 물질적인 결핍에 따른 열등감, 상호 간의 가책, 이상의 좌절과 반항 등이 교차되면서 복잡하게 얽힌 감정들은 돌파구를 찾고자 한다. 잭의 아내 에이미가 어머니로서 정신박약아 딸을 50년 동안이나 포기를 못 했던 반면, 아버지인 잭은 자식으로 인정하기조차 거부함으로써 잭과 에이미의 오랜 애정은 내·외적 갈등을 피하지 못한다. 남자들 간의 감정적인 경쟁과 비밀을 야기하는 에이미는 잭과 레이와 레니를 유혹하는 사이렌(Siren)과 같은 존재로서 전형적인 여성성을 드러냄과 동시에, 자신의 딸 준(June)을 위해 헌신하면서 오랜 세월 결혼생활을 희생해 온 모성을 대변한다. 『워터랜드』의 메리가 그랬듯이, 에이미의 내면은 유혹적인 이브이자 동정녀 마리아의 이미지가 혼합된 수수께끼 같은 일면을 보인다.

얽히고설킨 인간관계와 심리적 반목 속에서 부모와 자식의 관계, 특히 아버지와 아들딸들의 관계가 스위프트의 다른 작품들에서도 항상 그렇듯이 이야기의 주요 장치로 부각되면서 동시에 세대를 관통하는 시간의 여정은 인간의 필멸, 즉 유한성을 상쇄시킨다. 시간을 통한 육체적 여정과 역사 속 인간 존재의 반목을 함께 조명하는 스위프트의 서사는 장의사로서의 '엄숙함과 평상심을 지닌' 자제된 성품의 빅을 통해 '모든 인간을 유한한 존재로 평등하게 하는' 죽음의 불가피성과 그것이 제공하는 뜻하지 않은 평안을 표현해낸다.

네 명의 건장한 남자들이 감청색 메르세데스(Royal-blue Mercedes) 승용차를 빌려 타고 복잡한 런던 시내를 돌아 로체스터(Rochester)의 식당, 채텀

(Chatham)의 해군 추모지, 윅스 팜(Wick's Farm), 캔터베리 대성당을 거쳐 마게 이트로 가는 여정은 지난 상처의 재생과 폭발, 그리고 내적 치유의 과정으로 재현된다. 런던은 제인 오스틴(Jane Austen)이나 헨리 제임스(Henry James), E. M. 포스터(E. M. Forster)의 작품에서는 악마적이고 불운한 도시였고 조셉 콘래드의 『비밀요원』(*The Secret Agent*)에서는 우중충한 잿빛이었지만, 스위프트에게선 어둠과 무거움을 벗어버린 다채로운 삶의 모자이크로 대체된다. 영화는 자동차의 행렬을 따라가면서 내다보이는 런던의 분주함과 밝음을 부각시키고, 이 전통적인 메트로폴리스의 정체성에 새로움을 얹는다.

레니와 빈스가 주먹질로 갈등을 분출했던 켄트(Kent)의 윅스팜은 '잉글랜드의 정원'(The Garden of England)이라고 할 만큼 영국적인 풍광을 간직한 곳으로써, 잭과 에이미의 사랑이 시작된 곳이자 입양아 빈스에게는 가족으로서의 상실감을 맛보게 했던 소풍 장소였다. 영화를 보는 관객은 로만 폴란스키(Roman Polanski) 감독의 『테스』(*Tess*), 제임스 아이보리(James Ivory) 감독의 『남아 있는 나날』(*The Remains of the Day*)[6), 『전망 좋은 방』(*A Room with A View*), 『하워즈 엔드』(*Howards End*), 앙리(Ang Lee) 감독의 『이성과 감성』(*Sense and Sensibility*) 등에서 볼 수 있었던 영국 전원의 분위기를 다시 만끽할 수 있다.

한편, "문화적 추억을 모으는 기념비이자, 그들이 상실한 것에 대한 부끄러운 기억을 들추어내는"(MacLeod 152) 채팀의 해군 추모지와 뒤이은 캔터베리 성당 방문에는 역사에 대한 성찰과 순례의 개념이 이입된다. 채팀에서 옛 영광의 뒤안길에 다다른 구세대는 과거를 몸으로 인지하지 못하는 망각의 새 시대로 향하는 갈림길에서, '이제는 놓아야 할 것들'에 대한 향수(鄕愁) 짙은 회한으로 머뭇거린다. 성지순례로서의 성당 방문은 소설 속에서 "교묘하게 고안되어 성스러움과

---

6) 필자는 보통 이시구로의 소설 제목을 『지난날의 잔재』로 옮기고 있지만, 우리나라에서 개봉된 영화 제목이 『남아 있는 나날』이었으므로 영화를 소개하는 이곳에서는 기존의 영화 제목을 그대로 쓴다.

불경스러움 사이를 오가는 진자"(Bényei 53) 같은 역할을 하면서 인물들 내부의 어둠을 빛으로 전환시키는 희망의 출구가 된다. 성당 건물이 주는 위압은 순례자 레이 일행의 내면에 도사린 심정적인 왜소함을 투영하고, 여정을 지연시켜 본능적으로 건물 안에 들어가게 함으로써 친구의 유언에 따라 재를 운반하는 그들의 임무에 도덕적 정당성을 부여한다. 그리하여 성당을 돌아 나오는 과정은 그들 각자에게 모종의 구속(救贖)됨과 정의감을 불어넣는 성례(聖禮)로 기능한다.

캔터베리 대성당으로의 우회는 소설에서나 영화에서나 상황의 백미라고 할 수 있다. 대성당 건립 이후 성당에서의 영화 촬영을 허용하고 촬영을 위해서 일반인에게 성당을 폐쇄한 일은 처음이었다고 한다. 소설을 먼저 읽었던 캔터베리 대성당의 주임 신부가 스위프트 소설에 도덕적 정당성을 부여하기 위해서 성당 장면이 반드시 필요함을 인지했기에 가능했던 일이었다. 영상 속에서 드러나는 대성당은 소설이 묘사한 건물의 위압과 영적인 위안을 하나의 분위기로 묶어 관객에게 전달한다. 아이러니하게도, 초반부에 레이가 친구들을 기다리면서 교회에 비유했던 술집의 분위기("There's a shaft of sunlight coming through the window, full of specks. Makes you think of a church." *LO* 1)는 그들이 다시 모인 성당 내부로 전이되어, 이른 아침의 술집에서 잭을 묵도하며 술을 마시던 그들의 행위가 오후에 성례의 배속으로 연장된 듯한 느낌을 준다.

네 남자가 마치 보물단지인 마냥, 때로는 두려운 폭발물인양 교대로 안고 다니던 잭의 유골함은 그들 모두에게 "죽음을 주관화하면서 동시에 삶을 객관화"(Lea 173)한다. "한때 주위를 걸어 다니던 잭이 바람에 실려 바람에 날리며 바람 자체가 되어버린다"(*LO* 294-95)는 레이의 마지막 독백은 인간의 신체가 궁극적으로 동물의 신체와 구별됨을 암시하지만, 태어나는 순간부터 50년이 지나도록 인지하지도 못하고 말도 못 하며 엄마조차 알아보지 못하고 살았던 준은 마치 고기와 다를 바 없어, 어쩌면 잭이 다루던 죽은 동물들보다도 자신의 존엄성을 유지하지 못했음을 대비시킨다. 잭의 재가 뿌려지는 마게이트 앞바다는 삶과 죽음, 인

간 여정의 정착지로써, "역사적 시간의 직선적인 움직임과 유기체적 시간의 순환
운동이 조화롭게 만나는 장소"(Cooper 45)가 된다. 비가 흩뿌리는 차가운 날씨의
마게이트 선창은 애당초 그곳을 방문한 적 없이 이야기를 전개했던 작가의 위험
한 상상력을 완벽한 현실로 입증시켰다.

소설/영화의 우회적인 행로를 따라 젖은 선창에 선 스위프트는 자신의 소설
안으로 들어와 있음을 느낀다. 해군 출신인 빅은 "만인을 언제나 평등하게 만드는
것"(LO 143)으로 바다를 언급하는데, 이것은 그가 장의사로서 말하는 죽음과도
통한다. 죽음을 확인하고 수용하는 절차를 통해 그들 모두는 희망을 안는다. 마게
이트에서 새 삶을 시작하고 싶었던 잭은 그곳에 뿌려졌으며, 선창에 선 레이는 딸
이 있는 호주행을 꿈꾸고, 레니와 빈스는 딸들의 처지를 수습할 마음을 먹는다.
남자들의 절차에 동참하지 않고 언제나처럼 준을 방문하고자 한 에이미의 희망은
수십 년간 지속되어온 것이다.

이미 언급했듯, 이 작품에서 가장 매력적인 골자는 역사적, 문화적 산물이자
추동력으로서의 언어이다. 극찬과 비판 속에서도 『마지막 여정』이 찬양자와 비판
자 모두에게서 이구동성의 가치평가를 받았던 부분이 바로 언어였다. 런던 방언,
즉 코크니를 역사적으로 고스란히, 그리고 화려하게 재현한 것이 소설의 최고 강
점이자 누구도 부인할 수 없는 미덕이다. 독서의 와중에 코크니의 현란함에 현기
증을 일으켰던 독자는 영화를 보면서 그 희열을 청각적으로 재차 경험한다. 영국,
그것도 런던의 서민이 사용하고 있는 20세기 중반에서 후반까지의 영어를 고스란
히 재생함으로써 코크니에 익숙하지 않은 사람들이나 특히 비영어권 독자/관객들
에게는 만만찮은 불편을 겪게 하지만, 작품의 구어가 주는 매력은 모든 것을 압도
한다. 영화는 바로 그 미덕을 십분 살렸고 그것으로써 멋지게 성공했다. 서민의
방언을 통해 일상적인 것들이 설득력 있고 감동적인 허구로 바뀌며, 어디에서도
격식을 차리는 어법은 구사되지 않지만, 전쟁의 추억(LO 123)과 죽음에 대한 일
반적인 명상(LO 143)에서 구사하는 빅의 언어같이 상대적으로 정확하고 적절한

표준영어를 들으며 관객들은 언어의 변주를 맛본다. 영화의 타이틀 롤을 맡은 연기파 배우들은 그들의 명성에 걸맞게, 소설이 지닌 시대적이고 인간적인 면면들을 고스란히 되살려냈다.

『마지막 여정』의 서술은 "2차 대전이 만들고 그 전쟁의 기억에 묶인, 죽어가는 세대에 대한 통렬한 초상"(Lehmann-Haupt n.pag.)을 가벼우면서도 무게감 있게 그려내면서, 소규모의 평범한 캐릭터들을 통해 "품위와 성실과 사랑이라는 전통적인 인간가치를 조용히 재확인"(Cooper 65)시킨다. 스위프트의 보편성과 능력은 바로 평범함에서 감동을 이끌어내는 데 있다. 『마지막 여정』에서 만나는 사회적으로 변변치 않은 인물들의 교차적인 언어는 하층계급의 주체인 그들도 풍부한 감정과 굉장히 복잡한 내면을 지녔으며, 그러한 감정으로 인해 그들 역시 결코 단순하지 않은 삶을 영위하고 있음을 보여준다.

작품의 영화화에 대한 제의가 몇 차례 먼저 있었지만 프레드 쉐피시가 유난히 열의를 보였고, 그가 『마지막 여정』을 크랭크인 하게 된 것은 작가와 독자 모두에게 행운이었다. 호주 출신의 이 베테랑 감독은 『어둠 속의 비명』(*A Cry in the Dark*), 『풍요』(*Plenty*), 『여섯 단계의 분리』(*Six Degrees of the Separation*) 등의 훌륭한 작품을 지휘한 경력을 갖고 있었다. 무엇보다도 그는 작가와 작품을 존중할 줄 아는 사람이었고, 대다수 감독들에게선 보기 힘든 그러한 미덕이 저자에게 인상적으로 다가왔다. 게다가 쉐피시는 종종 엉뚱한 호주 유머로 좌중을 압도했다. 호주적인 유머감각은 근본적으로 영국인의 그것과 크게 다르지 않아 소설이 내재한 해학과 유머를 이해하고 재현하는 데 큰 문제가 없었으며, 감독과 작가 사이에는 상호 인정과 감정적인 교차가 이루어졌다(*ME* 338). 쉐피시와 함께 일한 적이 있는 소설가 톰 키닐리(Tom Keneally)는 그를 "가장 야성적인 호주 남자"(*ME* 337 재인용)로 표현했는데, 그 야성남이 캔터베리 대성당에서 최초로 촬영을 한 사람이 되었다. 더욱이 마지막 장면에서 주인공의 한 사람인 레이가 잭의 뼛가루를 바다에 뿌리면서 담고 있는 염원은 호주를 향한 것이기도 했기에, 호주인 쉐피시로서는 한층 절실하고 실감 나는 이해심으로 마지막을 연출할 수 있었을 것이다.

제작기간 중에 많은 이야기를 나누었던 쉐피시와 스위프트는 서로에게서 상당한 공통점을 발견한다. 그들은 감독과 작가로서 "어떻게 이야기를 풀어내야 하는가와 어떻게 하면 아는 것과 느끼는 것들을 가장 잘 전달할 수 있는가에 대해 느끼고 있는 강박관념까지도 똑같았다"(*ME* 338). 대본을 써달라는 의뢰를 먼저 받았던 저자는 각색과 소설쓰기는 전혀 다른 작업이라는 점을 들어 거절하고 그저 새로운 창작물이 탄생하는 과정을 지켜보는 은총을 누리고 싶어 했다. 결국 각본까지 썼던 감독 쉐피시의 영화적인 예술성은 원작과 저자의 의견을 존중하면서 소설을 액면 그대로 영상에 담아내고 원작소설이 주었던 감동을 대부분 독자 관객에게 재전달할 수 있었다. 작품에 대한 감독의 성실하고 진지한 자세와 작가의 의도적인 거리두기가 소설과 다른 장르로서의 밀도 있는 문학영화를 만들어냈던 것이다.

스위프트는 이전에 『워터랜드』를 감독한 질렌할과도 적지 않은 이야기를 나누긴 했지만, 『워터랜드』의 촬영 때와 두드러지게 달랐던 점은 감독 쉐피시가 소설을 완전히 이해하고 사랑했으며 각색까지 도맡았고, 작가 자신도 전자의 경우와는 달리 영화 제작이 시작되기 훨씬 이전부터 무슨 일이 어떻게 돌아가는지를 잘 알고 있었다는 점이다. 미국 감독의 『워터랜드』가 상당 부분 미국적인 배경으로 바뀌었음에 비해 호주 감독의 『마지막 여정』은 전혀 호주적인 변형을 하지 않았다. 쉐피시 감독은 소설의 지형학적인 배경과 그 영향력을 꼼꼼히 체크하였으며, 어느 면선 지역성을 문자 그대로 살려놓았다. 스위프트 소설의 영상화에서는 '지역성'을 살리는 것이야말로 작품의 생사여탈권을 쥔 일이라는 것을 쉐피시도 충분히 인지했던 것 같다.

공동의 자식을 탄생시키기 위해 작가와 감독은 똑같이 긴장하고 초조해했으며, 작가는 감독에게 완벽한 신뢰를 보냈다. 그리하여 스위프트의 원래 독자들은 영화를 보면서 다시 한번 스위프트의 독자가 된다. 영화가 문학과 상관이 없는 작품으로 독자적인 감동을 창출하는 경우를 차치하고, 문학을 영상화한다면 가장 좋은 일은 "차용"일 것이다. 이렇게 볼 때 쉐피시의 작업은 멋지게 성공한 차용이었다. 하지만 어떠한 영화적 차용이라도 문학을 대체할 수는 없음을 스위프트는 역설한다.

> 현장에서 사람들은 "선생님의 책이 살아나는 것을 보는 기분이 어떻습니까?"라고 묻는다. 나는 다소 화가 나서 항상 이렇게 대꾸하고 싶었다. 내 책은 이미 살아있소, 독자의 머릿속에서 이미 살아났단 말이오. 그렇게 살아나는 것이 바로 문학이라는 것이오. 영화란 말이지, 기분 나쁘지 않으면 좋겠소만, 책에서 삶을 빌리는 거라오 (*ME* 343-44)

아마 소설의 독자도 작가와 견해를 같이할 것이다. 하지만 '차용'이 아닌 '변형'되거나 '교차'된 문학의 영상화 작업을 만나는 것 역시 피할 수 없는 일이고, 그렇다면 영화의 관객이 된 독자는 가끔은 소설 독자로서의 성정을 유보하고 몇 걸음 뒤로 물러서서, 필요하다면 원작을 잠시 잊어버리고, 새롭게 다른 예술, 다른 작품을 감상한다는 마음가짐을 지니는 것도 나쁘지는 않을 것이다.

3. 결론

영화 작업은 같은 연기를 반복하는 지루한 과정을 거치면서 문학의 활자 속에 숨어있던 상상적 이미지를 가시적으로 만듦과 동시에 무성의 목소리를 들리게 만드는 성장(盛裝) 작업이다. 작가의 상상력을 현실화시키면서, 소설을 살아있는 것으로 받아들이는 독자의 상상력을 오감으로 직접 촉진할 수 있게 구현해내는 작업인 것이다. 사람들은 때로 사실 ― 실제 삶 ― 이 소설보다 더 이상하다고 말하기도 한다. 삶 속의 사실들은 낯선 것들을 상상력만큼이나 놀랍게 드러낸다. 낯선 삶을 자연스럽게 받아들이고 덜 낯선 상상력을 기이하게 인식하는 가운데, 상상력은 삶을 재현하고 영화는 소설에서 재현된 삶을 현실처럼 볼 수 있게 한다. 영화는 가시성과 가청의 도구들로써 상상력과 현실이 교차하고 뒤섞이는 도상에서 활보한다.

소설가와 영화 제작자는 모두 우리가 볼 수 있는 것 이상을 보여주고 싶어하지만 양자가 사용하는 수단은 본질적으로 다르다. 활자는 독자가 활용할 수 있는 상상력의 비전을 무한대로 자극하는 반면, 영상은 활자로부터 임의적/자의적/타협적으로 선택한 유한한 비전을 관객에게 일방적으로 전달한다. 영상으로 인해 관객의 상상력이 완전히 차단되는 것은 물론 아니지만, 활자가 허용하는 범위와는 본질적으로 비교 대상이 되지 않는다. "예술의 작업이 삶을 기록하는 것이 아니라 만들어내는 것이고, 현실이 기록되는 것이 아닌, 구성되는 것"(Bradbury 8)이라고 할 때, 영화예술은 보다 손쉬운 예술적 표현수단이다.

소설문학을 영화로 옮길 때는 반드시 복제 작품일 필요는 없다고 해도 정체성을 보존한다는 전제하에서 언어의 자극에 의한 상상의 이미지와 귀로 듣고 보면서 받아들이는 이미지와의 사이에 있을 수밖에 없는 괴리를 좁힐 필요는 있다. 독자의 '주체적이고 주관적인 경험'을 상반된 행위인 관객의 '수동적 내지 소극적인 역할'의 대상으로 온전하게 전이시키는 일이 가능한가. 굳이 예술적인 작품의 시청각적 구현에서 뿐만이 아니라, 오늘날 우리가 청각과 시각을 통해 간접적으로 경험하는 대부분의 현실은, 그것이 객관성을 표방하는 보도적인 것이라 할지라도 이미 미디어 기술을 통해 조정되고 걸러진 것들이다. 대개 그 현실들은 모종의 정치적 신화에 기댄 대중문화적인 심상 안으로 수용되어 구체화된다.

소설 원작의 내용과 연결되는 평행선상의 사건을 만들어 내고자 하는 일은 예술적 삶을 창출해내는 무엇인가 새롭고 색다른 것에 달려 있다(Billy 193). 자신의 작품이 영화화되는 현장에서 스위프트는 상반된 감정을 동시에 느꼈다. 그는 한편으로는 소설이 있었으므로 인해 비롯된 그 모든 과정의 "필수적인"(vital) 존재였으면서도 다른 한편으로는 "거추장스러운"(redundant) 존재였다. 스위프트는 당당한 태도로 그 모든 과정을 찬찬히 둘러봐야 할지, 멍하게 입을 벌린 채 구경을 해야 할지 갈피를 잡지 못한 채, 그곳을 "방문하는 유령"(a visiting ghost, ME 340)인 것 같은 기분으로 서 있어야 했다. 하지만 그곳에 출몰하던 유령은 단순한 허깨비나 떠돌이 유령이 아닌, 바로 그 작품의 혼령인 것이다. 문학작품의 영화는 문학의 혼령이 드나드는 육신이거나 그 파편이어서, 언제나 혼령의 자리가 마련되어야 한다.

문학을 사랑하는 사람에게 있어선 작품이 영상으로 아무리 잘 재현되었더라고 할지라도 스크린의 크기가 책의 페이지를 압도하지는 못할 것이다. 스크린이 재현하는 것은 상상력과 허구의 수많은 '현실화 가능성' 가운데 일부에 불과하다. 영화는 상상력이나 사색의 시간이 부족한 경우의 보조자가 되기도 하지만, 상상력의 다양한 확장을 방해하기도 한다. 앤드류가 분류한 영상화 방법은 문학이 다른 장르에서 다른 모습으로 부활하는 과정이다. 그의 세 가지 분류에서 "교차"는 원작의 닮은 형제이며, "변형"은 비슷한 타인에 불과하다. 독자로서 바라는 문학의 "차용"적인 영상화는 문학작품을 읽으면서 경험하는 헤아릴 수도 없이 많은 감정들을 한두 개쯤 끄집어내어 신체적 감각으로 재경험할 수 있다는 데 효용 가치가 있다. 어떤 식으로 영상화를 하든, 스위프트의 말처럼, 영화는 책에 재현된 삶의 일부만을 빌리는 것이다. 작품의 혼령이 드나들 수 있는 파편을 얼마나 많이 수집하여 어떻게 조합해 내느냐에 따라 문학과 영화 사이의 연결통로는 좁아지기도 하고 넓어지기도 하며, 아예 없어져 버리기도 하기 때문이다.

인용 문헌

Andrew, Dudley. "Adaptation (From Concepts in *Film Theory*)." *Film Theory and Criticism.* 6th ed. Eds. Leo Braudy and Marshall Cohen. Oxford: Oxford UP, 2004. 461-81.

Bényei, Tamás. "The Novel of Graham Swift: Family Photos." *Contemporary British Fiction.* Ed. Richard J. Lane. Cambridge: Polity, 2003. 40-55.

Bernard, Catherine. "Dismembering/Remembering Mimesis: Martin Amis and Graham Swift." *British Postmodern Fiction.* Eds. Theo D'haen and Hans Bertens. Amsterdam: Rodopi, 1993. 121-44.

Billy, Ted. "*The Secret Agent* on the Small Screen." *Conrad on Film.* Ed. Gene M. Moore. Cambridge: Cambridge UP, 2006. 191-206.

Bradbury, Malcolm. *The Modern American Fiction.* New York: Penguin, 1992.

Cooper, Pamela. Last Orders: *A Reader's Guide.* New York: Continuum, 2002.

Curle, Richard. *The Last Twelve Years of Joseph Conrad.* New York: Russell, 1968.

Head, Dominic. *The Cambridge Introduction to Modern British Fiction 1950-2000.* Cambridge: Cambridge UP, 2002.

Lea, Daniel. *Graham Swift.* Manchester: Manchester UP, 2005.

Lehmann-Haupt, Christopher. "The End of Jack or What Makes a Man Humble." Rev. of *Last Orders. New York Times* April 11 1996.

MacLeod, Lewis. "In the (Public) House of the Lord; Pub Ritual and Sacramental Presence in *Last Orders*." *Mosaic* 39.1 (2006): 147-64.

Malcolm, David. *Understanding Graham Swift.* Columbia: U of South Carolina P, 2003.

Swift, Graham. *Last Orders.* 1996. New York: Vintage, 1997.

_____. *Making an Elephant: Writing From Within.* New York: Knopf, 2009.

_____. *Waterland.* 1983. New York: Vintage, 1992.

■ 원고 출처

배만호. 「저자가 본 소설의 영화화— 그레이엄 스위프트의 『워터랜드』와 『마지막 여정』」. 『새한영어영문학』 53권 2호 (2011): 73-91.

12.

영국의 (맨)부커상과 영화 각색을 통한 소설의 대중화

—『라이프 오브 파이』를 중심으로

박선화

| 작가 소개 |

　　얀 마텔(Yann Martel)은 1963년 캐나다계 프랑스인 아버지와 어머니가 스페인의 살라망카 대학(University of Salamanca)에서 학업 중일 때 태어났다. 마텔의 부모는 교직을 따라 스페인에서 포르투갈, 알라스카 그리고 브리티시컬럼비아로 옮겨 다녔다. 이후 부모가 캐나다 외무성에 근무하게 되면서 마텔은 코스타리카, 프랑스 파리, 스페인 마드리드, 그리고 캐나다 오타와를 거치며 성장했다. 마텔은 캐나다 온타리오의 트렌트 대학(Trent University)에서 철학을 전공했고, 캐나다에서 주차요원과 접시닦이로, 프랑스 파리에서 캐나다 대사관의 경비원으로 활동하기도 했으며, 멕시코, 남아메리카, 이란, 터키, 인도 등을 여행했다. 그의 습작 활동은 대학 시절부터 시작되었지만 그리 인정받지 못하다가 2002년 부커상을 수상하면서 알려지게 되었다.

　　마텔은 캐나다의 문학 저널인『말라햇 리뷰』(*The Malahat Review*)에 단편소설 『알리 씨와 통 제작자』(*Mister Ali and the Barrelmaker*, 1988)를 그리고『헬싱키 로카마티오 일가 이면의 사실들』(*The Facts Behind the Helsinki Roccamatios*, 1990)을 출간했다. 1993년에는 한 서점에서『일곱 개의 이야기』(*Seven Stories*)를 출간할 정도로 작가로서 인정받게 되었다. 1996년에 하룻밤 사이에 성(性)이 뒤바뀐 소설가를 다룬 그의 첫 번째 소설『셀프』(*Self*)가 출간되었고, 2001년에 두 번째 소설『라이프 오브 파이』(*Life of Pi*; 국내에서『파이 이야기』로 번역 출간)가 출간되어 2002년에 부커상을 수상했다. 2002년에서 2007년까지 베를린 자유 대학(Freie Universitat Berlin)에서 방문교수로, 캐나다의 서스캐처원 대학(University of Saskatchewan)에서 방문학자로 활동한 후, 마텔은 2010년 홀로코스트를 알레고리로 풀어서 세 번째 소설『베아트리스와 버질』(*Beatrice and Virgil*; 국내에서『20세기의 셔츠』로 번역 출간)을 출간했다. 마텔은 2007년부터 2011년까지 당시 캐나다 수상 스티븐 하퍼(Stephen Harper)에게 2주에 한 번씩 설명을 곁들인 편지와 함께 책 한 권을 보냈다. 비록 수상으로부터 답장을 받지는 못했지만 이 편지들은 2012년『수상에게 보낸 101통의 편지』(*101 Letters to a Prime Minister*; 국내에서『각하, 문학을 읽으십시오』로 번역 출간)로 출간되었다. 이어 2016년에는 다른 시대의 세 명의 인물을 통해 사랑과 상실을 다룬 네 번째 소설 『포르투갈의 높은 산』(The High Mountains of Portugal)을 출간했다.

　　매년 영연방 작가가 쓴 소설을 대상으로 하는 부커상 심사에서 2002년 후보작 『라이프 오브 파이』는 수상작을 발표하기 이전에 부커상 수상위원회에서 최종 수상작으로 압도적인 추천을 받았다고 한다. 부커상 수상 후 소설은 세계 50개 이상의 국가에서 번역 출간되어 베스트셀러로 선정되었고 1,200만 부 이상 판매되었다. 2012년 이안 감독에 의해 동명의 영화로 각색되었고 영화 또한 대중의 막대한 호응을 얻었으며 나아가 아카데미수상식과 골든글러브수상식에서 다수의 상을 수상했다. 『라이프 오브 파이』가 인기를 얻은 이유는 무엇일까? 『라이프 오브 파이』는 3부로 구성되어 전개된다. 1부에서 인도 폰디체리(Pondicherry)에서 동물원을 경영하는 아버지, 어머니, 형과 살고 있는 파이(Pi)는 힌두교, 기독교, 이슬람교를 모두 믿고 따르는 다종교적 관점을 가진 소년으로 등장한다. 무종교의 아버지와 힌두교의 어머니 사이에서 파이는 제도적 종교가 아닌 종교 자체의 신적 사랑과 믿음을 따르는 절충안을 선택한다. 2부는 태평양을 가로질러 캐나다로 향하던 중 배가 난파되어 혼자 생존한 파이가 구명보트에 동승한 호랑이와 사투를 벌이는 과정으로 전개된다. 파이는 호랑이에게 먹히지 않기 위해, 그리고 역으로 호랑이를 먹여 살리기 위해 노력하며 227일간 표류하다가 어느 멕시코 해안에 상륙한다. 3부는 병원에 입원 중인 파이가 난파 원인을 파악하기 위해 파견된 선박 회사 직원들과 인터뷰하는 장면으로 서술된다. 호랑이 존재 자체를 믿지 못하는 직원들에게 파이는 구명보트 위에서 벌어졌던 사건을 재구성해서 새로운 이야기를 들려준다. 결국 『라이프 오브 파이』는 어떤 이야기가 진실이냐는 질문을 제기하게 된다. 이 질문에 대면하게 된 독자는 파이의 생존은 종파를 초월한 그의 신에 대한 믿음에 근거한 생존 의지였다는 종교적 메시지를 전달받는 동시에, 인간이란 생존하기 위해 동료를 살인하고 인육을 먹을 수밖에 없는 식인성을 지닌 동물과 같은 존재라는 존재론적 인식에 빠지게 된다. 그렇다면 『라이프 오브 파이』의 인기 비결은 독자에게 어떤 이야기를 믿을지에 대한 고민을 안겨준 것과 연관되어 있을 지도 모른다.

마텔은 불어가 모국어이지만 영어로 소설을 쓰는 작가이다. 그는 "영어는 미묘한 삶을 묘사하는 가장 좋은 언어이다. 하지만 솔직히 말하면 불어는 내 마음을 울리는 언어이다. 그래서 어찌 보면 영어는 글쓰기에서 충분한 거리를 유지하게 해준다"(Leong)고 한다. 이러한 거리두기의 글쓰기는 『라이프 오브 파이』에서 파이의 경험을 다양하게 해석하게 하는 작품의 묘미를 창조해 내고 있다. 마텔은 다양한 장소의 여행을 마치고 캐나다에서 작가 앨리스 카이퍼(Alice Kuiper)와 살고 있다.

1. 부커상에 대하여

원래 부커 매코넬상(Booker McConnell Prize), 약칭으로는 '부커상'으로 불리는 맨부커상(Man Booker Prize)의 시작은 1960년대 중반 영국의 식품도매유통 기업인 부커그룹(Booker Group)의 저작관리부서(Authors Division)가 "아가사 크리스티(Agatha Christie)와 이안 플레밍(Ian Fleming)의 작품 저작권을 사들여 수익을 올리게 된 것"(Bloom 95)과 연계되어 있다. "설탕, 럼주, 광산 관련 장비, 그리고 제임스 본드(James Bond)를 취급"(Stoddard Web)하는 부커그룹이 상금 5,000파운드가 주어지는 문학상을 제정했다는 것은 당시 침체기에 놓여있던 문학 시장에 대한 새로운 판로를 개척하는 계기가 되었다고 할 수 있다. 부커그룹은 이 사업이 저자뿐만 아니라 기업에게도 재정적 도움을 안겨준다는 것을 인식한다.[1] 그래서 저작관리부서 책임자인 찰스 티렐(Charles Tyrell)과 운영이사 존 머피 (John Murphy) 그리고 부커그룹 회장 데이빗 포웰(David Powell)은 기업에 이윤을 창출한 저자에게 감사 표시로 후원금에 상응하는 "상금을 지급하자고 제안" (Strongman vii)하기에 이른다. 이때 시기적절하게 조너선 케이프(Jonathan Cape) 출판사의 회장 톰 매슬러(Tom Maschler)와 운영이사 그레엄 그린(Graham C. Greene)은 부커그룹에게 프랑스 공쿠르상에 걸맞은 영국의 문학상 기획을 소개하고 그 문학상의 후원자가 되어줄 것을 제안한다. 이 제안을 계기로 조직된 부커상 운영위원회는 출판협회(Publishers' Association)를 후원자로 끌어들이면서[2]

---

[1] 1968년 영국 『가디언』(*The Guardian*)지는 부커상 관련 기사를 발표하면서 부커그룹은 "저자의 글쓰기를 고무시키고 또 그러한 저자의 노력을 보상해주기 위해"(Stoddard) 문학상을 제정했다고 밝히고 있다. 하지만, 국제무역에서 중요한 설탕과 술을 취급하고 광산장비 판매를 통해 이윤을 추구하는 기업이 관여했다는 점은 문학작품의 시장화를 주도하고 있음을 알 수 있다. 당시 「부커상 주도자들」("Bookermen")의 기사 집필자인 테리 콜먼(Terry Coleman)은 부커그룹이 일부 작가의 저작권의 "51%"(Stoddard Web)를 소유했음을 언급하는데, 이 언급에는 부커그룹의 문학상 제정의 의도가 순수한 문학에 대한 열정이라기보다는 상업성과 밀접하게 연관되어 있음이 암시되어 있다.

1968년 부커상을 제정했고, 1969년 이래로 부커상을 수상해오고 있다.

여기서 논문 제목에서 사용된 '(맨)부커상'이라는 용어에 대한 간단한 설명이 필요하다. 위에서 언급했듯이, 부커상은 부커그룹의 후원으로 시작되었지만, 부커상 운영위원회는 2000년 아이슬란드(Iceland) 대형마트회사가 부커그룹의 식품도매유통 사업을 인수하면서 부커상 운영에 들어가는 "기존 비용의 3분의 1만 지급"(Strongman viii)하겠다고 발표함에 따라 자구책을 강구해야 했다. 당시 운영위원회의 조직위원인 마틴 고프(Martyn Goff)는 부커상 재단(Booker Prize Foundation)의 설립을 주도했고 노력한 끝에 2002년 영국의 금융기업인 맨그룹(Man Group)의 후원을 받게 되었다. 맨그룹은 공식적인 '부커상'의 명칭을 그대로 사용하기로 하면서 부커상은 맨부커상으로 불리게 된다. 이처럼 부커상의 명칭 변경에서 가장 중요한 요인 중 하나로 경제적 사안이 작동하고 있기 때문에, 이러한 변천사를 반영하기 위해 연구자는 맨부커상의 명칭 대신에 (맨)부커상을 제시한다. 하지만, 부커상이든, 맨부커상이든 이 두 용어는 비록 차이는 있을 수 있겠지만, 모두 국제적 기업의 후원을 등에 업지 않고서는 문학시장의 활성화는 불가하다는 암묵적 동의를 포함하고 있으므로 연구자는 논문 전체에서는 '부커상'이라는 용어를 사용하고자 한다.

노벨문학상, 공쿠르상과 더불어 세계 3대 문학상으로 자리 잡은 부커상은 영국과 아일랜드공화국 그리고 영연방 국가(파키스탄, 남아프리카, 나이지리아, 말레이시아 등) 작가의 영어로 쓰인 작품에서 지정된 "그해의 최고의 장편소설"(Bloom 94)에 수상된다. 수상자에게는 1969년 5,000파운드, 1998년 20,000파운

2) 공식적인 부커상 운영위원회는 매슬러와 부커상 문학고문인 하딩 경(Lord Hardinge of Penshurst)의 주도하에 1979년 조직되고 이 운영위원회는 부커상과 관련한 출판 산업을 아우르게 된다. 이 위원회가 부커상 운영위원회 의장 마이클 카인 경(Sir Michael Caine)과 행정관 마틴 고프(Martyn Goff)는 말할 것도 없이, 저자(author), 페이퍼백 출판업자, 하드커버 출판업자, 작가(writer), 판매자, 도서관 사서를 모두 관할하게 되었다는 것은 부커상의 상업화를 주도한 중심적 역할을 했음을 의미한다. 이를 보여주는 단적인 사례로 "재직하는 동안 작가, 출판업자, 판매자의 역할을 병행"(Bloom 96)했던 고프를 들 수 있다.

드 그리고 현재 50,000파운드의 상금이 주어진다. 수상 작가에게 명성을 부여하는 부커상은 국제적으로 많은 관심과 기대를 끌게 되며, 이로 인해 판매와 연관된 출판 산업도 덩달아 큰 행운을 안게 된다(Sutherland 27). 이러한 부커상의 시장 확대는 2014년 작가의 국적과 상관없이 영국에서 출간된 영어소설을 심사 대상으로 확대하면서 더욱 가속화된다.3)

물론, 2005년 부커상이 본상과 국제상(International Prize) 부분으로 나뉘어 수상자를 선정하게 되면서 이러한 시장 확대가 더욱더 가속화되어 온 것은 사실이다. 부커 국제상은 격년제로 영어 또는 영어 외의 언어로 쓴 소설가와 번역자가 공동 수상하게 되었고 2016년부터는 단일 작품에 대해 매년 수상하는 것으로 바뀌었는데, 소설가 한강의 『채식주의자』(*The Vegetarian*)가 이 변경 제도의 첫 번째 수혜자가 되었다.4) 맨그룹의 사장 루크 엘리스(Luke Ellis)는 인터뷰를 통해 영국인이 잘 몰랐던 한강의 『채식주의자』는 영국을 포함한 여러 국가에서 베스트셀러가 될 것이고 "상금의 100배 정도"(이태희)의 책 판매고를 올리게 될 것이라고 말함으로써 부커상에 따라오는 작품의 상업화 및 대중화에 대한 근거를 제시한다.

노벨문학상이나 공쿠르상에 비해 역사가 길지 않은 부커상이 세계적 명성을 얻게 된 비결은 바로 "수상자의 선정 과정"(김성화)에 있다는 주장에 연구자는 동의한다. 다른 문학상은 후보작이나 심사 과정이 알려져 있지 않지만, 부커상은 1차와 2차에 걸쳐 심사 후보작을 결정하고 홈페이지에 공지한다. 독자들과 출판업

---

3) 2013년 9월 18일 자 BBC 뉴스보도에 따르면, 이전의 부커상 수상자 A. S. 바이어트(A. S. Byatt)와 심사자 존 뮬란(John Mullan)은 이러한 새로운 방침은 부커상의 정체성을 희석시키는 것이라고 주장하기도 했다.

4) 2015년까지 부커 국제상의 후보자는 작품 전체에 대해 평가를 받았지만, 2016년도부터 후보자의 단일 작품에 대해 평가하는 것으로 변경되었다. 또한 장편뿐 아니라 단편소설 모음집도 심사대상에 포함시켰고, 이러한 변경된 규칙에서 한강의 단편소설 『채식주의자』가 수상작으로 선정되는 행운을 안게 되었다. 부커상 공식사이트 <http://themanbookerprize.com/international> 참조.

자들은 10월 최종 수상작이 발표되기 이전에 이미 여타 후보 작품들에 관심을 집중하기 시작하는 것은 당연지사다. 또한 2명의 출판업자와 각 1명의 저자, 판매자, 도서관 사서, 그룹 회장, 그룹 사장, 그리고 행정관의 8명으로 구성되는 수상운영위원회가 주요 임무로서 심사자 5명을 선정하는 것도 큰 관심을 끌고 있다. 매년 바뀌는 부커상 심사자는 출판사가 선정한 "85편에서 105편"(Strongman viii)의 출품작을 심사한 후, 최종 후보작 6편을 선정하고, 거기에서 최종 수상작품을 선정한다.

주로 문학비평가, 작가, 학자 그리고 공인(公人)이 포함된 심사자 명단에 대해 부커상이 지식인층만을 위한 편향적인 구성 방식을 따른다는 논란이 제기되었고, 이에 대해 행정관 고프는 "매년 다른 심사자를 배정함으로써 부커상 선정 과정에서 불거지는 편파성과 편견의 문제를 극복"(Bloom 101)하고자 했다고 언급한다. 또한 이 논란에 대한 대안으로써 심사자 중 '평범한 사람'을 선정하기도 했지만, 이 평범한 사람으로 선정된 대상이 "수상 부인, 여배우, 방송인, 뉴스앵커"(Bloom 101)였다. 옥스퍼드대학 출신은 아니지만, 이들은 여전히 런던 북서쪽에 거주하는 중산층 백인이었기 때문에 '평범한 사람'의 심사자 선정에 대해서도 비난이 따라다닌 것은 자명하다. 1994년 "부커상은 현재 침체를 양산하는 영국문화라는 바다 위에 떠 있는 위험한 빙산이나 다름없다"(Stoddard)고 일침을 가한 리처드 고트(Richard Gott)의 발언은 부커상의 신뢰성에 결정적 타격을 가하기도 했다.

분명, 부커상이 "그해의 최고의 장편소설"에 수상된다는 목적 자체가 이미 문제점을 내포하고 있다. 부커상 목적에 대한 정의 자체가 변할 수 있고, 심사자 5명이 바라보는 "그해의 최고의 장편소설"에 대한 생각이 다를 수 있으며, 또 심사자는 각각 자신만의 잣대를 가지고 심사할 가능성이 높기 때문이다. 이러한 문제 외에도 다양한 논의들이 산재해 있음에도 불구하고, 부커상은 반감이든 호감이든 소설이라는 문학작품에 대한 국제적 관심을 불러일으켰고, 영국에서 "소설의 영역을 확장한 것만은 분명하다"(Todd 95)는 것을 인정해야 할 것이다.

2. 부커상과 (상업적) 본격문학의 만남

리처드 토드(Richard Todd)는 1996년 출간한 『소설 소비하기: 현대 영국의 부커상』(*Consuming Fictions: The Booker Prize in Britain Today*)에서 1970년대 이래로 "소통에 관심을 기울이고 새로운 소설"(1)을 즐기는 "일반 독자"(3)에 주목한다. 즉, "잉글랜드, 스코틀랜드 그리고 웨일즈를 포함한 브리튼의 영국"(4)에서 새로운 종류의 소설이 등장하고 이와 더불어 독자의 소비가 늘면서 출판업계와 서점의 매출이 증가하고 있음을 지적한다. 연구자도 토드의 지적에 동조하며 그의 소설 '정전화'(canon-formation)에 주목하고 본격문학과 부커상과의 상생 관계를 살펴보고자 한다.

토드는 새로운 본격문학이 "자의식적으로"(3) 일반 독자를 겨냥하고 있음을 언급한다. 여기서 토드가 규정한 "일반 독자"(3)는 적당히 세련되고, 독서는 즐기지만 그렇다고 전문적인 독서광은 아니며, 독서에 무한대의 시간을 투자할 수 있는 대상도 아니면서, 하지만 주로 장편소설을 즐겨 소비하는 대상이다. 다시 말해, 각자의 일이 있고, 휴가를 가질 수 있으며, 그 휴가 기간에 책을 읽고자 하는 적당히 지적인 이 독자층은 최첨단 미디어와 친숙하지만 여유가 생기면 책을 손에 쥐고 읽고 싶어 한다.[5]

---

5) 1989년과 1993년 사이에 각 1,800명과 1,792명을 대상으로 실시한 북마케팅회사(Book Marketing Ltd.)의 여론조사는 영국에서의 본격문학의 독자층 분포를 보여준다. 조사에 따르면, 비디오나 게임 구매가 증가했음에도, 도서 구매 비율은 일정하거나 약간 더 증가했다. 1989년 여론조사에서 56%는 재미나 흥미로 조사 기간 전 4주간 책 한 권을 읽었음을 보여주었다. 이 비율은 1993년도에 66%로 증가했다. 흥미로운 점은 1989년과 1993년 사이에 20세기 소설의 구매량에 있어 큰 변화가 거의 없었다는 것이다. 기존의 구매율 15%에서 2 또는 3포인트 정도 변동이 있었고, 개인이 소비로 책을 구매하는 비율은 5% 중 1포인트 정도 변동을 보였다. 1995년 1월 18일 자 인터뷰

이러한 일반 독자를 대상으로 하는 토드의 정전화에서 중요한 요지는 여론의 변화를 민감하게 반영한다는 점이다. 어떤 특정 소설이 읽히고 구매된다면 그 소설이 정전으로 굳혀지게 된다. 상품처럼 소설도 "구매 가능한 것"(3)이거나 "소비 가능한 것"(3)이 되어야 한다. 그래서 휴가 동안 가볍게 읽을 수 있는 것을 원하는, 하지만 숙련된 독서습관을 갖춘 대상의 "소비 가능한 것의" 욕구를 충족시키는 소설이 정전이 되는 것이다. 그렇다면 여기서 그가 말하는 문학작품은 반드시 일반 독자가 구매하고 싶어 하는, 즉 소비하고 싶어 하는 작품이어야만 할까? 그는 이렇게 답한다. 영국에서 동시대 작가라면 1980-90년대 본격문학의 "문화적 맥락"(9)을 짚어보아야 하고, 그래서 일반 독자가 본격문학에 미친 영향력을 작품에 반영해야 한다는 것이다. 그는 이러한 문화적 맥락의 중요한 부분이 부커상의 수상식이나 심사 과정과 맞물린 기업과 출판사의 상업적 의도와 연관되어 있음을 지적한다. 수상자의 성공과 명예를 확인시켜주는 부커상 시상식의 문화가 "셰익스피어 시대에 작가에 대한 귀족의 후원과 맞먹는"(10) 문화현상이라는 그의 예리한 지적은 문학의 상업화와 소비주의가 영국 문화의 일부분으로 자리 잡아가고 있음을 입증한다.

토드는 결론적으로 영국의 소설 분야와 관련해서 가장 잘 알려진 문학상은 부커상이며, 바로 이 부커상이 "예술적, 상업적 성공"(95)을 이루고 또 이에 바탕을 두고 "문학적이자 상업적인 특정한 문학정전"(101)을 형성하는 데 기여했다고 본다. 현대 영국의 본격문학은 순수한 예술적 목적을 지향하는 것뿐만 아니라 상업적 관점을 배제할 수 없으므로 작가는 이러한 의도를 지닌 일반 독자를 위한 작품을 생산할 수밖에 없다는 것이다. 심지어, 후보작으로 선정되거나 부커상을

에 따르면, 워터스톤즈 북셀러스(Waterstone's Booksellers) 부서 마케팅 팀장인 존 미친슨(John Mitchinson)은 전국 서점의 판매량의 15-20%는 문학작품 구매자였고, 그중 동시대 문학작품의 하드커버 구매는 5-6%, 페이퍼백 구매는 8-10%였다고 언급했다. 이 결과는 1989년에서 1993년도 사이에 최첨단기술과 관련된 오락물이 개발되었음에도 불구하고 그것이 일반 독자의 독서습관에는 크게 영향을 미치지 않았음을 보여준다(Todd 4).

수상하면 하드커버와 페이퍼백 서적의 판매가 오르게 되면서 부커상이 영국의 주요 서점인 워터스톤즈(Waterstone's)의 운영방침과 관행에도 막대한 영향을 미치게 되는데, 이 또한 문학작품과 소비주의와의 긴밀한 공조관계에 대한 그의 주장을 뒷받침해준다.6) 2004년 영국 노리치(Norwich)에 위치한 이스트앵글리아대학교(University of East Anglia) 구내서점과 시티센터의 워터스톤즈 서점을 방문하곤 했던 연구자도 이러한 소비주의와 연계된 영향을 받았다. 서점의 베스트셀러 진열대에서 진한 오렌지색 표지 위에 부착된 '2002년 부커상 수상작' 문구의 황금색 별표 문양에 끌려서 연구자는 고민하지 않고 『라이프 오브 파이』를 구매했던 경험이 있다. 물론, 이 작품의 저자나 내용에 대한 정보는 전혀 고려하지 않은 상태에서 말이다. 이러한 부커상이 끼치는 (무)의식적 영향은 영국문화원(British Council)까지도 이어져서 영국문화원은 "국내·외적으로 영국의 소설작품 홍보에 참여하고 국제세미나 또는 연례세미나를 후원"(Todd 102)한다. 특히, 1980년대에 융성했던 부커상의 영향력은 영국의 본격문학이 "글로벌 문학"(Todd 309)으로 성장하는 데 기여했다는 토드의 주장에 반박의 여지가 없다.

『현대 영국의 문학, 정치 그리고 지적 위기』(Literature, Politics and Intellectual Crisis in Britain Today, 2001)에서 영국의 부커상을 문화적, 상업적, 정치적 맥락에서 살펴보면서, 클라이브 블룸(Clive Bloom)은 토드의 연구에서 심화·발전시켜서 부커상과 "기업문화, 문학적 가치, 정치적 편의주의"(90)가 서로 연관되어 있음을 지적한다. 이미 앞에서 1960년대 중반 이후 부커그룹과 저작권과의 공조관계를 언급했듯이, 기업이 문학시장에 개입하면서 기존의 문학 그리고

---

6) 출판사가 부커상 후보작으로 5-15권 정도 추천할 수 있는 여지를 감안해서, 워터스톤즈 서점은 부커상 후보작의 추천 이전에 전국 지점의 투표를 통해 그리고 주요 매체의 서평과 라디오의 도서 관련 프로그램의 비평을 수용해서 '이달의 책'(Book of the Month)을 선정했다. 이달의 책은 문학적으로 인정받으면서 동시에 상업적인 홍보에 힘입어 '정전'으로 자리를 굳히게 되는 것이다. 이러한 방식으로 운영하는 각 출판사의 정전 작업에 의한 상업적 홍보는 저자, 출판업자, 구매자 또는 독자에게 긍정적인 결과를 안겨주었다(Todd 96-98).

문학과 연관된 문화의 분열을 초래한다. 문학작품의 가치가 전문적인 문학비평가에 의해 형성되었던 기존과 달리, 국제적 기업의 개입은 "기업적 가치가 문화형성의 기준으로 작동"(Bloom 91)하게 된다. 이 현상은 문학시장 반응을 주도하는 새로운 경제적 계층을 형성하는 것으로 이어지고, 이제 문학시장은 고급 취향을 지닌 새로운 독자층을 공략하면서 기업의 상업적 이익을 끌어내야 하는 역설적인 정반대 조건에서 새로운 "상업적 본격문학"(Bloom 91)을 잉태한다. 이와 연관해서 국제적 기업은 "선물"(105)이라는 문학상을 주관함으로써 문학계를 점유하고, 특히 영국의 부커상은 표면적으로 "다문화적 의식"을 표방하고 있지만 제국주의 이후의 산물로서 "이색적인 상품"(106)을 팔고 있는 것이라는 그레이엄 휴건(Graham Huggan)의 지적은 재고할 가치가 있다.

블룸의 주장으로 되돌아가서, 연구자는 블룸의 주장에서 연구자가 주목하는 부분이기도 한 요지로서 문학시장의 반응을 결정하는 강력한 이해집단인 일반 독자의 등장을 짚어보고자 한다. 여기서 일반 독자는 시장 반응에 대한 영향으로 형성된 "중산층-상류층의 지식인층"(Bloom 91)으로서 앞에서 토드가 규정한 "지적인"(3) 일반 독자와 일치한다. 블룸에 따르면, 1980년대 후반 이후 작가는 '좋은 취향'을 지닌 일반 독자를 겨냥하는 작품을 쓸 수밖에 없다는 것이다. 그리고 그 작품이 수상작으로 선정되면 수상 작가는 명성은 물론 작가 직업을 유지할 수 있을 정도의 즉각적이고 구체적인 경제적 결과를 얻는다.[7] 수상자와 관련된 해당 출판사, 심사자, 비평가, 평론가도 또한 즉각적이고 구체적인 결과를 얻게 될 것이다. 이처럼 새로운 일반 독자는 "좋은 작품을 쓰는"(Bloom 91) 작가를 양산함으

---

7) 수상자로 선정되면, 영화나 드라마 작품으로 개작하자는 제의를 받거나, 홍보 여행을 다니고, 인터뷰와 기사를 쓰게 되고, 탄탄한 출판사들이 경쟁하며 다음 작품을 위한 저작권 문제를 논하고, 더 많은 상들을 받게 되고, 학계의 인정을 받고, 그 결과 관련 수상들이 연이어 지속된다. 하지만, 이러한 가능성들은 글쓰기에서 작가의 열정적 과정을 단축시키는 결과를 낳거나, 수상자에게는 위험하고도 매혹적인 안락함에 빠질 부정적 결과를 가져올 수 있다(Bloom 92). 연구자는 문학상과 관련된 이러한 부정적 측면을 감안하면서도, 이 논문에서는 문학상이 가져오는 긍정적 측면에 주안점을 두고자 한다.

로써 이와 연관된 문학시장의 주도권을 쥐게 된다. 그래서 블룸은 부커상 같은 문학상이 지닌 상업적 이해관계에 대해 냉소적으로만 바라볼 것은 아니라고 지적한다. 블룸이 강조하듯이, 현시대에서 문학상은 "문학이 지향해야 하는 조건"(93)이기도 하다. 왜냐하면 부커상은 음지에 가려져 있던 비주류 작가를 발굴하고, 인정받는 여러 다른 문학상을 고안하는 계기를 제공했으며, 나아가 새로운 문학의 '문화'를 촉진하는 데 일조해 오고 있기 때문이다.

사실, 부커상은 영국에서 유일한 문학상은 아니다. 국민의 독서 증진을 목표로 설립된 북 트러스트(Book Trust)에서 2000년 초반 발간한『영국과 아일랜드의 문학상, 장학금 그리고 상금들에 관한 안내서』(*Guide to Literary Prizes, Grants and Awards in Britain and Ireland*)에는 약 200여 편의 수상작 목록이 제시되어 있다. 여기에는 민속학(folklore) 연구에 이바지한 작품에 수여하는 '캐서린 브릭스 민속학상'(The Katharine Briggs Folklore Award, 상금 50파운드)부터, 논픽션 관련의 'NCR상'(NCR Book Award, 상금 25,000파운드; 현재 사무엘 존슨(Samuel Johnson) 문학상),『선데이 익스프레스』(*Sunday Express*)지에서 주관하는 '선데이 익스프레스 올해의 문학상'(Sunday Express Book of the Year, 상금 20,000파운드), '휘트브레드문학상'(Whitbread Prize, 상금 21,000파운드; 현재 상금 25,000파운드의 코스타(Costa)문학상), 그리고 여성작가에게만 수여하는 '오렌지문학상'(Orange Prize, 상금 30,000파운드)의 수상작들이 소개되어 있다. 1968년 부커상 제정 당시만 해도 영국에는 이미 "50여 개의 문학상"(Stoddard)이 운영되고 있었지만 그에 따르는 상금이 미비해서 저자의 사기 진작에는 별 영향을 미치지 못했을 따름이었다.

영문학 연구에서 제국시대 이후의 문화 상태를 반영하는 중요한 역할을 지적하면서도 부커상의 가치를 평가절하하는 비평가도 있지만(Strongman viii), 블룸은 부커상, 특히 부커상 시상식을 통해 문학이 하나의 이벤트가 될 수 있다는 점을 강조한다. 그는 부커상 선정 과정과 수상식은 자체로 "새로운 본격문학의 위상을 정립하게 되는 계기"(112)를 마련하게 되었다고 주장한다. 부커상 운영위원회의 행정관으로 활동했던 고프도 부커상이 제정되고 1980년대에 접어들면서 영국의 주요 주간지 신문에서 "소설은 죽었는가"(Bloom 94)라는 표현이 더 이상 등장하지 않는다는 점을 지적하면서 부커상은 그 자체로 새로운 소설의 위상을 높이는 데 분명한 역할을 수행했다고 강조한다. 특히, 고프가 지적하듯이, 부커상이 가시적인 문화현상으로 부각된 배경에는 미디어와의 공생관계가 형성되어 있음이 드러난다. 블룸은 현시대의 소설은 소설작품에서 끝나는 것이 아니라, 영화나 드라마 등의 다른 영역으로 전환되기를 (무)의식적으로 기대하는 "조용한 문학이 아님"(112)을 지적한다. 물론 모든 소설작품이 그렇지는 않겠지만, 연구자는 일부 작품은 "각색"(112)을 기다리고 있다는 블룸의 주장을 수용하고서 본격문학이 작품으로서만 존재하는 것이 아니라 다양한 다른 예술 형태로 (재)창조될 수 있는 가능성에 주목한다.

3. 『라이프 오브 파이』의 대중성

캐나다 작가 얀 마텔의 2001년 작품 『라이프 오브 파이』는 본격문학이 대중에게 어느 정도까지 다가갈 수 있는가를 보여주는 좋은 예라고 할 수 있다. 연구자는 한국현대영미소설학회가 기획하고 있는 부커상과 영국소설과의 관련성을 조명하는 총서 집필에 참여하면서 "영국소설과 영화" 부분을 담당하게 되었고 이와 관련된 자료 조사를 실시했다. 이 과정에서 부커상 수상작이 영화로 각색되면서 수상작품의 독자층이 일반 대중으로 확대되는 과정, 저자와 감독의 관계가 영화 각색에 미치는 영향, 영화의 성공을 위해 조정되거나 수정되어야 하는 문학성과 상업성의 불편한 관계를 집중적으로 살펴보았다. 영화로 각색된 12편의 수상작에서 연구자는 『라이프 오브 파이』를 선정하게 되었는데, 이는 2004년 영국 노리치 서점의 홍보에 의해 구매한 인연 때문이기도 하고, 국내에서 연구가 미비한 작품을 소개하는 기회로 삼고자 한 것도 있으며, 또 다른 이유로는 연구자가 가장 주목하고 있는 부분으로서 작품과 영화가 지닌 '대중성' 때문이다. 국내에서『라이프 오브 파이』는 2004년 번역본이 소개되었지만 독자층이 많지 않았다가, 2012년 영화로 소개된 후에 더 많은 인기를 끌게 되었고, 나아가 2013년 해당 작가의 다른 작품인『셀프』와『베아트리스와 버질』번역본이 출간되었다. 이와 달리, 1988년 수상작『오스카와 루신다』(Oscar and Lucinda)나 1996년 수상작『마지막 여정』(Last Orders)은 영화로 각색되었지만 이 두 영화는 대중성 확보에서 실패하고 국내 시장에서도 소설 번역본 판매에 큰 영향을 미치지 못했다. 현재 무수한 영화가 제작된다는 점을 감안한다면, 부커상 수상작의 영화 각색은 상을 수상한 작품이라는 큰 장점을 안고 시작하지만 반드시 상업적으로 성공한다고 볼 수도 없다. 이런 점에서 부커상 수상작의 영화 각색은 대중성과 상업성의 불가분의 관계를 형성할 수밖에 없다. 그래서 연구자의 개인적 의견으로는 (무)의식적으로 부커상을 겨냥한 작품은 이미 '대중성'을 감안한 창작을 하게 되고, 또 영화 제작에서도 감독은 동일한 목표를 위한 각색을 하게 된다는 것이다.

이러한 대중성과 상업성을 확보한『라이프 오브 파이』는 2002년 부커상을 수상하고, 세계 40여 개국에서 출간되어 700만 부 이상이 팔리는 경이로운 기록을 세우기도 하지만, 2012년 이안 감독에 의해 영화화되면서 대성공을 거둔다. 특히, 최첨단의 3D 기술력을 최대한 활용해서 소설의 내용을 실감 나게 극화한 영화 <라이프 오브 파이>는 85회 아카데미시상식에서 감독상, 촬영상, 시각효과상, 음악상을 받는다. 부커상 수상작이 대중의 관심과 흥미를 끌어내는 데 기술력과 "미디어와의 공생관계"(94)에 다분히 의존할 수밖에 없다는 블룸의 주장이 여기서 다시 한번 예증된다.

영화의 상업적 성공을 가져다준 기술적 측면 외에도, 소설『라이프 오브 파이』가 독자의 사랑을 받은 이유는 "상상력을 자극하는 독특한 스토리"(박선화

92)와 주인공에 대한 독자의 공감에 있다고 할 수 있다. 『라이프 오브 파이』의 스토리는 인도에서 동물원을 경영하던 가족이 캐나다 이민을 결정하고 동물들과 함께 태평양을 항해하면서 시작된다. 항해 도중 가족과 동물을 싣고 항해하던 화물선 침춤호(Tsimtsum)는 원인 모를 사고를 당하고, 주인공 피신 몰리토 파텔(Piscine Molitor Patel), 즉 파이는 유일한 생존자가 된다. 파이는 구명보트에 의지한 채 굶주림, 고독, 악천후를 반복해서 경험한다. 특히 호랑이와 동승한 채 227일 동안 태평양을 떠돌며 밑도 끝도 없는 공포에 시달리는데 파이는 이런 처절한 삶의 조건을 견디고 마침내 멕시코 해안에서 구조된다.

이러한 내용의 『라이프 오브 파이』는 십 대 소년 파이의 "『로빈슨 크루소』 (*Robinson Crusoe*)식의 표류기"(Janes 110)이자 『모비딕』(*Moby-Dick*)을 잇는 "생존 서사"(Duncan 182)로서 남녀노소를 불문하고 대중의 공감을 끌어낸다. 동시에, 호랑이와 파이의 공존관계에서 "인간에 내재한 동물성과 신성"(Mensch 138) 탐구라는 측면에서 접근한다면 인간의 삶을 성찰하는 문학성을 담고 있기도 하다. 분명, 한 작품이 대중성을 놓치지 않으면서 문학성을 보여주는 것은 쉽지 않은 일이지만, 『라이프 오브 파이』는 부커상 수상으로 작품성을 인정받는 동시에 영화를 통해 다양한 대중에게 다가감으로써 문학성과 대중성의 균형을 갖춘 보기 드문 작품이다. 다음에서는 이러한 『라이프 오브 파이』의 함의가 영화 <라이프 오브 파이>에서 어떻게 재현되는가를 비교하면서 『라이프 오브 파이』와 <라이프 오브 파이>의 "예술적, 상업적 성공"(Todd 95)의 요인을 다루고자 한다. 먼저 누구나 포용할 수 있는 개인적 종교관에 대해, 이어서 독자 반응과 참여를 최대한 수용하고자 한 열린 서사구조를 중심으로 살펴볼 것이다.

3.1. 개인적 종교를 통한 구원의 이야기

『라이프 오브 파이』에서 난파당한 파이는 표류자로서 구체적으로 경험해야 하는 현실적 불안과 동시에 동승자 호랑이로 인해 형언할 수 없는 심리적 불안에 사로잡혀 있는 존재다. 이러한 불안한 존재는 불안한 상태에서 벗어나고자 할 것이고, 불안감을 극복하게 해줄 고차원적인 무엇인가에 의지하게 될 것이다. 『라이프 오브 파이』에서 이러한 불안한 상태에 처한 파이는 종교적 신앙에 의지하고자 한다.

작가 마텔은 『라이프 오브 파이』를 "신을 믿게 할 이야기"(Wood)라고 언급한 바 있다. 『라이프 오브 파이』의 「작가 노트」("AUTHOR'S NOTE")에서 노인 아디루바사미(Adirubasamy)도 인도의 폰디체리에서 만난 작가-서술자에게 "신을 믿게 할 이야기"[8]라며 파이의 경험담을 들려준다. 후에 작가-서술자는 신을 믿게 될 것이라고 한 노인의 말에 공감한다고 고백하고, 파이의 이야기가 "신과 연계된"(Cole 22) 이야기임을 인정한다.

사실, 『라이프 오브 파이』에서 파이의 종교에 대한 관심은 폰디체리에서의 어린 시절부터 유독 남다르고 독특하다. 존경하는 사티쉬 쿠마르 선생님(Mr. Satish Kumar)의 단호한 무신론적 입장에 직면했을 때 그는 흔들리지 않고 종교를 "내가 사랑하는 것"(35)으로 받아들인다. 문제는 그가 "사랑하는 것"이 어느 한 종교에만 한정되어 있지 않다는 것이다. 힌두교 세례를 받고 성장한 그는 14살이 되던 해 마틴 신부(Father Martin)를 만나 "사랑을 실천하는"(72) 기독교도가 되겠다고 하는가 하면, 15살에는 "이마를 땅에 대며 기도하는 데 매료되어"(76) 이슬람교를 따르겠다고 선언한다. 이런 파이에게 부모를 포함해서 힌두 사제, 기독교 신부, 이슬람 지도자는 불가피하지만 어느 한 종교를 선택해야 한다고 간곡히 설득한다. 하지만 파이는 각 종교가 주는 기쁨과 영혼을 채우는 가르침을 강조하며, 종파에 상관없이 단지 "신을 사랑하고 싶을 뿐"(87)이기 때문에 모든 종교를 섬기겠다고 주장한다.

---

8) Yann Martel. *Life of Pi: A Novel* (New York: Harcourt, 2001), ix. 앞으로 이 책의 인용은 괄호 안에 쪽수로 표기함.

이러한 파이의 종교관은 종교적 신앙에서 개인적 주관성을 강조하는 윌리엄 제임스(William James; 1842-1910)의 종교심리학적 견해를 통해 읽어낼 수 있다. 제임스는『종교적 경험의 다양성』(The Varieties of Religious Experience)에서 현존하는 종교와 종교학(the science of religions, 371)의 차이를 주장한다. 그의 종교학은 하나의 학문으로서 "인간 본성에 대한 연구"(368)이며 인간의 경험적 자료들을 분석함으로써 구체적인 종교적 경험을 드러내어 밝히는 데 주안점을 둔다. 그래서 그는 특정 종교의 교리신학을 철저히 배격한다. 현존하는 종교의 관념, 상징, 제도는 종교적 삶을 지속하는 데 주요 요소가 아니며, 오히려 구체적이고 실천적인 종교적 삶을 살아가는 데 방해가 된다고 본다. 그는 모든 개인의 삶이 동일한 종교적 요소들을 지니고 있을 필요가 없으며, 그래서 역으로 무수한 종교 유형과 종파가 존재한다는 것을 인정한다. 그에게 종교란 개인이 신적 존재와 영적으로 직접 교류하는 행위이다. 이러한 제임스의 종교관에 비추어보면,『라이프 오브 파이』의 파이는 종교에의 의존이나 호소는 개인적 관심사가 부합하는 경우에 신성을 띠며 개인은 필요에 따라 자신의 신을 선택할 수 있다고 한 제임스의 개인적 종교관을 잘 보여주는 인물이다.

　　『라이프 오브 파이』의 파이의 종교관을 살펴보자면, 그는 고차원적인 존재와의 내적 교류에 필수요소인 "기도"(James 368)로 영적 에너지를 얻고 심리적 또는 물리적 효과를 체험한다. 난파당한 지 3일째 되던 날 파이는 "나는 죽지 않을 거야. 거부하겠어. 이 악몽을 헤쳐나갈 거야. 기적처럼 지금까지 살아남았잖아. 이제 이 기적을 일상의 삶으로 바꾸는 거야. 매일 기적을 만들겠어. 그래. 신이 나와 함께 하신다면, 나는 죽지 않을 거야"(186)라는 내면의 목소리를 듣고서 기도를 시작한다. 그는 기도를 통해 "자신의 운명을 좌우하는 성스러운 존재와 의식적으로 관계를 맺기 위해 노력"(James 362)한다. 이러한 노력은 믿을 수 없는 일이 가능하게끔 하는 사건들을 통해 파이를 생존하게 한다. 예로, 구명보트에 탑승한 얼룩말, 오랑우탄을 잡아먹은 하이에나를 먹어 치운 호랑이가 마지막으로 파이를 덮칠 때 갑자기 등장한 생쥐 한 마리는 파이의 생명을 유예시키는 "제물"(192)이 된다. 또, 배고픔에서 호랑이가 파이를 공격하려 할 때 갑자기 공중에서 보트 안으로 날아 들어온 날치는 파이의 생명을 구하는 또 다른 제물이 된다. 이러한 효과를 체험한 파이는 기도에 정성을 들이고, 새벽, 오전과 오후 사이, 저녁, 밤, 그리고 잠자기 전의 5회의 기도 시간을 마련한다.

　때로 파이는 보트 위에서 종교적 의식을 거행한다. 사제나 성찬식 집례자가 없는 미사를 올리고, 신상은 없지만 거북이 고기를 공양으로 바치고 힌두교식 제사를 지내거나, 메카의 방향을 모른 채 알라신을 위해 예배드리기도 한다(263). 표류하는 동안 오줌을 마시고, 동물처럼 물고기를 뜯고 씹지도 않은 채 허겁지겁 삼키는 자신의 모습을 보고 절망의 나락으로 추락할 때, 심지어 낚시 미끼로 사용하기 위해 발라놓았던 죽은 선원의 "살점"(322)을 먹으며 고통스러워할 때, 그는 그래도 "시련을 견딜 수 있는 힘"(James 362)을 얻을 뿐만 아니라 "동물 수준까지 추락"(Mensch 138)한 자신을 인간의 수준으로 다시 끌어올릴 수 있었던 것은 이러한 종교적 의식과 기도 때문이었다고 고백한다. 그는 끝까지 기도를 멈추지 않는데, 여기서 파이가 드리는 기도나 종교의식이 어느 신을 향하는가는 중요하지 않다. 광활한 태평양에서 기약 없이 떠도는 절망적 상황에서 오로지 "신"(358)에게 의존하는 것만이 파이를 생존하게 하는 유일한 희망이다.

　대만 출신의 이안 감독은 <라이프 오브 파이>에서 서로 다른 종교의 배타적 측면을 드러내는 데 초점을 맞추고 있다. 특히 이 관점은 침춤호가 난파되기 전 무신론자인 프랑스 주방장과 힌두교도인 어머니 사이에서 극명하게 제시되는데, 주방장은 파이 어머니의 채식주의를 전혀 이해하지 못한다. 여기서 이안 감독은 종교적 갈등뿐만 아니라, 살기 위해선 고기를 먹을 수도 있다는 불교신자인 대만 선원의 유동적인 태도를 제시함으로써 감독의 태생과 관련한 불교가 중재 역할을 할 수 있다는 가능성을 제시한다. 예를 들어, 대만 선원은 음식 때문에 힘들어하는 파이 가족의 종교적 문제에 개입하면서 "전 불교신자이지만 육수(gravy)를 밥에 뿌려 먹어요. 항해할 때 육수는 고기가 아니에요. 그냥 소스죠'9)라며 새로운 제안을 한다. 그는 종교관행의 틀을 벗어나 새로운 상황에 적응하고자 한다. 이 부분은 소설에는 없는 부분으로 이안 감독의 영화에서 종교관과 관련해서 부각되는 장면이다. 불교를 통해 종교적 갈등을 중재하고자 한 이안 감독은 궁극적으로 대만이나 미국 어느 곳에도 속하지 않는 초국가적 성향으로 인해 다양한 신을 섬기는 파이의 다원주의적인 개인적 종교관을 부각시킨다.

여기에서 연구자는 영화보다는 소설『라이프 오브 파이』가 파이의 개인적 종교관을 더 잘 제시하고 있다고 본다. 파이의 서사에는 누구든지 사랑하는 마음이 있으면, 또 원하는 마음이 있으면 '종교적 경험'을 얻을 수 있다는 점, 그리고 그러한 종교적 경험에 의해 구원받을 수 있다는 것이 명확히 드러나기 때문이다. 생존을 위해 살인하고 살점도 먹지만 그는 "신"(391)에게 의지함으로써 살아남는다. 여기서 신은 파이만의 개인적 신이다. 그래서 모진 항해에서 살아남아 멕시코 해안에 다다랐을 때 그는 "입가에 미소를 짓고 자신을 바라보는 신"(360)을 영접함으로써 스스로 구원받는다. 영화 <라이프 오브 파이>에서도 파이는 멕시코 해안에 다다랐을 때 구원의 신을 만났다고 독백을 통해 관객에게 전달한다.10) 연구자는 종파를 초월한 이러한 파이의 종교관이『라이프 오브 파이』에 대한 일반 독자의 호응을 이끌어내는 데 기여한다고 본다. 파이의 종교적 경험은 단순히 종교 문제가 아닌, 생존 문제와 직면했을 때 드러나는 인간의 본성과 관련되어 있다고 볼 수 있기 때문이다.

---

9) Ang, Lee. *Life of Pi*. Fox 2000 Pictures, 2013.

10) 하지만, 소설과 달리, 영화에서 어머니의 살인을 보고 어쩔 수 없는 상황에서 주방장을 살인해야 하는 악마와 같은 존재가 될 수밖에 없었다고 고백할 때 파이는 신에 대해 언급하지 않는다. 그럼에도 그의 인간적인 면모는 어머니 죽음과 주방장의 살인을 이야기할 때 눈물을 흘리는 것에서 보인다.

3.2. 포스트모던 주체로서의 파이

소설 『라이프 오브 파이』의 3부에서 일본 운수성 해양부 소속의 조사관들은 구조된 파이와 인터뷰를 하면서 호랑이의 존재를 믿지 못한다. 멕시코 해안에 다다르자 호랑이가 숲속으로 사라졌다는 파이의 이야기에 오카모토(Okamoto)는 "호랑이 자체는 아메리카 대륙에 존재하지 않는다"(373)고 반박하며 호랑이와 동승했었는지의 신빙성 자체에 의문을 제기한다. 영화 <라이프 오브 파이>는 두 가지 방식으로 의문을 제기한다. 구조된 후 파이는 일본 선박회사 소속의 조사관들에게 이야기를 전달하지만 그들은 신뢰하지 않는다. 장면이 중첩되면서 몬트리올에 정착한 파이를 방문한 작가에게 이야기를 들려준 후 파이는 이야기가 과연 믿을 만하냐고 묻는데, 이 물음은 마치 스스로에게도 던지는 물음인 것만 같이 들린다.

경험을 이야기함으로써 주인공의 "자아 회복"(Reno 30)에 초점을 두는 기존의 난파서사와 달리, 『라이프 오브 파이』는 주인공이 이야기 전달뿐 아니라 이야기의 진위를 고민해야 하는 난감한 문제에 봉착한다. 이야기의 진위성에 대해 의심과 불신을 드러내기 때문에, 파이는 2부에서 들려주었던 오랑우탄, 얼룩말, 하이에나 그리고 호랑이가 등장하는 환상적 이야기를 해체하고 3부에서 살육과 식인 행위가 등장하는 "동물이 등장하지 않는"(381) 다른 이야기를 제시한다. 파이가 들려주는 두 번째 이야기에서 구명보트에는 부상당한 선원, 요리사, 파이의 어머니, 그리고 파이가 등장한다. 요약하면, 요리사는 굶주림에서 선원을 죽여 물고기의 미끼를 만들고, 식량문제로 다툼을 벌이다 파이 어머니까지 살해하고, 이에 파이는 요리사를 죽이고 그의 "심장, 간, 그리고 살점"(391)을 먹는다는 이야기이다. 이야기를 마무리한 후 "어떤 이야기를 믿나요?"(398)라고 묻는 파이에게 조사관들은 "이야기의 진위성에 상관없이"(Cole 23) 차라리 동물이 나오는 이야기가 더 나은 것 같다고 응답한다. 조사관들은 사실적인 이야기, 즉 이성적으로 납득이

가는 이야기를 들려 달라고 해서 두 번째 이야기를 들었지만, 이 두 번째 이야기도 이성적으로 받아들이기가 쉽지 않다. 영화 <라이프 오브 파이>에서도 조사관들은 같은 반응을 보이는데, 이는 파이의 식인 행위와 같은 비상식적인 부분도 그렇고 혼자서 200일 이상 표류한 후 살아남았다는 것도 설명이 쉽지 않은 부분이기 때문이다. 이때 『라이프 오브 파이』의 파이는 "믿기 어려운 부분이 있나요? 혹시 변경했으면 하는 부분이 있나요?"(391)라며 다시 새로운 세 번째 이야기를 들려줄 용의가 있다는 것을 밝힌다. 여기에 이르면 독자나 관객은 첫 번째나 두 번째 이야기에서 어떤 이야기가 진실인지를 알 수 없으며, 파이가 언급한 것처럼 또 다른 이야기가 제시될 수 있다는 것에서 혼란에 빠지고 만다.

여기서 파이는 진실을 들려주는 안정된 자아의 모습에서 벗어나 "불안정하고 진실의 파편만"(Duncan 168)을 전달하는 포스트모던 주체로 다가온다. 그가 청자의 요구에 따라 들려주는 맞춤식의 일관성이 없는 경험담은 기존의 생존 서사에서 벗어나 틀에 얽매이지 않은 자유로운 속성의 포스트모던 생존 서사를 보여준다. 그래서 이러한 파이를 묘사하기 위해 『라이프 오브 파이』의 소설과 영화에 사용된 다양한 서사구조에 주목할 필요가 있는데, 작가-서술자는 선박회사의 보고서를 번역해서 전달하고, 소설 중간에 이탤릭체를 사용한 끼어들기 서사를 사용하고, 영국왕립해군이 작성했다는 생존지침서를 제시하는가 하면, 파이의 일기와 메모를 언급하기도 한다. 그리고 소설의 「작가 노트」는 작가가 소설을 쓰게된 동기나 과정 또는 후기에 해당하는 것을 진솔하게 쓴 부분으로 간주되지만, 여기에 소개된 인물이나 오랫동안 태평양을 표류하다 멕시코 해안에서 구조되었다는 표류 이야기는 어디에도 기록되어 있지 않다. 이러한 다양한 서사구조는 가장 믿을 만한 파이의 서사 자체도 신뢰할 수 없는 서사임을 부각시키며 파이의 표류담이 단일한 진실을 담을 수 없다는 것을 역설적으로 드러낸다.

『라이프 오브 파이』에서 파이가 들려준 두 가지 이야기는 "호랑이의 존재를 믿을 것인가 말 것인가"(Duncan 182)를 되묻는 것과 연관된다고 할 수 있다. 이

안 감독이 <라이프 오브 파이>에서 3D 기술력을 바탕으로 호랑이의 환상적인 이미지를 제시함으로써 영화의 판타지적 요소를 활용하듯이, 소설과 영화에서 호랑이의 존재유무는 이 작품을 "판타지"(Duncan 168)로 규정하는 작업과 연결된다. 판타지가 "초자연적 현상과 사건에 직면해서 체험하게 되는 망설임이 지속되는 동안 발생"(Todorov 19; 최성민 94)하는 것이라면, 독자나 관객은 작품의 결말에 가서 이 망설임의 정체를 규명해야 한다. 이 망설임은 소설과 영화에서 호랑이의 존재를 믿을 것인가와 연계된다. 과연 인간이 좁은 보트에서 호랑이와 공존할 수 있을까? 영화의 전반부에서 파이가 동물원에서의 경험과 생존지침서에 의존해서 호랑이를 길들여가는 부분은 그렇다고 하더라도, 후반부에서 인간과 동물의 경계를 가로지르는 장면들은 받아들이기 쉽지 않다. 정말 가능한가? 이 반복되는 의문은 호랑이와 파이의 관계를 논할 때 독자와 관객을 "불완전한 존재"(Duncan 177)로서의 파이와 대면하는 것으로 이끌어간다.

준 드와이어(June Dwyer)는 츠베탕 토도로프(Tzevetan Todorov)의 『아메리카의 정복』(*The Conquest of America*)에서 규명한 지배자와 식민 피해자의 인간관계를 인간과 동물의 주체와 타자의 관계로 다시 읽어내면서 파이와 호랑이의 관계를 분석한다. 동물을 "물건으로 취급되는 존재, 열등한 존재, 그리고 존중할 만하고 개성을 지닌 동등한 존재"(Dwyer 10)의 세 가지 유형으로 분류할 때, 그녀는 『라이프 오브 파이』에서 동물에 대해 "정서적, 도덕적, 지적"(Dwyer 15) 관심을 지닌 파이를 세 번째 유형과 연계한다. 하지만, 드와이어가 예리하게 지적하는 부분은 인간과 동물의 동등한 관계가 아닌, 파이가 동물이라는 존재이며 또 파이도 동물 이하의 존재로 추락할 수 있는 '불완전한 존재'라는 것이다. 예로, 『라이프 오브 파이』에서 시간이 흐름에 따라 바나나 껍질을 벗기면서 손끝을 떨기까지 했던 파이는 살아서 펄펄 뛰는 만새기나 날치를 때려죽이는 동물적 본성을 드러내기 시작한다. 잡은 물고기를 공유하며 그는 호랑이에게 친숙함을 느끼는데, 이 친숙함은 호랑이가 길들여진 것이 아니라 그가 "마치 호랑이처럼 요란한 소리와 함께 꿀떡대며 씹지도 않고 날생선을 삼키는"(225) 야성적 동물로 변모한 것에서 비롯된 것이다. 또, 그는 건조한 날씨로 인해 물 한 모금 못 마시고 이로 인해 힘이 없어 물고기도 낚지 못한 상태에서 호랑이와 자신을 "바짝 야윈 포유동물"(239)로 동일시하며 자신을 격하하기도 한다. 하지만, 영화 <라이프 오브 파이>에서 아버지가 호랑이와 사슴의 약육강식의 먹이사슬 관계를 통해 파이에게 각인시켜주듯이, 호랑이와 파이는 "친구가 아니다"(Dwyer 16). 영화에서는 제시되지 않지만, 소설『라이프 오브 파이』에서 아사 상태에서 파이를 살해하려는 또 다른 표류자를 호랑이가 살해하고 먹어치울 때, 이는 호랑이가 파이의 생명을 구하기 위해 살해한 것이 아니라, 말 그대로 배고픔에서 나온 찰스 다윈식의 본능에 따른 행위다. 생존을 위해 파이를 도와주기는 하지만, 호랑이 쪽에서는 상생이라든가 협조라든가 하는 그런 의도가 전혀 없다. 그래서 갑자기 나타난 유조선이 구명보트 옆을 유유히 스쳐 지나쳐버리자 파이는 거의 미칠 지경이 되지만, 호랑이는 다시 아무 일도 없었다는 듯이 낮잠에 빠져든다. 구조의 기회였다는 것조차도 이해하지 못하는 호랑이 눈에 파이는 "이상하고, 예측 불가능한 호랑이"(298)일 뿐이다.

"이상하고 예측 불가능한 호랑이"로서 파이는 그가 들려준 동물이 등장하는 이야기와 두 번째 이야기의 병치에서 대만 선원이 얼룩말, 파이 어머니가 오랑우탄, 주방장이 하이에나 그리고 파이가 "호랑이"(392)로 규명되면서 호랑이와의 연관성을 드러낸다. 조사관의 해석에 따르면, 호랑이는 살인하고 인육을 먹은 자인데 파이의 두 번째 이야기에 대입해보면 파이가 곧 호랑이인 것이다. 영화 <라이프 오브 파이>에서 작가는 파이의 면전에서 "당신이 그럼 호랑이군요"11)라고 규명하지만 파이는 대답을 회피한다. 이 호랑이는『아서 고든 핌의 모험』(*The Narrative of Arthur Gordon Pym of Nantucket*)에서 다른 세 명의 표류자의 생존

---

11) Ang Lee. *Life of Pi*. Fox 2000 Pictures, 2013.

을 위해 제비뽑기에 의해 살해되는 리처드 파커(Richard Parker)란 인간의 이름을 지닌다(포우 125). 그리고 여기서 파커는 『정의란 무엇인가』(*Justice: What's the Right Thing to Do?*)에서 인용된 표류 사건의 인물로서 1884년 남대서양을 표류하던 중 나머지 세 명에 의해 살해되는 실제 인물이기도 하다(샌델 51-52). 『라이프 오브 파이』에서 파커는 장기간의 표류로 인해 시력을 상실한 요리사를 죽이고 먹어치우는데, 파이가 (무)의식적으로 "자신을 파커와 동일시"(313)하고 파커가 죽인 요리사의 살점을 먹는 것과 연관시켜 본다면, 파커는 살인을 저지르고 인육을 먹은 파이 자신의 "동물성"(Mensch 140)이 투사된 존재일 수 있다. 이 지점에서 연구자는 파커와 관련한 판타지 『라이프 오브 파이』가 '불완전한 존재'로서의 파이에 주목하고 있음을 다시 짚어보고자 한다. 파이가 여전히 태평양에서 표류하고 있다고 가정한다면, 파커는 아마도 세 번째 이야기에서 상어나 악어로 형상화될 수도 있다. 그럼 왜 호랑이인가? 파커는 동물원에서 성장한 파이가 경험에 의해 가장 두려워하는 동물로 형상화한 결과물이라 할 수 있다. 그는 가장 잔인하고 "식인성"(Mensch 140)을 대표하는 호랑이를 상상해낸 것이다. 그래서 표류하는 동안 동승했다가 멕시코 해안에 다다르자 홀연히 사라져 버린 파커가 파이의 불완전함이 구체화된 "투사물"(Janes 110)이라는 주장이 낯설지 않게 다가온다.

그런데, 소설 『라이프 오브 파이』는 조사보고서의 마지막에서 "파텔 씨만큼 오래 생존한 자는 없다. 더구나 다 자란 벵골호랑이와 함께 생존한 자는 없다"(401)라는 진술로 마무리하면서 독자에게 파이의 구명보트에 호랑이가 동승했는지에 대한 원래의 물음을 다시 소환한다. 영화 <라이프 오브 파이>의 결말에서도 작가는 파이가 제공한 보고서를 통해 동일한 내용을 읽는다. 이때 작가는 파이에게 그 이야기를 소설로 써도 되는가를 묻고 파이는 물론 가능하며 이제 그 이야기는 작가의 것이라고 답하는데, 이는 호랑이의 존재유무를 떠나서 또 다른 이야기가 창조될 수 있음을 제시함으로써 관객이 본 내용이 다른 이야기로 각색될 수 있음을 암시한다. 연구자도, 드와이어가 지적한 것처럼, "무한 수"(Dwyer 18)를 의미하는 '파이'라는 이름에서 파이와 같은 '불완전한 존재'로서의 우리의 여정을 계속 상상해본다. 이러한 소설과 영화의 열린 결말은 파이가 들려준 두 가지 이야기에서 어떤 이야기를 믿을 것인가의 결정을 독자와 관객에게 유보하고 있다. 이처럼 『라이프 오브 파이』와 <라이프 오브 파이>는 관객과 독자의 "반응과 참여"(Duncan 168)를 유도하면서 이야기의 진위성에 대한 열린 논의를 통해 "인간 본성"(Schwaim 203)에 대해 다시-쓰기의 과정으로 초대한다. 파이의 이야기에 대한 논의는 독자와 관객 간에 계속 진행될 것이고, 바로 이러한 점이 이 작품이 지닌 힘이기도 하다.

4. 부커상이 던지는 질문

『라이프 오브 파이』와 <라이프 오브 파이>에서 연구자는 부커상 수상작이 대중의 관심과 흥미를 끌어내는 동인으로서 주인공의 종교관과 이야기의 열린 결말을 살펴보았다. 여기서 나아가 연구자는 한국현대영미소설학회의 기획 총서로서 부커상과 연관된 '장르'뿐만 아니라 '여성', '인종', 그리고 '제국'이라는 주제어를 묵과할 수 없다고 본다. 부커상은 '브리튼'이라는 영국이 주관하는 문학상이라는 전제에서 야기되는 잠재적 문제들을 안고 있기 때문이다. 그래서 『부커상과 제국의 유산』(*The Booker Prize and the Legacy of Empire*)에서 에드워드 사이드(Edward Said)가 주장한 문학 역사와 제국의 상관관계에 기반해서 부커상과 "포스트-제국주의(post-imperialism) 문화"(221)와의 얽힌 관계를 신랄하게 지적하고 있는 루크 스트롱맨(Luke Strongman)의 주장은 의미심장하게 다가온다. 그는 부커상 작품 분석에서 1969년부터 90년대 중반까지의 수상작들이 제국의 노스탤지어를 그리고 1990년대 후반에 이르러서는 "새롭게 형성된 연방주의"(221)가 반영된, 즉 포스트-제국의 분위기를 묘사하고 있음을 지적한다. 그는 포스트-제국의 영국문화가 과거의 다양한 인종성으로 인해 더욱 풍요로워지고 이러한 조건에 의해 새로운 정체성을 재확립하는 과정에 주목한다. 토드도 지적하듯이, 탈식민주의 이후 영국문학은 제국주의를 포함하는 동시에 "제국주의와 무관한 다원주의적 문화"(Todd 306)를 바탕으로 하는 혼합된 새로운 문화를 형성해 오고 있다.

이제 부커상은 식민지에서의 과거 경험을 다루는 탈식민주의와 새로운 영국 내에서의 차별화된 내용을 다루는 포스트-제국주의 글쓰기를 인식하는 기표로 인식된다. 이러한 부커상이 내포하는 기의는 제국주의 이후 "제국 쓰기 또는 제국 해체의 글쓰기"(Strongman x)이다. 이를 반영해서, 부커상 작품들의 내용은 제국에 대한 노스탤지어 또는 반-담론으로 구성되거나, 한편으로는 포스트-제국 이후 형성된 유동적인 국제주의 또는 민족주의와 연계된 변화된 국가적 관계와 영향들을 포함하고 있다. 특히, 부커상은 원주민의 서구화를 포함해서 식민주의, 탈식민주의, 포스트-제국주의 영향이 혼합된 혼종적인 정체성을 재기입하는 장이 되어오고 있으며, 부커상 수상작 선정에서도 이러한 다양한 글쓰기가 인식되고 있음이 사실이다. 스트롱맨과 토드가 주장하듯이, 1990년대 이래의 영국이 빅토리아 시대의 제국이나 1970년대의 영연방과는 전혀 다른 새로운 정체성을 형성하고 있으며, 그리고 변화를 거치고 있는 과거의 식민지와 자치령들의 지대한 영향을 받고 있기 때문에, 부커상 수상작에 관한 문학연구나 비평은 더 이상 중심과 주변의 이원론적 관점으로 바라보거나 접근해서는 안 된다. 이런 점에서, 현재의 부커상은 제국주의적 중심으로의 귀환에 관한 글쓰기가 아니라, 제국과 식민지 간에 형성되었던 중심국과 주변국의 관계가 점진적으로 와해되어감을 반영하는 "중심 해체"(Strongman xii)에 관한 글쓰기이다.

한편, 제국의 영역과 권력이 축소된 현 상황에서도 부커상이 영연방과 제국의 "특별한 관계"(Strongman xii)를 유지하는 데 일조하고 있음을 간과해선 안 될 것이다. 부커상은 2013년부터 작가의 국적에 상관없이 영국에서 출판된 영어 소설로 수상 범위를 확대했는데, 여기서 '영어로 쓰인' 그리고 '영국에서 출판된'이라는 단서를 붙여서 제국주의와 깊은 유대관계를 맺고 있는 '영어'와 '영국'의 조건을 유지하고 있다. 스트롱맨이 재차 강조하듯이, 부커상은 "포스트-제국 이후의 영국성 확산"(xix)에 동참함으로써 영국에 기여하는 순기능을 발휘하고 있다. 자신을 순수한 영국인으로 간주하든 그렇지 않든지 간에, 부커상과 수상자 사이에는 '영어' 또는 '영국'이라는 조건이 추가됨으로써 제국이 공식적으로 존재하지 않는데도 가해자와 식민 피해자의 이원론적 관계가 지속적으로 작동한다. 다시 말해, 유럽중심주의 문화에 맞선 수정주의자로 또는 혼종의 디아스포라 작가로 내세우지만, 부커상 작가들은 이러한 주장을 여전히 제국의 언어로 그리고 제국주의적 방법을 사용해서 나타낸다. 부커상이 포스트-제국 이후의 소수자의 목소리를 반영하고 "음지의 작가를 발굴"(Bloom 93)하는 중요한 몫을 담당한다는 주장에는 반박의 여지가 없다. 하지만, 역으로 부커상으로 인해 영국은 제국과 주변 국가 사이에 얽혀 있는 역사를 드러내어 과거의 영광을 재확인하고 나아가 자본주의 사회에서 거대한 수익을 올리는 "수혜자"(Dirlik 353)가 된다. 결과적으로, 부커상은 제국주의 유산을 지속시켜 주는 도구이고, 반제국주의를 설파한 대가로 부커상을 받은 수상자는 이러한 유산이 낳은 산물이라는 비난을 피할 수는 없을 것이다.

이 논문에서 부커상의 예술적, 상업적 성과로 다룬 『라이프 오브 파이』에도 제국주의적 잔재가 제시되어 있다. 먼저, 소설을 살펴보면, 프랑스의 점령지였던 인도의 폰디체리를 방문한 작가-서술자는 프랑스가 이 식민지에 300년 가까이 공들였다가 "1954년 철수"(viii)했다는 역사를 소개한다. 여기서 흥미로운 점은 파이의 이야기를 듣고, 쓰고, 전달하는 작가-서술자는 과거 프랑스의 식민화 영향의 잔재로 "불어를 사용하는 지역이 있는"(ix) 캐나다 출신이라는 것이다. 구조된 후 캐나다 스카보로(Scarborough)에 정착해서 살고 있는 파이도 과거 프랑스의 영향 하에 있었던 지역에 살고 있다는 점도 의미심장하다. 「작가-노트」에서 작가-서술자는 자신이 머물게 될 인도의 휴양지에서 숙소를 운영하는 부인들은 보통 "영국인들을 쫓아내기 위해 투쟁했던 이야기"(vi)를 들려줄 것이라고 언급함으로써 과거 영국과 인도의 관계를 언급하는데, 연구자는 이 언급에는 영국과 캐나다 그리고 프랑스와 캐나다의 관계가 중첩되어 제시된다고 본다. 영화 <라이프 오브 파이>에서는 침춤호에서 채식과 관련해서 다툼을 벌이고 파이 어머니를 살해하는 주방장을 프랑스인으로 등장시킨다. 이러한 설정에서 작가 마텔과 이안 감독은 각 소설과 영화를 통해 영국과 프랑스를 제국주의의 상징으로 제시하고 있음이 포착된다. 『라이프 오브 파이』와 <라이프 오브 파이>에 대한 이러한 읽기를 통해, 연구자는 부커상 수상작에서 문학성을 즐기는 동시에, 제국과 제국 이후의 주변국과의 관계에서 드러나는 복잡 미묘한 함의도 읽어내야 한다고 제안한다.

인용 문헌

김성화. 「'한강'이 보여준 '채식주의자', 맨부커를 맛보다」. 『시사뉴스투데이』. 16 June 2016.
　　　Web. 07 July 2016.

박선화. 「얀 마텔의 『라이프 오브 파이』에서 파이의 종교적 경험」. 『영어영문학 연구』 58.1
　　　(2016): 91-112.

샌델, 마이클. 『정의란 무엇인가』. 이창신 역. 서울: 김영사, 2010.

이태희. 「단독 인터뷰: 맨부커상 후원사 맨그룹 루크 엘리스 사장」. News2day. 19 May 2016.
　　　Web. 07 July 2016.

포우, 에드거 앨런. 『아서 고든 핌의 모험』. 김성곤 역. 서울: 황금가지, 1998.

최성민. 「현대 신화 스토리텔링의 프로세스: <라이프 오브 파이>와 <빅 피쉬>를 중심으로」.
　　　『기호학연구』 45 (2015): 83-116.

Ang, Lee. *Life of Pi*. Fox 2000 Pictures, 2013. DVD.

Bloom, Clive. *Literature, Politics and Intellectual Crisis in Britain Today*. New York:
　　　Palgrave, 2001.

Cole, Stewart. "Believing in Tigers: Anthropomorphism and Incredulity in Yann Martel's *Life
　　　of Pi*." *Studies in Canadian Literature-New Brunswick* 29.2 (2004): 22-36.

Dirlik, Arif. "The Postcolonial Aura: Third World Criticism in the Age of Global Capitalism."
　　　Critical Inquiry 20 (1994): 328-56.

Duncan, Rebecca. "Life of Pi as Postmodern Survivor Narrative." *Mosaic* 41.2 (2008):
　　　167-83.

Dwyer, June. "Yann Martel's *Life of Pi* and the Evolution of the Shipwreck Narrative."
　　　Modern Language Studies 35.2 (2005): 9-21.

Huggan, Graham. *The Post-Colonial Exotic: Marketing the Margins*. London and New York:
　　　Routledge, 2001.

James, William. *The Varieties of Religious Experience*. Oxford: Oxford UP, 2012.

Janes, Daniela. "The Limits of the Story: Reading the Castaway Narrative in *A Strange
　　　Manuscript Found in a Copper Cylinder* and *Life of Pi*." *Mosaic* 46.4 (2013): 109-25.

Leong, Lee Yew. "An Interview with Yann Martel." *Asymptote*. Web. 22 August 2018.

Martel, Yann. *Life of Pi: A Novel*. London: Harcourt, Inc., 2001.

Mensch, James. "The Intertwining of Incommensurables: Yann Martel's *Life of Pi*." *Contributions to Phenomenology* 56 (2007): 135-48.

Reno, Janet. *Ishmael Alone Survived*. Lewisburg: Bucknell UP, 1990.

Sutherland, John. *Bestsellers*. London: Routledge & Kegan Paul, 1981.

Stoddard, Katy. "Man Booker Prize: A History of Controversy, Criticism and Literary Greats." *The Guardian* (14 October 2014). Web. 07 July 2016.

Strongman, Luke. *The Booker Prize and the Legacy of Imperialism*. Amsterdam: Rodopi B.V. Editions, 2002.

Schwaim, Tanja. "Home is Where the Zoo is: Mixed Messages in *We Bought a Zoo*, *Madagascar 3*, and *Life of Pi*." *Society and Animals* 23.2 (2015): 202-07.

Todd, Richard. *Consuming Fictions: The Booker Prize and Fiction in Britain Today*. London: Bloomsbury, 1996.

Wood, James. "Credulity." *London Review of Books*. 14 November 2002. Web. 07 July 2016.

■ 원고 출처

박선화. 「영국의 (맨)부커상과 영화 각색을 통한 소설의 대중화-『라이프 오브 파이』를 중심으로」. 『현대영미소설』 23권 2호 (2016): 155-80.

부록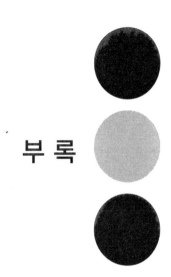

13.

한강의 『채식주의자』에 대한 영미권의 수용 방식 – 부커상과 오리엔탈리즘

임경규

| 작가 소개 |

    한강은 1970년 대한민국 광주에서 태어나 1994년 「붉은 닻」으로 서울신문 신춘
문예에 당선되어 등단했고, 현재는 서울예술대학교 문예창작학과 교수로 재직 중이
다. 장편소설로는 『검은 사슴』(1998), 『그대의 차가운 손』(2002), 『채식주의자』
(2007), 『바람이 분다, 가라』(2010), 『소년이 온다』(2014) 등이 있으며, 이중 『채식주
의자』와 『소년이 온다』 등이 영어로 번역되기도 했다. 또한 2000년 젊은예술가상 수
상을 시작으로 이상문학상(2005)과 만해문학상(2014), 황순원문학상(2016) 등 다수의
국내 문학상을 수상했으며, 2015년에는 『채식주의자』로 한국인으로서는 최초로 세계
3대 문학상 중 하나인 영국의 부커 국제상을 수상했다.

    한강의 문체는 섬세하며 시적이고 간결하면서도 강렬하다. 특히 사회적 존재로
서의 인간의 고통이라는 문제에 천착하는 주제의식과 겹쳐지면서 그녀의 문체는 고통
과 트라우마를 시적인 언어로 형상화하면서도 이를 쉽게 치유하려는 태도를 지양한
다. 따라서 간결한 문장 덕에 가독성이 높은 것처럼 보이지만, 그 안에 담긴 고통의
깊이로 인해 쉽사리 책장이 넘어가지 않는다. 결국 그녀의 글을 읽는 작업은 독자의
내면에 침잠한 상처의 흔적을 텍스트의 표면으로 끌어올리는 작업이 되고 이로 인하
여 독자의 주체성 자체가 내부로부터 균열하게 되는 경험을 하게 된다. 특히 『채식주
의자』는 독자들에게 바로 그러한 경험의 정점을 맛보게 한다. 본 논문에서 다루고 있
는 『채식주의자』에 대한 영어권 독자들의 수용방식의 문제는 결국 그러한 경험을 문
화적 차이로 환원시키느냐 아니면 인간의 부조리한 실존에 대한 우화로 해석하느냐의
문제로 귀결된다.

1. 낯설고도 낯익은 질문 혹은 명령

2016년 5월 17일 한국 문학사에 하나의 사건이 발생했다. 한강의 소설 『채식주의자』(*The Vegetarian*)가 세계 3대 문학상이라 일컬어지는 영국의 부커상 국제 부문을 수상한 것이다. 국내적 관점에서 보자면 이는 분명 사건이었다. 그 수상자가 노벨문학상을 타기 위해 십수 년간 노력해온 어느 노시인이나 주류 남성 작가가 아닌 대중적 인지도가 상대적으로 낮았던 여성 작가 한강이라는 사실 때문이기도 하지만, 『채식주의자』 자체가 한국에서는 그다지 주목받지 못한 작품이었다는 사실이 한국 문단을 당혹스럽게 만들기에 충분했다. 그래서인지 모르나 한강의 부커상 수상의 의미를 애써 축소하려는 경향도 감지되곤 한다. 하지만 국외적인 관점에서 보자면 그리 놀랄 만한 사건은 아니었다. 2015년 초 영국의 독립 출판사인 포토벨로(Portobello)를 통해 처음 번역 출간된 직후부터 『채식주의자』는 영국의 각 언론사로부터 최고의 찬사를 받았을 뿐만 아니라, 2016년에는 거대 출판 그룹 랜덤하우스를 통해서 미국에 진출했다. 게다가 『타임스』(*The Times*)는 한강의 소설을 2016년 현재까지 출판된 책 중 최고의 책으로 선정하기도 했다. 수상이 결정되기 전부터 더블린의 『아이리시 타임스』(*The Irish Times*)는 『채식주의자』가 타 후보작에 비해 월등히 우수한 작품임을 주장하기도 했다. 다시 말해, 받아야 할 작품이 받은 것이다. 수상작 선정 역시 만장일치로 결정되었음은 물론이다.

『채식주의자』의 부커상 수상이 결정된 이후 한국에서의 반응은 실로 뜨거웠다. 일종의 신드롬이었다. 수상이 결정된 5월 17일과 18일에는 『채식주의자』의 하루 판매량이 1만 부가 넘었으며 이후 약 50만 권이 판매되었다고 한다. 성인이 1년 평균 책 1권도 채 읽지 않는 문학 불모지에서 이는 실로 경이적인 기록이 아닐 수 없다. 그런데 어떻게 보면 이는 억압된 것의 귀환처럼 보이기도 한다. 우리가 외면했던 우리 문학이 세계 문학 시장에서 인정을 받으면서 한국 문학계와 출판계에 낯설고도 기이한 풍경을 자아내고 있기 때문이다. 진정 우리는 우리 문학의 가치를 몰랐던 것일까? 우리가 모르는 그것을 영미 독자들은 어떻게 알았을까? 그리고 이 낯설고 기이한 현상을 어떻게 해석해야 할까?

그런데 한 가지 더 흥미로운 일은 이러한 질문을 둘러싸고 형성된 2차 담론들이 대개가 문학 외적인 방향으로 나아가고 있다는 것이다. 즉, 발본적 질문에 대한 반성적 성찰이 아닌 아주 낯익고 친숙한 그러나 문학과는 거리가 먼 담론들의 성찬이 벌어지고 있는 것이다. 그리고 그 성찬의 중심에는 출판 산업의 부흥과 더불어 '한류' 담론이 존재한다. 예를 들어, 김종덕 문화체육부장관은 수상 결정 직후 축전을 통해 "우리의 글로 세계와 공감할 수 있는 이야기를 쓰고, 빼어난 번역을 통해 우리의 문학을 세계인에게 전달한 두 분의 노고를 치하"하며, "앞으로도 우리 문화예술의 장을 세계로 펼쳐서 문화융성의 시대를 열어가는 데 큰 역할을 해줄 것을 기대한다"고 전했다. 장관의 치하와 기대가 전하는 메시지는 간단하다. 몇 년 전 대중 가수 싸이가 세계 속에 K-팝 열풍을 몰고 왔듯이, 이번에는 문학을 통해 한류를 열어달라는 것이다. 이로 인해 『채식주의자』의 부커상 수상이 던진 한국 문학의 정체성에 대한 근본적 질문은 돌연 문화산업과 연관된 정치적인 명령으로 변질된다. 그렇다면 한국의 문학계를 향한 이 정치적 명령은 실현 가능한 것일까? 국제 사회에서의 한국 문학에 대한 관심이 지속성을 유지할 수 있는가? 이에 대한 탐색은 결국 우리를 다시 『채식주의자』로 돌려보낸다. 『채식주의자』에 비친 한국 문학의 얼굴은 무엇이며, 영국과 미국의 독자들은 도대체 무엇을 응시하고 있는 것일까?

2. 낯익은 상처의 낯선 변주

한국에서 한강의 『채식주의자』가 출간된 것은 2007년의 일이다. 2004년부터 문예지를 통해 발표된 세 편의 단편「채식주의자」,「몽고반점」,「나무 불꽃」
이 하나의 연작소설로 묶여 세상에 나온 것이다. 2005년「몽고반점」이 이상문학
상을 수상하기는 했으나 당시 평단의 반응이 뜨거웠다고 할 수는 없었다. 예를 들
어, 평론가 김예림은『채식주의자』가 "죽음에 이르는 존재론적 상처 또는 주체의
파열"이라는 한국문학의 오랜 주제를 반복하고 있다고 말하며, 이러한 문학적 경
향은 "어느 정도 코드화되어서인지 모르겠지만 [. . .] 우리 문단에서 역설적이게
도 '고전적'이고 '전통적'인 어떤 것이 되어버렸고, 안정적이고 성숙한 만큼 새로
운 자극은 없고 변주만 있는 어떤 것이 되어버린 게 사실"이라고 주장한다
(349-50).

　　『채식주의자』 말미에 해설을 쓴 평론가 허윤진의 평가 또한 이러한 맥락에
서 크게 벗어나지 않는 것처럼 보인다. 그는 작가 한강을 "상처와 치유의 지식체
계를 오랜 시간 동안 기록해온 신비로운 사관(史官)"이라 정의하며, 그녀의 작품
은 따라서 필연적으로 낯익은 "상처의 성찬"이 될 수밖에 없었음을 지적한다
(239-40). 한마디로 요약하자면, 한국 문단에서『채식주의자』는 여성의 몸에 반
복적으로 가해진 낯익은 폭력과 그로 인한 상처에 대한 낯선 변주로 여겨졌던 것
이다.

　　그렇다면 학계의 반응은 어떠한가. 여러 비평 가운데 유의미한 해석적 경향
의 한 줄기는 에코페미니즘(eco-feminism)의 관점을 통한 분석이다. 즉,『채식주
의자』의 중심에 놓여 있는 채식주의 모티프가 육식성의 가부장적 권력과 폭력에
저항하는 여성적 삶의 방식이라는 것이다. 예를 들어 신수정은 이렇게 주장한다.

　　　한강의 소설은 여성 채식주의자를 통해 육식문화로 대변되는 남성적 질서를 넘어
　　서고자 하는 저항적 움직임을 보여준다. 남편과 아버지 등 가족 공동체가 채식을
　　거부하는 것은 그것을 가부장제에 대한 도전과 동일시하고 있기 때문이다. 공동체
　　는 채식을 금하고 육식을 강요한다. 그리고 마침내 자신들의 입장을 관철시킬 수

없게 되자 그녀를 정신병동에 감금함으로써 사회로부터 추방한다. 자연 속의 생명
이 협력과 상호 보살핌, 사랑 등의 '영성'으로 충만될 기회를 얻지 못한 채 다만
어두운 '광기'의 그늘 속으로 유폐되고 만 것이다. 그러나 채식에 대한 완강한 고수
를 넘어 거식에 이른 여성의 육체 언어는 남성적 지배 질서를 대변하는 기성 언어
를 대체하며 여성적 욕망의 생태학적 윤리를 실천한다. (207-08)

우찬제도 위와 비슷한 맥락에서 "육식과 채식의 문제는 성 정치학 및 소통의
윤리학과 연계"된다고 말한다(68). 다시 말해 남성 중심적 세계에서 식물성과 채
식으로 표상되는 여성성에 대한 몰이해와 그에 따른 소통 불가능이 『채식주의자』
의 근간이라는 것이다. 정미숙은 우찬제와 신수정의 생태윤리적 해석에 정신분석
학적 의미를 더한다. 그에 따르면 육식의 거부와 채식에 대한 욕망은 가부장제의
과도한 억압이 만들어낸 신경증적 "타자성"의 기표로서 "반가족적인 것"이며, 오
로지 사회적 규범의 위반에 존재의 근거를 두고 있는 예술을 통해서만이 구원받
을 수 있는 것이다. 결국 영혜의 거식증과 식물-되기 혹은 무(無)에 대한 욕망은
"가족윤리"의 위반에 대한 처벌이 되는 것이다(16, 25).

이렇게 본다면 『채식주의자』는 남성적 주체와 여성적 타자, 동물성과 식물
성, 규범과 위반이라는 다소 도식적인 이항대립 위에 구축된 소설이 된다. 여기에
서 이런 도식적인 해석이 소설의 의미 전체를 밝혀낼 수 있는가에 대한 질문이나
에코페미니즘에 내포된 본질주의의 위험에 대한 비판은 큰 의미가 없는 듯하다.
중요한 것은 한동안 학계에서 더 이상 『채식주의자』로 돌아가 새로운 해석을 하
려는 시도를 보이지 않았다는 것이며, 따라서 『채식주의자』는 그 상태로 의미가
종결된 소설로 남게 되었다는 사실이다. 한국에서 『채식주의자』는 그렇게 망각되
었다. 낯익은 상처에 대한 낯선 변주, 하지만 다분히 도식적인 이원적 구조를 갖는
그런 소설로서 말이다.

3. 문화적 낯섦과 카프카스러운 낯익음

2015년 1월 한국 독자 대중의 기억 속에서 사라져가던 『채식주의자』가 다시 우리 앞에 모습을 드러냈다. 한국 땅이 아닌 영국에서, 그것도 한국어가 아닌 영어로 *The Vegetarian*이라는 제목을 가지고 말이다. 하지만 『채식주의자』에 대한 영미권 독자들의 반응은 우리나라의 그것과는 사뭇 달랐다. 신문이나 각종 인터넷 사이트를 통해 게재된 리뷰의 숫자도 그러하거니와, 이 책에 대한 평가를 담는 수식어들, 예컨대 "thought-provoking"(생각하게 만드는), "terrific"(훌륭한), "beautiful"(아름다운), "unforgettable"(잊을 수 없는), "unsettling"(마음을 뒤흔드는)과 같은 형용사 몇 개만 나열하더라도 그 반응을 쉽게 짐작할 수 있으리라. 그런데 더 곱씹어 봐야 할 것은 이런 일상적이고 의례적인 찬사가 아니다. 그보다는 그들이 『채식주의자』를 해석하는 방식이다. 여러 리뷰들을 찬찬히 쫓아가다 보면 『채식주의자』에 대한 해석은 명확하게 두 가지 방향으로 갈리게 된다.

먼저 영국의 『인디펜던트』(*The Independent*)지의 줄리아 파스칼(Julia Pascal)은 『채식주의자』를 "가장 놀라운"(most startling) 소설 중 하나라 평가하며 "한국 현대 사회를 배경으로 한 이 소설은 가족에 대한 헌신과 순종과 성적 자유에 대한 부정을 요구하는 엄격한 가치체계에 도전하고 있다"고 말한다. 그리고 다음과 같이 결론짓는다. "소설의 서사는 그들[여성들]을 죽인 것이 한국적 예의범절의 압도적인 억압임을 분명히 하고 있다"(*The Independent*, 10 January, 2015). 『아이리시 타임스』의 에일린 배터스비(Eileen Battersby) 역시 이와 비슷한 맥락에서 『채식주의자』를 읽는다. 특히 채식이 갖는 문화사회학적 의미에 주목하며 "고기가 매 끼니의 주식인 한국사회에서 채식주의는 자기 문화에 대한 거부"가 될 수밖에 없다고 주장한다. 채식을 용인할 수 없는 사회에서 채식을 선언한 영혜의 운명은 "여성에 대한 잔인한 처우"를 극화하며 더 나아가 그들의 "고통과 슬픔에 대한 숙고"로 여겨지는 것이다(*The Irish Times*, 15 Mar, 2015). 서구

페미니즘적인 시각에서 텍스트를 읽고 있는 것이 분명한 이 두 여성 평론가의 해석 속에서 두드러지는 것은 『채식주의자』가 풍기는 낯섦의 근원을 사회학적이고 문화인류학적인 차원에서 해명하고자 했다는 것이다. 즉, 채식 자체가 비규범적으로 여겨지는, 서구의 문화와 너무도 다른, 그러하기에 기이하게 여겨질 수밖에 없는 한국 문화의 타자성, 그리고 그 타자성의 또 다른 징표인 동양적 가부장 문화의 야만성이 파스칼과 배터스비를 놀라게 한 것이다.

　『채식주의자』를 읽는 또 하나의 경향은 한국의 사회 문화적 배경으로부터 탈맥락화하여 글자 그대로 탈역사적 진공상태 속으로 끌어들이는 것이다. 한국의 역사와 사회문화적인 맥락이 삭제된 채식은 문화적 행위가 아닌 하나의 알레고리 내지는 우화(parable)가 된다. 예를 들어, 영국의 평론가 존 셀프(John Self)는 『채식주의자』를 세 개의 단어로 요약한다. "의무로부터의 이탈"(disengagement), "수동성"(passivity), 그리고 "거부"(refusal)가 그것이다. 즉, 채식과 거식은 일종의 삶으로부터의 이탈이며, 보편적 인간성에 대한 수동적 저항임과 동시에 모든 사회적 행위의 거부에 대한 알레고리인 것이다. 물론 이것은 영문학의 위대한 도덕적 전통과는 거리가 먼 낯선 것이다. 하지만 셀프는 이 낯섦을 서양문학의 또 다른 전통 속에 위치시킴으로써 친숙한 것으로 전환시킨다. 바로 카프카스러움(Kafkaesque)과 바틀비스러움(Bartlebyesque)이다.[1] 특히 그가 프란츠 카프카(Franz Kafka)의 「단식사」("A Hunger Artist")나 허먼 멜빌(Herman Meville)의 「바틀비」("Bartleby, the Scrivener")와의 연결점을 찾는 방식은 『채식주의자』를 읽는 전혀 새로운 방식을 제공해주었을 뿐만 아니라 이후 영미권에서의 수용방식에도 상당한 영향을 미쳤다.

　『뉴욕 타임스』(*The New York Times*)에서 『채식주의자』의 서평을 썼던 카크포우어(Porochista Khakpour)도 셀프의 의견에 적극적인 동의를 표한다. 그는

---

1) https://theasylum.wordpress.com/2015/01/04/han-kang-the-vegetarian/

『채식주의자』가 주는 "낯섦을 문화적인 것으로 귀착시켜 이해하려는" 시도가 갖는 위험성을 지적한다. 그에 따르면 채식주의가 한국에서는 불가능한 것이라는 사실을 강조하는 것은 적절치 못하며, 아울러 "고문 포르노"(torture porn)라고 비하하는 서구 페미니즘의 시각 역시 작품을 이해하는 데 도움을 주지 못한다는 것이다. 대신 그는 한강이 "행위 주체의 문제(agency), 개인의 선택, 복종과 전복을 다루는 방식은 우화에서 그 형식을 찾을 수 있다"고 주장하며, 『채식주의자』를 카프카의 『변신』과 「단식사」, 그리고 멜빌의 「바틀비」와 나란히 위치시킨다. 그에게 있어 『채식주의자』는 "육식의 위험성에 대한 경고"가 아닌 개인의 선택과 죽음 충동에 대한 우화인 것이다(*NYT*, 10 Aug, 2016).

실제로 한밤중에 일어나 "꿈을 꿨어"라고 말하며 냉장고의 모든 고기를 버리고 돌연 채식주의자가 되겠다고 선언한 영혜는 밤새 거대한 벌레로 변해버린 잠자와 크게 다르지 않다. 또한 나무가 되겠다며 거식을 하고 죽음을 욕망하는 영혜는 사회적 스펙터클로서의 단식이 지니는 의미가 사라진 시대에도 혼자 무의미하게 단식을 이어가다 죽어버린 '단식사'와도 크게 다르지 않다. 더욱이 "하고 싶지 않습니다."(I would prefer not to)만을 반복하며 무(無) 자체를 욕망했던 필경사 바틀비에게서 "왜, 죽으면 안 되는 거야?"라고 질문하는 영혜의 모습을 떠올리는 것도 역시 결코 어려운 일은 아니다.

여기에서 잠시 한국에서 『채식주의자』에 대한 수용방식의 문제로 돌아가 보자. 한국 평론가와 독자들은 왜 『채식주의자』에서 카프카와 바틀비를 발견해내지 못했는가? 혹여 문학 자체의 낯섦을 자신들의 친숙한 서사와 지식 체계 안에 가두어둠으로써 문학적 해석 행위를 대신한 것은 아닐까? 아니면 낯섦 자체를 수용할 수 있는 문학 전통이 부재한 것은 아닌가? 영국의 평론가 조안나 웰시(Joanna Walsh)는 한강의 인터뷰를 인용하며 한국에서 『채식주의자』가 제대로 수용되지 못한 것에 대해 이렇게 설명한다. "한국에는 [카프카와 바틀비에] 비견될 만한 전통이 존재하지 않는다. 대신 남성이건 여성이건 주인공이 환경에 의해 압도되는 결정론적 서사(fatalistic narrative)의 역사가 존재한다. 그런데 이러한 이야기는 서양의 출판가들에게는 매력적인 것이 못 된다. 이것이 한국 문학이 번역되지 않은 이유 중에 하나다"(*New Stateman*, 20-26 Feb, 2015: 51). 여기에서 한국 문학에 대해 제한된 지식만을 가지고 있는 웰시의 평가가 유의미한 것이냐에 대해 의문을 제기할 수는 있을 것이다. 하지만 다양한 이야기를 수용할 수 있는 다양한 문학전통과 형식의 부재에 대한 웰시 혹은 한강의 비판이 상당한 설득력을 가지고 있음은 분명하다.

그런데 『채식주의자』에 대해 영미권의 평론가들이 내놓은 '카프카스럽다'라는 평가 역시 수상쩍기는 마찬가지다. 비평가 윌리엄 해리스(William Harris)는 이 책의 카프카스러운 지점과 그렇지 않은 부분을 구체적으로 적시한다. 그에 따르면, 도입부부터 시작하여 가족 모임 이후 영혜가 자살을 시도하는 지점까지가 내용이나 스타일 측면에서 카프카스러운 부분이다. 반면 그 이후부터는 "코미디와 비극적 부조리, 방향성과 혼동이 함께 어우러져 하나의 촘촘한 구조를 이루는" 카프카적인 내용과 "스타일 없음"으로 대변되는 카프카의 스타일과는 거리가 멀다. 특히 소설의 마지막 부분을 지배하는 인혜의 목소리는 "장식이 삭제된 시"로서 "모든 잉여적 요소가 조금씩 깎여나간 몸"이라는 소설의 핵심적 주제와 철학을 형상화하지만 그와 더불어 "카프카스러운 코미디 역시 깎여나갔다"고 해리스는 주장한다(*Full Stop*, 7 Mar, 2016).

하지만 이런 구별과 분석은 결국 해리스 스스로 한국 사회의 역사와 문화에 대한 자신의 몰이해를 자백하고 있음에 다름 아니다. 채식이 삶의 일부분으로 인식되는 그의 문화권에서 채식을 선언하는 것은 금연을 선언하는 것만큼이나 일상적이다. 그에게는 채식 선언이 결코 사건이 될 수 없는 것이다. 그러했기에 영혜의 채식 선언과 그에 따른 일련의 비극적 결말은 이해가 불가능한, 혹은 절대적으로 상징화될 수 없는 실재의 흔적 같은, 그럼에도 불구하고 상징화의 과정을 거쳐야만 하는 어떤 것이었으며, 카프카는 그런 불가능한 상징화를 위한 도구였던 것이다. 반면 똑같은 소설적 사건에 대해 김예림은 "어느 정도 코드화"된 "고전적이고 전통적인 어떤 것"이라고 평가했었음을 상기할 필요가 있다. 아마도 김예림이 오독하고 있다고 주장할 수 있는 한국인은 존재하지 않을 것이다. 그것보다 더 기괴하고 초현실주의적인 일들이 리얼리즘의 틀 안에서 이해될 수 있는 곳이 한국이라는 나라이기 때문이다.

이렇게 본다면, 『채식주의자』를 둘러싸고 형성된 두 개의 해석적 담론은 결코 서로 다른 독해가 아니다. 단지 문화적 차이를 수용하는 방식의 문제일 뿐이다. 한편에서는 『채식주의자』에 내포된 낯섦을 문화적 타자성의 징후로 보고자 하는 것이고, 또 다른 한편에서는 그 낯섦을 카프카라는 보다 친숙한 문학적 기표를 통해 이해 가능한 것으로 치환하려 시도하고 있는 것이다. 다시 말해, 『채식주의자』의 해석을 지배하고 있는 것은 바로 문화적 차이의 절대성이라는 세계화 시대의 징후인 것이다. 오직 문화적·문학적 낯섦이 텍스트 위를 범람하고 있고 그것이 기표와 기의의 결합을 특정한 방향으로 유도하고 있는 것이다.

4. 낯섦에 대한 구매 혹은 오리엔탈리즘

영미권의 모든 독자들이 채식과 그에 따른 일련의 사건을 문화적 타자성의 징표로 읽는다고 하여 그것을 오독이라 말할 수는 없다. 그것은 그 자체의 국지적인 해석적 가치를 지닌다. 그것은 다름에 대한 인식과 더불어 그것을 사회문화적인 맥락에서 이해하고자 하는 시도이기 때문이다. 마찬가지로, 『채식주의자』를 '카프카스럽다'고 평가하는 것이 반드시 칭찬은 아니다. 그 역시 국지적인 가치만을 갖는 것이고, 결국 그들이 카프카스럽다고 말하는 것은 문화적으로 다르다는 말이고, 낯설다는 말이다. 즉, 『채식주의자』가 그리고 있는 소설적 사건이나 문체가 영어권 문학전통이나 보다 크게는 유럽의 문학전통 속으로 완전히 동화될 수 없는 이질적인 요소를 가지고 있다는 것이다. 엄밀하게 말한다면, 이 문화적 이질성이 영국 땅에서 『채식주의자』에게 문학으로서의 새로운 생명력을 불어넣었다고 할 수 있다. 낯섦이 부재하다는 것은 동일자의 재생산이자 동어반복이며 문학적 가치의 상실이기 때문이다. 그리고 부커상이 주목한 것도 결국에는 이 낯섦이다. 이는 부커상 국제 부문 심사위원장을 맡은 보이드 톤킨(Boyd Tonkin)의 논평에도 드러난다. 먼저 부커상 공식 홈페이지에 공개된 공식 논평의 핵심은 이렇다.

> 세 명의 목소리와 세 개의 다른 시각을 통해 전달되는 이 간명하면서도 마음을 흔들고 아름답게 구성된 이 이야기는 한 평범한 여성이 자신을 집과 가족과 사회에 옭아매 왔던 모든 관습과 근거 없는 주장들을 거부하는 과정을 추적한다. 서정적이면서도 날카로운 문체 속에서 이 소설은 그녀의 위대한 거부(refusal)가 자기 자신뿐만 아니라 자신의 주변 사람들에게 미치는 충격을 폭로한다. 짧지만 정묘하면서도 마음을 흔드는 이 소설은 독자들의 마음속에 혹은 꿈속에 긴 여운을 남길 것이다.[2]

다소 평이해 보이는 이 논평은 사실상 앞서 언급한 여러 평론가들이 주장하는 작품의 의미를 말끔하게 축약시켜 놓은 것처럼 보인다는 점에서 그렇게 흥미로운 것은 아니다. 오히려 작품에 대한 평가를 내포할 수 있는 형용사를 최대한 배제함으로써 논란이 될 수 있는 부분을 삭제한 외교적 수사처럼 보이기까지 한다. 그런데 이 공식적인 논평 이외에 『가디언』(The Guardian)지에 소개된 기자와의 대화를 통해 톤킨은 이렇게 말한다.

> 이 소설은 거의 이국적인(outlandish) 이야기로, 한편으로는 조악한 공포나 멜로드라마로 빠질 수도 있었고, 또 한편으로는 그저 지나치게 단호한 알레고리가 될 수

---

2) http://themanbookerprize.com/international/news/vegetarian-wins-man-booker-international-prize-2016

도 있었으나, 이 소설은 뛰어난 균형과 미적 감각과 통제력을 지니고 있다. (*The Guardian*, 16 May, 2016)

이 짧은 문장 하나로 지금까지 여기에서 논의해왔던 모든 문제를 요약하기에 부족함이 없어 보인다. 무엇보다도 『채식주의자』를 평가하는 첫 번째 형용사가 "이국적인"(outlandish)이라는 말임에 주목해야 한다. 『채식주의자』가 가지는 최고의 가치는 이국성, 즉 '낯섦'이다. 이 이국성은 톤킨의 말처럼 두 가지 각기 다른 방향으로 나아갈 수 있었다. 하나는 조악한 공포와 멜로드라마의 길이고, 또 하나는 단호한 알레고리, 즉 카프카의 길이다. 이 갈림길에서 톤킨을 비롯한 심사 위원들이 찾은 작가의 미덕은 바로 균형과 통제이다. 하지만 엄밀하게 보면 "균형"과 "통제"는 작가의 미덕만은 아닐 수도 있다. 오히려 그것은 심사위원들이 자기 내부에서 찾아낸 어떤 것에 가깝다. 즉, 절대적으로 상징화할 수 없는 타자성과 이국성에 대한 불가능한 상징화의 결과물이며, 낯선 것과 친숙한 것 사이의 교묘한 타협점이라 할 수 있다. 즉, "균형"과 "통제"는 『채식주의자』의 타자성이 통제 가능한 타자성임을, 수용 가능한 이질성임을 지시하는 환유인 것이다(비록 그것이 일종의 배제적 포함을 통한 수용일지라도 말이다).

그렇다면 왜 부커상은 낯섦에 투표하는 것일까? 그들은 왜 이국성에 환호하는 것일까? 이 질문과 관련하여 부커상의 이데올로기적 성격을 규명한 루크 스트롱맨(Luke Strongman)의 분석은 경청할 만하다. 조금 길게 인용해보자.

부커상은 영문학계에서 중요한 상이다. 왜냐하면 그 상은 (이전) 제국의 중심으로부터 제국 이후의 문화 상황을 반영하거나 그려내고 있는 소설에 대해 문학적으로 인정해주기 위한 상이기 때문이다. 여기서 말하는 문화 상황이란 두 가지 일반적인 방식을 통해 표현된다. 첫째, 이것은 일종의 포스트식민주의적 반응으로, 이전 식민 통치자로부터 독립을 쟁취하거나 이전의 식민 통치자의 문화와는 분리된 새로운 혹은 혼종화된 정체성을 정립하려는 시도를 통해 사회의 양상을 그려내는 것이다.

둘째, 이것은 '포스트-제국주의'의 사회적 반응으로, 대영제국의 문화가 이전 제국의 영역에 포함되었던 여러 다양한 개별 민족들로 인하여 풍요로워지면서 제국주의 시대 이후의 언어로 자신의 정체성을 새롭게 만들어가려는 상황을 표현하는 것이다. [. . .]

[. . .] 부커상을 수상한 모든 소설들은 제국과의 암묵적인 관계를 유지한다. 그 관계는 제국에 대한 반대 담론의 양상을 보일 수도 있고, 제국의 레토릭에 동의하거나 제국에 대한 향수를 표현할 수도 있다. 또한 제국 이후의 시대에 새롭게 부상하는 유동적 국제주의 속에서 정체성을 정립하는 것일 수도 있다. (ix-x)

스트롱맨이 적시한 부커상의 핵심은 그것이 과거의 제국(주의)과 공모관계에 있다는 사실이다. 그러하기에 그것은 언제나 중심과 주변의 논리와 양자 간 차이의 절대성이라는 원칙을 통해 작동한다. 수여와 수상의 관계가 중심과 주변의 관계로 전이되는 것이다. 즉, 탈식민주의의 논리에 따라 제국으로부터의 해방을 꿈꾸든, 제국과의 관계 속에서 혼종화된 정체성을 발전시키든, 아니면 제국의 공간 속에서 개별화된 정체성을 찬양하든 관계없이, 이는 필연적으로 중심과 주변의 관계로 환원될 수밖에 없으며, 따라서 이런 관계 속에서 글을 쓴다는 것은 필연적으로 주변에서 중심을 향해 말을 거는 방식이 되며, 동시에 중심을 향해 다가서는 방식이 된다. 중심을 향해 말한다는 것은 중심을 향한 인정 요청이다. 여기서의 인정 요청은 다름 아닌 타자성에 대한 인정, 즉 다름에 대한 인정 요청이다. 또한 인정을 받기 위해서는 자신이 타자임을 스스로 드러내는 고해성사의 과정이 선행되어야 한다. 자신이 타자임을 밝힘과 동시에 다름을 증명해야 하는 것이다. 오직 타자로서만이 중심을 향해 합법적으로 말하고 또 합법적으로 그곳에 들어갈 수 있기 때문이다. 부커상이 위치하는 곳은 바로 주변에서 중심으로 향하는 통로다. 그곳에서 그들은 합법화된 타자성을 호명하고 또 생산하고 있는 것이다. 이러한 이유로 그레이엄 휴건(Graham Huggan)은 부커상의 역할을 "'다문화적인' 그리고/혹은 이국적인 '외국의' 상품에 대한 상징적 합법화"라는 맥락에서 읽어야 한다고 주장한다(111).

한강의 『채식주의자』가 수상한 부커상 국제 부문은 사실 영연방 국가의 작가에게 주는 본상과는 달리 비영어권 국가의 문학에 수여하는 번역 문학상의 성격을 가지고 있다. 수상 역시 작가와 번역가가 공동으로 하게 되며 상금도 똑같이 나눠 갖는다. 따라서 본상과 국제 부문을 동일한 기준에서 평가할 수는 없다. 그럼에도 불구하고 중심과 주변이라는 제국의 논리가 여기에서도 여전히 작동하고 있음은 분명하다. 다만 '주변'이라 여겨질 수 있는 영역이 영연방 국가에서 전 세계로 확장될 뿐이다. 영어권 문학 시장의 영토 확장이며 문화적 제국주의의 또 다른 형식이라 할 수 있다. 이를 전제한다면, 부커상 국제 부문이 응시하고 있는 대상은 필연적으로 문화적 타자성 혹은 다름일 수밖에 없다. 극단적으로 말하면, 그들이 원하는 것은 새로운 시장과 새로운 상품이다. 문화적 타자성에 대한 이런 방식의 수용과 응시, 그리고 이에 따른 서구적 주체의 지속적 확장을 우리는 지금까지 오리엔탈리즘이라 불러왔다.

오리엔탈리즘의 문제와 관련하여 잠시 번역자의 문제로 눈을 돌려 볼 필요가 있다. 『채식주의자』 현상 속에서 오리엔탈리즘이 하나의 물질적인 형식을 얻게 되는 지점은 부커상보다도 번역자 데보라 스미스(Deborah Smith)에 더 가까울 수도 있기 때문이다. 부커상의 오리엔탈리즘이 문학상이라는 제도적인 측면을 통해 발현된다고 한다면, 스미스는 오리엔탈리즘과 문학이 개인적인 차원에서 어떻게 물질적 형식을 갖게 되는지 보여준다. 그녀는 한국 『연합뉴스』와 인터뷰를 통해 『채식주의자』를 번역하게 된 계기를 다음과 같이 설명한다.

> 저는 문학 번역가가 되고 싶어 한국어를 배우기 시작했어요. 대학에서 영문학을 전공했는데 좀 더 다양한 문학을 접하고 싶었죠. 또 21세가 될 때까지 모국어인 영어만 할 수 있다는 게 부끄럽기도 했고요. 당시 영국에서는 한국어 전문 번역가가 거의 없었어요. 어떻게 보면 틈새시장을 노린 거죠. 그래도 한국어를 택한 건 미스터

리이긴 해요. 저는 그전까지 한국인을 만나거나 한국 음식을 먹어본 적도 없었거든요. (『연합뉴스』, 2016/03/16)

"당시 영국에서는 한국어 전문 번역가가 거의 없었어요. 어떻게 보면 틈새시장을 노린 거죠."라는 스미스의 말은 디즈레일리(Benjamin Disraeli)의 소설 『탄크레드: 새로운 십자군』(*Tancred: or the New Crusade*, 1847)에 등장하는 그 악명 높은 대사 "동양은 기회의 땅이다"(The East is a career)[3]를 연상시킨다. 실제로 그녀가 밝히고 있듯이, 그녀가 한국문학을 번역하게 된 계기는 한국문학에 대한 애정이 아니었다. 그녀는 단지 직업이 필요했고, 일감이 필요했고, 자신의 자아를 실현시킬 수 있는 공간이 필요했을 뿐이었다. 그 상황에서 한국문학이 우연히 그녀 앞에 나타났던 것이다. 말 그대로 한국문학은 그녀에게 직업(career)이었으며, 아직 아무도 점령하지 않은 기회의 땅이었다. 한국문학 전체가 그녀가 번역문학가로서의 커리어를 쌓아가는 데 훌륭한 디딤돌이 되어주었다고 해도 과언은 아니며, 세계 문학 시장에서 한국문학의 명운이 한국문학이라는 문화적 타자의 대변자를 자처하는 그녀의 손에 달렸다고 해도 역시 과장은 아닌 듯하다.

5. 낯섦의 자의성

다시 부커상이 응시하고 있는 것은 무엇인가라는 최초의 문제로 돌아가 보자. 부커상이 『채식주의자』를 선택한 것은 문화적 낯섦에 대한 구매였으며 동시에 오리엔탈리스트적인 타자화의 산물이었다. 하지만 이 주장이 한강과 『채식주의자』에 대한 평가절하를 의미하는 것은 아니다. 그것은 단지 부커상의 이데올로

---

3) 에드워드 사이드(Edward Said)가 자신의 선구적 저서 『오리엔탈리즘』(*Orientalism*)의 서문에서 이 문장을 인용하면서 국제적인 악명을 얻게 되었다.

기적 성격에 대한 판단이며, 영미 문학 시장에서 한강의 텍스트를 수용하는 방식에 대한 판단일 뿐이다. 이것은 또한 우리가 제기한 최초의 질문, 즉 『채식주의자』에 비친 한국 문학의 얼굴은 무엇이며, 영국과 미국의 독자들은 도대체 무엇을 응시하고 있는가에 대한 해답이기도 하다. 즉, 그들은 한국문학의 진정한 가치를 응시하고 있는 것이 아니다. 그들이 본 것은 낯섦이며, 문화적·문학적 타자성이다.

그렇다고 모든 낯섦과 이질성이 오리엔탈리즘적 욕망의 대상이 되는 것은 분명 아니다. 다시 말해, '가장 한국적인 것이 가장 세계적인 것이다'라는 나르시시즘적인 문화 민족주의 구호가 반드시 참은 아니라는 뜻이다. 일례로, 신경숙의 『엄마를 부탁해』를 보자. 이 책은 한국 특유의 엄마를 향한 정서를 적절한 멜로드라마 속에 용해시킴으로써 한국에서만 100만 부 이상의 판매고를 올렸다. 즉, 너무도 한국적인 이야기인 것이다. 이는 곧 서양의 독자들에게는 『채식주의자』이상으로 낯선 텍스트가 될 수밖에 없음을 의미한다. 하지만 그들은 『엄마를 부탁해』를 구매하지 않았다. 『뉴욕타임즈』의 서평은 이에 대한 설명을 간단한 질문으로 대신한다. "이 책이 한국에서 인기를 끌었던 이유는 [한국 사회에 대한] 경고성 메시지를 담고 있었기 때문이다. 하지만 그것이 한국이 아닌 다른 곳에서도 통할 수 있을까?" 다시 말해, 『엄마를 부탁해』가 활용하고 있는 "서사 장치로서의 모성의 신성함"이 오이디푸스 콤플렉스와 어머니의 비체화(abjection)로 점철된 서구 문학전통과는 충돌할 수밖에 없었다는 것이다(NYT, 30 Mar, 2011). 결국 『엄마를 부탁해』의 타자성은 수용 불가능한 타자성 혹은 합법화될 수 없는 문화적 차이인 것이다.

그러면 도대체 수용 가능한 것과 불가능한 것의 경계는 무엇이란 말인가? 하지만 불행히도 이 문제에 대한 해답은 존재하지 않는다. 왜냐하면 가능과 불가능의 경계선을 지배하는 것은 자의성이기 때문이다. 다시 말해 영미권에서 『채식주의자』의 성공과 『엄마를 부탁해』의 실패(?)의 기원은 텍스트의 내적 필연성이나 문학성이 아니다. 그것은 자의성의 산물이며 우연적 사건이다. 이는 곧 그 어떤 국가주의적 개입이나 출판 자본이 문학을 특정한 방향으로 기획할 수 없음을, 또한 해서도 안 됨을 의미한다. 문학 한류는 그런 식으로 기획될 수 있는 것이 아니다. 만약 필요한 것이 있다면 그것은 자의성이 작동할 수 있는 영역을 확장시켜주는 일이다. 즉 다양한 이야기와 형식들이 공존할 수 있는 토대를 확보하고 현재 한국 문학을 지배하고 있는 문학전통의 경직성을 극복할 수 있는 길을 찾아야 한다.

인용 문헌

김예림. 「'식물-되기'의 고통 혹은 아름다움에 관하여」. 『창작과 비평』 36.1 (2008): 349-52.

신수정. 「한강 소설에 나타나는 '채식'의 의미－『채식주의자』를 중심으로」. 『문학과 환경』 9.2 (2010): 193-211.

우찬제. 「섭생의 정치경제와 생태 윤리」. 『문학과 환경』 9.2 (2010): 53-72.

정미숙. 「욕망, 무너지기 쉬운 절대성－한강 연작소설『채식주의자』의 욕망 분석」. 『코기토』 65 (2008): 7-32.

허윤진. 「해설: 열정은 수난이다」. 『채식주의자』. 서울: 창비, 2007. 222-44.

Battersby, Eileen. "*The Vegetarian* Review: a South Korean Housewife Finds We Aren't What We Eat." *Irish Times.* Mar 15, 2015. Web.

　　<http://www.irishtimes.com/culture/books/the-vegetarian-review-a-south-korean-house wife-finds-we-aren-t-what-we-eat-1.2138955> Accessed 10 Aug, 2016.

Harris, William. "*The Vegetarian*－Han Kang." *Full Stop: Reviews, Interviews, Marginalia.* 7 Mar, 2016. Web.

　　<http://full-stop.net/2016/03/07/reviews/william-harris/the-vegetarian-han-kang/> Accessed 10 Aug, 2016.

Huggan, Graham. *The Post-Colonial Exotic: Marketing the Margins.* London: Routledge, 2001.

Khakpour, Porochista. "*The Vegetarian*, by Han Kang." *New York Times.* 2 Feb, 2016. Web.

　　<http://www.nytimes.com/2016/02/07/books/review/the-vegetarian-by-han-kang.html?_r=0> Accessed 10 Aug, 2016.

The Man Booker Prizes. Official Home page. Web.

　　<http://themanbookerprize.com/international/news/vegetarian-wins-man-booker-interna tional-prize-2016> Accessed 10 Aug, 2016.

"Man Booker International Prize Serves Up Victory to *The Vegetarian*." *The Guardian.* 16 May, 2016. Web.

　　<https://www.theguardian.com/books/2016/may/16/man-booker-international-prize-ser ves-up- victory-to-the-vegetarian-han-kang-deborah-smith> Accessed 10 Aug, 2016.

Maslin, Janet. "A Mother's Devotion, a Family's Tearful Regrets." *New York Times.* 30 Mar,

2011. Web.

<http://www.nytimes.com/2011/03/31/books/kyung-sook-shins-please-look-after-mom-review.html?_r=0> Accessed 10 Aug, 2016.

Pascal, Julia. *"The Vegetarian* by Han Kang, Book Review: Society Stripped to the Bone." *The Independent.* 10 January, 2015. Web.
<http://www.independent.co.uk/arts-entertainment/books/reviews/the-vegetarian-by-han-kang-book-review-society-stripped-to-the-bone-9969189.html.> Accessed 10 Aug, 2016.

Self, John. "Han Kang, *The Vegetarian.*" *Asylum: John Self's Shelves.* Web.
<https://theasylum.wordpress.com/2015/01/04/han-kang-the-vegetarian/> Accessed 10 Aug, 2016.

Strongman, Luke. *The Booker Prize and the Legacy of Empire.* New York: Rodopi, 2002.

Walsh, Joanna. "First Refusal." *New Stateman.* 20-26 Feb, 2015. 51. Web.

■ 원고 출처
임경규. 「한강의 『채식주의자』에 대한 영미권의 수용 방식 – 부커상과 오리엔탈리즘」. 『문학들』 45호 (2016): 24-40.

찾아보기

[ㅁ]

[ㅂ]

편저자 소개

김성호 ... 서울대학교 영문과를 졸업하고 동대학교 대학원에서 영문학 석사학위를, 미국의 뉴욕주립대학교(버펄로 소재) 대학원에서 영문학 박사학위를 취득하였으며 현재 서울여자대학교 영어영문학과 교수로 재직 중이다. 공저로 『지구화시대의 영문학』, 『영미명작, 좋은 번역을 찾아서』, 『다시 소설이론을 읽는다 ─ 세계의 소설론과 미학의 쟁점들』, 역서로 『처음에는 비극으로, 다음에는 희극으로: 세계금융위기와 자본주의』, 『헤겔, 아이티, 보편사』, 『바그너는 위험한가』, 『24/7 잠의 종말』, 논문으로 「미학에 이르는 길: 스피노자와 예술」 등이 있다.

김수연 ... 서울대학교 영문과를 졸업하고 동대학원에서 석사학위를, 텍사스 A&M 대학에서 박사학위를 받았다. 현재 한국외국어대학교 영미문학·문화학과 부교수로 재직 중이다. 주요 논문으로는 "Betrayed by Beauty: Ethics and Aesthetics in Alan Hollinghurst's *The Line of Beauty*," "My Fear of Meats and Motherhood: Ruth L. Ozeki's *My Year of Meats*," 「<공각기동대>의 현재성과 포스트휴먼 퀴어 연구」, 「페미니즘, 자기혐오, 사랑」 등이 있다.

김순식 ... 이화여자대학교 영어영문학과를 졸업하고, 미국의 일리노이 대학교(어바나-샴페인 소재) 대학원에서 비교문학으로 석사학위와 박사학위를 취득하였으며, 현재 명지대학교 영어영문학과에서 교수로 재직 중이다. 저서로는 *Colonial and Postcolonial Discourse in the Novels of Yom Sang-sop, Chinua Achebe and Salman Rushdie*가 있으며, 최근의 「존 파울즈의 『프랑스 중위의 여자』에 나타난 시대사상」을 비롯한 다수의 논문과 편저 등이 있다.

박선화 ... 아주대학교 영문과를 졸업하고 동대학원에서 박사학위를 취득했으며 영국 이스트 앵글리아 대학교에서 박사후연구 과정을 이수했고 현재 건국대학교 글로컬캠퍼스 교양대학 교수로 재직 중이다. 저서로는 『영국소설 명장면 모음집』(편저), 『조지프 콘래드』(공저), 『상처와 치유의 서사』(공저), *Women's Utopian and Dystopian Fiction*(공저), 『도리스 레싱의 작품과 분석심리학의 접목』 등이 있고, 역서로 『위대한 어머니 여신』이 있다. 논문으로는 「『순진한 테러리스트』에 재현된 레싱의 장소정치학」, 「도리스 레싱의 「노파와 고양이」에서의 도덕적 행위자와 도덕적 수동자」, 「『라이프 오브 파이』의 소설과 영화에 재현된 다종교」 등이 있다.

박현경 ... 이화여자대학교 영어영문학과에서 학사, 석사, 박사 학위를 받았고, 남서울대학교 교양대학 부교수로 근무하고 있다. 십 대를 위한 인문 교양서로 공저 『부글부글 십대 말하고 싶어요』(한국출판문화산업진흥원 우수출판기획안 우수상 수상), 『내 마음 누가 이해해줄까?』(2016년 세종도서 교양부문 선정), 『우정이 맘대로 되나요?』가 있다. 논문으로는 「윌리엄 워즈워스의 『서곡』에 나타난 서사시의 관행과 문학적 전통」, 「『돈키호테』와 『햄릿』에 나타난 영웅적 꿈과 광기의 욕망충족」, 「『오로라 리』에 나타난 서사시의 양성적 영웅의 자질」, 「『태백산맥』에 나타난 강간의 이데올로기적 재현과 여성문제」 등이 있다.

배만호 ... 부산대학교 영문과를 졸업하고 미국 센트럴미주리 주립대학교에서 영문학 석사학위를, 부산대학교 대학원에서 박사학위를 취득하였으며 현재 부산대학교 영문과 교수로 재직 중이다. 저서로는 『프랑스 중위의 여자』(편저)와 『현대문학이론 입문』(공저), 『20세기 영국소설의 이해 II』(공저) 등이 있고, 논문으로는 「메타픽션과 소설의 죽음: 『만티사』의 경우」, 「지넷 윈터슨의 『오렌지만이 유일한 과일은 아니다』에 나타난 포스트모던 서사기법」, 「안젤라 카터의 전복적 글쓰기」, 「줄리언 반즈의 『영국, 영국』에 나타난 영국성의 구성과 해체」 등이 있다.

성정혜 ... 이화여자대학교 영문과를 졸업하고, 동대학교 대학원에서 석사학위, 박사학위를 취득하였다. 현재 한국외국어대학교, 가천대학교에서 최근 영어권작가를 중심으로 문학수업을 하고 있다. 논문으로 「포스트-묵시록 미래의 생존과 선의 실행: 코맥 매카시의 『로드』」, 「포스트모던 미시사: 줄리안 반스와 김연수의 역사 쓰기」, 「비판적 포스트휴머니즘으로 살만 루시디 읽기: 『악마의 시』에 나타난 휴먼/포스트휴먼」 등이 있으며, 공역서로 『식민욕망: 이론, 문화,

인종의 혼종성』이 있다.

우정민 ... 고려대학교 영어영문학과를 졸업하고 영국 University of Warwick에서 영문학으로 석사학위와 박사학위를 취득하였으며, 현재 덕성여자대학교 영어영문학과에서 부교수로 재직 중이다. 박사학위 이후 D. H. 로렌스, 안젤라 카터, 줄리언 반즈, 이언 매큐언 등의 영국 작가들을 비롯하여 캐나다 작가인 앨리스 먼로 등의 작품을 연구하여 다수의 논문을 게재하였고, 공저로 *Windows to the Sun: D. H. Lawrence's "Thought Adventures"*와 『문학, 치유 그리고 스토리텔링』, 역서로『시각 너머의 미술』 등이 있다. 현재 한국현대영미소설학회의 편집이사를 맡아 이 책의 편집을 맡게 되었다.

이정화 ... 경북대학교에서 영어영문학과를 졸업하고 고려대학교에서 석사학위를 취득한 후 University of Florida에서 박사학위를 받았다. 현재 조선대학교 영어교육과 부교수로 재직하고 있다. 최근 논문으로는 「수치의 젠더 정치학: 쿳시의『치욕』의 예」, 「폴 스콧의『잔류』와 포스트콜로니얼 우울증」, 「과거의 재구성: 가즈오 이시구로의『희미한 언덕풍경』에 나타난 역사, 기억, 기록」, 「진 리스의 거리의 여자:『한밤에게 아침인사를』에 나타난 여성과 도시」, 「1950년대 런던의 흑인 도시 산책자: 샘 셀본의『외로운 런던인들』」 등이 있다.

이혜란 ... 전남대학교 영문과를 졸업하고 동대학원에서 박사학위를 취득했으며 현재 전남대학교에 출강 중이다. 저서로『현대 영어권 문화의 이해』(공저),『영어권 소설로 읽는 다른 세계들』(공저),『초국가 시대의 역사, 인종, 젠더』(공저) 등이 있으며 논문으로「영국 헤리티지 산업에 대한 문화적 개입과 수정－V. S. 나이폴의『당혹스러운 도착』」, 「소멸하는 질서와 새로운 질서의 경계에서 글쓰기－나딘 고디머의『보호주의자』」 등이 있다.

임경규 ... 동국대학교 영어영문학과를 졸업하고, 유타대학 영문과에서 박사학위를 취득했으며, 현재 조선대학교 영문과에 재직 중이다. 공저로는『디아스포라 지형학』 등이 있으며, 역저로는 『현재의 역사가: 미셸 푸코』가 있다. 논문으로는「무젤만과 증언의 윤리」, 「전복과 집 찾기: 『딕테』의 언어전략」 등이 있다.

정광숙 ... 숙명여자대학교 영문과를 졸업하고, 미국 오레곤대학교 대학원에서 영문학 석사와 박사학위를 취득하였으며 현재 숙명여자대학교 영문학부에서 교수로 재직 중이다. 캐나다 문학에 대한 논문 "Exorcism for Healing a Wound: A Study of *The Ecstasy of Rita Joe* and *Walsh*"과 "Writing and Writer in SKY Lee's *Disappearing Moon Cafe*" 등을 썼고, 아시아계 미국인 극작가인 줄리아 조(Julia Cho)의 작품에 대한 논문으로는 「줄리아 조의 *The Architecture of Loss*에 나타난 상실의 트라우마, 멜랑콜리, 불가해한 양상」, "*BFE*: Julia Cho's Vision of an Unhomely Home for Asian Americans", "Julia Cho's Desert Trilogy: A Topography of the Lost", "Julia Cho's *The Piano Teacher*: A Site of Trauma and Testimony" 등이 있다.

한혜정 ... 부산대학교에서 학사, 석사, 박사학위를 받고 한국연구재단의 지원으로 텍사스 A&M 대학교에서 박사후 연수과정을 수행했다. 현재 신라대학교 영어교육과 교육전담 조교수로 재직 중이다. 공저로 *Genre, Reception, and Adaptation in the "Twilight" Series*가 있으며 논문으로는 「프린세스와 못된 소녀: 소녀 문학에서의 관계적 공격성 연구」 등이 있다. 역서로는 『용이 걸어오는 소리』 등이 있고 현재 『루이스 캐럴 전기』를 번역 중이다.

황정아 ... 서울대학교 영문과를 졸업하고 동대학교 대학원에서 헨리 제임스 연구로 석사학위를, D. H. 로런스와 아메리카를 주제로 박사학위를 취득했다. 현재 한림대학교 HK교수로 재직 중이다. 저서로는 『개념비평의 인문학』, 『다시 소설이론을 읽는다』(편서), 『언어와 소통: 의미론의 쟁점들』(공저), 『트랜스내셔널 인문학으로의 초대』(공저) 등이 있으며, 역서로는 『왜 마르크스가 옳았는가』, 『패니와 애니』(공역), 『역사를 읽는 방법』(공역) 등이 있다. 최근 논문으로는 「전후 영국소설에 나타난 '지식인의 재현'」, 「동물과 인간의 '(부)적절한' 경계」 등이 있다.

부커상과 영소설의 자취 50년

초판 발행일 2019년 8월 10일
박선화 · 우정민 · 이정화 편

발행인 이성모
발행처 도서출판 동인
주 소 서울시 종로구 혜화로3길 5 118호
등 록 제1-1599호
TEL   (02) 765-7145 / **FAX** (02) 765-7165
E-mail dongin60@chol.com
ISBN 978-89-5506-809-2
정가   32,000원

※ 잘못 만들어진 책은 바꿔 드립니다.